# META

Alexander Blond

# Editorial

## Editorial BGM

Camí Molins sn
43470 Selva del Camp
Tarragona (Spain)
alexblond@metalanovela.com

**ISBN:** 978-84-608-5699-3

## En Facebook:

Alexander Blond
Meta, la novela.

# Índice

# Nota del Autor

Con la excepción de los protagonistas principales que aparecen en la novela, sobre los que volveré después, todas las técnicas y recursos que se citan en el libro son producto de investigaciones científicas reales, de distinta índole y magnitud, algunas controvertidas y otras plenamente aceptadas, pero todas ellas procedentes de fuentes publicadas que el propio lector puede consultar por sí mismo, si así lo desea. Al final del libro se ofrecen algunos links de interés a tal efecto, además de enlaces a publicaciones relacionadas, incluyendo las que se citan en la novela. Son asimismo auténticos, y se han intentado reflejar fielmente, los escenarios públicos  donde se desarrolla la acción. Finalmente, queda pues a juicio del lector otorgar (o no) carta de realidad a los personajes que aparecen.

## Música Ambiente y libro electrónico

Con la compra del libro en papel, usted tiene  la posibilidad de descargarse desde Amazon y de manera gratuita, la versión electrónica del libro. En la versión Ebook el lector encontrará en su recorrido hipervínculos que le permitirán escuchar la banda sonora de cada momento al mismo tiempo que lo hace el protagonista. Al final del libro, en el apartado Banda Sonora de la Novela, están listadas de manera cronológica  todas las canciones que aparecen en la novela, lo cual es de gran utilidad para el lector del libro en papel ya que abriendo esta última página del libro electrónico, puede igualmente acompañar su lectura reproduciendo la música en su ordenador o dispositivo, clicando en los enlaces según se van sucediendo. Asimismo, en la página oficial de la novela, Meta, la novela. puede encontrar imágenes de los lugares en los que transcurre el relato.

7

# Agradecimientos

Mi más sincero y profundo agradecimiento a **Sol Sureda**, por su confianza en el proyecto y porque ha soportado estoicamente el envío regular de cada capítulo de Meta que iba saliendo de mis manos para su revisión y crítica, sin la cual, esta novela no sería la que es.

A **Marcela López Levy**, sin duda la mejor editora del mundo, por su abnegada dedicación que ha superado con creces la más egoísta de mis expectativas, por sus consejos, su asesoramiento y su crítica tan útiles para acabar de conformar el relato tal y como es, y más importante aún, por su infatigable estímulo y entusiasmo para mantenerme escribiendo.

A **Staboo Oobats**, por su ilusión por el proyecto, y su generosa contribución en la elaboración de la portada.

A **Pilar**, mi madre, por inculcarme el amor por los libros.

## Dedicado a,

Mis hijos, Pablo y Julián.
Lo más valioso que se le puede dejar en herencia a un hijo es una buena educación y un buen ejemplo. Prometo que seguiré esforzándome.

# 1ª PARTE

## I - Antes no era así

Triste, tan triste…. La melancolía otra vez, con sus atenazadores brazos oprimiéndome las costillas. Triste, tan triste, que tener los ojos abiertos se suma al castigo. Verme, tomar conciencia de mí, es aún peor. Siento el peso del mundo sobre el pecho, siento el corazón compungido ¿Por qué no se parará de una vez? Así al menos tendría sentido, la melancolía sería el precedente de una muerte inminente y de fecha cierta y uno tomaría esta densa bruma como el tiempo oportuno de empezar a despedirse de su gente, de poner en orden aquello que de verdad debería importar; confesar un secreto, pedir disculpas, regalar aquello que aún se tiene… Pero no, esta melancolía es del todo improductiva, sólo se sirve a ella misma, cada vez más pesada, cada vez más profunda. Triste, tan triste.

Debo salir, desterrarla, aquí no la quiero. Suspiro. Cuestan hasta los suspiros. Llorar no me sale. Llorar estaría bien.

¿De dónde brota esta rastrera y vaporosa zarza? Para mí no hay duda; de la injusticia. De la injusticia observada, de la injusticia vivida. No la nutre ni la infelicidad de uno, sino la injustica de nuestra infelicidad, pues la desdicha no lo sucumbe a uno en la tristeza, sino la certeza de no merecerla y aún así no poder sustraerse a ella.

Así me siento hoy. En este lluvioso día, uno de esos miércoles, un doce de marzo. Todavía no sé si me alegra o me deprime aún más la lluvia. Lo cierto es que hacía falta que lloviera, pero llueve tan lánguidamente que la lluvia parece un pariente lejano de mi mala suerte. Así me siento, así creo que soy.

Antes no era así. Creo que reía más. Ahora no puedo. Todo parece haberse puesto de acuerdo para tumbarme una y otra vez. Ya nada me anima porque nada animado parece ocurrirme, y cuando algo lo parece, todo se conjura para que me tropiece de nuevo con el despropósito que es mi vida. Me pregunto si no exhalaré ya alguna suerte de miasma. ¡Oh Dios, eso sería terrible, sólo me faltaría que la gente me viera como a un apestado!

## II – Escaleras abajo

No me apetece levantarme de la cama. Hoy no. Bueno, ayer tampoco, la verdad. Cuesta levantarse, pero hoy debo hacerlo. He de ir a que sellen el dichoso papelito del paro. Es como un encarnizamiento. Uno está sin trabajo, sin futuro, sin vida y quieren que vayas allí regularmente a certificar tu desdicha, para que no se te olvide, como si con el sonido del sello en el mostrador al golpear el papel te preguntaran ¿pero todavía sigues aquí? ¿No estás muerto? Pues sí, señores "me resisto a morirme" me gustaría decirles. Oh, sí, tendría que decirles algo ingenioso, no sé, algo como, uhm... déjame pensar, ah sí: "Mire, no me interesa morirme porque no creo que consiguiera acostumbrarme, piense que llevo toda la vida viviendo..." hahaha... sí, algo así estaría bien. Oh, qué bueno, estas tonterías mías me acaban levantando el ánimo. Me gustaría estar de un humor parecido cuando voy a una entrevista de empleo. Y, sobretodo, me gustaría estar inspirado cuando me cruzo con ella. Poder ver cómo me mira. En realidad no sé si ni siquiera me mira, no le importa si existo ¿Por qué habría de importarle? Soy un tipo en paro con menos autoestima que un inodoro y fecha de caducidad inminente.

Pero en fin, debo reconocer que recrearme en mi melancolía es cosa gustosa, lo mío debe ser como el placer que los cerdos tienen al revolcarse en el barro ¿Será cierto aquello de que la melancolía es la alegría de estar triste? Sí, me gusta hasta cierto punto. Noto que vienen a mi mente frases e ideas con más belleza. Como las de hace un momento, al despertarme, reflexionando así sobre la tristeza. En verdad pienso que sin tristeza no se puede escribir nada realmente interesante, ni pintar cuadros con significado. Si estás eufórico y todo te va bien, no puedes hacer más que cursiladas, seguro. Todo lo hermoso debe tener perfiles negros, de la misma manera que la luz de una luciérnaga brilla cuando la rodea la noche.

Pero Josué, esto requiere una reacción, así no podemos seguir. Sí, bueno, qué pasa, hablo solo, a veces, de vez en cuando e incluso en voz alta, pero la verdad es que no me molesto; me caigo bien, bueno, hasta cierto punto. Otras veces no me soporto, pero en esas ocasiones no suelo entonces hablar conmigo. Me evito ¿Quién no lo haría?

Levantarse. Hay que levantarse. Uf, ahora que pienso, debería ducharme. Hace ya… también debería afeitarme… Qué gusto cuando estás afeitado y el aire fresco te da en la cara. Pero qué pereza ponerse ahora. Es que, claro, me faltan los motivos. Sin motivación, qué sentido tiene. ¿Me voy a afeitar para el de la oficina del paro? Casi mejor que no, pues así, cuando salga de ésta y me afeite todos los días (sí, prometo que lo haré), no me reconocerá cuando me vea por la calle. El tipo harapiento que verá hoy morirá en su oficina, se quedará como un fantasma dormido en algún archivador, mientras que el nuevo Josué (mm… habrá un nuevo Josué) irá afeitado y aseado a diario (o casi –tampoco hay que pasarse-) ¿Un nuevo Josué? ¿El Josué del último episodio? No sé cómo. Estoy estancado ¡Qué desastre!

Entonces, ¿qué hago? ¿Pongo pie en el suelo o me relamo de nuevo las heridas durante un rato más? … Ah, la tristeza, ya estás aquí de nuevo. Te echaba de menos. Me gustaría me acompañaras al coincidir con ella, con Sophie, y que en ese instante te hicieras dueño de mi boca para dedicarle palabras hermosas, que salieran los versos como lo hacen cuando estoy aquí, tumbado, solo, conmigo. Definitivamente tumbado se piensa mejor. Será cosa del riego sanguíneo, qué sé yo. Quizás tumbado llega mejor la sangre al cerebro. Sin embargo es salir a la calle y ya me siento aturdido ¡Cuánto ruido! Se entorpece uno y sólo va encadenando equivocaciones según enfrenta el día. Claro, al final el día mismo parece una equivocación. Doce de marzo, te aviso, no tengas expectativas de ser mejor que los otros días y… eso que hoy es miércoles y, ya se sabe, cualquier cosa puede pasar en miércoles.

Vale, es la hora, la hora de algo, no sé de qué, pero es la hora. Pongo mi mano izquierda sobre mi vientre. Palpo. No noto nada, salvo un ligero resentimiento, el mismo compañero de siempre, de los últimos meses. Pie al suelo, allá vamos. Bueno Josué, enfréntalo, camino del espejo. Argshhh… ya estoy ahí ¡Demonios, qué aspecto! Tipo mofletudo, con esas entradas que evidencian tu alma vieja y gastada y encima más bien tirando a bajito. La barba antigua y negra, ni siquiera tienes el buen gusto de tener algunas canas de sabiduría en la barba. Es en verdad una suerte que ni Sophie (ni mujer alguna) pueda verme por las mañanas. No gano mucho luego después, pero es una suerte que al menos de buena mañana no horrorice a nadie. En realidad debería estar prohibido que uno tuviera que exponerse a los ojos de los demás antes de las doce del mediodía. La vida es mejor si nos rodeamos de cosas hermosas y pocas personas lo son a primera hora de la mañana. Ella sí, seguro, Sophie sí debe estar hermosa en la cama. Imagino su pelo dorado sobre la almohada, la sábana blanca alrededor de su cintura y el sol filtrándose por entre las persianas para tocar su piel… uhmm y el olor. El suyo debe ser un perfume hecho de sueños, ella haría buena cualquier cama.

Bueno, listos, ni nos planteemos el desayuno en casa, no hay nada para variar. Hoy me gustaría tener naranjas para exprimirlas en mi nuevo, deslumbrante y genuino exprimidor Phillippe Starck (tachín, tachán, dicho con un moderado entusiasmo, claro). ¡Es tan resolublemente genial! Se demuestra que la elocuencia también tiene lugar en el diseño. Me alegro de haberlo comprado. Es bueno quererse de vez en cuando. Creo que es la única cosa de buen gusto que tengo en casa y por eso me hace bien mirarlo. Me da esperanzas de que quizás algunas cosas pueda hacerlas bien, a pesar de todo, a pesar de mí. En cualquier caso, el zumo de naranjas no acaba de sentarme bien a primera hora así que veo que todo es al final un poco contradictorio. Pero claro, cosa distinta sería si tuviera a mi lado a alguien a quien le gustara desayunar zumo recién exprimido. Tendría entonces sentido tener un exprimidor. Aunque a mí ya me vale como escultura. Está bien donde está. Se ve enseguida al pasar por delante de la puerta de la cocina. Lo dicho, hace un poco menos horrible mi apartamento. Bueno, eso y mis libros, pero los libros no cuentan.

Listo Josué, más no se puede hacer y menos aún si no te esmeras. La motocicleta lloviendo no parece una buena idea. Paraguas de cierta dignidad y que funcione no tengo ¡Qué novedad!

Escuchemos antes a través de la puerta como de costumbre. No quiero salir y coincidir con ningún vecino. No al menos tan temprano. Saludar, forzar una sonrisa que acaba saliendo como una mueca de hastío; oh, no, gracias. Si al menos hubiera algún vecino que me cayera bien, o que yo le cayera bien a él… no, no lo creo.

No se oye nada, silencio, buena señal ¡Allá vamos!

Oh, nooo, lo sabía! Ha sido cerrar mi puerta y justo empezar a abrirse la del piso que queda debajo del mío. Pareciera a veces que alguien orquestara el desatino con extraordinaria precisión ¿Habrá un Dios del desatino? No me suena, pero luego por si acaso lo busco en Google. Quizás entre los dioses vikingos haya uno. Si lo hay, le pongo unas velas.

Quién sea ya ha oído mis pasos, no puedo rectificar ahora. ¡Puf, qué fastidio! Bueno, ya sabes que diría Stendhal para una ocasión como esta: *honor sólo hay uno,* así que ves ahí muchacho. Ya te avisé maldito miércoles; no debías tener expectativas de ser mejor que los otros días.

Es la chica argentina del segundo tercera. Su piso está justo debajo del mío. Así vivimos los "nuevos" seres humanos, apilados, unos encima de otros. Esperemos que no tenga ganas de hablar. Hablar por la mañana, temprano, no es sano. Lo cierto es que no sé ni cómo se llama. "G. Zimmermann" ha puesto en una etiqueta provisional (o no tan provisional —ya lleva dos meses-) en el buzón. Es tirando a alta, creo, al menos más que yo, lo cual no es difícil. El cabello moreno, corto por la nuca y creciendo hacia las sienes, pero arriba lo lleva largo y rizado y le cae salvajemente a un lado. Me gusta cómo le queda el peinado, el ojo izquierdo siempre le queda medio escondido detrás, es como si te mirara a medias y con el ojo oculto te espiara a medias también. La piel es blanca. Quizás no tan blanca pero como siempre que la he visto me parece que vestía de negro, tal vez sea sólo el contraste. No sé. Tiene los hombros anchos pero la cintura aún no lo puedo decir. Hoy, como siempre que me he cruzado con ella, lleva chaqueta o abrigo. Calza tacón alto. Habitualmente por lo visto. Me alegro de ser yo el que vive encima de ella y no al revés; no soportaría ese repiqueo todos los días sobre mi cabeza.

Ya me ha visto: Imagino que la alegrará como a mí encontrar vecinos en la escalera (el sarcasmo a primera hora de la mañana está perfectamente justificado).

- Hola, buen día.
- Buenos días…

Ahí vamos, golpe de cadera, vas girando rápidamente hacia el siguiente tramo de escalera y ya quedará la fémina a tu espalda. Primer escollo del día superado. Bueno, el segundo, el primero ha sido levantarse de la cama.

- *Aguardá*, por favor, bajo contigo y te comento.
- Eh…, sí, claro.

Pronto canté victoria. Nuestro edificio es tirando a viejo. Bueno en realidad muy viejo, por no tener no tiene ni ascensor a pesar de los muchos intentos que los propietarios de los pisos que quedan más arriba han puesto para intentar encajar uno en el maltrecho presupuesto comunitario. Claro, los vecinos de los pisos que quedan más abajo no quieren ni oír hablar de más derramas en inversiones. La restauración de la fachada, obligada por los innumerables desprendimientos que había, ya fue una partida de gasto tremenda, que me obligó a pedir una hipoteca. El interés es hijo de la necesidad, y los de los primeros pisos, que son los pisos más grandes y espaciosos, al tener más cuota proporcional han de pagar incluso más que los de más arriba, que son los que de verdad necesitan el ascensor. Paradojas permanentes, o quizás no más que una evidencia, que quién más tiene es quien menos necesita. ¿Qué querrá, cuál será el próximo jaleo vecinal en el que quieren involucrarme? Más reuniones de vecinos no, por favor. Cierto es que no voy a ninguna, a pesar de todo, y me voy enterando de lo que ocurre por las circulares que mandan y por los gritos que a veces se dan algunos en la portería a raíz de algún conflicto más interpersonal que de la comunidad, pero lo cierto es que los días que siguen justo después de cada junta se respira un aire entre los vecinos…. pues eso, irrespirable, como si hubieran quedado deudas de juego pendientes entre ellos. Cuando te cruzas con alguno en la escalera siempre te mira interrogativo, preguntándose de qué bando estás. Las votaciones en las comunidades de vecinos pequeñas como esta van casi siempre al filo, y un solo voto tiene mucho peso.

- Bien, pues tú dirás.

- Sí claro, supongo que ya *sabés* que estoy viviendo en el apartamento que queda por debajo del tuyo. No llevo acá más de dos meses pero ya me habrás visto otras veces, no es eso alguna novedad ¿cierto? Bueno, la cuestión es que me trasladé a Barcelona por motivo de un trabajo científico de investigación en psicología clínica que creo puede ser útil a muchas personas, tanto desde una óptica social como desde una visión política…

Dos pisos más y estamos en la portería. Ya queda menos para que puedas dejar de poner esa forzada cara de voluntariosa atención. Demonios, yo no molesto a mis vecinos, y me parece que todo vecino debería hacer lo propio. Convivencia vecinal no quiere decir cohabitación; tus problemas no son los míos.

- … la cuestión es que no conozco aún a mucha gente *acá* y he pensado que quizás *vos* podrías ayudarme con el *networking* que ahora precisa el proyecto puesto que …

La chica no es fea, ciertamente, al contrario, tiene un no sé qué, como cierto equilibrio estético que le hace bien… Pero Josué, mal has de pensar de alguien que en sus primeras palabras contigo suelta cosas como "trabajo científico de investigación en psicología clínica" y "networking". Esa jerga nunca puede traer cosas buenas a alguien como tú. Definitivamente se han perdido las formas o yo me he perdido algún curso de actualización a distancia; andaría durmiendo, eso seguro. Pero qué fue de las palabras que antes se decían y que sonaban armónicas y olían a significados. Ahora las palabras huelen a dentífrico y a aluminio pulido.

- Si te parece te convido a un café y te lo explico con más detalle ¿Qué me *decís*?

Ándate parado Josué que el verbo "invitar" hace buena la conversación y según vaya el hambre mejoran un día completo.

- Bueno, en realidad, si te soy sincero no sé si podré ayudarte mucho, pero, de acuerdo, acepto ese café con leche y así me lo cuentas con más detalle, quién sabe…

19

Ella dijo café y tú ya subiste a café con leche. ¡Eres un vivo!

- … la cuestión es que ahora no puedo, tengo que hacer unas gestiones. Burocracia y otros aburrimientos.

- Ah, estupendo. Quiero decir, que en realidad yo ahora tampoco puedo. Voy camino de la facultad y ando demorada. ¿Qué te parece de aquí a tres horas? ¿Podrías? ¿*Conocés* algún lugar que esté bien, por *acá* cerca?

Vaya, todo lo dice con una ilusión en la cara que casi ofende. ¿Acaso no ha visto que llueve, el día es feo y la vida un poco peor que eso?

- Eh…, sí, en un par de horas creo que voy a poder ¿Un sitio? … En esta misma manzana, en el lado opuesto hay una cafetería de barrio que está bien y hacen desayunos ¿Te parece que nos encontremos allí a las doce?

Ya hemos subido la apuesta del escuálido café a un *desayuno*; "psicología clínica, networking…" todo eso suena a jugoso presupuesto, seguro puede gastarlo. Debe andar en los cuarenta, más o menos como yo, quizás alguno más. No tiene pinta de becaria; café con leche y un par de cruasanes parece asumible para su economía. Para la mía, que lo que cobro de subsidio de desempleo se pierde cada primero de mes en una hipoteca con un interés abusivo, un desayuno decente es una auténtica fortuna.

- Oh, sí… Estupendo. Me parece que ya sé donde *decís* En cualquier caso veo que no tiene pérdida –dice con cierto aire socarrón dejando ir una breve carcajada- … nos vemos allá entonces.

- Gracias por la confianza- me dice cuando se aleja mirándome casi sin mirar por encima del hombro, mientras despliega un paraguas de color rojo intenso que combina a la perfección con su largo y ajustado abrigo negro. Levanta la mano izquierda como haciendo un olvidado saludo y dice;

- Ah, por cierto, me llamo Gabriela.

- Encantado, Gabriela- le digo levantando la voz un poco desacompasado, y más desconcertado aun. -Yo… yo me llamo Josué- digo al fin-.

- Sí, lo sé. Hasta luego Josué. Que *tengás* un buen día!

Miro al cielo y a mí me parece que llueve más de lo que me lo parecía cuando miraba la calle desde el interior de mi apartamento. Llueve y hace frío. Llevo una fina cazadora tejana, zapatillas deportivas de tela y cara de idiota. Y con razón entonces pienso ¡Cómo demonios voy a tener un buen día!

Mueve tus pies Josué, tenemos cosas que hacer y siempre es bueno que uno tenga cosas que hacer. Así se piensa menos en uno mismo.

Definitivamente llueve más. Es por mi suerte, no hay duda. Si la gente que también está ahora caminando bajo la lluvia, mojándose, supieran que es por mi culpa, por haber salido yo a la calle, a pasear mi suerte, me mirarían con resentimiento o me tirarían piedras. Afortunadamente piedras no hay. Ventajas tiene la ciudad.

Llueve, me cala el agua. Las gotas son gélidas y hace frío. Ya tengo los pies mojados, los hombros y los brazos, y el pelo empapado. El frío siempre hace igual, le entra a uno por los cuatro portales del cuerpo: por la parte superior de la cabeza, por la nuca, por las manos y por los pies. Pienso que uno podría ir desnudo en la misma nieve siempre y cuando esas cuatro partes las tuviera bien abrigadas. Entonces no tendría frío. Estaría ridículo, sí, es cierto, pero no tendría frío.

Demonios, hace frío de verdad, y la humedad vive en los huesos. La humedad es sólo buena en ciertas partes del cuerpo de las mujeres y en algunos otros alimentos. Por lo demás es siempre mal recibida. Hacía falta que lloviera, pero por mi ya podría parar. Debería sólo llover por las noches o con preaviso municipal, así uno se organizaría la semana a sabiendas de no dejarse nada que hacer por la calle el día de la lluvia. Tengo la ropa empapada y pegada a la piel. Está fría, bastante fría e incómoda, y este ruido ya empieza a no dejarme pensar.

Barcelona siempre tiene ruido. Hay mucho ruido en las calles. En hora punta, por las noches…. Pero cuando llueve aún es peor, se vuelve ensordecedora y entonces todos parecen haber perdido algo. Van de un lado a otro, con los limpiaparabrisas de los coches moviéndose como radares descontrolados que buscan, no sé, aquello que hayan perdido, y las gotas de lluvia haciendo salpicaduras en los techos de los vehículos como una niebla de colores encima de cada uno o como jaurías de pulgas en una verbena. Y entonces, cuando te quedas distraído viendo la torpe danza del tráfico bajo la lluvia, el escuadrón de los paraguas ciegos te ataca de nuevo. Son paraguas que vienen contra ti, no tienen ojos, sólo unas piernas que se mueven nerviosamente debajo de ellos, aparentemente sin rumbo, pero siempre con prisas. Puesto que están ciegos, tus ojos son su primer objetivo. Si no estás alerta, enseguida tienes a alguno, de color negro o étnicamente colorido, lanzándote sus alambres tentáculos contra tu cara. Sí, la ciudad es ruidosa y un tanto hostil pero cuando llueve, ruido y amenazas crecen como si el agua los alimentara.

Pero al final todo le queda al cuerpo; el ruido, las amenazas, la lluvia contra tu espalda, el frío en los pies y en las costillas. Te encoges ¿qué vas a hacer si no? Encogerte. Es como abrigarte el alma con tu propio cuerpo, o que quizás la retienes para que no te huya por culpa de la mala vida. Al cuerpo le queda todo. Es como el Sancho Panza particular de cada uno. Te avisa de lo mal o bien que vives, pero allá donde vayas, sea a buen puerto o al abismo, siempre se viene contigo. Pone dudas de por medio, pero nunca te deja, hasta que no lo dejas tu ya por viejo.

Camina Josué, camina, que caminar solo bajo la lluvia, es estar verdaderamente solo. Bajo la lluvia todos corren o llevan al menos el paso acelerado. Pero si no te esperas ya ni a ti mismo, entonces para qué correr en un camino equivocado. Pero en fin, a mi estar solo no me importa, la soledad me hace compañía. Sé que al abrir la puerta del apartamento estará allí, esperándome. Sentada en el sillón, mirándome con una sonrisa lánguida bajo los ojos. Haciendo nada en la cocina. En el interior del mueblecito del baño, o en la butaca de al lado de la cama... La soledad tiene la virtud de ser confiable, realmente digna de confianza diría yo. Sólo la cambiaría por una mujer como Sophie. Por Sophie, sí. Porque con una mujer así se le tiene a uno que encender el alma, eso es seguro. La puedo imaginar frente a mí, sentada, diciéndome con su acento francés cuánto le ha gustado la cena. Estirándome su brazo para pedir más vino en su copa. Con su vestido blanco de tirantes y su manera de reír. Uf! Espero no encontrármela ahora, ahora no, de esta guisa no, por Dios.

# III – El Suelo es el último peldaño

¡Menuda cola! Y esto sólo para coger el número de la mesa que te corresponde. Me sorprende la resignación de la gente en las colas, pero lo cierto es que al final yo acabo haciendo lo mismo que los demás, así que no debería sorprenderme. Fíjate qué fauna...

Delante de mí un hombre maduro, debe tener cerca de los sesenta años ya. No se le ve muy animado. Delante de él una mujer de origen eslavo con un niño en brazos. De momento el niño duerme y no llora. Es terrible para todos cuando eso ocurre, cuando un bebé empieza a berrear sin consuelo en un sitio cerrado donde nadie tiene escapatoria; sufre el niño, sufre la madre y.... sufrimos todos los demás. Por delante de ella un adolescente que me cuesta creer que tenga edad de trabajar; acné galopante y una indumentaria que... bueno, como la mía ahora mismo. Además tenemos a un lado y otro docenas de pacientes resignados, algunos más afortunados están sentados, otros de pie, apoyados por las paredes. Aquí tenemos todo el espectros social que va desde un ex clase media hasta el pobre de solemnidad: un par de hombres de mediana edad con corbata, que parecen sacados de un telediario de los noventa, cuatro hombres de origen magrebí, una mujer también magrebí que arrastra un niño, tres jóvenes que van juntos, con indumentaria heavy metal y que no paran de reírse disimuladamente (o no tan disimuladamente) del charquito que se forma alrededor de mis pisadas... Dos mujeres mayores... ¡Pero bastante mayores! Han de tener más de 65 años seguro! ¿Qué hacen en la oficina del paro? El contraste es como de comedor de beneficencia puesto que a su lado se sienta un hombre maduro, bastante mal vestido y con unos tatuajes que parecen emerger desde el pecho para proseguir luego por su cuello y su nuca, lo cual combina bien con los pelos blancos o reteñidos de las tres mujeres y su carga de orfebrería ultra brillante. Pues eso, a todos estos hay que sumar unos cuantos más que se confunden con el *gotelé* amarillento de las paredes. A partir de ahí, detrás de los mostradores, se extienden filas de mesas con todos los funcionarios que parlotean, ponen sellos y atienden otras tantas docenas de excedentes del sistema. Todo se mueve muy lentamente pero con mucho ruido de fondo y un vapor pegajoso como resultado de la lluvia que uno tras otro vamos trayendo de fuera hacia adentro del local.

A mi derecha, que todavía me sigue mirando suspicazmente y sin saber qué hacer, vestida de un marrón horrible y con unos cordones amarillos como de cortina vieja y pesada que le han mal aterrizado en los hombros, amén de algunos artefactos extraños fijados a un grueso cinturón negro, ejerce de guardia de seguridad una mujer en los cincuenta, bajita y paticorta. Es ancha de caderas y pecho generoso, con unos cabellos rizados, largos y encrespados, de color rubio teñido, que pugnan por evadirse como tentáculos por debajo de una gorra que no le sentaría bien a nadie. Al entrar ha dado medio paso al frente, que después ha retirado, mientras me miraba de arriba abajo, incrédula. Creo que instintivamente iba a proponerme que me metiera dentro del cubo que a la sazón han puesto para escurrir los paraguas. Espero que no lo haya dicho finalmente por humanidad y no porque pensara que no cabría dentro, que también podría ser.

Más de una hora después el monitor de plasma anuncia el número 232, el mío, mesa "N". Por fin, allá voy.

-       Hola, buenos días,

Me dice un tipo arrastrando las palabras en mangas de camisa y un chaleco verde de lana. Tiene la cara redonda, menos pelo que yo o entradas más grandes, no sé. Gafas de pasta exageradamente gruesas y un pendiente en la oreja izquierda a sus más o menos treinta y cinco años que aparenta. El pendiente pretende ser discreto pero no lo consigue por lo mucho que desentona con el resto del conjunto.

-       Buenos días, es sólo para sellar la cartilla. Ya han pasado tres meses, quién lo diría – digo con una mueca a modo de fallida sonrisa-.
-       Lo siento, el horario para sellar la cartilla es de 9 a 10.30 y son las 11:10 –suelta sin inmutarse señalando un reloj en la pared-.
-       ¿Cómo dice?
-       Sí, es la norma para todos, fíjese,  lo pone incluso en la cartilla. Muéstreme la suya por favor -me dice con cara de hastío, como si esto lo dijera todas las mañanas cuarenta veces-
-       Llevo aquí haciendo cola desde las diez menos cuarto, le digo elevando "ligeramente" la voz mientras me llevo la mano al bolsillo de la cazadora para sacar la cartilla.
-       ¿Pero, qué es eso?

Se pregunta mientras una especie de pasta de papel mojado se me deshace entre los dedos. La verdad es que yo tampoco lo esperaba y me pregunto lo mismo, pero no por mucho tiempo. ¡Lo que faltaba! La lluvia me ha mojado tanto la ropa que ha calado hasta adentro y ha dejado empapada la cartilla. Al arrastrarla hacia afuera con mis dedos se ha acabado de desmenuzar.

- Pues ahora además tiene que renovar la cartilla, vaya, le tienen que hacer una nueva. Con esta no puede continuar.
- ¿Cómo que "me tienen"? ¿Quién me tiene?
- Claro, eso no es aquí, el trámite de renovación es en la mesa "F". Esta es la mesa "N". Tiene que tomar un nuevo número en la máquina de ahí fuera y esperar a que le llamen desde la mesa "F".
- ¡Te referirás a la mesa F de fantasía y a la mesa N de Ni lo sueñes!! Yo no me muevo de aquí hasta que no me vaya con la cartilla sellada. Tengo cosas que hacer, tengo compromisos ¿sabe?
- No sé qué compromisos tiene, en cualquier caso está usted en el paro. ¿No? -dice con una caída de parpados que me sienta como una patada-.
- ¡Llevo aquí más de una hora para un trámite que debería poder hacerse por internet! ¡Es escandaloso!!
- ¡El sellado de la cartilla puede hacerse por internet! ¿Es que no lo sabe? -me lo dice medio alterado y ahora medio compasivo –de momento-.
- ¡Qué asombro! ¿Y me lo dicen ahora? ¡¡Nos tienen engañados!!

Veo por el rabillo del ojo que el hongo rubio caminante vestida de militar de alguna república ex soviética que acaba en no sé qué "istán", empieza a moverse hacia mí. De aquí no me sacan sin la cartilla sellada o perderé el subsidio. Allá voy, yo me subo a la silla y a donde haga falta para que me hagan caso. Esto está muy de moda hoy en día.

¡Rediez! no es tan fácil con los pantalones tejanos mojados, casi me descalabro al alzar la rodilla y sentirla atrapada. Ya estoy arriba en cualquier caso. Fíjate qué cara se le ha puesto a la rubia platino con gorra; no sale de su asombro, está literalmente con la boca abierta y clavada a medio camino. "Vade retro Satanás" le digo con la mirada. En realidad, ahora que miro a mi alrededor, observo que toda la oficina está con la boca abierta. Bueno, los chavales no, esos están dándose codazos el uno al otro y partiéndose de risa mientras me señalan.

- Señores, señoras, ¿es que no veis que nos tienen engañados?

Alzo la voz girando el cuello para que me vean todos los que aún esperan.

- ¡Nos toman el pelo, nos tienen aquí sometidos, haciéndonos esperar inútilmente para minar nuestra autoestima! ¡Pero si este país tiene más funcionarios que Telefónica! ¿Por qué no nos atienden y nos solucionan los problemas con celeridad y dignidad? ¿Qué no la merecemos? Díganmelo ustedes, ¿no la merecemos? ¿de verdad no la merecemos?

Desde la silla trato de subirme a la mesa del tipo del pendiente, pero al intentar ponerme derecho golpeo con la coronilla en el fluorescente suspendido ¡Cachis, qué golpe! Esto pinta mal... Me vuelvo a la silla, que se mueve un poco pero al menos no se me quema la cabeza.

- El muchacho tiene razón -dice una de las ancianas con un pelo blanco que parece casi lila- Nosotras llevamos aquí desde las diez de la mañana para la actualización de la pensión compensatoria y nadie nos atiende. ¿Por qué? ¡Es que desde luego el chico tiene razón!

Desde arriba observo bien como los funcionarios empiezan a ponerse nerviosos. El del pendiente se ha medio incorporado y me tira por detrás del pantalón pidiéndome que me baje de la silla. ¡No por ahora *Phil Collins*, este es mi momento!

- Señora -dice una funcionaria dos mesas más allá en un tono de voz un poco alto, mascando chicle y con la boca tan abierta que ofende al buen gusto- eso lo debe tramitar en la Seguridad Social, esto es la oficina del INEM -añade con aire justiciero-.
- ¿Lo veis? -grito yo- nos toman el pelo, no nos informan de nada, nos quieren sometidos...
- ¿Pero qué dice? -insiste la funcionaria que después se vuelve hacia la mujer del pelo lila- Señora, lo que ocurre que anda usted completamente confundida... -añade aún más alterada-.
- Eh! No le grite a la señora, que no le ha hecho nada, bastante tiene ya -dice con voz ronca el hombre del tatuaje, que parecía dormido hasta ahora-.

Uno de los magrebíes intercede con algo que nadie entiende pero que suena a queja colectiva. Por el fondo de las mesas veo que viene a paso ligero y levantando los brazos el que tiene toda la pinta de ser el director de la oficina. Los tres chavales andan discutiendo no sé qué con la de la mesa "A", mientras que el del tatuaje se incorpora con aire amenazante por si el director le quiere buscar las cosquillas. El del acné se ha intentado colar sentándose frente a una mesa que acababa de quedar sin nadie y se oyen por detrás recriminaciones. Se empieza a no comprender nada, todo el mundo está gritando. Uno de los hombres de corbata está intentando poner paz en varias discusiones a un mismo tiempo, pero para ello acaba gritando más que los demás. Observo que el otro tipo con corbata se escabulle por la puerta, mientras un tumulto se abalanza sobre los mostradores, levantando las manos y gritando cosas que no llego a entender. El bebé de la eslava se ha despertado, grita como un descosido y la madre lo gira hacia las mesas recriminándoles que lleva demasiado tiempo ahí y que ahora el niño tiene hambre -¿qué hago, ahora, qué hago?- les grita con su peculiar acento. Por debajo de mí se arremolina la gente ya en multitud de discusiones. Varios funcionarios se han levantado y se han aproximado al mostrador para "aclarar posiciones". Es un espectáculo fantástico y lo he creado yo, y me digo ¡Por fin, empieza a ser tan confuso que tiene sentido!

Ahora sólo necesito que alguien me haga caso y me selle lo que queda de mi cartilla cochambrosa. Es entonces cuando siento una descarga eléctrica que me paraliza casi por completo. La mujer uniformada ha regateado entre la gente, viendo que no podía con todos y se ha venido hasta mi por la retaguardia, me ha aplicado una pistola eléctrica debajo del riñón, bastante por debajo, que me ha inmovilizado la pierna izquierda por completo, pero al estar la ropa mojada la conductividad ha sido total y el latigazo ha llegado a todos mis rincones, erizándoseme todos los pelos del cuerpo, sí, todos. He caído de bruces contra el suelo, pero antes he estrellado mi mejilla contra el reposabrazos de la silla y he podido observar de reojo su sonrisa de satisfacción, en una especie de mueca retorcida en el lado izquierdo de su boca. Los ojos le brillaban como si hubiera descubierto oro. En el suelo me he quedado bastante rato, viendo pies arriba y abajo y comprobando como nadie reparaba en mi presencia allí, tendido. Cuando he recuperado la movilidad del lado derecho me he arrastrado hasta la puerta como si fuera un Marine americano y una vez fuera he seguido los pasos que el tipo de la corbata sin duda había caminado antes que yo. Eso sí, en mi caso andando durante cerca de quince minutos como si fuera medio parapléjico y con los pelos de punta. Si a eso sumamos que la ropa está toda sucia y pringosa después de arrastrarme por el piso mojado y pisoteado de la oficina, la verdad, entiendo perfectamente que la gente se haya ido apartando a mi paso como si estuvieran viendo a un zombi. Incluso una mujer le ha tapado los ojos a su hija cuando se ha cruzado conmigo.

Por suerte, ya no llueve, y como el lado izquierdo aún no me funciona bien, apenas oigo con ese oído. Un alivio que me permite cierta paz. Mi plan originalmente era llegar a casa, cambiarme la ropa y afeitarme antes de la cita con la chica argentina. Con las tres horas que nos habíamos dado tenía que haber sido suficiente, pero después de tanta espera y del tiempo perdido semi inmovilizado en el suelo de la oficina del INEM, no va a ser posible. Me toca ir directamente al café de Blasa y cumplir con mi cita.

No se llama exactamente Café de Blasa, pero todos lo llamamos así porque la propietaria y a la vez única camarera responde al nombre de Blasa. No sé qué nombre es ese, si es una abreviación o un apodo, creo que nadie lo sabe. Es una mujer enérgica, de curvilíneas formas, entrada en años. La cafetería es algo grasienta, como genuino snack bar que es, pero si tomas algunas precauciones es asumible. Por ejemplo, yo pido el café con leche siempre con la lecha fría. Lo prefiero caliente, pero el trapo con el que limpia rutinariamente el espárrago vaporizador de la máquina de café con el que calienta la leche en la jarrita es siempre el mismo desde los últimos cinco años y tiene un color negruzco sospechoso. Si tomas un par de precauciones de este tipo, como no pedir nada a la plancha, por ejemplo, y menos aún frito, puede pasar y está al lado de casa. Las pastas de bollería industrial las traen cada día, yo lo he visto, así que ahí no tomas riesgo ninguno. Las bebidas envasadas de fábrica son también una garantía.

Ya está ahí, la veo acercarse a través de los cristales. La argentina. Mmm... ¿cómo se llamaba? Espabila Josué, espabila o quedarás fatal... Ah sí, Gabriela.

Ciertamente es guapa y elegante. Me sorprendo de no haberme fijado mejor antes considerando que vive justo debajo de mí. Por la cara que ha puesto al pasar el umbral y la forma como ha recorrido con los ojos el techo del local está claro que la cafetería le ha encantado (todavía no es la hora de comer, así que los sarcasmos están todavía permitidos).

Sí, es atractiva, varios hombres la han remirado disimuladamente al entrar, hay pues consenso.

Ya me vio. Viene hacia mí mientras se va deshaciendo del abrigo. Lleva una blusa negra ajustada y unos pantalones negros también ajustados. ¡Oh, qué figura! Es realmente atractiva. Tiene además un pecho de grado medio que le combina perfectamente.

- Hola Josué; ¿qué tal, como *andás*?
- Bien, todo bien...
- ¿Pero Josué, qué te ha pasado?

Lo dice mirándome a la cara con los ojos exageradamente abiertos. ¡Oh por Dios, espero que no lleve todavía los pelos de punta!

- ¿Por qué lo dices? -Le pregunto mientras me paso la mano por el pelo intentando aplanarlo-.
- Por el morado en la cara, *acá*, en el lado izquierdo. Estoy segura de que no lo llevabas esta mañana ¿Qué te ha pasado? Estás todo contusionado.
- Ah... Ah, eso... Pues... un paraguas, sí un paraguas, no te puedes imaginar, en esta ciudad cuando llueve tienes que salir a la calle con la máscara de Hannibal Lecter. Una mujer que se me ha venido de frente, sin control alguno, ya ves. Pero no pensaba que me hubiera hecho un morado. El paraguas en toda la cara. Sí, doloroso... ¿Es muy grande? El morado, quiero decir.

- ¿Un paraguas te hizo eso? ¡Deberías denunciarlo! -afirma mientras mira mi chaqueta ennegrecida de arrastrarme por el suelo del INEM-. ¿Y entonces te caíste? –añade-.
- Sí, sí… perdí el equilibrio, fíjate que torpe. Ya te digo, una ciudad peligrosa.
- Bueno -continúa ella sin mucho convencimiento sobre mi historia- en cualquier caso me alegro que estés bien y hayas podido venir a nuestra cita a pesar de todo.

Pedimos café con leche los dos, ella con la leche muy caliente y yo con la lecha fría. Pedí entonces un par de cruasanes para mí. Ella no quería comer nada. Blasa volvió para decirme que ya no le quedaba bollería, acababa de dar la última palmera a un chaval con una mochila verde que ya salía por la puerta. Me ofreció unas madalenas que decía había hecho ella misma. Rechacé cortésmente el ofrecimiento. Sólo café, con leche fría, mientras a ratos todavía la pierna izquierda se me movía en algún espasmo repentino golpeando la mesa y agitando las tazas.

- Bueno, *dejáme* que te cuente que es lo que hago *acá* y cómo podrías *vos* ahora quizás echarme un cable. ¿Te parece?
- Sí, claro, adelante por favor.
- Pues bien, formo parte de un equipo de investigadores que nos distribuimos básicamente entre la Argentina, Brasil, los Estados Unidos, Alemania, Finlandia y ahora Barcelona. El equipo es bastante multidisciplinar pero básicamente estamos todos focalizados en los rubros de la psicología, la sociología, el derecho, la medicina, la antropología y también en el ámbito del desarrollo personal.
- Vaya, sí que parece un buen equipo. ¿Ya os entendéis entre vosotros siendo gente tan diversa? Por cierto ¿En cuál de esos campos estás tú?
- Oh, sí, son unos colegas estupendos. Todos altamente competentes y muy concienciados con el proyecto. En mi caso concreto y puesto que lo *preguntás* me licencié en psicología por a Universidad de Buenos Aires y posteriormente cursé estudios también en California y después en Chicago, en la escuela The Coaches Training Institute, graduándome más tarde en el International Leadership Program. También me formé en sistemas organizacionales y relacionales en el Center for Right Relationship. Ah! … y detento la certificación en entrenamiento mediante técnicas de Programación Neurolingüística. Y… uhm…. Ah sí, estoy también licenciada en Ciencias Políticas por la Universitat Oberta de Catalunya. No sé, así como resumen creo ya te *hacés* una idea de cuál es mi función en el equipo, porque ciertamente tendría que hacerte ahora una descripción profunda del proyecto como para

hacer entendible mi papel, pero a modo de resumen podríamos decir que formo parte del equipo que hace el trabajo de campo, tanto en la implantación de las metodologías como en lo relativo a la recogida de datos.

-	Bueno, te he de reconocer que me perdí después de que dijiste Buenos Aires y no recuperé el entendimiento hasta que dijiste Univesitat de Catalunya. Por cierto ¿Pensé que sólo llevabas en Barcelona un par de meses?

-	Sí, así es –dice entremedias de una carcajada-. La licenciatura en Ciencias Políticas la cursé a distancia, mientras andaba entre Chicago y California. Y…. Por cierto también, *contáme* de *vos* ¿Qué estudiaste, qué *hacés*?

Uff, cualquier hombre con dignidad se sentiría incomodo antes esa pregunta después de escuchar su currículo. Afortunadamente la dignidad no ha sido nunca un escollo para mí y menos hoy con los calambres que todavía me recorren el cuerpo. En cualquier caso habla con jovialidad, casi con una actitud más propia de alguien mucho más joven.

-	Empecé los estudios de filología hispánica, pero la verdad, el segundo año lo dejé. Me encanta leer, leo mucho, al menos en comparación con lo que lee la gente en esta ciudad, pero las tediosas clases se me hacían insufribles y me parecía todo muy encartonado y predefinido; ni la literatura, ni cualquier otra forma de expresión artística, debería nunca intentar domesticarse de ese modo. ¿No crees?

-	Sí, en cierto modo estoy de acuerdo con *vos*. -lo dice con una media sonrisa de cierta autosuficiencia, por cierto-.

-	Y… por lo demás, soy mensajero. Bueno, ahora no. Estoy en paro desde hace algún tiempo. La crisis, ya sabes. Pero vaya, cuando trabajo voy en motocicleta de aquí a allá llevando documentos y paquetes. No requiere mucha responsabilidad y eso está bien para mí. Me gusta ir en motocicleta por la ciudad y me gusta la libertad de tener un trabajo así que me lleva cada día de una punta de la ciudad hasta la otra, viendo a la gente trajinando y siempre en movimiento, observar los escaparates, las micro vidas que la gente hace dentro de los coches… Además, ir con la motocicleta entre el tráfico es como surfear las olas, o al menos a mi me parece que tiene que ser algo parecido. Lo digo porque nunca he practicado surf, pero, cuando se pone el semáforo en verde es, creo yo, como si una ola impulsara tu tabla por detrás y te lanzara hacia adelante, y entonces empiezas a zigzaguear entre los coches ¿sabes? Cómo hacen los surfistas. Entonces, cuando llegas a tu destino es como si llegaras a la playa, aterrizas en la arena y te bajas con esa sensación de haber estado cabalgando las olas.

Mmm... eso está mejor, se le ha quitado la cara de autosuficiencia que tenía, parece le ha gustado mi pequeña introducción. Me gusta la manera de sonreír que tiene. Tiene una boca muy bonita, con los labios muy bien perfilados, de un rojo intenso sobre su piel blanca, que la abre sin complejos cuando ríe, enseñando una mandíbula ancha y en perfecta formación.

- ¡Blasa! ¿Me puedes traer una cola por favor? ¿Quieres algo tú?

- No gracias, el café con leche está que arde y lo debo tomar de a poco si no quiero achicharrarme.

- Bueno entonces, dime ¿cómo podría yo ayudarte?

- El proyecto busca medir, desde un punto de vista de la psicología clínica, la influencia en adultos de ciertas técnicas de desarrollo personal. Lo cierto es que no hay casi proyectos de investigación en psicología clínica de este tipo, y los que hay se centran principalmente en niños y adolescentes, así que, en cierto modo, estamos siendo bastante innovadores y, no sólo por eso, sino por la esencia misma del proyecto, al estar combinando distintas técnicas, unas más probadas que otras, algunas un tanto heterodoxas, sobre un mismo sujeto, midiendo en tiempo real la afectación mediante un sistema de métrica desarrollado y consensuado previamente por el equipo. *Perdoná*, sé que así, de este modo, no se me ha entendido quizás muy bien, pero es que es tan apasionante desde un punto de vista científico que me emociono cada vez que he de exponer el proyecto.

Es verdad que se ha emocionado, aunque yo no acababa de entender por qué.

- *Dejáme* que utilice otras palabras. Lo que estamos intentando medir es la influencia real que ciertas técnicas de meditación, auto estimulación cognitiva y, digámoslo así, gestión emocional, provocan o pueden provocar en individuos que ¿cómo decirlo? no están precisamente destacando hasta ese momento por sus cualidades. En realidad el proyecto asume, pues así lo asumimos prácticamente todo el equipo -esto lo dice echando el cuerpo para atrás y abriendo los ojos. Bueno, eso creo porque sólo se le ve el ojo derecho- que todo el mundo detenta cualidades excepcionales, si bien éstas no se ejercen ni se manifiestan en la mayoría de casos. ¿No sé si me *entendés* ahora?

- Claro, sí, te entiendo. Aunque sigo sin tener claro cómo podría yo ayudarte.

En realidad sólo tengo una vaga idea de por dónde va, pero ¿qué voy a decirle si no?

- Bueno, ahora te cuento. Como te decía la psicología clínica en adultos abarca la edad que va desde los 25 años hasta los 50 años, pero para la correcta aplicación de las técnicas, buscamos personas entre los 30 y los 35 años. La razón es que en esa franja de edad los rasgos de la personalidad ya están sobradamente definidos y la carrera profesional, para bien o para mal, también está consolidada -aquí levanta unos preciosos ojos  (creo que lo dos) que hasta ese momento miraban sus manos y me hace una fugaz mirada hasta mi frente- ...al tiempo que hay por delante un horizonte de tiempo suficiente como para poder proyectar y evaluar científicamente la influencia que "las técnicas de desarrollo personal" -es ella la que hace las comillas con los dedos en el aire- tienen en el sujeto, si es que finalmente ha habido esa influencia, claro.

- Entiendo, más o menos, que lo que me estás diciendo es que queréis gente más bien normalita, para someterlos a algún tipo de entrenamiento personal y algo más, por lo que entre leo de tus palabras, y ver el resultado que ese supuesto entrenamiento "especial" tiene en esas personas, perdón, en el "sujeto" -Ahora soy yo el que hace las comillas en el aire con una sonrisa cómplice (me quedaban algunos tiros de sarcasmo todavía)-.

- Exacto! Me *entendés* perfectamente. Gracias, tu lo simplificaste tanto que... Oh, no me mal *interpretés*... quiero decir que hiciste la síntesis perfecta.

Me encanta este intercambio de suspicacias que nos vamos haciendo. Es desde luego una mujer muy interesante, entra al trapo y  sabe reírse de ella misma.

- He de decir que el estudio ya se inició en distintos países, como Argentina, Brasil, Estados Unidos y Finlandia. En algunos casos, como en California, el proyecto lleva ya más de diez años funcionando.

- ¡Diez años ya! Entonces ya tenéis que tener resultados  ¿No?

- Bueno, sí, más o menos. Hasta cierto punto. Aunque no es fácil extraer conclusiones aún puesto que pequeños matices tienen un efecto inconmensurable a medio y  largo plazo, ya sabes, el efecto mariposa, seguro has oído hablar ¿Cierto?

- Sí, ya, sí, claro... vi la película.

- Ocurre que, entre las distintas variables que intervienen, pensamos que la influencia cultural puede jugar un papel determinante y esa es la razón de que simultáneamente se emprendieran proyectos en otros lugares distintos que California, para evaluar si hay o no diferencias significativas por razón del entorno cultural. Y ahí es donde aparece Barcelona, y yo misma, viviendo justo debajo de *vos. Sabés,* el equipo busca tener unas cuantas "muestras" -vuelve a ser ella que pone las comillas en el aire mientras hace una sonrisa ladeada- pertenecientes a lo que se conoce como carácter o cultura mediterránea.

- *Voilà*! Y eso te trajo aquí, para acabar tomando un café un día lluvioso como hoy con un tipo como yo. Jajajaja… Creo que hubieras hecho mejor negocio quedándote en California…
- No, no creas. Estoy encantada con el cambio. En California me incorporé al proyecto cuando este ya llevaba 7 años en funcionamiento. Lo apasionante es estar desde el principio y observar los cambios, si es que se producen –matiza- y esa oportunidad sólo me la ofrece ahora mismo Barcelona. Es una gran responsabilidad aunque, claro, no voy a estar sola, todo el equipo se involucra lógicamente pero, en verdad que el trabajo de campo es el más exigente y a la vez el que más me motiva.

Se ve de lejos que le apasiona el proyecto y su trabajo. Se le nota en la cara, en cómo se le enciende. La gente que hace lo que le gusta no habla del trabajo como si fuera trabajo, sino como si fuera su mayor hobby. Se le escapan continuamente ligeras muecas de sonrisa por entre la comisura de los labios y eso te acerca a ella con complicidad, como si te estuviera contando que ha descubierto un tesoro y estuviera compartiendo contigo el secreto.

- Como te andaba diciendo esta mañana, ahora precisamos voluntarios que puedan estar interesados en formar parte del estudio para preseleccionarlos. Puesto que buscamos personas en tu franja de edad… *Disculpá* he asumido que *andás* entre los treinta y los treinta y cinco años ¿no es cierto?
- Sí, así es, estoy justo en el medio, tengo treinta y nueve.
- ¡Perfecto! -dice con un gesto de asentir con la broma- … Entonces pensé…. Hahaha, ya te vi la intención. Sí, sí, ya sé que no lo ibas a preguntar pero no tengo problemas con mi edad, tengo cuarenta y uno. Bueno, como te decía pensé que tendrías amigos en esa edad, algo por debajo de la tuya,  con los que pudieras comentar esta posibilidad. Llevo *acá* dos meses pero casi no salí de la facultad ya que con los colegas de la UB estamos adaptando los test de evaluación a la idiosincrasia mediterránea… Quiero decir que no tuve tiempo de salir prácticamente, ni organizar el *networking* necesario. En realidad debo decir que es importante que los candidatos no sean amistades de los investigadores para evitar, entre otros, desviaciones de criterio.
- Ah, bueno, eso me excluye a mí. Ya somos amigos ¿no?

Esto último se lo digo mientras le guiño el ojo izquierdo sin acordarme del golpe contra la silla del INEM, con lo cual el guiño acaba siendo una mueca de dolor que hace que se le escape a ella una sonrisa por el lado derecho de la boca acompañado de una breve carcajada casi gutural.

- ¿No deberías ir al médico a que te mirara el golpe? Parece serio -pero lo dice intentando ocultar una sonrisa que se le acaba escapando-.

- Oh no, no te preocupes, no es nada. Cada vez que llueve acaba uno así en esta ciudad.

Se ríe ahora abiertamente. Es curioso, se ríe más como un chico de dieciocho años que como una mujer de cuarenta y uno. Es una sonrisa amigable, masculina hasta cierto punto, como la de un camarada de juventud. Te da cierta confianza.

- Bueno, he de decirte que yo llevo algo más tiempo que tú en esta ciudad, unos 39 años -iba a volver a guiñar el ojo izquierdo pero rectifico a tiempo y lo hago con el derecho, quedándome al final el gesto en una suerte de tic nervioso en la mirada- y tampoco tengo muchos amigos, no obstante lo comentaré con un par de ellos a ver si podría interesarles. ¿Cuáles son las condiciones exactamente? ¿Qué se les exige, qué se les ofrece?

- Gracias Josué, te lo agradezco de veras. No se les exige gran cosa, más que se comprometan con el proyecto una vez se *inicían*. No han de pagar nada a pesar de que gran parte del entrenamiento es, en cierto modo, bastante caro, te hablo de miles de euros, pero como la nuestra es una intención puramente científica no cobramos nada absolutamente, estamos debidamente financiados. Lo que si se les pide es que pasen un test previo pues los requisitos de acceso están estrictamente definidos y si su perfil no encaja no podemos incorporarlos. Por cierto, esto me hace pensar en decir que el compromiso con el proyecto implica hacer regularmente unos test de evaluación donde se le van a preguntar aspectos personales y, hasta cierto punto comprometidos de su vida personal. Pero también he de decir que toda la información se trata con carácter confidencial y no sale más allá del ámbito de los investigadores.

- Y… ¿van a cobrar algo por participar?

- Me temo que no.

- Eso reduce mi lista de amigos a uno o a ninguno… -se me escapa una sonrisa que ella no acaba de compartir-.

- No van a cobrar nada en forma de retribución pero *pensá* que gracias al programa van a poder controlar sus vidas ellos mismos de una manera que hasta ahora no habían podido ni imaginar.

- Y cuando dices un test previo para ver si reúnen las condiciones ¿qué tipo de condiciones son?

- Oh, nada complicado, evaluamos su entorno social, su coeficiente intelectual y ciertos aspectos de su psique. También medimos el biocampo mediante un escáner.

- Oh, menos mal que no era nada complicado -último sarcasmo de la mañana, lo prometo-.

- No creas…. Lo que quiero decir es que si bien evaluamos varios criterios, no buscamos *a priori* cualidades excepcionales.
- Sí, ya me acuerdo, lo de la gente "normalita".
- Eh… ¡tal cual!

Bueno, esto llega a su fin. Lo cortés en estos casos es que yo haga ver que tengo intención de pagar la cuenta puesto que he consumido más que ella, ella dirá que no, que había dicho que invitaba ella y otras protocolarias frases, yo pondré cara de inconformidad y la dejaré que gane y me invite.

- Bueno pues, seriamente hablando, voy a hacer lo posible por comentar con un par de amigos la idea, a ver si puedo convencerlos. Te digo algo tan pronto vea las reacciones ¿te parece?
- Oh, buenísimo, te lo agradezco de corazón Josué.
- ¡Blasa, la cuenta por favor! ¿Me dejas que te invite? -le digo con una cara inventada de tipo franco y honesto-
- Oh! Pues muchísimas gracias, *sos* realmente un encanto, Josué.

¿Un encanto? Lo que soy es tonto, no cabe duda. Acabemos esta broma que ya te ha salido bastante cara Josué. Vete para casa y haz lo posible por intentar sellar la cartilla del paro a través de internet porque, la verdad, sólo te faltaría que encima ahora te retiraran el subsidio. Eso si no te han filmado con cámaras y vienen a buscarte a casa después de la que has armado.

- Gracias Blasa, hasta la próxima.
- ¡Hasta luego Josué!
- Bueno Gabriela, ¿Vas para casa? ¿Vamos juntos?
- No, aún no. Me regreso a la UB, aún me queda mucho trabajo hoy. Esta noche he de partir para Lisboa; un viaje relámpago, pero inaplazable.

Casi mejor, pienso. Si está la policía en la puerta esperándome a causa del espectáculo de esta mañana en la oficina del INEM, hubiera sido un poco bochornoso.

- De acuerdo pues, aquí nos despedimos entonces —respondo acercándome a ella para darle dos besos-.
- Ciao Josué

Veo que se aleja con su abrigo negro, sus tacones y su caminar resuelto. Sin duda ese abrigo oculta una bonita silueta, y esos hombros sujetan una cabeza muy bien puesta. Creo que me ha visto venir desde el principio. Lo cierto es que no sé por qué demonios me ha engatusado. Realmente no sé qué quiere de mí

¿mis amigos? Pero si yo no tengo amigos de esos y si los tuviera ¿cómo les iba a contar semejante historia? ¿Qué clase de amigo sería?

-       Gabriela, por cierto ¿El proyecto? ¿Tiene algún nombre en clave o algo así? Ya me entiendes –le grito antes de que pueda dejar de oírme-.

-       Sí, así es. Se llama "Meta"

## IV – Última Llamada

Otra vez la melancolía. Hoy me ha podido por sorpresa, no la le visto venir. No llueve, pero por mí podría llover. Hoy no es día. Hoy no es nada. No tengo ganas de llorar, pero tampoco de reírme.

- ¿Sí, quién es?
- ¡Zacarías! Hola Zacas, ¿Qué tal? Es temprano, lo sabes ¿no? Si estás en el paro, las nueve y media de la mañana es temprano. ... Sí, sí, los conozco. Trabajé para ellos hace unos años. .....Sí. ....Ah, .... ¡Estupendo, genial! Me visto y voy para allá. ¡Gracias Zacas! ....Vale.... Sí, vente luego por la tarde.... De acuerdo, sí. Hasta luego pues. Un abrazo...

Zacarías, qué personaje y qué buen gesto ha tenido. Buscan un nuevo motorista en la agencia de mensajeros en la que él trabaja ahora y ha pensado en mí y ha telefoneado. Cree que si me doy prisa tengo opciones para quedarme el puesto.

Zacarías es una de esas almas que van y vienen en la vida de uno. No sabes por qué aparece ni por qué después pasan meses sin saber nada de su vida. Pero nunca tienes la sensación de que estén de más cuando vuelves a verlos. Tiene el hábito de la marihuana y, sinceramente creo que trabaja con el único fin de podérselo costear puesto que vive aún con sus padres, vestido, y alimentado *ad libitum* por su santa madre, y ciertamente nunca le he visto la menor inclinación a emanciparse. Viste como si toda su ropa tuviera una o dos tallas de más de la que le conviene. Se afeita dos veces al mes, el uno y el quince de cada mes. Él es así; tiene sus rutinas, no muchas, pero irrenunciables. Siempre he pensado que el afeitado coincide con las únicas veces en las que se ducha, pero nunca he acabado de preguntárselo. Por lo demás tiene una sonrisa franca, algo inestable, pero eso es por culpa de la marihuana. Los ojos vidriosos y una manera de caminar sosegada, muy sosegada. De hecho, camina tal y como conduce la motocicleta. Creo sinceramente que es el mensajero más lento de la ciudad. No sé cómo le salen las cuentas. Conduce un ciclomotor antiguo, una Vespino de los ochenta, que él cuida y mima como si se tratara del retrato mismo de la

Gioconda. Cuando va encima de la motocicleta tiene una posición tan recatada y forzada a su vez que parece que no la quiera ni tocar. Pensarías que va sufriendo por causa de alguna descomposición intestinal si no fuera por la imborrable sonrisa que siempre lleva puesta; haga frio, llueva o nieve. No importa lo que suceda a su alrededor o sobre su cabeza, Zacarías siempre está sonriendo cuando está sobre la motocicleta, aunque ésta esté parada. Lleva un casco como el mío, abierto en el rostro y sin visera. En mi caso es por pura penuria económica. En el suyo es porque como fuma también cuando va sobre la motocicleta, necesita tener el rostro despejado para sostener el porro con la boca. Es bastante alto y delgado, con un porte algo encorvado. Tiene un extraño ritual con su cabello que por cierto nunca parece estar limpio del todo. Lo deja crecer siempre hasta que éste le llega a los hombros y, ese día, se va al peluquero y se rapa como si fuera un cadete militar y vuelta a empezar. Así que no sabría decir mucho más de su aspecto físico. Por lo demás, su conversación es siempre mística, no hay otra opción con él. Si hablas de política, todo acaba con él en las "fuerzas oscuras que nos gobiernan". Si le hablas del tiempo, acabarás hablando de "por qué las gotas de lluvia van de arriba abajo y no al revés". Sí, así es, la conversación de las gotas la hemos tenido ya varias veces. Se lo he intentado explicar en más de una ocasión pero para él el misterio no se responde tan "banalmente" con "lo de la fuerza de la gravedad esa", para él hay "intencionalidad" en el movimiento descendente de las gotas.

Lo que a Zacarías de verdad le seduce es la contemplación de la obra de Dios como él mismo afirma. Pareciera que ha venido al mundo sólo para eso, y a menudo le envidio ese sentimiento.

Necesito el trabajo, no puedo perder la oportunidad. Un afeitado rápido, ducha rápida también y nos vamos para allá. ¿La melancolía? La melancolía no te cabe cuando tienes cosas que hacer. Mañana veremos.

# V – La Vida insiste

Salgo ahora de la agencia. La entrevista ha ido bien, en realidad ha sido muy breve puesto que ya me conocían, tan sólo querían asegurarse de que la motocicleta y yo estábamos listos para empezar mañana viernes. Les he dicho que sí, claro; mañana me va perfecto. De camino a casa llenaré el depósito y así ya no hará falta perder tiempo en ello.

Llevaba unos días sin coger la motocicleta y ya lo echaba de menos. No hace sol, está nublado, pero no llueve. Es cuanto hace falta para que uno se sienta un poco dueño de sí mismo y gire la muñeca sobre el puño del acelerador para adentrarse en el corriente sanguíneo de la ciudad.

El tráfico a media mañana no es tan terrible como en hora punta. Puedes contemplar el ritmo a medio latir de la ciudad entre frenesí y frenesí. Por la acera ves algunos ejecutivos que hacen ver que están ocupados, camiones de reparto en doble fila haciendo las últimas entregas de la mañana, y a los siempre animados escolares que regresan a casa para comer, a Sophie, a…. ¿a Sophie? ¡Hola Sophie, aquí, Josué! Me mira, me está mirando, levanta la mano ¡Sonríe!

-   ¡Ay, joven! ¿Qué se ha hecho daño?
-   ¡Argshhhhhhhh….!
-   Pero hombre… ¿Qué no miras? ¡Ya me has arreglado el día! Ahora a pasar la tarde en el taller para reparar el parachoques. ¿Por cierto, estás bien? ¿Qué tienes en la cara? -me dice el conductor del taxi-

Junto con los paraguas ciegos, los taxistas de esta ciudad son también parte destacada de los ejércitos del mal enviados desde el más allá para torturar nuestras vidas. Si hay algo parecido a un cliente en una acera, basta con que éste ingenuamente levante el brazo, aunque sólo sea para rascarse una oreja, para que el taxista, siempre alerta como ave rapaz, no vea mejor ocasión para desplegar su ofensiva contra cualquier insensato que le siga por detrás o esté próximo a él. Aprieta entonces el taxista el pedal de freno como si la vida le dependiera, para eso sí, ya después, poner el intermitente. Cuando el intermitente se enciende por primera vez el coche ha pasado de 50km por hora a detenerse por completo en menos de metro y medio y tu ya te has estampado contra la parte trasera del vehículo y, como en mi caso, has volado sobre el maletero para estrellar tu cara contra una especie de aleta dorsal que llevaba en el techo del coche a modo de antena.

- ¡Argshhhhhh…! ¿Qué le pasa a mi cara? ¡Oh, noooo…., la motocicleta, tiene toda la horquilla delantera inservible!
- ¿Pero está usted bien, joven?

Me dice, mientras sigo en el suelo, la mujer de edad avanzada que por lo visto iba a tomar el taxi. Pero es en ese momento, justo por detrás de su hombro, que veo aparecer el sol en forma de la cara de Sophie. Abre sus preciosos ojos y me pregunta…

- ¿Cómo estas Josué? ¿Estás bien?
- Sí, sí, más o menos Sophie. Todo bien -digo aún desde el suelo mirando hacia arriba- ¿Y tú, todo bien?
- Sí, claro, llevaba a Armand a casa para la comida y hemos visto lo que ocurría ¿Necesitas que hagamos algo por ti?

Le respondo que no hace falta con un gesto de la cabeza. Ella todo lo dice con un delicado acento francés y con su boca redondeada. Armand es su hijo, de unos seis años. Se casó muy joven con un tipo de Murcia que vivía en Barcelona. Él los abandonó al poco de nacer Armand, y ella decidió quedarse aquí.

Se amontona la gente a nuestro alrededor y la pierdo de vista. Lástima. El taxista ya vuelve del interior del vehículo con la documentación. Está impaciente por hacer los trámites y deshacerse de mí. Por supuesto, como siempre pasa en estos casos, el que va detrás siempre es el culpable, así que, con mi seguro a ultra terceros me tocará a mi pagarme la reparación, amén de perder el trabajo que acababa de conseguir pues necesitaré al menos una semana para reparar el siniestro y, seguramente, un préstamo para hacerlo. El de la agencia estaba impaciente porque el nuevo motorista empezara mañana viernes, así que tendré que comunicarle lo ocurrido. Algo no funciona en mi vida, es evidente.

## VI – Humo y Cosmos

- Hola Zacarías, pasa, adelante.
- ¿Cómo estás? ¿Te duele?
- Pues la verdad es que no sé si es el golpe o la vida misma, pero algo me duele.
- ¿Cómo estás tú?
- Bien, me dejo llevar por la corriente, ya sabes. ¿No te importa que fume, verdad?
- No, no, adelante ¿quieres una cerveza o una copa?
- No, ya sabes, nada de alcohol, yo sólo consumo agua, zumos y cocina macrobiótica. Vida sana, amigo, vida sana.
- Sí, es verdad, perdona, lo olvidé.

Lleva fumando marihuana a diario como si fuera tabaco desde los catorce años, eso sí, pero en todo lo demás, es verdad que está muy concienciado y cuida mucho su alimentación.

- He hablado con mi jefe, pero dice que no puede esperarte.
- Sí, lo imaginaba, se veía que quería a alguien para ya. He ido al taller. La broma no va a salirme barata. Le he preguntado al mecánico si me la puede arreglar y que ya le pagaría la reparación cuando empezara a trabajar. Me ha dicho que al menos le he de pagar la mitad ahora, así que tengo que ver cómo me las ingenio.
- Es el cosmos tío. El mecánico no es más que un instrumento del cosmos. No le des más vueltas, ese trabajo no debía ser para ti. Piensa que a lo mejor este accidente de hoy ha evitado que tuvieras uno mucho peor mañana. No tenemos el control de nuestras vidas y cuando queremos tomar el control, algo más poderoso que nosotros nos arrebata las riendas. Yo al menos lo veo así.

-    Es curioso que digas eso, ayer precisamente la chica argentina de abajo me proponía que  involucrara a  amigos o conocidos míos en un programa de auto gestión o algo semejante para, precisamente, controlar sus vidas dijo.

-    ¿Te has golpeado en los dos lados de la cara?

-    ¿Eh? Ah, no. Este otro morado es de ayer por la mañana. Un día difícil, luego te cuento.

-    ¡Menuda cara llevas! –dice rompiendo en una sonora carcajada, que me contagia-.

-    ¿Quieres? -me dice ofreciéndome el porro-.

-    No, ya sabes, yo sólo alcohol, mujeres, carnes rojas y otros condimentos vitales, pero drogas no, vida sana amigo, vida sana.

-    Por cierto ¿crees que podría interesarte?

-    ¿El qué?

-    Lo del programa que propone la chica argentina, la que vive aquí debajo.

-    ¿Cómo está?

-    Jajajajaja… Está muy bien, la verdad, pero creo que está muy centrada en su trabajo y pienso que hay otros investigadores de por medio también. Vaya, que no creo que sea algo a solas con ella.

-    Ya… ¿Y cuánto pagan?

-    Pues según me dijo ayer, nada.

-    Es el cosmos tío, es el cosmos, si no hay nada que hacer con ella y por otro lado no pagan nada, está claro que no es para mí, el cosmos no lo quiere para mí ¿Qué le vamos a hacer?

Nos reímos los dos de nuevo. Yo me palpo el vientre mientras discretamente se me retuerce el gesto. Me mira interrogándome. Le digo *no* con un ligero movimiento de cabeza.

-    Por cierto, ¿qué pasó?

-    Me distraje mirando a Sophie. Iba con Armand de la mano. Por lo visto salían del colegio, la saludé y ella me saludó y, chico, cuando me miró y levantó la mano para saludarme, ahí precisamente se me olvidó que los taxistas andaban sueltos y descontrolados.

-    Ah…, Sophie, qué mujer ¿verdad? Lo entiendo, pero casi mejor si la próxima vez te paras primero y luego la saludas.

-    Sí, lo sé, pero es que no pensaba que me fuera a devolver el saludo, siempre me parece que no me ve.

-    ¿Te importa si me hago otro?

-    No, adelante.

- El chaval que tiene es majo, ¿no? Se parece a ella, afortunadamente.
- Sí, desde luego. No sé qué clase de imbécil puede dejar a una mujer así. Cómo dejar de quererla. Por una mujer así se roba, se mata y se hace durante toda la vida si es necesario. El mundo está mal hecho Zacarías. Mal repartido, mal gobernado…
- Mi madre siempre dice que *quién no te quiere es que todavía no te merece*.
- Tu madre es muy sabia Zacas, muy sabia. Pero en verdad te digo que a mí me gustaría merecerla.


Zacarías se ha quedado hasta hace bien poco. Hemos estado escuchando casi todo el álbum de Trojan Reggae Chill-Out. Le gusta especialmente. Nos hemos reído un poco más cuando le he contado la historia del INEM y como de costumbre ha acabado hablando de una de sus teorías. La de hoy era que nuestras vidas sólo eran una fantasía de nuestra conciencia. Es probable que no vuelva a saber de él en meses. Zacarías es así.

Después me he puesto frente al ordenador y he buscado "Gabriela Zimmermann". Han aparecido solamente un puñado de artículos, no llegaban a una página entera. A través de uno de los enlaces he descubierto una versión de Google que no conocía llamada Google Académico, que está especializada en localizar documentos científicos como artículos, tesis, libros y resúmenes de fuentes diversas publicados en revistas científicas y bibliotecas. Ahí sí he encontrado docenas de artículos en los que ella aparece, bien porque son relativos a conferencias o publicaciones suyas o bien porque son artículos de otros investigadores que citan algunos de los trabajos de investigación de Gabriela Zimmermann. La lista era interminable, sin embargo no he encontrado nada relativo a Meta por más que lo he intentado. Después he vuelto al Google normal a recuperar una reseña que aparecía al final de la lista de mi primera búsqueda y que me ha parecido curiosa. Era una web que informaba sobre el significado de los nombres y allí es donde he leído que el nombre de Gabriela significa "La fuerza de Dios".

# VII – La Palabra es "Conexión"

- Sí, voy... -escucho a Gabriela responder a través de la puerta de su apartamento-.
- Hola Josué ¿Qué *hacés*? Buen día.
- Hola Gabriela, buenos días ¿Cómo estás?
- Bien ¿y *vos*? Pero, Josué... ¿qué te ha pasado de nuevo en la cara? ¿*Llevás* otro morado? ¿Puede ser? No me digas que fue otro paraguas... -se le escapa una de sus ladeadas sonrisas-.
- Ah, no, no... Un accidente con la motocicleta.
- Oh! ¿Y estás bien? ¿Te hiciste algo grave?
- No, sólo la cara y... bueno, la motocicleta sí, la moto sí que acabó mal. Pero yo estoy bien.
- Bueno, siento lo de la motocicleta pero me alegro por *vos*. Dime. Me *agarrás* saliendo.
- Ah, bueno, sí, lo imaginaba. Sólo quería decirte que de momento no he tenido suerte con ningún amigo mío y que quizás sucede que debería saber más del proyecto. No sé, me gustaría, si tú estás de acuerdo, que me expliques un poco más. Cómo son las técnicas, qué es lo que hacéis exactamente... Pienso que debería saber un poco más para poder explicarlo bien. ¿Qué opinas?

Se me queda mirando como si estuviera intentado calcular mi peso, mi densidad ósea o mi ritmo cardíaco.

- ¿*Sabés* qué? Andaba ahora hacia la Facultad ¿Por qué no me *acompañás* y charlamos allá un rato? ¿*Podés*?
- Sí, sí, puedo... no quisiera alterarte los planes ni nada de eso ¿Seguro que te va bien Gabriela?
- Créeme, si no me fuera bien, no te lo propondría.

Me dice con una sonrisa mientras me sigue mirando a los ojos con el mismo ánimo evaluador. Lleva su mano hacia atrás, sin dejar de mirarme, toma unas llaves de un escritorio y tira de la puerta cerrándola detrás de su espalda. Se pone delante de mí y juntos nos vamos escaleras abajo para salir a la calle.

- … y dime ¿qué pasó?
- ¿Perdón?
- El accidente, la motocicleta…. ¿Qué ocurrió?

Durante el trayecto hacia la parada de metro le cuento el accidente con el taxista, lo que implica ponerla al corriente de la anécdota con Sophie. Enseguida se interesa por saber más de mi relación con Sophie. Le aclaro que la palabra "relación" es demasiado grande para definir lo que sea entre Sophie y yo. De hecho, le digo, hasta ayer creía que ella ni sabía que existía y hasta fue una sorpresa comprobar que se acordaba de mi nombre, pues sólo habíamos intercambiado algunas palabras una vez que coincidimos en la fiesta de inauguración de una tienda de ropa que abrió en el barrio, y a la que invitaron a varios vecinos que pasábamos por allí a esa hora. La tienda cerró a los dos meses y medio. Para mí fue una premonición le digo. Mientras esperamos el metro, me fijo en las paradas y entonces le pregunto.

- ¿A cuál vamos? ¿A la de Diagonal o a la de Plaza Universidad?
- Vamos un poco más lejos. Espero no te importe. Tenemos asignadas unas instalaciones en el Campus de Hogares Mundet, que es donde la UB tiene ubicada la facultad de Psicología y donde se forman también los profesores.
- ¿Hogares Mundet? Vaya, sí, eso queda algo más lejos, pero no sabía que hasta allí llegarán los intereses de la UB. Hace años que no voy por esa parte de la ciudad. Sé que son varios edificios como dispersos y que hay varias hectáreas de bosque alrededor y jardines que separan los bloques. De hecho está a los pies de la sierra de Collserola ¿verdad? En cierto modo retirado de la ciudad. Un sitio algo … atípico ¿no crees?
- Bueno, para nosotros está bien. Allí tenemos más paz y podemos trabajar más discretamente.

¿Necesitáis discreción?

Gabriela rompe en una carcajada -No te preocupes, no hacemos nada ilegal- dice al fin sin disimular su humor.

Me gusta su manera de sonreír. Sentados el uno junto al otro, en el vagón del metro, puedo observarla de perfil. Es realmente interesante ver cómo su sonrisa se hace con su cara, y ahora por fin veo el elegante trazo que dibuja su nuca. Cuando se retira los rizos de su cara observo que sus ojos son grandes, negros y saben guardar secretos.

Enseguida que sales del metro de Mundet y te encaminas hacia el complejo ya puedes ver el singular campanario aplanado y rectangular de su iglesia. Es sencillamente feo, como un gigante ciego, con una gran boca abierta en vertical que te enseña la lengua, pero hay que decir que es útil para tener siempre un punto de referencia y orientarte en una parte de la ciudad que no es precisamente urbana.

- Eh… ¿No vamos hacia el edificio de psicología? -le pregunto al ver que nos dirigimos en la dirección opuesta que marca el cartel-.
- No, nosotros tenemos asignada un ala del Palau de les Heures? ¿Lo *conocés*? Bueno, te encantará, es un lugar realmente lindo.

Después de avanzar atravesando jardines y cruzando una sinuosa carretera, accedemos al Palau de les Heures por una larga y amplia escalinata central rodeada de exuberantes jardines. Se trata de una suerte de "Chateau" mitad color salmón mitad ladrillo viejo, con dos grandes torres circulares en los extremos y dos más pequeñas en la parte posterior, dos alturas y tres naves conectadas transversalmente, además de un apéndice en el ala de la parte Este. El centro del tejado está coronado por un templete octogonal recubierto de cristal que hace las veces de mirador y de "linterna" para proporcionar luz dentro del edificio. Es una construcción majestuosa y a la vez algo inquietante. En el interior veo que los techos altos predominan, unidos por varios arcos, y no deja de llamarme la atención un suelo arlequinado de baldosas blancas y negras que le da una extraña profundidad al pasillo que une de lado a lado la planta baja del palacio. Mientras subimos por una escalera observo su nuca y su caminar decidido. Hoy lleva una blusa morada, con falda negra y medias también negras. La escalera es de mármol y avanzamos después por un amplio pasillo con grandes vidrieras a ambos lados, que muestran toda la frondosa vegetación que rodea el entorno. Pienso que si hoy fuera un día soleado el espectáculo sería soberbio, pero este marzo no quiere lucir.

La sigo entonces hasta un gran sala, con grandes ventanales a dos paredes y techos altos y artesonados. No hay muebles más que dos sillas en el centro, enfrentadas la una con la otra. Son de esas sillas de universidad con el brazo derecho practicable para utilizarlo como mesita. Esas sillas siempre me han parecido muy discriminatorias para los zurdos.

- ¿Josué, serás tan amable de esperarme aquí no más de un minuto? En seguida estoy con *vos*.
- Sí, claro, no te preocupes.

Desde el umbral de la puerta me mira a los ojos y despliega una ligera sonrisa de complicidad antes de salir cerrando la puerta tras de sí.

Me acerco a uno de los ventanales y observo la montaña del Carmelo y detrás de esta se adivina el resto de la ciudad. El día es tan gris, me digo, que si el mar está ahí detrás se confunde entonces con el cielo, pues no acabo de distinguirlo.

Poco más de cinco minutos después Gabriela vuelve a entrar en la sala, trae la misma sonrisa, una carpeta bajo el brazo y una botella de agua con dos vasos de papel en la otra. Se sienta en una de las sillas y con un gesto de la mano me invita a sentarme en la otra. Ella cruza las piernas. Me fijo en que tiene las rodillas de un futbolista, pero como su estructura ósea es toda ella fuerte, sus rodillas no sólo no desentonan sino que mejoran el conjunto al hacerlo más armónico. Me pregunto si todas las mujeres argentinas son como ella.

- ¿Así que eres de Buenos Aires? Nunca he estado allí. Bueno en realidad nunca he estado en Sudamérica.
- No, en realidad no. Yo soy de Tucumán, al noroeste de la Argentina, a unos mil trescientos kilómetros al norte de Buenos Aires, una zona subtropical muy verde y rodeada de selva. Allí viví hasta los catorce años. Más tarde, a mi padre lo trasladaron a Viedma y con él fuimos todos. Viedma es una ciudad chica, que queda al Este del país, en el Atlántico, pero mucho más al sur. Queda como a unos novecientos kilómetros por debajo de Buenos Aires. Es en verdad una ciudad linda, que queda al costado del río Negro y muy cerca del Océano, a unos veinte kilómetros no más. Pero sí, finalmente me trasladé a Buenos Aires, cuando inicié mis estudios universitarios, en Viedma no había opción. Viedma es ya región Patagónica. Muy distinto a Buenos Aires y más distinto aún que Tucumán. Viedma y Tucumán son el desierto y la selva, así que *imaginate* qué diferente es aún para mí Barcelona. Allá en Viedma es conocido porque a poco de allí hay una reserva natural donde *podés* observar cada año ballenas, orcas y lobos marinos desde la misma playa. Quizás has oído hablar, no sé. Tucumán es todo lo contrario, allí habita el jaguar y no muy lejos de allí los guanacos.

Como realmente no sé de qué me habla prefiero guardar silencio, pero mientras hablaba de su ciudad natal me siento más cómodo. Ella deja de estar ahí "arriba" y me parece más asequible.

- Bueno, *dejame* Josué que te cuente un poco cuáles son las bases de nuestro trabajo aquí e intentar introducirte en las Súper cualidades ¿te parece?
- ¿Súper cualidades? Sí claro, por favor.
- Bien… Quiero empezar contándote sobre una noticia del diario Daily Telegraph que publicaban el veintiocho de enero de dos mil catorce. Era una noticia relativa a un laboratorio farmacéutico de Bélgica que estaba a la búsqueda de "superhumanos". El título del artículo era: *Drug company launches global hunt for 'superhumans'* ¿No sé si lo llegaste a leer?

- Eh… no, no. Creo que ese día no leí el Daily Telegraph –ella responde con una mueca de complicidad que yo le devuelvo. Todavía no es mediodía, tengo licencia para sarcasmos-.

- Pues bien, tal y como se decía en el artículo, el objetivo de la compañía que había emprendido la búsqueda era que dichos individuos, aquellos a los que hacían el llamamiento, supuestamente dotados de cualidades sobresalientes como pudieran ser la resistencia a ciertas enfermedades, la capacidad de curación, o la facilidad extraordinaria para la cicatrización, por poner algunos ejemplos, pudieran conducirlos al desarrollo de nuevos medicamentos que pudieran beneficiar a otras personas.

- ¡Vaya!

- Como puedes ver, la idea de que los seres humanos estamos dotados de súper cualidades está ya muy extendida y asumida por la práctica totalidad de la comunidad científica. Fuera del ámbito académico apenas se habla del tema, cierto, y por alguna razón que desconocemos, la mayoría de gobiernos, en la mayor parte de los países, no quieren ni oír hablar de la posibilidad de que los seres humanos no estén utilizando todo su potencial y es como si… Bueno, ya hablaríamos de eso más adelante si se da la ocasión.

- Pero Gabriela ¿qué personas tienen esas cualidades? ¿te refieres a las que busca esa empresa farmacéutica?

- En realidad Josué, todas las personas las tienen, lo que ocurre es que en algunas personas están, como decirlo… afloradas, y en otras no. Lo que la empresa farmacéutica busca son sólo algunas de esas cualidades en personas que ya hacen uso de ellas, para transformarlas en medicamentos que las puedan activar en todos los demás.

- ¿Todos tenemos súper cualidades, entonces?

- Todos, Josué. Hoy ya nadie en nuestro campo de investigación duda de ello. Las evidencias son incontestables.

- ¿Y qué son exactamente las súper cualidades? ¿Hablamos de resistencia, fuerza, una vista y oídos excepcionales, y … cosas así? ¿Cómo Súperman?

- Bien, por qué no, pero no va por ahí nuestra línea de trabajo. No estamos hablando de héroes de cómic exactamente. Podemos ir si te parece viéndolas de poco a poco si es que decidimos dar continuidad a estas charlas pero, a modo de introducción, podría decir que se trata de un conjunto de cualidades humanas que están construidas sobre habilidades personales. En la mayoría de casos desconocemos que las tenemos, y que nos permitirían mejorar nuestras vidas y las de las personas que nos rodean si consiguiéramos manejarlas. La mayoría de estas habilidades se hallan en nosotros al nacer, pero ocurre que las dejamos que se vayan apagando poco a poco al no utilizarlas.

Después, cuando ya somos adultos, no nos vemos capaces de sacarlas a la superficie, de tenerlas a nuestra disposición.

Perdona Josué, no te ofrecí nada ¿te apetece un poco de agua?

-   Eh… Sí, gracias.

-   Como te decía –prosigue, después de servir los vasos- son como talentos que no hemos trabajado pero que subsisten. Es, por ejemplo, esa parte oculta de uno mismo que, sin saberlo, en más de una ocasión lleva a tu boca la respuesta a una pregunta que no sabías que sabías, o la que te ofrece la certeza de la mejor decisión posible para un problema que parecía altamente confuso para ti hasta ese momento. A veces te hace entender de repente una frase en una lengua que no conoces y que nunca habías estudiado, y es también como cuando lees sobre algo y de repente sabes que aquello que se explica ya lo sabías, si bien no eras consciente de ello hasta ese momento. ¿No sé si me vas siguiendo?

-   Sí, sí, sé a qué te refieres. A veces estás como iluminado ¿no? Como cuando sabes la dirección correcta que debes tomar en una ciudad desconocida para llegar a tu destino, o encontrarte con alguien que necesitabas ver ¿Sí? También cuando piensas en alguien y ese mismo día te llama por teléfono ¿Verdad?

-   Efectivamente, como tú dices, a veces sucede, a lo largo de la vida, que éstas se presentan en forma de episodios de "inspiración", que es como más habitualmente las conocemos, pero después de que aparecen espontáneamente, no somos capaces de retenerlas y conservarlas y, tal y como vienen, desaparecen, dejándonos un agridulce recuerdo. La sensación es clara; "yo fui", "yo lo hice" "lo tenía claro" "fue fácil" pero, lamentablemente, la pregunta que viene después es siempre la misma ¿Por qué ahora no?

-   ¿Te ha pasado a ti también Gabriela?

Echa su cuerpo hacia atrás y me mira reflexivamente. Parece no se esperaba una pregunta tan directa. A mí, por el contrario, me ha parecido normal preguntarlo.

-   Vaya, supongo que es lógico que lo preguntes. Está bien, no sé por qué pero te contaré algo que en muy pocas ocasiones he compartido. Ciertamente en mi vida he tenido varias experiencias de ese tipo, momentos de "inspiración", como creo le debe haber pasado a todo el mundo, pero la más emocionante me ocurrió a la edad de 18 años. En aquel entonces me estaba aplicando con auténtica fruición en mis estudios, al tiempo que devoraba una novela de gran interés, con una trama ciertamente enrevesada de múltiples personajes y complejas redes, y todas las tardes dedicaba una media hora a la meditación trascendental. Además hacia cortas tablas de ejercicios físicos y paseos regulares por la playa. Estaba sola en una casa que mis padres tenían por aquel entonces en la costa, en Punta Bermejo, un lugar de veraneo. Era invierno, así que no había casi gente viviendo por allá en aquellos meses, por lo que apenas hablaba con nadie durante el día y no miraba la televisión ni leía la prensa. Las horas de lectura diaria, entre la novela y los estudios, no eran menos de seis cada día, habitualmente hasta ocho horas diarias. Entonces, de manera progresiva, empecé a notar que cada vez me era más fácil asimilar los conceptos que estaba estudiando y, para mi sorpresa, cuando durante toda mi vida las matemáticas se me habían mostrado insufribles, operaciones matemáticas estadísticas, el entendimiento de fórmulas y su aplicación empezaron a resultar claras, diáfanas, fáciles de entender, sumamente fáciles, Josué, cómo decirte; las cifras se volvieron amistosas, parecían colaborar para hacerse comprensibles. De repente me manejaba en los números como en las letras, todo era asimilable, mi mente y mi consciencia estaban abiertas, como si dejaran el paso libre a áreas de mí personalidad, de mi Yo, que hasta ese momento hubieran permanecido cerradas, como habitaciones a oscuras en las que ahora entraba la luz. A mi mente acudían sin problema todos los conocimientos que hasta ese momento había adquirido, desde la infancia, con extraordinario lujo de detalles, tanto como decir que podías no sólo dar la respuesta a un pregunta sobre, por ejemplo, geografía, sino que mientras lo hacía recordaba perfectamente el día en que en el colegio, de niña, había aprendido ese dato, recordaba el momento preciso en que esa información llegó a mí, el instante en que el maestro impartía esa lección o la manera en como lo había leído en un libro, cómo se había almacenado en mi ser y como ahora brotaba en forma de palabras desde mi boca.

Hace una breve pausa que yo aprovecho para beber mientras los dos nos miramos fijamente, en silencio.

-    La prueba física del cambio la obtuve un día inesperadamente. Estaba estudiando el temario, delante de mí tenía el libro y a la izquierda de este quedaba una libreta para tomar notas y a su izquierda un bolígrafo. Quise apuntar unas frases, así que sin dudarlo tomé el bolígrafo y lo hice. Empecé a escribir aquellas frases, casi sin levantar la mirada del libro. Y entonces me di cuenta. Dirigí mi vista a la mano que sostenía el bolígrafo y allí estaba, la mano izquierda de una persona diestra escribiendo en una letra perfecta, hermosa diría, con total naturalidad, en líneas paralelas perfectas, sin percatarme hasta entonces que todo había ocurrido con absoluta normalidad, espontáneamente, sin que hubiese sido necesaria una especial concentración, sin un esfuerzo extra. Escribir con la izquierda fue natural para mí, no requirió más atención que hacerlo con la derecha.

- ¿Y qué ocurrió? -le digo abriendo los ojos e inclinándome hacia ella-.

- Bueno —responde con una ufana sonrisa en los labios- los días siguientes, durante tres o cuatro semanas, fueron una autentica orgía de Súper Cualidades, mi memoria funcionaba como un disco duro, mi cuerpo respondía a todo reto con facilidad, mi alma estaba en paz, las palabras fluían como nunca. Aquello que decía interesaba y encandilaba a quien me escuchara. Cuando me cruzaba con personas desconocidas en la calle, en ocasiones, de manera espontanea nos sonreíamos mutuamente, como dos amigos que se reconocen a lo lejos y se felicitan el uno al otro con una sonrisa. La palabra es "conexión", conexión con mi cuerpo, conexión con mi mente, conexión con la gente que me rodeaba, en definitiva, conexión conmigo misma, de una manera plena y absoluta, sin filtros.

Ocurrió todo después sin darme cuenta, mis estudios acabaron, aquella novela también, los días en la costa y los paseos por la playa quedaron de recuerdo. La conexión se fue diluyendo y con ella las Súper Cualidades. Desde entonces, en los últimos veinte años, he tenido a menudo momentos de "inspiración" que me han hecho patente que aquello no fue una ilusión y, por ello, he dedicado todo este tiempo a intentar recuperar todas esas facultades extraordinarias e intentar descubrir cómo cada uno de nosotros podría conseguir conectar con las suyas. No alcancé el objetivo plenamente, ni mucho menos, el camino era largo, y todavía había mucho por hacer, afortunadamente. Más tarde me incorporaría a Meta y en ese devenir, junto con el equipo de personas que formamos el programa, hemos descubierto algunos instrumentos que facilitan la recuperación de las súper cualidades, y el cómo articularlos para facilitar la apertura de esos canales y, lo más importante, hemos descubierto también cuál es la clave para retener cada progreso que se realiza.

- ¿Cuál es la clave?

- La clave está en la trascendencia de nuestros actos como miembros activos de nuestras respectivas comunidades, Josué. Hemos comprobado que las Súper cualidades que no se ponen al servicio altruista de la comunidad, se desvanecen, se diluyen, se retraen, pues éstas se nutren de las emociones intensas, las cuales nacen de las relaciones interpersonales. En otras palabras, lo que no se comparte, se acaba perdiendo. Es como si las habitaciones del subconsciente estuvieran a oscuras, mientras que sólo la fuerza de la emoción puede iluminarlas abriendo sus puertas. Por eso, todos los investigadores que formamos parte del proyecto, estamos comprometidos con su difusión una vez vamos confirmando los resultados a través de las pruebas con cada uno de los sujetos, y por eso pedimos a todos los voluntarios que forman parte de la investigación recibiendo el programa de entrenamiento, que se comprometan a utilizar los recursos que obtienen en beneficio de las demás personas y no sólo en su propio beneficio. ¿Entiendes lo que quiero decir Josué?

# VIII – But I'm a Creep

Salí de allí intrigado, lo reconozco. El lugar, rodeado de elevados árboles y frondosos jardines contribuía sin duda a crear un cierto halo de misterio alrededor de todo aquello. Así que a eso es a lo que se dedican; a "entrenar" a personas para que saquen a relucir supuestas súper cualidades que ni esas personas saben que tienen. Con estas cosas me pasa como con ciertas películas horrendas. Después de verlas me pregunto cómo alguien ha conseguido la financiación necesaria para rodarlas y sin embargo, después, parece imposible que algunos proyectos que a todos nos parecerían de sentido común, como investigar una vacuna para alguna enfermedad que hace estragos en medio mundo, obtengan siquiera la mitad de ese dinero para llevar adelante su trabajo de investigación. Aunque por otra parte reconozco que, si llevan tantos años dedicados y con tantos países involucrados, algo debe haber, algo deben haber encontrado, de lo contrario, no se explicaría todo este aparatoso montaje alrededor tan sólo de una idea. En fin, tengo asuntos más importantes que atender ahora mismo, como averiguar cómo financiar la reparación de la motocicleta y encontrar un trabajo. Creo entonces que lo primero será ir al bar de Blasa. Qué mejor lugar para reflexionar si no.

- Hola…. ¡Hola, Sophie! ¿Qué tal? ¡Qué sorpresa!
- Hola, Josué. Sí, Armand quería merienda y hemos entrado a por unos *croissants* ¿Cómo estás? Nos quedamos un poco preocupados *hier*. ¿Te duele el golpe?
- Ja… no, qué va. No te preocupes, mi cara puede soportarlo. Lamentablemente la motocicleta no aguantó tan bien. ¿Queréis tomar algo? Os invito.
- ¿Aquí?

Lo dice abriendo unos sorprendidos ojos y caigo entonces en lo inapropiado del grasiento local de Blasa. No hay mucha gente, tampoco poca, pero la pátina que lo cubre le despierta a uno cierta incomodidad, cierto prejuicio.

- Sí, mamá -dice el pequeño Armand mientras ya se sienta en una silla dando por supuesta la concesión de la madre-.
- Oh, *ça me va*, gracias Josué.

Dice ella mientras busca acomodarse en la silla al lado de Armand. Sophie tiene siempre que la he visto esa atmósfera de recién aterrizada del cielo, como despistada, lista siempre para volver a volar. Tiene un aire de no haber hecho nunca nada malo. Grácil. Inocente. Su voz es a menudo casi inaudible, como una melodía de susurros, que mientras salen de su boca pudieras sostener en la palma de la mano.

Yo la miro allí sentada, esperándome, y por un momento me siento mareado. Me espera a mí, va a tomarse algo conmigo, voy a hablar con ella… y cuando me quiero dar cuenta ya llevo un incómodo y largo rato pasmado, de pie delante de ella, sin reaccionar. No me importa, ha sido un tiempo bien invertido.

Ella pide una cola. Yo iba a pedir algo con más alcohol pero finalmente decido imitarla.

Hacemos los comentarios habituales sobre el barrio, el grisáceo clima que no cambia y otras conversaciones tan preliminares como banales. Mientras hable conmigo a mi me parece todo mejor, hasta el local de Blasa tiene mejor luz y parece más limpio.

- Las cosas son complicadas aquí ahora, más aún para una madre soltera. A veces *c'est difficile*, ya sabes. Los gastos, los horarios… *pas facile*. Pago un alquiler muy alto por un piso muy pequeño, es realmente un ahogo para nosotros, pero no hay manera de encontrar algo más barato.
- ¿Has pensado en volver a Francia?
- Bueno, alguna vez. Quizás en otras circunstancias, *mais*… Armand ha nacido aquí y, aunque le gusta ir de vacaciones a ver a sus abuelos, noto que aquí se siente más a gusto. En Francia, al cabo de unos días de estar con mis padres, ya veo que está añorando volver a Barcelona. Y… en realidad a mí también me gusta estar aquí. Es la ciudad perfecta en muchos sentidos. El clima *c'est fantastique*…
- Bueno, últimamente sólo llueve o está nublado.
- Ya, tienes razón, pero en París, esto es así la mayor parte del año y además hace mucho más frío que *ici*. Aquí el clima es bueno, y los niños son los primeros que lo disfrutan. Además se trabaja bien (cuando tienes trabajo, claro) y la comida es también muy saludable *et bonne*. Sí, no estoy mal aquí, *pas du tout*. Me gustaría quedarme, pero todo sería más fácil si no estuviera sola, *je veux dire*, sola criando a Armand, porque es todo más complicado cuando estás sola.
- Te entiendo… y…. ¿hay….? Digo… ¿No has encontrado aquí…? Esto….

-   Ya, sí, o sea no. He conocido gente sí, *peró* la verdad es que ha sido muy decepcionante. O no tenían trabajo, o tenían trabajos que no daban ni para mantenerse ellos por sí mismos. No sé, no he tenido suerte hasta ahora, parece que atraigo a hombres un poquito desastrosos. No puedes plantear nada en serio con gente que no tiene trabajo o que tiene trabajos tan... bueno, ya sabes, un día aquí otro día allí.

Ni se ha dado cuenta del puñal que sus palabras me han clavado. A menudo los comentarios ingenuos son crueles porque en justicia no te permiten rebelarte ni reaccionar. Si hubiera futuro me gustaría defenderme, decirle que yo, a pesar de todo, me haría cargo, pero no puedo si ni siquiera es consciente de que me he sentido aludido. Sigue hablando, lo sé porque se mueven sus labios, pero no la oigo, me he quedado tan aturdido que mi cabeza ha mezclado todos los ruidos del bar, con los de la calle, con los que hace Armand al dejar el vaso en la mesa y el estribillo de feria que hace una máquina tragaperras que reclama atención. A Sophie, no la oigo, pero la veo, aunque ahora me queda más lejos. Mucho más lejos.

-   Entonces ¿vais a París en verano? -parece mejor opción hablar de costumbres que volver a la definición de su prototipo de hombre en la que, claro está, yo no encajo-.
-   Oh, sí, bueno en verano y también en vacaciones del año. En realidad en verano vamos con mis papás a una casa que tienen en la Côte d'Azur....

Seguimos hablando de cosas insustanciales, ella hace pocas preguntas. Lo entiendo. Yo más. Comprensible también. Y como los culos de los niños tienen más movimiento que sus propios parpados, al poco, Armand ya clama por marcharse, pues parece ser que por la tarde hacen unos dibujos en la televisión que jamás puede perderse. Caso de vida o muerte según asegura Sophie.

Nos levantamos, nos intercambiamos los números de teléfono "para lo que pudiera ser" y me despido de ella mientras ajusto cuentas con Blasa. La veo salir hacia la calle, con su silueta recortada justo debajo del umbral de la puerta. Lleva una chaqueta roja ajustada como un guante a su cuerpo, con unos pantalones negros que le hacen justicia. Entre el cielo gris parece que el sol quiere abrirse camino. Queda todo tan poético como patético. Me siento absurdo. Giran a la derecha y la veo pasar a través del escaparate acristalado. Va diciéndole algo a Armand. No se gira, no mira hacia el interior, no me ve, no me mira. Ya se ha ido.

El aliento agrio de Blasa me devuelve al mundo. Tomo el cambio sobre la barra y reniego en voz baja de mi lamentable economía. Mientras me voy a casa, por la calle me digo; yo soy de esos "un día aquí y otro allí". De esos con los que Sophie no quiere tratos. La entiendo ¿cómo no hacerlo?

Cambios, cambios Josué, la vida te pide cambios como un cobrador en la puerta de tu casa. Pero…. me digo, la vida siempre exige cambios pero en realidad nada parece cambiar. Todo depende de la distancia con la que te mires las cosas. Pero has de reconocer que en los últimos diez años no ha habido ningún cambio sustancial en tu vida. Creo que esto le pasa a todo el mundo en los treinta. Es esa edad en la que uno ya no es un estúpido pero al mismo tiempo eres aún joven y claro, quién va a querer cambiar si esas son las condiciones de la partida. Pero según se acaba la década empiezas a aburrirte de ser tú mismo. Sí, eso le pasa a la mayoría. Por eso les da a todos por casarse y tener hijos. Se sienten tan autosuficientes y aburridos que deciden entonces complicarle la vida al prójimo, bien sea casándose con su pareja o trayendo un hijo al mundo. Y entonces… ah amigo, entonces llegan los cuarenta y, aunque ya no eres estúpido, muy a menudo sientes que lo eres, y aunque ya no eres joven, quieres sentir que sí.

Y entonces todo ha cambiado. ¿Ves? Ésa era la perspectiva de la que te hablaba. Pero ocurre que esos cambios te han ocurrido con sigilo, nocturnidad, como una enredadera que, trepando por el tronco de su huésped, con los años acaba asfixiándolo sin que éste tenga ya la manera de deshacerse. El tiempo es así; echa raíces en la piel. Al principio te hacen sentir más sólido y más fuerte. Después notas cómo te van debilitando, cómo se apoderan de ti.

Ésos no son los cambios que te interesan, Josué. Los cambios que te pide la vida son los que debes propiciar tú, lo sabes, no regatees más. ¡No regatees! Lo que ocurre es que uno puede saber que ha de cambiar, que ha de cambiar algo, pero hacia dónde, para ser qué y, además, cómo cambiar, qué cambiar… ¿Acaso queda tiempo ya?

¡Ah, no! Ya me he leído tres o cuatro de esos libros de autoayuda. Qué tedio, si al menos fuera una literatura digerible… Pero no, todos parecen ser el programa electoral de algún iluminado. El club de los gurús donde al final, el único mérito de todos ellos es el de haber escrito un libro de autoayuda. Y siempre es lo mismo, organícese así, cambie este hábito, diríjase hacia la luz… ¡Pero si es una verdad matemática que el orden de los factores no altera el producto! Cambie lo que cambie, seguiré siendo yo… Para llevar adelante un cambio verdadero deberían cambiarme algún órgano, o un par mejor; recircular los humores del cuerpo, alterar la fecha de mi nacimiento e incluso el lugar. Lo que sea tiene que moverse desde bases más profundas que algo tan simple como el hábito o la actitud. La actitud es producto mío. Años cultivándola. Nos pertenecemos. Somos uno. ¿Cómo decirle que se marche si ella es yo? Es cómo pedirle a tu amada que cambie. Si no te valía, te hubieras buscado otra. Ahora es tan injusto como tarde.

Entro en casa y voy directo al ordenador, me lo dejé encendido con el reproductor de música en función "aleatorio". **Suena** *Creep,* la versión coral de Scala & Kolacny Brothers. Creo que no me apetece que la casualidad sea tan socarrona conmigo, pero al final acabo dejando que suene. No es tan grave. Al menos eso creo.

*But I'm a creep, I'm a weirdo*
*What the hell am I doing here?*
*I don't belong here*
*I don't care if it hurts*
*I want to have control*
*I want a perfect body*
*I want a perfect soul...*

De niño me refugié en la razón para protegerme de mis miedos. Es un mal negocio pues la razón inventa después monstruos aún peores que te persiguen durante toda la vida. Son nuestros monstruos personales. Están ahí. Están siempre ahí, aún cuando creas que los has olvidado, siempre que sopesas dar un paso nuevo, ellos aparecen. A menudo no dicen nada, sólo te miran a los ojos, agazapados desde el rincón oscuro. A veces es su olor. Huelen a costra y a pañales usados. Otras veces es como respiran, a tu espalda, justo encima de tu hombro y entonces tu brazo se queda quieto, rígido, pegado al cuerpo. Continuamente parece que vayan a hablar pero no se oye más que un ahogado lamento. Viven dentro de ti y contigo, comen de ti. Mis queridos monstruos. Me queda el consuelo de saber que cuando yo muera vosotros moriréis conmigo.

Empieza a retumbar el suelo, apenas consigo escuchar la música de mi reproductor, pues desde abajo sube con fuerza el sonido del *Hallelujah* de Leonard Cohen, pero en una versión que no reconozco.

*Hallelujah, Hallelujah*
*You say I took the name in vain*
*I don't even know the name*
*But if I did, well really, what's it to you?*
*There's a blaze of light*
*In every word*
*It doesn't matter which you heard*
*The holy or the broken Hallelujah...*

No es una voz desgarrada aunque el sentimiento sí lo es. Afinando el oído confirmo que no es Leonard ni ningún otro que yo conozca. Sin duda la música viene desde el piso de abajo, del piso de Gabriela.

- Sí, voy. ¿Quién es?
- Hola Gabriela, soy yo, Josué.
- Oh, Josué, *perdoná,* no me di cuenta de que tenía la música tan alta.
- Ah, no, no es por eso…. Por cierto ¿quién la canta?
- Ah… ¿Te gustó? Es el *Hallelujah* de Jeff Buckley. Está grandioso ¿No es cierto? Se me pone la piel de gallina cada vez que la escucho.
- Tomo nota, ya me haré con esta versión. No la conocía.

Sigue tan atractiva como la última vez, si bien ahora la piel de su rostro está ligeramente más húmeda y tiene un cierto rubor en las mejillas que antes faltaba.

- Gabriela, sé que me dijiste que amistades de los investigadores no pueden formar parte del programa Meta, y he estado pensando en ello. En realidad no sé si somos amigo ya, pero estoy seguro de que si no lo fuéramos y entrara a formar parte del programa, lo acabaríamos siendo.

Se me queda mirando pensativa, mientras mis ojos van cayendo por su garganta hasta pararse en el canal que se hunde entre el cierre de la blusa. También su piel está ahí más húmeda. Ha debido estar danzando o cantando y se le nota la respiración ligeramente acelerada. Tengo entonces la reacción instintiva de respirar el aire que ella exhala y aprovecho el gesto para volver a mirarla a los ojos. Ella no ha dejado de mirarme.

- Entiendo…*Dejame* hacer un par de llamadas y te cuento. ¿Te parece?
- Sí, claro, me parece perfecto. Entonces…. Bueno, ya me dirás… ya sabes dónde encontrarme –acabo diciendo con una mueca cómica que recuerda lo patético que soy-.
- Sí, lo sé. *Sos* el vecino de arriba.

Lo dice poniendo su ladeada sonrisa de complicidad mientras va cerrando la puerta frente a mí y deja que su mirada se escurra hacia el interior sin dejar de mirarme a los ojos. Cuando me retiro escaleras arriba siento que vuelve a subir el volumen del tocadiscos. Definitivamente debo hacerme con esa versión de *Hallelujah.*

# IX - Estornirosas de colores

Lunes. Luce el sol. Palau de les Heures. Vuelvo a estar sentado en la misma silla, en la misma gran sala. Su silla está vacía. Según me ha contado quiso comentar mi candidatura al programa con sus colegas para ponderar los "riesgos" de mi participación, considerando nuestra condición de vecinos y mi edad un poco por encima del rango que buscaban. Acordaron telefónicamente que otro investigador también trabajaría regularmente en la fase de "campo". Por el nombre, aunque no lo recuerdo, es alemán. Hoy nos presentarán.

Gabriela entra en la sala. Sola. Hoy lleva un suéter negro de cuello alto, con unos ajustados pantalones también negros. Hoy me perderé observar la piel de su cuello mientras me habla. De esta guisa no es tan carnal y queda más aséptica a las bajas pasiones, si bien no pierde en elegancia.

Lleva un par de carpetas bajo el brazo y de la otra mano sostiene una botella de agua de cristal con un par de vasos de papel. Me fijo en que la botella lleva una etiqueta adhesiva blanca, como las que se utilizan para las direcciones postales de los sobres de empresa, pero no puedo leer qué pone pues el anverso me queda del otro lado. Supongo que llevará escrito su nombre; es muy común que la gente etiquete su propia botella en las empresas y lugares de trabajo.

- Josué, voy a hacerte una primera introducción a ciertos fundamentos del programa Meta. Me gustaría que me dijeras si los *entendés* y si crees que *podés* llegar a compartirlos. Si *llegás* a esa conclusión, entonces mi colega, el Dr. Schulze, pasará a continuación para que juntos completen unos test de seguimiento y tomemos una primera imagen de tu biocampo ¿Te parece?

- Sí, me parece bien. Estoy impaciente.

- Bueno, aprovecho tu comentario para decirte que el programa tiene una primera fase de implantación de tres meses, y después va seguido de un programa de seguimiento y modulación durante veinte meses más. A partir de ahí el seguimiento se realiza durante varios años pero ya son entonces no más que entrevistas personales cada tres meses. Hay pues que tener cierta paciencia. ¿Me *seguís*?

Pues ciertamente es mucho más tiempo del que había pensado. Un libro de autoayuda se lee en un par de días. Veo que aquí gustan de complicar un *poco* más las cosas. En cualquier caso, ya estamos metidos. Digamos que le digo que sí y después si lo encuentro muy pesado ya inventaré alguna excusa para dejarlo.

- Sí, claro Gabriela. Veo qué vais en serio -lo digo buscando en el gesto una complicidad que ella voluntariamente ignora-

- Josué, seguir un método, si bien no es un requisito fundamental, nos permitirá avanzar desde aquel punto en el que nos encontramos hacia aquel que queremos llegar –dice marcando dos puntos en aire con su dedo índice- de una manera progresiva, ordenada y consecuente, donde cada paso dado, pone la base para el siguiente, así como al caminar el impulso hacia delante de un pie aporta la energía necesaria para que el otro pie se vaya despegando del suelo, lo que es requerido para dar el siguiente paso y encaminarnos hacia allí donde queremos llegar.

Mmm… ya lo había entendido, no hacía falta ese rodeo, pienso, pero veamos a dónde quiere llegar.


- Así pues, poner en orden nuestras ideas y trazar un plan de objetivos es siempre una excelente base para iniciar un cambio. Pues si el cambio es una cualidad permanente de la naturaleza humana, estar preparados para el cambio debe ser una constante. ¿Me *seguís*?

- Sí, creo que sí.

- Sin embargo, esto no es siempre una tarea sencilla, Josué, dado que la gran cantidad de información disponible, las múltiples experiencias vividas por cada uno de nosotros, y la contradicción de mensajes, deseos y -hace una pausa estirando la "y"- …frecuentemente objetivos, dificultan sobremanera el trabajo de reflexión necesario que debería hacer cada uno para proceder con dicha organización de ideas y establecer sus metas. ¿Sí?

Me mira fijamente a los ojos buscando una respuesta que no espera para seguir hablando. Mejor, porque no hubiera sabido qué responderle.

- Una vía de solución, –continúa- un primer recurso para salir de la situación de estancamiento producida por la multiplicidad de objetivos, como consecuencia de la diversidad de opciones de que disponemos en las sociedades modernas, es concentrarse en aquello que es esencial para nosotros y para cualquier ser humano. La identificación de quién y cómo es uno mismo y cómo y de qué forma se integra en el conjunto, cómo forma parte y contribuye al conjunto social, universal, del que indiscutiblemente todos formamos parte –y con sus brazos dibuja una especie de abrazo en el aire que a mí no me atrapa-. La identificación apropiada de uno mismo —continua- no es una tarea encaminada a describir al individuo en la forma y cualidades que actualmente manifiesta, es decir, en la forma que se están expresando hasta el momento, sino en identificar la verdadera esencia potencial que nos permitirá la expresión plena y absoluta de todas nuestras cualidades, de tal suerte que, gracias al proceso de tomar conciencia sobre el Superhombre (o de la Supermujer) que hay en cada uno de nosotros, podamos contribuir activamente al desarrollo de Súper Comunidades, altamente capaces, sostenibles y evolutivas que abran el camino a una nueva era, más humana y transcendente.

- ¿Súper comunidades? —pregunto impulsivamente frunciendo exageradamente el ceño-.

- Sí. Así es, Josué, las Súper Comunidades son sociedades donde la mayoría de sus miembros son capaces de expresar un cierto número de cualidades destacadas, el ejercicio de las cuales, vuelcan principalmente en beneficio de la comunidad.

Habla con pasión, pero desde luego ha cambiado la manera de comunicarse. La científica que lleva dentro ha salido a la superficie. Sus ojos miran fijamente, no sueltan la presa hasta que están seguros de que lo que quería decir ha entrado en la mente del otro. Ha sido comprendido. Veo su piel blanca, tan blanca alrededor de sus rojos labios pintados de carmín, y su pelo rizado, inmóvil, parece alinearse con su discurso. Parece un Modigliani en blanco y negro, pero su mirada, claro, es mucho más penetrante.

- *Fíjate* que, el fundamento sustentador, que es a su vez uno de los principios de la Meta Genealogía, reside en la distinta dimensión vital de ambos elementos; mientras que el hombre es mortal, la humanidad no lo es y es por eso que esta última es la única que puede proporcionar dimensión y perdurabilidad vital a las acciones que sus miembros realizan, pero… —Gabriela abre aquí teatralmente sus ojos- siempre y cuando éstas lo sean en su beneficio, en beneficio de la comunidad, de una u otra forma, directa o indirectamente, pero siempre de una manera clara. Siendo así que se justifica que, como han concluido y ejercido, tanto en el pasado como también ahora, ilustres científicos, artistas, políticos y filántropos, el fruto de las Súper Cualidades deba necesariamente revertirse en beneficio de la humanidad en su conjunto, en la comunidad, con el fin de crear más y mejores comunidades, superiores a las anteriores, en definitiva Súper Comunidades, que actúen como reflejo de las Súper Cualidades individuales de todos.

Hace una pausa y me mira con la duda de si estoy siguiendo su discurso o ya me he dormido por dentro.

-       Pero, ciertamente, todo gran viaje empieza aquí, donde están nuestros pies, -lo dice bajando la mirada al punto del suelo donde coinciden en enfrentarse los nuestros - …con un primer paso, y el descubrimiento del Superhombre o la Supermujer que hay en cada uno de nosotros, tal y como F. Nietzsche lo definiera, representa ese primer paso imprescindible que ha de poner las bases para hacer el camino, al tiempo que nos servirá para escapar de la asfixiante multiplicidad de opciones que antes comentaba y de toda duda interior, si acaso es eso posible -dice mientras arquea sutilmente las cejas- una vez que sabemos quiénes somos, cómo gobernarnos y hacia dónde dirigirnos para alcanzar nuestro destino.

Esto último me ha sonado a soflama de libro de autoayuda. Creo que no ha notado el rictus en mi cara, y si lo ha hecho, ha disimulado muy bien. No he leído a Nietzsche. Bueno, lo intenté una vez, pero no pasé de las primeras páginas. Me pareció insufrible.

Se queda en silencio y el silencio es hasta cierto punto incómodo. Llena dos vasos con agua y me alcanza con decisión uno de ellos. Mientras bebo me sigue mirando ininterrumpidamente a los ojos. Luego continúa.

-       Definidas estas premisas; somos pues cada uno de nosotros  a un mismo tiempo,  el motor, el instrumento y el viajante y siendo el destino nuestra personal contribución a la Súper Comunidad, resulta pues más claro y por tanto más fácil y satisfactorio emprender el camino.  En otras palabras, Josué, si *sabés* que *formás* parte de algo, incluso aunque no *podás* verlo, sabes que no estás solo ¿No te parece? –pregunta poniendo una inesperada ternura en su tono de voz-.

-       Bueno, sinceramente, no sé qué decir, pero entiendo por dónde vas. Es cómo una deuda ¿verdad? ¿Cómo un pacto de retorno de aquello que se te ha dado? Devuelves a la comunidad aquello que tu condición de miembro de…., pues eso, de la comunidad humana te ha otorgado ¿Es así?

-       ¡Estupendo! Veo que vamos bien Josué –exclama dibujando una gran sonrisa-. Pero qué son entonces las Súper Cualidades, te estarás preguntando ¿Verdad? Lo iremos descubriendo a lo largo del programa, pero… a modo de introducción, podemos decir que se trata del conjunto de cualidades destacadas, construidas sobre la base de habilidades personales que en muchos casos desconocíamos que poseíamos,  y que nos permitirán mejorar nuestra vida y el de las personas que nos rodean –dice frunciendo ligeramente el ceño-. Esto ocurrirá de una forma a veces sutil y otras de manera mucho más evidente. La mayoría de estas habilidades se hallan en nosotros al nacer, Josué, pero se cultivan unas en detrimento de otras cuando en el periodo que va de los tres a los trece años, conducidos por el camino de la especialización. Ocurre después a menudo,  en nuestra vida adulta,  que no somos capaces de explotarlas para construir las Súper Cualidades que han de facilitarnos un mejor conocimiento de nosotros mismos y una mayor y mejor contribución a la sociedad.

- Sí, recuerdo que hablamos de esto la semana pasada; tu experiencia personal, la mano izquierda, pero, realmente, si es cómo vosotros proponéis, quiero decir, que si hay realmente una especie de poderes especiales en todos los humanos… ¿Es de verdad posible sacarlas a la luz? ¿cómo se les manda a esas cualidades que salgan a flote?

- Querido Josué, tal y como *habló Zaratustra* "… sólo se manda a quien no sabe obedecerse".

- Ahora sí que me he perdido.

- Josué, el método es la respuesta. El método es la esencia de Meta. Y la disciplina la fuerza motriz de todo método.

- Cuéntame más…

- Uhm… Me temo que no más por hoy.

Lo dice ensanchando su mirada y dibujando otra de sus amplias y luminosas sonrisas. He visto el brillo de su ojo izquierdo que siempre queda detrás de los rizos que caen sobre la mitad de su cara. Ha vuelto la Gabriela del piso de abajo, la de las emociones humanas.

- Ahora es tu turno Josué. Si vas a entrar en el programa ya *sabés* cuáles son nuestras normas. ¿Estás dispuesto?

- ¿Te refieres a los test?

- Sí, a los test, a la toma de imágenes del biocampo y a la firma de un par de documentos. Un contrato con la Fundación.

- ¿Un contrato?

- Sí, por supuesto, se requiere un cierto compromiso por tu parte, ya *sabés*, con el programa y sus valores.

- Entiendo. Me preocupa Gabriela de este tipo de planes que… ¿Cómo decirlo? Que al final se me hagan largos, que me falten las ganas de continuar, no sé, la motivación… No quisiera defraudarte, sabes.

- Josué, sé perfectamente a qué te refieres. Por eso la "disciplina" es una de las variables principales del programa. La primera fase empieza precisamente con una serie de técnicas para favorecerla, para potenciarla. El método está íntegramente estructurado y las "debilidades" humanas -hace un gesto con los dedos para significar unas comillas en el aire- son una prioridad en el plan de acción, como ya irás viendo. De algún modo, hay una reconstrucción total del individuo. Entendemos que no es posible cambiar si no se cambian los fundamentos, si no desmontamos primero lo que está mal o no conviene, antes de empezar lo nuevo. Pero… puede que sí, puede que *tengás* razón y me haya equivocado contigo y no seas la persona adecuada ¿Qué opinas?

Qué sencillo es para una mujer inteligente manejar a un embobecido hombre, provocarlo y llevarlo a su terreno. ¿Que qué pienso? ¿Acaso me ha dejado opción? No tengo excusa, lo sé, he sido yo el que ha insistido en ponerse bajo su sombra y ahora, quedo a su alcance, vulnerable. Soy un tipo facilón, me dejo, es cierto, qué le voy a hacer, al otro lado sólo me queda la melancolía.

Unos minutos más tarde vuelve a entrar en la sala. Esta vez acompañada del alemán. Es un tipo joven, no parece siquiera llegar a los treinta. Lleva gafas de metal y cara de alemán, por supuesto. Es delgado y va con una bata blanca abierta. Debajo viste tejanos y una camisa de cuadros rojos y blancos. El pelo rubio, no muy espeso y muy corto. Según se acerca va dibujando una protocolaria sonrisa en el rostro. Contra todo pronóstico, sus ojos son marrones.

- *Mirá* Josué, *dejá* que te presente al Dr. Schulze. El Dr. Schulze está con nosotros desde hace un par de años y hoy ya nadie concibe el equipo sin sus aportaciones. Dr. Schulze, le presento a Josué, nuestro nuevo candidato.

Nos estrechamos la mano. Él con un poco más de efusividad que yo, debo decir.

- Como te contaba viniendo, Josué ya ha tenido conmigo, lo que podríamos definir como dos sesiones introductorias. Preliminarmente tiene el perfil perfecto, lo que espero quede corroborado con tus test.
- Estoy seguro de ello, Gabriela, hasta ahora has acertado siempre. Sr. Josué, espero que podamos empezar pronto, hoy mismo si no es inconveniente para usted.

El alemán habla perfectamente el español, no tiene casi acento y siendo el más joven de los tres,  muestra una cierta autosuficiencia frente a Gabriela ligeramente insultante. Parece como si estuviera un par de peldaños por encima de ella. Ciertamente no sé si él se ha situado por encima de ella o ella lo ha hecho por debajo de  él. En cualquier caso él disimula con dificultad el deseo que ella le provoca. Creo que no me va a caer bien. Decididamente no me cae bien.

- Sí, por que no. Ya estamos aquí ¿no? Veo que habla sin apenas acento alemán. Debo felicitarle. Creo que su español es mejor que mi alemán.
- ¿Habla usted alemán?

Lo pregunta abriendo teatralmente los ojos y echando la comisura de los labios hacia atrás como si le estiraran el bocado.

-   Eh…. No, no. Sólo bromeaba.
-   Ja, Ja … -se ríe sin mucho convencimiento-. Oh, ya entiendo. Mi madre era española. Emigró en los setenta a Frankfurt y se acabó instalando con mi padre a unos cien kilómetros al sur, en la ciudad de Speyer, de donde yo soy. Después, con la caída del muro, nos mudamos a Leipzig, que es de donde vengo. Con ella siempre hablé en español y supongo que esa es la razón de que usted encuentre correcto mi español. Muchas gracias por observarlo.

Efectivamente, no me cae bien.

Minutos después y tras firmar uno de esos eximentes de responsabilidad y un extraño contrato que después me miraré con más calma, me he quedado de nuevo solo en la sala frente a unos rocambolescos test con una batería de preguntas que se supone he de responder con "sincera y absoluta libertad" según me han dicho. De algunas entiendo el propósito, como la que me pregunta qué pienso de la fama, o de la relación entre la ley y la justicia. Sin embargo hay otras un tanto desconcertantes, como la número doce.

*12. Si unos metros delante de usted, ve un estornino y una mariposa que vuelan el uno alrededor del otro, danzando en continuos círculos rituales ¿Qué cree que va a suceder entre ellos en los próximos segundos?*

Y, ciertamente, no sé qué responder ¿Que van a copular y tener *estornirosas* de colores? ¿Que el estornino va a comerse a la mariposa? O quizás que son libres de volar como les de la gana. No sé. Esto me va a llevar más tiempo de lo que pensaba.

Cómo se responde brevemente si no a la pregunta diecisiete: *¿Cuáles cree son las virtudes del poder? ¿Y sus defectos?* Esto daría para toda una tesis; aunque también podría resumirlo diciendo *ninguna* y *todos, o exactamente lo contrario.*

Después de una hora y media recorriendo un itinerario de estrambóticas preguntas que dudo que el mismo Sigmund pudiera responder, llego a la primera de ellas. No es mi capricho, así lo indicaban las instrucciones: *Lea la primera pregunta detenidamente, pero no la conteste hasta que haya respondido a todas las demás.*

*1. Imagínese sentado frente a una balsa de agua, de diez por veinte metros. Usted escucha el chapoteo que hace el agua que cae desde un generoso caño, un metro por encima del reflejo ondulante que se forma. La balsa está rodeada de unos altísimos árboles que sombrean más de la mitad de la balsa. Oye también el viento por encima de su cabeza moviendo las verdes hojas. Después de unos minutos ¿Qué cree usted que estará pensando?*

En ese mismo instante me viene a la cabeza una frase que le leí una vez a un tal Peter Drucker: *Las respuestas exactas son el resultado de plantear las preguntas correctas.*

# X – Binomios

Hoy me he levantado de mejor ánimo, sin sentir la nausea. Tanto que me he visto con fuerzas de intentar persuadir al mecánico para que fiara la reparación de la motocicleta. No lo he conseguido. La única confianza que sobrevive hoy día es la que se tiene sobre el propio sistema capitalista. Las demás, supongo, han caído en desuso. Uno se siente un poco traidor al dejar la motocicleta así, discapacitada, aparcada en la calle, delante del taller mecánico, como si quedara a su suerte. Las motocicletas acaban siendo como una prolongación de uno mismo, parte de uno mismo. Y al dejarla de ese modo, con la horquilla delantera doblada, lo que la obliga a estar como en una genuflexión reverente, parecía mirarme como un cíclope vencido y abandonado mientras me alejaba de allí.

El aire es frio, pero hoy el perpetuo manto de grises nubes se ha roto y el sol ilumina la ciudad la mayor parte del tiempo. Supongo que eso influye en el ánimo de las personas y por eso me he levantado esta mañana con más convencimiento. Tengo sesión con Gabriela y confío en que hoy su precioso cuello quede a la vista. Tengo además curiosidad por saber hacia dónde quiere conducirme. Sé que es un ejercicio en vano, creo realmente que ella lo sabe y que los dos hemos aceptado este juego para, de algún modo, ponernos a prueba, no sé muy bien con qué finalidad. Ella debe jugar a algo así como a rescatar almas y poner a prueba teorías científicas muy poco prácticas, y yo... yo la verdad, bueno, tengo el tiempo, e intimar con ella no parece un mal plan. En verdad que mientras hace sus discursos queda poco espacio para intimar. Aparece sin preaviso una científica concienzuda y enérgica sin apenas rendijas por donde exhalar emociones, pero en los momentos previos y al final de las sesiones, vuelve a ser mi vecina de abajo y donde su cordialidad se desparrama. Creo que en general, en América del sur, sus gentes son más cordiales y sinceras en el trato que en Europa en su conjunto, pero en cualquier caso, me gusta especialmente cómo ella me trata. Me deja ser yo, de hecho, parece tener un especial interés en verme como soy. Está claro que le interesa la naturaleza profunda de las personas, principalmente, por razón de su trabajo. Sí, eso es cierto. Pero después de las sesiones se relaja y su curiosidad se muestra entonces sincera. Quiero creerlo. Sí, eso creo.

Entrar de nuevo en el Palau de les Heures tiene algo de familiar ya, sin embargo, el pasillo arlequinado y sin ventanas que parte del hall de entrada, con sus altísimos techos, sigue teniendo algo de antiguo orfanato, ligeramente siniestro. Pisar sobre las ranuras de las baldosas me produce cierta incomodidad y me he dado cuenta que siempre atravieso ligero el hall para saltar rápidamente sobre el primer peldaño de la escalera de mármol. La escalera y su barandilla parecen como un dique seco y seguro que te salva de acabar atrapado como un peón inútil en un tablero de ajedrez.

La planta superior es otra cosa. Hoy es aún mejor porque el sol luce a menudo y los grandes ventanales que quedan a ambos lados del gran corredor que lleva hasta la sala de sesiones muestran una vista privilegiada sobre los jardines que rodean el palacete y, más allá, sobre una parte de la ciudad. Sigo sin ver el mar.

La puerta está entreabierta y veo al fondo de la sala, frente a uno de los ventanales, a Gabriela hablando con el alemán (todavía no consigo recordar su nombre). Concentran la vista en unos papeles que él sostiene. Por los gestos que hacen parece que él le da la réplica sobre algo que no consigo entender. Sospecho que ha sido más contundente que lo pretendido pues seguidamente le pasa la mano por la espalda a Gabriela buscando atemperar su respuesta. Por encima del hombro Gabriela me ve entrar y con la mirada informa al germano de mi presencia. El alemán, mientras se gira hacia mí, vuelve a abrir los ojos y a echar atrás la comisura de los labios como si el jinete le diera el alto.

-       Buenos días Sr. Josué. ¡Bienvenido!
-       Hola. Buenos días. ¿Qué tal? ¿Interrumpo? Puedo esperar fuera si lo prefieren.
-       Oh, no -dice Gabriela-. Te esperábamos. ¿Preparado para una sesión apasionante?
-       ¿Cómo no estarlo?
-       Bien entonces —dice el alemán- yo me retiro y les dejo para que puedan empezar. Gabriela, si estás de acuerdo, continuamos después ¿Puedes?
-       Sí, luego paso a verle. Descuide.

El tal Schulze se aleja. Qué alivio. Por un momento pensé que iba a estar presente durante la sesión o incluso que iba a participar en ella. Hubiera sido un verdadero fastidio, la verdad, porque hoy Gabriela lleva una blusa satinada de color caldera con varios botones superiores desabrochados y una falda muy ajustada negra que no hubieran combinado en modo alguno con la bata blanca del color del yeso húmedo del alemán. El equilibrio cromático se hubiera declarado la guerra a sí mismo, y... sí, también es cierto, yo no habría podido evadirme mirando sus redondeadas rodillas, ni los movimientos de su cuello cuando ella habla. Hoy además tiene el pelo precioso. Los rizos que le caen por la mitad del rostro parecen haberse alimentado del sol que brilla hoy y resplandecen rebeldes como si el color negro quisiera iluminar la sala.

Después de retirar de una mesa apoyada en la pared su botella de agua etiquetada junto con dos vasos de papel, se dirige a una de las dos sillas que hay en el centro, pero hoy en lugar de sentarse en la misma que las dos veces anteriores, lo hace en la posición que me sentaba yo. Me invita con un gesto de la mano a ocupar la otra y, mientras llena los dos vasos de agua va de soslayo levantando su mirada hacia mí, en silencio, mientras parece hacerse algunas preguntas, que, ciertamente deberían intrigarme a mí más que a ella, pues no acabo de comprender qué de misterioso podría haber en mí que a ella le genere la más mínima duda. La última vez parecía tener las cosas tan claras sobre mí y sobre cómo manejarme que ahora todo me parece no poco más que teatro.

- Josué, te prometí que en las primeras sesiones buscaríamos juntos herramientas que te permitieran, cómo decirlo, cimentar tu fuerza de voluntad ¿no es cierto?
- Pues sí, de eso hablamos. Estoy impaciente. Quiero ver hasta dónde puedes llegar.

Suelta una discreta carcajada con cierta condescendencia.

- No Josué, no se trata de hasta dónde pueda llegar yo, no al menos en lo que respecta a estas sesiones, sino de hasta dónde puedas llegar tú.
- Jejejeje… no deberías tener muchas expectativas. Ya te dije que no quería defraudarte. ¿Sabes? Las expectativas ponen la medida de las decepciones. Cuanto más esperas más probabilidades tienes de quedar decepcionado.
- Excelente apunte Josué. Probablemente te lo recuerde yo misma más adelante.

Me dice mientras ya voy notando en su voz y sus ojos su metamorfosis en la implacable doctora Zimmermann, la de mirada glaciar.

- Lo cierto Josué, es que cualquier método que queramos construir para mejorar nuestro desarrollo precisa de cierto rigor y de cierta disciplina, tanto en su concepción como en su seguimiento y posterior ejecución. Pero… ¿cómo decirlo? … para muchas personas, la disciplina o la perseverancia necesaria es la más empinada de las cuestas ¿no es cierto? Se tiene la voluntad, la determinación, pero la rutina que impone la disciplina se vive frecuentemente como un verdadero tormento. Se experimenta como una forma de yugo sobre la creatividad, la libre expresión y la propia libertad individual –hace un gesto enérgico en el aire con el canto de la mano para gesticular la idea- Es frecuente pues que, ante cualquier propósito, la perseverancia acabe siendo la primera derrotada; no importa si se trata de dejar de fumar, hacer deporte o de escribir un libro, por poner algunos ejemplos.

-      Sé perfectamente a qué te refieres… -cómo no saberlo, *doña Perseverancia* y yo nunca hicimos buenas migas, ella siempre me consideró un débil, y yo la verdad, no estaba del todo en desacuerdo-.

-      Sin embargo la disciplina es una cualidad que puede cultivarse, Josué y hacer que florezca en nosotros. *Fíjate* Josué que la disciplina es el arte de obedecerse a uno mismo. Las razones por las que uno consigue ser finalmente perseverante en algo pueden ser distintas, pero pueden resumirse en dos motivaciones básicas; por causa de temor, a alguien o a algo, y por causa de deseo, de algo o de alguien. No debería pues sorprendernos que, a fin de cuentas, estos dos estímulos se hayan bastado por sí solos para mover e impulsar nuestra naturaleza más primigenia, desde incluso antes de que fuésemos mamíferos.

Me ofrece agua en uno de los vasos de papel y toma ella el otro del que bebe mientras por encima del borde sigue dejando sus ojos en mi. Casi imperceptiblemente el aire de la sala se está enfriando y siento la piel de la nuca y de mis brazos erizarse.

-      Así es, Josué, ciertamente, todos los seres vivos se mueven, actúan, hacen y dejan de hacer por el deseo de algo o por el temor a algo. En realidad, por ambos a la vez como luego espero mostrarte.  Te pondré unos ejemplos: uno se mantiene disciplinado y perseverante en una dieta de adelgazamiento o bien porque no quiere engordar (temor), o porque quiere gustar a una persona concreta (deseo), por demostrarse que es capaz (deseo de auto-realización)  o porque se lo ha prescrito el médico (miedo a empeorar su salud), etc.

Se acompaña con las manos para hacer paréntesis y comillas en el aire. A pesar del porte de ratón de biblioteca que adopta en las sesiones, le delata las emociones esa manara tan latina de gesticular.

-      Josué, uno anhela viajar, por ejemplo, porque quiere (deseo) conocer nuevos lugares y porque no quiere quedarse sin conocerlos (temor). Lo mismo ocurre por ejemplo con cualquier otra decisión que descompongamos. Y, si analizásemos cada uno de estos supuestos, verás que podremos observar que cada *deseo* lleva implícito una causa de *temor* y viceversa ¿Me sigues, Josué?

-      Sí, creo que sí

-       Como puedes ver, la dualidad miedo-deseo es siempre permanente, denominador común de todos nuestros actos y decisiones. Esto es aplicable a todas las formas de vida, a toda clase de consciencia, lo cual incluye también la de aquella que podríamos considerar más alejada de nuestra manera de pensar, como la serpiente ¿Sí? con todo su simbolismo ¿Verdad? Pues también la serpiente caza y devora a sus víctimas porque no quiere morir de hambre (temor), porque quiere vivir, crecer y reproducirse (deseo). El ejemplo no lo he escogido al azar, ciertamente, pues es precisamente en nuestro cerebro *reptiliano* donde reside este impulso básico, así que no hay en este sentido tanta diferencia entre las motivaciones básicas de la serpiente y las nuestras como pudiéramos pensar ¿No te parece?

Deja ir una de sus sonrisas ladeadas mientras, condescendiente, me guiña a medias su ojo derecho, antes de continuar. Me pregunto en ese momento cuáles deben ser sus motivaciones, por qué me ha elegido a mí y por qué estoy yo aquí. Al retomar su relato me saca del ensueño…

-       Este impulso vital, como podemos ver, nos persigue desde antes de que fuésemos mamíferos, antes de evolucionar y la evolución, de hecho, no lo ha cambiado sustancialmente. Nos reproducimos, por ejemplo, por el deseo de perdurar como individuos y como especie, lo hacemos a su vez por el temor de desaparecer sin dejar un rastro trascendente de nosotros mismos. Creamos por el deseo de materializar nuestra creatividad en beneficio de los demás, creamos por miedo a que con nosotros se apague nuestra capacidad de expresarnos.

Por un momento su rostro ha dejado de mostrase severo y he tenido la sensación de que en sus últimas palabras me hablaba de algo que le era propio. Ha sido un cambio muy fugaz y ya ha vuelto la doctora Zimmermann a recuperar el control sobre mi atención. En realidad la tiene toda para ella, pero es verdad que una parte es para la manera en cómo se humedecen sus labios. Las rodillas no puedo mirárselas, y no porque queden cubiertas por unas densas medias negras, lo cual no es un problema para disfrutarlas, sino porque tiene sus ojos tan encima de los míos que me lo notaría.

-       Se comprueba así que, el miedo es el reflejo del deseo y su mayor impulso y que todo deseo lleva aparejada una cierta dosis de miedo. Conocer este binomio de nuestra psique y aprender a manejarlo es de extraordinaria utilidad para gestionar nuestra vida, para desarrollar Súper Cualidades y muy especialmente, para abonar en nosotros la disciplina y la perseverancia necesarias en el desarrollo de nuestro Súper yo. O dicho de la manera que gustan utilizar los "coach" ahora tan de moda; para "dar la mejor versión de nosotros mismos". Pero, para poder utilizar el binomio miedo/deseo como un instrumento sobre nosotros, para que consigas la disciplina y la perseverancia que *necesitás*, es primeramente necesario que *hagás* tuyo y aprehendas uno de los principios básicos de la programación neurolingüística, Josué ¿Escuchaste hablar de la programación neurolingüística?

- No, la verdad es que no.

- Bien, no importa, ya hablaremos de ella cuando me invites a otro café - lo dice con una sonrisa cómplice que agradezco, mientras el sol reconoce todos los rincones de la sala. Es una luz hasta cierto punto cegadora, y su voz retumba dentro de la luz como si fuera la propia conciencia-.

- Perdón —se oye lejana la voz del alemán que pide permiso tácitamente desde el umbral de la puerta. Gabriela asiente delicadamente con la cabeza. Schulze entra como si no quisiera hacer ruido, me sonríe con su estirada sonrisa mientras camina hacia nosotros. Le entrega un papel impreso a Gabriela y le susurra algo al oído. Gabriela permanece inmóvil mientras escucha, con sus ojos (intuyo que son los dos) sobre los míos, y la boca tratando de dibujar un esbozo de sonrisa. Finalmente el alemán se retira.

- Discúlpenme por la interrupción —acaba diciendo cuando ya camina hacia la salida-. Gabriela apenas mira el documento que ha caído sobre el montón que tiene sobre sus rodillas. Veo que toma aire y se carga de energía para continuar-.

- Quiero que te quedes con la siguiente idea, Josué: "Tú, no eres tu mente." Es fundamental que entiendas que más allá de tu pensamiento hay un ser, tu verdadero Súper yo. Que más allá de ti está tu Superhombre, que trasciende tu propia naturaleza corpórea y va más allá de tu apariencia física. *Mirá*, desde un punto de vista místico se le ha llamado alma, áurea y otros eufemismos. Desde una visión científica, que es la que aquí nos importa, hoy sabemos que aquellas decisiones que hasta ahora creíamos se elucubraban y adoptaban en nuestra mente consciente, en el córtex pre-frontal, se forman en realidad en un estadio anterior, más profundo y subconsciente. Aquello que percibes y crees Ser a partir de tus sentidos y tu conciencia, es únicamente una parte de aquello global que realmente eres pues, tu conciencia, tu mente, no alcanza para discernir aquellas esferas de tu Yo que, por decirlo así, quedan fuera de su rango de visión —se queda en silencio durante unos segundos, mirándome fijamente-. En otras palabras, Josué, nos ocurre que lo que no vemos, creemos que no existe, puesto que pensamos que aquello que percibimos de nosotros mismos a través de los sentidos y que denominamos percepción consciente es todo lo que somos, ignorando que todo aquello que de momento no vemos, no percibimos, es también parte de nuestra entidad global.

Hace una pausa, bebe agua y me invita con la mirada a que yo haga lo mismo. Tengo todavía en la cabeza sus últimas palabras "yo no soy mi mente", así que me bebo el vaso de un trago haciendo pasar las palabras dentro de mí. Ella parece haberlo adivinado pues se le vuelve a escapar por la comisura de sus rojos labios una sonrisa traviesa.

- Te mueves, Josué, aunque no seas consciente de ello. Te mueves y detienes las cosas, que también se mueven, para observarlas.

- ¿Cómo dices? ¿Me muevo? ¿Se mueven las cosas?

- Sí –sonríe satisfecha-. Como resultado del trabajo llevado a cabo por la física cuántica en la última década, la ciencia nos propone ahora que las partículas, todas las partículas, Josué, están en realidad en múltiples posiciones, en constante movimiento, incluso en más de un sitio a la vez, y que sólo se mantienen fijas cuando posamos nuestra atención sobre ellas. Es por tanto la atención consciente sobre algo lo que lo materializa de manera que pueda ser percibido, observado y constatado de forma sensorial. Esto es revolucionario Josué –dice echando su cuerpo hacia atrás y descansándolo por milésimas de segundo sobre el respaldo de la silla- pero es fundamental que todo el mundo llegue a entenderlo. Es un cambio absoluto en la manera que se desarrolla el mundo, en cómo lo vivimos. *Fíjate* que, siguiendo con dicho principio cuántico –eleva la intensidad de su tono de voz mientras vuelve a acercar su rostro al mío- ocurrirá por ejemplo que, cuanto más interés pongamos en descubrir la partícula más elemental de la materia o más lejos alcancemos en la observación del universo, más pequeñas serán las nuevas partículas que iremos descubriendo y más lejano y profundo se nos aparecerá el universo –dice juntando las yemas de su dedo pulgar y el índice y elevándolos por encima de nuestras cabezas-. Y esto es porque nuestra observación les otorga entidad. Algo así como si nuestra voluntad de ir más allá, creara el más allá. En otras palabras, cuando un árbol cae solitario en el lejano bosque, sin que nadie pueda oírlo, sin un tímpano o membrana que vibre al recoger su estruendo al caer, pues, sencillamente, Josué, no hace ningún ruido.

Marca y separa claramente las últimas palabras creando una dramatización que hace que uno se ponga alerta. Como si dejara entrever que ahora viene la parte realmente emocionante. Desde luego para ella lo es. La piel de sus mejillas y de su cuello está ahora más radiante. Sus hombros se han crecido, inspira tomando todo el aire de la sala, me absorbe el interés hacia su interior. Y yo sigo notando frio en la piel.

- Nosotros somos también un conjunto de partículas, Josué, no lo olvidemos –dice desde un lugar más profundo de sí misma-. Las mismas partículas que se mantienen quietas cuando conscientemente las observamos, de tal suerte que cuando lo hacemos, estamos alterando su verdadera naturaleza, las limitamos, las "sujetamos" para que puedan ser percibidas de una manera que podamos manejar y aprehender sensorialmente en forma de una identidad aproximada de lo que aparentemente son, pero, ciertamente, Josué, las partículas que nos componen a nosotros y al universo en su conjunto –dice dibujando un círculo en el aire con su mano derecha- son mucho más; son ubicuas, dinámicas, multidimensionales... Si nuestro cuerpo está formado a su vez de partículas, como toda clase de materia y está constatado científicamente que éstas están en constante movimiento, en más de un sitio a la vez, es claro que aquello que vemos al mirarnos al espejo no es más que una fotografía de una especie de representación física de lo que realmente somos. O dicho de una forma más poética, aquello que vemos no es más que el disfraz que nos ponemos para que nuestros ojos puedan vernos, nuestros dedos tocarlo y nuestros sentidos en general percibirlo.

- Me muevo... Creo que ahora te entiendo. Como se mueven los electrones de los átomos a pesar de que no lo veamos…

El brillo de sus labios se posa en mis retinas. Cuando su boca se mueve, parece hacerlo al mismo ritmo que los latidos de mi corazón. Pareciera que su voz fuera yo.

- Somos eso, esencia de universo en movimiento. Si bien, nosotros sólo vemos la fotografía, una representación estática en tres dimensiones de algo que realmente tiene al menos cuatro. No sé si me *seguís,* pero aquí, ahora Josué, es pues el momento de que asumas esa realidad, aunque de manera consciente no la percibas, porque, *recordá* "Tú no eres tu mente" *sos* mucho más que eso y la mente no es más que un instrumento del que nos dotamos para ejercer la experiencia de la vida de una manera física y circunscrita a un espacio determinado. Pero sin duda, tu Yo global, aquel que reside también en el subconsciente es mucho más transcendente, más capaz y atesora para ti un sinfín de Súper Cualidades. Ese Súper humano que hay en cada uno de nosotros domina las ciencias, las lenguas, las artes –eleva el tono mientras estira su cuello hacia arriba-. Dispone de una serie de habilidades que tan sólo intuimos. Es ese Yo que, como te contaba el otro día, lleva a tu boca la respuesta a una pregunta que no sabías que sabías, te ofrece la certeza de la mejor decisión posible en el momento adecuado, te hace entender de repente una frase en una lengua extranjera que no conoces, o es cómo cuando descubres que sabes cosas que no sabías que… ya sabías, ni cómo las has aprendido –dice mientras extiende sus brazos con las palmas de las manos hacia arriba-. Es ese Tú transcendental que te cura repentinamente de una enfermedad que parecía crónica o, incluso mortal, porque sí, porque así lo has decidido, pero no exactamente de una manera plenamente consciente, como un pensamiento de tu mente, sino que la verbalización llegó unos siete segundos después. Antes, un instante antes, la "magia" ocurrió en tu subconsciente, más allá de tu consciencia, en una habitación a oscuras en la que, por momentos, entró la luz. Pero no, no es magia exactamente Josué, aunque lo parezca, son simplemente partes de ti que no estás viendo ni utilizando, no al menos en todo su potencial. Pero que cuando tienes la "inspiración" de coordinarlas y ponerlas a trabajar para ti, te reinstalas en ti y brillas.

- ¿Has dicho curarse Gabriela? ¿Puede uno decidir curarse? ¿Uno mismo? ¿Puede curarse?

Hace de nuevo una pausa que llena de un ruidoso silencio la sala. La energía de su discurso se había disparado y su vibración golpeaba las altas paredes hasta el techo. Rellena los vasos de agua. Nos quedamos por unos segundos los dos en silencio, mirándonos fijamente. Yo no sé qué decir, ciertamente. Sólo quiero que ella continúe, que responda. Y ella… Ella no sé lo que quiere de mí.

- Si quieres curarte, Josué, si quisieras hacerlo, puede estar en tu mano, a veces. Sigamos por ahora, Josué ¿Te parece? Ya tomaremos este tema más adelante.
- Sí, adelante Gabriela, por favor.

Ella se detiene mirándome a los ojos. Observo cómo se levanta, rodea la silla por detrás y se dirige hacia una de las ventanas. Su silueta queda recortada como una sombra difusa por la luz que entra desde el exterior. Después de unos segundos oigo de nuevo su voz llegar hasta mí mientras siento sus pasos acercarse de nuevo el centro de la sala.

- Tratemos a la mente consciente como lo que realmente es, Josué, un órgano más de nuestro cuerpo que debe ser gobernado por nosotros, por nuestro Súper yo y no a la inversa. Tu mente no tiene el control, el control lo *debés* tener tú.

Señala con su índice hacia mi pecho cuando lo dice y en su cara observo un gesto de reprimenda reivindicativa, como si hubiera hecho las cosas mal hasta ahora. Seguidamente continúa.

- Entonces, si nuestro Súper Yo es quien nos conduce, nos llevará allá donde nuestras Súper Cualidades pueden elevarnos, mientras que si quien conduce es nuestra mente –dice mientras señala hacia arriba- ésta, al ser vulnerable a toda clase de estímulos, modas, complejos e inseguridades, nos llevará muy probablemente en zigzag de manera errática y con una angustiosa sensación de incertidumbre –y su mano dibuja un zigzag en el aire como si fuera el movimiento de un pez- sin la determinación que se requiere para alcanzar nuestras metas-. Conocernos pues, conocernos más allá de nuestra consciencia o, si se prefiere, incorporar a nuestra consciencia la constatación de una mayor dimensión de nuestro Yo, una parte de nuestro Yo que, oculta a la "vista" de la razón, forma parte, es parte de nosotros mismos, como también la parte oculta de un iceberg es parte de éste aunque no la veamos. Conocernos es pues clave para poder manejarnos adecuadamente –la escucho atentamente hablar mientras con el dedo índice señala el techo-.

Toma aire, yo se lo cedo. Expira, yo lo tomo de ella. Observo que se sienta frente a mí de nuevo.

- Pues bien, Josué, para adquirir esta conciencia, dos de las herramientas más útiles a nuestro alcance son la lectura regular y la meditación. Me dijiste que eras buen lector ¿no es cierto? ¿Sabías que la lectura regular es, al fin y al cabo, una forma "indirecta" de meditación transcendente? Así es, en episodios de lectura de tres o más horas se alcanzan niveles de abstracción similares a los que se obtienen con la meditación transcendental.

Niego tímidamente con la cabeza, todo yo temeroso de abrir siquiera la boca. El sol bajo en el horizonte parece entrar por las ventanas sólo para iluminarla a ella. A mí sólo me queda el frio.

- ¿Quieres decir Gabriela que la gente que lee de alguna manera también está meditando?
- Sí, ciertamente, siempre y cuando se supere un cierto tiempo mínimo de lectura continuada. Esto es perfectamente observable en la práctica de la lectura regular y reiterativa de textos del Corán en las madrazas con el movimiento sincopado del cuerpo, así también la lectura de la Torá o la Cábala en el Judaísmo ortodoxo. La lectura de textos bíblicos por parte de estudiosos católicos o la repetición de oraciones en forma de mantras. Pero es también aplicable al estudio de la filosofía, la cuántica o las matemáticas. Algo similar ocurre con la composición musical o literaria que requiere de niveles de abstracción transcendental similares. Por cierto ¿Te *acordás* de lo que me sucedió en Viedma, al sur de Buenos Aires, en la casa de la costa? ¿*Recordás* lo que te dije sobre las fórmulas matemáticas?
- Sí, claro. Debió ser una experiencia increíble. Me encantaría experimentar algo así.
- Bien pues, entonces, sigamos –dice, estudiando las pausas y poniendo algo de calor en su tono de voz-. Sea Josué que, el primer objetivo, la perseverancia, se nos muestre especialmente complicado, pues para materializar la verdadera dimensión de nuestro Yo precisamos de una de esas Súper

Cualidades que la mayoría no saben aún administrar en el plano consciente: la disciplina. Como te decía hace un momento la clave está en el binomio miedo/deseo y en el adecuado manejo de la mente, como un instrumento más a nuestro servicio.

Empecemos por la lectura. Para dotarse de la disciplina necesaria para la lectura regular e intensa podemos servirnos de aquel binomio miedo/deseo que mayor eficacia tenga sobre nosotros. La sugestión es la medida de dicha eficacia. Cuánto mayor el impacto, mayor efecto sobre nuestra memoria. Cuánto más sugerente sea el binomio sobre nuestra psique, más efectivo será. Cuánto más estrambótico; más estimulante. La memoria, el recuerdo de lo que nos hemos propuesto hacer, de manera regular y disciplinada, es el substrato del impulso hacia la acción.

- Ahora no sé si te entiendo.

- *Dejame* que me explique mejor. La nemotecnia, ya desde tiempos de la Antigua Grecia, ha venido desarrollando metodologías de aprendizaje al mismo tiempo que constataba que lo que nos falla, lo que nos limita, no es la memoria en sí, sino el estímulo que permita las conexiones de recuperación de los datos. En nuestro caso ahora, del impulso físico e intelectual que nos lleve a hacer aquello que nos hemos propuesto, la chispa que nos dispara hacia la acción. Así pues, los mismos principios básicos que utilizaron Platón y Aristóteles en la Antigua Grecia, Cicerón en la Antigua Roma, o después Tomás de Aquino para memorizar discursos completos, repertorios de poemas o gran cantidad de datos, nos sirve hoy además para crear estímulos, en forma de artificios intelectuales, de gran utilidad para dotarnos de la disciplina que requerimos en este nuevo trayecto. La mente, por su parte, como cualquier músculo del cuerpo, tiene una plasticidad y tolerancia relativamente amplias –lo dice acompañándose con las manos como si manejara un acordeón sobre su pecho-. No es infinita, pero lo es más de lo que generalmente podamos imaginar y mucho más de lo que la aprovechamos. Así pues, no es cierto que, como dice la leyenda urbana sólo utilicemos un diez por ciento de nuestra capacidad intelectual, pero sí lo es que apenas sacamos partido de su elasticidad y plasticidad una vez nos escolarizamos –deja ir con un cierto tono de reprimenda-. Recuerda, Josué "Tú no eres tu mente" así pues, la mente, como los brazos, las piernas, los ojos, debe estar a tu servicio y del mismo modo que estiraríamos el cuerpo para alcanzar algo que nos interesa en lo más alto de un estante, del mismo modo debemos estirar nuestra mente y servirnos de su plasticidad para alcanzar aquello que deseamos. Para aumentar la elasticidad del cuerpo nos servimos de aparatos y ejercicios gimnásticos, para gestionar la mente nos hemos de servir de pensamientos, pero no de cualquier tipo de pensamientos, sino de aquellos que nos provoquen emociones, e, igual que la gimnasia busca los límites de nuestra resistencia, también dichas emociones deberán "golpear" nuestras resistencias mentales para generar como respuesta los impulsos, actitudes y gestos que precisamos en la búsqueda de lo que nos hemos propuesto.

Has de crear pues Josué binomios de pensamientos, tan absurdos y sugerentes como sea necesario, para que influyan en tu conducta. La influencia sobre tu conducta es la clave en este momento. Te pongo un par de ejemplos; ¿Leerías todos los días tres o cuatro horas si supieras que, de no hacerlo, una gran desgracia recaerá sobre ti? (miedo) Pues hazlo, piénsalo, créelo, grábalo en tu mente, es sólo un artificio para ejercitarte, pero no te imaginas lo efectivo que puede llegar a ser. ¿Practicarías meditación dos veces al día si supieras que después de un tiempo de práctica te otorgarían un premio millonario que saldaría todas tus deudas y compraría tus deseos materiales? (deseo) Pues hazlo, grábalo a fuego en tu mente, sugestiónate, que tu mente le otorgue credibilidad, hazlo funcionar —exclama extendiendo sus brazos hacia mí-.

Estos son sólo dos ejemplos, busca Josué aquellos que funcionen para ti —afirma mientras me interroga con la mirada- ¿Cómo saber cuáles funcionan? Bien sencillo, si se produce el impulso necesario, de manera regular tal y como te lo has propuesto, entonces funcionan, si no, entonces eleva el listón y/o grábalo en tu mente con mayor intensidad, recréate en el premio (deseo), recréate en la desgracia (miedo), visualízala, siéntela, cada vez que dudes, cada vez que la disciplina amenace con decaer, recurre a tu mente, utilízala en tu beneficio, entrénala, domínala, pues, dado que dejar de pensar no lo hacemos nunca, utiliza esos pensamientos en tu beneficio. Son tuyos. Elígelos de acuerdo a tus intereses. Créalos, dibújalos, vuélvelos a inventar, cámbialos. ¡Son tuyos, haz que te sirvan!

Levanta los brazos y los hombros cuando lo dice, felizmente, tal si hubiera encontrado sentido a todo. Sus ojos brillan distintos.

-    ¿Te parece absurdo, Josué? ¡Es gimnasia! ¿Acaso la misma razón no debería encontrar absurdo salir a correr por las calles? ¿A dónde vas? ¿Por qué corrés? Al final siempre volvés a casa ¿Cuál era el propósito, pues? ¿Por qué pedalear en una bicicleta estática? No se mueve, no va a ningún lugar. Imagínate lo que pensaría alguien del siglo XV que viera a cualquiera agotarse sobre una bicicleta estática. Claro, cierto, tú ahora lo sabes: es gimnasia, tiene un propósito; ejercitar los músculos, aumentar su resistencia, mejorar la salud…. Pues del mismo modo vos debés utilizar "aparatos", artificios mentales que si bien pueden parecer absurdos y, en cierto sentido así es, tienen un propósito muy parecido; aumentar tus capacidades, mejorar tu vida, hacerte más feliz —trona en toda la sala su voz llena de emociones confusas para mí. Medio balbuceando intento responder a sus intenciones-.

- Lo que dices, Gabriela, es que me imagine situaciones asociadas a experiencias de miedo y de deseo que me impulsen hacer las cosas que de otra manera no acabaría haciendo por falta de perseverancia, por falta de motivación suficiente ¿Es eso? ¿Qué me monte algo así como películas en mi mente que de alguna manera me presionen a hacer las cosas que quiero hacer pero que casi nunca acabo haciendo por falta de perseverancia? ¿Sí?

- Así es Josué –responde acentuando el tono de la voz-. Está comprobado científicamente que cierto grado de estrés es necesario para mantener ciertas funciones neuronales activas y consecuentemente un funcionamiento metabólico saludable. Esto se puede observar a menudo en ciertas personas mayores que, al poco de jubilarse, al perder los objetivos y la dosis diaria de estrés a la que estaban habituados, de repente empeoran claramente de salud y el envejecimiento físico se hace mucho más evidente en los meses justo después de haberse jubilado. Genera pues Josué ciertos niveles de estrés en la dirección que te interese se focalicen para conseguir tus metas –dice señalándome-.

Eso sí, recuerda –se interrumpe con una clara inflexión en su tono de voz- hablamos de ciertos niveles. Exagerar el "tratamiento" puede ser contraproducente y perjudicarte, como hacer una maratón a diario también lo sería. *Aplicá* todo en su justa medida. *Recordá*, en el caso de los binomios de pensamiento, la medida es el nivel de sugestión  y la dosis apropiada aquella que produce el efecto deseado. Más allá de ahí, no te conviene elevar los niveles. Múltiples sugestiones a la vez tampoco son adecuadas pues pueden desbordar tus niveles de estrés. Acumular objetivos en lugar de encadenarlos, sería sin duda un enorme error. ¿Me *seguís*?

Asiento con la cabeza, mientras observo maravillado como todo su cuerpo ya se ha involucrado de nuevo en el discurso agitándose según se encadenan sus aseveraciones. Sus ojos están brillantes y las feromonas que emanan de su cuerpo me rodean seduciéndome. La luz del sol que entra por las ventanas se confunde con su propia luz, aunque ninguna de las dos me alivia el frio de la piel.

- Por otra parte, como es fácil imaginar, la técnica de los binomios de pensamiento, puede utilizarse en múltiples situaciones. Como veremos también más adelante, deshacer esos binomios que a lo largo de nuestra vida  hemos incorporado a nuestro Yo será también de gran utilidad para facilitarnos el camino hacia nuestras Súper Cualidades. Esto es importante porque, como hemos visto y parafraseando a Gandhi, nuestros pensamientos se convierten en actos, nuestros actos se convierten en costumbres, las costumbres en hábitos, los hábitos en nuestro carácter y nuestro carácter va a determinar nuestro destino. *Elegí* pues Josué los pensamientos apropiados, aquellos que te han de conducir a tu destino, pues ahora mandas tú y no tu mente. Dime Josué, ¿Estás preparado para tomar el control?

## XI – Elevemos la apuesta

En mi opinión hay cuatro tipos de profesionales con los cuales, siempre, al tratar con ellos, sufres la certeza de que te están engañando; estos son, los vendedores de pisos y coches de segunda mano, los que hacen reformas en viviendas y los responsables de talleres mecánicos. Te digan lo que te digan, siempre tienes la sensación de que la mitad de sus verdades pesan más o menos lo mismo que la mitad de sus mentiras.

Acabo de finalizar la última conversación telefónica con el mecánico que podría arreglarme la motocicleta, y no sólo no he conseguido que flexibilice sus condiciones de pago, sino que además ha empezado a deslizar que quizás la reparación sea más cara de lo que inicialmente había presupuestado. Sin embargo, no ha conseguido doblegarme. Hoy no. Mi energía sigue intacta, sin dolor. Al menos de momento. Es aún temprano, pero no era ningún sarcasmo. Es sólo que hoy lo veo así. A veces ocurre que un día te levantas y ese día puedes. A mí esto no me ocurre con frecuencia, eso es cierto, pero está bien disfrutarlo cuando así es.

Sucede en ocasiones que, a pesar del continuo maltrato al cuerpo, el fiel Sancho siempre se levanta para seguir al alma, y a veces, sólo a veces, el cuerpo parece sentirse tan ligero como esta última, y se acompasan, y te sientes más joven, o el mismo, pero con ganas de más. Y te dices entonces; aprovechemos el día, pero al final no lo haces porque estás bien y prefieres estar contigo, pero esta vez no, esta vez me he decidido a tener iniciativa, porque hacía falta y porque podía hacerlo, hoy sí. Porque hay que cambiar cosas, porque así no puedo seguir.

Y entonces he pensado en llamar algunos clientes a los que atendía hasta hace poco y les he dicho que podría darles el mismo servicio que recibían desde la antigua empresa en la que yo trabajaba, pero a un mejor precio, más barato, y dos me han dicho que sí, que les interesaba, así que he llamado a antiguos compañeros que también están desempleados ahora mismo, pero ellos sí que tienen la motocicleta a punto, y he acordado con ellos una tarifa que me permite dar a los clientes ese servicio más ajustado en precio, y dejarme a la vez un pequeño margen para mi, que total, no tengo gastos operativos más que la tarifa plana del teléfono, así que ha sido fácil, todo fácil, menos lidiar con la excitada efervescencia que me recorría el cuerpo, pues no sé bien del todo cómo ha sido, pero lo he hecho, así que después de colgar esta tarde el teléfono y confirmar que la entrega del primer cliente se había resuelto más que satisfactoriamente, me he abierto una botella de vino tinto, y me he servido una copa para calmar mis nervios, con la inestimable ayuda del *Easy Living* de Billie Holiday, reproduciéndose en su negro vinilo, que es cómo hay que escuchar a Billie, y preguntándome, mientras Sancho se iba desprendiendo de la tensión acumulada, qué demonios había hecho, pero sin remordimiento, sino más bien con la curiosidad de un niño ante la magia de un prestidigitador.

*Living for you is easy living*
*It's easy to live when you're in love*
*And I'm so in love*
*There's nothing in life but you...*

Y entonces me he acordado de que anoche me fui a dormir jugando a las sugestiones que Gabriela me proponía ayer, y me dormí convenciéndome de que si no impulsaba un cambio inmediato en mi vida al caer la tarde de hoy, los *dementores* que acosaban a Harry Potter, aquellas alargadas sombras del inframundo, vendrían a por mí, y yo, sin los poderes y determinación de Harry, pues claro, sería presa fácil para ellos. Así que no sé si habrá sido eso, que seguramente no, pero por si acaso, puedo tener ahora la certeza de que al menos hoy no vendrán a por mí. Esta tarde no, porque lo que he hecho hoy no sé si durará mañana, pero hoy hecho está. Y esta noche también voy a "jugar" a las sugestiones, pero hoy sin *dementores*, que todavía me tiembla el pulso mientras sujeto la copa de vino. Esta vez toca "deseo" y no "temor" así que mañana voy a llamar a Sophie, y le voy a proponer que nos veamos, porque sé que me va a decir que sí o algo igualmente positivo va a ocurrirme y que si no lo hago... vaya, es verdad que al final la dualidad miedo/deseo aparece siempre. Vamos a ver qué tal sucede. Vamos a ver.

Sí, lo sé, esto parece absurdo. Sinceramente creo que lo es. Qué le vamos a hacer. Me comprometí y lo cierto es que no me arrepiento. Aunque es altamente probable que lo que ha ocurrido hoy llevara ya un tiempo madurando en mi y, tan sólo se trate de una casualidad, quizás no más que un detonante que ha adelantado acontecimientos que igualmente iban a suceder en los próximos días. No lo sé. Elevemos la apuesta; todo al rojo. No corren buenos tiempos para apostar por otro color.

## XII - Medita

Después del excitante día de ayer, hoy, a pesar de ser también un día muy agitado y sumar más clientes al proyecto, parece que todo discurre con más tranquilidad. Más aún que ya es de  noche, sopla un viento frio y cortante y camino por los jardines de Mundet en busca del Palau. Hoy nuestra cita está convocada a las ocho de la tarde y la ausencia de coches por esta zona de la ciudad hace más oscura la noche, si cabe. Según voy subiendo, al fondo, en lo alto de la escalinata, ya veo las luces encendidas del piso superior. Allí estará Gabriela, esperándome. No voy a contarle nada de lo sucedido, no de momento. Podría sacar conclusiones anticipadas cuando lo más probable es que lo ocurrido entre ayer y hoy  ya estaba maquinándose en mi cabeza tiempo atrás.

El hall de entrada está en poco más que en penumbra. Me sorprende ver que aquí puede entrar cualquiera a esta hora. El mundo académico tiene en general una confianza en la bondad de la naturaleza humana que empíricamente debería haber desterrado hace tiempo.

Los baldosines negros y blancos siguen ahí, claro. Los atravieso rápidamente evitando pisar las junturas y me deslizo hacia arriba por la escalera en escuadra. Arriba, en cubierta, no hay peligro. Los ventanales de medio arco a ambos lados del corredor ahora están abrazados por la oscuridad de la noche y se refleja en ellos mi figura caminando hacia la sala del fondo. Me miro en el cristal y en cierto sentido no me reconozco.

La sala de sesiones está iluminada pero vacía, salvo por las dos sillas situadas como siempre justo en el centro. Pero ya oigo acercándose unos zapatos de tacón a mi espalda. Sin duda debe haber oído mis pasos. Buena chica.

- Hola Josué
- Hola Gabriela, ¿Cómo estás?
- Bien ¿y *vos*? Veo que los golpes de la cara ya se van borrando -me guiña un ojo mientras lo dice, que a mí me sobraría si no fuera el suyo-.
- Eh… Sí, estoy mejor. Estoy bien, todo bien, tranquilo. Este lugar por la noche cambia mucho ¿verdad?

- Sí, se hace un poco raro caminar por aquí cuando oscurece. En verdad que yo la mayoría de veces salgo de *acá* sobre esta hora, así que ya me estoy acostumbrando. Cuando llego a la parada de metro es entonces que reconecto con la idea de que estoy viviendo en una ciudad, pero aquí a veces lo *olvidás*.

Me hace un gesto con la mano para invitarme a sentarme, pero creo que intencionadamente a una distancia de las sillas lo suficientemente alejada como para que no quede claro en cuál debo hacerlo. Se supone que debo elegir mi lugar. Opto por sentarme en la misma silla de los primeros días. Después se sienta ella. Lleva como siempre una carpeta, una botella de agua etiquetada y un par de vasos. No dice nada mientras los va llenando de agua. Continua en silencio mientras hace anotaciones en sus papeles. Lleva un jersey de lana gruesa gris, de un cuello alto muy ancho y holgado que no oculta del todo su cuello cuando se inclina hacia adelante. Viste además unos tejanos y unos botines de tacón de color negro. Su rostro es color del nácar y sus ojos, rodeados de unas densas pestañas negras, se muestran húmedos como si también hubiera estado en el exterior sintiendo el frio en su cara. Los labios, perfectamente dibujados en un rojo intenso, quedan siempre a un suspiro de estar cerrados.

- Y, cuéntame Josué. ¿Alguna novedad desde la última sesión? ¿Pusiste a prueba las sugestiones?
- Oh, no, nada destacable. La verdad es que no he tenido tiempo, he estado bastante ocupado…
- ¿Ah, sí? Cuéntame, qué ha pasado….
- Eh… no, nada, la motocicleta, ya sabes, el taller mecánico y burocracia diversa. Sé que me he de poner con lo de las sugestiones. Estoy comprometido y lo haré. Cuenta con ello.
- Sí, estoy segura Josué. Sé que lo harás. Es importante que empieces a tomar el control de tu vida. A partir de que tomas el control de tu mente es todo entonces más fácil. Cuando te das cuenta de que eres mucho más que tus pensamientos, el salto hacia adelante es determinante. Todo cambia. Los pensamientos se ponen a tu servicio y *dejás* de estar tú al arbitrio de ellos. La mente es vulnerable, ya lo sabemos, cambia su estado y sus pensamientos dependiendo de qué la rodea, de tu estado físico, etc. *Fíjate* que algo tan sencillo como los colores de la habitación en la que te encuentres cambian tu estado de ánimo y por tanto los pensamientos que tienes, y el cómo te sientes. La música que escuchas, o la cantidad de gente y ruido a tu alrededor cambian también tu manera de pensar. Se comprenden entonces que no podemos dejar nuestras vidas en manos de un órgano tan voluble ¿no te parece? –pregunta retóricamente poniendo las palmas de la mano hacia arriba- Y, ya que tenemos esa información, al menos utilicémosla en nuestro beneficio. Si podemos crear

el entorno apropiado para tener los pensamientos que nos convienen, ¿Por qué no aprovecharlo? ¿no es cierto?

- Sí, entiendo lo que dices, pero resulta extraño separarse de los propios pensamientos. ¿Acaso no somos lo que pensamos?

- Josué, si *observás* el embrión de cualquier ser vivo, antes incluso, mucho antes, de que se haya formado el cerebro de ese ser y sus principales órganos como la vista, el oído…, podrás ver que su corazón ya late.

- Sí, claro, como en las ecografías ¿Pero eso qué significa?

- Pues que la voluntad es anterior al pensamiento. Antes de pensar ya tenemos voluntad, la voluntad de vivir, de nacer, de existir de crecer, de evolucionar... La vida es el recipiente de la voluntad. Aún cuando el cerebro no existe, el corazón ya late. Nuestros deseos más fundamentales, más básicos y más determinantes para nosotros están en nosotros antes de que tengamos las "razones" para ello. Incluso la decisión misma de tener un cerebro reside en nuestra naturaleza, es una decisión que tomas tú, pero no tú "el cerebro", sino que la toma ese *tú* que es más aún que aquello que piensas sobre ti, que aquello que piensas al menos de una forma racional, con tu cerebro.

- Entiendo, si no existe aún el cerebro, está claro que el cerebro no puede tomar la decisión de crearse a sí mismo. Sí, hay una voluntad anterior, eso lo veo, pero... ¿Y no tiene eso algo de místico, de religioso?

- Bueno, ya sabes, la religión y los dogmas son sólo para aquellos que han renunciado a seguir buscando la verdad. Para la comunidad científica la clave está en averiguar dónde reside esa forma de conciencia, que parece estar en todas las células de nuestro cuerpo y que no depende de nuestro cerebro. Nos interesa descubrir todo ese potencial, investigar cómo aprovecharlo y ponerlo entonces al servicio de la sociedad y de las personas en particular para mejorar sus vidas. No nos conformamos con modular una explicación mística a la que después rendirle tributo, queremos saber la verdad y cómo universalizarla –dice estirando el cuello hacia mí y apoyando sus manos sobre la carpeta que sostiene sobre las rodillas-.

- La verdad es que suena muy atractivo cuando lo cuentas. Cuando lo cuentas tú. Le pones tanta emoción que me fascina la idea de formar parte, aunque sea con mi pequeña contribución como rata de laboratorio.

- Oh Josué *vos no sos* ninguna rata de laboratorio. Créeme. No estamos experimentando. Recuerda que el programa ya se está aplicando desde hace varios años, con resultados asombrosos en otros países.

- Sí, y entonces… ¿qué es lo que ha acabado pasando con las personas que han terminado el programa en los otros países? ¿Han cambiado? ¿Qué ha sido de ellos?

- Me temo que eso no puedo contártelo.

- ¿Por qué no?
- Porque influiría en tu percepción de las sesiones y crearía una serie de expectativas que podrían afectar negativamente en la evolución del programa. Creo que fuiste tú mismo quien en una sesión anterior me dijiste aquello de que *las expectativas son la medida de las decepciones* ¿No es cierto? -me guiña un ojo con tono de  revancha-.
- Ya, claro. Mmm... que sepas que utilizar las propias palabras del otro para rebatirle es entrar en un juego peligroso. Nunca sabes cómo puede acabar eso, jejejeje....

Deja ir una sonrisa que inunda la sala y mi alma.

- Josué, sí, pero no he podido resistir la tentación. *Perdoná,* no quería retarte. O quizás sí, uhm... ya no lo recuerdo –y sigue riendo-.

A veces, oyendo a la doctora Zimmermann, la del rictus serio y enérgico, olvido su condición de mujer atractiva, pero cuando ríe así, con esa juvenil y desafectada sonrisa, abierta de par en par, mostrando unos perfectamente alineados y blancos dientes perfilados por sus expresivos labios de rojo intenso, caigo de nuevo en el ensueño de su femenina condición y entonces la hendidura de su garganta se convierte en una autopista hacia la pasión, que desciende escondiéndose más allá de la barrera que forma su jersey de lana alrededor de sus hombros.

- Hoy Josué vamos a hablar de la meditación transcendental. ¿Has meditado alguna vez?
- No, bueno... una vez leí un libro que trataba sobre la filosofía Zen y hacía todo un circunloquio alrededor de la meditación, pero la verdad, me pareció sobrecargado y redundante en cierta manera. Afortunadamente no era un libro muy largo y conseguí acabarlo, pero reconozco que la imagen que me dejó sobre la meditación fue..., cómo decirlo, no negativa, pero sí ajena y extraña al mundo occidental. ¿No te lo parece a ti?
- Entiendo lo que quieres decir. Por suerte hoy hay manuales muchos más sencillos sobre meditación transcendental e incluso breves videos por internet que permiten una aproximación fructífera sin complicaciones. Después te pasaré unas direcciones útiles al respecto.

Me ofrece agua para beber. Bebemos y rellena de nuevo los vasos. Empiezo a tener la sensación de que beber agua se ha convertido en un ritual propio de las sesiones, como si estas pausas formaran parte misma de la organización de estos momentos. No entiendo el propósito pero por ahora no hago preguntas, más allá de las que me hago yo mismo.

-      De hecho Josué no pretende esta sesión ser un manual sobre como meditar, pues como digo ya hay mucho material disponible al respecto, tanto impreso, en la red o en infinidad de talleres, tan solo apuntaremos algunas ideas que pueden serte útiles para, por un lado, adquirir la práctica continuada de la meditación y, por otro, obtener de ella el mayor partido en el propósito de adquirir un mayor conocimiento de nosotros mismos y, en consecuencia, de nuestras respectivas potencialidades ¿Te parece?

-      Sí, claro, por supuesto.

-      *Mirá* Josué, si desde que estamos en la escuela se nos hace hincapié en la importancia de leer comprendiendo simultáneamente aquello que se lee, en la meditación transcendental, dado que su principal función es la abstracción, el impulso racional de intentar la comprensión de aquello que nos ocurre durante los estados de meditación  es del todo contraproducente, ya que es lo mismo que querer parar un coche mientras se aprieta al mismo tiempo el acelerador y el freno; se tarda más, se produce un mayor esfuerzo y en consecuencia un mayor desgaste y se frustra el objetivo de la misma en la mayoría de casos. Hemos pues de entender qué pasa en nuestro Ser durante una sesión de meditación, pero no poner nuestra atención en ello mientras la llevamos a cabo ¿Sí?

Asiento con la cabeza, sin mucho convencimiento, pero con todo el deseo de seguir escuchándola, eternamente.

-      La meditación regular —continua- conviene practicarla Josué al menos durante veinte minutos, dos veces al día. Durante ese tiempo, mediante la repetición continuada de un mantra (una palabra, una oración…) vamos a intentar dejar nuestra mente libre de cualquier otro pensamiento. Al menos de momento, pues como luego veremos, utilizaremos ese estado para introducir más adelante pensamientos que nos convengan en nuestro propósito de crecimiento —observo que sigue hablando mientras se levanta y camina hacia el fondo de la sala, dándome la espalda por unos instantes-. Ahora, no obstante, este es el objetivo primordial; liberar a la mente del continuo *rum-rum* que impide que, igual que un músculo puede ser relajado, dejándolo en reposo, hagamos lo mismo con la mente. Esto no es sencillo —continua mientras ya está de regreso en la silla- y no tan sólo en las primeras veces que uno medita, pues incluso los que llevan años meditando, tienen a menudo dificultad en conseguir que el *rum-rum* se detenga durante mucho tiempo seguido. La función del mantra es precisamente ayudarnos a reconducir la situación cada vez que nos desviamos del objetivo como más adelante te voy a explicar.

Cruza sus piernas e inclina su cuerpo ligeramente hacia mí. Me llega su aroma, inspiro como un ladrón y lo atrapo.

-      ¿Qué finalidad tiene entonces detener la mente, Josué? Pues además de los beneficios para la salud que se derivan y que están ampliamente demostrados en estudios clínicos, ralentizar el "engranaje consciente" es necesario para sincronizarlo con el "engranaje inconsciente" que, por decirlo así, tiene un nivel de revoluciones inferior –y dibuja un círculo con su mano izquierda en el aire-, y para que ambos puedan entrelazarse e interrelacionar entre ellos, es necesario aproximar ambas velocidades. La mente consciente está adaptada al entorno físico e intelectual que requiere la supervivencia de la especie, desde antes incluso de que lo fuéramos. En este sentido la mente se mantiene alerta, sensible a toda clase de estímulos exteriores del mismo modo que cualquier animal se mantiene alerta a cualquier signo de sus depredadores; como pudieran ser movimientos entre las ramas, olores, ruidos sospechosos... -casi murmura creando una extraña atmosfera- Así, del mismo modo, nuestra mente, acorde con lo que ahora le toca vivir -continua elevando el tono de voz- está alerta al tránsito de vehículos, al reclamo de un bebé, a las amenazas en el trabajo... Pero la mente continua siendo a su vez sensible a nuestro apetito, a si tenemos frio o calor, etc. pues obviamente este mecanismo de alerta se ha ido adaptando al nuevo entorno que hemos ido construyendo entre todos. Las amenazas han cambiado sustancialmente a lo largo de la historia de la humanidad, nuestro modo de responder a ellas, pues la verdad, no tanto ¿No te parece?

Por su parte, el subconsciente vive en un plano más transcendente, más propio del escenario que recientemente la física cuántica nos ha descrito, donde las leyes físicas de espacio y tiempo son mucho más elásticas. Una dimensión donde las partículas pueden estar en dos lugares a la vez, donde la relatividad del tiempo se manifiesta de manera constante. En ese plano, el concepto de "prisa" no existe. En ese lugar nuestro potencial no depende de nuestra mente, sino de nuestra dimensión transcendente conectada con todo nuestro entorno –hace una pausa para tomar aire. Yo estoy petrificado y desubicado al mismo tiempo-. Del mismo modo que la vitalidad y potencialidad de una planta depende conjuntamente de la luz del sol, del aire y la humedad ambiental de su entorno, del agua y del suelo que la sostiene, del mismo modo el subconsciente y las Súper Cualidades que éste atesora dependen de la interrelación con su entorno, de su interdependencia. El consciente se encarga de "negociar" con el entorno que lo rodea que es físico, mientras que el subconsciente se encarga de mantenerse en contacto e interdependiente con su entorno que no es sólo físico ¿Me vas siguiendo? –Me pregunta mientras se dispone a llenar los vasos con agua-.

-      Sí, creo que sí. Se trata de poner todas las partes de uno a un mismo nivel ¿Verdad?

-       Pero ambos planos, Josué, como he dicho, "giran" a ritmos diferentes y para poder crear un flujo mayor de comunicación entre ambos, de tal modo que se vayan progresivamente vertiendo potencialidades desde el subconsciente al plano consciente, para que así éstas puedan ser administradas en nuestro día a día, debemos intentar acercar las velocidades entre ambas identidades. Pero vayamos por partes, primero asegurémonos una práctica de la meditación regular y fructífera, después veremos cómo obtener partido de ella.

-       Sí, creo que voy a necesitar tu ayuda en esto. No acabo de verme en esos estados que defines.

-       Cuenta con mi ayuda Josué, y no te preocupes por cómo te ves, recuerda que hay mucho más que eso -abre los ojos y ladea la cabeza mientras aprieta los labios- hay mucho más de ti ahí detrás –y señala con su mirada hacia mis ojos, atravesándolos-.

Aprovecha entonces para hacer una pausa y beber agua al tiempo que me alcanza un vaso para que la imite.

-       *Mirá,* cualquier momento de la mañana o de la tarde es bueno para meditar. Como decía antes, no es el propósito de esta sesión enseñarte el arte de la meditación, sino convertirla en una herramienta al servicio del desarrollo de tus Súper Cualidades. Pero podemos apuntar algunas reglas que son básicas y de gran utilidad, sobre todo si se vas a empezar a meditar por primera vez. En cualquier caso, lo recomendable es acudir a algún taller práctico y leer previamente algunos de los manuales al respecto que luego te pasaré para adecuar la postura y la respiración, si bien meditar no requiere de ningún aprendizaje complejo ni siquiera de ningún entrenamiento previo para empezar a obtener resultados. En realidad, a lo largo de nuestra vida, en diversas ocasiones podemos encontrarnos en momentos de absoluta abstracción y plena transcendencia sin ni siquiera proponérnoslo.

La negra noche pone ahora nuestros reflejos en el interior de las ventanas. Veo su espalda y su nuca repetidas en todas las ventanas que quedan a su espalda, como un laberinto de espejos que multiplica el infinito. Yo reconozco la abstracción y la reconozco a ella, pero no sé si sabré ser lo que ella me pide.

-       Josué, elegir el momento de la mañana o de la tarde depende de cada uno, pero es aconsejable que el momento esté debidamente insertado en tu agenda. No es necesario que todos los días lo hagas a la misma hora, pero sí que tengas establecida una pauta. La cuestión es que esté integrado en nuestro día a día y te comprometas con ello. Si lo dejas como algo para hacer "cuando tengas un momento libre", créeme, nunca lo tendrás. Si te falta la disciplina necesaria para ser regular, ya sabes, acude a los binomios de pensamiento. Las sugestiones. Están ahí para ayudarte.

No hay por qué limitarse a meditar dos veces al día o hacerlo sólo durante veinte minutos, pero mantener este mínimo de duración y frecuencia te ayudará sin duda a adquirir el hábito y a alcanzar un provechoso nivel de transcendencia. ¿Me *seguís*?

- Sí, sí, adelante. Me interesa.

- Bien. *Elegí* un mantra. No importa cuál, sino que a *vos* te sirva, pero utiliza siempre el mismo. Es importante la familiaridad con tu mantra como ahora veremos. Que sea corto, mejor una sola palabra o un sonido. Internet te hará varias sugerencias con solo poner en un buscador la palabra "mantra". Selecciona para ti una de ellas si lo crees conveniente. Que contenga un mensaje positivo será muy provechoso: *gracias, estoy feliz, ohm...* son sólo algunos ejemplos. En definitiva, la función del mantra es ayudarte a silenciar el flujo de pensamientos que se agolpan en tu mente en cuanto cierras los ojos, siendo que al final, también el propio mantra queda neutralizado y tu mente en reposo. Del mismo modo que las personas que llevan gafas, al final, si no ponen especial atención en ello, no ven la montura de las gafas cuando observan su entorno, sea este próximo o distante, puesto que existe una función del cerebro que se encarga de anular en nuestra conciencia aquello que, si bien podemos percibir claramente si nos lo proponemos, no es relevante para nosotros pues ya está asimilado; así la montura de las gafas, el tren que pasa cerca de casa siempre a la misma hora o el tic tac del reloj del salón. Tanto es así que, cuando falta ese objeto en nuestro campo de visión o ese sonido habitual, es precisamente cuando nuestra alerta se dispara. Pues bien, de la misma manera actúa el mantra. Por un lado nos sirve para tener una guía en la que concentrar nuestra mente para que no divague entre todos los pensamientos que quieren captar nuestra atención mientras meditamos o mejor dicho, nos proponemos hacerlo. Y, cuando ya lo hemos conseguido, cuando estamos focalizados, el mismo ritmo repetitivo del mantra hace que éste se vaya auto anulando en nuestra conciencia dejándola completamente en blanco o muy próxima al reposo. En este sentido, sirve a mucha gente como mantra el propio sonido de su respiración, pues se ve en este caso con claridad cómo, si queremos, la escuchamos y podemos poner en ella toda nuestra atención, lo cual ayuda a no distraerse con otros pensamientos o cosas que ocurran a nuestro alrededor, mientras que, una vez vamos entrando en un estado transcendente, sin mayor dificultad, vamos dejando de estar focalizados en nuestra respiración, pues así de hecho lo hacemos la mayor parte del día; no pensamos en ella y ni siquiera oímos nuestra respiración si no nos lo proponemos. *Fíjate,* como puede verse, el mantra es una especie de conserje o escudero que nos acompaña hasta la puerta del estado transcendente, la habitación oscura donde habita nuestro subconsciente, librándonos de las interrupciones y distracciones hasta ese momento y permitiéndonos el paso hacia el interior, mientras que, llegados a ese punto, él se queda en el umbral de la puerta para no perturbarnos mientras nosotros estamos ahí.

Toma un respiro y echa su cuerpo hacia atrás apoyando su espalda en el respaldo de su silla. Por un momento fija sus ojos en el techo de la sala, como buscando inspiración. Después vuelve a posarlos sobre mí, en su objetivo. Sus labios quedan como siempre a un suspiro de cerrarse, húmedos y brillantes.

-       Y bien, ¿Cómo saber si estás transcendiendo? Primero, no te apures si ves que de los veinte minutos pasas diecinueve liberándote de pensamientos, es normal. Un minuto de meditación es un tesoro y hasta los monjes más experimentados sufren divagaciones de la mente hasta que consiguen llegar a la puerta del subconsciente. Segundo, la meditación es especialmente beneficiosa cuando ésta se practica con regularidad, por lo tanto no esperes resultados inmediatos ni deslumbrantes en las primeras semanas. Si a pesar de intentarlo no consigues transcender en las primeras ocasiones o, incluso en alguna sesión cuando ya estés experimentado, tampoco desesperes: es normal; nada realmente bueno se obtiene sin un mínimo tránsito. Ahora bien, puesto que como decíamos al principio, lo último que debes hacer es intentar tomar conciencia del proceso de transcendencia dada su naturaleza antagónica, por cuanto que al intentar estar consciente para percibirlo se frustra precisamente el objetivo de la meditación, identificar entonces algunas señales te ayudará  a saber si has transcendido, lo cual puede ser muy útil para que puedas medir tus progresos y aprender a manejar cada situación. Por ejemplo, cuando sueñas sabiendo que sueñas, estás en el límite de la transcendencia, dejarte caer está entonces en tu mano, toma en ese momento tu mantra y da los últimos pasos. Aquí el mantra te ayudará a no caer en el sueño, pues la línea que separa el sueño del acto de meditar es muy fina. En una sesión de meditación, cuando no sabes en qué posición están partes de tu cuerpo, estás transcendiendo. Por ejemplo, si no te ves capaz de decir en un momento dado si tu mano derecha está mirando hacia arriba o hacia abajo o si está apoyada sobre una pierna y, has de moverla para recuperar el control sobre ella y así reactivar el flujo de  la información desde la mano hacia tu mente para saber cómo estaba,  entonces, si habías perdido la conexión con tus extremidades, estabas en un estado transcendental.
También y en línea con la señal anterior, cuando no piensas en ti, cuando tengas esa sensación de ser una suerte de humo o vapor deambulando por un espacio infinito del cual formas parte, siendo a la vez ese espacio infinito todo tu Yo, entonces, sin duda, puedes estar seguro de que estabas trascendiendo. Si

al acabar una sesión, de repente percibes de una manera nueva todo tu ser físico, cada parte de tu cuerpo, tomas conciencia de tu estatura, percibes tu espalda más erguida, te sientes más vital, entonces también puedes estar seguro de haber transcendido durante la sesión. Esta es una sensación habitual, como si reestrenaras tu cuerpo, como si lo redescubrieras. Esta sensación es precisamente clave para mostrar que una buena sincronización de todo tu organismo te brinda una excelente oportunidad de empezar a trabajar con éste como si de una hoja en blanco se tratara, nueva arcilla para moldear, un nuevo material para esculpir. Con una notable diferencia, ahora sabes lo que quieres lograr de ti mismo, estás encaminado. ¿Cómo lo ves Josué? ¿Te ves capaz de intentarlo?

- Bueno, es todo un reto pero, estamos aquí para eso, ¿no? Tal y como lo explicas parece que ha de valer la pena. Tengo mis dudas, lógicamente, me conozco y sé que me resultará difícil no acabar deambulando de un pensamiento a otro, pero… bueno, sí, ya te digo, creo que merece la pena intentarlo.

- Estoy tan convencida de ello Josué que no nos vamos a ver mañana, ni siquiera pasado mañana. La próxima sesión será de aquí a una semana y siempre y cuando durante esos siete días hayas meditado al menos dos veces cada día. *¿Aceptás* el reto?

- Ehh… Sí, claro ¿Una semana? Bueno, pero te voy a echar de menos… -le digo riendo tratando de poner una mirada pícara-.

Sonríe sin apartar sus ojos de los míos.

- Mmm…. No sé, no lo creo. Por cierto, en nuestra próxima cita estará también el Dr. Schulze para llevar a cabo los test de seguimiento –dice dejando caer su mirada sobre los apuntes anotados en el bloc que sostiene sobre las rodillas-.

Nos despedimos mientras me dicta unas cuantas direcciones  de internet relativos a la meditación. Mientras dejo el Palau de les Heures a mi espalda, bajando por la escalinata, y mientras el frio se adhiere de nuevo en mi cara, caigo en la cuenta de que sorprendentemente, durante la sesión, había olvidado por completo que esta mañana Sophie me ha respondido el whatsap  y hemos acordado vernos al final de la semana, para tomar una tapa por el Born. Ahora toda mi atención está en ese momento. La ciudad me espera ahí abajo. Me recibe con los brazos abiertos. Es mi ciudad.

## XIII – Para ascender hace falta un ascensor

El negocio de la mensajería no para de crecer. Cada día hacemos nuevos servicios para nuevos clientes. Puesto que mis gastos son muy bajos, puedo competir fuertemente en precio y, hoy por hoy, un precio más bajo que tu competidor parece ser la clave para vender. Estoy fuera de la ley, lo sé, pero las circunstancias son las que me están empujando y me cuesta ahora detenerme a poner las cosas en orden. Mi prioridad es que esto no se pare, seguir incorporando nuevos clientes y nuevos mensajeros para hacer nuevas rutas y servicios al precio que me he marcado. Ahora mismo ya estoy ganando la misma cantidad que cuando hacía yo mismo de mensajero y, además, cobro el subsidio de paro. Pero lo cierto es que tengo la sensación de que esto es como ir en bicicleta, si dejo de pedalear y crecer, el castillo se me viene abajo. Los mensajeros quieren más servicios, los clientes quieren ampliar rutas y horarios, si a unos y a otros les digo que no, acabarán marchándose con algún competidor. Yo ya me daría por satisfecho con lo que consigo ahora, pero el mecanismo ha tomado cierta inercia y no parece fácil detenerlo. Me atropellaría. Además, cuando no se tienen otras salidas, la única opción es ser perseverante.

Utilizo los binomios de pensamientos cada día, aunque cada vez me hacen menos falta, estoy bastante motivado. Estoy leyendo diversas obras relacionadas con la gestión empresarial. Necesito cierta orientación urgentemente así que leo de cinco a ocho horas cada día, normalmente hasta altas horas de la madrugada. No obstante, a pesar de dormir no más de cinco o seis horas cada noche, me levanto fresco y despejado. Ocurre que cuando cierro los ojos caigo en un profundo sueño sin apenas demora, en segundos, y me despierto unas pocas horas después, completamente lúcido, sin necesidad de remolonear en la cama y sin tener consciencia de haber soñado absolutamente nada, como si la mente se apagara por completo al cerrar los ojos y se volviera a encender al cien por cien, unas horas después.

Esta mañana he meditado por primera vez en mi vida. Lo iba a dejar para otro día porque hoy realmente tengo muchas otras cosas que hacer y el teléfono no para de sonar, pero mirando uno de los links que me facilitó Gabriela he visto que un monje decía; *debes meditar 2 veces al día, durante 20 minutos cada vez, salvo que te encuentres muy ocupado y sin tiempo libre, en ese caso, deberás entonces meditar al menos una hora cada vez.* Ha sido muy persuasivo, la verdad.

Lo primero en la agenda de hoy es una reunión de vecinos convocada nada menos que a las ocho de la mañana. La dichosa propuesta de un ascensor es el único asunto del orden del día. Ramirez, el presidente de la comunidad, aspira a desbloquear el proyecto, paralizado por los vecinos de los pisos de la primera planta, y asunto de primer orden para los vecinos que viven en las plantas superiores y que resulta, claro, vital para los vecinos de los áticos. Ramirez vive dos pisos por encima de mí. Nunca asisto a las juntas vecinales, menos aún si estas se convocan por la mañana, pero hoy, antes del alba, ya estaba despierto, no necesitaba dormir más, y oyendo el movimiento de vecinos escaleras abajo para reunirse en el replano de la portería he pensado que quizás podría ser hasta divertido ver sus caras y oír sus somnolientos argumentos. Cuando me ha asaltado ese pensamiento he creído que se trataba de un sorpresivo y matutino sarcasmo, pero después he visto que me vestía y me dirigía hacia la puerta, incluso con cierto entusiasmo, así que me he dejado llevar; el espectáculo quizás merezca la pena.

Al salir al rellano me encuentro con doña Esperanza, cuya cara esta mañana no hace honor a su nombre. Viste batín, zapatillas y una permanente imposible, y vive en el penúltimo piso. Intercambiamos un par de frases de cortesía y enseguida me hace ver arqueando las cejas y torciendo la boca que no tiene ninguna fe en que esta reunión sirva para nada. Las cosas seguirán como hasta ahora, parece querer decir con su cara de juez de guardia. Después se pone a hablar de chismorreos varios. Le encanta hablar, de todo y de los demás, por supuesto.

Abajo ya están la mayoría de los vecinos reunidos en el rellano de la planta baja, formando un círculo que deja en su interior un enorme vacío de mutua desconfianza. A algunos de ellos hacía años que no los veía pues no viven en el edificio y tienen su piso alquilado, como es el caso del propietario de la vivienda en la que está residiendo Gabriela. Otros creo que sí que viven, pero ciertamente tengo la sensación de no haberlos visto en muchos meses. Siempre he procurado no coincidir con los vecinos al entrar y salir del edificio, y supongo que al final he tenido cierto éxito en tal propósito.

Ramirez hace una especie de recuento visual de todos los asistentes, algo así como que busca confirmar que hay quórum suficiente para empezar la reunión. Por su parte, los demás se miran entre sí para averiguar si unos darán su brazo a torcer y aprobarán el proyecto y los otros para ver si los de los pisos superiores por fin se desaniman y aceptan su derrota.

-    Gracias a todos por venir. Sé que la hora de la reunión no es cómoda para nadie y de que no disponemos de más de media hora puesto que la mayoría de nosotros tenemos que marcharnos a trabajar. Pero he optado por convocar esta junta vecinal de propietarios con carácter de urgencia pues, como ya sabéis, tenemos sobre la mesa el presupuesto más bajo que jamás nos hayan hecho para la instalación del ascensor y, por otro lado,  el plazo para la solicitud de subvenciones para la reforma de edificios históricos como es el nuestro, y que cómo ya se explicaba en la circular que os remití, supondría una ayuda del 35% del presupuesto, expira a finales de esta semana.

Ramirez es abogado y eso ya era de por sí suficiente delito como para castigarlo nombrándole Presidente de la Comunidad de Vecinos de por vida. Ha intentado dejar el cargo en varias ocasiones, con excusas corteses pero a conocimiento de todos harto de soportar el egoísmo de todas las partes y las interminables quejas, algunas rozando el infantilismo. Sin embargo, no le ha quedado más remedio que continuar en el cargo al no haber nunca ningún incauto que se postulara para sucederle. Digamos que ahora es algo así como el Presidente en funciones de un gobierno dimitido que continua en el cargo hasta que algún insensato lo libere. Una suerte de Prometeo.

-    Todos conocemos las posturas de todos -hace una pausa para mirar a todos en círculo, mientras mueve la mano derecha de forma afectada, para luego continuar-. Los vecinos de las dos plantas inferiores tienen el mayor coeficiente al ser sus pisos los más grandes ya que sólo hay dos pisos por cada rellano y los que tienen por tanto más voto y una mayor contribución al presupuesto de la comunidad,  mientras que los de los pisos con más viviendas, cuatro por cada rellano, quedan en los pisos superiores y obviamente la instalación del ascensor es del todo necesaria para ellos, más aún para las personas más mayores, mientras que tienen individualmente un coeficiente del presupuesto comunitario menor.

Ramirez es un tipo bajito, de no más de metro sesenta, quizás incluso menos, de unos treinta y cinco años y de constitución magra, tiene una apariencia esbelta a pesar de su corta estatura y su piel es blanca. Tiene unos  descoloridos pero carnosos labios, el pelo castaño, corto y unas incipientes patillas que a cada lado escoltan un par de tremendas pestañas negras que sombrean unas huesudas y enjutas facciones.  Indisimuladamente homosexual y sutilmente amanerado, viste siempre trajes oscuros como hoy, o cara ropa de sport los fines de semana y las noches de los jueves a las que parece estar abonado todo el año, según cuentan. Vive sólo y hasta ahora, yo al menos, nunca le he conocido pareja alguna. Nada estable, vamos.

-       En este punto señores y señoras, y considerando las fechas límites que he comentado, creo que ha llegado el momento de que todos nos mostremos flexibles y aportemos, si alguno la tiene, cualquier propuesta a discusión que nos permita ofrecer una solución asumible para todas las partes y desbloquear esta situación tan incómoda y frustrante para todos.

Se hace el silencio en toda la sala. Las miradas se vuelven unas hacia otras, interrogándose si alguno cometerá de nuevo la temeridad de presentar una propuesta que a buen seguro acabará vapuleada por los de uno u otro bando, como de costumbre. Y entonces, viendo que nadie tomaba la iniciativa, para mi sorpresa, Ramirez cede ante su propio reto.

-       Está bien, pienso que si lo vecinos de las plantas inferiores no quieren el ascensor y menos aún sufragar su coste, la solución pasa por instalar un ascensor que no tenga parada en las plantas primera y segunda, y asumir los vecinos de las plantas superiores el coste total del presupuesto.

Antes de acabar de explicar su propuesta ya se ha levantado por todas partes un tumulto de alegatos con trasfondo de imprecaciones. Soy el único que se queda en silencio. Los de los pisos justo por encima del segundo y tercero, que han de subir escaleras pero no tantas como las de las últimas plantas, consideran una barbaridad que tengan que asumir a prorrata la parte proporcional del presupuesto que no asumirán los cuatro vecinos de las primeras plantas. Estos por su parte ven un despropósito tener que soportar unas obras y ceder espacio comunitario para un ascensor que no van a poder utilizar. A los vecinos de más arriba les preocupa la falta de quórum necesario para celebrar una votación con el porcentaje necesario para hacer legal la propuesta y tener por tanto derecho a la subvención del treinta y cinco por ciento, y ya se han agolpado alrededor de Ramirez para discutir los flecos legales, pues parece ser que los vecinos de las plantas inferiores tendrían que renunciar a su derecho de voto. En definitiva, una nueva y esperpéntica asamblea de vecinos con una declaración de guerra vigente desde ya nadie recuerda cuándo.

Y entonces, ¡Ay entonces! no se me ocurre otra cosa mejor que dirigirme al centro de la sala, en el centro del ya medio desfigurado corro de hienas y levantar mi mano derecha, dejándola ahí, erguida, a lo Juana de Arco. Me vuelvo hacia Ramirez, al que dada su escasa estatura apenas puedo distinguir rodeado como está de mandíbulas y ojos acerados. Pero él parece verme y dirige sus ojos hacia los míos entre la rendija que le dejan los hombros de dos orondas mujeres que están de espaldas a mí. Abre sus ojos como adivinando sorprendido mis estúpidas intenciones y entonces él levanta también su mano y empieza a pedir a todos un momento de silencio.

- ¡Perdonad, perdonad! Creo que Josué tiene alguna propuesta que hacer ¿Es así Josué?

Me pregunta anhelante dando unos pasos hacia el centro de este nuestro circo e interrogándome también con la mirada. Como no asisto a ninguna reunión de vecinos, tengo el privilegio de la novedad y por ello todos se quedan en silencio, supongo esperando más de uno oír mi voz por primera vez y permitiéndose una tregua de quizás no más de unos segundos hasta que se dé abruptamente por levantada la sesión, como es costumbre. El paradigma de un despropósito es cuando este además se convierte en rutinario. Nada es más humano que fastidiarte la vida cotidianamente.

- Sí, así es. Escuchadme todos un minuto por favor. En mi opinión es bien sencillo. Los de las plantas superiores tienen un interés mayor en el ascensor pues tienen que subir más escaleras, eso está claro para todos. No dividamos pues el presupuesto de instalar el ascensor de manera proporcional a los metros cuadrados que cada vivienda tiene, como se ha hablado hasta ahora, sino de forma aritmética, es decir, dividiendo el presupuesto exactamente por el número de viviendas que hay. Esto significa que en proporción, de acuerdo a sus metros cuadrados, lo de los pisos superiores, donde hay cuatro pisos por rellano, pagarán mayor parte del presupuesto, lo que está de acuerdo con la mayor utilidad que para ellos tiene el ascensor, mientras que los de las plantas primera y segunda pagarán proporcionalmente menos, pero a la vez la misma cuota, lo que significa que el esfuerzo que unos y otros hacen es similar. Por otra parte, entiendo que habría que compensar los desajustes entre los pisos terceros y cuarto y también de los áticos. Os propongo para ello que el total del presupuesto no se aporte en el mismo momento por parte de todos, sino que los de los pisos de más arriba hagan sus aportaciones primero que los demás, para cubrir los primeros tramos del presupuesto, es decir, los primeros pagos que ya se tienen que hacer a la constructora, y se hagan progresivamente los aportes de los pisos inferiores por orden descendente según vamos avanzando con la obra. De este modo, financieramente, los de los pisos de más abajo, tienen un coste menor que los de los pisos de más arriba, que una vez más es coherente con la mayor utilidad que estos tienen del ascensor, y de alguna manera se conseguiría así, más o menos, reequilibrar los esfuerzos que todos los vecinos tienen que hacer, en función del interés que tienen en la obra, sin que nadie quede excluido, ni unos más perjudicados que otros.

Se hace un primer silencio, seguido de ciertos murmullos introspectivos. La mayoría tienen ahora la mirada puesta en el suelo o en el techo. Algunos miran a ninguna parte. Mientras no me miren a mí, pienso, conservaré la opción de salir huyendo hacia la calle. Toma entonces la palabra Ramirez.

- Amigos, creo que la propuesta de Josué merece cómo mínimo nuestra reflexión. Puesto que hemos agotado el tiempo del que disponíamos e imagino que todos tenemos otros asuntos que atender esta mañana, os propongo que a lo largo del día cada uno pensemos en esta opción. Por la noche, antes de la hora de la cena, intentaré visitaros a todos en vuestras respectivas viviendas para recoger vuestra opinión y comprobar si tenemos quórum suficiente ¿Os parece bien?

Se palpa en el ambiente un cierto asentimiento acompañado de algunos gestos afirmativos difusos, seguidos de algunas tímidas despedidas mientras la concentración se va disolviendo. En el fondo están rendidos, no ante mi propuesta, sino ante sus propias contradicciones. Ramirez se acerca entonces decididamente hacia mí.

- ¡Josué, qué novedad! Tendrías que haber venido también a las reuniones anteriores. Ha sido muy refrescante. Necesitábamos savia nueva, ya no veía la manera de reconducir esto. Muchísimas gracias, de verdad.
- Bueno, lo cierto es que no sé muy bien cómo ha sido. Me ha parecido oportuno y en ese momento me ha venido la idea a la cabeza. Ciertamente no lo había pensado antes, lo he de reconocer.
- Pues tu inspiración ha sido, cómo tú dices, muy oportuna. No sé qué van a acabar decidiendo los vecinos, pero por primera vez en mucho tiempo no hemos acabado la reunión con insultos y mordiscos. Además, diría que les ha parecido razonable, a mí al menos me lo ha parecido. Te estoy muy agradecido – acaba diciendo mirándome a los ojos con lo que parece una cierta admiración y un sincero interés-.
- No hay de qué.
- Nos vemos a la noche pues, Josué. Gracias de nuevo –me dice mientras me alarga la mano y acaba estrechándomela con las dos, pasando su mano izquierda por mi muñeca-.

Estrecho la mano de un par de amansados vecinos más antes de volver a casa, incluyendo la de doña Esperanza que muestra ahora una amplia sonrisa, como si se alegrara de ser mi vecina, lo cual me resulta desconcertante.

Al llegar a casa no dejo de preguntarme qué ha pasado allí abajo. Yo sólo había acudido a la reunión con la intención de ver sus caras hambrientas de odio, distraerme un poco, no quería involucrarme, menos aún ningún protagonismo. ¿Estás idiota Josué? ¿Cómo se te ocurre hacer una propuesta en medio de ese enjambre de avispas? Seguramente ya les caías mal a la mayoría. Ahora qué pensaran de ti ¿qué además de idiota eres un presuntuoso? ¿Tiene esto algo que ver con el programa, con Meta?

El resto de la mañana lo paso atendiendo el teléfono y controlando las rutas de cada uno de los servicios. El día transcurre sin mayor novedad salvo que empiezo a tomar consciencia de que voy a necesitar a alguien que me ayude con el teléfono, pues me ocupa la mayor parte del tiempo y no me deja espacio para mucho más.

Después de comer he intentado volver a meditar, pero ha sido un esfuerzo vacuo pues a las cinco y media tengo cita con Sophie y mi cabeza es incapaz de serenarse. Hemos quedado para dar una vuelta por el Born y tomar una copa por allí. Particularmente prefiero otros barrios como Poble Sec, que son más genuinos, más enteramente descarnados, sin una verdadera patina de carácter pero con ganas de serlo. El Born ha perdido un poco de su alma en favor de los turistas, y aunque está estéticamente mejor que nunca, te sientes como paseando por el interior de un centro comercial con aires de nuevo y estrenado esnobismo. Como extranjera que es, entiendo que a Sophie le atraiga el Born, tiene todo lo que un *turista* quiere encontrar; mentiras y precios desorbitados que le recuerden que paga por ello, por su condición de foránea. Como hijo de esta ciudad yo prefiero los barrios que todavía parecen barrios y acogen a gentes de aquí y reflejan algo de su espíritu. Los ciudadanos pertenecemos al final a la ciudad que nos ha criado. Los países te dan la nacionalidad, pero el verdadero carácter te lo da la ciudad en la que vives.

# XIV – Fly me to the Moon

- Hola Sophie ¿Qué tal? Estás realmente preciosa.
- Hola Josué, gracias. Disculpa si llego tarde, he tenido que dejar a Armand con una vecina y nos hemos entretenido un poco hablando.
- No te preocupes, lo entiendo. En realidad acabo de llegar.

Mientras la esperaba en el lugar acordado, me ha sorprendido a mi espalda el perfume que viene y se va con ella, más intenso que de costumbre. Al girarme la he visto radiante, con sus ojos de azul invierno y su mirar de deliciosa víctima. Su melena rubia cae hoy sobre un abrigo largo oscuro con el cuello forrado de piel. Debajo viste una blusa blanca tan ajustada como un elástico, con unos pantalones negros también haciendo de piel. Enseguida noto todas las hormonas de mi cuerpo descontroladas, un nudo sobre el pubis y se me eriza la piel y hago imposibles para que no perciba mi excitación. Me abalanzaría sobre ella ahora mismo.

- ¿Te parece que caminemos un poco? He estado todo el día encerrado y tengo la sensación de que he de estirar las piernas y deshacer algunos pensamientos.
- Oh, *oui, Ça me va*. A mí también me irá bien caminar un poco. Además, aunque hace frio, luce el sol, debemos aprovecharlo ¿no?
- Sí, deberíamos aprovecharnos de todo ¿verdad? Y dime Sophie, ¿te gusta el Born?
- Oh *oui, je l'adore*. Es realmente un sitio fantástico. Los locales, las tiendas, todo es tan *chic*. Y es a la vez un lugar con tanta historia. Realmente me encanta...

Caminar a su lado es aún más *doloroso*, estoy empeorando. Desde sus hombros y su cuello me asaltan fragancias que atrapan toda mi atención. La respiración se me acelera y me cuesta estar callado, así que hablo sin descanso preguntándole sobre esto y aquello. Me siento un privilegiado torturado por su propia fortuna. Sin darnos cuenta nos hemos salido del Born y ya caminamos hacia el interior del parque de la Ciudadela. Supongo que la opresión de la ciudad hace que al final saltemos en busca de la verde hierba como cabras recién liberadas.

Mis fantasías empiezan a atropellarse en mi cabeza y ya sólo veo árboles y rincones detrás de los matorrales donde podría estrecharla entre mis brazos y besarla desenfrenadamente. Con tales pensamientos agitándose en mi interior no me parece grave apoyar mi mano derecha sobre su hombro por detrás de su espalda. Me decido, allá voy...

Durante unos segundos no dice nada y deja mi mano ahí pero, por la tensión que percibo en sus hombros, me doy cuenta de que el gesto no le ha pasado desapercibido y le causa cierto desasosiego. No tarda mucho entonces en ponerse de cuclillas y señalar un reguero de hormigas, lo que le sirve para deshacerse de mi brazo alrededor de sus hombros.

- Mira Josué ¿has visto? Cuantas hormigas juntas. Mira qué camino han hecho en la tierra, han hecho un surco de tanto pasar arriba y abajo ¡Qué excitadas están!

- Sí, es cierto ¿ves que las que van hacia la base del árbol llevan semillas a cuestas?

- Sí, es verdad, ¿las llevan al hormiguero, no?

- Sí, así es y cuando la actividad es tan frenética que no se paran por nada y hacen senderos tan concurridos es porque en las próximas horas va a llover.

- ¿A llover? Pero si hoy está soleado Josué. Y he visto la previsión del tiempo, *soleil* hoy y mañana. Creo que te equivocas o se equivocan las hormigas.

- Créeme, ellas lo saben y por eso están acopiando alimentos y moviendo sus reservas a un sitio más seguro.

Rompe en una carcajada deliciosa mientras achica sus ojos cristalinos.

- No puede creerte Josué, me estás tomando el pelo.

Paseando sin rumbo volvemos a las *grutas* del Born y en uno de sus locales pedimos una copa de vino blanco y unas tapas variadas para cenar. Le cuento con un poco de exageración y cierta falsa modestia mis incipientes movimientos como empresario del sector de la mensajería. Ella me explica su aburrido día trabando para una editorial. Las copas de vino acaban siendo dos y media para ella, tres y media para mí. Con cierta recreación le hablo de mi apoteósico momento de esta mañana en la junta de vecinos. Pago la cuenta y la acompaño hasta el portal de su casa. La noche es cerrada y oscura sobre nuestras cabezas. Las copas de vino no sólo no han apaciguado mis deseos sino que según caminamos de regreso me siento de nuevo completamente excitado, como un pastor alemán fuera de control. Sé además que desde que le he contado mi pequeña aventura empresarial, ella ha empezado a mirarme con otros ojos, no sabría decir cómo, más receptiva. Lo cierto es que volviendo nuestros cuerpos están mucho más juntos, mientras caminamos uno al lado del otro y nuestros hombros se apoyan al caminar rozándose constantemente cuando no se recuestan directamente. Nuestros rostros están más cerca y es más fácil sentirnos mutuamente la respiración mientras hablamos, teniendo próximas las bocas. El camino se me hace terriblemente corto cuando descubro que ya estamos frente al portal de su casa.

- Bueno Sophie, pues ya estás en casa.
- Oh, sí. Gracias por la velada Josué. Ha estado *très bien*
- Si te parece podemos repetirlo. Cuando tú quieras, como tú quieras.
- Oh, *oui*, estaría muy bien ¿hablamos por el whatsap?
- Sí, claro, estaré esperando.

Me acerco a su cara para darle los dos besos reglamentarios. El primero cae en su lugar, el segundo intencionadamente se lo doy muy cerca de la comisura de los labios, casi rozándolos. Noto que se queda un segundo reteniendo ese momento sin separarse. Cuando lo hace noto cierto rubor en su rostro y sus ojos achispados seguramente por el alcohol me miran por debajo de unos párpados a medio caer.

- Buenas noches, Sophie. Qué descanses.
- *Bonne nuit* Joshue, que descanses tú también.

Espero entonces a que entre en el portal. Cuando lo hace me doy media vuelta con una maliciosa y satisfecha sonrisa en el rostro. Empiezo a caminar hacia casa y noto unas livianas gotas de agua de lluvia caer sobre mi cara y mis hombros. Dos minutos más tarde se precipita sobre mí un aguacero mientras el cielo truena y relampaguea. Mi casa queda cerca, en unas zancadas podría estar ahí y ahorrarme el chaparrón sobre la espalda. No me importa. La sonrisa permanece ahí. Sigo tranquilo mi camino por el paseo de la gloria hasta mi destino. Con un poco de suerte el agua me apagará el fuego que me quema por dentro.

Al llegar a casa me deshago de la ropa mojada, me seco el cabello y me abotono un pijama con la idea de sentarme a repasar las fichas de servicios previstos para mañana. Suena el timbre de la puerta. No esperaba a nadie.

- ¿Sí, quién es?
- Hola Josué, soy yo, Juan.
- ¿Juan?
- Sí, Juan Ramirez.

- Ah, hola Ramirez, digo Juan, disculpa. Lo había olvidado por completo. He tenido un día algo agitado.

Ramirez lleva una camisa blanca con los puños remangados y unos tejanos. En una mano observo que lleva una bolsa con la marca estampada de un delicatesen que queda próximo, a un par de manzanas de nuestro edificio.

- No te preocupes. Como había propuesto esta mañana, he pasado a visitar a todos los vecinos para comprobar si aprobaban tu propuesta. Te he dejado para el final pues he dado por hecho que tú no te opondrías a tu propia idea.

¡Claro, no tendría sentido! Aunque en esta comunidad todo es posible…

Se ríe conmigo.

- Sí, qué me vas contar. Las he visto ya de todos los colores.
- Y bueno, dime ¿Cómo ha ido?

Lleva la mano derecha al interior de la bolsa, y agarrándola del cuello saca una botella de cava mientras grita,

- ¡Tenemos quórum!
- Ooohhh, eso es fantástico Ramirez, quiero decir Juan. ¡Enhorabuena!
- ¿A mí? No, felicidades a ti ¿Lo celebramos? ¿Es mal momento? ¿Te ibas a dormir ya?
- No, no. Iba a revisar unos documentos. No, para nada, es perfecto, pasa por favor. Voy a buscar unas copas y la cubitera.

Mientras activo el reproductor de música en modo aleatorio voy a buscar las copas y le propongo que se ponga cómodo y me de detalles. Cuando regreso al sofá, a sentarme a su lado para conocer su periplo por todos los pisos, suena de fondo el *Baby Love* de las Supremes que sintoniza con nuestro buen humor.

*Baby love, my baby love*
*Why must we separate, my love*
*All of my whole life through*
*I never loved no one but you*
*Why you do me like you do?*
*I get this need…*

- Y dime ¿cómo ha ido? ¿Han aceptado todos?
- No, en realidad no, Francisco, el del primero, el del perro ese tan feo, se ha negado en redondo. Y también Eleonora, la del tercero. Pero contando con tu voto favorable y el mío, tenemos quórum suficiente y quedarán obligados por el acuerdo de la Junta. Quieran o no quieran tendrán que pagar y no podrán bloquear el proyecto. Con un poco de suerte podríamos aprovechar la obra

misma del ascensor y acabar pintando los rellanos. Con la obra que se hizo en la fachada, es una pena que el interior esté ahora tan demacrado.

- Oh, eso es genial, Juan. Ya iba siendo hora. Me alegro de haber podido aportar mi granito de arena.

- ¿Granito de arena? Tu propuesta de esta mañana ha sido crucial. No podías estar más oportuno hoy. Deberías ser el nuevo Presidente de la Comunidad ¿Qué? ¿Qué me dices? ¿Te animas?

Rompo en una sonora carcajada sin dejar de mirarle. Él se sonríe imaginando mi respuesta.

- ¡Ni lo sueñes, Juan! Nadie lo haría mejor que tú.

- Oh, ya... bueno, al menos lo he intentado ¡Qué suplicio, no te puedes imaginar!

- Claro que me lo imagino, por eso no me verás ahí, hahaha....

Vamos llenando las copas y bromeando. En realidad no me sorprende que sea un tipo tan divertido y de tan buena conversación. Al ser un poco pequeño de estatura me parece estar hablando con alguien más joven, una especie de veinteañero que me hace sentir a mí también mas joven. Las Supreme ceden el turno a la *Chanson de Satie* de Arthur H. creo que del álbum *Adieu Tristesse*.

*Approche-toi de moi*
*Monte le son plus fort*
*Je veux sentir une dernière fois ton corps*
*Contre moi...*

- Entonces ¿todos los demás han estado de acuerdo?

- Bueno, ya te puedes hacer a la idea; todos han refunfuñado, se han quejado de esto y de lo otro, le han visto esta pega aquí, aquella otra allá... y por supuesto, prácticamente todos sin excepción han aprovechado mi visita para criticar a algún otro vecino. Siempre es igual. Todo el mundo tiene una opinión, ya sabes. Pero bueno, al final, casi nadie ha querido ser esta vez el "enanito gruñón" y creo que, la mayoría, por no perder la subvención, han acabado diciendo que sí.

- Espero que mañana no hayan cambiado de opinión. Sería decepcionante.

- Bueno, eso ya no importará. No he querido arriesgarme, así que los he visitado después de tener redactada el acta de la Junta y he ido recogiendo hoy mismo todas sus firmas en ella. En la bolsa está el documento esperando la tuya. Yo ya he puesto mi firma.

-      Bien hecho Juan –digo con una carcajada- es mejor no dejarles margen de maniobra.

Seguimos hablando de esto y aquello, tiene muy buenas historias por explicar y es dicharachero. Cuando se ríe lo hacen también sus ojos, que quedan achinados mientras te invitan a reír con él. Tiene su brazo derecho recostado sobre el respaldo del sofá, cayendo por detrás de mi espalda. Volviendo a hablar del acuerdo de la junta, alargo mi mano y se la pongo sobre el hombro como signo de aprobación.

-      Buen trabajo Juan, de verdad, sé que no te lo han puesto fácil, has estado picando piedra durante varios años para conseguir este acuerdo. Te felicito.

Hace un pequeño asentimiento con la cabeza mientras se le percibe cierta emoción en las mejillas. El cava hace efecto y empieza a ser muy tarde y el cansancio se nos nota a los dos. Acerca entonces su mano derecha hasta mi nuca y enreda sus dedos en mis cabellos, acariciándolos. Le miro a los ojos. Me sorprendo de no rechazar instintivamente el gesto, pero lo cierto es que ha sido un día lleno de tensión y agradezco una porción de calor humano. Además, me relaja muchísimo que me toquen la cabeza, así que le dejo hacer. Entre el alcohol y el cansancio mis ojos se cierran como los de un gato ante una caricia y quedo ahí suspendido por segundos. Siento entonces su desplazamiento sobre el sofá y el calor de sus labios sobre los míos mientras su cuerpo felinamente se me arrima. Una vez más me declaro en huelga de reacciones. He anhelado los labios de Sophie toda la tarde y ahora este sucedáneo me consuela. Mientras no abras los ojos unos besos no van a hacerte ningún daño, me digo. Concédele a Juan también unos minutos, pues también ha sido un gran día para él. En un instante nuestras bocas se están comiendo apasionadamente, su mano derecha sigue acariciando mi nuca mientras la izquierda ha bajado hasta mi entrepierna y me acaricia con una habilidad intensa y sumamente excitante. Lo abrazo convencido de que el deseo que me impulsa le pertenece a Sophie, pero esta noche ella no está y Juan parece saber lo que necesito.

El calor llena mi cara, mi cuerpo este enfebrecido y siento que necesito más. En un instante la boca de Juan se separa de la mía para bajar sus labios a una entrepierna que su mano izquierda ya se ha ocupado de liberar. Abro entonces los ojos por un momento y los fijo a través de las ventanas. Los relámpagos encienden la noche en el horizonte. Con el temblor del trueno en los cristales siento su boca apresar mi sexo, y mis ojos vuelven a caer en una profunda y soporífera atmosfera, mientras es mi mano la que acaricia ahora su nuca.

Suena *Fly me to the Moon* de Frank Sinatra y la lluvia rabiosa en los cristales.

## XV – Ya no es tiempo de esperar


- Buenos días, Josué ¿Cómo estás?
- Hola Gabriela. Bien ¿y tú?
- Bien, gracias. Me alegro de verte de nuevo.
- Sí, yo también. ¿Empezamos? Voy un poco justo de tiempo hoy…
- ¿Ah, sí? Cuéntame ¿Qué hay de nuevo? Por cierto, me han comentado que por fin va a instalarse el ascensor en el edificio y que *vos tenés* algo que ver con el "milagro".
- Uhm, bueno, no creas. Pero sí, parece que el proyecto tira adelante ¿Empezamos con la sesión?
- Oh, lo siento Josué, tienes antes la entrevista con el Dr. Schulze y los test de seguimiento. En cuanto termines y toméis la imagen del biocampo empezamos la sesión ¿Te parece?
- Ah…. Schulze… claro.

Con el insufrible alemán no contaba. Estoy realmente ocupado con el negocio y contaba con poder volver pronto, y lo cierto es que los test llevan mucho tiempo y… además, está claro que no es lo mismo pasar parte de la mañana con Gabriela que con el *Furher*.

- Te espera en el despacho que queda al lado opuesto del pasillo, justo después de la escalera ¿*Querés* que te acompañe?
- Oh, no gracias. Imagino que no tiene pérdida –sólo será necesario que siga el olor a *aftershave*-.
- Nos vemos aquí luego entonces –suelta sin compasión una Gabriela encandiladora-.

Schulze tiene un pequeño cubículo al final del pasillo. Mira la pantalla de un ordenador mientras hace erráticos movimientos con el ratón. Estoy seguro de que ya me ha visto y me ha oído hablar con Gabriela, pero sigue poniendo un afectado absorto interés en la pantalla. Quiere parecer ocupado. Parecer ocupado es una de las mayores aficiones de nuestra época para la mayoría de ejecutivos y cargos de responsabilidad. Resulta en una especie de competición de a ver quién lo simula con más talento. La era de la informática nos ha regalado tanto tiempo que nadie sabe bien qué hacer con él, pero parecer ocupado es fundamental para quedar bien incrustado en el sistema.

- Buenos días, Schulze.
- Oh, buenos días Sr. Josué ¿Cómo está? ¿Cómo le va todo?
- Todo bien ¿Estás ocupado? Si lo estás podemos dejar los test para después…
- Oh, no, le esperaba. Bueno, claro que estoy ocupado pero quiero decir que los test no pueden esperar. Hemos de cumplir el protocolo previsto – dice forzando una grotesca sonrisa, con cierta autosuficiencia-.
- Bueno, vamos allá, entonces ¿Dónde están los test? ¿Dónde me pongo?
- Sí, eh… me gustaría que mantuviéramos antes una pequeña charla, una especie de entrevista, si no le importa. No nos llevará mucho más tiempo.

Lo dicho, el Dios del desatino ya hizo aparición, nunca defrauda. Es inapelable que cuanto más te conviene algo, más posibilidades hay de que eso que te conviene no ocurra. Hoy me convenía que la sesión fuera corta, y está claro que me va a ocupar toda la mañana. Tengo además una cierta resaca y hablar o hacer un test no entra precisamente en la categoría de mis placeres matutinos. Resaca… Oh, sí, mejor no pensar en lo de anoche ¡Qué horror! ¿Quién soy? Todavía no acabo de creérmelo ¿En qué estaría pensando? Desearía que no fuera más que un sueño, una pesadilla. Lo cierto es que esta mañana Ramirez ya no estaba, aunque… también he de reconocer que le he oído escurrirse como un ladrón de madrugada, así que mejor no engañarse. Imagino que se ha marchado antes del alba para que ningún vecino le viera salir de mi piso después. Sí, mejor así, desde luego. Tampoco deseo ahora encontrármelo en la escalera ¿Qué le diría? ¿Cómo reaccionar? Va a ser una situación muy incómoda.

- Eh…, claro, adelante.
- Muchas gracias Sr. Josué. Tome asiento por favor.

El despacho de Schulze es bastante pequeño, de unos dos por tres metros, quizás menos. La mesa es muy grande con lo cual aún hay mayor sensación de estrechez, y está cubierta de carpetas y papeles sueltos. En una especie de mesa camilla que queda a su derecha, haciendo escuadra, tiene un teclado y una pantalla de ordenador de aspecto obsoleto. La mesa es vieja, con una melamina gastada, y enfrente quedan dos sillas semi-acolchadas de un color rojo pálido, una junta a la otra. Para cerrar la puerta es necesario apartar una de las dos sillas, sino no queda espacio para hacer la maniobra. No hay ventanas y del techo cuelga una lámpara suspendida con una luz amarillenta que sólo ilumina hacia la mesa, lo que deja a oscuras el techo y aumenta la sensación de agobio. A mi derecha queda una estantería con todos sus estantes llenos de carpetas y libros, sin un orden aparente. En definitiva parece un cuarto trastero, donde hayan depositado sobre una butaca giratoria de eskay negro y reposabrazos un maniquí germano con el cabello rubio, de más de metro ochenta de altura y anchas espaldas, que sonríe como si aquella habitación fuera el Estado Mayor de un poderoso imperio. Cada uno sabe la medida de su satisfacción, me digo.

Se acomoda contra el respaldo de su butaca y nos quedamos los dos mirando fijamente durante unos segundos, que parecen más tiempo, sin decir nada. Lleva un suéter de lana gris con un cuello de media luna cerrado sobre una camisa azul. Observo que mueve las manos arriba y abajo de los reposabrazos como tomando impulso para lanzarse hacia adelante. Encoje los hombros y fuerza una de sus sonrisas, llevando atrás la comisura de sus labios de manera exagerada mientras abre expresivamente sus ojos.

Siento que la nausea reclama su papel de invitada estrella en mi vida. Me canso de esperar la reacción del aspirante a ínclito, con su tez *casi* aria, y decido romper ese absurdo silencio.

-       Y bueno Schulze… – estoy seguro de que le molesta que le llame por su apellido y no anteponga el "nobiliario" título de doctor para dirigirme a él como hace Gabriela; pero qué satisfactorio es ver esa casi imperceptible, ligerísima mueca de desconcierto en su cara, cada vez que lo hago- ¿Qué tal es la vida aquí en Barcelona? ¿Muy diferente de….?

-       ¿Leipzig?

-       …sí, Leipzig.

-       Bueno, sí, en ciertos sentidos es muy diferente, es verdad. Aunque hay algo también común a todas las ciudades de Europa, culturalmente hablando, quiero decir. El clima…. Bueno, Leipzig no es tan fría como otras zonas de Alemania, pero hace desde luego más frio que aquí. También es una ciudad más pequeña ¿Ha estado alguna vez allí?

-       No, en realidad nunca he estado en Alemania.

-       Ah, entonces puedo contarle alguna cosa. Por ejemplo que Leipzig es el lugar donde Napoleón sufrió su primera derrota ¿lo sabía? La Universidad de Leipzig ha sido además una de las más influyentes de Europa. Pero sobre todo Leipzig es famosa en el mundo por su tradición musical.

Observo que me va a hablar de lo que a él le interesa y no de lo que yo le he preguntado, que era sobre su experiencia aquí. La culpa es mía en cualquier caso por hacer preguntas. El Dios del desatino hoy se está esmerando a fondo y ya veo que no me va a perdonar ni una.

- ¿Su tradición musical?

- Oh, sí, yo mismo estudié piano en el Königliche Conservatorium der Musik, fundado por el mismo Mendelssohn y ciertamente una de las escuelas de música más celebres del mundo.

- Ajá….

- ¿Sabía que Schiller escribió la *Oda de la Alegría* en Leipzig? ¡Pues debo decir además que Bach compuso *la Pasión según San Mateo* también en Leipzig! ¿Le parece poca cosa?

No acabo de entender esa autosuficiencia de la mayoría de los alemanes, después de que se han pasado toda su historia intentando de un modo u otro conquistar a los demás ¿Si uno está conforme y satisfecho con su vida, no debería quedarse plácidamente donde está?

- Pues si le parece poco le diré entonces que Wagner nació en Leipzig y que Goethe y Schumann también estudiaron allí. El mismo Mahler dirigió la orquesta del Teatro Civil de Leipzig, e incluso Richard Strauss dirigió en Leipzig después de estrenar la primera representación de Salomé en Dresde. ¿Qué? ¿Qué le parece? No es una ciudad tan grande como Barcelona, pero me reconocerá que no es tampoco una "pequeña" ciudad ¿verdad? – dice con emoción en la cara y echando el cuerpo hacia atrás claramente satisfecho de haber podido contar su vanagloriosa historia-

- Sí, eso parece. Veo que está muy orgulloso de ella y lo entiendo. De todos modos, creo que quería que tuviéramos una entrevista ¿no? ¿De qué quería hablar exactamente?

- Oh, sí, efectivamente.- Se pone a rebuscar entre sus papeles lo que parecen unas notas al margen sobre los últimos test que realicé- … veamos.. Ah, sí, sus padres… ¿Podría hablarme de sus padres?

- ¿Mis padres? Mis padres murieron.

- Sí, lo sabemos, pero ¿podría darnos algún detalle más por favor?

- Sí, claro, supongo que sí, aunque no hay mucho que contar… Mi madre murió hace ahora… unos veinte años, sí, veinte años hizo el mes pasado y…, mi padre murió unos años antes, cuando yo tenía ocho años. Mi padre falleció en un accidente de tráfico. No sé, no hay mucho más que explicar.

- ¿Ocho años? Debió ser un gran impacto para usted…

- Supongo que sí.

- ¿Podría darme algún detalle más?

- ¿Detalles? …Está bien, le haré un resumen… -respondo con evidente desgana-. En realidad, si lo pienso bien, no es una historia tan larga. Viajábamos los tres, mis padres y yo. Acabábamos de llegar a una casa en la montaña que mi padre había alquilado en el Pirineo aragonés. Era una casa aislada, rodeada de vegetación a la que se llegaba por un camino de tierra bastante empinado, de unos dos kilómetros desde la carretera que pasaba más cercana. Mi padre ansiaba mucho la paz de la montaña y le gustaba que saliéramos a caminar sin encontrarnos con otras personas. Él era comercial y ya sabe, se pasaba el día hablando con todo el mundo y sufriendo el tráfico urbano yendo de un cliente a otro, así que para él las únicas vacaciones posibles eran allí donde no se oyera a nadie, no se viera un coche y menos aún un semáforo. Mi madre, por el contrario, deseaba siempre quedarse en casa. Cualquier plan que hiciéramos a ella le provocaba siempre una soporífera e insuperable pereza. Al final siempre transigía. Hubiera seguido a mi padre hasta el infierno. En cierto modo lo hizo. Realmente ella lo adoraba. Recuerdo que en el camino desde Barcelona yo me maree bastante y tuvimos que parar un par de veces para que yo me recuperara, así que mis padres decidieron que primero llegaríamos hasta la casa, inspeccionaríamos el interior, analizaríamos qué nos hacía falta para pasar las dos semanas que teníamos contratadas, y entonces yo me quedaría allí descansando mientras ellos dos bajarían hasta el pueblo, a unos tres kilómetros. En el pueblo comprarían los víveres y lo que pudiéramos necesitar para aquellas dos semanas. Al dejarme entonces en la casa, bajaron de nuevo el sendero de tierra hasta la carretera principal y resultó que, al tratar de incorporarse a la carretera, un coche les embistió por el lateral, el coche de mis padres salió rodando ladera abajo por el barranco de una riera que pasaba paralela a la carretera. Mi padre falleció en el acto. Mi madre quedó inconsciente.

- ¡Vaya, eso es terrible! ¿Qué hizo usted?
- Esperarlos.
- ¿Esperarlos?
- Sí, nadie sabía que yo estaba en la casa, mi madre estaba inconsciente y no podía informar a nadie. Esperé pensando que se habían entretenido. Pasaron las horas y tomé consciencia de que algo malo había ocurrido. En aquella época no había teléfonos móviles y tampoco había línea telefónica en la casa. Si la hubiera habido, la verdad, tampoco sé a quién hubiera llamado. Cuando quise reaccionar ya era demasiado tarde. La noche era muy oscura, no había luna, lo recuerdo bien, así que no me atreví a bajar por el camino de tierra. Recordaba que había un par de cruces y no estaba seguro de que fuera capaz de llegar hasta abajo sin perderme. Además, una vez allí, tampoco sabría a dónde ir; tenía ocho años, no conocía el lugar y había llegado hasta la casa realmente mareado.

- ¿Qué hizo entonces?
- Esperarlos, ya se lo he dicho. Me senté en un sofá-cama que había en la salita de estar. No quería dormirme, aunque al final, alrededor de las cuatro o las cinco de la madrugada me dormí sin quererlo. Cerca del amanecer me

despertó el ruido del motor de un vehículo que se acercaba a la casa. Salí corriendo pensando que eran ellos. Aun era bastante oscuro y los faros me cegaron los ojos. Cuando recuperé la visión vi un vehículo de la Guardia Civil que venía a recogerme para llevarme al hospital, donde estaba mi madre ingresada, aún inconsciente. Se despertó unas horas más tarde, aunque hubiera preferido no hacerlo. Mi madre estaba locamente enamorada de mi padre.

Supieron de mí por mi tía, a la que localizaron en la agenda telefónica que mi madre llevaba en el bolso. Ella fue la que les preguntó por mí y así supieron que mis padres no viajaban solos.

- Una experiencia terrible para un niño, eso es seguro. ¿Cree que arrastra usted algún sentimiento de culpa o algo parecido?

- No, ¿por qué? ¿Lo dice porque yo me mareara y eso alterara los planes? Los niños se marean, ¿qué culpa podría tener yo? Los niños nunca son culpables.

- Por supuesto, coincido con usted. Pero, dígame por favor, hace veinte años su madre debía ser todavía joven. ¿De qué murió?

- Murió de intoxicación por barbitúricos.

- ¿Barbitru….? Perdón, no conozco aún esa palabra.

- Se suicidó. Unos meses después de que yo entrara en la universidad. Que yo entrara en la universidad era el gran deseo de mis padres.

- Vaya Josué, eso debió de ser espantoso también para usted.

- Fue su decisión. Yo la respeto. Aquel día, en el desayuno, mientras conversábamos antes de que yo saliera camino de la facultad, mi madre me dijo la misma mañana en que murió que Dios se llevaba a las personas por dos motivos, o porque ya habían sufrido demasiado, o porque Dios ya había colmado todos sus deseos.

- ¿Por qué cree que tomó esa decisión?

- Mi madre conducía el coche. Se saltó el Stop.

# XVI – Voy hacia mí

- Hola de nuevo, Josué ¿Todo bien? Te veo cansado. Más pálido…
- No, no. Todo bien Gabriela.
- Bien, perfecto entonces. ¿Empezamos? Toma asiento por favor.

Como de costumbre, lleva una botella de agua etiquetada bajo el brazo, dos vasos de papel y su bloc de notas. Me hace un gesto con la mirada hacia las dos sillas que hay en el centro de la sala. Se supone que debo elegir una. Entra una luz tenue por las grandes ventanas a pesar de que ya es medio día y no se ven nubes en el horizonte. Sin embargo, una especie de traslucida seda blanca parece esconder el cielo, dejándolo todo en una luz distante, sin apenas intensidad. Eso al menos me parece a mí, o quizás no sea más que la resaca que arrastro. Definitivamente no sé si progreso con esta suerte de terapia, pero lo que es seguro es que si algo avanzo, el alcohol me lo hace retroceder, esa sensación tengo en mi interior y ahora la nausea se hace presencia.

Tomo asiento en una de las dos sillas, la de siempre ¿Qué problema habrá con ello? Ella también toma asiento y empieza a llenar los dos vasos. Me ofrece uno que ciertamente agradecería viniera acompañado de un analgésico para el dolor de cabeza. Presiono con la palma de la mano izquierda mi vientre para resituar mis sombras.

- Y *contáme* ¿Qué son todas esas nuevas? ¿Cómo te va la vida?
- Oh, no creas, nada extraordinario realmente…
- Bueno, algo nuevo debe haber ¿no?
- Bueno, ya sabes, por pura necesidad tuve que tomar la iniciativa con el tema laboral. Empiezo a estar en una edad muy difícil para quedarme en el paro, así que podemos decir que o me movía yo o difícilmente iba a salir de la situación estancada en la que me había sumergido.
- ¿Sumergido? Curiosa palabra ¿Te encontrabas, digamos, "sumergido" y ahora tienes la sensación de no estarlo? ¿Es así?

No me había fijado hasta ahora que tiene unas cejas pobladas, pero no excesivamente, que le dan mucha expresividad a su rostro. Su roja boca sigue siendo el centro de su cuerpo. Está recostada sobre la silla, ligeramente inclinada con un brazo por detrás del respaldo, en un estilo un tanto fanfarrón, pero que es bienvenido porque así no se deja ver la cerebral y aséptica Zimmermann y resulta más amena la conversación.

- Bueno, tampoco quisiera exagerar, pero evidentemente ahora no tengo mucho tiempo para pensar en mí mismo, a diferencia de cuando estaba completamente desempleado, y eso no deja de ser, como mínimo, un cambio de situación, cualitativamente quiero decir.
- Claro, y dime Josué, ¿qué mas cambios has experimentado? *Contame* cómo te fue en la reunión de vecinos.

Le hago un pequeño resumen de la reunión en el portal del edificio. A diferencia de con Sophie, con Gabriela prefiero minimizar lo ocurrido. No sé muy bien por qué.

- Entiendo. Veo que lo *enfocás* todo con mucha prudencia. Me parece bien. Hemos de ser cautos y no hacer valoraciones precipitadas. No queremos sentirnos decepcionados ¿Cierto?
- No, por supuesto. Tampoco creo que se trate de eso. Además… ¿Vamos a dar por hecho que cualquier cambio en mi vida va a ser a partir de ahora interpretado como consecuencia de las sesiones? ¿Parece poco probable, no?
- Claro que no. *Tenés* razón.
- Porque… en las experiencias anteriores con otras personas que ya han seguido el programa, ¿Qué ha ocurrido? ¿Siempre ha habido cambios? Sí, ya sé, no me lo vas a decir, pero… ¿Cómo sabéis que es siempre el programa? ¿Y si resulta que no es más que la propia sugestión de seguir el programa lo que impulsa los cambios?
- Ahí estuviste acertado, Josué, efectivamente, porque como ya hemos hablado y veremos más adelante, los procesos de sugestión son muy importantes, tanto que el propio programa Meta los utiliza continuamente. Entonces ¿Cómo saberlo? ¿Cómo saber si es la propia inclinación del individuo al cambio, en un momento dado de su vida, lo que sirve de motor a la evolución que observamos, y el programa no es más que circunstancial pero no determinante? Es eso lo que quieres decir, ¿cierto? ¿Si no será la misma causalidad la que lleva a las personas predispuestas al cambio a acercarse a nosotros o, a cualquier otra forma de estimulación del desarrollo personal, en

una forma de ritual previo, donde, igualmente, los cambios se iban a producir? ¿Sí?

- Sí, eso me preguntaba.

- Efectivamente, también el equipo que puso en marcha el programa se hizo la misma pregunta –dice en un tono algo condescendiente-. Pues bien, no todos los participantes reciben el programa tal y como se ha diseñado. Algunos son lo que llamamos *sujetos de control*.

- ¿Sujetos de control?

- Sí, así es. El sujeto de control, escogido aleatoriamente entre todos los que siguen el plan, no recibe el programa Meta, sino solamente una serie desordenada de diversas técnicas de entrenamiento personal, pero que están intencionadamente desestructuradas para que no produzcan ningún efecto a medio plazo en el sujeto. Entonces, de este modo vemos si sus progresos son sólo sugestiones en forma de "fogonazos" que es lo que suele ocurrir en esos casos, y así podemos compararlo con los individuos que si están recibiendo el programa íntegramente.

- ¿Y soy yo un sujeto de control?

- Josué, estoy segura de que me entendiste perfectamente, y por esa misma razón *sabés* que no puedo decírtelo. Tendrás que vivir con ello – dice mientras acaba con una amplia sonrisa-.

- Ya. Espero no ser un sujeto de control porque pasar el rato contigo no está mal del todo, lo de las imágenes del biocampo no es ningún problema, pero los test son insufribles y no acabo de entender su utilidad. A lo peor son así de raros porque son para cobayas de control –le digo mientras abro los ojos y ensancho la boca con la misma teatralidad del alemán, para que capte la analogía- .

- ¿Los test insufribles? No será para tanto Josué.

- Oh sí, ya lo creo. Además no entiendo la utilidad de la mayoría de preguntas. A ver si no qué sentido tiene preguntar cosas como *¿Cuándo fue la última vez que lloraste?* O *¿De qué color eran los ojos de la primera persona que viste esta mañana?* Eso…., eso… ¿Para qué sirve? Acabo de encontrarme con preguntas así en el test que acabo de hacer con… eh….

- ¿El Dr. Schulze?

- Sí, eso, el alemán.

- Todo tiene un fin Josué, algunas son para conocer por ejemplo tu nivel de introspección en relación con tus propios sentimientos. Otras, para ver cómo funcionan tus sistemas de alerta, tu capacidad de percibir el entorno, y medir la evolución según progresas en las sesiones; si es que hay progresión, claro. Estamos "construyendo" un *nuevo Josué* ¿Recuerdas? Necesitamos saber si lo estamos logrando, y los cambios no son sólo físicos, así que tenemos que medir otros parámetros, digamos, más profundos.

- Otro Josué…. ¿Y no deberíais haberme preguntado cómo quiero que sea ese nuevo Josué?

- A través de los test, de manera indirecta, lo hacemos en cada ocasión, pero, dime, ¿Cómo te gustaría que fuese ese *nuevo Josué*?

- Pues, …. ¿Sabes? Me gustaría parecerme a la persona que quiero ser.

- Eso es exactamente de lo que vamos a hablar hoy ¿Empezamos con la sesión?

# XVII – Justo Antes de Dormir

- Josué, no sé si habrás oído hablar de Joaquin Valls o has leído algo de él.
- No, la verdad es que no ¿Debería conocerlo?
- Te lo preguntaba porque él ejerce *acá*, en Barcelona, pero déjame entonces que te cuente; Joaquin Valls es economista, profesor universitario y entrenador de inteligencia emocional. En sus estudios ha profundizado en las posibilidades de sugestión de la mente para modificar y crear comportamientos –resalta su tono de voz, abriendo la mirada-. Sus trabajos de divulgación se centran principalmente en dos técnicas, Josué; la *grafotransformación*, que defiende la idea de que la escritura refleja nuestra psique y que por tanto, en sentido inverso, desde la escritura puede modificarse la psique gracias a la plasticidad de nuestro cerebro. Y, por otro lado, ha profundizado también en la técnica de las instrucciones nocturnas al cerebro.
- ¿Instrucciones nocturnas? Eso suena muy místico, Gabriela.
- Pues ciertamente no tiene nada de místico. En realidad la técnica se sustenta sobre la base de que justo antes de dormirnos, en el proceso de renuncia del consciente a la vigilia para sumergirse en el sueño, las instrucciones recibidas durante esos momentos van a beneficiarse después, mientras dormimos, del mayor número de conexiones neuronales que se producen durante el tiempo del sueño. De este modo las instrucciones y consignas de carácter positivo escritas y verbalizadas justo en ese instante consiguen, tras un número determinado de repeticiones, una fuerte fijación psíquica en nuestro ser que va a influirnos después en nuestro día a día y de una manera positiva.

Hace una pausa para beber agua y con la mirada me sugiere que yo haga lo mismo. Hoy lleva una bata blanca de laboratorio, abierta, por encima de un jersey verde de gruesa lana y cuello alto y todo ello combinado con una minifalda negra, bastante ajustada, según parece, pero que la gastada bata blanca camufla, haciendo que el conjunto pierda interés.

-     La técnica de las instrucciones nocturnas… -continua hablando y a veces me parece que ignora que yo estoy frente a ella- que puede encontrarse a menudo reflejada en diversos libros de *coaching* y auto ayuda con más o menos mística incorporada, debo reconocerlo, pero que al fin y al cabo tiene una base científica que lo sustenta, como te he explicado,  no es otra que la que utiliza a su vez la  programación neurolingüística, la cual se sostiene también en la plasticidad cognitiva,  es la que nos permite sugestionar constantemente nuestro consciente. El mismo consciente que va a tener después la responsabilidad de dar impulso, o por el contrario, poner barreras, a cada una de nuestras potencialidades.

-     ¿Hablas de la sugestión como una herramienta? ¿Cómo algo hecho con premeditación?

-     Los procesos de sugestión son constantes a lo largo de nuestra vida, Josué, sean o no intencionales. Si desde niño nos dicen cotidianamente que no somos hábiles en algo, acabaremos creyéndolo y nosotros mismos acabaremos repitiendo lo mismo potenciando aún más la sugestión ¿Me *entendés*? Por el contrario, si nos dicen que en algo somos buenos, acabaremos asimismo creyéndolo y –hace una clara inflexión en la voz y señala con el dedo índice hacia el techo-  esto es muy importante, acabaremos potenciando nosotros mismos dicha cualidad ya que los procesos de sugestión se retroalimentan, es decir, cuanto más se repiten, más fuertes se hacen y más se consolidan ¿*Entendés* lo que intento explicar, Josué?

-     Sí, está claro que si el entorno, digamos, "te machaca", difícilmente puedes sentirte bien contigo mismo ¿no? Y que si tienes gente que te anima a tu alrededor, pues vas a sentirte mejor, sin duda y te va a ser más fácil tener éxito.

-     Así es, pero *fíjate* que la sugestión no depende únicamente de los demás, uno mismo adquiere la principal responsabilidad según se aleja de la infancia y empieza a adentrarse en la adolescencia. Los procesos de imitación inconscientes, heredados de nuestros antepasados los simios, nos llevan de niños a adoptar gestos de nuestros padres (incluso de padres adoptivos) y a ver reflejado en nosotros sus cualidades y sus defectos. Ocurre entonces que, si aquel de nuestros progenitores con el que nos consideramos más identificados, se declara de letras o de ciencias, o poco hábil para el deporte, o bueno en las artes plásticas, es habitual que el adolescente empiece a definirse a sí mismo en un rol semejante, atribuyéndose a sí mismo dichas cualidades o carencias. Es a lo que coloquialmente nos referimos con la conocida frase de "yo ha salido a mi padre/madre"

-     Pues en mi caso debo decir que creo no haber salido a ninguno de los dos. Quizás a mi abuelo. Pudiera ser.

- Lo cierto Josué es que no hay razón alguna para que así sea; el padre de Einstein no era un brillante científico, sino el propietario de una fábrica de aparatos eléctricos. Curiosamente Einstein dejó la secundaria después de fallar un examen que tenía que haberlo encaminado a la diplomatura de ingeniero eléctrico, y sin embargo, fue el regalo de una brújula que le obsequió su padre mientras reposaba en cama a causa de una enfermedad, lo que hizo que se interesara por la ciencia.

- ¿Por una brújula? Vaya, no conocía la historia…

- No es un caso aislado. Si *mirás* la biografía de innumerables genios, artistas y reconocidas personalidades, se observa que en la mayoría de casos estos no siguieron la tendencia familiar; los padres de Lincoln eran granjeros, el padre de Jesús era carpintero, el padre de Napoleón fue político, no militar, y el padre de Shakespeare era comerciante… Sin embargo, por el contrario, estadísticamente, la mayoría de personas tienden a seguir la profesión de los padres y a cursar los mismos estudios y carreras. ¿Por qué? Es el poder de la sugestión, la externa y la interna, que nos hace creer que no estamos dotados de ninguna cualidad que no esté previamente en nuestro árbol genealógico, lo cual es una solemne estupidez, como queda demostrado en los ejemplos que acabo de contarte, pues las cualidades, y muy especialmente las súper cualidades residen en nosotros independientemente de que previamente las hayan manifestado nuestros padres a lo largo de su vida.

- ¿Cómo se rompe ese círculo, Gabriela? ¿Es siempre beneficioso hacerlo?

- La sugestión, Josué, puede abrirnos puertas y a la vez cerrarlas, pueden ser un círculo virtuoso o por el contrario una espiral perjudicial –afirma dibujando un círculo en el aire con su mano-. Mal administradas harán que el niño que nace en un entorno humilde crea que no ha sido dotado de las herramientas necesarias para cambiar su sino y en consecuencia continuará de adulto su vida en aquel mismo barrio o pueblo, haciendo profesionalmente algo muy próximo a lo que hacían sus padres. Pero –hace una marcada pausa abriendo sus ojos y apuntando con su dedo índice hacia el techo para poner el acento en lo que va a decir- adecuadamente gestionadas, las sugestiones pueden beneficiarse de la plasticidad de nuestro cerebro para transformarnos y proveernos de herramientas que nos impulsarán a un abanico de infinitas posibilidades que nada tienen que ver con el lugar de dónde venimos. Recordemos esto pues, Josué, no podemos cambiar de dónde venimos pero sí a donde vamos.

Se toma un respiro, pero esta vez no toma el vaso, si no que pierde su mirada por unos segundos más allá de los ventanales. A veces pareciera que está atrapada en ella misma y que cuanto cuenta, lo cuenta sobre ella. A menudo su voz parece mi voz. Remueve entonces sus papeles dentro de la carpeta que sostiene. Pienso en sus últimas palabras y creo que yo no quiero cambiar a dónde voy, sólo cambiarme a mí mismo, no quiero llegar siendo lo que he sido.

En ese instante se oye un repiqueo sobre la puerta y sin esperar respuesta entra el alemán a grandes zancadas con la mirada fija en Gabriela, esforzándose por no mirarme. En la mano sostiene un papel. Se pone casi frente a ella, dejándome a mí con la visión de su espalda ladeada, haciéndome invisible.

- Aquí tienes –dice en un hilo de voz pero en un tono severo dejando una copia de mi biocampo en la mano de ella-. Es tal y como yo había pronosticado –termina diciendo con cierta autosuficiencia-.

Gabriela pone sus ojos sobre el papel y se muerde el labio mientras parece que lo analiza. Después de un par de segundos el alemán se gira a la derecha dándome completamente la espalda y sin esperar ninguna respuesta de Gabriela vuelve a marcharse. Justo después ella inserta el documento que le ha entregado Schulze por detrás de todos los que tiene sobre la carpeta que descansa en sus rodillas. Me mira serenamente, con cierta comprensión en los ojos y toma aire profundamente. Veo como delicadamente separa sus labios y espero de nuevo el sonido de su voz caer sobre mi rostro.

-    La clave está en la plasticidad mental, Josué, que tan poco aprovechamos –continua hablando como si el reciente episodio con Schulze nunca hubiera existido-. *Mirá,* el 24 de marzo de 2014 la edición digital de BBC Mundo publicaba la noticia titulada *"los niños que mostraron ser más listos que jóvenes universitarios"* la cual se hacía eco de los resultados obtenidos en la investigación que la Universidad de California-Berkeley, en Estados Unidos, había llevado a cabo con ciento seis niños de preescolar y ciento setenta estudiantes universitarios y cuyas habilidades cognitivas fueron puestas a prueba pidiéndoles que comprendieran cómo poner en marcha un aparato que funcionaba de manera atípica. El estudio fue publicado recientemente en la revista científica *Cognition.*

-    ¿Ah, sí? ¿Qué pasó? Ya sabes lo que opino de la manera de enseñar en las escuelas y universidades…

Se pone a ordenar sus papeles y sobrepone encima de ellos lo que parece ser una fotocopia de un artículo de prensa.

-    *Mirá,* a ambos grupos de jóvenes se les puso de manera individual frente a una caja que se encendía y emitía música, pero sólo lo hacía cuando se colocaban sobre ella de forma independiente o conjuntamente unas piezas de diferentes formas que los investigadores habían bautizado como "blickets" (esta es una palabra que en realidad no existe –me aclara-). Pues bien, los niños entendieron con mucha mayor rapidez que combinaciones inusuales de los llamados "blickets", hacían que la caja funcionara, mientras que los universitarios, por su parte, uno tras otro, se quedaban bloqueados intentando determinar la eficacia de cada una de las piezas de forma individual. La clave del resultado estaba Josué en la flexibilidad, la intuición y la ausencia de ideas preconcebidas de los niños frente a las de los universitarios, que casi clamaban porque les facilitaran un manual de instrucciones para resolver el misterio.

-       Jajajaja…. (no puedo evitar reírme ufanamente).

-       Sí, pero no te *creás,* Josué, probablemente tú y yo hubiéramos actuado igual.

-       Sí, posiblemente –respondo intentando mostrarme humilde-.

-       Los investigadores concluyeron que los menores demostraron ser más listos en la prueba porque son mentalmente más flexibles, y porque estaban menos influenciados que los universitarios por las ideas preconcebidas sobre causa-efecto. *Fíjate* que durante el estudio muchos universitarios decidieron ignorar aquellas evidencias que no se correspondían con la experiencia que habían acumulado por muy ciertas que fueran, o utilizando las propias palabras de Christopher Lucas, uno de los investigadores que participó en el estudio – dice llevando su mirada a los papeles que sostiene- "*Los adultos parecen tener más expectativas sobre lo que debe y no debe suceder y eso hace que presten menos atención a las evidencias que se les presentan, tardando más tiempo en aprender lo que está pasando frente a ellos*". El mismo investigador explicó lo siguiente; "*es probable que haya una base racional*" que explique por qué los adultos son menos flexibles. "*Quieren hacer juicios que sean correctos y para eso se han de basar en la experiencia que han adquirido durante toda la vida. Así, por lo general, combinan esa experiencia con las pruebas que se les presentan*".

-       Lo que no les parecía probable lo descartaban ¿no? ¿Aunque fuera obvio?

-       Efectivamente. Por ejemplo, si nuestra experiencia nos dice que un determinado fenómeno de causa-efecto es improbable o imposible, lo que hacemos es rechazar las evidencias que contradicen eso. El mismo investigador reconocía que "*En cambio, los niños, como no tienen casi experiencia ni ideas preconcebidas, sí tienen en cuenta las evidencias que se les presentan*"

-       Qué interesante. Es como si la experiencia nos fuera encerrando en nosotros mismos en lugar de abrirnos a una diversidad de opciones.

-       Así es en cierto modo. A partir de dicho estudio, fijémonos en lo que ocurre en tan sólo el tiempo que va de ser niño a ser un estudiante universitario. En apenas unos años, las experiencias acumuladas y los procesos de racionalización de las mismas nos sugestionan e influyen tanto en nuestra capacidad para desplegar nuestras habilidades como para alterar completamente su eficacia. Recordemos de nuevo lo comentado por el investigador para volver a la influencia del entorno en las cualidades que te contaba antes. El investigador decía: *Entonces, si por ejemplo, nuestra experiencia nos dice que un determinado fenómeno de causa-efecto es improbable o imposible, lo que hacemos es rechazar las evidencias que contradicen eso.* Pues esto es exactamente lo que sucede con la sugestión. Si nuestro entorno, aquel en el que hemos crecido, que es del que tomamos nuestras primeras experiencias, nos dice que es improbable que nosotros dispongamos de cualidades determinadas porque no las observamos en el entorno familiar y social en el que nos desenvolvemos, lo que probablemente haremos es rechazar las evidencias que sugieran lo contrario y convencernos de que tales habilidades no residen en nosotros, aunque a menudo, esas evidencias sean claras y repetitivas, como cuando nos referimos a los "momentos de inspiración" que todos hemos experimentado.

- Esto que cuentas me hace pensar en una conocida frase de Oscar Wilde: *"el hombre puede creer lo imposible pero nunca lo improbable"*

- Oh, sí, -ríe con descaro- muy oportuna la cita, Josué. En verdad que Oscar nunca decepciona, siempre tan agudo.

Es un alivio verla sonreír deshaciéndose por segundos del manto de rigor científico que la cubre. El aire entonces se descompone en minúsculas gotas de cristal que emiten destellos a su alrededor y yo…, bueno yo, entonces, le cedo mi lugar en el espacio.

- *Fíjate* Josué, si Einstein se hubiera dejado sugestionar por su entorno, se hubiera vuelto a presentar al examen y probablemente hubiera acabado siendo un eficiente ingeniero eléctrico, el cual, a lo largo de su vida, hubiera tenido algunos "momentos de inspiración" que le hubieran hecho pensar y reflexionar sobre las fuerzas que mueven al mundo y al universo, pero a las que probablemente no hubiera dedicado mucho más tiempo que algunas tardes de domingo, ocupado como estaría en su más que digno empleo de ingeniero eléctrico el resto de la semana. Es pues el momento de seguir con el programa y una vez más, la sugestión, igual que pasaba con los binomios de pensamiento, se significa en esta etapa como una herramienta de indudable utilidad. En este punto se confiere como la clave tanto para crear nuevos comportamientos y actitudes como para deshacerse de otros —gesticula lanzando una mano tras de sí- y, a la vez, desbloquear ciertos prejuicios sobre nosotros mismos. Las instrucciones nocturnas son una técnica consistente en darnos repetidamente una instrucción sobre un comportamiento, una actitud o una habilidad que queramos desarrollar y para ello aprovechamos el momento justo antes de quedarnos dormidos para que su arraigo sea mayor, al aprovechar el mayor número de conexiones neuronales que van a producirse durante el sueño, que es, por decirlo así, el momento en el que nuestro cerebro se dedica a poner en orden toda la información que ha recibido durante el día, siendo que las últimas de tales informaciones, aquellas que llegan justo antes de ese instante, quedan especialmente grabadas e interiorizadas ¿Vamos a ello?

-       ¡Vamos! –digo con sincero entusiasmo

-       La *grafotransformacion* Josué se fundamenta en la idea de que la escritura es reflejo de nuestra psique (como hace también la grafología –la técnica que analiza nuestra personalidad a partir de la escritura y nuestra firma-) y asume que ésta puede ser a su vez transformada en sentido inverso –hace una pausa y se queda dos o tres segundos mirándome, como si quisiera reconocerme, como si se hubiera olvidado de mí-. Por tanto –continúa al fin- si nuestra psique tiene traslación en nuestra escritura, aquello que escribimos y cómo lo escribimos puede a su vez influir en nuestra psique. El profesor Manuel Valls, como te decía, se sirve a menudo del síndrome de Moebius como ejemplo para explicar este circuito inverso. Las personas que padecen este síndrome adolecen de una disfunción muscular en el rostro que les impide mostrar emociones. Curiosamente, a fuerza de no poder expresar esas emociones de manera física, las personas que lo sufren, al poco tiempo, dejan también de sentir esas emociones internamente, lo que demostraría que las emociones son un rio de dos direcciones, y si no pueden expresarse, se anulan progresivamente. Pero a su vez, pone de manifiesto que a través de su expresión física, las emociones pueden retroalimentarse y regenerarse, de tal suerte que el flujo de la emoción es permeable y podemos por tanto gestionarlas desde fuera hacia adentro, así como está demostrado que, si dibujas una sonrisa en tu rostro, acabarás por sentirte mejor, o que por el contrario, si tu entorno está lleno de caras tristes tu probablemente acabarás sintiéndote triste, aunque no tengas razones objetivas para ello, y viceversa.

Vuelve a quedarse en silencio. Puedo oír su respiración como una brisa lejana, casi tan lejana como sus ojos cuando se queda así, vacía.

-       Esta propiedad de la escritura manual, Josué, es la que vamos a aprovechar para afianzar aún más las autoinstrucciones, escribiéndolas cinco veces en un papel en cada momento previo a quedarnos dormidos, de nuestro puño y letra. Pero, puesto que el estado en el que nos sumergimos al meditar es propicio para profundizar en nuestro subconsciente, en la medida que se favorece la comunicación entre ambos planos, no vamos pues a limitar las instrucciones a nuestro subconsciente únicamente al momento previo al sueño, sino que vamos a seguir este ejercicio también justo antes de cada sesión de meditación. Por cierto ¿Cómo *andás* con la meditación?

121

- Bien, creo que bien, le voy tomando el gusto –respondo ufano- No siempre es fácil conseguir entrar a fondo, algunos días casi imposible, pero veo que me hace bien.

- Genial, pues incorporando estas nuevas técnicas en tus sesiones, vamos a avanzar mucho más deprisa en recuperar tus habilidades, pudiendo además utilizar esta técnica para deshacernos de prejuicios y comportamientos que nos interese desacoplar de tu personalidad. Entonces, dentro de nuestro árbol de prioridades, vamos a elegir las súper cualidades, comportamientos o aptitudes que justo antes de cada sesión de meditación (no durante la meditación) vamos a introducir en forma de sugestión. En la próxima sesión hablaremos de ellas y de la importancia de limitarnos a escoger un máximo de dos por cada etapa, es decir, hasta que no hayamos alcanzado un primer objetivo, no pasaremos al siguiente.

- Vaya, me siento abrumado; un poco perdido.

- Lo sé, es normal. Esta sesión tendrá más sentido para *vos* junto con la que haremos pasado mañana. *Confiá.*

- Sí, confío, es sólo que hoy me siento un poco espeso.

- Josué, fijémonos aquí qué importante no es sólo potenciar nuestras cualidades, sino también, desbrozar el camino para que estas puedan manifestarse, eliminando, cuando así sea necesario, los prejuicios, sugestiones de carácter negativo y carencias que venimos previamente arrastrando desde nuestra juventud. Recordemos, cuando decíamos al principio de las sesiones, qué conveniente es que los elementos sobre los que vamos a trabajar estén previamente ordenados y armonizados. Este es el momento de poner primero las cosas en orden, hacer la debida introspección e identificar qué nos falta, pero también, qué nos sobra, pues todo adulto tiene la obligación consigo mismo de liberarse de todo aquello ajeno que le ha sido imbuido en su infancia por parte de otros y en su adolescencia por parte de otros y de sí mismo, y que no forma parte realmente del prototipo de persona que él o ella quieren ser. De la persona que realmente son –hace otra larga pausa y mi atención se posa por un momento en la luz que llega hasta las paredes- Esa es nuestra primera meta –continúa-. Pero pongamos atención antes en una premisa que no debe ignorarse para evitar frustraciones. Tal y como defiende el controvertido neurólogo Dick Swaab, podemos cambiar nuestro comportamiento pero no nuestro carácter, dado que éste sí que tiene una componente genética del orden del 80%. Hemos pues de diferenciar, tal y como decíamos más arriba, lo que nos es ajeno, aquello que nos han hecho o nos hemos obligado a creer, de aquello que nos es propio, de nuestro carácter, de nuestra personalidad, aquello que ya venía con nosotros, que se manifestaba desde la niñez, antes de empezar a ser sugestionados. Puesto que eso somos nosotros, lo más auténtico de cada uno. Este es pues el momento de describirnos a nosotros mismos el tipo de persona que queremos ser, cómo queremos vernos.

## XVIII – Por más que lo he intentado

Salir del Palau de les Heures este mediodía ha sido lo mismo que escapar del enemigo. Esa sensación he tenido. Los test, la entrevista y la sesión parecían orquestadas para derrumbar mis fortalezas, un asalto al escondite de mis asuntos personales. Al final ¿para qué? para concluir que mi carácter, nuestro carácter, no puede ser cambiado. Entonces ¿de qué sirve entrar hasta el mismo núcleo del alma? ¡Menuda estupidez! ¿Acaso no se trataba de eso? Si no hay un cambio profundo ¿a qué estamos apostando entonces? ¿Instrucciones nocturnas antes de dormir, instrucciones antes de meditar? ¿De qué servirá? Para cambiar sólo el comportamiento, dice Gabriela. Sí así es, qué porcentaje de lo que somos corresponde al carácter y cuánto al comportamiento. Hubiera sido una buena pregunta para hacerle. Siempre las buenas preguntas y las mejores respuestas se le ocurren a uno cuando ya es demasiado tarde para hacerlas. Quizás en la próxima sesión.

Hoy el día no promete nada nuevo. No llueve, pero por mi podría llover. Los días desafortunados tienen más sentido si al menos llueve. Te queda el consuelo de que al menos el cielo funciona. La lluvia no te conviene, claro, pero eso es así, coherente con el despropósito del día y sabes que, pese a todo, pese a ti, las cosas siguen su ciclo natural.

Entrar en mi piso no ha sido mejor. Al primer lugar que se ha dirigido mi vista al cruzar la puerta ha sido hacia una bolsa de plástico de la tienda de delicatesen de la esquina que quedó anoche apoyado en un lado del sofá. Dentro debe estar el acta de la junta de vecinos esperando mi firma. Para empezar, es la prueba irrefutable de que lo de anoche no fue ninguna fantasía de mi mente. Firmarla no será un problema, el inconveniente está en volver a ver a Ramirez para hacerle entrega del documento. No me apetece. Definitivamente, no me apetece. Ya pensaré algo, quizás dejarla en su buzón o pasarla por debajo de su puerta. Algo se me ocurrirá.

Por otro lado el teléfono no suena en este momento, pero el contestador automático está lleno de órdenes de servicio y reclamaciones que no han sido atendidas en toda la mañana. Eso no es bueno para el negocio. Necesito ayuda con esto, no cabe duda. Yo sólo no puedo. Aspiraba a poder mantener esta maquinaria con lo mínimo para no incurrir en gastos extras; quería algo pequeño, que pudiera manejar yo solo. Cuanto más complejo es un mecanismo más posibilidades hay de que se estropee. Pero ya veo que mantenerlo simple no va a ser posible. Este pequeño monstruo que he creado quiere crecer y no me queda más alternativa que seguir alimentándolo, dependemos el uno del otro.

Me siento apesadumbrado. El alcohol debe andar aún en mis venas y no me deja pensar con claridad. Debería llover, eso siempre ayuda. Y el dolor sigue ahí, fiel.

El cava con Ramirez y antes el vino con Sophie. Uhm… Sophie, es curioso, la había olvidado por completo. ¿Debería hacer algo, tomar la iniciativa? Supongo que sí. Sí, ya sé, le mandaré un whatsapp. Hoy día no hay nada más útil y a la vez peligroso que un whatsap a tiempo.

- *Hola preciosa; por más que lo he intentado, no he podido dejar ni un momento de pensar en ti desde nuestro último beso. ;-)*

## XIX – Free riders

Cruzarme con los vecinos es ahora incluso más incómodo que antes. Hasta ayer, en la mayoría de casos, nos ignorábamos, lo cual era un saludable alivio. Ahora esa opción no parece estar disponible. Todos se ven obligados a hacer un mínimo saludo, aunque sea un ligero cabeceo, y yo me veo en la obligación de corresponder, aunque me falte la costumbre. Pero lo peor es su manera de mirarme. Ahora me escudriñan con la mirada, antes no se molestaban en hacerlo, sencillamente no existía. Sin embargo ahora me miran y noto cómo se preguntan ellos mismos por qué se dejaron persuadir por mí, o peor aún, sin tengo algún plan maquiavélico escondido en la manga. En cualquier caso se palpa la desconfianza; los que se deciden a tomar la iniciativa siempre deben contar con que el entorno les será en cierto modo hostil, hasta que se resuelva el resultado y se sepa si valió la pena o no. Así se nota el ambiente, vacio y amenazante. Por cierto, he dejado el acta en el buzón de Ramirez. Por suerte todavía no me lo he cruzado.

Voy a ver un par de establecimientos donde ubicar físicamente el negocio de la mensajería. Debo también contratar personal para ayudarme en ciertas tareas. Anoche practiqué las instrucciones nocturnas. Pero no creo que funcionara pues, si bien mi propósito era que éstas fueran mis últimos pensamientos antes de dormirme, tal y como Gabriela me indicó, lo cierto es que después de apagar las luces y cerrar los ojos, me vinieron a la mente multitud de pensamientos, ideas absurdas y otras no tanto, y me costó cerca de una hora quedarme realmente dormido. En cualquier caso me pareció correcto cumplir mi parte del programa. Estaría bien que ellos cumplieran la suya y empezara a percibir algún cambio, pero la verdad, sigo notando que soy yo, Josué, el de siempre.

Hace sol. Privilegios del clima mediterráneo. El sol, más tarde o más temprano siempre hace presencia, y yo creo que eso el cuerpo al final lo siente. Mejora el humor y, ves las cosas con cierto optimismo.

Sin embargo, miro a la cara de las personas que se cruzan conmigo y sigo sin sentir la más mínima inclinación al afecto por ninguna de ellas. No sé bien si es un defecto del carácter o una virtud. ...Y si la personalidad y el carácter fuerte e independiente se significan como insensibles al género humano, demostrando sólo afecto para las personas más próximas, y siendo la inclinación a la compasión y la empatía propias de las personas débiles, gregarias, con el carácter voluble y la conciencia soñadora… no lo sé, ciertamente. Pero si así fuera ¿no sería esa actitud, la de los débiles, una respuesta a su propia interdependencia, una acción de auto protección? Los débiles serían entonces sensibles al sufrimiento del prójimo porque lo necesitan para su propia supervivencia, necesitarían al grupo, porque el grupo los protege también a ellos, y porque necesitan mostrarse clementes y compasivos porque esperan que, llegado el momento, si ellos lo necesitan, el grupo haga lo propio con ellos. Mientras que las personas de carácter fuerte y autosuficiente no verían su espíritu inclinado a ocuparse de los demás pues… supongo que por una razón bien práctica; porque les es indiferente, sí, pero, porque no pueden ocuparse de todos, supongo, digo yo, y porque no necesitan al grupo para salir adelante. Imagino que son lobos solitarios, *free riders*, o algo parecido. Creo que H. Hesse quería decir algo así en algunas de sus obras. No sé de qué manera soy yo. Resulta abominable pensar que no hay lugar para la clemencia, la solidaridad o la compasión en ciertos espíritus, pero desde luego, yo al menos ahora, no consigo sentir más que cierta indiferencia por todo el mundo. Claro, no por todo el mundo; Sophie, incluso Gabriela, y algún amigo, no me resultan ajenos, pero no consiguen despertar en mí ninguna emoción las personas que veo por ejemplo en los telediarios, afectadas de todo tipo de calamidades. Sigo comiendo mi plato o mi atención se posa sobre curiosos detalles. Por ejemplo, cuando en las imágenes que ilustran una noticia de algún edificio medio derrumbado por causa de alguna explosión, me fijo mucho más en la decoración que tenían los pisos que ahora muestran sus entrañas, desnudos, o si es un día soleado o lluvioso allí donde ha ocurrido la desgracia, que en las personas que, según cuentan, lo han perdido todo. Si se ven cadáveres, pienso en la angustia de los instantes antes de morir, pero no pienso en su angustia, sino en la que yo sentiría: no es compasión por ellos, es algo así como compasión y preocupación por mí. No creo que esté enfermo. Ni que sea una monstruosidad esto que pienso, ni una degeneración, aunque es mejor, claro, no comentarlo públicamente. Seguro que esto le ocurre a más personas. La cuestión es esa, no obstante, sigue ahí ¿Es la solidaridad y la compasión una manifestación de la debilidad del carácter o es una virtud? Bueno, qué más da, como siempre digo, al final habrá que morirse ¿no?

## XX – Supercomunidades o Humanidad 2.0

Gabriela está hoy sencillamente espectacular. Lleva una blusa blanca de satén, con el cuello abierto, que dibuja a la perfección la belleza de su cuello. El tono de sus mejillas es color rubor (me gusta llamarlo así, pues es un tono que sólo es posible en ciertas frutas y en las mejillas de las mujeres) y está claro que ha pasado por la peluquería pues hoy casi se le pueden ver los dos ojos, que están por cierto profundos y preciosos. Tiene la cintura definida por unos pantalones tejanos tan gastados como ajustados, que parece que la piel le respira a través de ellos.

Llevo una semana en el nuevo local. Nos hemos adaptado todos bien. Mercedes, la que se ocupa ahora del teléfono y la logística, y Pedro, que lleva las ventas y la facturación. Será por eso que dedicar ahora tiempo a Gabriela no me agobia tanto, resulta placentero y no tengo prisa. El día es hoy especialmente radiante. El sol se cuela por los ventanales en la sala con una luz nítida gracias a la atmósfera límpida que han dejado varios días de lluvia. El aire es frio, o más bien fresco, ya no es gélido como en febrero y apetece respirarlo, que te entre a fondo. Notas como el oxigeno se dirige a todos los rincones del cuerpo.

El ritual de la botella de agua, el juego de las sillas y su aliento me es ya tan familiar que entre tantas novedades en mi vida se agradece cierta familiaridad y venir hasta este rincón de la ciudad empieza a tener ese rastro de las cosas cotidianas que le dan a uno seguridad. Aun así, desde los ventanales del Palau, sigo sin ver el mar.

Antes de que Gabriela empiece la sesión y me pida que apague el móvil le echo un vistazo a nuestro último whatsap con Sophie.

- *Hola preciosa; por más que lo he intentado, no he podido dejar ni un momento de pensar en ti desde nuestro último beso. ;-)*
- *Uhmm, y por qué lo intentabas? Bisous.*
- *Porque me gustas tanto que si no, no podía hacer nada más.*
- *Ohhhh… Bueno, he de decir que yo también he pensado… un poquito en ti…*

- *Oh... ¿Sólo un poquito?*
- *Querrías más?*
- *Lo quiero todo*
- *Todo? Eso parece beaucoup*
- *Contigo nada me parece mucho, me hace falta más*
- *Ohhh, sigue, sigue, cuéntame más...*
- *Claro que sí, te lo contaré todo, pero deberíamos vernos. Las cosas que te diré no caben en esta pantalla ;-)*
- *Hahahaha.... Vous êtes très méchante, chérie. Bueno, voy a ver opciones. Ya sabes, con Armand tengo que organizarme. Te digo algo. Bisous*
- *Cien besos mientras espero.*

Me saca del ensueño la acerada voz de Gabriela;

- ¿Josué, estás? ¿Te parece que empecemos la sesión?
- Oh, sí Gabriela, por supuesto. Ya estaba apagando el móvil ¿Qué tal? Te veo hoy guapísima.

Sonríe a su manera, a la manera de una Diosa.

- Gracias, Josué. Y... *contame*... ¿Cómo te va? ¿Algún cambio a destacar? ¿Novedades en tu vida?
- Uhm... no, francamente no. Todo sigue más o menos igual.
- Bueno, al menos no *venís* últimamente con moratones en la cara. Los *paraguas* ya no te atacan. Eso ya me parece un progreso ¿no es cierto? —deja ir, acabando en una risa muda-.
- Si, supongo que tienes razón —digo con cierta resignación-.
- Bueno, de poco a poco. No hay que desanimarse. Todo va llegando, si bien, hoy precisamente vamos a hablar del impulso que debemos dar aquello que queremos que ocurra ¿Te parece entonces que empecemos?
- Sí, Gabriela. Tienes toda mi atención.
- Josué, como te dije, en lo que respecta a nuestras vidas, podemos considerar que nada sucede si tú no lo provocas. Todo aquello que quieras que pase en tu vida, debe necesariamente llevar tu impulso. *Dejame* que te cuente algunas conclusiones recientes al respecto. En la pasada XXI Reunión del *Future Trends Forum* se abordaron las posibilidades y las implicaciones del desarrollo tecnológico que previsiblemente aumentará de manera destacada las capacidades humanas en la presente década. El ponente Paul Howard-Jones destacó la enorme demanda que a nivel mundial existe actualmente de fármacos para aumentar nuestras capacidades mentales y puso de manifiesto el debate ético

que plantean las posibilidades tecnológicas en la construcción de nuevas capacidades cognitivas que, inevitablemente, provocarán cambios en los sistemas educativos, laborales y asimismo, entre naciones e incluso entre clases sociales dentro de un mismo país.

- ¿Te refieres a drogas para aumentar la memoria y cosas así?

- Sí, y mucho más que la memoria. Una visión hollywoodiense de dicho escenario puede verse en la película "Limitless" ("Sin Límite" en su versión doblada al español) donde el actor Bradley Cooper encarna a un escritor estancado que sufre además un bloqueo general en su vida, pero donde todo cambia cuando descubre una droga nueva, el NZT. Esta droga le permite aprovechar todo su potencial cognitivo, sobrepasando límites que ni el mismo podía imaginar, lo que provoca un giro espectacular en su vida que lo impulsa hasta situaciones y escenarios inimaginables para él antes.

- Ah, creo que vi el tráiler, pero no la película. Suena bien ¿no? Nos ahorraríamos las sesiones –digo intentando un humor que ella no comparte-.

- No vayas tan rápido Josué, *dejame* que te cuente. El substrato, en cualquier caso, sea la ficción de Hollywood o la realidad estadística a la que Paul Howard-Jones alude, es el mismo; las súper capacidades existen, están ahí, todos las poseemos en cierta manera. Los medicamentos que actualmente consumen gran número de personas en los países desarrollados, o aquellos que busca desarrollar la farmacéutica belga del artículo del *Daily Telegraph* que te comenté en nuestra primera charla, o en general la tecnología aplicada en la investigación y el desarrollo de súper humanos, sólo pretenden sacarlas a la luz, permitir su expresión gracias a cadenas de reacciones químicas dentro de nuestro organismo que impulsen dicha expresión.

Bueno, a mí eso no me parece tan malo, pero entiendo que a ella no le haga gracia que una simple pastilla pueda hacer su trabajo. Mejor me reservo el juicio pues hoy está demasiado hermosa para hacerla enfadar.

- La clave es pues, Josué, descubrir cómo aflorar las cualidades sin fármacos, cómo hacerlas interactuar entre ellas, cómo tenerlas disponibles cuando son necesarias y, para vencer el debate ético, cómo poner ese conocimiento al servicio de toda la comunidad, de todos los ciudadanos o, al menos, como asegurarnos que los beneficios de dichas Súper cualidades revertirán en Súper Comunidades, beneficiando así al mayor número de personas posibles, creando una humanidad 2.0 que no dependa de la tecnología y de los fármacos para definir su propia identidad.

¿Humanidad 2.0? Uhm, esto suena ligeramente a discurso. Veamos hasta dónde quiere llegar. Ahora sí que tiene mi interés sincero.

- Esas son pues las dos alternativas, Josué... –dice severamente levantando frente a ella dos dedos-. ... o encaminarnos al transhumanismo, subyugándonos al poder de la tecnología y las drogas para enfrentar la nueva era, o hacerlo desde dentro, de una manera menos inmediata, más progresiva, pero endógena, genuina. Me refiero Josué a una solución que emane desde nuestra propia fuerza y con un sentido completamente transversal, donde el crecimiento sea global y donde nuestra naturaleza humana permanezca –se queda en silencio como si quisiera comprobar que la he entendido-. Es pues ineludible la cuestión ética, por supuesto, y la corresponsabilidad que sobre todos nosotros recae, Josué. Si asumimos que de forma natural estamos dotados de Súper Cualidades y a un tiempo reconocemos que, en muy corto plazo de tiempo van a aparecer drogas mejores, más eficientes y más específicas, con el potencial real de activar algunas de dichas Súper cualidades en aquellos consumidores que puedan permitírselas, hemos también de asumir a su vez que, si no desarrollamos y difundimos metodologías de crecimiento personal, intelectual y físico que faciliten que todos los ciudadanos puedan aplicarlas en su beneficio –forma entonces un círculo plano en el aire mientras lo dice- estaremos ante una nueva fractura humanitaria como consecuencia de las muy diversas cotas de progreso que se darán y que veremos acrecentarse aún más entre aquellos países que pueden permitirse el acceso a dichos fármacos y tecnologías y aquellos otros países que no pueden.

Como sospechaba esto huele a mitin. A declaración de principios. ¿Debo imbuirme de ello? ¿Eso quiere de mí?

- ¿Quieres decir que es una cuestión de justicia social, Gabriela? En realidad no me parece tan trascendente que la industria farmacéutica pruebe nuevos fármacos, pero entiendo lo que dices sobre el precio que podrían llegar a tener. He leído sobre el problema de algunas enfermedades sobre las que no se investiga porque no resulta económicamente rentable, supongo que esta es también una cara de la misma moneda ¿no?

- En cierto sentido así es. Esto podremos observarlo incluso dentro de un mismo país, entre los diversos grupos sociales, entre los que tienen un cierto nivel de renta y el resto de la población. Siendo además que, las consecuencias de esta nueva fractura social que se vislumbra, además de perversamente cruel, como todas las injusticias lo son, resulte en este caso de un carácter irreversible y de efectos especialmente abominables.

Rellena los vasos y bebemos los dos. Me hace reír esta especie de coreografía que ha instaurado, es como si quisiera asegurarse de que ninguno de los dos va a deshidratarse durante las sesiones. Si sirviera Martinis en lugar de agua...

-   La pregunta, Josué, te parecerá retórica ¿Por qué hacer a unos hombres mejores cuando puedes hacerlos a todos? Sin embargo, la incapacidad del ser humano para distribuir universalmente las riquezas, los bienes y el conocimiento, está demostrada y patente en miles de años documentados de historia de la humanidad. Estamos pues ante el siguiente desafío: o permitimos que algunos individuos y sus descendientes, con mayores medios económicos que el resto, se desarrollen de manera exponencial por encima de todos los demás, si acaso eso no está ocurriendo ya, o nos proponemos crear, colectivamente, pero actuando de forma individual, las bases para hacer asequible ese conocimiento y desarrollo al mayor número de personas, de tal modo que se rompan los esquemas de gobierno social actual en beneficio de una humanidad 2.0 que todavía pueda definirse como tal, que todavía sea cien por cien humana. El logro de la democracia por parte de las sociedades modernas en la mayor parte del mundo, tras siglos de despotismo, no habrá servido de nada si la tecnología acaba situando a unos pocos por encima de todos los demás, de por vida.

-   ¿De por vida?

-   *Mirá*, Josué; si por tener acceso a una serie de drogas, cierto número selecto de personas desarrollan capacidades intelectuales muy por encima de los demás, de tal modo que lleguen a manejar todas las variables de gobierno social y la economía con una antelación inigualable para el resto de ciudadanos, más pronto que tarde, ya no quedarán opciones de progreso personal a ningún individuo que no tenga el permiso de esos mismos "elegidos". No quedará la opción de que un ciudadano de a pie llegue a presidente, o de que alguien monte un pequeño negocio y progrese si ese negocio molesta a los "elegidos" en la medida de que éstos dispondrán de los medios intelectuales, económicos y políticos para decidir el destino de cada uno de nosotros.

-   ¿No ocurre eso ya?

-   Ahí está la clave, Josué. Disponen de los medios económicos y por derivación de éstos de cierto poder político, pero hasta ahora no tienen el monopolio de los medios intelectuales, no tienen capacidades superiores a las nuestras, es más, hoy día todavía *podés* encontrar a algún "Sócrates" viviendo en su tonel; en el despacho de una universidad, en un centro de investigación o como concertista a sueldo en una orquesta, y hemos podido ver como negocios gestados por un par de alumnos de una universidad se convertían en multinacionales de internet. Pero si *esas élites* económicas duplican sus capacidades intelectuales, no habrá líder político, sociedad civil, ni ningún Sócrates que pueda oponérseles.

-   Entiendo…

132

- Es entonces, Josué, después de dicha reflexión, cuando cobra sentido tratar de desarrollar técnicas personales que permitan a cada individuo obtener lo mejor de sí mismo, la mejor versión de uno mismo, de una manera asequible y autónoma y procurar la difusión global de tales conocimientos, pues, como decíamos días atrás, el hombre es mortal mientras la humanidad no lo es y aquello que se hace en beneficio de la comunidad es lo único que resulta verdaderamente trascendente y perdurable.

Se queda en silencio y yo me quedo atrapado por su voz que ahora no escucho. Es extraño como la vibración de sus palabras llega a veces a ser tan profunda.

- Cuáles son pues las cualidades que conviene potenciar no es difícil de imaginar, Josué. Sin pretender hacer una lista exhaustiva, creo que la mayoría podríamos estar de acuerdo en las siguientes: además de las cualidades de carácter anatómico como pueden ser la fuerza, la elasticidad, la psicomotricidad o los sentidos especialmente desarrollados (la vista, el oído…), podemos también hablar de la capacidad de resistencia a las enfermedades o la capacidad de curación frente a estas. La facilidad para la cicatrización física pero también emocional entra también dentro de este grupo, así como la resistencia al dolor. Hemos también de incluir las cualidades de carácter científico e intelectual como son la capacidad de cálculo, la oratoria, la formulación matemática, la composición literaria o musical o la facilidad para los idiomas. Poniendo el énfasis en aquellas habilidades que dan lugar a ciertas cualidades, podemos hablar entonces de la imaginación, la creatividad, la innovación, la buena memoria, la agilidad mental, la lectura rápida o la facilidad de entendimiento y la comprensión. En un sentido más trascendente, vale la pena destacar la voluntad, la empatía, la solidaridad, la resilencia, la tolerancia, la capacidad de orientarse, la auto-confianza, la paciencia, la disciplina, la perseverancia, la generosidad y el altruismo. Todas ellas, cuando las ejerce un individuo o una comunidad de manera sobresaliente, por encima de cómo hasta ahora venían manifestándose, podemos entonces definirlas como Súper Cualidades. Y esto es importante destacarlo —dice creando una inflexión en su voz que se contagia a todos sus gestos- …cualquier pequeño progreso, cualquier grado por encima del desempeño habitual ya da de por sí lugar a una Súper cualidad, en la medida que, las mejoras individuales, cuando son colectivizadas, tienen una expresión exponencial mucho mayor de lo que podamos imaginar. Esto significa que, por ejemplo, una mejora del cinco por cierto en nuestra capacidad individual de recuperarnos de una enfermedad, si dicha mejora podemos hacerla extensible a todos los miembros de una comunidad, significa un beneficio muy superior a dicho cinco por ciento en términos de costo sanitario y salud general de la comunidad. Y del mismo modo ocurre con el resto de cualidades. Cualquier mejora individual que se socialice, tiene un beneficio exponencial superior a la suma de las partes.

Tiene ahora la mirada afilada y milimétricas gotas de sudor brillan sobre la piel de su cuello y sus mejillas. Me gusta sentir su aliento cerca y cuando se emociona adelanta su cuerpo hacia adelante, trayendo su boca más cerca de la mía. El tiempo se para entonces y las paredes de la sala se desvanecen. Algunas de sus últimas palabras retumban aún en mí; resilencia, resistencia al dolor…

-	Josué, todas las cualidades que he mencionado pueden aflorarse, cultivarse y potenciarse individualmente si se trabajan metódicamente pero, y esto es lo más importante en este primer avance, sobre todo si el material sobre el que vamos a trabajar (nuestro ser, nuestro cuerpo, nuestro Yo) está armonizado y equilibrado, pues está clínicamente probado que el equilibrio psíquico y emocional está directamente implicado en los procesos de mejora, curación y recuperación general del organismo (*men sana in corpore sano*), así como en los procesos de aprendizaje y consolidación de conocimientos y habilidades. Esa es pues la premisa inicial de la meditación, armonizar los planos conscientes e inconscientes para garantizar las circunstancias que nos permitan hacer emerger y aprovechar todas nuestras Súper cualidades, tanto las que uno ya conoce que posee, como aquellas que están todavía por descubrírsele. Todos sabemos, Josué, que el orden de los elementos integrantes de una actividad y su organización nos ahorran tiempo y mejoran el resultado de dicha actividad. Pues bien, igual ocurre en este caso. Si nosotros no estamos en orden con nosotros mismos y debidamente organizados, es decir, nuestro consciente e inconsciente no se comunican fluidamente, si no tienen adecuadamente distribuidas sus respectivas tareas y a su vez, no tenemos fijados de manera clara nuestros objetivos, pues en ese caso difícilmente vamos a alcanzarlos y nuestro propósito será baldío. Es pues oportuno definir los objetivos –dice acerando aún más la mirada sobre mí-. A partir de éstos definir de la lista de cualidades aquellas dos o tres que cada uno considere son las que más le convienen empezar a potenciar y convertir esa tarea en nuestro segundo objetivo, justo después de la meditación regular y la lectura continuada que deben ser sin duda el primero de todos –descansa su cuerpo por un segundo sobre el respaldo-. Si no se ha conseguido aún esa primera meta –dice volviendo sobre mí- no tiene sentido avanzar todavía en las siguientes. Por cierto, Josué, no es necesario ahora definir cuáles deberán ser las siguientes cualidades a potenciar después de estas primeras puesto que, la persona que seremos después de este primer progreso seguramente tendrá una idea distinta de qué es lo que más nos conviene para

134

entonces y, probablemente, no coincidirá con nuestra opinión de ahora ¿Me *entendés?*

- Sí, creo que sí. ¿Esto está conectado con las instrucciones nocturnas y las consignas antes de cada sesión de meditación, verdad?

- Así es. Eso sí, es conveniente decantarse en un primer término por cualidades de tipo trascendente, como la fuerza de voluntad, la paciencia o la perseverancia o las de carácter físico y dejar para más adelante las de orientación científico intelectual. Una vez las primeras habilidades y cualidades de nuestra lista se van consolidando, la adquisición de las siguientes resulta mucho más sencilla. No obstante, es cada uno, de manera personal e individual, quien debe evaluar su propio punto de partida y fijar sus objetivos en consecuencia pues, según avances en el proceso, tendrás un mayor dominio de ti mismo, un conocimiento más amplio de tu potencial y una mayor claridad de objetivos.

- Mmm suena bien esa música…

- Sí, ya me imagino –responde después de dejar ir un ligera carcajada que crea una distensión que agradezco-. Por otra parte Josué, sería absurdo crear expectativas que por inalcanzables serían frustrantes. Así por ejemplo, uno no debe aspirar con sesenta años a tener la elasticidad o aptitud para el deporte que tenía cuando era un adolescente, pero si a aspirar a ser una de las personas de sesenta años con mayor elasticidad y aptitud para el deporte. Esto es algo que por ejemplo todos hemos observado, personas mayores que se mantienen activas y altamente capaces físicamente en contraste con la mayoría de personas de su misma edad. Esa es pues la medida, tal y como decíamos hace unas semanas, no se trata de convertirnos en súper héroes con poderes sobrenaturales, sino en conseguir la mejor versión de nosotros mismos.

- Estamos de acuerdo, Gabriela.

- Recuerda, Josué, tenemos asimilado que cada uno de nosotros no es su mente, es mucho más ¿cierto? y que la mente debe estar a nuestro servicio, especialmente de nuestros objetivos más elevados, como lo están las demás partes de nuestro Yo. Recuerda que hemos comentado también que una de las herramientas fundamentales que vamos a utilizar en dicho método van a ser la lectura continuada, con el objetivo de estimular áreas de nuestra capacidad cognitiva y la meditación transcendental con el objetivo de armonizar nuestro cuerpo pero, sobre todo, muy especialmente, nuestro consciente con nuestro inconsciente dado que, como ha demostrado recientemente la ciencia, el inconsciente está presente en más del noventa por cierto de las decisiones que tomamos diariamente, aunque nosotros no nos demos cuenta de ello, puesto que, recordemos, muchas decisiones se toman realmente en nuestro inconsciente, milésimas de segundo antes de que las verbalicemos de forma consciente. Así pues, es necesario armonizar ambos planos de conciencia para permitir un mayor y mejor flujo de información entre ellos para que podamos potenciar los recursos que ahora yacen en las habitaciones oscuras de nuestro subconsciente. Josué, si el noventa por ciento de nuestras decisiones se toman en nuestro subconsciente antes de que éstas pasen a nuestro plano consciente, ¿no parece sensato asegurarnos de que ambos planos están debidamente armonizados?

- Sí… -balbuceo, como si tuviera intención de añadir algo más que he olvidado-.

- ¿No conviene pues que el plano consciente conozca qué elementos ha tenido en consideración el subconsciente para tomar cada decisión? ¿Si así es, no podríamos entonces evitar tomar aquel tipo de decisiones que son contraproducentes para nosotros? ¿Aquellas que, por ejemplo, hacen a muchas personas recaer siempre en círculos viciosos y conductas autodestructivas? Si aumentamos el control sobre aquella parte de nosotros que toma el noventa por ciento de las decisiones que rigen nuestra vida, estaremos tomando el control sobre nuestra vida ¿No te parece?

- Sí, desde luego tiene sentido.

- Y por último hasta este punto, hemos visto también que dotar de impulso nuestro plan de mejora depende únicamente de nosotros puesto que nuestra y sólo nuestra es la responsabilidad. Los desafíos que enfrenta la humanidad son de todos y de cada uno a la vez. Movilizarse, tomar la iniciativa, ya no es una opción, es sencillamente ineludible. Además, puesto que no es posible vivir sin cambiar el mundo, mejor cambiarlo para bien ¿Estás de acuerdo?

- Sí, claro, aunque en cierto modo parece un tanto ambicioso, al menos para mí. Me hace sentir extremadamente responsable. Por otra parte has hablado de ir avanzando metas. Tengo una duda desde el principio, Gabriela ¿Es por eso, "por el ir avanzando metas" que el programa se llama así, "Meta"?

- No exactamente, Josué. *Meta* es una palabra de origen griego cuyo significado es "Cambio". Y un cambio es lo que estamos buscando ¿Verdad?

## XXI – Cualquier cosa es posible

- ¿*Andás* a tomar el metro Josué?
- Sí, voy hacia el centro ¿Vienes?
- Sí, te acompaño. Voy hasta Plaza Universidad.

Salimos los dos del Palau y nos encaminamos jardines abajo. El día sigue radiante y el aire se ha templado un poco. Huele a que la primavera quiere por fin llegar y parece que todos estamos con los brazos abiertos, esperándola.

- Veo que *segúis* sin tu motocicleta.
- Sí, es cierto. ¿Te creerás que no he pensado en ella en los últimos días? Me he acostumbrado a tomar el metro para venir aquí, y todo lo demás lo tengo cerca de casa, caminando. Al final no resulta tan necesario estar motorizado en una ciudad. Aunque es cierto que según se va acercando el buen tiempo, la experiencia de surfear el tráfico, se vuelve una necesidad.
- El clima influye tanto en nuestro estado de ánimo….
- ¿Y tú Gabriela? ¿Cómo va tu adaptación a esta ciudad? ¿Ya vas encontrando tiempo para empezar a salir por ahí o, el trabajo sigue siendo tu único "novio"? –le digo mientras le guiño un ojo-
- Uhm… no hay tiempo para novios, no, ahora no. Pero sí me gustaría empezar a salir. En realidad conozco varias personas *acá*, argentinas, un par de conocidas, que me han propuesto salir en un par de ocasiones, pero lo cierto es que no me convence mucho relacionarme no más con otros argentinos. Pienso que resultaría más interesante si hago por integrarme con la gente local. Creo que le sacaría más partido al tiempo que voy a pasar *acá*.
- ¿Cuánto tiempo es eso? Quiero decir… ¿Hasta cuándo te quedas en Barcelona?
- Mmm… eso depende, pero confío que no sea menos de un año y no más de tres.
- Jajajaja… desde luego eres una mujer con las ideas claras. A ver, explícame por favor por qué entre uno y tres años es lo ideal para ti.

-   Y… bueno… en menos de un año no *tenés* tiempo de vivir las cuatro estaciones, al menos un ciclo anual, con lo cual no puedes realmente dar por bien conocida una ciudad si no has estado en todos sus climas, si no has vivido con la gente local todas sus fiestas a lo largo del año, y no has podido agotar el circuito turístico ineludible para empezar a conocer los "otros rincones" de cada ciudad. De otra parte, cambiar cada cierto tiempo de residencia, alarga la vida…

-   ¿Alarga la vida?

-   Sí, no quiero decir biológicamente, sino que hace que nos resulte más intensa, más vivida. A ver cómo te explico…. *Fíjate* en los niños por ejemplo. Para ellos esperar desde noviembre hasta navidades les parece una eternidad. Esto es porque los chicos viven cada día con mucha intensidad, aprenden cada día cosas nuevas y esto hace que una semana, un mes les parezca mucho tiempo, porque el tiempo les cunde muchísimo ¿no?

-   Sí, eso es verdad…

-   En cambio de mayor, según la rutina se impone en nuestras vidas y estamos familiarizados con lo que nos rodea, las semanas y los meses se te escapan del calendario sin apenas darte cuenta, y cuando *querés* reaccionar *decís* ¿ya es Navidad de nuevo? Y entonces tienes esa sensación de que nada cambió en tu vida y que los días se sucedieron uno tras otro como el péndulo de un reloj, imperceptible pero inexorablemente. Entonces, si vas incorporando a tu vida situaciones nuevas, como cambiar de vivienda, de país, de trabajo, es como si volvieras a ser niño cada vez, tienes que redescubrir el mundo, el nuevo entorno que te rodea con cada nuevo cambio, y eso hace que los ciclos no parezcan tan parejos ni tan rutinarios y es como si vivieras más, en realidad pienso que ciertamente vivís más. En verdad que en las sesiones verás que de algún modo esto también se practica…. Bueno, lo que quería decir es que tampoco conviene quedarse más de tres años en un lugar, porque entonces el cambio que has hecho, acaba siendo tu nueva rutina.

-   Ya veo, pero según eso que dices, lo que convendría es estar siempre viajando. ¿no?

-   No, porque entonces estar viajando se convertiría en tu rutina y no supondría algo nuevo y estimulante para ti. Por eso pienso hay ese espacio de tiempo, entre uno y tres años, para cambiar el lugar donde vivís, de manera que sea enriquecedor y estimulante para cada uno.

-   Ya te entiendo. Entonces, subliminalmente –le digo mientras hago por poner mi cara más pícara- lo que me estás pidiendo es que haga de Cicerone y te muestre los "otros rincones" de la ciudad.

Dispara una de sus carcajadas, tan profundas y honestas.

-   ¡Qué tramposo *sós* Josué! No, qué va….

- No, no… no importa, acepto el encargo, no hace falta que disimules… -digo con una teatral y cómica resignación-

Nos reímos ahora los dos a carcajadas. Ríe desde dentro de forma un tanto socarrona y honesta. Cuando alguien ríe así notas que la emoción le ha llegado hasta dentro, que no ha puesto barreras, y eso es lo que agradeces de hablar con ella, cuando no está enfundada en su personaje de científica impermeable, la sensación de que no tiene miedo de mostrarse y ser ella misma. Es un regalo al cosmos cada vez que alguien ríe así.

- No, no, eso no sería serio. *Vós* lo sabes…
- Oh, venga, no seas tan…
- ¿Tan qué?
- Quiero decir, tan… pues eso, ya sabes.
- No, no sé Josué. Dímelo tú –hace una de sus sonrisas torcidas, como de personaje de Western-
- Ya, ahora eres tú la que estás haciendo trampas.
- Para nada…, *sabés* las normas Josué.
- Pero mira, es como ahora ¿no? volvemos juntos en metro y tú me hablabas de lo que opinabas de la importancia de los cambios...
- Sí…
- Pues eso, saldremos a pasear y me seguirás danto tu opinión sobre esto y aquello. Mientras tanto yo te descubriré lugares nuevos de la Ciudad. Lugares que tú sola no conocerías…
- Ya veo ¿Y qué lugares serían esos?
- Jejeje…. No puedo revelártelos ahora ¡Se perdería el factor sorpresa!
- *Sós* un liante Josué. Ni siquiera *sabés* dónde llevarme. Te lo estás inventando todo –dice achinando los ojos y mal conteniendo la risa-.
- Nooo, qué va. No te olvides que he sido mensajero. Los mensajeros conocemos toda la ciudad, todos los callejones, lugares de auténtico lujo y también sórdidos antros en humeantes callejones donde una tímida y apacible científica podría descubrir a su… Mrs. Hyde.

Se ríe abiertamente, como si una sonrisa pudiera ser un abrazo.

- Decididamente *sós* un embaucador Josué. ¿Tímida y apacible? ¿Así me ves? No te creo. Pero….
- ¿Pero qué?
- Uhmm, que reconozco que suena tentador ¿Cuándo propones?
- El miércoles por la noche, por supuesto.
- ¿Perdón? No entiendo ¿por qué el *miércoles* "por supuesto"?

-       Porque ya se sabe "cualquier cosa puede pasar en miércoles".

## XXII – El Viento que no Cesa

- *Sí, creo que puedo organizar para dejar a Armand esta noche.*
- *¡Perfecto! Estaba deseando que dijeras eso, y temiendo que no lo dijeras.*
- *Jajaja, …eres un poco exagerado ☺*
- *No, no… soy un hombre perdido, ya no veo el norte si no me iluminas ;-)*
- *Hahahaha… Tu es terrible*
- *Que vaaaa…. Soy bueno y fácil de domesticar. Ya verás*
- *Ya, ya veré.*
- *¿Te paso a recoger entonces sobre las nueve?*
- *D'accord. Bisous*
- *Hasta luego Preciosa.*

Suena el viento arrimarse a los cristales, y aúllan sus hijos escurriéndose por las rendijas de las ventanas. El último Whatsap con Sophie me ha insuflado energía incombustible. Vamos a tener nuestra segunda cita y la conversación hasta ahora tiene un clima, digamos, muy apropiado, alentador. Hace unas semanas esto me hubiera parecido sencillamente impensable, algo completamente fuera de mi alcance, lejano a mis escuálidos recursos. Pero no es sólo eso; el negocio de la mensajería va realmente bien. Tengo la mente clara en todo momento para saber qué decisión he de tomar en cada ocasión. Las cosas se van encajando sorprendentemente bien, van cayendo en su lugar como si todo estuviera predispuesto para que así fuese. Llevo unas semanas estudiando un máster de administración de empresas. El ritmo de las clases es algo lento para mí, así que estoy pensando en empezar uno sobre finanzas para hacerlos simultáneamente. En el negocio he adoptado la política de contratar sólo a aquellos mensajeros que aporten clientes. No me vale que quieran sólo trabajar, ni que lo hagan bien y que cumplan, sino que les pido que con ellos se vengan un par de clientes de los que atendían en sus antiguas empresas, a los cuales han de convencer de mover sus envíos hacia mi empresa. Esto alivia y complementa la labor comercial de Pedro y nos permite crecer en clientes muy rápidamente.

Es verdad que después no siempre mantengo a esos mensajeros en sus puestos, no renuevo sus contratos quiero decir, pero por lo que he leído en los libros de gestión empresarial y he visto en foros, esto es frecuente, es decir, rotar el personal y ganar con ello, parece una práctica que ha sido habitual desde tiempos remotos. Compañías de seguros y planes de pensiones lo utilizan con asiduidad. Estas compañías contratan comerciales noveles que acaban haciendo sus primeras ventas a sus propios familiares. Cuando han acabado con su círculo familiar más próximo, y viendo que ya no mantienen el ritmo de nuevos contratos, en la mayoría de casos los despiden y los familiares quedan sujetos a la empresa por los planes de pensiones que hayan contratado. Si, ya sé, no suena muy bien, no parece muy ético, pero ahora me tengo que adaptar a esos nuevos marcos de funcionamiento. La máquina rueda y no me puedo permitir pararla, en realidad no sé cómo hacerlo.

Estoy incluso evaluando nuevos locales para abrir nuevas sucursales por la ciudad. Se necesitan nuevos puntos logísticos para asegurar que toda la cadena de paquetería funcione. Llegar a todos sitios en todo momento, ese es el fin. En tales circunstancias no puedo detenerme a evaluar cuestiones morales. Cuando esté más estabilizado lo haré, será todo más justo y equitativo, lo prometo, me lo prometo. Ahora no puedo. El crecimiento es lo preponderante. No, no es ningún sarcasmo. Seguro que lo haré tal y como acabo de decir, pero, precisamente por eso, ahora nada puede distraerme de una política orientada a crecer y a maximizar el beneficio. Crecer. El crecimiento es un cáncer cuando este está descontrolado. Todo lo que crece por encima de sus posibilidades muere o mata. O ambas cosas.

La competencia es muy intensa, la ambición más. No pretendo decir que el fin justifique los medios pero, bueno, sé que en cierto sentido suena así. No sé, ya veremos. No quiero acabar siendo un empresario más, de esos que solamente construyen riqueza para sí mismos. No, no es mi idea. Pero debe ser también entendible que el objetivo primero sea la supervivencia. Sobrevivir todo lo justifica aunque para ello te mates a ti mismo.

Claro, sí, ya sé, podría argumentarse que ya estoy por encima de el umbral de la supervivencia. Me refería a la empresa, a que la empresa sobreviva y la empresa es endiabladamente voraz. Es como alimentar un dragón, cada vez quiere más y cada vez es más difícil contentarlo. Exige más tributos. Te atrapa, y no acaba de quedar claro quién gobierna a quien, si yo a la empresa, o ella me está gobernando a mí. Parecemos esclavos de nuestras creaciones, de la misma manera que lo somos de nuestras palabras. Al final resulta que nada nos pertenece más que la voluntad y los sueños, todo lo demás, una vez se expresa, ya no es nuestro. Si hubiera futuro…

El viento. El viento que no cesa. El viento trabaja todos los días.

## XXIII – Huir hacia adelante

-   ¡Hola Zacas! ¿Qué tal? No te esperaba. Pasa, por favor.
-   Hola Josué. Bien ¿Qué tal estás tú?

Zacarías me ha sorprendido presentándose en casa. No es que sea la primera vez que lo hace, pues la suya es una vida improvisada. Sin embargo esta vez me ha desconcertado especialmente pues mi vida ha cambiado bastante desde la última vez que nos vimos, y cuando eso ocurre, las personas que vienen desde tu pasado, te parecen como antiguas, desubicadas en el tiempo.

-   ¿Qué te cuentas?

Le pregunto sin mirarlo mientras hago que suene *Dead of Winter* de Eels en el ordenador. Sé que no es el tipo de música que él espera que le ponga, y veo por el rabillo del ojo una casi imperceptible mueca de desconcierto en su cara cuando empiezan a sonar las primeras notas, pero mi ánimo no está hoy para *Reggae*. El cuerpo me pide algo más sofisticado o eso creo yo. Quizás sólo quiera inconscientemente ahuyentarlo de mi casa, alejarlo de mí. A veces nos sorprenden nuestras propias actitudes. Nos portamos como extraños de nosotros mismos y no nos reconocemos. Nos miramos con curiosidad y cierta preocupación. Hemos tomado decisiones que no sabíamos y cuando estas se ejecutan, andamos torpes, decididamente torpes, sin miedo a la equivocación, o convencidos de que vamos a equivocarnos, pero hacerlo encaja bien en la deriva del día y por tanto no nos preocupa, o pensamos que no debería hacerlo.

-   Pues la verdad, de aquella manera. Ya sabes.
-   ¿Todo bien Zacas? ¿Qué tal el trabajo?
-   Oh, el trabajo… ¿Te importa si fumo?
-   Adelante.
-   ¿Te acuerdas de que en la agencia en la que yo estaba buscaban a un nuevo mensajero? De hecho te llamé para que pudieras aprovecharlo ¿Te acuerdas?

- Sí, claro. No fue hace tanto, Zacas. Sí, lo recuerdo bien y te estoy muy agradecido. Lamentablemente aquel accidente de moto me dejó sin opciones.

- Bueno, pues resulta que buscaban a un nuevo mensajero porque habían decidido despedirme en cuanto lo encontraran ¿Te das cuenta? Sin saberlo te estaba proponiendo mi propio puesto de trabajo ¡Es increíble! No me dieron ninguna explicación además. No sé qué les pasó por la cabeza. Siempre he cumplido con todas sus normas, siempre hice el trabajo ¿Por qué sustituirme?

- Oh, vaya Zacas… Es en verdad una putada. ¿Estás desempleado entonces? ¿Cómo yo?

- Pues sí, esa es mi nueva rutina. Pero vaya, me han dicho que tú no estás en paro, que tienes una agencia propia y que estás abriendo dos sucursales más por la ciudad ¿Es así, Josué?

- Oh, no creas, bueno sí, no es nada serio, en realidad lo de la agencia sí, lo de abrir otras, ya veremos, está todo muy complicado, y no hay dinero y ya sabes….

- Pero entonces, sí ¿Es verdad? ¿Tienes una agencia propia de mensajeros?

- Empecé trampeando con algunos servicios aislados y al final no quedó más remedio que ponerlo todo un poco, como decirlo, más formal, pero claro, se han disparado los gastos y no va la cosa del todo bien. Empiezo a pensar que más de la mitad de los negocios dejan de ser rentables en cuanto entran dentro del sistema. La burocracia es un veneno lento pero implacable.

- Ah, pues a mí me han dicho que sí, que te va genial.

- ¿Qué me va genial? Si todavía cobro el subsidio del paro, si no fuera por eso no podría continuar. Fue una huida hacia adelante Zacarías, pero aún no sé muy bien si no ha sido una suerte de harakiri final.

El éxito es una medalla que se luce pero no se comparte. Tengo el presentimiento de que no me conviene explicarle la verdad de la bonanza de mis negocios a Zacas, menos aún si está buscando trabajo. Nadie es conservador hasta que tiene algo que conservar. Quizás mas que un presentimiento sea sólo instinto, pero gobernar el instinto es aún una pelea que no puedo vencer y uno sólo debiera librar aquellas batallas que sabe que puede ganar.

El reproductor ha saltado aleatoriamente y se escucha inquietante el *Life Mask* de Portico Quartet, que me resulta del todo incómoda por inapropiada, así que me levanto con la intención de cambiarlo, dándole así la espalda para poder recomponerme de mis tribulaciones. Me siento ajeno a mí mismo, lo cual no me es del todo una sensación desconocida.

A veces siento una irresistible tentación de decir la verdad, pero por suerte, al fin se impone el sentido común y, como hacen todos, maquino las respuestas.

Pongo a sonar *Don't look back* de Telepopmusik.

*Sit Still, and close your eyes*
*What's behind the other door*
*No more silence, don't kill this thing we got called love*
*Just searching for the perfect drug*

*When Love comes calling*
*Don't look back*
*When love comes calling*
*Don't look away...*

- Ya, me imagino. Yo tampoco quiero estar sin trabajar. El día es entonces muy largo y fumo más. Acabo además vagando con la moto, por la ciudad, sin un rumbo, y eso es peligroso, tú lo sabes, si no vas acompasado con el ritmo del tráfico, te conviertes en un obstáculo, parece que todos te quieran impactar. La ciudad no está hecha para ir sin prisas, sin rumbo, pues entonces quedas desorbitado, como un objeto extraño en el sistema. No me siento cómodo así ¿Me entiendes verdad?
- Sí, claro que sí Zacarías. Lo entiendo perfectamente.
- Toda la vida he creído en el fluir natural de las cosas y, a la vez siempre me he sentido bien yendo un poco a contracorriente, pero ahora no me siento bien conmigo. No me siento bien en esta situación. De repente me siento mayor e inútil. No es una sensación agradable.
- Sí, lo sé. La utilidad es la fuente de la motivación. Sin ella estás perdido. Muchas mañanas me he despertado así, como tú dices. Sucumbes y no ves dónde agarrarte.

En verdad que Zacarías ha perdido el semblante alegre de siempre, pero supongo que se deberá a uno de sus ciclos lunares a los que siempre ha sido especialmente sensible. En cualquier caso ahora escapa a mis capacidades ¿Qué podría hacer yo, sino?

- Josué ¿Crees que podría entrar a trabajar en tu agencia? Me han dicho que estás contratando mensajeros nuevos constantemente.
- ¿Mensajeros nuevos? No, que va. Bueno, tomé algunos hace unos días, pero, claro, ya están todos los que se necesitaban, quiero decir, no puedo contratar más gente ahora. De hecho debería pensar en reducir el equipo. Creo que estamos sobredimensionados.
- Bueno, lo entiendo, quizás si abres esas nuevas agencias que dicen que estás abriendo.

145

\-      Ah, bueno, si eso realmente se confirmara, si realmente ocurriera, claro, te llamaría enseguida, pero ya te digo, las cosas no están muy bien, me he metido en un auténtico lío, son muchos gastos y de momento no veo si esto va a salir bien.

Mi cabeza está ahora en mi cita de esta noche con Sophie. Es normal que así sea. Si él lo supiera lo entendería. Sin embargo, no sé por qué, no voy a decírselo. Algo ha cambiado, lo percibo. No tengo el impulso natural de explicar ciertas cosas, al contrario, tengo la sensación de que conviene que partes de mi vida me sigan perteneciendo sólo a mí. No veo la necesidad de compartirlas. Ahora es diferente.

\-      Supongo que debe ser así, Josué; que este sendero espinoso es el que he de recorrer en estos días, aunque no adivino la explicación. Cosas del cosmos, imagino. Bueno, ya sabes, si tienes alguna vacante, cuenta conmigo por favor.

\-      Claro Zacas, si lo hubiera sabido antes ya estarías dentro.

Se queda en silencio, inhalando el humo, mientras su mirada se pierde más allá de la ventana. Sus pensamientos parecen tan profundos y lejanos que no pueden escucharse. Me quedan lejos. Yo me distraigo consultando el teléfono móvil, mientras una invisible cortina de incomprensión se desliza entre nosotros dos. La amistad tiene dos enemigos implacables; el sexo y el dinero. Aunque esta distancia de hoy vive de otra fuente, de la indiferencia, que es la más cruel de todas, pues no tiene excusa.

Suena finalmente *Quand je marche* de Camille. Debería sentirme mal, pero no lo consigo. Fuera, más allá de las ventanas, la luz es crepuscular, y como en un teatro, la platea se va lentamente poniendo a oscuras para dar paso a las luces del escenario que empiezan a brillar con fuerza en forma de neones y farolas en el horizonte; la obra va a comenzar y yo reclamo mi papel protagonista.

*Quand je marche, je marche*
*quand je dors, je dors*
*quand je chante, je chante*
*je m'abandonne...*

## XXIV – Sígueme hasta donde yo quiera

Son las nueve y después de llamarla por el interfono la veo, a través del cristal de la puerta del edificio, descender los pocos escalones que llevan al replano donde está el ascensor. Lleva un vestido negro, de falda ceñida que se para justo a la altura de sus rodillas, las cuales se doblan preciosas y gráciles, escalón tras escalón. En el centro de un escote vertical que muestra la piel blanca de su garganta, luce una cadena de plata que suspende un pequeño corazón de orfebrería que brilla al reflejar los apliques *art decó* que quedan a ambos lados de la portería. Sobre los hombros levitan ondulados sus cabellos rubios, y su boca rojo carmín enseña una tímida sonrisa cuando sus ojos de cielo coinciden con los míos. Al traspasar la puerta, sin decirnos nada, tomo el abrigo rojo que ella lleva doblado sobre su brazo derecho y la ayudo a ponérselo dejando que sus fragancias me envuelvan cuando paso mi brazo alrededor de sus hombros.

- Hola Josué. Gracias, muy amable –me dice tímidamente mirándome a los ojos-.
- Hola Sophie. Estás preciosa ¿Lo sabes?
- Oh, gracias Josué. Eres muy gentil.

Abro la puerta del coche que nos espera y que he contratado a través de una aplicación del móvil. Es un Mercedes negro con chófer incluido. Un pequeño capricho que me he permitido y me ha hecho pensar también en las muchas posibilidades de este tipo de plataformas informáticas.

- Y bien, Josué ¿dónde me llevas?
- Mmm…, me han hablado de un lugar en la Plaza Real, en Ciutat Vella. Espero que te guste la zona. El lugar es algo turístico, pero creo que podremos cenar bien y distraernos con música. Creo que incluso se puede bailar.
- ¡Oh, bailar! ¡Qué fantástico! Con Armand, ya sabes, estando sola es difícil organizarse para salir por la noche, y bailar… uf, creo que hace años que no salgo a bailar. Hasta ahora he tenido que conformarme con hacerlo a solas en el salón de casa.

- Genial, así quiere decir que no has perdido la práctica.
- Oh, yo creo que sí. ¿Y tú, Josué? ¿Tú bailas?
- Sí, claro. Quiero decir, no tengo ni idea de bailar, lo hago francamente mal, pero como tampoco tengo sentido del ridículo, si tú te animas, cuenta con que te seguiré hasta dónde tú vayas.

Deja ir una carcajada como un pequeño regalo.

- Eres realmente único, Josué…
- Tú sí que eres única Sophie. Una entre millones. Nadie comparable a ti.
- Eres un exagerado ¿lo sabías? Pero en cualquier caso, gracias, es muy agradable escuchar cosas así.

No sé si es algo instintivo que hasta ahora estaba oculto, o algún conocimiento que estoy adquiriendo en estos días mediante el impulso que le estoy dando a mis cualidades, siguiendo las pautas que me propuso Gabriela, pero tengo la sensación de tener la certeza en cada momento de saber lo que he de decir para obtener lo que deseo.

Sophie ha bajado la mirada, ruborizada, y ahora, a través de la ventanilla del coche, ha puesto una distraída atención en las riadas de gente que caminan arriba y abajo por las Ramblas. Pongo mi mano sobre la suya, que ella había dejado entre nosotros dos, apoyada sobre el asiento. La aprieto suavemente y ella responde el gesto del mismo modo, apretando cándidamente la mía. Vuelve su mirada hacia mis ojos y le muestro una tranquilizadora y cómplice sonrisa con el ánimo de crear un círculo íntimo de confianza entre nosotros. Noto que ella ha percibido ese espacio privado y se relaja. Lo que queda fuera del círculo ya no tiene importancia. No al menos esta noche. La satisfacción me invade, debe ser la misma satisfacción que debe sentir un cazador que por fin tiene a tiro a su pieza. Es agradable y en mi rostro no consigo esconder una socarrona sonrisa que debo maquillar para que parezca de complicidad. Poso mi otra mano sobre mi vientre y dejo el dolor a un lado.

- ¿Oh, ya hemos llegado?
- Sí, Sophie, aquí nos bajamos. Fin del trayecto en carroza por ahora -No nos arriesguemos a que se nos convierta en una calabaza, pienso sin decirlo-.

Entramos a la Plaza Real desde las Ramblas, cogidos de la mano. Nos dirigimos al Ocaña. Tengo mesa reservada para dos. Pedimos unas tapas de la carta y una botella de Chardonnay. Hablamos de verdades, mentiras y absurdos, y yo una vez más exagero un poco mis éxitos empresariales. Intuyo que me conviene. A fin de cuentas las exageraciones no son mentiras sino verdades salpimentadas. Y la intuición, o algo parecido a ella, está cada vez más presente en cada una de las pequeñas decisiones que tomo cada día. Es como un doble disparo que se produce en un par de segundos. Primero un pensamiento intuitivo me sugiere una decisión, mientras que inmediatamente  después, mi razón, tras analizarlo, concluye que ese pensamiento intuitivo es el acertado. No sé muy bien cómo funciona, pero lo está haciendo.

En los postres pedimos una bola de helado y dos cucharas.

- Es un lugar *trés amusant*. Oh, perdona. A veces, ya ves, todavía mezclo el francés cuando hablo.

- Oh, no te preocupes. Mi madre era francesa y me hablaba siempre en francés. Yo le contestaba casi siempre en castellano, pero lo que quiero decir es que lo entiendo perfectamente. Podrías hablar toda la noche en francés y no habría problema. Te entendería perfectamente. En realidad, aunque no dijeras nada y guardaras silencio, creo que sabría lo que quieres decir.

- ¿Cómo se llamaba?

- Geraldine. Tenía un precioso pelo rubio, como el tuyo. Sus ojos sin embargo eran de un marrón claro, de un tono avellana. Es lo que más recuerdo de ella, sus ojos, un tanto tristes, pero apacibles y entrañables, del color de la miel, siempre con ese aire perezoso que la caracterizaba. Mi madre era de Narbonne ¿Conoces el lugar?

- Ah, sí, qué bonita ciudad…

Seguimos conversando un tiempo más que no recuerdo. Bajamos después de cenar a una suerte de sótano abovedado que hay en el mismo lugar, con una barra y una sala despejada que hace las veces de pista de baile. No hay mucha gente ahí en comparación con el restaurante y la terraza que queda arriba. Será por la hora, supongo, no es muy tarde aún y en el sur de Europa la noche no empieza hasta las once.

Suena *Via Con Me* de Paolo Conte y Sophie se lanza a dar unos pasos bailando. Después de dar unos círculos vuelve a mi lado y me susurra al oído,

- Dijiste que me seguirías hasta dónde yo fuera ¿Lo recuerdas? Tienes que bailar conmigo, estás comprometido.

- Sí, es cierto. Pero no te dije que había una pequeña condición.

- ¿Una condición? ¿Cuál?

- Que después me tendrás que seguir tú a mí. Hasta donde te lleve, y quedarte conmigo, toda la noche.

- ¿Toda la noche? Uhm… ¿Qué tramas, Josué?

- ¿Aceptas entonces?

- Uhmmm…

Se pone a bailar de nuevo y con el índice hace un gesto para que la siga al centro de la pista. Allí bailamos los dos solos.

*Via, via, vieni via con me*
*entra in questo amore buio,*
*non perderti per niente al mondo...*
*via, via, non perderti per niente al mondo*
*lo spettacolo d' arte varia di uno innamorato di te,*
*It's wonderful, it's wonderful, it's wonderful*
*good luck my babe, it's wonderful,*
*it's wonderful, it's wonderful, I dream of you...*
*chips, chips, du-du-du-du-du...*

Bailamos durante dos horas, la Milonga de Paolo Conte y todas las que vinieron después. Bailando nos besamos varias veces, cada vez más apasionadamente. Si había alguien más, no lo vimos. Si hubo un tiempo, no lo vivimos, si algo estuvo bien o mal, no nos importó. La última copa la hicimos en el Pipa Club, también en la Plaza Real, donde me las arreglé para que pudiéramos entrar. No recuerdo si había actuación en directo o no, sólo recuerdo que nos besamos como colegiales mientras se fundía el hielo en los vasos desatendidos.

## XXV – La Felicidad no puede aplazarse

El veneno de la soledad circula en mis venas como la sangre misma, y sin embargo ahora, recién despunta el alba, veo a Sophie, durmiendo, a mi lado, en mi cama. Es mejor de lo que había imaginado. Supongo porque yo mismo me veo mejor. Son las cinco de la madrugada. La vela que había encendido antes de salir de casa todavía prende en el salón. La luz tintinea y el aroma a mujer llena el apartamento. También mi piel huele a Sophie. En este momento tengo la certeza de que la vida puede ser devorada si realmente te lo propones. Respiro profundamente. Mis ojos se pierden en la blanca oscuridad de la pared al fondo y mi atiborrada biblioteca a la derecha. No tengo prisa. Estoy donde quisiera estar. No me cambiaría por nadie ahora.

Me queda una hora. Me pidió que la despertara a las seis para regresar a casa a tiempo de prepararle el desayuno a Armand. Ahora está con una canguro que duerme en su casa por esta noche. Me queda una hora.

Llegadas las seis, despierto a Sophie lentamente. Mientras se viste le preparo algo de desayuno. Caigo en la cuenta de que es un buen momento para estrenar mi nuevo exprimidor.

- ¿Te gusta el zumo de naranja, Sophie?
- ¿Eh? No, gracias, me da cierta acidez ¿Qué es esto? ¿Un juguete?
- No, … es… el exprimidor
- ¿El exprimidor? Ah, sí, ya veo.
- Es de Phillippe Starck
- ¿De quién?
- Eh…. da igual, déjalo.

Nos miramos de frente mientras desayunamos. Apenas decimos nada. Cualquier otra palabra sólo hubiera estorbado.

Me despido de ella en la puerta del apartamento con un beso mientras mi mano acaricia su nuca y nuestras cabezas quedan apoyadas la una contra la otra, respirando el momento.

Acto seguido, en cuanto se cierra la puerta y como si nada hubiera ocurrido, concentro mi pensamiento en una idea que me persigue desde ayer por la tarde; crear una plataforma de mensajería que conecte directamente a los clientes con los mensajeros *freelance* y limitar así la intermediación a una pequeña comisión sobre cada servicio.

Minutos después pongo a Mercedes y a Pedro a buscar desarrolladores de plataformas móviles que puedan estar interesados en participar como asociados. Si mi idea es factible, el crecimiento puede ser espectacular y, tal y como quería, sin apenas costos fijos. La vida está llena de pequeñas historias, ahora me doy cuenta. Y es importante vivirlas todas y cada una. Una detrás de otra. La atención debe estar puesta sólo en el *Ahora*. La felicidad no puede posponerse, la felicidad no puede aplazarse, sólo se puede ser feliz ahora.

# XXVI - Distorsiones

- Sí, he preferido reunirme antes con usted Sr. Josué para comunicarle mi decisión. Así que le pido me conceda estos minutos. No me extenderé mucho.
- Me tienes intrigado, Schulze. Dime ¿qué ocurre?
- Se trata de sus test de seguimiento. De hecho, los últimos que ha hecho esta mañana me han acabado de confirmar en mi decisión.
- ¿Qué pasa con los test? ¿Qué decisión?
- Sus test presentan, uhm… cómo decirlo, sí, distorsiones.
- ¿Distorsiones?
- No se precipite, déjeme que le explique, aunque ciertamente no es fácil.
- Vamos Schulze, seguro que puedo entenderlo ¿De qué se trata?
- Los test tienen la finalidad de medir sus progresos, lo cual interrelacionamos con la evolución de su espectrograma, a partir de las imágenes del biocampo que tomamos periódicamente, como usted ya debe saber. Para ello monitorizamos aspectos de su psique basándonos en la contraposición de experiencias reales que ha vivido y su manera de reaccionar ante estas, frente a experiencias nuevas, reales o proyectadas, y su experiencia de respuesta, que también puede ser proyectada. La diferencia numérica entre ambas reacciones frente a situaciones homologables nos da un rango que puede ser interpretado cuantitativamente. Lo que hacemos no obstante es cruzar datos basados en sus respuestas a preguntas indirectas, para así otorgar un valor numérico a cada una de esas reacciones según una métrica desarrollada por el equipo de investigación. La imagen de su espectrograma, viene a confirmar o desmentir las conclusiones.
- Ya, sea como sea, créeme, algunas preguntas son realmente estrambóticas.
- Entiendo que diga eso, sin embargo están debidamente contrastadas y le puedo asegurar que funcionan estupendamente bien, o, al menos lo han hecho durante la última década. Y de hecho ahí está el quid de la cuestión.

- ¿Qué ya no funcionan? No me extraña, parecen, puf, cómo decirlo, propias… ¡Son kafkianas!

- Debo insistir en que los test funcionan y de hecho he comentado el asunto con otros colegas que forman parte de otros equipos que las están aplicando en otros países, como lo hemos hecho nosotros hasta ahora aquí.

- ¿Entonces?

- No funcionan con usted, o, mejor dicho, como decía al principio, presentan "distorsiones" que somos incapaces de correlacionar.

- Ya, pues habrá que cambiar algunas de la preguntas, ¿no?

- Veo que no me acabo de explicar, Sr. Josué. Las distorsiones no son aleatorias, no habían ocurrido antes, ni están ocurriendo en ningún otro sitio, sencillamente, algo no acaba de encajar y por eso me he visto obligado a tomar la decisión.

- Ah, la decisión ¿qué decisión?

- Apartarlo de Meta

- ¿Apartarme de Meta?

- Sí, después de hablarlo con el equipo en nuestra próxima reunión, espero le haremos una comunicación oficial.

- Pero, por qué…

- Es lo que intento explicarle, usted no encaja con el programa, ha habido una pre-evaluación errónea. Sus respuestas presentan demasiados planos de personalidad, o usted miente al responder los test, o sus progresos están produciéndose de una manera caótica, asíncrona, lo cual genera muchas incertidumbres que no nos podemos arriesgar a asumir, lo digo fundamentalmente por su propio bien.

- ¿No crees que estás exagerando Schulze? El programa está bien, los test son un incordio, lo reconozco, pero no quiero dejar el programa, ahora no.

- Sr. Josué, si en esta fase no podemos ya controlar las variables que están influyéndole, la situación será completamente incontrolable en las próximas semanas, se nos va de las manos. No puedo permitir una desviación así de los objetivos y principios que guían este programa. Es muy probable que usted no esté siendo del todo sincero en sus respuestas, pero aún descontando ese factor en nuestras ponderaciones, siguen habiendo factores que escapan a nuestro control. Definitivamente usted no puede seguir adentrándose más aún en Meta, no sabemos cómo podría acabar usted. Es mejor detenerse ahora.

- ¿Cómo podría acabar? Vamos, Schulze, si apenas he experimentado ningún cambio. Desde luego está exagerando ¿no le parece? Soy yo, Josué ¿qué cambios ve? Venga, dígamelo ¡Soy el mismo tipo!

- Me temo que está usted confundiendo el recipiente con el contenido.

El maldito alemán está realmente decidido a sacarme del proyecto, se le nota en la mirada, está determinado. No sé qué demonios le pasa por la cabeza pero desde luego ahora no estoy dispuesto a dejar esto a medias. Quiero llegar hasta el final, tengo planes y me conviene mantenerme en esto, no sé si funciona, pero no pienso dejarlo. Pero el alemán se muestra inflexible, parapetado detrás de su cochambroso escritorio de melamina. Voy a tener que ser más hábil para convencerlo.

- Dr. Schulze, quiero ver este... asunto, como usted, desde una visión científica.
- Eso haría las cosas más fáciles, desde luego. Cuando lo vea con un criterio científico, entenderá que no tengo otra opción que cesar su participación en el programa.
- Criterio científico... Veamos, si lo enfocamos desde un punto de vista científico y dejamos de lado las otras consideraciones...
- Sí, eso sería oportuno...
- Sí, claro, pues eso, si dejamos de lado otras consideraciones y nos ceñimos únicamente a analizar las variables del proyecto, única y exclusivamente ajustándonos a criterios puramente científicos, lo que tenemos sobre la mesa son desviaciones inesperadas sobre la rutina de resultados que usted tenía prevista ¿cierto?
- Sí, eso es correcto, es lo que intentaba explicarle.
- Bien, científicamente hablando tenemos una respuesta atípica que merecería una explicación.
- Sí, así es, pero creo que ya sé por dónde quiere ir. Usted subestima los riesgos, no se trata simplemente de ampliar el campo de investigación incorporando variables nuevas y descontroladas...
- Vamos, Schulze —le interrumpo- hemos preestablecido que el criterio debía ser científico ¿verdad?
- Sí, pero...
- Oh, no..., seamos serios, la estimación de riesgos que hace usted es subjetiva; Subjetiva, Dr. Schulze! Y los dos sabemos que no hay nada menos científico que una apreciación subjetiva. Por otra parte, desperdiciar la oportunidad de evaluar e investigar una variable atípica sería tan poco científico como que Edison hubiera desestimado la investigación de la bombilla porque se le hubieran fundido las 100 primeras...
- Pero Sr. Josué, no se equivoque, no estamos en una fase de investigación básica, el programa lleva años funcionando, estamos en la fase de aplicación de los resultados, no nos compete a nosotros adentrarnos en la investigación del programa, tan sólo aplicarlo, y esa aplicación debe ser

responsable y minimizar los riesgos, y honestamente no sé a qué riesgos nos enfrentamos, especialmente usted.

- Dr. Schulze, déjeme a mi decidir qué riesgos correr ¿no le parece? Muy bien, como usted dice, no estamos en la investigación básica del proyecto, sin embargo, usted mismo coincide en afirmar que ni usted ni sus colegas en otros países pueden explicar de una manera solvente qué es lo que está ocurriendo; nunca antes se habían encontrado con este patrón de respuesta del programa ¿cierto?

- Sí, así es, por eso es que pienso....

- Pensemos todos, Dr. Schulze, pensemos todos. Quizás se está desperdiciando una oportunidad de mejorar el programa ¿no le parece? Quizás sin usted imaginarlo tiene ante sí la capacidad de aportar mucho más al programa que un simple protocolo de seguimiento. Vamos, doctor, usted se incorporó no hace mucho a Meta, creo que ha sido el último en hacerlo ¿verdad?

- Sí, así es...

- Entonces, ¿va a tomar usted el riesgo de asumir en solitario la decisión de desperdiciar esta oportunidad de mejorar el programa? Imagine qué contribución más importante podría hacer. De hecho es usted el que ha detectado las.. cómo las ha llamado, ah sí "distorsiones" ¿no debería ser usted el que las investigara? Claro que sí ¿Quién si no? Por supuesto necesitará otro despacho más grande, mejor ubicado, ya no se tratará solamente de completar test, tendrá ante sí un reto científico importantísimo para el proyecto que, Dr. Schulze, en mi opinión, debería recaer en sus manos, yo lo veo así y creo que todos lo harán igual.

Veo con satisfacción que el efecto del binomio miedo-deseo también puede ser utilizado en los demás. La vanidad es además una seductora implacable. Si la alimentas, casi nunca falla y te hace siempre la mitad del trabajo. Veo en sus ojos como se imagina él mismo exponiendo a sus colegas sus "distorsiones" como un gran hallazgo.

- Entiendo lo que dice, pero insisto en que debemos considerar los riesgos.

Su determinación ha caído de manera evidente, ya no está tan seguro y creo que quiere que lo acabe de convencer.

- Dr. Schulze, lo que le propongo es que comentemos el asunto, en una mesa redonda, con el resto del equipo ¿qué le parece? Así evitaríamos apreciaciones excesivamente subjetivas y tomaríamos la decisión más racional. Lo que sí le pido es que me permita a mí ser también parte activa en dicha reunión, lo que le acabo de explicar me gustaría poder explicarlo igualmente a los demás.

Sutil artimaña la mía (espero) pues de este modo le descargo de la tarea de defender su papel como protagonista de la investigación y le hago más fácil la aceptación de continuar el programa al descansar sobre todo el equipo la decisión.

Arruga los labios, mira hacia una pared, después a la otra, mientras pasa las manos arriba y abajo de los reposabrazos de la silla de raído eskay.

- Está bien, supongo que lo que decida el equipo será lo más adecuado. Los convocaré para hoy mismo a una videoconferencia, para después de comer ¿Le va a usted bien hoy mismo, a las tres?

- Sí, perfecto, pero ¿qué le parece si comemos juntos? ¿Usted y yo? Le invito, quiero llevarlo a un sitio que hay en mi barrio ¿Ha probado ya las patatas bravas desde que está en Barcelona?

- Sí, creo que sí.

- Pues las patatas bravas de Blasa no tienen comparación con ningunas otras en esta ciudad, en especial su mayonesa. Se lo prometo ¿Acepta?

- Eh, sí, por qué no. Muchas gracias, Sr. Josué.

Mientras salimos los dos juntos del Palau de las Heures, una vez en la escalinata que desciende hacia los jardines, me doy cuenta de dos cosas. La primera es que está claro que yo no soy un "sujeto de control". De lo contrario, no tendrían sentido las preocupaciones del alemán. La segunda es que al salir he pisado las junturas de las baldosas arlequinadas del hall de entrada sin ni siquiera pensar en ellas.

## XXVII – La voluntad que todo lo puede

-   Buenos días, Gabriela.
-   Buenos días, Josué. Me alegra verte aquí de nuevo. ¿Listo para reiniciar el "viaje"?
-   Sí, por supuesto. Por cierto ¿Cómo se encuentra Schulze? ¿Se sabe qué le ocurrió?
-   Todo apunta a que se trató de una indigestión. Creo que anda mejor, después le llamaré para ver si sigue mejorando.
-   Vaya, cómo lo siento. Espero se recupere pronto.
-   Sí, todos lo esperamos.

Después de comer con fruición las patatas bravas de Blasa, cubiertas de una generosa mayonesa que había hecho ella misma (yo comí un bocadillo de queso con la excusa de haberlas probado aquella misma mañana) el alemán no parecía sentirse muy bien durante la reunión que finalmente tuvimos a solas con Gabriela. Así pues, no se mostró muy animado a argumentar en contra de mantenerme en el programa, por lo que fue bastante fácil convencerlos de que lo más conveniente era seguir como hasta ahora, con la única salvedad de que Schulze prestaría una atención especial a las desviaciones que había observado y consagrándole a él en la investigación de las mismas.

-   Hoy voy a intentar guiarte Josué en el proceso de empezar a superarte a ti mismo ¿Estás preparado?

Mientras Gabriela se prepara mentalmente para su exposición, llena cautelosamente dos vasos de agua. Observo la botella etiquetada, como siempre, sin embargo percibo algunas de las letras entre sus dedos, las cuales no se corresponden con su nombre. No consigo ver la palabra al completo y cuando ella deja de nuevo la botella en el suelo, al lado de su silla, por primera vez me doy cuenta de que intencionadamente gira el envase para que la etiqueta no quede al alcance de mi vista.

- Josué, al decidirnos por esta nueva manera de conocernos, por esta nueva forma de redescubrirnos, puede suceder que nos perdamos en alcanzar metas intermedias. Quizás nos parezca que estas metas están dotadas de cierto pragmatismo, pero al final nos dejan un cierto regusto de insatisfacción, de proceso inacabado, de cierta espectacularidad circense pero, a fin de cuentas, como si se tratara no más de un entretenimiento colorista, una suerte de truco de magia de salón para compartir en la sobremesa de los domingos.

Algo así puede sucedernos si enfocamos nuestro crecimiento personal con una visión a corto plazo y no como un propósito global y de largo recorrido, pues, como dijo Ortega y Gasset "sólo se puede avanzar cuando se mira lejos".

Hace una pausa y mira hacia la ventana. Después vuelve sobre mí. Esboza una tímida sonrisa. Yo se la devuelvo.

- Te contaba en la sesión anterior que cada uno debe determinar cuáles deben ser las habilidades, cualidades y comportamientos que debe potenciar en un primer término. Pero no por ello debe ignorarse que cualquier proceso de construcción debe asegurarse en sus inicios una base sólida que le asegure que las herramientas que van a adquirirse van a quedar firmemente integradas en el conjunto y que así van a sernos útiles, ahora y mañana, a nosotros y a los que nos rodean. Porque si no lo hacemos así corremos el riesgo de que volvamos a recordar esta etapa como uno de aquellos episodios de inspiración que, inevitablemente, volverán más tarde o más temprano a disiparse ¿Me *seguís*, Josué?

- Sí, creo que sí, quieres decir que no se trata de desarrollar cualidades individualmente si no de crecer globalmente ¿verdad?

- Así es. Por esta razón decíamos que era conveniente concentrarse en un primer momento en cualidades de carácter humanista y no poner nuestra primera atención en cualidades que pueden a primera vista resultar más atractivas, como por ejemplo la memoria, la habilidad para los idiomas o las matemáticas. Ese tipo de cualidades, si no se sustentan sobre cualidades fundamentales, no nos permitirán más que eso, resultar singulares en ciertos sentidos, pero no globalmente. Se puede llegar a hablar siete u ocho idiomas a la vez gracias al uso de las técnicas de este programa, pero no tener luz propia suficiente como para iluminar una pequeña habitación mientras les hablas a los demás. De qué te serviría hablar cien idiomas si no puedes llegar a sus corazones.

Hace una pausa y bebe lentamente. Hoy viste una suerte de polo con unos tejanos, pero todo queda deslucido por una bata blanca desgastada que lleva encima y desdibuja sus curvas.

-	Por ese motivo quisiera destacar ahora la que me parece la más esencial de todas ellas; la voluntad, pues esta es de todas la más consustancial al acto mismo de vivir y la que mueve todo lo demás. "La misma fuerza que mueve las estrellas es la que mueve el corazón del hombre" dice un proverbio hindú.

-	La misma fuerza que mueve... -murmuro intentando repetir sus últimas palabras para no olvidarlo-.

-	Así es. Al menos mientras la ciencia no encuentre otra explicación, el misterio de la vida y la propia existencia del cosmos están unidos en un mismo enigma. La fuerza de voluntad es la que nos trae a la vida y la que nos retiene en ella. Por su parte, recuerda, el movimiento puede ser involuntario, pero la creación es necesariamente fruto de la voluntad –dice con una energía peculiar en la voz y brillo en la mirada-.

Hace una pausa. Ordena sus papeles sobre las rodillas y después se queda mirándome como si buscara una respuesta en mis ojos. Observo sus labios separarse apenas el espacio de un suspiro. Después se cierran de nuevo mientras toma aire por la nariz y carga sus pulmones.

-	Josué, cuando hablábamos del binomio miedo/deseo que está presente en toda decisión que adoptamos ya veíamos cómo la voluntad es a su vez el denominador común de éstos; la voluntad de vivir, la voluntad de no morir, la voluntad de crecer y reproducirnos, la voluntad de no desaparecer sin dejar un rastro vivo de nosotros mismos... Tiene asimismo esta cualidad universal doble titularidad, Josué, ya que puede serlo de carácter individual como de carácter colectivo. Así, tenemos la voluntad de cada uno de nosotros, con carácter individual, como podríamos hablar a su vez de la voluntad de un grupo, de la voluntad de un pueblo... Y es además intransferible como nos recordaba Rousseau en su obra más conocida "El Contrato Social" cuando nos decía "el poder puede ser transmitido, la voluntad jamás".

¿Cómo decirlo? *Mirá*, la voluntad es o un don de Dios o del cosmos (aquí que cada uno tome lo suyo de acuerdo con sus creencias). Pero lo que quiero decirte es que la voluntad es un tesoro, y como todo tesoro nos enriquece y, cuanto más alimentamos ese tesoro, más ricos nos hacemos. Cultivar la fuerza de voluntad es la mejor inversión que podemos hacer sobre nosotros mismos, en nuestro beneficio y en beneficio de todas las causas que emprendamos, por insignificantes o extraordinarias que puedan ser. "Querer" es el impulso fundamental que todo lo puede: "querer ser, querer estar, querer llegar, querer hacer..." Es una cualidad tan extraordinaria que nos trasciende a nosotros mismos hasta el punto de que la voluntad amplía su esfera de acción más allá de nuestros propios intereses, y así queremos para otras personas, tenemos voluntad y deseos dirigidas a otras individuos, pueblos o proyectos. Es cuando pensamos que "queremos que a aquella persona le vaya bien", "queremos que aquel equipo gane". Ahí, *fíjate*, ponemos también nuestra voluntad en nuestro pensamiento, que la lleva consigo.

La vibración de su voz se ha hecho más intensa y la sala se llena con sus palabras. Su aliento llega suave a tocar mis mejillas.

- La voluntad es tan poderosa que contiene la magia necesaria que hace que movamos nuestros músculos, que desplacemos cosas, que acabemos nuestros estudios, que levantemos proyectos y empresas, que nos aferremos a la vida de esa manera que hacemos cada día, pues es la voluntad la que nos retira del sueño cada vez, cada mañana, la que nos despierta pues, pudiendo como podríamos quedar sumidos en el sueño, la voluntad nos hace abrir los ojos cada día, nos levanta hacia adelante y nos ofrece más, más oportunidades, más de nosotros, más de lo que nos rodea y de lo que todavía no lo hace. La que nos lleva en busca de más experiencias, la que pide por crecer más, por saber más, por vivir más, y no lo hace sólo una vez al día, pues cada latido del corazón lleva voluntad, Josué.

Deberíamos entonces poner nuestra primera y más consciente atención en cultivar y fortalecer nuestra voluntad, pues esta es la energía que todo lo mueve y de nada servirá todo lo demás sin la energía que le otorgará sentido, como de nada serviría tener la maquina más sofisticada y capaz del mundo sin una fuente de energía que la impulse.

- Pero es la voluntad una marea que va y viene ¿no, Gabriela? En mi caso, hay días que todo lo puedo y otros, por el contrario, falta hasta la voluntad de respirar.

- Tienes razón, Josué. Cuando uno no se maneja, la mente lo maneja a uno.

- Entiendo —musito, mientras mis ojos se quedan en su boca-.

- Es pues recomendable que, salvo que ya estés dotado de una voluntad férrea, la cual sepas administrar adecuadamente, procures entonces dirigir tus primeros ejercicios y sesiones a "enriquecerte" con mayores dosis de fuerza de voluntad. Esta subyace además en todo camino que emprendamos, incluido este mismo, por supuesto. Como ya debes saber, es una verdad empírica que, cuanto más te propones alcanzar tus objetivos más posibilidades tienes de alcanzarlos o dicho de una forma más poética; mientras no aceptas un no por respuesta conservas todavía la posibilidad de conseguir aquello que querías, en la medida que conservas tus opciones de conseguirlo, mientras las opciones de fracasar se van diluyendo. Es pura matemática probabilística. Por tanto, a mayor fuerza de voluntad, más probabilidades de éxito en todo lo que hagas. De hecho, si analizamos la historia de grandes e ilustres personalidades a lo largo de la historia de la humanidad, descubriremos que en la mayoría de los casos, la fuerza de voluntad y la determinación fueron responsables del 80% de su éxito, si no en un porcentaje aún mayor.

Ordena sus notas sobre la carpeta que sujeta por encima de sus rodillas, pero no deja de mirarme, interrogándome con la mirada.

- Fortalecer nuestra voluntad – continúa en un tono algo más afable- puede hacerse desde cuatro frentes, Josué. Dos de ellos ya los hemos comentado; por un lado tenemos los binomios de pensamiento, y por otro lado las sesiones de programación mediante instrucciones a nuestro cerebro, como hemos tratado en las sesiones anteriores. Priorizar el crecimiento de la fuerza de voluntad en las primeras sesiones debería estar pues en nuestro plan de acción si queremos asegurar el éxito de las siguientes etapas ¿Sí?

Busca mi asentimiento con la mirada, mientras sus ojos han atravesado los míos. Parece que a veces sabe lo que pienso, y hoy pienso en ella.

- Los otros dos son: la focalización y la convicción plena. La voluntad es como un caudal de agua, Josué. Si concentras todos los afluentes en un solo cauce, éste será poderoso y avanzará decidido abriéndose paso hacia su destino. Por el contrario, si lo dividimos en pequeños riachuelos, pocos de ellos avanzarán, la mayoría sucumbirán por el camino y los que avancen apenas tendrán fuerza para apartar de su paso aquello que los entorpezca para alcanzar su meta.

Concentrarnos en unos pocos objetivos para obtener el mayor rendimiento de nuestra fuerza de voluntad se llama focalización. Y puesto que en las instrucciones nocturnas y previas a las sesiones de meditación podemos potenciar este aspecto, entonces, una forma indirecta de potenciar nuestra fuerza de voluntad es desarrollar simultáneamente nuestra capacidad de focalización, lo cual nos será también muy útil en todo lo que queramos emprender. La capacidad de poner toda nuestra atención en un solo punto, de concentrar nuestra atención es de una potencia mucho mayor de lo que podamos imaginar, capaz de influir en todo lo hagamos en la vida.

Tengo la tentación de decirle que toda mi atención está en ella, que concentra mi voluntad, pero su ímpetu al hablar me deja en silencio. Me estoy a acostumbrando a que el tiempo se pare mientras ella me mira.

- Dotar de sentido nuestros actos depende de nuestra moral, dotarlos de la energía necesaria depende de nuestra voluntad.

Intercambia la manera de cruzar sus piernas en silencio mientas vislumbro la oscuridad de la pupila que queda oculta detrás del mechón de cabello rizado que cae a un lado de su cara.

- Por último, Josué, la cuarta vía para mejorar nuestra fuerza de voluntad reside en la convicción. O, mirándolo desde un sentido opuesto, entendiendo que las dudas con las que te atormentas diariamente debilitan tu fuerza de voluntad en la medida en que las dudas emanan igualmente de la misma fuente. Del mismo modo que es voluntario el acto de ponerte en marcha, dudar de si debes hacerlo o no es también un acto que emana desde la voluntad. Todo acto consciente es fruto de la voluntad y si oponemos a una fuerza determinada la misma fuerza en sentido inverso, no habrá movimiento alguno, sin que ello quiera decir que no ha habido energía implicada, pues la ha habido, pero en sentidos opuestos, una frente a la otra, tu voluntad de hacer, de creer, de avanzar, frente a las dudas de si debes, puedes, o lo conseguirás… lo que acaba paralizando toda intención inicial, al tiempo que consume tus energías sin beneficio alguno.

- ¿Quieres decir que debe ser anulada toda clase de duda, Gabriela?

- No precisamente. Sólo un tipo concreto de duda. La duda en sí misma es útil en el campo de la ciencia pues anima la investigación, es una voluntad creadora ya que da lugar a la energía necesaria para emprender proyectos científicos y estudios diversos. Esto es así porque la duda científica orbita sobre enigmas que merecen y deben resolverse y precisamente lo que hace es dotar de convicción a la voluntad de investigar, y no es por tanto una voluntad enfrentada a otra de igual fuente e idéntica magnitud, sino el sustrato que alimenta la voluntad de ir más allá, de continuar creciendo en conocimiento. De igual modo, las dudas que son el resultado de un proceso de evaluación de alternativas son asimismo útiles en la medida en que someten toda decisión a un filtro racionalizador, si bien, como ya sabemos, sólo un 10% de ellas estará realmente ponderada en nuestro córtex pre-frontal por más que creamos que hemos analizado concienzudamente las diversas opciones.

Sin embargo, la duda que se proyecta sobre uno mismo, sobre las propias capacidades, sobre nuestra capacidad de iniciativa, emana de la misma fuente que la fuerza que debe movernos hacia adelante y debe por tanto ser despejada cuanto antes. Debe la mente sugestionarse con la finalidad de liberarse cuanto antes de ella, pues así como el rio avanzará con fuerza si lo hace en un solo caudal y arrastrará aquello que se le interponga, más veloz y más fuerza dinámica tendrá si a su vez no hay obstáculos a su paso, no al menos aquellos que nos pondríamos nosotros mismos a partir de nuestras dudas interiores.

- ¿Puede uno terminar con sus dudas interiores, realmente? Me cuesta creerlo, Gabriela.

- Josué, el mundo es de los que se guían por sus convicciones, no por sus dudas. Entonces, si este es el momento de definir qué y quiénes queremos ser y trabajar en esa dirección, despejar el camino de las dudas interiores, tener fe en las propias potencialidades, creer en uno mismo debe ser por sí mismo un propósito. Hay que mirar lejos, aquí y ahora.
- Entiendo. Lo que quieres decir es que no debemos limitarnos a nosotros mismos. Debemos ser ambiciosos en nuestras metas, y no boicotearnos.
- Si la cuántica nos dice que nuestra atención consciente sobre algo es lo que otorga entidad precisamente a aquello que observamos, la fe no deja de ser pues en sí misma una fuerza creadora, en tanto que la fe/convicción son el primer estrato de la acción que debe proyectarnos hacia adelante. La convicción pone el impulso, las bases de la convicción las pones tú y ésta sólo precisa de determinación y fe.
- Se me hace extraño oírte hablar de fe, Gabriela.
- No me refiero a la fe en un sentido religioso, Josué, sino a la fe como razón autónoma del convencimiento.
- Entiendo, pero la fe es frágil. Todos lo sabemos.
- En los momentos de duda, Josué, puedes acordarte siempre de la actitud ejemplar del cerezo. El cerezo no sabe nunca con certeza cómo será la primavera, si vendrá un viento fuerte, lluvia torrencial o aún peor, las temidas heladas tardías. Todos ellos fenómenos meteorológicos habituales que pueden malograr sus apreciadas cerezas, haciendo que se pierda toda la cosecha. Sin embargo el cerezo tiene una lección bien aprendida: "sin flores, no hay frutos". Así que cada año, sin ninguna clase de dudas, el cerezo florece, se abre y pone lo mejor de sí mismo para crear flores hermosas, atractivas, livianas, de puro blanco, de suave fragancia, y todo ello lo hace sin someterse a ningún tipo de juicio ni debate interno y, casi siempre, año tras año, el cerezo acaba dando sus frutos, sus flores terminan en jugosas cerezas que le darán la oportunidad de expandirse y multiplicarse, así cada año. Pese a las amenazas constantes, el cerezo, como muchos otros árboles, acaba teniendo éxito pues, la suerte ayuda siempre a los valientes. Sin movimiento, sin el impulso creador, no se pueden generar las oportunidades que buscamos.

Como puede extraerse del Bhagavad Gita, Josué, uno de los textos sagrados más importantes del hinduismo, una manera de aprehenderlo en una sola frase sería; "ocúpate de hacer tu trabajo, sin preocuparte por el resultado".

## XXVIII – Mensajes en el Agua

Al acabar la sesión Gabriela se retira sin percatarse de que deja olvidada la botella de agua a los pies de su silla, que queda frente a mí, como siempre, en el centro de la sala. Yo, con la excusa de teclear en la agenda del teléfono la fecha de la próxima cita me he quedado sentado en mi silla. Cuando sus pasos suenan lejos me acerco y la hago girar para ver qué pone en la etiqueta. Es una botella de cristal con una etiqueta adhesiva blanca en la que se ha escrito a mano, con un rotulador grueso, "Fuerza de Voluntad". No podría ser más desconcertante. Giro mi cabeza hacia la puerta de entrada y observo a Gabriela que me observa desde el dintel de la puerta. Sostiene entre su brazo y su cuerpo una carpeta contra la bata blanca. Me sonríe y en un esfuerzo inútil de querer mostrar que la botella etiquetada no tiene ninguna importancia, dice,

- ¿Vas hacia el centro, Josué? Yo iba ahora para casa y pensé que podíamos bajar juntos.
- Eh, sí, sí, claro, bajemos juntos… -le digo mientras me dirijo a la puerta, y pasando a su lado le digo de soslayo- …y así me vas contando por el camino por qué etiquetáis las botellas de ese modo.

Salimos juntos del Palau y nos adentramos jardines abajo en busca de la parada del metro. Descendemos hacia la bocana del metro cruzándonos con varios *runners* y ciclistas que eligen subir hasta aquí arriba para practicar sus deportes lejos de la polución. Gabriela y yo estamos en silencio pero yo no dejo de lanzarle mensajes con la mirada para que empiece a explicarme por qué lo hacen, por qué etiquetan las botellas de agua. Finalmente, ante mi impaciencia, se decide a hablar.

- ¿Has oído hablar del japonés Masaru Emoto?
- ¿Es un dibujante de comics manga? –pregunto, provocándole una sonora carcajada-.
- …No, no lo es, Josué –responde aún con la sonrisa en los labios-.

- Pues entonces no sé quién es. Cuéntamelo tú –le digo mientras le guiño un ojo cómplice-.

- Allá voy; las investigaciones de Emoto se centraron en la estructura del agua y sus propiedades. Sus primeros estudios le llevaron inicialmente a concluir que, la formación de los cristales que crea el agua al congelarse; me refiero a esas micro estrellas que utilizamos cuando queremos representar el hielo o la nieve, como si fueran copos ¿sabes lo que quiero decir?

- Sí, ya sé, que es también como un símbolo navideño ¿verdad?

- Eh, sí, también. Bueno, pues según sus investigaciones, concluyó primeramente que en función del nivel de pureza o contaminación del agua, una vez se congelaba el agua, esos cristales se formaban de manera más perfecta o imperfecta, hasta el punto de que en algunos casos no llegaban prácticamente a cristalizar.

- ¿Y cómo comprobaba eso?

- Sometía las muestras de cada agua a una observación a través de microscopio, en cámaras de frio e iba fotografiando los resultados. Observaron que unas estrellas o cristales eran más armónicos que otros, y que esto generalmente estaba asociado a la salud del agua y/o al entorno e historia que rodeaba esa fuente de agua, que eran tanto pantanos, estanques, manantiales, ríos, etc…

- Entiendo. Imagino que la nieve, al ser agua pura sería la que daría mejor resultado, y que las aguas más contaminadas las que tendrían las estrellas más feas ¿no?

- Sí, algo así. Para Emoto, esto significaba que el agua tenía una manera de expresarse, de comunicar su estado. Y claro, como los investigadores andamos todos medio locos, ya *sabés* – me mira de soslayo, mientras levanta una de sus sonrisas ladeadas- pues una cosa llevó a la otra, y se preguntó entonces si, siendo capaz el agua de emitir un mensaje sería también capaz de recibirlo. Él y su equipo empezaron entonces a embotellar agua y a exponerla a diferentes tipos de música.

- ¿Música?

- Sí, de distintas clases. Desde música clásica, de Beethoven o Mozart, por ejemplo, a música folklórica, rock e incluso Heavy Metal.

No puedo reprimir una carcajada que ella responde con una de sus sonrisas.

- ¿Heavy Metal? Venga, cuenta, Gabriela ¿Y qué ocurrió?

- Pues parece ser que  el agua reaccionó, formando cristales más perfectos cuanta más armónica fuera la música a la que se la exponía antes de ser congelada para pasar luego por el microscopio.

- ¿En serio?
- Sí, así es, pero aún hay más. Surgió entonces la siguiente cuestión; si el agua era sensible a la armonía musical y a ciertas canciones, ¿Era posible que también lo fuera a las palabras? Y lo cierto es que para ello contaba con el resultado de un curioso experimento con arroz, digámosle de carácter "popular", que circulaba entonces de boca en boca.
- ¿Experimento popular?
- Sí, *podés* hacerlo *vos* mismo. En una escuela de primaria de Japón, los alumnos, dirigidos por su profesor tomaron dos frascos, lo cuales se llenaron ambos con el mismo arroz y se taparon a la vez. Durante un mes seguido, dos niños le hablaron a cada frasco todos los días. A uno de ellos siempre le decían "gracias" y demás palabras agradables, mientras que al otro siempre le decían "estúpido" y le dirigían toda clase de insultos.

Hace una pausa teatral y me mira esperando mi reacción. Sus ojos son borrosos hoy y su aliento se confunde con la brisa. A veces pareciera que no está.

- Venga Gabriela, cuéntalo ¿qué pasó?
- Te digo, ya voy…. El frasco que recibió todos los días la palabra "gracias" quedó suavemente fermentado y con un agradable olor. Mientras que el arroz en el frasco que había sido insultado durante todo el mes, estaba putrefacto y maloliente.
- ¿En serio? Me cuesta creerte.
- Sí, y esto fue lo que inspiró como digo la siguiente fase de la investigación de Masaru Emoto. Se pasó entonces a etiquetar las botellas de agua con etiquetas que contenían distintos mensajes. Unos de carácter positivo y otros de carácter negativo, y descubrieron entonces que, tras la exposición del agua a mensajes positivos como "gracias", "amor", etc, el agua, una vez congelada y pasada por el microscopio, mostraba cristales perfectos y de gran belleza, mientras que los que habían sido expuestos a mensajes negativos, no eran ni capaces de formar cristales completos y estructurados, e incluso mostraban figuras desagradables.
- ¡Vaya! Es realmente sorprendente. Y dime ¿cómo llegamos de ahí a vuestras botellas etiquetadas? Entiendo que el agua pueda ser sensible a un tipo de mensaje; es una innovación para mi, está claro, no entiendo mucho de estas cosas, pero… ¿Cuál es vuestro objetivo al etiquetarlas y consumirlas? Por cierto, ahora que pienso, yo también las he consumido.
- Te entiendo, Josué, en este campo no tenemos certezas absolutas, no aún, aunque el equipo de California trabaja en ello. También es cierto, como ya

sabes, que nuestro ámbito de actuación utiliza muchas herramientas que son todavía experimentales. Pues bien, el caso del agua es una más de ellas.

- Sí, de acuerdo, pero ¿Por qué?

- Josué, si el agua es capaz de retener un mensaje y es capaz de transmitirlo, entonces esto es una revolución en el campo de la medicina homeopática; la sustenta absolutamente. Piensa que ya hay tratamientos médicos a partir de agua tratada mediante resonancia magnética que ya se aplican en algunos países con respaldo oficial. Entonces… Josué, *pensá*, el cuerpo humano es en un setenta por cierto agua, y sospechamos que una pequeña porción de agua debidamente equilibrada, puede transmitir sus, llamémosle "vibraciones" a otra porción de agua mayor cuando éstas entran en contacto, cuando se mezclan. Lo que quiero decir es que, todo apunta a que a través del agua, podemos hacer entrar en el interior de un cuerpo un sentimiento o una emoción determinada, incluso una actitud, sin necesidad de utilizar fármacos ni drogas, ni nada parecido ¿Me *entendés* lo que quiero decir, Josué?

- Pero Gabriela, si así fuera, ese sería un proceso muy lento ¿no?

- No tan lento Josué, no tan lento; el agua cambia muy rápido su estructura, más rápido de lo que te imaginas. La vibración es tan instantánea como las ondas que forma una piedra que lanzas contra el agua en reposo de un estanque. La piedra sólo impacta en un punto determinado del espejo de agua, pero su efecto se transmite en segundos a todo el estanque. Del mismo modo que las palabras positivas o negativas que escuchamos nos afectan inmediatamente en nuestro estado de ánimo, del mismo modo se afecta el agua y como puedes imaginar, ahí está el principio que nos inspira; la oportunidad de generar una vibración desde dentro, desde el interior de la persona, actuando por detrás de las defensas de la conciencia y de la razón.

Nos despedimos en la escalera que está toda en llena de escombros a causa de las obras del ascensor. Entro en mi apartamento. Mi dirijo directamente a la nevera, tomo una botella de agua mineral y vierto su contenido en una botella de cristal transparente. Saco de un cajón unas etiquetas adhesivas para sobres postales que hacía tiempo estaban ahí acumulando polvo y engancho una grande en la botella. Escribo sobre la etiqueta blanca, con la mejor letra de la que soy capaz la palabra "Poder".

## XXIX – El Peso de Uno Mismo

Llueve y no parece que vaya a dejar de hacerlo. Hoy es un buen día para llover. Me ha despertado la llamada de Mercedes. Uno de los mensajeros le había explicado que Zacarías había tenido un accidente y que yo debería saberlo. Deambulaba solo por las calles, de madrugada. Dudó a la hora de girar a la derecha en un cruce y un vehículo distraído lo embistió y lo derribó. Rodó por el suelo hasta que su nuca golpeó el bordillo de la acera. Ha muerto ahí mismo, instantáneamente, como si la muerte no tuviese dudas.

Hoy es un buen día para llover. A través de las ventanas veo el cielo gris oscuro, con unas vetas de luz aquí y allá que lo atraviesan. Las gotas que caen son finas y tan ligeras que antes de que toquen el asfalto las azota el viento hacia arriba de nuevo. El viento y las minúsculas gotas hacen que la gente no acabe de desplegar sus paraguas, y pasean sin rumbo aparente en sus indiferentes vidas, dejando de vez en cuando que la luz cenital, abriéndose paso entre el espumoso plomo de las nubes, les ilumine sus cabezas y sus hombros.

No sé cómo debería sentirme, ni sé decir adiós. Pero sí sé que a Zacarías le gustaría ver cómo las gotas de agua no llegan al suelo y algunas, incluso, vuelan de nuevo de regreso a las nubes. Le gustaría ver cómo puede aparecer el sol en lo alto mientras llueve, y pasear con su motocicleta entre la gente, entre el tráfico, sintiendo el aire frío en la cara. Tener tiempo para observar la obra de Dios, ese era el verdadero privilegio de la vida, decía. Tener tiempo, para ser, para estar, aquí y ahora. Parece sencillo y qué difícil es.

Es curioso, he tenido miedo por él, ahora, cuando ya estaba muerto, qué absurdo. Supongo que aceptamos la muerte pero no el sufrimiento. Las personas jóvenes no deberían morirse pues nunca te has despedido lo suficiente, y sin embargo, mueren.

Las microscópicas gotas se adhieren a los cristales. Algunos de los árboles que hacen guardia en las aceras han empezado a sacar sus primeras hojas. El húmedo verde sobrevolando el asfalto anuncia la primavera y promete renovación.

Antes tenía tiempo para mirar la lluvia a través de las ventanas. Podía pasar el día entero sin hacer otra cosa.

Escucho *"Sometime later"* de Alpha, que suena lejano como las gotas cuando golpean los cristales.

*And now*
*Old dummy day*
*I know*
*Is over this way…*

Puedo imaginármelo, anoche, con su peculiar manera de llevar su motocicleta, zigzagueando por un carril sin tráfico, la cabeza echada ligeramente hacia atrás, exhalando el humo de la marihuana por la comisura de los labios, mientras sus ojos vidriosos se posaban en las ventanas que allá, en lo más alto de los edificios, aún desprendían luz, y sumido en sus peculiares pensamientos imaginando cómo discurrirían las vidas allí encerradas, en esos pequeños escenarios privados, y caigo entonces en la cuenta de que la mía estaba apagada a la hora que él pasaría por delante de mi casa.

Me gustaría poder decirle adiós. Que viera las gotas que no caen al suelo. Las gotas que como él, no creen en la gravedad como razón única de todas las cosas. Que no todo cae por su propio peso. Que no todo es el peso de uno mismo.

Me gustaría no sentir esto, porque no sé sentirlo. Me aterroriza el dolor, no lo comprendo. El dolor te aísla del mundo. Te hace pensar que no hay nadie más que tú existiendo. Que sólo sufres tú.

Una vez leí que el dolor no era más que una pregunta que reclama una respuesta. Pero sigo sin entenderlo. Y me duele.

# XXX – Pitágoras y la Mujer

La noche es serena y apenas una leve brisa pasea por las calles del Born. El tráfico es ruidoso, como siempre, aunque esta noche parece menos. Llevo a Gabriela a cenar al Passadis del Pep, un restaurante al final de un estrecho pasaje que hay en la Plaça Palau de Barcelona. No hay carta, y te van sirviendo según van cocinado de acuerdo con lo que haya habido en el mercado esa mañana. Así te aseguras dos cosas; que todo será fresco del día, y que no has de tomar ninguna decisión, sólo dejarte llevar. Por la cara de Gabriela noto además que he cumplido el objetivo que le propuse, sorprenderla y descubrirle un rincón de la ciudad desconocido para ella hasta hoy.

- Es un sitio realmente lindo y nuevo para mí. Muchas gracias Josué – dice mientras me lanza una de sus cautivadoras sonrisas-.
- Gracias a ti por aceptar la invitación.
- *¿Conocés* bien el lugar? ¿Qué me *recomendás?*
- Pues verás, ahí está la gracia de este restaurante. No tenemos que elegir. Ellos nos van a ir sirviendo lo que va saliendo de la cocina. Cada día diseñan un menú completo según las verduras y demás ingredientes que hayan comprado en el mercado. El menú consta de varios platos, que uno tras otro nos irán trayendo para deleitar nuestro paladar.
- ¿Diversos platos? ¿Y qué llevan? ¿De qué están hechos? – dice con el ceño medio fruncido y mirada de sospecha-.
- ¿De qué están hechos? Pues Gabriela, pues… no lo sé, de verduras, pescados, carnes… no lo sé exactamente, ya te digo que improvisan cada día.
- ¿Carne? ¿Pescado?
- Eh…, sí me imagino que sí. Oh, no me digas más ¿Eres vegetariana?
- Vegetariana y animalista –me suelta con una ligera mueca de culpabilidad-. Lo siento Josué, debí habértelo dicho. Como siempre tengo la opción de elegir de la carta platos que no lleven carne ni pescado, no suelo avanzar esa peculiaridad. No imaginaba que podía darse esta situación.

- No te preocupes, seguro que tiene solución, déjame hablar con el maître. Aunque en verdad pensaba que los argentinos eráis muy amigos de hacer grandes barbacoas ¿Eres la excepción? No me contestes, no hay duda de que eres excepcional.

La dejo con una sonrisa y cierto rubor en las mejillas mientas me dirijo a hablar con el encargado. Por suerte ya se han encontrado con casos similares antes, y se ofrecen a hacerle un menú adaptado, aunque algo limitado en comparación con la propuesta original, me reconocen.

- Así que eres vegetariana y…. ¿Animalista has dicho? ¿Sí?
- Sí, así es. Y créeme que lo siento. Parece que me hayas traído al sitio equivocado, pero no es así, Josué, no hay sitios equivocados, sólo momentos inoportunos… Si me hubieses traído aquí hace unos años no hubiera dudado en comer carne. Pero desde hace un tiempo, la observación del entorno y las propias investigaciones me han llevado a pensar mi manera de vivir de otro modo distinto a como lo hacía hasta ahora.
- ¿Te molestará si yo no sigo tu régimen?
- Oh, no, faltaría más. Es una opción personal, Josué y no me perdonaría que tú no disfrutaras plenamente del menú que van a proponer hoy. El lugar es relindo, en serio, y no te quepa duda de que lo estoy pasando muy bien.
- Así lo espero. Y ahora cuéntame eso de ser animalista, por favor.
- *Mirá* Josué, quizás sí, quizás no exista un alma, pero si así fuere, resulta científicamente incontestable que de ser así, el alma es propia de, al menos, toda forma animal y no solamente de los humanos.
- ¿Me estás diciendo que eres vegetariana por una cuestión de fe? Gabriela, eres la científica más mística que he conocido nunca, de verdad.

Deja ir una tímida carcajada, cuando sus ojos centellean el reflejo de las luces.

- Creo que tiene más de racional que de místico, al menos en mi caso. Fíjate que es a partir de la Biblia, del Génesis, que los que están en contra del animalismo se defienden, pues ahí dice que Dios dio al hombre derecho sobre todas las cosas para su alimento, y recoge incluso los sacrificios de animales. Aunque claro, también el Génesis se refiere a los esclavos con total naturalidad y le pide a Abraham que, por ejemplo, circuncide a todos sus esclavos. La verdad ¿no *opinás* que hubiera sido mejor que le hubiera pedido que los liberara y prohibiera la esclavitud en todas sus formas? —dice acabando la frase con una sonrisa irónica-.
- Ya veo… ¿Estás insinuando que el comportamiento vegetariano es propio de sociedades civilizadas y racionales y que lo contrario es lo propio de la mística y de actitudes atávicas?

- Bueno, ya te dije que es una opción personal, pero en mi caso prefiero pensar que he llegado hasta ahí a través de la razón, como Pitágoras, y no por el camino de la superstición.
- ¿Pitágoras?
- Sí, a él se le conoce como el primer defensor de los animales. Estaba convencido de que humanos y demás animales compartían el mismo tipo de alma. Creía que el alma era inmortal, hecha de fuego y de aire, y que ésta se reencarnaba alternativamente entre humanos y animales.
- ¡Vaya! Eso además echaría por tierra el argumento de los que no creen en la reencarnación porque para ello la población mundial debería ser constante y sin embargo no ha hecho más que crecer continuamente. Entonces, a más humanos sobre la faz de la Tierra, menos animales ¿no? Curioso.
- Así es, Pitágoras fue además un vegetariano activista. Se sabe que compraba animales en el mercado para después poder liberarlos  ¿Te *imaginás* Josué? Estamos hablando de hacia al año 540 antes de Cristo, de una de las mentes matemáticas más brillantes de la historia de la humanidad ¿Quién es el místico, Josué, aquel que cree que una ventaja intelectual no le otorga derecho a sacrificar las vidas de otros animales ni a procurarles sufrimiento o aquel que cree que tiene una suerte de derecho divino sobre los demás animales que hay en la tierra porque así lo merece su condición "humana"?

Me levanto sin decir palabra, me acerco al maître y le pido que me sirvan a mí también un menú vegetariano. Al menos hoy seré coherente con lo que siento, me digo. Nunca es tarde para lo que es bueno.  El maître me mira con ojos de sospecha y frunciendo el ceño –Sí, señor, así lo había entendido ya- me dice separando cuidadosamente las palabras-.

- Así que Pitágoras creía en la reencarnación, y en que tras la vida nos reencarnamos por igual en humanos que en otros animales ¿Es así?
- Sí, así fue ¿Qué *opinás* tú?
- Uhm, no sé, estoy pensando en ello ahora. De ser así, deberíamos aceptar que la oscuridad es la casa común de todos. El espacio exterior y oscuro donde  todos residiríamos entre una vida y la siguiente.
- Es curioso que digas eso. La investigación de la energía oscura, que es una forma de energía que está por todo el universo, es hoy por hoy el mayor reto de la cosmología científica. La energía oscura aporta casi tres cuartas partes de la masa-energía total del Universo, y sin embargo, a día de hoy, no sabemos aún de qué está compuesta ni cómo funciona, ni siquiera qué ha sido de ella.

Cuando está así, relajada y hablando sobre cosas que le interesan, pero sin el ánimo de convencerme de nada, es cuando la veo más maravillosa. Su cara se

173

ilumina, su voz vibra como un instrumento musical y su aliento llega despacio, suave y fresco hasta mi cara. Mientras acaricia mis oídos hablando de estrellas y constelaciones pongo mis ojos sobre mis manos que descansan sobre el mantel blanco y me horroriza ver el vello negro que cada día puebla más densamente el dorso. Las retraigo con pudor. Me ofenden, me ofende mi cuerpo como la basura lanzada en un prado verde bañado de rocío. Me siento atrapado en un cuerpo primitivo y vacío del arte de las cosas hermosas. La observo a ella, la silueta que su cuello forma con sus hombros, sus pechos oscilando mientras toman aire sus pulmones, su garganta sembrada de minúsculas gotas de sudor, sus rizos brillantes y negros y no me cabe la duda de que frente a los defectos del hombre, Dios creó a la mujer.

# XXXI – Los cambios, cambios son


Después de la cena volvemos juntos a casa. Los dos trabajamos al día siguiente y no nos atrevemos a más. Esa es la excusa, supongo, volver y no alargar más la noche para mostrarnos responsables, aunque pareciera que otros temores son los que inspiran la decisión.

Después de subir juntos las escaleras y sortear escombros y materiales de obra aparcados aquí y allá, a causa de las obras del dichoso ascensor, la despido en el rellano de su piso.

-       Adiós Josué, gracias por tan linda velada.

-       Gracias a ti Gabriela, fue un placer tu compañía, y para hacerlo redondo, encima sólo han cobrado un servicio.

-       Sí, eran una gente un poco extraña ¿No crees? –dice achinando uno de sus profundos ojos y ladeando la boca-.

Se cuela entonces hacia el interior de su piso. Ni un beso, ni el más mínimo gesto de complicidad, al contrario, se escurre hacia dentro con una mirada neutra, finalmente inexpresiva en el último renglón de su imagen entre la puerta y el marco, y me quedo ahí pasmado por cerca de un minuto, desconcertado. Y entonces me doy cuenta de que ella no se puede permitir el más mínimo flirteo pues tiene miedo de quedar seducida. Para Gabriela, la científica, eso no sería admisible. Ha observado que sus defensas estaban flaqueando y acabo de experimentar como las reforzaba. Un nuevo círculo de fuego protector se ha levantado en torno a ella. A ella le corresponde mantenerlo. A mí atravesarlo.

Subo a mi piso y enganchada en la puerta me encuentro una nota firmada por Ramirez.

Encargué a Pedro buscar un abogado para redactar un acuerdo con los programadores informáticos que van a ocuparse de desarrollar la aplicación de mensajería, que desde hace días me ronda la cabeza. Pedro, como trajinaba con los papeles de la comunidad de vecinos a cuenta de las derramas del ascensor, vio las actas de la comunidad firmadas por  un tal "Juan Ramirez – Abogado" y no se le ocurrió mejor idea que contactar con él pensando que, en esto de los abogados y otros seres del inframundo, más valía alguien ya conocido y de "confianza". Si es que de verdad puede haber "abogados de confianza".

La nota sobre la puerta me emplaza a que suba a visitarlo a su casa *"no importa la hora, trabajo hasta tarde"* dice. No aclara para qué, aunque hay que darlo por hecho.

Me sitúo frente al espejo del baño y entonces le reconozco. El viejo Josué sigue ahí; ojeroso, con una prometedora barriga, una nariz ancha, una barba negra y una escasa melena que parece ceder acongojada en favor de unos pelillos negros que, de la nada, han ido apareciendo sobre mis manos, incluso en los hombros y hasta parece que alguno asoma por las orejas. Mejor guardar la distancia y no confirmar esto último. Parezco no más que piel blanca rellena de carne, de la que brotan unos sebáceos pelos negros. Me he convertido en las últimas semanas en una persona nueva, pero sólo por dentro. Soy como un príncipe encerrado en un cuerpo neandertal, un pez de colores en un estanque sucio.

Los cambios tienen que ser completos para ser perdurables. No sólo el fondo, también la forma debe estar al servicio del cambio y sin embargo ahora, ahí enfrente, sólo estoy yo, el de siempre.

Relleno nuevas botellas de agua y preparo dos nuevas etiquetas; "belleza" y "capacidad de seducción".

Después de meditar en el centro del salón durante media hora más o menos, y de intentar influir en mi consciencia mediante instrucciones, salgo al rellano y subo escaleras arriba hasta el apartamento de Ramirez.

- Hola Juan
- Hola Josué ¿Cómo estás?
- Bien, bien ¿Qué tal tú?
- Estupendo. Pasa por favor.

Ramirez me recibe con pantalón de traje azul oscuro y en mangas de camisa. Tiene una mirada afable y cordial. No parece tener segundas intenciones. Creo que esta es una ventaja entre los hombres. Parece más fácil para nosotros dejar atrás un escarceo. Será que somos menos transcendentes en todo. De todos modos me pregunto, mientras entro y me acomodo en la silla que él me ofrece alrededor de una mesa con algunos papeles amontonados, por qué he tenido en mi mente un pensamiento tan absurdo como el de creer que tenía alguna cosa de la que preocuparme. He sido sin duda prejuicioso y ahora me siento bastante estúpido, más si cabe.

-       Bueno Josué, Pedro me ha adelantado algo en relación a una aplicación informática, pero cuéntame tú, de la manera más simple posible, como si lo explicaras para un niño de cinco años, qué es lo que pretendes y como deben entrar en juego los programadores con los que hay que hacer el contrato.

Le cuento entonces que quiero crear una aplicación informática que conecte a los clientes con los mensajeros y camioneros independientes, de tal modo que el cliente tenga siempre la oferta más barata sobre el supuesto de que encontrará siempre el mensajero o transportista que pueda ser más económico en cada circunstancia, bien porque esté más cerca del cliente, bien porque venga de regreso de otro envío con el camión vacío. El servicio funciona como una subasta donde cada proveedor ofrecerá en línea su mejor precio, mientras que la aplicación cobrará un pequeño porcentaje por cada transacción. Después de hacerle la introducción, Ramirez hace un pequeño resumen de lo que a su entender se requiere. Durante cerca de una hora y media intercambiamos ideas y el resultado final se me antoja bastante prometedor. Cada vez estoy más motivado con esta idea. Quizás pueda suponer una pequeña revolución en el mundo de la mensajería y el transporte.

Al finalizar, a modo de premio, Ramirez sirve dos copas de Chardonnay. Me llama la atención la talla del cristal de las copas, que llevan grabado la silueta de una serpiente. Su piso tiene la misma distribución y orientación que el mío, con un ventanal al fondo del salón, pero unos pisos más arriba. Entretengo la mirada comprobando cómo cambia la perspectiva y qué detalles nuevos pueden apreciarse desde esta mayor altura, mientras suena de fondo _Groaning the Blues_ de _Eric Clapton_. Caigo entonces en la cuenta de que volviendo de la cena con Gabriela, el ruido de la ciudad no me ha aturdido como lo hacía antes y que cada vez lo hace menos. Es como si el bramido de las calles se fuera descomponiendo en sonidos que puedo descifrar y entender. Ya no se agolpan a las puertas de mi mente, ahora entran y se van sin más. Me pregunto si tiene que ver con Meta.

-       Sabes, he estado cenando con una amiga y hemos tenido una curiosa charla alrededor de la reencarnación. Por cierto ¿Sabías que Pitágoras era vegetariano? Bueno, lo que quería preguntarte es… ¿qué opinas tú de la reencarnación? ¿Crees en ella? Te lo pregunto porque comentábamos de la posibilidad de reencarnarnos en animales y en ese tipo de cosas…

Ramirez estira las piernas hacia adelante, se arrellana sobre el respaldo mientras apoya su copa de vino sobre su barriga y me mira de soslayo.

-       Bueno Josué, lo primero que debo decir es, no, no sabía que Pitágoras fuera vegetariano. De hecho no creo ni que pudiera repetir ahora su famoso

177

teorema. Segundo, como abogado tuyo te diré que, si piensas reencarnarte, asegúrate primero de tener previsto un buen contrato para ello, no vayas a acabar pagando dos hipotecas, la del muerto y la del reencarnado….

Rompemos los dos en carcajadas.

- Pero, por último, dime ¿qué clase de amigas te llevas a cenar? Ya es bastante complicada la vida presente como para preocuparse de las siguientes ¿No crees?

Seguimos riendo y haciendo bromas durante una media hora más. Nos despedimos con un apretón de manos y una franca sonrisa.

Mientras bajo las escaleras hasta mi apartamento siento la vibración del teléfono móvil en mi pantalón. Es un whatsap de Sophie.

## XXXII – El Biocampo del Corazón

- *Hola,*
- *Hola, ¿qué haces despierta a estas horas?*
- *Uhm… ¿Qué haces tú?*
- *Yo pensar en ti, Sophie, como siempre… echarte de menos.*
- *Oh, qué dulce eres Josué.*
- *Sólo lo soy para ti*
- *Yo no podía dormir. Ha sido un día terrible hoy. Armand estaba imposible*
- *Me gustaría verte y que me lo contaras todo*
- *Sí, a mí también. Podríamos quedar mañana*
- *No, ahora. Me faltas, estoy por morirme si no te veo.*
- *Maintenant? Estás loco! Hahaha… Armand duerme, ya sabes.*
- *Sí, ahora. Sí, loco por ti. No haremos ruido. Hablaremos con susurros, cerca del oído.*
- *No hablas en serio… hahahaha…*
- *Siempre hablo en serio. Haz la prueba.*
- *Eres tremendo…. Bueno, podría bajar hasta el portal y vernos allí, y me cuentas qué hacías.*
- *Ya te lo he dicho, pensar en ti ¿En el portal de tu edificio? Bien, cualquier lugar me sirve si tú estás en él. En quince minutos estoy ahí.*
- *Mmm, eres un encanto. Te espero entonces en quince minutos. Te mando un bisou.*
- *Te mando cien…. por todo tu cuerpo.*

Son cerca de la una de la madrugada. La noche es fresca y despejada, con una suave e intermitente brisa que anuncia un cambio de tiempo. Apenas circulan coches a estas horas y la mayoría de los árboles, que sobre las aceras vigilan la

179

noche, ya están adornados de minúsculas hojas que centellean el reflejo de las farolas por el cielo de los pocos transeúntes con los que me cruzo.

No tengo sueño, cada vez necesito dormir menos, y me sorprende ver cuánto puede estirarse un día. Antes había como mucho un suceso por cada día de la semana. Ahora cada jornada está llena de cosas que me suceden, de momentos en los que participo. Apenas hace unas horas estaba cenando con Gabriela y ahora voy camino de la casa de Sophie.

No parpadeo. Llevo unos días probando no parpadear. El resultado es tan extraño como fascinante. Al principio cuesta, el acto reflejo quiere imponerse, pero poco a poco te vas acostumbrando y progresivamente se va ampliando mi ángulo de visión. Y no sólo lo hace físicamente, también psíquicamente. Veo más, aprecio detalles, gestos de las personas y controlo la información de mi entorno de una manera impensable antes. Al no parpadear se mantiene un flujo continuo de alguna cosa parecida a una fuente de energía interior, y eso hace que ésta se acelere, que crezca, que se multiplique. Con cada parpadeo es como si hicieras un *reset* cada vez, un bloqueo, mientras que al no parpadear mi mente y algo en mi pecho se conectan activando una forma de conciencia que me ofrece multitud de datos de mi entorno que antes se me escapaban. Leo las miradas de la gente, incluso puedo anticipar sus movimientos, creo que hasta sus pensamientos se me revelan. He comprobado también que al no parpadear la gente me presta más atención, esperan que yo tome la iniciativa, es como si se dejaran gobernar, como si lo dejaran todo en mis manos. La visión se torna más imprecisa, pero es como si se abrieran grietas en la realidad que observo, mostrando a través de las rendijas que se forman otra dimensión que está por detrás pero que es continua y presente. Como si tras el mosaico de una suerte de realidad proyectada en una pantalla que está siempre frente a nuestros ojos, por entre sus grietas, se vislumbrara por detrás el universo, el verdadero universo. La pantalla se desintegra ligeramente, pero lo que aparece por detrás parece más real, tiene más dimensión, es más profundo.

Me deslizo silencioso en el portal a través de la puerta que Sophie ya ha dejado intencionadamente sin cerrar, y percibo su silueta en la penumbra apoyada sobre una de las paredes. Me acerco a ella y la beso en los labios mientras mis manos aprisionan su delgada cintura por encima de una ajustada blusa. Ella me responde con apasionamiento y sorpresa. Mis manos recorren su espalda y no tardan mucho en deslizarse por entre su pantalón y su piel para poner mis dedos sobre sus nalgas. Separa de mí su boca inclinando hacia atrás su cuello. Agranda sus ojos mientras mira los míos,

- ¿A dónde vas, Josué?
- A cualquier sitio que me lleve a ti, Sophie.

180

-     Pero puede aparecer alguien, algún vecino –dice frunciendo suavemente el ceño a la vez que sonríe-.

-     Vamos a tu casa entonces.

-     No, está Armand, ya lo sabes.

-     Entonces, este será un buen puerto.

-     ¿Un buen puerto?

-     Sí, de la película Good Will Hunting, ya sabes…. "cualquier puerto es bueno cuando hay tormenta" y te aseguro que se avecina una tormenta colosal.

-     No te entiendo, Josué… –dice mientras mis manos van soltando el botón de sus pantalones y se mezcla nuestra respiración-.

-     No hace falta que lo hagas, me basta con que aceptes que estoy loco por ti; aquí, ahora y siempre…

-     Pero, Josué, puede pasar alguien en cualquier momento, y yo vivo aquí –dice poco convencida mientras deja caer su cabeza hacia atrás entre minúsculos gemidos-.

Separo mi boca de su cuello y miro a mi alrededor. Por detrás de la escalera que sube a los pisos superiores se adivina un hueco oscuro y suficiente.

-     Ven –le digo mientras la llevo de la mano hasta el pozo de mis deseos, que esta noche tiene la forma de un oscuro hueco de escalera al fondo del portal- .

En la negrura y entre espasmos acabo de bajar sus pantalones hasta poco más arriba de sus rodillas. Mis manos giran entonces su cintura como el torno de un alfarero y la sitúo de espaldas a mí. Con sus manos contra la pared y sin mucha prudencia arremeto contra ella mientras el sonido de la piel golpeando se mezcla con el rumor intenso de gemidos medio reprimidos y la respiración entrecortada. Hace calor y el aire, ahí refugiados, enardecidos, se hace húmedo y huele a yeso fresco y a claustro. Pocos minutos más tarde, mientras me ahogo la voz y ella se muerde el labio, mancho el interior de sus muslos y probablemente también sus pantalones. Mi mejilla y mi boca se quedan ahora apoyadas sobre su nuca, mientras mis dedos aún se clavan en su cintura, e intento recuperar el aliento. Ella respira entrecortadamente aún, y sus ojos miran hacia arriba. Los vuelve hacia mí por encima del hombro y dice,

-     Creo que te quiero, Josué.

Pocos minutos después nos estamos despidiendo. Ella ha de subir al piso pues Armand, su hijo, duerme solo arriba. Yo tengo la sensación de tener que "huir del lugar del crimen" cuanto antes.

Creo que ella no ha obtenido nada de lo que quería de mí esta noche. Yo, que nada esperaba, creo haberlo recibido todo. O quizás ha sido al revés. No lo sé, el equilibrio en una relación siempre me ha parecido utópico.

De nuevo en mi apartamento, me decido a iniciar una sesión de meditación. No quiero dormir, no me hace falta, y a las diez tengo cita en el Palau de les Heures con Gabriela y el alemán para continuar el programa. Dormir se me empieza a antojar un tiempo perdido. Tres horas son como máximo todo lo que necesito. Hoy, la meditación es suficiente y más útil para mí. Programo mediante instrucciones mi mente frente a todo tipo de situaciones; contra el cansancio, el dolor, la nausea, frente al ruido, la confusión, para tratar con la gente de manera más eficiente.

Cada viaje a mi interior me trae de vuelta algún pequeño obsequio. Soy consciente de que cada una de las cosas nuevas que me están sucediendo está íntimamente relacionada con Meta.

Después de una hora dentro de mí, y antes de salir, me miro de nuevo al espejo. Al escrutarme detenidamente tengo la impresión de que ya no parezco yo, no tanto. Noto que he adelgazado. Supongo que no dormir y visitar mucho menos el bar de Blasa tiene también sus positivos efectos. Decido afeitarme por completo. Elimino la barba. Ahora sí he cambiado. Creo que también debería cambiar la manera de peinarme. Todo en conjunto resultará más favorecedor. Hoy no parezco yo, pero me parezco más a mí.

Siguiendo el consejo de Ramirez, antes de ir a Meta, me dirijo a la oficina de ocupación para darme de baja como parado. Dice que es una situación irregular que puede traerme consecuencias negativas. No elijo ir a la oficina de siempre, entre otras cosas porque todavía deben acordarse de la última vez que estuve allí, especialmente la rubia enfundada en aquel traje paramilitar acartonado del color del mal gusto, que hacía de vigilante de seguridad electrizante. Me decanto por una de las oficinas que están más lejos de mi casa. No he ido nunca antes hasta allí y calculo que caminando será un paseo de cerca de una hora, pero el destino no es tan importante como el viaje. Ya se siente el alba pero aún no ha salido el sol y la ciudad se deja querer, aún me pertenece, pues todo parece puesto ahí para que yo lo disfrute.

Caminar es mi nuevo medio de locomoción. Puesto que los detalles han empezado a cobrar tanta importancia, tomarme el tiempo de apreciarlos, yendo de un sitio a otro sin utilizar otra cosa que mis piernas, se ha convertido en una necesidad. Caminar es inspirador e imagino que por eso lo hacían todos los profetas. Al hacerlo es más sencillo sincronizarte con el movimiento de la tierra. He comprobado que de manera inconsciente, casi siempre organizo mis rutas yendo de izquierda a derecha, de la misma manera que se enrosca el agua que se marcha por un desagüe. Si al final sólo somos agua y emociones, me pregunto si, estando yo en el hemisferio sur, lo haría al revés, si haría mis rutas de derecha a izquierda.

La oficina está recién abierta al público. Apenas se ve gente trabajando en el interior, pero frente al primer mostrador ya nos agolpamos un buen número de pacientes ciudadanos. Sin embargo la cola avanza rápido y observo como uno tras otro van saliendo a derecha e izquierda los que estaban por delante de mí, con algún papel sellado en las manos o cerrando alguna carpeta.

La oficina es como todas, muebles de melamina gris, falsos y amarillentos techos de yeso con tubos fluorescentes empotrados, y alguna planta para el entretenimiento de algún funcionario amante de la jardinería.

Según se despeja el número de personas por delante, puedo ver que quien nos atiende es un chico bastante joven, no creo que tenga más de diecinueve años. Lleva el pelo largo, extrañamente aplastado en un lado. Es un cabello rubio, bastante descuidado. Su piel es blanca, con un tono ceniza. Sus ojos pequeños y verdes, y todo él tiene un aspecto famélico, no creo que llegue a los 50 kilos de peso. Pero se mueve nerviosamente sobre los papeles, con gran prontitud por atender cada asunto que se le plantea. Me llama la atención cómo hace caer el torso sobre la mesa en cada movimiento, sus exagerados giros para sacar y poner cosas en los cajones. Según voy ganando posiciones, al mejorar el ángulo de visión, puedo entonces ver detrás del mostrador que al final de sus minúsculos brazos no hay manos, tan sólo dos muñones con dos ligeras hendiduras al final de cada uno de ellos. No sé cómo lo hace, pero a pesar de todo toma las hojas de papel con gran velocidad, pone sellos, ¡incluso grapa varios papeles juntos! Y todo ello sin una sola mano. Lo hace todo con más diligencia, rapidez y eficacia que cualquier otro funcionario (con manos) que yo haya visto en mi vida. Cuando es mi turno, me atiende sin prácticamente mirarme a los ojos, me pregunta que necesito. Le informo. Enseguida toma un teclado de ordenador que tenía apartado al lado izquierdo y, aún no sé cómo, sin que yo pueda apreciar ninguna adaptación especial para su minusvalía, empieza a teclear mis datos. Saca una hoja de baja impresa y me la pasa para firmar poniéndola encima del mostrador. En ese momento, al levantar la cabeza e inclinar su cuerpo hacia mí para llegar hasta la parte superior del mostrador, es cuando observo que bajo el pelo aplastado en uno de los lados falta la oreja. La izquierda le sujeta el pelo por detrás, pero en el lado derecho solo hay un abultamiento de la piel, sin más. Le miro con toda la admiración que soy capaz de expresar en una mirada. Por supuesto él ignora mi gesto. Indudablemente cada día deben expresarle mil muestras de admiración y, seguramente, él las cambiaría todas por dos manos y una oreja.

Mientras acabo de repasar los datos y poner mi firma en el documento de baja, se lleva los dos brazos hacia un bolsillo de la camisa del que saca un paquete de tabaco. Lo pone sobre la mesa y, con algún malabarismo que no acabo de ver porque se inclina todo él sobre el paquete, vuelve a levantarse con un cigarrillo en la boca, mientras ya está devolviendo el resto al bolsillo. Toma el encendedor que tenía apartado junto a la grapadora y…. sí, lo enciende, sosteniéndolo prácticamente con los codos mientras lo arrima y prende su cigarrillo. Toma una honda bocanada de humo mientras me lanza una mirada de soslayo dejándome entrever que, con mi lentitud, le estoy ralentizando y eso le disgusta. Estoy seguro de que está prohibido fumar en espacios cerrados, más aún en edificios públicos pero ¿quién va a atreverse a decirle algo si tan sólo adivinar cómo se ha encendido el cigarrillo es ya un desafío?

Me despido de él con un torpe "gracias" y un "adiós, buenos días" que el chico corresponde con una especie de gruñido mientras ya está removiendo papeles y bolígrafos con la atención puesta en su siguiente admirador, el siguiente en la cola.

Como llevo veinticuatro horas sin dormir empiezo a creer que quizás sea todo no más que una suerte de alucinación, pero al salir a la calle, dejo que el aire fresco me de nuevamente en la cara. Me giro y lo veo a través de los cristales. Una columna de humo se eleva por encima de su cabeza. Nadie se mueve de la línea, nadie habla, toda la fila está en silencio mientras la versión masculina de la Venus de Milo reparte suerte, sabiéndose, desde su divinidad, que nuestras vidas son insignificantes porque no las aprovechamos.

Cerca de una hora después, caminando pendiente arriba hasta llegar a los jardines del Palau de les Heures, entro en el hall del edificio y subo las escaleras. Miro atrás, hacia abajo, y el mosaico de baldosas negras y blancas, y sus junturas, parecen ahora fáciles de vencer.

-   Hola Sr. Josué, bienvenido.
-   Hola, Schulze, ¿qué tal?
-   Bien, veo que se ha quitado usted la barba.
-   Muy observador, Schulze, muy observador —le digo irónicamente mientras le guiño un ojo-.
-   ¿Empezamos con el biocampo, Sr. Josué? Después seguiremos con el test de control, como de costumbre.
-   Si quieres hacemos sólo el biocampo y dejamos el test para otro día.
-   Usted ya conoce, Sr. Josué que hemos de cruzar ambos datos para obtener la información.

Como en cada control, me hace poner las yemas de todos los dedos sobre una especie de escáner. Segundos después, en su pantalla aparece una silueta humana con toda una serie de gráficos que forman como rayos alrededor de todo el contorno de la figura, unos más pronunciados que otros, como si la silueta fuera una especie de estrella radiante. Schulze clava sus ojos en la pantalla y frunce el ceño. Manipula y clica aquí y allá sobre la pantalla, y frunce aún más el ceño, con cierta resignación.

- ¿Ese de la pantalla soy yo, Schulze?
- En realidad esa es la representación gráfica de su campo electromagnético, que se genera a partir del intercambio eléctrico entre sus células y sus átomos. Como resultado de esos intercambios se desprenden biofotones que son los que registra la máquina. A partir de ellos podemos medir la vitalidad de sus órganos, la energía que desprende e incluso la calidad de ésta.
- ¿De todos mis órganos? Pero sólo has medido las yemas de mis dedos...
- Igual que el cosmos, todos nosotros somos hologramáticos, cada parte de nosotros, contiene información de todo el conjunto. Así que midiendo desde sus yemas, podemos ver todo su cuerpo. Es como una biopsia.
- ¿hologramáticos?
- Sr. Josué, una sola célula es un universo de información.
- ¿Y... qué tal se me ve?
- Pues.... ya sabe, sus últimos controles arrojan datos atípicos, los cuales estoy compartiendo con mis colegas en Brasil, para hacer un seguimiento más minucioso de su caso ¿Vamos ahora con el test?
- ¿No es un poco ciencia ficción eso de los biofotones?
- Las investigaciones del Dr. Korotkov confirman el biocampo.
- ¿Trabaja el tal *Molotov* también en Meta?
- No, el Dr. Konstantin Korotkov es catedrático en la Universidad de San Petersburgo. De hecho, en Rusia, el escáner del biocampo es un método legalmente aceptado para hacer diagnósticos médicos. Para nosotros es por el momento sólo una técnica de evaluación del estado energético del organismo.
- ¿Y qué le afecta? ¿Qué hace que cambie mi campo energético?
- Todo influye, Sr. Josué. Le diré un dato curioso; si usted bebe licor, entonces, su campo se ve claramente afectado, pero... sólo con que tome la copa en su mano, su aura ya se resiente.
- ¿Sólo con tener la copa en la mano?
- Sí, así es. Si recibe malas noticias, también su biocampo se ve negativamente afectado, pero si son buenas, éste mejora claramente.
- Vaya, está claro que hay que rodearse de cosas sanas y hermosas y de gente positiva ¿no?

-       Ciertamente su salud depende de ello. Piense que hasta mirar a diario las noticias en la televisión es demoledor para su biocampo. Lo hemos medido y le aseguro que no deja lugar a dudas. Pero no ha de pensar sólo en influencias externas,  Sr. Josué. Sus propios pensamientos negativos, también hacen que su aura se vea afectada.

-       ¿Hay que amarse pues?

-       Así es, si usted está bien, contribuye a que su entorno esté bien, y viceversa… y viceversa.

-       ¿Perdón?

-       Quería decir que usted influye en el entorno, positiva y negativamente, pero también el entorno le influye a usted. Ya sabe, también positiva y negativamente.

-       Ah, entiendo ¿Y qué le llama tanto la atención de mi biocampo, Schulze?

-       Ya le comenté en su día que los datos son anormales, se salen de los rangos que razonablemente podíamos esperar, pero también sabe que no puedo decirle más mientras siga dentro del programa, para no influir en su evolución. La verdad, como ya le dije en una ocasión, deberíamos pensarnos su continuidad en Meta de una manera serena, con la cabeza fría.

Hace una pausa, como si esperara la oportunidad de que me decidiera a dejar el programa por mí mismo.

-       Ya, entiendo. Bien, vayamos a por los test entonces.

Veinte minutos después ya estoy en el centro de la gran sala. La luz de mediados de abril, como ha estado incubándose durante el invierno, entra clara y pura a través de los cristales. Los rayos de sol se extienden como alfombras sobre el suelo al perfilar la silueta de los grandes ventanales, y como directora de la escena, con su pelo negro azabache, una escotada blusa blanca y sus piernas cruzadas, frente a mí, Gabriela. Su piel blanca está tiznada de rubor en las mejillas, y sus labios de carmín sonríen a media sonrisa, de esa manera en la que sólo los chicos malos y Gabriela saben y pueden lucir merecidamente.

-       Me alegro de verte.
-       Yo me alegro más. Seguro.
-       Bueno… ¿Cómo te fue?
-       Pues mi biocampo luce como "Encuentros en la tercera fase", así que supongo que bien.  Por lo demás, Schulze me ha sometido una vez más a uno de esos test para identificar extraterrestres, nunca mejor dicho.
-       No exageres…

- No, de verdad. Son cada día más psicodélicos. Hoy había una pregunta que decía "*Describa su piel en una sola frase*". Otra de las preguntas rezaba ¿*Qué tiene su mejor amigo que no tengan los demás?* Pero la mejor de hoy ha sido "*Acaba de naufragar usted, solo, en una isla desierta. Después de los primeros instantes ya ha tomado consciencia de que no hay ningún otro ser humano allí, y de que la isla no está próxima a ninguna ruta marítima. En ese instante, por favor responda sinceramente ¿De qué cree que tiene más miedo?*"

- Bueno, ya *sabés* Josué que todo tiene una finalidad. Las auto descripciones son muy útiles para captar el estado anímico del sujeto, pero a menudo una descripción global resulta demasiado extensa y a la vez ambigua. Describir una sola parte de nuestro cuerpo nos da más pistas y a la vez es más fácil de abordar para el sujeto. Cuando describes las cualidades que aprecias en tu amigo ideal nos informas de tu escala de valores al respecto, y …. bien, sobre la última pregunta ya te contaré otro día.

- Sí, ya, sospechaba que no me ibas a aclarar lo de la tercera pregunta. He quedado realmente sorprendido con lo del biocampo electromagnético, por cierto. No imaginaba que pudiera proporcionar tanta información de uno mismo. Pero, ¿significa eso que todas las partes del cuerpo tienen una especie de conciencia?

- No lo sabemos aún con certeza, aunque podría ser, necesitamos seguir investigando para averiguarlo. Pero puedo asegurarte que el corazón sí tiene su propio cerebro, una red neuronal propia.

- Estás bromeando, ¿verdad?

Abre la boca y dejar ir una sonora carcajada que muestra el contraste de sus labios rojos sobre sus dientes de nácar.

- No, para nada. Hoy día sabemos que el corazón contiene un sistema nervioso totalmente independiente, con más de cuarenta mil neuronas con una densa red de neurotransmisores, además de proteínas y lo que conocemos como células de apoyo. Gracias a dicha red, el corazón está capacitado para tomar decisiones y, lo que es igualmente importante, pasar a la acción con absoluta independencia del cerebro. Tiene además capacidad de aprendizaje, memoria y es capaz de percibir por sí mismo. No, no me mires así, no estoy bromeando, te estoy hablando de hechos científicos contrastados.

- ¿Entonces, sería finalmente cierto que uno puede actuar con la cabeza o con el corazón?

- Sí, así es, aunque aún no se comprende bien cuándo ocurre una cosa o la otra, pero si se sabe que del corazón parten cuatro tipos de conexiones que van hasta el cerebro. Me refiero al cerebro que tenemos en la cabeza, claro. Y de hecho, el corazón, es el único órgano del cuerpo que envía más información al cerebro de la que recibe de éste.

- Resulta difícil de creer. Junto con lo del biocampo electromagnético, hoy no doy en asimilar tanto.

- Pues precisamente, uno de esos cuatro canales de comunicación tiene que ver con la comunicación energética. El campo electromagnético del corazón es miles de veces más potente e intenso que el del cerebro y su actividad influye en las reacciones del cerebro. Además, el campo del corazón se extiende entre dos y cuatro metros más allá de nuestro cuerpo, así que, todos los que te rodean perciben tu estado, y tu actividad influye en todos los que te rodean.

- ¿Y cómo circula la información entonces entre el cerebro y el corazón?

- Sabemos que en realidad la información es procesada inicialmente por el corazón, antes de ser enviada al cerebro. Pero no sabemos mucho más que eso. Todo ocurre en milésimas de segundo, ya *sabés*. Pero sí podemos concluir que, el amor del corazón no es una emoción, o no es sólo eso, es más bien un estado de conciencia inteligente ¿Te conecta esto con algunas de las formas de consciencia que descubrimos en nuestras sesiones iniciales?

- Sí, ya sé por dónde vas. Pero… ¿utiliza el corazón datos como lo hace el cerebro? Quiero decir, el cerebro… –aclaro mientras me señalo con una mano la frente-.

- Uhmm… lo que sí puedo decirte es que no parece recurrir a ellos, su percepción es inmediata y exacta, todo en tiempo real, es lo que comúnmente definiríamos como "intuitivo" pero que ahora sabemos que es una forma de inteligencia. Una inteligencia superior, prácticamente infrautilizada por la mayoría de personas y que se activa mediante las emociones positivas.

- Entonces… ¿no todo el mundo la tiene?

- Todo el mundo la tiene, pero muy pocos la utilizan. Son necesarias las emociones positivas para activarla y ponerla a funcionar.

- Entonces, según eso, la gente que está sufriendo, que se encuentra en un entorno hostil, lo tiene más difícil para acceder y disfrutar de ese recurso ¿no?

- En realidad sí. Cuando se tiene miedo, estrés o en general se está experimentando una emoción negativa, el biocampo del corazón se resiente muchísimo y su capacidad de procesar información e influir en el cerebro se reduce considerablemente. En cambio, cuando puede ser utilizado, todo el organismo se beneficia, todo es más armónico y coherente. Es cuando diríamos "todo fluye". Pero no olvides que ciertas emociones como el estrés, el miedo o el deseo, que son consustancialmente negativas, nos han permitido sobrevivir como especie y superarnos, así que no debieras verlo solo desde un punto de vista puramente hedonista y utópico. Sin el miedo, a lo peor no nos hubiéramos alejado a tiempo del león que nos amenazaba en la sabana y hubiéramos acabado devorados. De nada nos hubiera servido tener un corazón inteligente, si este no nos salva la vida ¿cierto? ¿Me *entendés*, verdad?

-    Sí. En realidad tú siempre me haces ver los dos lados de las cosas, Gabriela.

-    La pregunta, a mi juicio, Josué, debiera ser ¿estamos los seres humanos, por fin preparados para dirigirnos a potenciar esa forma de conciencia, esa inteligencia emocional, en beneficio de todos nosotros? ¿O debemos seguir compitiendo por sobrevivir? ¿En qué momento de la historia de la humanidad estamos? Créeme, no tengo respuesta científica para esa pregunta. No todavía, pero me gustaría saber qué piensas tú ¿Te parece, por ejemplo, que pudiera haber una intención de generar miedo colectivo para que, en las sociedades desarrolladas, los ciudadanos se vieran imposibilitados para desarrollar formas más elevadas de conciencia y de inteligencia? ¿Estaríamos preparados para dar ese salto y sin embargo, ciertos poderes estarían utilizando todos los medios a su alcance para impedirlo? ¿Hay ciertas clases dominantes que quieren preservar únicamente para ellos esa clase de poder y quieren negársela al resto de seres humanos? ¿O quizás no, no estemos preparados? ¿Debemos seguir teniendo miedo? ¿Utilizar la razón y la mente como únicos motores de nuestra existencia? ¿Cómo lo ves tú? ¿Qué te dice el corazón?

-    No lo sé, Gabriela. Todo es muy reciente para mí y no he podido pensar en ello aún.

-    Ya me has respondido, Josué, aunque no lo sepas –me dice mientras aprieta sus labios y se aleja de mí su mirada, como si se hundiera en ella-.

-    Si he estado pensando en cambio en lo que hablamos el otro día. En particular, sobre que durante el sueño se consolida lo aprendido durante el día. Si el sueño sirve para consolidar lo aprendido durante el día, Gabriela ¿la vida tiene como objeto aprender? Quiero decir, si el cerebro está configurado para ordenar y consolidar la información aprehendida durante la vigilia ¿hay que entender que la vida tiene como objeto aprender? ¿Lo crees así, Gabriela?

-    No debiera por cuanto por la misma regla de tres, y puesto que tenemos estomago, cabría inferir que la vida tiene como objeto comer y eso es obviamente absurdo. La teoría de la vida como canal para el aprendizaje es una teoría muy difundida entre ciertos grupos, pero lo cierto es que es relativamente fácil desmontar la visión mística de que la vida es un proceso de aprendizaje. Puesto que ya hemos visto que sabemos cosas que no sabe el consciente, y por tanto sabemos más de lo que conscientemente pensamos. ¿Qué sentido tendría venir a aprender cosas que en realidad sabemos? Si todos somos parte de un Todo común, el conocimiento universal también debería residir ahí, y la vida, como invento, parece no encajar como un retorno voluntario a la ignorancia con el único fin de re-aprender lo que ya sabemos en nuestra condición de Ser universal. Tiene más sentido y todo apunta a que el objeto de la vida es la experimentación, el teatro, la escenificación. Pues el Todo no podría tener experiencias si no se divide previamente en partes, pues la experimentación requiere de factores ajenos a uno mismo, hace falta algo más que la unidad. La experiencia, como fenómeno endógeno, es muy limitada. *Fijate* que la propia actividad del núcleo del átomo no es comparable a la que éste desarrolla cuando interactúa con los electrones. El *big bang* sería la respuesta a esa necesidad de interacción, de dividir para generar oportunidades de interacción. Cualquier forma de poder, sea político, económico o de cualquier índole, genera más oportunidades de interacción y desarrollo cuando éste se divide y en consecuencia se reparten "roles". Sin pretender asegurar nada, el objeto de la vida sería más bien un juego donde nos repartimos papeles de una gran comedia. A veces te tocan papeles destacados, otras de héroe, de triunfador, de sacrificado padre, etc. En dicha obra, siempre somos figurantes de la vida de los demás, pero nunca somos simples figurantes en nuestra propia vida, de nuestra existencia. En nuestra vida somos siempre el Protagonista. Nos corresponde a cada uno hacer que nuestro papel tenga intensidad, que viva experiencias, que nos emocione, aún en su sobriedad, si ese es el caso.

-       ¿Pero, no choca eso también con los argumentos contrarios a la teoría del aprendizaje?

-       Así sería, así puede ser. Efectivamente el argumento de la experiencia no se sostiene salvo que el Yo total, el Todo, precise de la experiencia emocional que sólo puede obtenerse al compartir y por eso nos dividimos en individuos, y de ahí la naturaleza ambivalente del ser humano, que provoca y sufre tanto emociones positivas como negativas. Cualquier emoción es válida para el Todo pues habría creado esta realidad en busca de ellas. *Fijáte,* siguiendo con un principio científico ampliamente contrastado y asumido que tú recordarás de tus tiempos de estudiante; *la función hace al órgano.* A partir de dicho fundamento podemos interpretar nuestra condición. Si la función hace al órgano, *ergo*, por nuestra función aquí podremos adivinar quiénes somos, y somos en función de las otras personas. Somos cada vez la persona que el prójimo precisa. Tanto para lo bueno, como para lo malo. Incluso un hombre solo, en lo alto de la cima de una montaña, sin ver a nadie, sin relacionarse con nadie, es en función de los demás. Él es el hombre solo.

-       ¿Pero Gabriela, refuerza entonces eso la idea de las castas en India?

-       La idea de las castas es una visión estática y elitista de la posición jerárquica de cada persona en una suerte de artificio social en la que cada uno va pasando de una casta a la otra según pasa de una vida a la siguiente. La hipótesis de la experiencia vital, por su parte, es completamente abierta, nadie está condenado a ser, tan sólo a las circunstancias de su papel. El ascenso y el declive son parte de los roles que cada individuo, comunidad o nación, más tarde o más temprano, puede experimentar sin esperar a una "próxima vida".

- Sin embargo, tal y como comentábamos anoche cenando, si entraría dentro de esa hipótesis la reencarnación ¿cierto?

- Sí, así es, como la manera de experimentar estados distintos. Por ejemplo, *imaginate* que *sos* una hormiga dentro de una comunidad de hormigas ¿Te *hacés* a la idea del flujo de experiencia vital, transcendente y nueva que eso supondría? *Imagináte* también siendo un león, con tu manada alrededor, tomando el sol tumbado sobre la arena, mientras sientes el temblor en el suelo que produce un grupo de gacelas a lo lejos trotando hacia vosotros ¿Renunciaría el Todo a sentir esa emoción? ¿Puede sentirla siendo la unidad o precisa crear la Obra? Está claro que siendo el Todo, a pesar de tener todo el conocimiento universal, carecerías de la opción de experimentar la emoción vital que cada una de esas experiencias supone. Si no puedes ponerte en el papel, si no eres el protagonista de esa experiencia, puedes teorizarla, imaginarla, pero no puedes en verdad vivirla.

- Me imagino, Gabriela, la experiencia de volar en la oscura noche, siendo parte de una bandada de patos de negro azabache, que migran al norte. Me imagino viendo las luces mudas y diminutas de las ciudades debajo de nuestra estela y sintiendo el aire frio en la cara mientras, en silencio, miras a tus compañeros volar a tu lado, perfectos, ordenados, elegantes... Gabriela ¿crees que elegimos esas experiencias? ¿Sería posible?

- Es probable que en alguna forma de conciencia, entre una vida y la otra, así lo hagamos. Del mismo modo que veíamos que muchas personas, inconscientemente, eligen ser lo que son, o renuncian a sus súper capacidades porque, sencillamente, renuncian a creer, o porque han aprendido a no creer. De hecho, en gran parte, el objetivo de Meta es hacernos capaces de elegir nuestro destino desarrollando para ello nuestras súper cualidades, de tal modo que podamos elegir qué experiencias vivir, y de qué modo hacerlo.

- Has dicho hace un momento "*Nos toca a cada uno hacer que nuestro papel tenga intensidad, que viva experiencias, que nos emocione, aún en su sobriedad, si ese es el caso*" ¿Lo crees así?

- Sí, por supuesto. Si la experiencia es el fin, la experiencia es entonces el destino de cada uno, en cada momento presente. Aquí y ahora, cada vez.

Pues Yo ahora quisiera experimentar tu piel contra la mía le digo con la cara más pícara que soy capaz de poner-.

Pone su peculiar y ladeada sonrisa mientras me mira de soslayo.

- ¿Por eso te has afeitado la barba?

191

-       Quiero ser aquí y ahora la piel que roza la tuya. Los labios que besan los tuyos —respondo con una osadía inventada-.

-       Pero querer no es suficiente —dice sin apartar sus ojos de mi- hay que tener claro que ese es el próximo acto que vamos a representar, si no tu papel será el del "tipo que quería" y no el del "tipo que hizo". Ya *sabés*; mejor pedir perdón, que pedir permiso.

Después de sostener mi mirada en sus ojos por unos deliciosos segundos, me levanto y me dirijo hacia la puerta. La cierro silenciosamente y me vuelvo hacia ella. Mientras me acerco hasta donde ella espera, miro a través del ventanal hacia el horizonte. No se ve el mar. De pie, a su lado, pongo mi mano en su nuca, dejando que mis dedos trepen enredándose por sus cabellos y unos minutos después estamos semidesnudos, abrazados el uno al otro, girando por el suelo de madera y tumbando una botella de agua con una etiqueta que reza "inteligencia emocional" que hoy aún no ha hecho su servicio, mientras nuestras voces quedan secuestradas por puro decoro. El sol ilumina su piel como si fuera seda blanca, y tumbado encima de ella veo mi sombra proyectarse solitaria. Y entonces, un fugaz pensamiento me recuerda que allá afuera, al otro lado del ancho y corto pasillo, a escasos metros, el alemán andará en sus cerebrales ocupaciones, cuando apenas momentos antes me pedía que reflexionáramos con la cabeza fría sobre mi participación en el programa. Pero lo que él olvida es que el frio no apaga el fuego.

No parpadeo, pero ahora, a ratos, cierro mis ojos.

## XXXIII –Volver a nacer

Para ser fuerte hay que tener la necesidad de ser fuerte. El algodón ablanda el músculo, mientras que el viento deja erguidas sólo las ramas más fuertes. Por suerte en la vida nunca tuve las cosas fáciles. Si no has vivido en la oscuridad, no reconoces la luz. Sin frio, no se aprecia el abrigo, sin tormenta no se disfruta de la calma ¿Si no has tenido miedo, para qué quieres el poder? La ambición es la respuesta al miedo, al vacío de no ser nada, de pasar sin rastro, de morir olvidado, de morir solo, de ser sólo la nausea. Para ser fuerte, la voluntad debe imponerse. La voluntad.

Es claro, ahora para mí, por qué Gabriela hacía hincapié en desarrollar la fuerza de voluntad como condición primera. Todos los ejercicios iniciales estaban encaminados sólo a eso, a fortalecer la voluntad, pues ésta todo lo puede. Pero voluntades hay muchas y cada una te lleva por un camino distinto, y cada uno de ellos te dirige a una sola parte de ti. Elegirás aquel que más te aleje del mayor de tus miedos, de eso no hay duda, pues el miedo es lo más alejado de la felicidad. ¿Será ese el guión de cada uno, al que Gabriela se refería? ¿La experiencia que a cada uno le corresponde vivir, nuestro papel en el reparto? ¿Los niños, recibirán un miedo, tal cual un naipe negro, girado boca abajo sobre la mesa, del que deberán tratar de descartarse durante el resto de sus vidas? Esa es una carta oscura que siempre llega en las primeras manos, que se pega a la humedad de las yemas de los dedos entorpeciéndolo todo. A veces no la puedes ver con claridad porque se esconde entre las otras cartas, a veces solo ves la línea negra que dibuja entre las otras, como una sombra que se cuela por el perfil de tu mirada, pero al final, tú sabes, que como la bola negra del billar, la partida no está ganada hasta que te deshaces correctamente de ella, sin trampas.

¿Y total para qué? ¿Para no ser perfectos? ¿Para hacer de la vida un desafío? ¿Para perecer? Quizás no, pues Dios nos sirve los retos a la altura de nuestras capacidades, a las de cada uno. Ni la enfermedad, ni nada debiera pues ser insuperable, pero a veces rendirse es lo más humano. Y sin embargo, la voluntad, la voluntad todo lo puede. La fuerza de voluntad es un don de Dios… Aunque a menudo siento que el viento no llegará a mis velas.

Y aún así, hasta aquí he llegado y desde aquí nazco hoy. Desde ahora y hacia adelante. Yo, mi enemigo, voy a derrotarte.

## XXXIV – The Show Must Go On

La aplicación móvil ya está creada. Hemos hecho pruebas de manejo y de funcionamiento. Todo va a la perfección. Hemos elaborado un plan de contratación de instalaciones, un total de veinte mil para los primeros cinco meses. Junto con las instalaciones orgánicas, aquellas que se llevan a cabo por el boca a boca y, descontadas las descargas que se abandonan, contamos con tener un número suficiente de usuarios activos en menos de ocho meses para que la plataforma sea operativa en Barcelona. Se han diseñado los contenidos de la web y esbozado ya los de los distintos blogs para que desde el principio el márquetin online impulse el crecimiento. Estoy realmente emocionado con este proyecto. Construir es una experiencia fascinante. Crear va más allá, te desborda.

-       Mercedes, cuando estén todos los mensajeros reunidos, me avisas por favor.

-       Sí, descuida Josué.

Hemos convocado a todos los mensajeros que tenemos actualmente trabajando para anunciarles este nuevo cambio. Todo va a cambiar, ya no funcionaremos como una agencia de mensajería, ahora todo pasará por la aplicación móvil.

-       Pedro ¿Tienes preparados todos los documentos?

-       Casi, Josué. Tengo que acabar de imprimir aún las bajas voluntarias de los contratos laborales más antiguos, pero calcula que en quince minutos estará todo listo. No te preocupes.

-       Es importante que esté todo encadenado, Pedro, todo ha de ir paso a paso y completarse según lo hemos planificado. Recuerda, primero mi discurso, seguidamente la presentación en pantalla de la aplicación, con la invitación para iniciar la descarga junto con la bebida y el aperitivo. Automáticamente después, la comunicación de la rescisión de sus contratos laborales y el instructivo para que se den de alta como profesionales independientes. Todo ha de ir fluido, como una secuencia, es más, ha de ser una sola secuencia, ya sabes.

- Sí, lo sé, de verdad, no te preocupes, lo tengo todo controlado, ya están saliendo las últimas copias, y la presentación la hemos probado tres veces esta mañana. Todo va a ir bien.

Pedro es un tipo alto, bastante redondo, desde la cabeza a los pies, de aspecto flemático, y sin embargo muy nervioso y activo. Sus colgantes mofletes, de más de cuarenta años, enseguida se ponen rojizos pues siempre anda acalorado, haga la temperatura que haga, aún los días más fríos Pedro tiene calor, lo cual es siempre causa de discusión con Mercedes en relación con el termostato de la climatización. La camisa siempre la lleva varios botones abiertos y viste los pantalones siempre con tirantes, rojos por lo general, negros los días de guardar y en las reuniones más serias.

- No, Mercedes, no pongas sillas, he cambiado de opinión. Quiero que estén de pie, en todo momento.
- Pero Josué, si están de pie no van a poder verte todos, ni oírte bien...
- Sí... tienes razón. Me subiré a algún sitio y así lo solucionamos. Pon una mesa en el centro, no, mejor, a un lado, que todos queden frente a mí, a mi alrededor, pero que no quede ningún Marco Junio Bruto a mi espalda, que aún es tiempo de reyes en Roma.
- ¿Perdón, cómo dices Josué?
- Nada, nada... es que últimamente duermo poco y leo aún más. No me hagas caso Mercedes, pero ponlos así cuando lleguen, formando casi medio círculo. Y por favor, que no falte cerveza y que esté bien fría para el momento del aperitivo.
- Cuenta con ello Josué. Está todo listo —me dice mirándome con una sonrisa que reclama clemencia-.
- Sé que puedo contar contigo Mercedes. Sé que todo irá bien.

Mercedes es una mujer soltera, de las de toda la vida y para toda la vida, de no más de treinta y cinco años, pero que viste y se comporta como si tuviera cincuenta. Le anteceden siempre unas enormes gafas de pasta de varias pulgadas de vidrio, y una permanente de color rubio gastado, pero siempre impecable. Nunca tiene un pelo fuera de lugar. Tiene un increíble mal gusto escogiendo colores para su vestuario, que es siempre muy formal, y de tonos beige y otros aburrimientos, pero es sumamente eficiente y vivaz en su trabajo. Siempre está por delante de los demás, previendo qué hará falta y cómo anticiparse. Es perspicaz y leal hasta límites que todavía estoy por descubrir.

Los días son cada vez más largos y todavía hay luz ahí afuera. Algunos mensajeros, los de más edad, empiezan a llegar, pero se quedan a las puertas hablando entre ellos, aún sin entrar. Repaso las notas de mi discurso mientras en mi cabeza Freddy Mercury tararea *"The Show must go on"*.

La victoria nos pertenece algo menos que la derrota, aunque siempre parezca lo contrario. Nuestra es la elección. Somos libres de tomar nuestras decisiones, pero no de elegir las consecuencias. *Ha de fluir* decía Gabriela. Estoy preparado, he construido mi tabla y nadado frente al sitio donde se crecen las olas. Espero su impulso.

Empiezan a entrar y se van agolpando alrededor de la mesa que Mercedes ha colocado junto a una de las paredes de la sala. Hábilmente ha orientado algunos focos y lámparas de pie en aquella dirección, con lo que resultará más fácil atrapar su atención y persuadir su pensamiento.

Visto camisa blanca de algodón y unos pantalones *chinos* de color claro, suficientemente holgados, así que esta vez no resulta trabajoso apoyar un pie sobre una silla colocada a modo de escalera para impulsarme hacia la mesa. La última vez que me subí a una para hablar al público las cosas eran bien distintas que ahora, y apenas hace tres meses de ello. Aquí mi cabeza no golpea con ninguna lámpara suspendida en el techo, todos los que están han venido expresamente a escucharme y, no menos importante, no hay nadie uniformado ahí abajo con un inmovilizador eléctrico dispuesto a utilizarlo (eso espero).

-    Gracias a todos por venir. Os conozco a todos y todos me conocéis. Juntos estamos desde el primer día trabajando por hacer las cosas mejor, de manera diferente, de una forma más avanzada. Sabíamos que se podían hacer las cosas mejor en el mundo del transporte de paquetería, que podíamos estar más cerca del cliente, ser más competitivos, que podíamos innovar, y así lo hemos hecho. Vosotros sois parte del cambio, vosotros sois necesarios para el cambio, pues en todos y cada uno de vosotros he visto siempre, a la hora de sumaros a este proyecto, la semilla de la innovación, la inquietud por la mejora, la ilusión por acercar personas, negocios y empresas...

De momento no se revuelven, y tienen sus miradas fijas en mí. Un buen halago es un buen comienzo, diría Carnegie. Háblale a alguien de él mismo, y tendrás toda su atención, sus cinco sentidos.

-    He leído en vuestra mirada el hambre por ser más y mejores y... amigos, eso es bueno, eso es muy bueno, pues ese sentimiento mueve al mundo. Sin vuestro deseo de cambio, sin vuestra ambición, sin ese estímulo que hay en vosotros y todos los grandes visionarios que están cambiando el mundo, hoy seguiríamos en el siglo XX. Pero eso está transformándose y es gracias a vosotros, a vuestra manera de mirar distinto, de mirar hacia adelante, sin miedo.

No nos vamos a parar ahora, al contrario. Ahora tenemos más opciones que nunca. Las nuevas tecnologías, esas que todos ya utilizáis, nos ponen las cosas más fáciles, nos proponen nuevos retos y nuevas alternativas para seguir mejorando, para seguir cambiando el mundo. Todo debe cambiar, para seguir creciendo, como personas y como profesionales, como proyecto y como idea. Sin ilusión y entusiasmo no valdría la pena seguir, por eso estamos hoy aquí, para seguir mirando hacia adelante, para seguir compitiendo en la primera línea, con los mejores, siendo los mejores, porque estamos dispuestos a ello, porque estamos preparados para ello. Porque podemos hacerlo, porque vamos a hacerlo.

Algunos se miran entre ellos con signos de aprobación. Hay camaradería, sentimiento de grupo. Eso es bueno hasta cierto punto. Preciso que la ilusión por el cambio supere a los miedos. Las luces me ciegan un poco y no veo a los de más al fondo, pero la atmosfera parece una sola.

- Pero no se puede seguir compitiendo con estructuras de ayer. Hay que cambiar la manera en la que nos relacionamos. Cada uno de vosotros puede y debe ser mucho más que un empleado. Desde esa posición, no podéis dar lo mejor de vosotros. No podéis demostrar todo aquello de lo que sois capaces. Tampoco desde un horario rígido y fijo pueden las ideas fluir, puede vuestra energía crecer. Los tiempos cambian y nosotros vamos a cambiar con ellos. Necesitamos una plataforma de interrelación flexible, capaz y adaptable a los nuevos tiempos. Necesitáis herramientas que os permitan desarrollaros plenamente, que os permitan gestionaros como profesionales, con libertad pero a la vez con la seguridad de una plataforma que os impulse y que os ayude a crecer, a mejorar, a innovar.

No sabría decidirme entre la "ambición" o la "vanidad" para señalar la diosa que mejor mueve a los hombres, por ello es mejor asociarse con ambas a la vez.

- Para eso, para vosotros, hemos creado *Express Ap*. Una plataforma móvil que permitirá a cada cliente enviar sus solicitudes de envío de paquetería y que vosotros, según vuestro tiempo, y vuestra localización en cada momento, podáis atenderla de manera libre, fijando vuestros precios de manera directa, sin pasar por la agencia, como profesionales independientes. Vais a pasar a ser vuestros propios jefes, vais a ser profesionales independientes del transporte de paquetería, a ser empresarios, a empezar a cambiar vuestro mundo para cambiar el mundo entero. Vais a dar el paso hacia adelante que necesitáis. Os habéis formado, habéis crecido como mensajeros, ahora estáis preparados para ir más allá. Porque tenéis la capacidad para ello, porque además os lo merecéis. Crecer, progresar, mejorar. Vais a seguir mejorando, a seguir creciendo, a ganar más. Ahora ya no habrá techo sobre vuestras cabezas. *Express Ap* os abre una puerta que hasta ahora no existía, pero que ahora es real. Es fácil, es cómoda y es la llave hacia vuestro éxito personal.

Que la acción siga al pensamiento, que el corazón decida.

- Por favor Pedro, adelante con el video de presentación de *Express Ap*. Después, ya sabéis, me tenéis a vuestra entera disposición para cualquier cosa que queráis comentar. Allí donde está Mercedes, al lado del aperitivo que os hemos preparado, tenéis toda la documentación para iniciar el cambio. El cambio desde la condición de empleados al salto como empresarios, pero como os decía, con nuestro apoyo, y desde una plataforma que os aplana el camino, y os proporciona todas las herramientas necesarias. Es el momento del cambio, el cambio hacia adelante, el cambio para no quedar en la cuneta, el cambio que estabais esperando ¡La oportunidad se llama *Express Ap* y sé que la vais a aprovechar!

# XXXV – Aquí en la vida estoy muy bien

- Echaba de menos tu piel…
- Mi piel te echaba de menos a ti, Sophie.
- Me encanta estar abrazada a ti, rodearte con mis brazos y que me expliques historias. Me encanta estar pegada a tu cuerpo, que me cuentes cosas; me da seguridad…

Estamos juntos, en el apartamento de Sophie. Tumbados en la cama, después de hacer el amor. Es la primera hora de la tarde y su hijo, Armand, volverá del colegio acompañado por la madre de un compañero de clase. Para poder estar a solas debemos siempre anticipar la logística en consideración a su hijo.

Su habitación, pintada toda de blanco, incluso el suelo, y amueblada de muebles y objetos todos también de color blanco, es enorme en comparación con el resto del apartamento, que es realmente diminuto. La sala de estar es pequeña y le sigue una cocina americana que lo deja respirar un poco, siendo generosos. Al otro lado de la salita está la habitación de Armand. A excepción de su habitación, que es íntegramente blanca y funcional, el resto del piso está profusamente decorado, al estilo francés, con piezas probablemente traídas desde Francia, lo cual me evoca recuerdos de mi madre, recuerdos de Narbonne. Tiene los ventanales orientados a un patio manzana que tiene en su interior la zona de recreo del mismo colegio al que asiste su hijo, así que desde el balcón, a veces, ella puede verlo jugar allá abajo. Es extraño hacer el amor oyendo los gritos y carreras de todos esos niños enfebrecidos, tan solo a unos metros por debajo de la ventana de la habitación. Es una suerte de público distraído, en una platea ciega, que no sabes bien si te aplauden, te animan o te están criticando. En cualquier caso te es imposible concentrarte del todo y dejar de oírlos cuando salen al recreo como cautivos a la fuga.

Tener sexo con Sophie es una experiencia sensorial deliciosa, tal y como en su día lo había imaginado. Su carne es pecado, sus curvas majestuosas y su piel suave y electrizante al tacto, por todas partes, en cada ángulo. Su pelo huele a fresco incluso cuando la nuca se le humedece de deseo. Las gotitas de sudor que caen desde su garganta hacia sus pechos, saben a agua de fresa, como sabe igual la hendidura que se abre tímida entre el mármol rosado de sus muslos, y sin embargo, a menudo, mi mente se aburre y a veces me sorprendo a mí mismo haciendo números, practicando mentalmente otros idiomas o elucubrando sobre absurdos mientras ella me dedica su alma.

Con una mujer se pueden tener relaciones sexuales de muchas formas y maneras, pero sólo se le puede hacer el amor si ella confía en ti. Ella confía cada vez más en mí, y por eso cada vez es mejor desnudarse con ella, desnudarse a su lado.

-       Sólo me gusta mi cuerpo cuando lo besan tus labios, cuando me abraza tu cuerpo, Sophie.

-       Mmm…. no me canso de estar contigo. Además ahora estás más suave, así, sin barba.

-       ¿Qué te gustaría hacer hoy?

-       Pues… no sé, ¿qué te gustaría a ti?

-       A mí, estar contigo en esta cama –le digo mientras beso sus labios, que aún están hinchados y calientes-.

-       *Malheuresement* con Armand… ya sabes… El ahora vendrá, querrá su merienda, sus dibujos... Pero puedes quedarte aquí, nos vestimos y preparo algo ¿Qué te parece?

Honestamente la escena familiar no me acaba de convencer, pero hoy todo lo puedo y todo lo tolero, después de que ayer por la tarde consiguiera mudar la empresa desde una pequeña red de agencias de mensajería, a una plataforma móvil digital de intermediación global que hoy ya ha empezado a operar con éxito. El ochenta por ciento de los mensajeros y el noventa y cinco por ciento de los transportistas se acogieron a la nueva fórmula. Han dejado de ser empleados míos para pasar a ser profesionales independientes que utilizan mi aplicación móvil y la plataforma en red para proporcionar servicios a mis clientes. Los clientes, que enseguida han comprobado que la nueva fórmula les ahorraba de media un veinticinco por ciento en los costos de paquetería, pues la verdad, no han tenido muchos reparos en adaptarse rápidamente a la nueva web y a las cotizaciones múltiples en tiempo real. En verdad parece que en la vida nada sucede si tú mismo no lo provocas.

Algo así pasó ayer con Gabriela. Pareciera que ocurrió lo que yo quise que pasara, pero al final no sé bien si no fue ella la que tomó la decisión por los dos. Al acabar, sutilmente, me reprochó que antes de volver hasta ella para seducirla, me levantara a cerrar la puerta de la sala; "le faltó decisión a tu personaje" me dijo. Realmente no sé si lo decía en serio o sólo me estaba provocando ¿En verdad hubiera querido Gabriela que dejara la puerta abierta mientras el alemán estaba al otro lado del pasillo? ¿Que nos viera? ¿Y por qué la noche anterior, después de la cena, no me invitó a entrar en su apartamento? Aquel parecía el momento más propicio. Aquella noche, durante la cena, había orquestado bien todo los actos, puse mi atención en cada instante y a pesar de ello pareció que yo no le interesaba en nada... y sin embargo, pocas horas más tarde, acabamos por el suelo como dos felinos hambrientos devorándonos sobre la madera calentada por el sol, derribando los vasos de papel, sudando sobre su bloc de notas, mirándonos a los ojos como enemigos que se mueren por amarse.

El fin de la vida es la experiencia, no el aprendizaje, pues nuestra consciencia ya todo lo sabe, dice Gabriela. Si existe la reencarnación, ciertamente, después de varias vidas, uno ya debiera haber aprendido mucho, saber de todo, conocer idiomas, no de manera consciente, claro, pero su alma, por así decirlo, ya debiera haberlo aprendido todo ¿Pero... y experiencias? También las experiencias se habrían acumulado ¿No? Pero las experiencias no son como los datos, no te sacian nunca. Uno puede conocer todos los números, saber la matemática, pero no importa qué número de veces hayas hecho el amor, siempre querrás más. Más tarde o más temprano, querrás volver a hacerlo y te parecerá cada vez diferente. Comer, respirar, amar, odiar, temer, dominar... Las emociones no se suman, no. Se acumulan, se encadenan, pero no se suman. Al final el cómputo es siempre un número elevado a menos uno, pues cada experiencia es única e irrepetible, cada emoción tiene su propia identidad. Eso debe ser.

- *Bonjour mon amour*
- Hola mamá.
- ¿Te acuerdas de Josué? Ha venido a visitarnos
- Sí, me acuerdo. Tú fuiste el que chocaste con la moto ¿verdad? Mamá ¿quedan cereales?
- *Oui,* ahora te preparo.

Armand me ignora lo suficiente y supongo que con razón. Yo no quiero su atención tampoco, mientras veo como se ocupa en encontrar el mando a distancia de la televisión por las rendijas, entre los cojines del pequeño sofá de dos plazas. Ella se esfuerza por hablarle en francés, él se aplica en ignorar sus esfuerzos y le responde en castellano.

- ¿Qué tal Armand? ¿Cómo te va?
- Bien, aquí en la vida estoy muy bien —dice sin mirarme mientras ya apunta el mando a distancia hacia la pantalla del televisor-.

No más de media hora después, pues no aguantaba más la pequeñez de la escena, allí los tres, frente al televisor, me he despedido de Sophie, mientras ya camino sobre la acera, desde su casa hacia Diagonal Mar donde voy a firmar el arrendamiento de un nuevo apartamento al que voy a mudarme. En mi cabeza están aún las pocas palabras que le he escuchado a Armand; "*aquí en la vida estoy muy bien*" lo que me hace preguntarme si los niños, al ser algo así como recién llegados, no estarán más cerca de su estado de consciencia transcendente y por eso lo viven todo desde la emoción, desde el impulso y no desde la razón. Gabriela habló en alguna sesión de algo así, de la libertad de los niños hasta que son domesticados, de su plena potencia hasta que alguien empieza a "hacerlos razonables". Supongo que las limitaciones llegan junto al "naipe negro", o quizás son la misma cosa.

En cualquier caso no quiero conocerlo, no quiero quererlo. Podría querer a Sophie, pero a su hijo no quiero quererlo. Se avecinan tiempos de gran actividad para impulsar *Express Ap* hacia todo su potencial, lo que va a requerir todo mi tiempo, probablemente viajar, y por supuesto toda mi atención. Tengo poco tiempo, lo sé. He de ser pragmático ahora, y el amor… el amor no es práctico.

## XXXVI – Yo fui el cambio

-       ¿Qué tal Josué? Creo que hoy tienes cosas que contarme ¿No es así? Recuerda que somos vecinos… Bueno, hasta ahora lo éramos ¿verdad? Bueno, ya te *podés* imaginar que doña Esperanza, la que queda un piso por encima del tuyo, ya *sabés,* me ha puesto al día de las últimas novedades del vecindario, no pierde ocasión, y por supuesto el Sr. Josué esta vez también formaba parte del boletín informativo. *Sos* la última revolución del edificio.

Reunidos de nuevo en la gran sala del Palau, Gabriela se muestra amigable pero fría y perspicaz. Actúa como si nada hubiera pasado en estos suelos desde la última vez que nos vimos. Como si su espalda no hubiera estado desnuda contra el parquet de esta sala, sus piernas a horcajadas y sus ojos en los míos. Sostiene su bloc de notas, y al pie de la silla tiene una botella de agua etiquetada con sus correspondientes dos vasos de papel. Gabriela ya estaba allí cuando he alcanzado la entrada, conversando con Schulze que se sentaba frente a ella, en la silla que yo normalmente ocupo. El alemán me ha largado  de soslayo una mirada de desaprobación en cuanto me ha visto en el umbral de la puerta, y después se ha centrado de nuevo en Gabriela y ha continuado hablando como si yo no estuviera allí. Gabriela le escuchaba atenta mientras tomaba notas en el bloc y comprobaba simultáneamente datos en la carpeta donde suelen guardar los test de seguimiento. Me han ignorado ambos durante uno o dos minutos, si bien, cuando han notado mi presencia han bajado el tono de voz y he sido consciente de que hablaban de forma enigmática a partir de ese momento. Al fin, Gabriela se ha girado hacia mí con una forzada sonrisa de cortesía. Me ha dado unos *buenos días* que han sido mecánicamente repetidos por el alemán, el cual, en ese momento se ha levantado y ha salido de la sala. Al cruzarse conmigo, al pasar a mi lado, he sentido cierto resentimiento en su manera de mirarme, cómo una suerte de celos y desaprobación al mismo tiempo.

Cuando ya ha quedado a mi espalda me he reprochado a mi mismo no haberme mantenido sin pestañear desde que he llegado al edificio. Si lo hubiera hecho estoy seguro de que hubiera captado mucha más información, muchos más matices, en sus gestos, en sus voces. Cuando no pestañeo, por cierto, los demás no pueden resistirse a prestarme atención. Ese tiempo de insolente indiferencia no hubiera tenido lugar si lo hubiera hecho.

- ¿Y no te ha informado doña Esperanza de lo que ocurrió aquí la semana pasada?
- ¿Qué ocurrió aquí? Vamos, Josué, no seas niño. Estamos trabajando y hoy es el día indicado para recoger datos que nos ayuden a hacer un mínimo balance de cómo está influyendo el programa en tu vida. Espero que no te haya molestado que la vecina hablara conmigo, ya *sabés* que lo hace con todos. Lo difícil es sacártela de encima cuando arranca a hablar.
- No, por supuesto. Ya sé que es fácil hacerla hablar…
- Josué, yo no la hice hablar, se basta ella sola, lo sabes. Además… ¿Te pensabas que iba a ser un secreto que te mudabas de apartamento? Vivo allí, Josué, lo hubiera sabido más pronto que tarde ¿No *creés*?

Nada, absolutamente nada, ningún gesto que me haga saber que tenemos (o hemos tenido) algo íntimo y apasionante. Tiene la cerviz más tiesa que nunca. El pelo más recatado que de costumbre y la horrible bata blanca desgastada de los días de tortura, cubriéndole todas las curvas. Para mayor desencanto, el punzante dolor del vientre insiste en llamarme y el aire huele aún al *after shave* rancio del alemán, lo que está revolviéndome aún más las tripas. Si no fuera mi honor en ello, ahora me levantaría y me marcharía para no volver. Bueno, el honor y el interés, hay que admitirlo.

- Por supuesto, Gabriela. Además, no hay secretos entre nosotros ¿no es cierto?
- Eso espero ¿Vas a decirme entonces todas tus verdades, por fin?
- La verdad no merece la pena, Gabriela, hacen falta mentiras. Por eso los humanos inventamos el teatro, el cine, la prensa y la política ¿No te parece? ¿No se trata la vida de eso? ¿De saltar a la arena a decir mentiras que nos provean de emociones? Quien dice la arena dice cualquier suelo, como el de esta sala, por ejemplo.
- Josué, podríamos juzgar los medios, pero eso no invalidaría las emociones. Las emociones son la única cosa cierta de la vida. La única cosa que te *llevás* si es que nos llevamos algo a algún sitio y en algún momento. Una emoción no se falsifica, puedes imitarla, pero como en el caso del oro, solo obtendrías una imitación. Las emociones son inmateriales y residen en todos los seres vivos. Hasta las plantas sienten. Las plantas, los árboles, los ecosistemas en general. Existen redes neuronales entre ellos, a través de las raíces. Los bosques que pueblan la Tierra son completas redes neuronales, millones de veces más

complejas que el cerebro humano ¿Lo ves? *La función hace al órgano* ¿lo recuerdas? Y por nuestra función aquí podemos adivinar qué somos, y somos, Josué, una red de emociones, las cuales no existen si no es en relación con los otros. Incluso la emoción de la soledad requiere de los otros, en ese caso, de la ausencia de los otros, para poderse manifestar. Nosotros no somos porque pensemos Josué, como creía Descartes, somos porque sentimos. Y si no lo hiciéramos, ya no seríamos una pluralidad, seríamos sólo el Ser, la unidad y volveríamos al silencio, seríamos el Todo, una sola conciencia, una sola voz, existiendo sin una existencia, sin tiempo, eternamente, como seguramente nos ocurrirá cuando el *big bang* se contraiga de nuevo. Y sin embargo, ahora, cada uno de nosotros somos una pieza clave del cosmos.

Como en primavera el sol vuela cada vez más alto, la luz que se filtra por las ventanas llega oblicuamente hasta sus pies, dejando hoy su silueta en media penumbra. Pero a pesar de todo, la fuerza de su voz y el brillo de sus ojos se cuelan en mi interior. Se ha quedado mirándome fijamente. Sin decir nada más durante unos segundos, en los que yo me siento atrapado por su nombre, que resuena una y otra vez en mi mente; Gabriela, Gabriela….

- Entonces Josué, ¿Serás tan amable de contarme los últimos cambios que has experimentado? ¿Tus proyectos?

Dice mientras se dispone a llenar los dos vasos de papel, y me alarga uno de ellos. Como de costumbre, la etiqueta queda intencionadamente fuera del alcance de mi vista.

- Me mudo, sí. A la zona de Diagonal Mar. Me será de utilidad un espacio algo mayor y otras vistas. Necesito ver, ver más lejos. Además… las obras del ascensor, ya lo sabes tú también, son insufribles, y han acabado de ayudar a decidirme. No hay más que eso. No hay que darle más importancia. Quería un cambio, era el momento del cambio, podía permitírmelo…

- Oh Josué, no seas indolente. No conozco esta ciudad como tú, no te lo niego, pero sí lo suficiente para saber que Diagonal Mar es una de las zonas más caras y elitistas que hay. No creo que muchas personas sin trabajo se estén mudando allí ahora mismo ¿Verdad? Y si no recuerdo mal (de hecho no hace falta que lo recuerde porque está aquí escrito, en tu expediente) al iniciar el programa tu situación era la de, mmm… déjame leer…. Ah, sí, "desempleado-desesperado" fueron las palabras que tú mismo escribiste en la ficha.

- Reconozco Gabriela que las cosas me han ido un poco mejor últimamente…

- ¿Un poco mejor? Un poco mejor sería haber encontrado un trabajo, o haber conseguido algún tipo de ayuda estatal suplementaria, pero mudarte a una zona de alto standing parece un cambio algo más sustancial. ¿Le *aceptás* un consejo a Catón?

- ¿A Catón? Sí claro.
- "No compres lo que es útil, sino lo que es necesario". ¡Pero, venga, cuéntame más, seguro que puedes hacerlo mejor! –dice guiñándome un ojo que me sabe a poco-.
- En realidad aún me tiene que ir mejor –le digo un tanto ufano-. El proyecto que estoy impulsando ahora va a ser decisivo para ello. Supongo que llegó un momento en el que decidí que ya estaba bien de lamerme las heridas y que era la hora de dar el máximo de mí. Más tarde o más temprano iba a suceder y ahora no había el tiempo de posponerlo.
- ¿Eso piensas? – dice sin mirarme mientras toma notas-.
- Sí, de algún modo sí.
- ¿Y qué más cambios has experimentado?
- ¿Cambios? Bueno, siempre me ha gustado leer, y ahora quizás leo un poco más. Es normal al tener más tiempo…
- ¿Más tiempo? ¿Tienes más tiempo ahora que cuando estabas desempleado?
- Ehmmm… bueno, ocurre que duermo menos. Debe ser la edad. Ahora con unas tres horas cada noche me basta. A veces incluso menos. Y claro, al final esas son muchas horas extras que antes no tenía. Y las dedico sobre todo a leer. También puede ser que esté experimentando la elasticidad del tiempo, pero de eso no estoy tan seguro.
- Entiendo ¿Y qué lees?
- Los negocios… quiero decir, por causa de los negocios estoy leyendo libros sobre gestión empresarial, derecho mercantil, estudio dos másteres …
- ¿Derecho mercantil, Josué? Curiosa lectura. ¿Lo encuentras interesante?
- Eso es lo que intentaba decirte, al necesitarlo para mis negocios, pues claro, la lectura de ese tipo de textos pasa a ser necesaria, eso la convierte en interesante. Es como lo de aprender inglés y alemán…
- ¿Estás aprendiendo idiomas también?
- Pero es por lo que te digo. El nuevo proyecto en el que estoy ahora va a tener un enfoque internacional. Me va a hacer falta el inglés, el francés, el italiano y el alemán, al menos.
- ¿Estás estudiando simultáneamente cuatro idiomas?
- No, no, sólo tres. El francés ya lo conocía, pero necesitaba sacarle el óxido. Bueno, en realidad es más fácil así, aprenderlos a la vez, quiero decir. Se

deben almacenar todos en el mismo sitio, imagino, y esa parte del cerebro está ahora siempre bien "engrasada".

- Ya veo…

- Es por las horas.

- ¿Las horas?

- Sí, me levanto entre las tres y las cuatro de la madrugada, y me acuesto entre las doce y la una, a veces más tarde. Hasta las nueve de la mañana que no se abre la oficina, tengo pues tiempo de sobra para leer y estudiar. No hacen nada interesante en la televisión a esas horas.

- ¿No te parece interesante la televisión?

- A esas horas seguro que no.

- Y durante el resto del día ¿la miras? ¿cuánto tiempo dedicas a mirar la televisión, Josué?

- Pues… creo que en el último mes…, sí, una hora.

- ¿Una hora al día?

- No, quise decir que durante este mes la miré en una ocasión, durante una hora. Era un documental sobre la evolución del sector del transporte en el mundo global (era un título más o menos parecido a eso) que no quería perderme. Pero aparte de ese programa, ya no he tenido tiempo de mirar la televisión. Tampoco la radio. Aunque no creas que no "trago" información; estoy suscrito a varios canales sectoriales de noticias y a foros internacionales de debate sobre teoría económica y gestión empresarial y financiera. Es por el negocio, ya sabes. He de estar al día de algunos asuntos relacionados.

- ¿Te ocupan mucho tiempo tus negocios?

- Buena pregunta. Calculo que una tercera parte del tiempo que estoy despierto.

- ¿Y a qué dedicas el resto del día?

- Estudiar, meditar, grafoescritura, caminar… Dedico mucho tiempo a caminar

- ¿Tienes un plan?

- ¿Un plan?

- Sí, quisiera saber si te *andás* manejando de acuerdo a un plan previo que te hayas trazado. Una especie de hoja de ruta que ir siguiendo para alcanzar tus objetivos.

- Ah, ya entiendo. La verdad, creo que sí, pero está ahí de una manera intuitiva, como si fuera hacia un destino, por un camino, que desde siempre supiera que he de recorrer, pero no es algo que haya hecho de forma consciente. Es decir, no me he sentado a trazar un plan, simplemente estoy siguiendo el plan, algo así como aquello que siempre supe que tenía que hacer, o que iba a hacer, aunque no tenía claro el cómo iba a ser. Ya sé que suena un poco confuso...

- No, no, adelante, háblame más de ello.

- Es como cuando te reparten cartas en una partida. Sabes las opciones que tienes, sabes lo que tienes que hacer si te salen después estas o aquellas cartas, con cuáles te quedarás y cuáles será mejor que te desprendas, lo que no sabes es cuándo va a ser, ni cómo, pero tienes bastante claro hacia dónde te va a llevar. La edad influye, claro está. Cuando eres más joven, ves tu destino de otra manera. Es el mismo lugar, pero das por hecho que lo vivirás de cierto modo. El destino al final, las cartas, te llegan a veces mucho más tarde y con distinta intensidad de cómo lo habías imaginado, pero en resumen, sigue siendo el plan del principio, sólo que ahora sabes que lo vivirás todo de otra manera, desde otra distancia, con otra perspectiva.

- Dime Josué ¿Crees que están aflorando en ti algunas de tus súper cualidades?

- No sé Gabriela, eso de las súper cualidades... Si reconozco que estoy más centrado, pero como ya te dije una vez, era una cuestión de vida o muerte. El cambio era inevitable, estaba anunciado. Mi vida no podía continuar igual. No iba a continuar. Para mí la pregunta sigue vigente ¿Me cambia el programa o los cambios latentes que empezaban a hacer erupción me llevaron hasta el programa? ¿El cambio vino a mí o yo fui al cambio cuando llegó el momento? Ahora se habla mucho de eso, de las causalidades.

- Dime ¿Precisas de los binomios de pensamiento?

- Oh, no, ya no....

- ¿Ya no?

- No, así es. Reconozco que los utilicé durante unas semanas ¿Era parte del trato, verdad? Me comprometí a ello y lo hice. No sé si fueron útiles para mí, pero los puse en práctica tal y como acordamos. Pero hoy seguro que ya no. No estoy en esa etapa. Tengo voluntad. La voluntad y yo somos la misma cosa. Siempre fue así, pero por un tiempo lo había olvidado. Lo que sí diría es que después de una etapa gris, me he devuelto a mí mismo. He recuperado mis capacidades, mi instinto, mi determinación. Soy más yo, más como era de niño, aunque ya no soy un niño. Lo que quiero decir es que no he cambiado, sino que he vuelto, o algo así. Espero que me entiendas.

- Y yo quiero sobretodo que lo entiendas tú, Josué. Me alegro en cualquier caso de escuchar lo que me cuentas ¿Recuerdas cuando iniciaste el programa que hablamos de la importancia de desarrollar las súper cualidades, para, a partir de ellas, desarrollar súper comunidades?

- Eh.... Sí, lo recuerdo —como iba a olvidarlo si aquel día estaba preciosa-
.

- Hablamos entonces de que Meta se fundamenta en ese principio. La idea que nos mueve es la de crear sociedades más capaces, donde todos sus miembros tengan acceso a los beneficios de esta nueva Era de la humanidad. El compromiso de cada uno de los participantes es pues asegurarse de que los beneficios que obtiene por su participación en el programa sean revertidos a su comunidad. Dime ¿qué enfoque te gustaría darle a esa experiencia?

- ¿Qué experiencia?

- Me refiero a la vivencia de recibir un tesoro, el de las súper cualidades, y tener el privilegio de poderlo prodigar entre los miembros de la comunidad, de repartir ese poder.

- ¿Cómo podría hacer yo algo así? De todos modos ¿Cómo decirte? Creo que mi situación no es esa. No me veo henchido de súper cualidades y mi negocio está en su fase inicial, no soy un magnate, ni nada parecido.

- No hablamos de dinero, Josué, hablamos de poder.

- Yo creo cosas, creo empresas, Gabriela, como un artista crea un cuadro. Eso ya es de por si beneficioso para todos ¿no crees? A veces pienso que los científicos subestimáis la experiencia de crear que experimentamos los empresarios y los artistas.

- Oh, no, eso no es cierto. Sois los empresarios los que olvidáis que la investigación es el arte de transformar los recursos en medios. Los medios que vosotros precisáis para "crear" empresas. Pero lo más importante, Josué, es que veo que ignoras la maravillosa experiencia que supone ponerte al servicio de los demás… Es orgásmica –dice mientras extiende los brazos en cruz y abre exageradamente los ojos-. El solo acto de decir *¿en qué puedo ayudarte?* proporciona instantáneamente una liberación de serotonina que inunda todo nuestro sistema sanguíneo. Al mismo tiempo, renunciar a nuestros intereses particulares provoca una liberación tan plena que el alivio que genera produce escalofríos de placer por todo el cuerpo. La liberación de tensión se extiende por todos los músculos del cuerpo, desde las puntas de los pies, hasta los poros de la piel en nuestra nuca. Ayudar a los otros produce una sensación de plenitud tan inmensa que a veces la emoción te supera y piensas que no puede entrar más aire en tus pulmones. Es un orgasmo minuto a minuto, durante todo el día y durante toda la noche. Sientes una emoción en el vientre que te proporciona toda la energía que necesitas, sientes un aliento a tu espalda que te impulsa hacia adelante. Nada te falta. Todo lo das. Pruébalo, Josué, con sinceridad, di varias veces en un día, tantas como puedas, a tantas personas como te encuentres. Haz la pregunta mágica *¿En qué puedo ayudarte?* Pruébalo, una y otra vez, siente la experiencia. Cuanto más sincero sea el sentimiento con el que lo expreses, mayor será la liberación de serotonina *¿En qué puedo ayudarte? ¿En qué puedo ayudarte? ¿En qué puedo ayudarte?*

# XXXVII – La Función hace al Órgano

-      Doctor, ¿Qué opina usted sobre la reencarnación? Yo he pensado mucho en ello desde las últimas sesiones con Gabriela, y no acabo de aclararme. No es un tema sencillo, porque aún conviniendo con ella, con la idea de la reencarnación quiero decir, parece que, atendiendo a una cuestión puramente numérica, la única reencarnación posible sería la indirecta, lo cual es también coherente con el principio de que la energía ni se crea ni se destruye, sólo se transforma. Si somos energía, esa energía debe ir en alguna dirección, hacia algún destino, hacia una nueva forma una vez nos morimos. Digo que me parece la única válida porque si no, no podría explicarse el aumento de la población mundial, salvo asumiendo que ésta lo ha hecho a costa del número de animales. Vale, hasta ahí sí, pero...

-      ¿Qué entiende usted por reencarnación indirecta?

-      Pues la que mueve nuestra energía a otra forma de vida, sin que necesariamente esa nueva vida tenga que ser humana. Es indirecta porque no pasas de ser una persona a otra, sino que puedes pasar a ser cualquier otro animal e incluso, por qué no, una planta ¿No lo ve usted así?

-      Verá, aquí no importa como yo vea las cosas, sino trabajar en las sesiones para que juntos entendamos cómo las ve usted.

No me leí la letra pequeña del contrato que firmé para entrar a formar parte de Meta. Supongo que porque era mucha y pequeña, obviamente. Bien, lo reconozco. Y según dicen Gabriela y Schulze, acudir simultáneamente a las sesiones de un psicólogo es parte ineludible del programa y el complemento apropiado. El Dr. Teodoro Vinyals, al que conozco desde hace ya bastantes años, no parece un mal tipo. Serio y circunspecto, pero con ese aire de persona confiable, al que nombrarías tesorero de tu cofradía o asociación de petanca. Es muy delgado y alto, algo encorvado y de pecho hundido, huesudo y de ademán tranquilo. Detrás de unas gafas metálicas goza de una mirada inteligente y confiada de sí misma, como si siempre supiera que vas a fallarle, pero no le importara.

- He de decir Doctor que yo ya sé cómo veo las cosas. Conozco mi mente, o eso creo, aunque haya aceptado que hay algo más, es decir, que yo soy más que mi mente. Será más bien que el psicólogo ha de investigar cómo funciona la mente del paciente, para después poder diagnosticarlo ¿No es eso lo normal?

- ¿Así lo ve usted?

- Honestamente…. la psicología no deja de ser para mí una suerte de juego de malabares.

- Defínalo por favor.

- Lo que quiero decir es, si no eres relojero, por más que te muestre el mecanismo de un reloj, difícilmente podrás arreglarlo. Pues algo así me parece con la psicología, por más que yo me desnude, desnude mi psique, de nada servirá si usted no sabe cómo es mi mecanismo interior.

- ¿Cómo cree que es?

- Esa es una buena pregunta. No sabría decirle, pero si sé que es complicado, muy complicado.

- Cuanto más complejo es un mecanismo, más probabilidades hay de que se estropee.

- ¿Me ve estropeado?

- No, porque yo no veo la mente como un mecanismo. Es usted el que ha dicho que la ve así. ¿Se ve usted como un mecanismo estropeado?

- ¿Yo? No. Me veo mejor que nunca –digo sin mucho convencimiento mientras presiono con mi mano izquierda la carne inferior de las costillas-.

No es la consulta clásica de un psicólogo. Es más bien la gran sala de espera de unas oficinas, como si estuviéramos utilizando un espacio de paso. Las ventanas tienen gruesas cortinas que dejan pasar poco la luz del sol, pero lo suficiente. Hoy hace bastante calor. Junio ha entrado con fuerza y estar protegido del sol se agradece. El mobiliario es sencillo, pero lo más curioso es un rincón que tiene habilitado para niños pequeños en una de las esquinas de su despacho. Hay toda clase de juguetes y peluches esparcidos en unos pocos metros, que quedan enmarcados por una alfombra con cuadros de vivos colores de unos dos por dos metros. Dicen que es un buen psicólogo infantil. Yo me volteo sobre una amplia butaca de eskay negro que gira sobre un trípode con ruedas. Con cada balanceo hacia la izquierda atisbo el rincón de los juguetes, allí en el suelo y, curiosamente, ello te permite sentirte más cómodo. Como si todo fuera un poco menos serio y más familiar. Los juguetes, estés donde estés, aún en otro país, siempre te hacen sentir un poco como en casa.

Mi balanceo sobre la silla giratoria debería sacar de quicio a cualquiera, pero el Dr. Vinyals parece inmune a todo. Mejor. Mi cabeza bulle y moverme me ayuda a descargar los pensamientos. Si fuera un niño, seguro que me diagnosticarían "déficit de atención" y acabarían sedándome para conseguir domesticarme.

- ¿Por qué está aquí? ¿Qué espera de las sesiones?
- Creo que es cosa del alemán. De él y su obsesión con los biocampos y los test de seguimiento. Dice que conmigo obtiene resultados atípicos, pero creo que son celos. Babea siempre que está junto a Gabriela y....
- Hábleme de su relación con él.
- ¿Con el alemán?
- Sí ¿Cómo se llama?
- Aja... Usted tampoco se acuerda del nombre. Es complicado de pronunciar bien, aunque ahora que estoy practicando alemán no me resulta ya tan difícil. Schulze, se llama Schulze, perdón, Dr. Schulze, aunque bien podría llamarse Kant. De hecho debe ser el mismísimo Immanuel Kant reencarnado. Estoy seguro.
- ¿Qué es lo que no le gusta de él?
- ¿A mí? No, nada. En realidad no es que haya algo en particular. Quizás todo él ¿Vale eso como respuesta?
- Preferiría que fuese un poco más preciso.
- Lo imaginaba. Quizás debería cambiar mi pensamiento al respecto.
- Un pensamiento no se anula con otro pensamiento, sino con la acción.
- ¿Ha oído hablar sobre Pim van Lommel, Doctor? Es un reputado cardiólogo que investiga experiencias después de la muerte. Van Lommel opina que cuando mueres solo cambias de conciencia. Él es además un estudioso de la física cuántica y, entre otros fundamentos sostiene su tesis sobre ciertas experiencias después de la muerte que han sufrido sus pacientes. En esas experiencias, la muerte clínica no ha tenido lugar más que durante tres minutos de duración, pero después, los que las han "vivido", precisan de semanas para explicar todo lo que han hecho durante ese tiempo. Lo que han experimentado no cabe en tres minutos. Es decir, que la persona que en teoría ha hecho ese "viaje", que ha tenido la experiencia de estar muerto y emprender el camino, ha tenido una experiencia vivida de varios días, y no sólo de tres minutos ¿Se da cuenta? Los últimos avances de la cuántica también quedarían avalados por esos descubrimientos. Sólo estaríamos viendo, experimentando, una dimensión del tiempo y del espacio. Aquella que observamos conscientemente. A la que nos liberáramos de la consciencia, podríamos estar viajando fuera de la materia, y no estaríamos expuestos al tiempo, no al menos como lo conocemos ahora. Es como el cine, como los fotogramas del cine. Lo que vemos no son más que fotografías estáticas que nosotros mismos creamos al observarlas. Nuestra mirada sería algo así como un rayo *petrificador* que crea fotogramas. Al dirigir

nuestra mirada a algo, lo dejaríamos temporalmente, mientras lo observamos, petrificado. Y esos fotogramas, uno detrás del otro, nos darían la sensación de una secuencia temporal. Es como si usted mueve la cabeza lentamente de izquierda a derecha y observa detenidamente esta habitación. En cada microsegundo usted haría una fotografía que congelaría la aparente realidad que tiene al frente, pero que ciertamente es móvil, se está moviendo en varios planos a la vez. Ese escritorio no sería en realidad como lo vemos, sino un montón de moléculas cargadas de energía que están aquí, pero a la vez en otros planos y que se están moviendo. Cada *micro-foto* nos serviría para crear una realidad física experimentable. Con experimentable, supongo que ya sabe lo que quiero decir, que podamos tocar, ver, oler, esas cosas.

- Veo que elude usted la pregunta relativa al Dr. Schulze. Ya volveremos a ella. Observo que le preocupa especialmente la experiencia misma de la muerte, como es natural ¿Es así? Es normal que así sea…

- No, no. De verdad que no. Me preocupa más bien…. Lo que me interesa es saber quiénes somos. Antes no me lo preguntaba. Ahora sí. Ahora no duermo.

- ¿No duerme? ¿Padece insomnio?

- Al contrario. Es solamente que no tengo sueño. Con muy poco me basta para estar de nuevo despejado.

- ¿Piensa en la muerte por las noches?

- Eh… no, pienso en…. En realidad estudio y leo. Me interesa ahora la física cuántica. Creo que la ciencia está a punto de hacer un descubrimiento que cambiará toda la humanidad. Estamos muy cerca. Creo que los humanos nunca habíamos estado tan cerca de saber quiénes somos, de averiguar qué hacemos aquí. No quisiera perderme ese momento.

- Entiendo.

- Oiga, es mucho más que entenderlo, porque si lo hiciera, créame, le apasionaría ¿Se da cuenta? Estamos a poco, quizás no más de una década, de poder lanzar hipótesis solventes sobre el origen del cosmos, de la vida y del por qué de la conciencia. Estamos muy cerca de saber qué es el alma, de dónde viene y a dónde va. O al menos, tener una idea aproximada bastante razonable. Diez mil años de religiones, si no más, pueden desmontarse de la noche a la mañana como un castillo de cristal y no digo porque sí lo del *cristal*. Lo digo porque hará ruido, mucho ruido. El Bosón de Higs es sólo el principio, no es en realidad nada comparado con lo que viene detrás ¿Cree que estaremos preparados? Yo creo que no.

- ¿Le preocupa?

- En realidad no tanto como me apasiona.

- Entiendo

Detrás de cada "entiendo" toma notas sobre una libreta que apoya sobre su mesa. Apenas levanta la cabeza, sólo cuando hace una pregunta, y enseguida vuelve a hundir la mirada sobre el papel. Me sería más fácil describir su pelo ralo, que es lo que más veo, que su enjuta cara surcada de sombras y dudas.

- ¿De verdad no ve la mente como un mecanismo? Pues yo ya no puedo verla de otro modo; un instrumento de la conciencia. Es... pues.... ¿No tiene la sensación de que cada acción ha de tener un propósito? Pues en mi opinión, la mente es el mecanismo que se ocupa de eso. No es que le de sentido a la vida, no quiero decir eso, pues el propósito puede ser del todo absurdo, pues hasta la auto destrucción entra dentro del abanico de actos que la mente es capaz de proponernos, como en el caso de un suicida, por ejemplo. Sólo digo que la mente sería el mecanismo que se encargaría de que cada uno de nuestros actos en la vida tuviera un propósito, pero un propósito para la vida "representada" tal y como decía Gabriela, una vida de experimentar cosas, algunas buenas, otras malas... pero no porque la mente hiciera en sí misma la existencia. Creo que ahí Gabriela tenía razón. No es el pensamiento el que nos confirma, no existimos porque pensemos como creía Descartes. La mente es sólo un síntoma, un producto, una manifestación de la conciencia.

- ¿Tiene la sensación de ser alguien distinto de su mente?

- ¿No debiera ser así?

- Déjeme que haga yo las preguntas, por favor. Recuerde que es usted el que nos interesa hoy.

- Ya, pero ¿Piensa usted acaso que la vida no es más que un estado de la mente? Sería muy poco estimulante ¿Verdad?

- ¿Le afecta?

- Sí, realmente sí. Lo reconozco. Me deprime la idea.

- ¿Por qué?

- Si la vida no fuera más que un estado de la mente, ello significaría que la vida no es más que un conjunto de combinaciones químicas. Ya sé que eso, a sus colegas psiquiatras, les pueda resultar reconfortante. Pero a mí no, desde luego. Si sólo somos el resultado de un puñado de ecuaciones químicas, entonces no tenemos ningún futuro. Las diferencias no serían más que combinaciones aleatorias de encimas, algún coctel innovador en algún momento de nuestra evolución y... entonces, nuestro tiempo, nuestro tiempo sería sólo prestado, no habría transcendencia alguna ¿Qué sentido tendría entonces el arte, o las emociones? El mismo concepto de Ley sería un absurdo. Sólo seríamos carne pensante en movimiento. El nuestro sería efectivamente un tiempo prestado sin ningún propósito, hasta que nos destruyéramos por nosotros mismos, o hasta que otro coctel químico, más evolucionado, fruto de algún laboratorio, o proveniente de otro planeta, de otra galaxia, venga a exterminarnos. No habría razón para que no lo hicieran. Seríamos pues el parásito de un planeta rico en recursos naturales, un planeta con grandes dotes para la vida en comparación con lo que nos rodea. Esto está lleno de vida a pesar nuestro. Usted puede verlo; animales, plantas por doquier, insectos, virus, bacterias,… aquí, en la Tierra, vive todo. Exterminarnos sería lo más racional y saludable que podría hacer cualquier otra forma de vida con capacidad para hacerlo. Somos el mayor peligro para el planeta y para nosotros mismos. No exterminarnos sería tan poco razonable como que se cosiera de nuevo al paciente sin haber eliminado la infección que se hallaba en el interior.

-       ¿Piensa en ello a menudo?

-       ¿En qué?

-       En lo que para usted supondría que la vida sólo fuera un estado de la mente.

-       No ¿Para qué? Seleccionar los pensamientos es uno de los pocos privilegios que tenemos. Cuando perdemos esa opción, es cuando enloquecemos. Eso ya lo debe saber usted, doctor.

# XXXVIII – Al Ganador no se le juzga

-       La suma que solicitan por su aplicación está muy por encima de lo que resulta de los informes de nuestros analistas. Debemos pedirle que reconsideren su petición. Estoy seguro de que juntos podemos encontrar una cifra que acomode bien a todos y que se ajuste al valor de mercado de la aplicación.

-       Sr. Baumberg, deberíamos hacernos algunas preguntas para valorar si merece la pena continuar nuestra conversación. Sé que están ustedes muy ocupados y no quisiéramos malgastar su tiempo. La primera cuestión es si de verdad creen que el valor de mercado calculado por sus propios analistas, va a tener alguna influencia en el curso de esta negociación. Discúlpenme por ser tan rudo. Seguro sabrán entenderme.

Aaronovitch, sentado a la derecha de Baumberg, abre sus ojos como platos, para después mirar de reojo la reacción de Baumberg. Este, mucho más sagaz, apenas se inmuta y sostiene su mirada frente a la mía.

-       Otra cuestión que debemos dilucidar cuanto antes Sr. Baumberg es qué entendemos por valor de mercado. Comprenderán que siendo una empresa en crecimiento, considerar el valor de mercado de la empresa a día de hoy, sería ignorar el valor de mercado que este proyecto va a alcanzar en los próximos años.

En su primer mes de actividad en la ciudad de Barcelona, *Express ap* ha obtenido un rotundo éxito, habiendo experimentado un crecimiento de la facturación espectacular desde las primeras semanas. Es necesario expandirla rápidamente a otras ciudades para poder asegurar una implantación global lo más ágil posible en la mayoría de mercados del planeta. Necesito socios locales que inviertan en cada una de dichas ciudades, en cada país, a cambio de un porcentaje de participación en la empresa que se crea exprofeso en cada uno de esos mercados.

Estoy negociando la venta del cuarenta y nueve por ciento de la sucursal del Reino Unido con los representantes de un importante grupo inversor judío afincado en Londres. Baumberg es bastante obeso, con las mejillas sonrosadas y el pelo canoso y ralo, peinado hacia atrás, dejando delante una frente sobredimensionada que encierra una lúcida mente. Su nariz es proporcionada y centra dos ojos de un azul muy claro, coronados por dos cejas pobladas y de color ceniza, como dos matorrales. A su derecha se sienta Aaronovitch, mucho más delgado, de nariz aguileña y enjutas facciones. Su pelo negro brilla repeinado hacia atrás de tal modo que parece que le estira todas las facciones hacia arriba. Sus labios son tan finos que casi no se aprecian y su mentón está tan retraído que se confunde con su cuello. Aaronovitch es nervioso y constantemente se frota las manos y se remueve en su silla. Continuamente mira los papeles que tiene sobre la mesa y busca la aprobación de su colega en todo lo que hace y dice. Baumberg es lo opuesto completamente. No se mueve, a veces pareciera que apenas respire. Sus manos están ocultas debajo de la mesa, apoyadas sobre los reposabrazos de su butaca. No tiene ningún papel frente a él, ni un bolígrafo, nada. A menudo sonríe, pero de manera tan estudiada que produce cierto escalofrío. Baumberg está siempre reclinado sobre el respaldo de su silla, y por eso, Baumberg es siempre impredecible.

-       ¿Quiere decir que debemos ignorar todo análisis financiero y tomar la decisión, digamos, de una manera "instintiva"? –dice Baumberg sin mover ni un solo músculo del cuerpo, excepto los que rodean su boca, y sin dejar de mirarme ni un segundo directamente a los ojos-.

-       Por lo que sabemos, suele ser  así como tomamos las decisiones de acuerdo con los resultados de las investigaciones más recientes, Sr. Baumberg. Probablemente ustedes ya han tomado una decisión al respecto. Probablemente ustedes ya tienen acordada una horquilla de precio máximo que están dispuestos a pagar por el cuarenta y nueve por ciento del capital de *Express App* en Reino Unido, y probablemente, usted, Sr. Baumberg, consciente o inconscientemente, ya ha decidido que ese tope es un "agradable" objetivo que le haría muy feliz conseguir, pero que hará todo lo que sea necesario para quedarse con este proyecto para su grupo, aunque para ello tenga que pagar mucho más de lo que se había fijado. Yo no le pido mucho más, por suerte para usted, le pido simplemente que pague su precio.

-       Los judíos tenemos un proverbio muy útil que nos advierte que es mejor perder un buen negocio que hacer un mal negocio.

-       Si usted creyera que este es un mal negocio no estaríamos los cuatro aquí sentados ¿No le parece?

-       Tengo un amigo, de nuestra comunidad, que siempre me recuerda que a partir de una Libra todo es una fortuna –interviene Aaronovitch-.

-     Yo también conozco a un judío, a un tal Albert Einstein, que me recuerda constantemente que todo es relativo.

-     Las cosas tienen su valor. El valor responde a su rendimiento económico, al coste de producirlos...

-     Las cosas tienen el valor que cada uno les da Sr. Baumberg. Dígame, ¿Qué valor tienen los diamantes que su grupo compra en África y revende aquí, en Londres? ¿Qué valor tienen allí, y cómo cotizan después, una vez caen en sus manos?

Aaronovitch se mueve inquieto en su butaca. Baumberg sigue con su mirada clavada en mis ojos, y es ahora que me doy cuenta, ahora lo noto, no parpadea, no lo ha hecho desde que he entrado en su despacho y en ningún momento ha apartado su atención de mi.

El despacho está situado en Fox Court, en Gray's Inn Road, en el límite de la City, uno de los lugares más céntricos y prestigiosos de Londres. Está profusamente decorado con maderas nobles que cubren incluso las paredes. Las persianas son también de láminas de maderas y están entreabiertas dejando pasar muy poca luz. Es un despacho realmente grande, de unos setenta metros cuadrados. Hay una enorme librería que cubre enteramente una de las paredes de la sala, la que queda al lado contrario de la pared que orienta hacia la calle. Al fondo, con una amplia mesa también de madera y pulcramente ordenada se halla el despacho de Baumberg. A la espalda de la butaca que hay frente a ésta luce a media luz un oleo de metro y medio de altura con una silueta que parece obra del Greco, si bien no puedo asegurarlo. Nos sentamos Aaronovitch, Baumberg, Pedro y yo alrededor de una gran mesa ovalada, de madera de cerezo americano con incrustaciones de una madera más clara que no acabo de reconocer.

-     Estamos hablando de un proyecto empresarial, aún por consolidar – dice Aaronovitch echando su cuerpo hacia adelante y mostrando cierta inquietud-.

Ignoro entonces el comentario de Aaronovitch y continúo en silencio con mis ojos sobre los de Baumberg. Ninguno de los dos dice nada, ninguno parpadea. Pedro y Aaronovitch pasan alternativamente sus miradas entre Baumberg y yo, esperando alguna reacción de alguno de los dos.

-     Considere al menos que por esa cantidad, nuestro porcentaje sea de al menos el cincuenta y uno por ciento -dice Aaronovitch rompiendo el silencio, en un último y patético punto y final-.

Baumberg oye la última súplica de su socio como un latigazo en sus últimas defensas, que se deja sentir en forma de un ligero movimiento de su ojo izquierdo.

-       Querido amigo –dice girándose hacia Aaronovitch- creo que nuestros amigos ya han tomado una decisión y ahora nos corresponde a nosotros debatir internamente si su propuesta nos convence o no. Si le parece bien, podríamos estar respondiéndole al final de esta semana. Yo mismo me pondría en contacto con usted por teléfono para informarle de nuestra decisión.

-       Me parece una excelente idea Sr. Baumberg. Esperaremos su llamada con mucho gusto.

Nos levantamos y nos estrechamos la mano en el umbral de la puerta. Por encima de su hombro, veo la luz que se cuela por entre las persianas y que ilumina ahora completamente la mesa sin que la entorpezca la sombra de ninguno de nosotros. El contraste de las maderas combinadas produce un reflejo de gran belleza que proyecta una luz muy especial sobre el resto de la gran sala, creando un efecto de gran riqueza, material y espiritual.

Según Pedro y yo nos dirigimos hasta el viejo ascensor con su centenaria persiana metálica y su cubil de madera oscura tallada, me digo que las mesas en las que nos sentamos nos hablan de cómo es nuestra vida.

-       Creo que esto está hecho, Josué. Sin duda les interesa –me dice Pedro mientras descendemos con el chirriante acompañamiento del viejo ascensor-.

-       En estas ocasiones, Pedro, me viene a la cabeza una conocida frase de Kant "no des nada por hecho mientras quede algo por hacer". Llama a los principales medios económicos británicos y filtra la noticia de que *Express App* prepara un agresivo despliegue en Reino Unido debido al enorme interés que la aplicación ha despertado en diversos grupos inversores de Londres.

-       ¿Podemos hacer eso, Josué?

-       En el amor y en los negocios, todo vale. Estamos aquí para vencer.

-       Pero… ¿Qué conclusiones sacarán ellos de nuestro proceder?

-       Los rusos suelen tener una frase para estos casos: *Al ganador no se le juzga.*

-       ¿Crees que funcionará? ¿No deberíamos esperar su reacción durante la semana que viene?

-       Pedro, un buen plan para hoy es siempre mejor que un plan perfecto para mañana.

## XXXIX – La Soledad del Cambio

En nuestra última sesión Gabriela insistió en hacerme ver los beneficios de ayudar al prójimo. Ella habló de un efecto liberador de serotonina e incluso de una experiencia orgásmica. Lo cierto es que he investigado un poco al respecto y he encontrado una investigación de la Universidad de Michigan, publicada en Health Psicology, que avalaría la tesis de Gabriela. En su estudio, los investigadores de la Universidad llegan a las mismas conclusiones que ella y afirman que además se produce una mejora general de la salud y se consigue una vida más longeva. Eso me interesa muchísimo. He decidido cambiar algunos de los nombres de las botellas de agua que hay etiquetadas en mi nevera. Ayudar a los demás, es ayudarse a uno mismo; eso parece.

- ¿Cómo fue tu sesión con Teodoro Vinyals, el psicoanalista?
- Puf, la verdad, decepcionante, Gabriela.
- ¿En serio?
- Sí, no acabo de verle el sentido. Siempre he pensado que un psicólogo sólo puede serme útil si éste es más inteligente que yo, si no ¿qué lógica tiene? Cuando eres niño, entrar en la consulta del psicólogo impresiona. Ahora, me resulta poco estimulante, la verdad.
- A mí siempre me ha parecido que la psicología, de algún modo, se ocupa de descubrir los trucos de Dios cuando practica la magia sobre los humanos. Pero reconozco que es una visión poco ortodoxa.
- Desde luego tú eres en general poco ortodoxa, Gabriela, sorprendente cuando menos.

Creo que nunca antes los científicos habían mencionado tanto a Dios como lo están haciendo en la última década, y Gabriela es el paradigma de ese "movimiento". Es como si fueran preparándonos para algo que van a tener que revelarnos próximamente.

- ¿Por qué lo dices? No es que me ofenda, al contrario, es casi un halago para mí, pero... quisiera escuchar tus razones.

-       ¿Estás siendo vanidosa ahora, Gabriela?

-       Jajajaja…. *Vos sos* cada día más vanidoso, ya sabes.

Echaba de menos su risa, cómo la echaba de menos… Viste hoy una blusa oscura que deja sus brazos desnudos, y un pantalón tejano que acaban en unos pies descubiertos, sobre unas sandalias invisibles.

-       Está bien, pero *recordá* que yo también estudie psicología así que….

-       Tu caso es distinto, Gabriela.

-       ¿Por qué?

-       ¿Otra vez la vanidad?

-       Ay, dale, no te *hagás* el enigmático.

-       Es distinto porque…

-       ¿Sí?

-       Bueno, seguramente tú eres más inteligente y…. contigo no me canso de estar. Tienes otros atributos, otros recursos.

-       Ahora no te entiendo ¿Qué *querés* decir?

-       Pues…

-       Cuanta elocuencia trajiste hoy –dice sarcásticamente, entornando los ojos y dibujando una de sus maliciosas y ladeadas sonrisas que todo lo iluminan-

.

-       Pues que aunque no lo fueras, más inteligente, quiero decir, lo cual no dudo, tú igualmente podrías acceder a mi psique, mientras que otro psicólogo, Vinyals por ejemplo, no lo haría si yo no lo permito. Puede intentarlo, pero es fácil cerrar puertas a un intruso menos capacitado.

-       ¿La capacidad es la clave para ti?

-       No…

-       ¿Es por la confianza? ¿Estás diciendo que confías en mí?

-       Bueno, sí, también. A estas alturas la confianza juega un papel.

-       ¿Entonces, qué?

-       Entonces… están ocurriéndome cosas inusuales últimamente, ya sabes… y…. cómo decirlo. Cuando quieres a alguien le abres todas las puertas para que esté contigo. Cuando amas a alguien querrías que estuviera presente en todos los momentos de tu vida en los que te sientes dichoso y…

Sus ojos se han quedado fijos en mí. La cerviz más tiesa que nunca, y su semblante serio e impertérrito me está ajusticiando con la mirada. El gélido silencio se me hace insoportable. No sé muy bien qué he dicho ni porque lo he dicho, pero ella apenas hace un ligero movimiento para echar un rápido vistazo a los apuntes que tiene sobre la carpeta que descansa sobre sus piernas. Se levanta sin dejar de mirarme y se dirige entonces hacia la puerta. Pocos metros antes de salir hace un breve ademan con la mano derecha sin dejar de mirar hacia la salida, sin mirar atrás.

-    La sesión ha acabado por hoy, Josué. Ya te avisaré para concertar la próxima entrevista.

## XL – He tomado una decisión

Pedro me ha llamado entusiasmado esta mañana. Quería contarme inmediatamente que, después de la nota de prensa que enviamos a distintos periódicos británicos explicando nuestra intención de desembarcar en el Reino Unido con fuertes inversiones, y de que varios inversores locales se habían mostrado interesados por adquirir una participación en la división británica de la empresa, ese mismo día por la tarde se publicaba en el Financial Times una entrevista a Baumberg donde este afirmaba que su grupo ya había cerrado el acuerdo para representar *Express App* en Reino Unido. A Pedro le parecía todo un acontecimiento que el grupo de Baumberg y Aaronovitch se hubieran apresurado a confirmar la información a los medios ayer por la noche. Lo habían hecho antes incluso de darnos su confirmación a nosotros, lo cual había sucedido esta mañana a primera hora. Efectivamente Baumberg ha llamado personalmente a nuestro despacho hoy muy temprano. Al no encontrarme allí, le ha adelantado la noticia a Pedro para asegurarse de que el asunto estaba acordado entre nosotros, comprometiéndose a llamarme personalmente más tarde. El acuerdo con el grupo de Baumberg en Reino Unido incentivará las reuniones que ya están programadas en Berlín, Ámsterdam y Lyon, y sin duda nos pondrá más fácil llegar a acuerdos con cada uno de los inversores de esos países. Cada uno de esos grupos ya sabrá de antemano que no pueden pedir más de lo que ha obtenido el grupo de Baumberg y Aaronovitch.

-       Juan ¿he de pagar impuestos por la venta del cuarenta y nueve por ciento de las acciones de la sucursal en Londres?
-       No, ya que lo haremos como una ampliación de capital, por lo que no constará como un ingreso tuyo. Todo legal.
-       Me alegra oír eso. En el último trimestre hemos pagado una gran cantidad de impuestos, demasiado a mi juicio ¿Qué sentido tiene pagar por todo? Paga la empresa, pagan los trabajadores, pago después yo….
-       Hasta ahora no tenías optimizada una estructura fiscal adecuada. Es más normal que pagues por tus ingresos personales. De hecho así debería ser, pero en lo que respecta a la empresa, la ley permite docenas de modos de

reducir el porcentaje de impuestos a pagar. Con una estructura internacional podemos llegar a limitar los impuestos a menos del cinco por ciento de los ingresos. El problema es que hasta ahora estabas mal asesorado. No te preocupes, a partir de este momento tienes al mejor asesor en derecho fiscal de la ciudad. Lo vas a notar enseguida, en tu próxima liquidación de impuestos – dice mientras me besa en el cuello-.

Efectivamente estoy de nuevo desnudo, tumbado junto a Juan. Esta vez no tengo la excusa del alcohol, he llegado aquí por mi propio pie, tras mi propio deseo. Estaba eufórico por la noticia recibida de parte de Pedro. Quería compartirla con alguien. Y estaba cerca de mi antiguo piso. Gabriela no estaba en su apartamento y ciertamente, tras nuestra última sesión no sé si hubiera sido la mejor compañía. Por su parte, Juan estaba sólo unos pisos más arriba y como abogado que había elaborado los primeros contratos de la empresa con los desarrolladores informáticos, era la persona más propicia para comprender mi alegría. Un abrazo ha dado lugar a otro abrazo, este a un beso en la mejilla que se ha ido rápido hacia al cuello. A partir de ahí, enardecidos, cada uno ha hecho lo propio para darse su dosis de placer, tomando cada uno del otro lo que le convenía, hasta que una media hora después nos hemos encontrado desnudos, en su cama, hablando relajadamente sobre las nuevas implicaciones que para la empresa iba a suponer la expansión hacia otros países. Distendidamente, intranscendentemente, como dos colegas que discuten en la sauna particularidades de un negocio. Camaradas, colegas, que se ocultan a sí mismos su condición de amantes. Nadie sabe, quién sabe... ninguno de los dos comenta. No soy de ti, tú no eres de mí, pero ahí estamos. Nadie renuncia, nadie acepta, y eso nos parece bien. Ya no soy quien era, pero estoy bien conmigo, ahora.

- ¿Menos de un cinco por ciento? Eso suena realmente bien, Juan. ¿Pero, qué sentido tiene un sistema fiscal así? ¿No te parece que al final sólo genera burocracia y que los costes de la misma no compensa lo que se ingresa por ello?
- En cierto modo tienes razón. Pasa además que mientras las empresas tributan a tipos fiscales muy inferiores, mientras no repartan los beneficios entre sus accionistas, estos no tienen que tributar por ellos y lo que ocurre al final es que la clase media y los más pobres son los que finalmente sostienen al sistema, ya que ellos no tienen mecanismos similares para reducir su factura fiscal.
- Me pregunto Juan, si teniendo en cuenta lo que tú dices y que las empresas no dejan de ser instrumentos que constituyen las personas para llevar adelante sus negocios y proyectos, si tiene sentido que las empresas paguen impuestos, y si no sería más eficiente para el sistema que nos ahorrásemos todos ese proceso. A cambio, claro está, de que las empresas estuvieran obligadas a

repartir sus beneficios cada año. De este modo, los accionistas, los verdaderos beneficiarios, pagaríamos por los beneficios realmente obtenidos, y lo haríamos al tipo fiscal que a cada uno realmente le toca. Creo que puede llegar hasta el cuarenta y cinco por ciento en ese caso ¿no es cierto?

- Si así es. Desde luego el Estado recaudaría más con tu propuesta y sería un modelo más equitativo ya que en el impuesto de la renta, en lugar del de sociedades, el porcentaje de impuestos a pagar crece según se incrementa la renta de cada persona. Sin embargo he de explicarte primero la diferenciación entre persona física y persona jurídica...

Mientras Juan se adentra en una especie de clase magistral sobre la naturaleza jurídica de las empresas, yo ando ya trasteando con mi móvil. Me ha llegado un whatsap de Sophie que requiere mi atención inmediata.

- *¿Cuántos besos me merezco hoy?*
- *Tantos como alcanzare mi boca.*
- *No me digas esas cosas...*
- *Cómo me gusta haberte conocido, Sophie...*
- *¿Te das cuenta de que tu manera de decir las cosas enamora, Josué?*
- *Bueno, es que yo digo lo que realmente pienso. No sé mentir.*
- *Quisiera verte mañana, pero sobre todo quisiera que tú quieras verme.*
- *Quiero verte siempre, todos los días, todas las horas. Quiero hacerte cosas....*
- *¿Cosas? ¿Qué cosas?*
- *Quiero cubrirte el cuerpo de besos, Sophie...*
- *Uhmmmm*

Juan ve de soslayo mi conversación con Sophie en la pantalla del teléfono. Hace un gesto de comprensible resignación y deja su diatriba sobre derecho mercantil para dirigirse a la cocina a preparar café.

- *Quiero que mis dedos se aprendan tu cuerpo...*
- *Sigue, pero no sé si es buena idea, me he de ir a trabajar ahora... bueno, da igual, sigue, no pares, cuéntame más.*
- *Voy a susurrarte al oído todo lo que te voy a hacer*
- *Aishss.....y qué viene después?*
- *Prepárate, porque ya no me controlo. Estoy fuera de mí y lo vas a pagar...*
- *Qué malvado eres. Dime más...*
- *Morderé tu cuello y tus hombros*
- *Voy a saborear cada una de las gotas que empapen tu cuerpo, Sophie.*

- *Y mi lengua escribirá mi nombre sobre la piel de tu sexo, mis labios apresarán tus labios, y también tu boca.*
- *Voy a entrar en ti por todas partes. Estarás tan llena de mí que sudarás mi propio aroma.*
- *Arêtteeees...!*
- *Embestiré contra ti como si quisiera llevarte conmigo, dentro de mí.*
- *Y me vaciaré en ti mientras mi aliento cae sobre tu nuca, y mi pecho cubre tu espalda.*
- *¡Mon dieu! ¿Cómo quieres que me vaya a trabajar ahora?*
- *Jajajajaja....*
- *He de cambiarme (otra vez). Hablamos luego para acabar de quedar. Bisous, amour.*
- *Ahora un solo beso, un beso sólo.... pero más largo*

El día amanece soleado, caluroso y radiante. El aroma del café llega hasta la cama a mezclarse con el olor del sueño. Suena de fondo *"Miss Perfumado"* de Cesaria Evora. No tengo prisa. Nada es más urgente que la vida. Y me doy cuenta entonces de que ya no soy ese hombre vendido a su mala suerte. He tomado una decisión. He elegido. Yo soy mi propio destino.

## XLI – Si yo cambio, todo cambia

Meta debía durar tres meses, según me dijeron en su día. Han pasado dos desde la última sesión de control con Gabriela, cinco desde que inicié el programa. La última vez que la vi fue en junio, ella salió por la puerta sin darme razón de réplica y me abandonó en el centro de la sala de la misma manera que se abandonan las cosas viejas, las cosas gastadas, las cosas que no te importan.

Antes de ayer me llamó para iniciar una nueva ronda de sesiones, las cuales van a solaparse con los controles que estaban previstos para los meses posteriores a la finalización del programa. Esa es la conclusión a la que han llegado después de discutirlo todo el equipo. Una prórroga, una extensión… ella misma no supo acabar de definirlo mientras hablábamos. Tampoco fue clara en las razones. Era "justificado de acuerdo a mi perfil" fue todo lo que alcanzó a expresar. Unas sesiones más, una oportunidad más de Gabriela. Su llamada, sin embargo, no me sorprendió. Era como si la esperara. Sabía que vendría a mí. No sabía las causas ni los motivos, pero la esperaba.

Las cosas van cambiando para que todo parezca lo mismo. La meditación me cambia. Las etiquetas de mis botellas de agua cambian, yo cambio. Todo sucede sigilosamente. Toda mejora es sutil, pero cada una de ellas es una pieza imprescindible para obrar el cambio. La unión de todos los pequeños cambios es lo que acrecienta el magnetismo, la capacidad de persuasión, la seducción, una suerte de magia invisible pero tremendamente eficaz.

El mes de agosto es sofocante en Barcelona. El viento trae del mar un aire cálido y húmedo que queda atrapado por las montañas que rodean la ciudad. La humedad se une al calor, el calor quema la ropa y esta se pega a la piel que no deja de sudar y pedir auxilio. La ciudad, aunque tiene menos tráfico durante el mes de agosto, se resiente asmática. El asfalto se abrasa bajo el sol y escupe fuego a todo el que sobrevuele su corteza, y todo el aire parece exhalado por una cachimba. Todo él es humo y calientes gotas grises, que todos respiramos ahogados, con los ojos enrojecidos y resecos. Agosto no es para Barcelona, quizás para algunos turistas inconscientes y ciudadanos sin escapatoria, pero hasta los pájaros caen contra las aceras, sofocados desde los plataneros en los que se creían a salvo.

Hacia la segunda mitad del mes de agosto, por las tardes, suele llover estrepitosamente. Entonces todo cambia y todo vale la pena. El aire se enfría, las calles se mojan y una ligera brisa te permite empezar a dormir por las noches. Pero este año las lluvias no han llegado aún y yo estoy aquí, atrapado, como los pájaros, el *smog* y la desilusión de los que dejarán sus vacaciones para otro próximo año, otra vez.

Adentrarse entonces en los verdes y frondosos jardines del Palau de les Heures tiene el alivio de encontrar un oasis en el desierto, además de la familiaridad de los sitios reencontrados. El Palau significa para mí Gabriela y su boca es lo que ahora quisiera para recuperar el aliento. La última vez que nos vimos le dije que cuando amas a alguien quisieras que estuviera contigo en todos los momentos de tu vida en los que te sientes dichoso. Ya no supe nada más de ella hasta hace dos días. Desde aquella última sesión hemos cerrado acuerdos en Londres, Ámsterdam y Berlín para expandir *Express Ap* y muy probablemente cerraremos la semana que viene un acuerdo en Lyon para todas las ciudades de Francia. Me hubiera gustado estar más cerca de ella todas estas últimas semanas, pero sólo lo ha estado en mis pensamientos, especialmente en las sesiones con el Dr. Vinyals, donde continuamente ocupaba mi mente. Ahora, que tengo el Palau justo enfrente de mí, puedo adivinarla más allá de los ventanales que salpican sus muros. No la veo realmente, pero la sola idea de imaginarla allí dentro produce una electrizante corriente por toda la piel de mi cuerpo.

El fuerte resol en el exterior hace que el hall de entrada se antoje aún más oscuro, hasta que los ojos no se acostumbran a la penumbra y empieza uno entonces a distinguir con claridad las baldosas blancas y negras y el estuco de las paredes. Como de costumbre, no hay nadie en la entrada y uno puede circular libremente por el interior del edificio sin dar explicaciones.

Piso con intención asesina cada una de las juntas que unen los baldosines hasta que llego a la escalera. Desde su pie, miro hacia arriba, hacia la luz que se cuela desde la planta superior. No se oye nada, ni un rumor, tampoco sus pasos, su taconeo, nada.

Asciendo y al pasar por delante del cubículo de Schulze compruebo aliviado que la luz está apagada, su mesa recogida y él no está. Me dirijo entonces a la gran sala, al fondo. Atravieso el amplio pasillo con los ventanales a ambos lados y constato que la densa y sofocante atmósfera de ahí fuera no permite ver el mar.

-    Buenos días, Gabriela
-    Buenos días, Josué.

Gabriela espera como siempre, sentada en su silla, en el centro de la sala, con un bloc de notas apoyado sobre sus piernas cruzadas, la espalda erguida y su mirada perdida más allá de las ventanas.

Viste un vaporoso vestido de lino negro y manga corta que deja sus rodillas desnudas. Tiene botones desde el pecho hasta donde le nace la garganta, que están prácticamente todos desabrochados, invitando a dejar caer los ojos por el canal del deseo. El negro resalta su piel blanca, inmune al sol del verano, y combina con los rizos negros que coronan su cabeza proyectando reflejos. Y en el centro de su cara esa boca, esa boca de labios de rojo intenso, con su sonrisa descarada y maliciosa que me corta el aliento. Los ojos hoy parecen tristes, pero no me los creo.

- Toma asiento por favor –dice con un suave ademán orientado hacia la silla vacía-.
- Gracias, Gabriela. Dime ¿cómo estás?
- Muy bien ¿Cómo estás tú, Josué?
- Feliz de volverte a ver.
- Gracias, eres muy amable –dice inclinando la cabeza, en un tono lacónico y con gesto débil como nunca antes le había oído-.
- La verdad es que no quería ser amable, tan sólo quería que lo supieras. Me hace muy feliz verte y te agradezco que hayas roto por fin este silencio de dos meses. Te echaba de menos. Antes, como vecinos, al menos de vez en cuando nos cruzábamos en la escalera u oía tus discos sonar por las tardes, atravesando el suelo de mi sala de estar. Sabía que estabas ahí. Pero estas últimas semanas…
- Oh, ya veo, pero aunque aún vivieras en el piso de arriba no nos hubiéramos visto durante estos dos meses. He estado fuera. Quizás olvidé decírtelo. Estuve en Boston durante las últimas siete semanas, reunida con el equipo, la dirección y poniendo a prueba nuevas metodologías para el programa.
- Pues sí, olvidaste decírmelo. ¿Siete semanas en Boston? Caray, Gabriela, yo no he pagado nada por participar en Meta, y sin embargo veo que los costes de esta estructura son muy importantes; equipos en varios países, estancias, viajes… ¿Quién paga todo esto? Y lo más importante ¿Por qué? ¿Cuál es el retorno que esperan?
- Estamos debidamente financiados, ya te lo dije en su día. Los motivos y las razones no importan mucho, pero sí se espera un retorno, al cual te comprometiste ¿recuerdas? Verter en tu comunidad el fruto de las súper cualidades que el programa ha hecho aflorar en ti. Devolver a la comunidad aquello que la comunidad nos brinda. Crear comunidades más capaces, más evolucionadas que puedan asegurarse un futuro autónomo y sostenible.

Recuerda, las súper cualidades que no se ponen al servicio de la comunidad, se desvanecen, se pierden. Debemos tener presente que mientras que el individuo es mortal, la humanidad no lo es, y es por eso que sólo esta última puede proporcionar dimensión y perdurabilidad a aquello que hagas, a tus acciones. Eso es lo importante, Josué, no quien lo financia.

- Gabriela, sí importa. En este punto sí importa conocer quién hay detrás. Quiero saber de qué formo parte, y conocer quién es el que impulsa el programa es un requisito inexcusable para saberlo ¿Por qué tanto secretismo?

- Ya te dije una vez que no todos los gobiernos ni grupos de poder están precisamente interesados en que los ciudadanos puedan desarrollar súper cualidades sin que la barrera del dinero haga de frontera. Te puedes imaginar sin mucho esfuerzo que a ciertas fuerzas políticas no les va a interesar tener ciudadanos capaces, libres e independientes. Tampoco a ciertos grupos farmacéuticos, grupos energéticos ni gestores de capital les interesa una sociedad con capacidad de vivir el *Ahora* y que pueda por tanto estar al margen de las dinámicas productivas heredadas desde la revolución industrial, ni al margen del consumismo. La revolución que propone Meta, como toda revolución, implica hacer caer "reyes" y esos reyes no están dispuestos a caer. Debemos mantener la confidencialidad de nuestras fuentes. Debemos protegernos. Somos aún muy pocos. Has de comprenderlo, esta es una revolución sutil, discreta. Si los que gobiernan el *estatus quo* perciben nuestros movimientos antes de que estemos preparados, nos aniquilarán, nos quitarán la esperanza.

- Gabriela, debo saberlo, ¿quién hay detrás? Es un pensamiento que me persigue cada vez más. Le doy vueltas desde hace tiempo y tus noticias sobre Boston sólo hacen que confirmar mis sospechas…

- ¿Sospechas? Josué, debes desterrar ese tipo de pensamientos, no sé qué estás elucubrando ahí dentro pero no te conviene.

- ¿No me conviene? Suena amenazante, Gabriela…

- No me mal interpretes, no era ese el sentido. Tiene que ver con lo que quería hablarte hoy. Con lo que quería que comprendieras; la influencia de los pensamientos en nuestra propia biología ¿Me dejas empezar con la sesión de hoy?

- Está bien, claro, sí, pero hemos de seguir hablando de Meta y… y de nosotros también.

Ignora mi último comentario con un rápido vistazo sobre la carpeta que sostiene en las manos, que se transforma seguidamente en una mirada directa a mis ojos. Su metamorfosis ya se ha dado.

- Josué, hasta ahora hemos comentado la importancia de diferenciar el pensamiento de la consciencia trascendente o subconsciente. También hemos visto la importancia del pensamiento en definir nuestro entorno tal y como la física cuántica nos ha desvelado; lo que vemos es sólo una dimensión "congelada" de una realidad mucho más profunda y multidimensional. Ahora quiero que aprendas cómo tus pensamientos influyen en tus células.

- ¿En mis células?

- Sí, así es. Hasta hace un tiempo creíamos que los genes controlaban nuestra vida, pero ahora sabemos que es falso. Es el entorno celular el que controla el ADN.

- ¿Qué quieres decir?

- Igual que nosotros captamos la información de nuestro entorno a través de los sentidos, también las células captan información a través de receptores propios. Son señales que influyen en el ADN y esas señales se componen de mensajes energéticos que fundamentalmente emanan de nuestros pensamientos, tanto de los positivos, como de los negativos. Esa información hace que la célula cambie, es lo que conocemos como epigenética. Las células son lo que pensamos. Si tienes pensamientos positivos, tus células florecerán. Si tienes pensamientos negativos, conspirativos, tus células involucionarán. Esto era lo que trataba de decir hace un momento. Vigila tus pensamientos porque además de influir en tu carácter, también influyen en tu salud.

- ¿Si cambio mi manera de vivir y de pensar, cambio mi biología?

- Así es.

- ¿Puedo cambiar mi físico, puedo modelarme en función de mis pensamientos?

- Aparentemente, así es. Dependiendo del entorno y tu respuesta al mismo, un solo gen puede crear treinta mil  variaciones distintas. Sí, has escuchado bien, el entorno y tu reacción pueden dar lugar a treinta mil posibilidades distintas de adaptación en cada uno de tus genes.  Piensa por ejemplo que sólo el diez por ciento del cáncer es heredado. Hoy sabemos que es el estilo de vida lo que determina la genética.

- ¿Está todo en mi mano?

- Lamentablemente, no. Aprendemos a vernos como los demás nos ven. Aprendemos a ser, como nos dicen que vamos a ser. Recordarás probablemente cuando hablábamos de la importancia que tenía en la formación y el crecimiento de una persona los mensajes que recibía de parte de sus padres y de su entorno cuando era aún un niño. Como influía verse reflejado en el padre o en la madre, como afectaba el entorno social y  esas creencias. Cambiar esa percepción, si depende únicamente de ti.

- ¿Mis capacidades físicas, mi propio físico, también dependen de esas creencias?
- Así es.
- ¿Mis limitaciones?
- Tu las construyes
- ¿Debemos reprogramarnos?
- Hay que sintonizar el subconsciente con el pensamiento. Hay que eliminar de nuestra psique aquello que nos aprisiona, que nos limita. Ya sabes, si crees que puedes, entonces puedes. Pero lo ha de creer tu consciente y tu inconsciente.
- No siempre se pueden elegir las consecuencias, Gabriela.
- No siempre, eso es cierto, pero puedes elegir cómo las vives. Y como lo hagas, como dirijas tus pensamientos, así tu biología será. Hay dos formas de supervivencia, Josué, o el crecimiento o la protección, pero no puedes elegir las dos. Los pensamientos alegres generan crecimiento en las células. Los negativos cierran el sistema. Si un sistema está continuamente cerrado, hermético, a la defensiva, al final muere, y eso es lo que ocurre en las células. La interrelación es el fundamento de todo ecosistema. La alegría y el amor, la confianza y la fe pueden parecer actitudes arriesgadas, pero son la única salida real. Todo lo demás nos mata.
- ¿Qué influencia tienen los padres?
- Me temo que mucha, Josué. Ya hablamos de ello en su día. Los mensajes que recibimos en los primeros seis años de vida, son determinantes. Debes profundizar en tus limitaciones. Identifícalas, porque en ellas te reconocerás y reconocerás a tus padres.
- ¿Se trata entonces de algo que pasa de padres a hijos? ¿Eso quieres decir?
- La cultura se transmite de padres a hijos, independientemente de si es una cultura positiva o negativa. Hay que reprogramarse para poder crecer, si no seguiríamos creyendo que la tierra es plana, y que más allá del océano se acaba el mundo.
- Mi padre siempre anhelaba salir de la ciudad. Odiaba los semáforos, el tráfico… La ciudad le abrumaba, siempre soñaba con vacaciones en sitios solitarios y tranquilos. Yo a veces me siento así, el ruido de la ciudad me abruma, aunque reconozco que cada vez, sobre todo recientemente, esa sensación se ha ido disipando ¿A eso te refieres, Gabriela?
- Esa es una buena manera de avanzar, Josué. Efectivamente, aquellas cosas que en la vida nos resultan especialmente pesadas, aquellas que nos

cuestan un gran esfuerzo, son las que precisan ser reprogramadas. En tus limitaciones descubrirás tu oportunidad de cambiar.

## XLII – El fin debiera ser siempre la Felicidad

Salimos los dos juntos del Palau. Ella se dirige al edificio de Psicología en el mismo Campus, mientras que yo voy en busca del metro para acercarme hasta nuestras oficinas. Si no hiciera tanto calor iría andando. Prefiero caminar.

El vestido negro que lleva pone sus caderas en el mejor sitio cuando ella camina sobre esos vertiginosos tacones. Las mujeres con tacones, que saben usarlos, no caminan sino que surcan el aire apartándolo a ambos lados de su cuerpo. Gabriela lo hace así, dejando pistas del perfume que florece en su garganta y que yo intento capturar con todos los sentidos, mientras intento caminar a su lado acompasando mi ritmo al suyo, como si fuera su mascota. ¡Qué privilegio!

- ¿Qué tal van tus negocios, Josué?
- Bien, bien, no me quejo. Pasado mañana salgo para Berlín, Ámsterdam y Lyon y desde ahí vuelo después a Praga. Estamos expandiendo rápidamente la actividad y eso me exige viajar a menudo.
- ¡Qué bien! Me alegro de oír eso. Debes estar muy contento. Conozco muchos sitios de Francia, pero Lyon aún no.
- Contento, sí, pero viajar también tiene sus inconvenientes. Ya sabes, esperas interminables en los aeropuertos, cancelaciones… Cuando todo sale sincronizado y a tiempo, parece irreal.
- No será para tanto…
- Se pierde mucho tiempo, Gabriela, por culpa de esas mini catástrofes en las que se han convertido los desplazamientos compulsivos de criaturas siempre ocupadas y en constante huida. Los aeropuertos se han convertido en embudos de almas desorientadas; te identifican, te engullen en estrechos pasillos y a través de unos tubos y unas capsulas te transportan a una nueva infelicidad.
- No hay tiempo perdido, Josué, sino diferentes maneras de vivir el tiempo.

235

- Estar en una sala de espera de un aeropuerto por largas horas, a veces sí me parece tiempo perdido, la verdad. Es una suerte de secuestro por el que encima pagamos.

- Te sugiero que aproveches ese tiempo para respirar las emociones que llevas dentro.

- ¿Respirar las emociones? ¿Se puede hacer eso?

- Sí, las emociones deben ser respiradas, a través de la piel y del aire que exhalamos desde nuestros pulmones, sino se quedan atrapadas y se confunden entre ellas. Una a una debes dejarlas ir, que se despidan de ti, para dejar sitio a otras nuevas. Puedes por ejemplo meditar o escribir. Seguro que tienes alguna cosa que decir, por cierto. Recuerdo que eres buen lector, así que debes tener también cosas que contar ¿No es así?

- Parece un gran reto para la sala de espera de un aeropuerto. Se me ocurren lugares y situaciones más inspiradoras.

- Quizás sí, quizás no. Depende de ti. Seguramente ya conoces lo que dijo Pulitzer, *atención a las situaciones inesperadas porque en ellas se encuentran nuestras grandes oportunidades.* Ya ves, cada ocasión fuera del guión es una bendición si sabemos sacarle partido. Y saberlo aprovechar es fundamentalmente una cuestión de actitud. Y sabemos que las actitudes tienen su fuente en los pensamientos. Cada pensamiento es una elección, así que tú decides.

- Lo tendré en cuenta. Mi próximo momento inesperado tendrá un pensamiento para ti, te lo aseguro.

- Mmm… me temo que te *andás* convirtiendo en un embaucador de damiselas, Josué.

- Jajaja…. No sé bien quién es el embaucado aquí, o mejor aún, sí que lo sé, lleva mi nombre.

- ¿Te acompaña tu novia?

- ¿Mi novia?

- Sí, Sophie, creo que se llamaba ¿No?

- No tengo novia, Gabriela. Sophie es sólo una amiga.

- Ya. Bueno. ¿Te acompaña Sophie, *tu amiga no novia*, a Lyon?

- No.

- *Sos* un hombre solitario, Josué y deberías preguntarte si realmente quieres eso. La soledad es parte de la programación a la que nos someten y, como decíamos en la sesión de hoy, reprogramarnos es nuestra responsabilidad.

- No le tengo miedo a la "soledad" sino al vicio de la pereza, que es un monstruo real que me visita a menudo. Además, la soledad y yo tenemos un pacto. Ella me deja hacer lo que yo quiera y yo la dejo que se quede conmigo.

- Los sarcasmos son también pensamientos, no lo olvides.

- Siempre me han parecido legítimos hasta el mediodía. Sirven para coger el tono ¿No te parece?
- Son sólo un recurso de escritores mediocres y gente miedosa, y a estas alturas ya no deberías tener miedo.

Se sonríe mientras sigue mirando al frente, de un modo un tanto condescendiente que yo adoro.

- ¿Quién hay detrás del proyecto, Gabriela? ¿Detrás de Meta?
- Tu, yo, el Dr. Schulze, ya sabes…. Meta somos todos aquellos que creemos en él.
- ¿El Palau de les Heures también es Meta?
- ¿El Palau? ¿Sabías que fue la residencia del Presidente Companys durante la guerra? –pregunta con un indisimulado interés en bloquear mis intenciones-.
- Ya… ¿Sabías tú que aquel edificio de allí, el edificio de Levante, fue un campo de prisioneros de Guerra?
- Sí, lo sabía. También hubo un refugio antiaéreo en la época. No todo tiene un color oscuro aquí. Hubieron unos hogares de acogida para familias sin recursos, de ahí le viene el nombre de "Hogares Ana M. Mundet". Supongo que lo sabías, claro.
- Sí, los inauguró Franco. El propietario del Palau en la época, un conocido falangista llegó a proporcionar una fotografía aérea del edificio a la fuerza aérea fascista para que lo bombardearan. No lo hicieron porque la situación y la densa vegetación dificultaba la maniobra. También la institución tiene su página negra, lamentablemente.
- Veo que te has documentado.
- Leo con fruición, como nunca antes, Gabriela. Devoro libros, cursos y datos a todas horas. A veces creo que voy a volverme loco, pero al contrario, cada vez me siento más lúcido. Me acuesto cada vez más tarde, a veces ni lo hago. Cuando me despierto, mi cabeza está tan activa que no puedo pasar ni un solo minuto en la cama. Antes me gustaba quedarme a remolonear un rato. Ahora es imposible, mi mente está ordenando información constantemente y si no saliera disparado de la cama creo que tendría un ataque epiléptico, convulsiones y esas cosas.
- ¿Te asusta?
- No, para nada. Estoy más seguro de mí, como nunca antes lo estuve. Quizás de niño, quizás, si pude haber tenido esa misma seguridad que tengo ahora. En algún momento esa fe en la vida se pierde. No sé por qué, pero se pierde.

- Es la programación. Hoy, ya ves, todo gira en torno a esa idea y no será por casualidad.

- No, no lo será. He dejado de creer en las casualidades.

- Todos los mensajes que vamos recibiendo, tales como *date prisa, trabaja duro, sacrifícate…* nos hacen perder la fe en la simple libertad de vivir. Nos convencen desde niños que la vida es una carrera de metas volantes en la que hay que ir coleccionando trofeos de papel.

- ¿Podemos sustraernos de eso, realmente?

- Deberíamos. Todo lo que conseguimos es relativo. Relativo a algo, comparado con algo.

- ¿Qué quieres decir?

- Cada cosa que alcanzamos, el coche, la casa, la carrera, es sólo valioso en la medida en que está comparado con lo que ha conseguido el prójimo. ¿Eran los niños de ayer, aquellos que no tenían internet, videojuegos, salas multicines o teléfonos móviles, menos felices que los niños de hoy?

- No, no lo creo.

- Pero hoy alguien les haría sentirse infelices si no tienen todas esas cosas. Todos esos trofeos son sólo importantes en la medida en que les otorgamos valor. Si pudiéramos cambiar los mensajes que estamos transmitiendo e invirtiéramos algunas ideas, podría ser perfectamente plausible que, por ejemplo, permitir a un niño jugar con los amigos en la calle fuera el premio, mientras que "limitarse" a jugar con el ordenador fuera el castigo, la restricción. Hay que vivir como un desahuciado para volver a recuperar nuestras vidas. Si el valor depende de la unidad de medida, la medida debe partir de cero, sino, desde el principio, ya nos encontramos en un tren con demora, en desventaja. Nunca será suficiente todo aquello que hagamos, pues cuando lleguemos a una de esas metas, ya estaremos viendo en el horizonte la siguiente, lejos, muy lejos y viviremos en esa distancia. Y vivir ahí es agotador, *podés* creerlo. No habrá pues lugar al premio, ya estaremos de nuevo abatidos y desesperados por no estar ahí, del todo. No veremos lo recorrido, sino lo que nos falta por recorrer.

- ¿Hablas de deconstrucción?

- Sí, en cierto modo así es. La deconstrucción es parte de la solución. Ciertas estructuras deben *deconstruirse* pues actúan como prisiones, celdas de nuestro verdadero yo y de las sociedades en general. Hemos de someter a revisión nuestra escala de valores y eso no va a hacerlo el poder establecido ¿Para qué? No tiene nada que ganar con ello, pues la mente y todas las otras formas de poder están también sometidas a la dictadura de las metas volantes y toda deconstrucción les parece un paso atrás.

- ¿Cuál debería ser el fin?

- El fin debiera ser siempre la felicidad ¿no crees? Y si el objetivo es la felicidad, la felicidad depende de la unidad de medida. De nuestra unidad de medida, Josué. No es feliz el que cree que no lo es. Aunque disponga de todo lo que *a priori* nos parecería suficiente para ser feliz. Asimismo, a menudo, vemos como aquellos que no tienen todo lo que consideramos fundamental para obtener la "licenciatura en felicidad", los que llamamos displicentemente "infelices" son, con frecuencia, infinitamente más felices que nosotros. La felicidad es una actitud, un pensamiento.
- Gabriela…
- ¿Sí?
- Gabriela… contigo me siento siempre en la línea de fuego.
- ¿Qué? Va, *andá*… ¿Es eso algo malo?
- No, al contrario, es extraordinario. Ocurre que siento las explosiones pero no veo aún de dónde me vienen las bombas.
- Creo que no soy mala contigo, no del todo, así que, francamente, no creo me merezca las lisonjas. No las quiero, mejor que lo sepas.
- ¿Gabriela, quieres venir conmigo?
- ¿Qué? ¡No! ¿Dónde? No sé qué dices…
- A Lyon. Has dicho que no lo conocías.
- Ya, bueno, ya iré. Seguro que el día de mañana sigue ahí. Los sitios que me esperan son aquellos a los que quiero ir.
- Lyon, con nosotros dos juntos, gana mucho.
- ¿Ah, sí? Menudo vendedor de paraísos estás hecho.
- Piénsatelo ¿Sí?

Me mira arqueando una ceja y ladeando su boca en una socarrona sonrisa. El sol hace que su piel aparezca más blanca y desenfocada, como en una vieja fotografía. Sus ojos me parecen más profundos que nunca.

- De momento me voy a la facultad. Me esperan. Que *tengás* un buen día Josué.
- Igualmente Gabriela.

Al despedirnos hago amago de hacerlo con dos besos, lo que no es nuestra costumbre. Sorprendida, se deja hacer pero en su consentida distracción esquivo sibilinamente su mejilla para imponer mis labios sobre los suyos. Ufano me retiro dejándola plantada con sus ojos llenos de falsa incredulidad.

- ¡Josué! —me grita unos pasos ya detrás de mi-.
- Dime Gabriela.
- ¡*Sos* un ladrón de besos!

239

## XLIII – Cada flor que no germina

El camino de hoy para llegar hasta la consulta del Dr. Vinyals no ha sido precisamente un paseo agradable. Tengo la certeza de que durante gran parte del trayecto dos tipos me estaban siguiendo. Por su apariencia, sólo podían ser o dos matones cobra deudas, o dos miembros de la policía secreta. Me decanto por esta última posibilidad. Primero, porque no tengo deudas impagadas, y segundo por su evidente puesta en escena, con un vestuario demasiado casual, lo que incluía sendas chaquetas a pesar del inclemente calor que hoy nos azota. Ayer, volviendo del Palau, ya me pareció verlos pegados a mí en la estación del metro y después, al bajarme del vagón, pero no quise darle importancia y lo atribuí a una simple coincidencia de recorridos. Pero cuando hoy los he visto a cien metros por detrás, y los he reconocido por sus histriónicas zapatillas de deporte, he constatado que no podía tratarse de una casualidad. No creo que esté relacionado con la nueva estrategia fiscal que estamos siguiendo con Juan, y me pregunto si tiene algo que ver con Meta. ¿Debiera volverme y abordarlos? No tengo nada que ocultar, así que no veo razón para que me estén siguiendo ¿Qué querrán de mí? ¿Tendrá esto que ver con las amenazas que Gabriela dejó entrever que sufría el programa? Quizás se cansen de seguirme cuando se den cuenta de que no soy más que un peón, que poco pueden sacar de mí. Lo comentaré con Gabriela y con Schulze, sí, creo que lo comentaré con ellos si los sigo viendo merodear detrás de mí.

Vinyals aún no ha entrado en el despacho, pero no estoy solo. Me han advertido que hoy vamos a tener la compañía de un niño que ya está aquí conmigo, en el rincón de los juguetes. Es un niño que debe tener alrededor de cuatro años, que por lo oído, su madre todavía no ha podido pasar a recoger. Una eventualidad o algo así. Es un niño callado. Me ignora por el momento distraído como está en el rincón de colores. Está desbordado de ver cuántas opciones divertidas tiene a su disposición. Tiene el cabello moreno, de piel rosada, pálida y sonrisa fácil. Me recuerda algunas fotos mías de cuando yo tenía su edad, aunque creo que yo tenía el cabello algo más largo y peinado hacia el otro lado. Pienso también que debía ser algo más alto que él.

Tan pronto agarra el trenecito con una mano como con la otra tiene un peluche. Quiere jugar con todo al mismo tiempo y le faltan manos y atención, pero la generosidad de formas y colores que encuentra a su alrededor parece saciar sus expectativas. Sonríe y hace imperceptibles sonidos guturales mientras gira sobre sí mismo de un lado a otro de la abigarrada alfombra. Sus piernas son cortas y rechonchas, vestidas con un pantalón corto azul oscuro. Sobre el torso una minúscula camiseta verde gastado, y los pies descalzos. No alcanzo a ver dónde tiene los zapatos. Sabía que Vinyals era también psicólogo infantil, pero no que los niños tan pequeños acudieran a sesiones de psicología. Me pregunto qué problema puede tener un niño de esa edad. Además, a éste se le ve feliz. Es tranquilo y aparentemente fácil de tratar. Le he sonreído en un par de ocasiones y él me ha devuelto tímidamente las sonrisas para enfrascarse de nuevo y sin demora en su mundo imaginario. En fin, esperemos se siga portando así de bien y silenciosamente mientras dura la sesión. Si no, al menos resultará divertido.

-    Buenos días Dr.

-    Buenos días Josué y disculpe las molestias –añade levantando sutilmente una ceja en dirección al pequeño niño-.

-    No se preocupe, no es molestia.

-    ¿Cómo se encuentra hoy?

-    Bien, no dejo de mejorar constantemente. Estoy continuamente impulsando mi lista de súper cualidades y estoy muy satisfecho con el resultado. Las auto instrucciones y la lectura súper intensiva están dando sus frutos. Eso creo.

-    Mejora…. –toma nota mientras lo murmura- ¿También el dolor?

-    No tanto.

-    Ya veo. Háblame de esas súper cualidades.

-    Siguiendo el consejo de Gabriela estoy decantándome por cualidades de tipo humanista, aunque otras como la capacidad de cálculo o la mayor resistencia física, involuntariamente, se están desarrollando por sí solas, de forma paralela. Ahora observo algunos retos físicos y sé que puedo superarlos. No he hecho nada para ello. No practico ningún ejercicio salvo el de caminar todos los días, pero sin embargo observo aquello que quiero conseguir, como… no sé, correr unos kilómetros, saltar una valla, mantener el equilibrio, cosas así, y sé que puedo hacerlo. Antes era terriblemente torpe en todo lo que tenía que ver con la actividad física y sin embargo ahora…

-    ¿Dice que ha mejorado su capacidad de cálculo?

-    Sí, también. Recuerdo además fórmulas matemáticas que había estudiado de niño como el Teorema de Ruffini, por ejemplo, y que yo creía completamente olvidadas y, contra todo pronóstico, puedo recordarlas con claridad, con total precisión. Mire, el otro día, reunido con Mercedes y el equipo técnico que se ocupa de la métrica de nuestra aplicación móvil, surgió la necesidad de hacer una ecuación para resolver una pequeña duda. Sí, no era algo muy complicado, pero créame, yo creía que únicamente una vez en la vida resolvería ecuaciones, que fue cuando las estudié para el examen, cuando tenía catorce o quince años, y sin embargo en esta ocasión, anteayer, formulé la ecuación de manera natural, surgió de mis labios y… ¡La resolví yo mismo!

- Eso suena muy bien. Debió sentirse muy satisfecho.

- Sí, la verdad es que todo va adquiriendo nuevo sentido para mí. Las perspectivas cambian tal y como cambiamos nosotros. Tenía razón Gabriela cuando decía que la lista de cualidades debía hacerse paso a paso, pues lo que hoy nos parece importante, con cada cambio que hacemos, esa percepción cambia, y toman relevancia nuevas opciones que hasta entonces parecían secundarias.

- ¿Qué hay ahora en su lista?

- ¡Literatura! Quiero saber escribir algún relato ¿De qué me sirve la vida sin poesía? No creo que sea un buen escritor, ni siquiera un gran pensador, pero pienso mucho y ese trabajo, al final, debería dar algún fruto ¿No cree? Espero que me sea fácil, como me está sucediendo con las matemáticas. Quiero escribir para… alguien, una persona que sé que no voy a seducir simplemente con unas pocas palabras o con un pícaro chat en el whatsap. Necesito subir un poco el nivel, quizás algo más que un "poco". Espero no equivocarme.

- ¿Le da miedo equivocarse? ¿En qué?

- En mis elecciones. Me gustaría acertar siempre. Como a todos, supongo.

- Quien siempre acierta, no aprende nunca. El error es valioso. No debería subestimarlo.

El niño había seguido absorto en su juego hasta ahora. En mi danza oscilante sobre la silla giratoria observo que en este instante está sentado sobre sus posaderas y tiene sus ojos puestos en nosotros, con la boca medio abierta y su atención pendiente de mis próximas palabras. Se acaba de convertir en un espectador atento.

- No lo subestimo. Entiendo lo que quiere decir. Pero coincidirá conmigo en que equivocarse no es algo que recibamos con los brazos abiertos. De todos modos, veo que insiste usted en la idea del aprendizaje. Yo pensaba que eso lo teníamos ya superado. Que el fin último era la experimentación, no el aprendizaje. Que es la necesidad de "experiencias vitales" lo que nos lleva a asomarnos a una ventana si oímos gritos de pelea en la calle o a ralentizar el paso de nuestro vehículo cuando pasamos frente a un accidente de tráfico. Eso es lo que a mi juicio nos impulsa, no el aprendizaje. Devoramos las experiencias, las propias y las ajenas, pero a falta de propias las consumimos vorazmente donde las encontremos, en libros, películas y en programas de televisión. La experiencia de cualquiera, cualquier historia nos vale. Necesitamos estar vivos, y para ello hacen falta contenidos. Los contenidos son las experiencias. Las aulas del mundo no están llenas, pero en casi todas las casas encontrará libros y televisores. Y el que no tiene alguna de ambas cosas, es que está viajando por el mundo y viviendo aventuras.

-      ¿Cree usted acaso que el error no es una forma de estar vivo?

-      Claro, ya veo por donde va. El error es un síntoma ¿Sí? ¿Es lo que quiere decir?

-      Dígamelo usted.

-      Mmm... el error como síntoma. Equivocarse sería la prueba de la acción. ¿Quizás es eso lo que insinuaba?

-      ¿Acaso la *no* acción no podría ser también una equivocación?

-      Cierto, pero todo acto de decisión es un acto de la voluntad. Decir "no" implica también voluntad. El *sí* y el *no* son expresiones que emanan de la misma fuente. Tratamos ese tema cuando Gabriela abordó el caso de las dudas internas, las que van contra uno mismo. Equivocarse es haber aceptado el riesgo de vivir. Y es por eso que usted sugiere el *error* como un valor en sí mismo que debiera ser reconocido ¿Estoy en lo cierto?

-      Coincido con usted en que sólo puede equivocarse quien está vivo.

-      ¿Puede Dios equivocarse, Dr. Vinyals? Sí así fuera...

-      Siga, no se detenga.

-      Si Dios puede equivocarse... Pero claro, el problema es de juicio ¿Cómo determinamos qué es lo adecuado? Todo es relativo. Lo que hoy nos parece un error, ayer no lo era y quizás lo que hoy juzgamos como algo equivocado, mañana resulte ser un acierto. Toda percepción está contaminada, ya lo decía Kant... Entonces, cómo hacer juicios de valor sobre lo acertado de una decisión.

El niño se ha puesto en pie y tiene su cuerpo mirando hacia nosotros. Lo miro a los ojos y lo observo triste. Tiene los brazos pegados al cuerpo, con las manos vueltas hacia atrás y los hombros encogidos. No llora pero si lo hiciera ahora no me extrañaría. Miro a Vinyals por si acaso sin quererlo he elevado el tono de voz y el pequeño se ha asustado. El doctor me hace un ademán con la mano para que continúe.

-      Adelante, siga por favor.

- Lo que quiero decir es... Me he perdido, ya no sé por dónde iba, discúlpeme.

- Creo que usted intentaba explicar algo sobre la subjetividad de los juicios.

- Sí, pero lo que quiero averiguar realmente es si su sugerencia sobre los beneficios del error es válida. No me mal interprete, quiero decir que lo que deseo saber es si es válida para mí, si puedo asimilarla.

- No se preocupe por mis interpretaciones. Siga por favor.

- Si todo juicio debe posponerse o en el peor de los casos invalidarse por subjetivo, todo *error* lo es solamente con carácter transitorio, hasta que se den las condiciones y se determinen las leyes verdaderas y universales que puedan enjuiciarlas. Considerando que incluso algunas de las leyes hasta ahora más consagradas pueden acabar sucumbiendo frente a los recientes descubrimientos en el ámbito de la cuántica y la física de partículas en general, cabría reducir las equivocaciones únicamente a su condición de síntomas. Manifestaciones de la voluntad. No creo que importe mucho si aprendemos o no de ellas, sino que creo que más importante aún es nuestro derecho a equivocarnos. El derecho a tropezar y levantarnos o incluso a no hacerlo. Nuestro derecho a elegir de forma autónoma e individual debería estar entonces por encima de todos los demás derechos, porque los derechos de la voluntad están incluso por encima del derecho a la vida mismo. Si la vida no es más que un recipiente de la voluntad, si esta aconteciera antes incluso de la vida, la vida física que conocemos, entonces, la equivocación, el error, serían el paradigma de nuestra voluntad individual, de nuestra libertad como seres trascendentes de elegir incluso aquello que parece una equivocación, aquello que resultaría, *aparentemente* y hasta nuevo juicio, contraproducente para nosotros. Caer de rodillas de vez en cuando sería pues un privilegio, y en cambio *no* equivocarte nunca sería una auténtica privación, una maldición, pues en tal caso, tu vida estaría ocurriendo fuera del tiempo, fuera del tiempo reservado para la experiencia. Estarías a este lado del espejo, pero sin un cometido. Salvo que fueras un ángel, claro, pero eso debe ser en sí mismo también una suerte de maldición.

- ¿Fuera del tiempo?

- Fuera del escenario. No tendrías un papel asignado. Estarías vacío de personaje. Lo cual me devuelve a una de mis cuestiones iniciales.

- ¿Cuál?

- La de si Dios puede equivocarse.

- ¿Y qué concluye usted?

- La energía pura, la que está en tránsito de una forma de vida a otra, no se equivoca, pues tiene todo el conocimiento. Es el Todo. El Todo, la Unidad que está al otro lado del espejo, la que está fuera del tiempo. Por su parte, a este lado del reflejo, en esta dimensión que es el teatro de la vida, el Todo, dividido en millones de partes, se equivoca constantemente, todos los días.

- ¿Se equivoca entonces Dios, según sus conclusiones?
- Es evidente que sí. Intencionadamente. Constantemente, continuamente, millones de veces cada día. Cada flor que no germina es una equivocación. Una vida sin errores sería una equivocación.

Desde el rincón de los juguetes el niño se ha acercado hasta mí sin yo percibirlo, y mirándome hacia arriba ha esperado a que detuviera mi vaivén en la silla giratoria. Cuando me he detenido por completo y lo he mirado a los ojos, he sentido un escalofrío cuando ha posado una de sus diminutas manos sobre mi rodilla y nos hemos quedado mirándonos el uno al otro, en silencio. Sus ojos son grandes y vidriosos y sus facciones me recuerdan mucho a mí mismo cuando tenía su edad. Pero yo me peinaba hacia el otro lado.

## XLIV – A veces hay que mirarse para reconocerse

- ¿Mercedes, puedes por favor mirar si saliendo, a mano derecha, hay todavía dos hombres apostados sobre un coche de color gris?
- ¿Dos hombres? Pero qué cosas me preguntas, Josué... Déjame ver. Por cierto, no te vayas sin firmarme los documentos y recuerda que tu vuelo a Berlín sale mañana temprano. El vuelo desde Berlín a Ámsterdam sale también mañana a las nueve de la noche. Desde Ámsterdam deberás volar pasado mañana a París. Desde ahí vas en tren a Lyon. Lo tienes todo anotado en la agenda ¿Lo tienes claro, Josué?
- Sí, Mercedes, gracias. Ves a mirar por favor.
- Voy –dice con la evidente resignación del que debe-.

A veces el tiempo parece un juego, y otras somos nosotros el juguete del tiempo. Y supongo que la única diferencia entre uno y otro momento somos nosotros; tan diferentes en cada ocasión. No es posible ser la misma persona de ayer, ni la que seremos mañana, por más que concienzudamente lo intentemos en pos de una grotesca coherencia interna que ansiamos exteriorizar. El disfraz cambia cada día, e intentar hacer creer a los otros que no lo hace es un posado tan vacuo como patético.

- No hay nadie ahí fuera Josué. ¿Habías quedado con esos hombres? ¿Te esperaban? ¿De qué se trata?
- Nada, no te preocupes, Mercedes. Dime ¿qué debo firmar?
- Firma aquí y aquí por favor-dice señalando dos documentos que pone frente a mí-.

Firmo el primero de los documentos y mientras voy seguidamente a por el segundo observo a mi izquierda, por el perfil de la mirada, que Mercedes frunce el ceño mientras se gira y va a remover unos papeles sobre su mesa. Mientras acabo de estampar la segunda firma observo que Mercedes vuelve hasta mí, comparando frente a ella el documento que acabo de firmar con lo que parece un talón. Pasa la mirada de uno a otro, achinando los ojos.

\-        No sabía que eras ambidiestro, Josué y menos aún para firmar –dice al fin-.

\-        ¿Ambidiestro? ¿Qué quieres decir?

Mientras hago tan absurda pregunta observo la pluma en mi mano izquierda. Un lugar donde nunca antes estuvo, que yo recuerde.

\-        Sí, Josué, estoy segura de que este talón me lo firmaste ayer por la tarde con la mano derecha, como siempre… bien, como hasta ahora siempre habías hecho. Esta autorización la has firmado con la izquierda. Lo que me fascina, Josué, es que por más que las comparo no encuentro diferencia entre una y otra firma; son gemelas. Fíjate.

Mercedes pone sobre la mesa ambos documentos con ambas firmas. Tal y como ella dice, el garabato de la izquierda es un calco del otro. Tienen incluso el mismo tamaño y el mismo estrechamiento de los trazos al levantarse la pluma sobre el papel.

\-        Hasta ahora no te había visto firmar ni escribir con la izquierda. Te lo tenías muy escondido. Estás lleno de sorpresas Josué –dice toda ufana de descubrirse aliada de una parte de mí-.

Mientras maduro la reciente sentencia de Mercedes y me regocijo con cada una de las palabras que forman el último mensaje de móvil de Gabriela, donde, con su peculiar indolencia, acepta mi invitación para vernos durante dos días en Lyon, yo, desde la vanidad, esa, la nuestra, la humana, la burbujeante, la ciega, me digo, me *recuerdo* que, cuando eres verdaderamente especial, Dios se interesa más por ti, y entonces… Entonces la suerte te sonríe pícara, te guiña un ojo, y te lleva consigo.

Cuando la derecha se convierte en zurda, es cuando se pintan los mejores cuadros. Cuando la habilidad confluye con el talento.

## XLV – Un Murmuro en la Niebla

Los aviones tienen el extraño mérito de hacernos pensar siempre en la muerte. Cuando se cierran las puertas antes del despegue, uno no puede evitar tener la sensación de que nos envuelven para regalo al fin de entregarnos directamente en los brazos de la Cierta. Ella tan leal y paciente, siempre a la espera de recibir lo suyo.

Recuerdo una conversación con Zacarías. Una sobre la muerte. La marihuana tenía esa clase de efectos en su persona. Zacarías hablaba de estas cosas con total normalidad. En cualquier momento, y sin venir a colación, te sorprendía con alguna pregunta sobre por qué la lluvia iba de arriba hacia abajo, por qué no existe el horizonte, o te preguntaba de qué querías morirte.

-       ¿De qué te gustaría morirte a ti? –le respondí yo-.
-       De haber vivido –pronunció sin dudarlo-.
-       Yo creo que la mejor muerte –respondí- que uno puedo experimentar, es cargado de alcohol, salir de la mano de tu botella de licor, desnudo, completamente desnudo, a estirarte sobre la nieve, a observar las estrellas en el cielo nítido, en la cima de un bosque de magníficos abetos, sobre la lengua pura de un glaciar. Una magnífica, etílica y cálida muerte por congelación mientras todas las estrellas del cielo oscuro se bañan en tus ojos. Sí, esa debe ser la mejor muerte del mundo, Zacarías.
-       Veo entonces que los dos queremos morir igual –respondió lacónicamente mientras liaba su siguiente cigarrillo-.

Él todo lo decía sin inquietud, sereno. Creo que sólo vi desazón en sus ojos en una ocasión. La última vez que estuvo en mi casa. No me reconoció.

-       ¿Cómo te gustaría que fuera tu funeral? –le pregunté-.
-       Un ballet clásico en mi funeral quiero, música, muchos ramos de flores, pero sin coronas. Por favor, que no haya coronas. Ramos de flores, sí. Y poesía en prosa. Quiero que se lea poesía en prosa en mi funeral.

No fui capaz en su funeral de pensar en ello. No me ocupé de nada. Su madre, destrozada, consciente de la techumbre de desolación que se precipitaba sobre ella, se hizo cargo de todo. De todo lo que pudo. No hubieron bailarinas danzando para despedirle. Nadie leyó poesía en prosa y apenas un puñado de coronas rodeaban su ataúd. Sin ramos de flores. No me ocupé de nada. No fui capaz de acordarme.

- Algunos están tan apagados que están más cerca de volver a nacer que de morir –decía, y se reía a carcajadas-.
- Deberías leer a Séneca –le propuse-. Séneca es uno de los pocos y más honestos abogados que ha tenido la muerte, aunque nunca la quiso como clienta. *"Morirás no porque enfermes, sino porque vives"* escribió.
- Morir no vale la pena –respondió Zacas- hasta que no has succionado la médula de la vida y te la has circulado por el cuerpo. Unas cuantas veces.

Y con cada pensamiento tomaba el humo a bocanadas tan grandes que parecía que dejara sin aire la habitación, mientras entornaba los ojos vidriosos y enrojecidos.

Zacarías y yo nos conocíamos desde hacía varios años. Era la suya una vida discontinua en la mía. A veces pasaban meses, sino años, sin saber de él. Otras temporadas, por el contrario, casi cada semana tenía noticias. Después volvía a desaparecer. Nunca decía adiós porque nunca se iba para siempre. Probablemente nunca se iba. Sólo lo parecía.

Rememorando aquella tarde, creo de noviembre de hace quizás un par de años, recuerdo que citando de nuevo a Séneca, le dije *"La muerte no está enfrente sino que cualquier momento de la vida que quedó atrás lo tiene la muerte"*.

Zacarías no dejaba aquella tarde de mirar a través del ventanal, mientras sonaba sobre vinilo *Crying about you* de Busty Brown, y el humo de su tabaco subía perezoso hasta el techo.

El sol de otoño hacía estrellas de luz al llegar a los cristales de las ventanas y aterrizar sobre la mesa del salón. Creo que Zacas, pensando en voz alta, respondió en un murmuro sin pretenderlo:

- Al pasar delante de la puerta de la muerte quisiera no pasar sin saludarla, intercambiar con ella unas palabras y algunos versos pues la suya debe ser una historia digna de ser contada muchas veces.

Y así se sumía de nuevo en la nube de humo de su *poesía en prosa*, que era como él llamaba a la mayoría de sus murmullos. Los murmullos que nacían en aquel lugar detrás de la niebla, y que a Zacarías le parecía un lugar tan cierto como a los demás nos parecía nuestro mundo. "Con el mismo derecho" añadía en voz alta y alzando un brazo, reivindicaba su derecho a la realidad, a ser fiel a su realidad.

Con la gente que siempre está de paso en tu vida resulta más difícil aceptar su muerte pues siempre esperas que, como antaño, vuelvan a aparecer, *inesperadamente*. Los mantienes en el apeadero de aquellas personas que sabes que en algún momento tomarán el tren de nuevo hacia tu vida. Picarán a la puerta, se arrellanarán en el sofá y se pondrán a hablar sin cortesías, de ellas y de ti, de la vida, … como si ayer nos hubiéramos visto.

Las personas que ves cada día, en cambio, al marcharse, te recuerdan en su enconada ausencia que han dejado de vivir. Pero, como ocurre con las mariposas, que aunque no las veas volar esta primavera esperas verlas de nuevo en la próxima, pues no aceptas nunca que ya no queden, que se hayan marchado por siempre, pues de cierto ocurre con personas como Zacarías. Porque las cosas hermosas y las almas serenas nunca tienen para ti billete sólo de ida. Siempre les guardas lugar.

La Cierta es leal. No engaña.

- La muerte cuida de nosotros, Josué. Evita que nos desviemos de nuestro destino –me dijo-.

# XLVI – Sólo se puede ser ahora

- *Pero no entiendo. ¿Si vas a pasar por París en tu camino a Lyon, por qué no podemos vernos si nosotros estamos aquí también?*
- *Voy con una agenda muy complicada, Sophie*

Coincide que Sophie está en París con Armand. Como cada año, lo lleva a visitar a sus abuelos y después se van juntos a la Côte d'Azur. Me propone a través del chat, que nos reunamos en algún punto de París aprovechando mi escala desde Ámsterdam. Propuesta que no me conviene aceptar.

- *Podríamos pasar un día très jolie. París está lleno de flores y no hace tanto calor como en Barcelona.*
- *No puedo cambiar mis planes, Sophie.*
- *Pero Josué, no te pido la luna ni las estrellas.*
- *Pero te las mereces*
- *Quisiera merecer menos estrellas y un poco más de ti. Te noto distante, Josué. ¿He dicho o hecho algo que te haya molestado?*
- *No, para nada. Tú no podrías hacer eso; eres un ángel*
- *Tonto. ¿Seguro que no podemos vernos ni una hora? Puedo acercarme hasta donde quieras. Armand se queda con mis padres. ¿Quieres que te acompañe a Lyon? Podría pasar allí el fin de semana contigo.*
- *Me encantaría, pero tengo docenas de reuniones. No voy a tener un minuto libre. He de concentrarme, y aunque deseo estar contigo, sé que si estás a mi lado ya no podré pensar en otra cosa que en ti.*

He hecho algunas averiguaciones sobre la influencia de los pensamientos en nuestra biología a partir de lo que me explicaba Gabriela hace unos días. Una de las personas que más ha publicado al respecto es un neozelandés, un tal Bruce Lipton, que es doctor en Medicina e investigador en biología celular. Su trabajo es muy interesante y útil para mí. Llevo varios días trabajando sobre mi pensamiento para cambiarme físicamente. La forma es importante. Nunca está de más cuidar la propia imagen. Antes yo buscaba la belleza pero la belleza no me buscaba a mí. Me frustraba. Ahora no busco la belleza, la creo.

Investigando a Lipton he llegado entonces hasta el doctor en biología molecular Estanislao Bachrach. Este último sostiene con sus investigaciones que el pensamiento también modifica al propio cerebro. Ha concluido que el cerebro no diferencia entre realidad y fantasía, dice que lo único que le importa al cerebro son nuestras creencias.

Aquello que creemos nos define y realiza. Cada pensamiento es una elección.

El poder del pensamiento es tal que influye en nuestra biología, en nuestro carácter, en la conformación de nuestro cerebro e incluso en la composición del agua y probablemente de las plantas. El pensamiento es poder, pero quien no cree en su poder no lo tiene.

Aquello que creemos nos define y realiza. Cada pensamiento es una elección. No debo olvidarlo.

Si el pensamiento individual es poderoso, el pensamiento masivo mueve el mar y el viento, abre la tierra de cuajo, y propicia las guerras. El pensamiento colectivo es la revolución, es el principio y el fin, es el movimiento. El pensamiento en grupo conjura las dudas interiores individuales. No hay contrafuerza salvo la del pensamiento de otro grupo.

La física cuántica nos sugiere en cierto modo lo mismo. Cuanto más lejos llegamos en la observación del universo, más profundo y lejano éste será. Nosotros, con nuestra observación consciente, creamos cada una de las fronteras que se van sucediendo. Creamos las estrellas y el color pues nada hay allí que no sea capaz de generar nuestra fantasía.

A su vez, cuanto más poderoso es el microscopio que somos capaces de pensar, más diminuta es la partícula en la que podemos descomponer la materia. Nosotros creamos la división. Hasta tan lejos como seamos capaces de imaginar.

El pensamiento es la mayor fuerza creadora que existe. Y el pensamiento va a ayudarme ahora a cambiar mí físico, mi apariencia, la manera en que me ven, a curarme si así lo deseo. Voy a crear belleza. Sí, cada pensamiento es una elección.

Ya noto los cambios desde hace varios días. Son sutiles, infinitesimales, pequeños cambios de ángulo en una curva, una casi imperceptible metamorfosis de la textura, la profundidad de la sombra… pero están ahí. Si yo puedo verlos, si yo creo, ellos creerán.

Sostiene Punset que *la belleza es la ausencia de dolor*. Habría pues que renunciar a la memoria, según crecemos, para conservar entonces el dominio sobre la forma, la graciosa inocencia. Los recuerdos dolorosos marcan nuestra piel, matizan nuestros ojos, gastan nuestros cabellos. Sólo se puede vivir ahora. Sólo se puede ser ahora. El pensamiento debe estar liberado del pasado para ser un pensamiento creador. En el Ahora es donde está la atención de mi cuerpo y mi mente.

Hay que renunciar al cincel de la memoria sin renunciar a nosotros mismos, pues es distinto no recordar que haber olvidado.

## XLVII – El vicio de mi boca

Sábado por la tarde. Besando delicadamente su boca, me estremezco al ver como separa delicadamente sus labios y me abre camino hacia su alma. Sin preámbulos, en la puerta de la habitación del hotel de Lyon donde vamos a instalarnos, Gabriela me ha ofrecido en sus ojos su cuerpo. Mis besos han caído instantáneamente sobre su boca y mis brazos la han abrazado con tanta ansiedad como torpeza. Me sobraban razones, me faltaban manos para acariciarla, me faltaba boca para besarla y ahora está entre mis brazos mientras sus manos suben por mi espalda recorriendo cada línea, acompasando cada beso, y el calor de nuestros cuerpos acoplados frente a frente nos embriaga. Detrás de nuestra sombra, la puerta de la habitación abierta de par en par, testifica el delirio.

Con mis dedos en su nuca y mi mano en su cuello enredo mi alma subiendo por sus cabellos. Jadeamos, inspiramos y nos miramos de tal suerte vencidos que se acrecienta el deseo. Mientras, mis labios hinchados y ardiendo ya están pellizcando su garganta, y algo más diestros mis dedos desabrochan pausadamente su blusa. Con cada botón se abre una ventana de la que emergen prohibiciones húmedas y calientes, y con cada uno el dorso de mis dedos va rozando su sensible y blanca piel mientras desciendo. Su respiración entrecortada cuando mis ojos la miran afilados e inclementes. Esta tarde vas a ser mía, y esta noche, y durante mañana también, y cuando te vayas de esta ciudad, cuando yo quede solo con tu sudor sobre mi piel, aquí quedará tu voluntad.

Su torso se exhibe completamente desnudo cuando la blusa de algodón cae por detrás de su espalda. La redondez del mundo, sensual, describe sus pechos, enmarcados por unos hombros angulosos y firmes. Su pecho es turgente y generoso, y el terciopelo de su piel nacarada encierra dos irresistibles aureolas en las que gobiernan dos juveniles botones del color y el gusto del azúcar moreno. Perdido, pues sólo perdido puede estar un hombre cuando la pasión se le ofrece sin impedimentos, sucumbo ante mi propio deseo. Mis dedos se clavan en su espalda apretándola contra mi vientre, mientras sus manos, por debajo de mis brazos, buscan aferrase entre mi nuca y mis hombros para poder desmayar su cuerpo. Su rostro cae hacia atrás, el mío hacia adelante con mi boca sedienta y mis labios que ya navegan sobre sus pechos. Mis manos nerviosas suben y bajan su espalda, desde su nuca hasta sus pantorrillas, desde sus nalgas hasta sus hombros, desde sus caderas a sus brazos, compartiendo el veneno.

Enardecidos, nuestras cinturas se aprietan tanto la una contra la otra y, aún temiendo lastimarnos, no cedemos, y el calor es tal que emborracha todo el cuerpo, y aún así seguimos frenéticos, apretando su entrepierna contra la mía, su vientre contra al mío, los muslos entrelazados, la fiebre vaporizada por todas partes.

A nuestra espalda se oyen lejanas, ininteligibles y absurdas las voces caminantes de otros huéspedes que a esa hora de la tarde deambulan por el pasillo de la planta del hotel donde se encuentra nuestra habitación. No los veo, pero intuyo que en su tránsito sus ojos se colarán vivaces por la puerta aún abierta para observarnos ahí, de pie, revueltos, locos, desesperados. Gimiendo el instante. Ansiando el momento.

Por encima del hombro de Gabriela me parece atisbar a una mucama del hotel que, desde fuera y claramente escandalizada, cierra por nosotros la puerta de la habitación. Me llevo entonces el cuerpo medio desnudo de Gabriela sobre la cama de sábanas blancas soleadas. El sol sobre su piel muestra su sedosa textura que parece irreal. Detenidamente desabrocho sus jeans y, mientras los separo cautelosamente de su cintura, y su respiración hace subir y bajar aceleradamente su ombligo, observo amanecer tímido el encaje semitransparente de su ropa interior de hilo negro que perfecciona, si eso es posible, la silueta de su cadera.

Retiro sus pantalones y los dejo caer en el suelo para seguidamente quitarme la ropa. Subo suavemente mis manos por el costado de sus piernas, desde los tobillos hasta sus caderas y después las desciendo de nuevo acariciándola intensamente. Las llevo de nuevo  delicadamente hasta su cintura mientras mis besos sobre sus rodillas y sus muslos trepan con ellas. Gabriela cierra los puños sobre las sábanas mientras su rostro se vuelve hacia un lado y se arquea su espalda. Los músculos de su vientre y sus muslos se tensan. La humedad de su piel se mezcla con la mía y el perfume de su cuerpo me turba llevándome fuera de la razón si es que me quedaba algo de ella.

Mis uñas la rozan sutil e inofensivamente cuando mis dedos se insertan entre el encaje y su suave piel para deslizarlos lentamente hasta sus tobillos. Gabriela expira profundamente y se deshace de la última prenda estirando las puntas de sus pies hacia adelante, lo que tensa aún más los músculos de sus piernas y su vientre, elevando los pechos.

Mis manos y el vicio de mi boca regresan de nuevo. En un interminable y tortuoso ascenso desde sus pies hasta su pubis, hacen el camino de vuelta hasta la línea que esconde la húmeda hendidura que abre su vientre. Inclemente, mi boca cae sobre su monte de Venus mientras mi aliento caliente acaricia su vientre y mis manos sujetan firmemente sus caderas contra el colchón, ahora que mi pecho descansa sobre sus muslos. Este sería también un buen lugar para morir.

Delicadamente separo sus muslos y Gabriela abre tímidamente sus piernas dejándome caer flotando entre ellas.

- ¡Dime que lo haga!

Muda y esclava, mordiéndose el labio, ella asiente enérgicamente con la cabeza que sigue tornada hacia un lado, hundiendo el rostro en la almohada.

- ¡Dímelo, Gabriela!
- ¡Hazlo, hazlo ahora…! –exclama jadeando, mientras su espalda se arquea una vez más y su mano izquierda, con sus dedos separados, se aferra a mi cabeza-.

Al poner mis labios sobre su carne húmeda y aprisionarla sensualmente en el interior de mi boca, puedo ver como un erizamiento en su piel asciende desde su pubis hasta sus pechos erectos, describiendo una ramificación nerviosa que acaba arqueando todo su cuerpo, emanando gran cantidad de calor en torno a ella. Exhala tan profundamente que con el último aire saliendo de sus pulmones le tiemblan voluptuosamente todos los músculos que alcanzo a ver, y puedo sentir en sus piernas, alrededor de mi cuello, los calambres que sacuden su alma. Gime y murmura cosas que no entiendo mientras mi boca cruel en su hendidura le provoca continuas sacudidas por todo su cuerpo.

Los suspiros y gemidos se le funden con lo que parecen ganas de llorar. Un espasmo sigue a otro, mientras sus uñas se han clavado y arañan aún mis cabellos. Sus piernas me aprisionan y me empujan hacia su interior. Su cadera se yergue nerviosamente sobre la cama, su espalda se sacude, su respiración se atraganta, y en ese instante Gabriela se hace vapor y todas las partículas de su cuerpo se dispersan explosivamente por toda la habitación, llegando a todos los rincones, y llevando con ella nubes de electricidad que rebotan por las paredes y le vuelven a entrar en el cuerpo, y así durante un largo tiempo en el que pierde la conciencia y la razón y yo con ella, pues su último grito reverbera en mi interior produciéndome una vibración sónica inefable que pone mis ojos en blanco y me fusiona con ella, arrastrándome a ella, y la acompaño y no volvemos, durante mucho rato, desde allí, desde el otro lado del espejo.

Y allí nos quedamos, y allí volvemos, durante toda una tarde, yendo y viniendo, y ella se dio y yo me he dado, hasta la noche desnuda, hasta aplacar el deseo, mientras se pasan las horas, mientras huimos del tiempo.

## XLVIII – Entre la Razón y la Mística

Recostados los dos contra el cabezal de la cama, desnudos aún, la noche nos ha sorprendido, y la tenue luz de la iluminación urbana de Lyon es la que ahora alumbra el techo de la habitación. Uno al lado del otro, con mi mano derecha descansando sobre su muslo, nos vemos en el espejo que nos queda al frente y que nos enmarca como si de un retrato se tratara. Es fácil sonreír.

- Por cierto, bienvenida a Lyon.
- Bien hallado señor de los negocios. Por cierto ¿ya te has comprado el Mundo?
- Ya veo por dónde vas, *Ganar el mundo y perder el alma*. Marcos, versículo 8:36. Pero para que eso tuviera sentido para mí, Gabriela, primero habría que tener un alma que mereciese ser salvada. Y ese no es mi caso, creo.
- Si tú lo crees así… -dice llevando su mirada hasta la pared, al fondo-.
- ¿Qué opinas tú?
- Eso no importa.
- Tan misteriosa como mística.
- ¿Misteriosa y mística? Veo que voy ganando atributos en tu mente –desliza mientras sonríe ufana y achina ligeramente sus ojos-.
- Puedes estar segura de ello. Lo de misteriosa no me resulta tan desconcertante como tu inclinación a la mística. Observo que es algo que está afectando a gran parte del mundo científico. No sólo a ti, pero en ti tiene un acento especial. Cuanto más cerca estáis de desmontar la superchería y ofrecer al mundo una visión racional de nuestra existencia, más místicos parecéis.
- Es cierto, en cierto modo.
- Ya ¿Podrías darme alguna explicación más? ¿A qué se debe? ¿Qué está cambiando?
- Ciertamente, tras un largo periodo de racionalidad en todos los ámbitos de nuestras vidas, de nuestro pensamiento racional, es evidente que hemos permitido dar cabida en nuestra existencia a una pequeña pero significativa porción de misticismo. Hemos abierto la puerta a la mística, sí. Me refiero a la

humanidad en general, no sólo a los que formamos el reducido círculo científico. Es sólo que nosotros somos un grupo donde esa revelación contrasta más y se hace más evidente ¿Verdad?

- Desde luego. Cuanto más se aproxima la religión a la ciencia, más parece que os aproximáis vosotros a ellos. Sois como dos grandes árboles que habiendo crecido paralelamente erguidos e inflexibles, durante largo tiempo, ahora vuestras copas empiezan a confundirse, allí en lo alto.

- Sí. La racionalidad ha estado presente en todas las esferas de la manifestación humana a lo largo de los dos últimos siglos, especialmente en Occidente. Ha habido racionalidad en la producción, en la economía, en la política…

- Efectivamente, la pauta que nos ha gobernado, o al menos nos ha guiado hasta ahora, en los dos últimos siglos, ha sido la razón. La administración lo más ordenada posible de todos los recursos ¿Qué hay de malo en ello, entonces?

- No, nada malo en sí mismo.

- ¿Pues?

- El fin último de la *razón* es la supervivencia del Yo. Si *analizás* detenidamente cómo la *razón* nos conduce a través del catalizador de la racionalidad, observarás que el objetivo que siempre subyace es el de asegurar la supervivencia del Yo. La administración de los recursos, la política, la higiene, las leyes… todo nos lleva a un mismo destino; la conservación y perdurabilidad del Yo.

- ¿Y la mística?

- La mística también conduce al mismo fin. Toda religión, toda filosofía está encaminada a la salvación del Yo. Supervivencia y salvación, vienen a ser lo mismo, distintas combinaciones de letras para un mismo significado.

- ¿Cuál es entonces la diferencia entre mística y razón?

- La diferencia es que para la "razón" el Yo es un ser individual, separado del resto, aunque sea parte del conjunto. Pero es siempre un individuo. Mientras que para la "mística" el Yo es colectivo y comunitario, está unido y es indivisible. El Yo es la suma de los individuos. Por eso la mística acepta e integra conceptos abstractos mientras que la razón precisa de constataciones empíricas. Esto es porque el *individuo* necesita hechos probados, circunscritos a su realidad y su conocimiento, hechos que sea capaz de asimilar y hacer propios. Mientras que la mística, desde su naturaleza colectiva, acepta que el conocimiento es compartido y transversal, que reside en toda la comunidad. Hay un proverbio africano que reza algo así como que *la verdad no está en una sola cabeza* que me parece resume bastante bien ese pensamiento. Internet empieza a ser como el *cíberplasma* que aglutina esa idea, aunque todavía hay mucho camino por recorrer –añade con una cierta decepción en su mirada-.

- Veo que has usado la palabra *pensamiento* para referirte al proverbio africano, y sin embargo la palabra "idea" para referirte a Internet ¿Por qué? ¿Cuál es la diferencia para ti?

- Las ideas son individuales y tienen titularidad. Los pensamientos no. Una idea puede ser propia, un pensamiento no. Como bien sabes, si como me dijiste estás estudiando derecho mercantil, se pueden patentar las ideas pero no los pensamientos. Cuando un pensamiento se expresa, aunque sea en el silencio interior de tu conciencia, deja de ser tuyo para devenir universal, pues, la cámara más profunda y oscura donde habita el eco de tu conciencia es esa una habitación compartida. La mística se nutre de pensamientos, la razón de ideas. Los proverbios y refranes vienen a ser el fruto de la manera de *pensar* dentro de una comunidad, una nación, una consecuencia cultural que trasciende a varias generaciones. Las ideas, por su parte, son fundamentalmente la respuesta a una pregunta. El pensamiento, sin embargo, es a la vez la pregunta y la respuesta.

- ¿Y tú qué eliges, Gabriela? ¿Mística o Razón?

- No hay por qué elegir, mística o razón, ambas son creaciones humanas. Se complementan. Para la razón, la salvación del grupo reside en la salvación individual de cada uno de sus miembros. Para la mística no es posible salvar al individuo sin salvar al prójimo. Son ambas orillas de un mismo camino. ¿Por qué habría que elegir?

- ¿Se puede andar por ambas orillas?

- Lo intentamos, al menos lo intentamos. Y, afortunadamente, cuando nos perdemos y nos sentimos desorientados, sabemos que siempre hay una respuesta científica para todo, y eso nos mantiene focalizados, nos empuja hacia adelante.

En este momento me viene a la memoria el significado de su nombre, Gabriela, *la Fuerza de Dios*. Y me pregunto cuánta importancia tendrá en nuestra manera de ser la manera en que nos señalan al nacer.

- Mmm…. ya veo. Has conseguido inspirarme Gabriela, como siempre haces. Debiera pues pagarte con algo más que besos. Si me dejas y me acompañas, te llevaré a cenar a un lugar realmente místico desde donde juntos observaremos la racionalidad humana. Así, como tú dices, no tendremos que elegir.

- A ver… ¿Cenar en una ciudad francesa con un hombre tan apuesto? ¿Quién podría negarse, Josué? –dice acabando en una sonrisa irónica-. Por cierto ¿te has hecho algo en el pelo o…? No sé, se te ve mejor que nunca ¿Te *andás* cuidando? Será el *poder* que te favorece. Bueno, tengo hambre y es hora de cenar como tú dices. No te *pongás* presumido ahora y llévame lejos sin alejarnos mucho.

Y con sus últimas palabras salta de la cama y su reflejo enmarcado en la pared de enfrente desparece, dejándome solo en el espejo, en un extraño y desequilibrado encuadre, que no me convence. En realidad, su imagen desapareció unos instantes antes, se hizo borrosa y mi mano descansaba entonces sobre mi muslo, no en el suyo.

Al pasar por delante de la puerta del aseo la veo sentada graciosamente en la taza del wáter, orinando, desnuda, hermosa, carnal, voluptuosa, con el rubor aún en las mejillas, mientras pícaramente me sonríe con su media sonrisa, y un nudo ahoga mi garganta y un golpe de ingravidez me brota en el pecho. Y ya no me importa nada más que estar a su lado y seguir a su lado y continuar a su lado y que nada me separe, y que la vea todos los días, la oiga, la huela, la sienta… Y entonces me doy cuenta y me pregunto mientras no puedo dejar de sonreír, cuando el ardor del vientre se sube a mis mejillas, cuando la angustia y la melancolía no existen   ¿Así que era esto? ¿Así que esto es la felicidad? Y se me escapa la risa por detrás de la boca.

## XLIX – Dos números y medio

*"No puedo quedarme todo el fin de semana como te había prometido. No te lo dije antes para no estropear nuestra velada. Ha sido maravillosa. Pero debo volver a Barcelona mañana temprano para atender unos asuntos en la universidad que requieren, ineludiblemente, mi atención"* Y con la misma insustancial indolencia de sus últimas palabras de ayer, cuando regresábamos al hotel, así hoy ha sido su ausencia en la cama, sin culpa, pero vacía. Más útil hubiera sido tener culpa. Sentirla.

No se ha despedido. Apenas quedaba su calor en las sábanas cuando me he despertado. Resultaría más reconfortante sentirse traicionado, pero ni siquiera eso me ha concedido. Sabíamos que se marcharía, y hacerlo con nocturnidad y alevosía tiene un no sé qué elegante y poético que embellece al huido.

¿Qué hice? ¿Qué dije anoche? ¿Acaso eso importa? Gabriela se ha revelado como la niebla que va y viene.

Salimos ayer hacia las diez de la noche del Hotel Le Royal, recortando nuestro destino sobre la Place Bellecour. Oscurecía y un aire de tormenta parecía emanar del río Saona cuando cruzábamos a pie *Le Pont Bonaparte* para adentrarnos en el Vieux Lyon, el barrio más antiguo de la ciudad, de estilo medieval, con calles serpenteando unas sobre las otras. El Saona se movía espeso como la lava y un impenetrable espejo negro reflejaba sobre su manto un cielo sin estrellas que apuntaba hacia el Norte. El agua y el tiempo deben ser primos hermanos pues cuando el agua se para también lo hace su pariente, y cuando ésta se agita pareciera que te apremia más la vida y no te detienes. La de anoche era una de esas veces, de esas, cuando el lento y pesado discurrir del cauce te susurra que atenúes el paso si no quieres tropezarte con lo absurdo y real de tu existencia. Yo le hice caso, y deambulamos sin rumbo por el adoquinado medieval de la Rue Saint-Jean durante algún tiempo, medio viendo, medio olfateando los escaparates de los restaurantes y sintiéndonos solos en aquel continuo ir y venir de turistas y gentes locales en busca del mejor lugar para hacer el postre, golpeando los hombros o encintando cada envite de los que nos venían de frente, que no eran pocos.

Me esfuerzo en recordarla, con su vestido gris perla de tirantes, sus hombros desnudos y la erguida torre blanca que es su cuello sosteniendo su mirada, perdida, al frente, con su escurridiza sonrisa, y la veo borrosa, distante, incompleta, como si fuera cosa de muchos años, y el tiempo la hubiera desgastado en mi memoria.

- Tus ojos están tristes esta noche –me dijo ella-.

Yo no quisiera. No lo estaba. O quizás sí, ya no lo recuerdo. Fue ayer, y de eso hace ya mucho tiempo.

Cansados de parecer turistas, o de serlo, tomamos uno de los rojos funiculares que suben hasta la Basílica de la Fourviere, en lo alto de una de las colinas que coronan la ciudad de Lyon. El funicular es espartano siendo generoso con él. Su diseño hubiese resultado aburrido hasta para el más insulso de los padres del diseño soviético. Nos acomodamos, el uno junto al otro y, pese a todo, se nos antojó cómodo y, hasta cierto punto, frágil y elegante. No había nadie más, y eso nos pareció bien.

Como una suerte de brazo divino que desciende desde el cielo y extiende su mano para envolverte y elevarte de nuevo, así nos sentimos cuando el ruidoso y vacío funicular se elevó ladera arriba. No dijimos nada porque no había nada que decir. Era sencillo aceptar la situación y cualquier palabra solo hubiera interrumpido el chirriar de la nocturna carroza roja mordiendo los hierros para trepar la montaña. Nadie quería eso.

La mañana es gris y quiere llover. Aun no lo hace, pero a través de la ventana de mi habitación puedo intuir el aire pesado, húmedo, que lame los cristales, preparando el escenario para la tormenta. El hotel hace esquina entre la Place Bellecour y la Rue de la Charité. La mayor parte de la plaza está cubierta de una tierra rojiza que le otorga carácter, y a un lado quedan unos ordenados parterres, con unas fuentes geométricas que se lo quitan. Demasiado francés para mi gusto. Espero ver caer la lluvia sobre la tierra roja, en grandes goterones que la hiendan, y que lo rojizo se vuelva del color de la sangre.

No he desayunado aún. Mejor. La lluvia es dócil y pierde bravura cuando tienes el estomago satisfecho. Se acomoda y pierde intensidad, te perturba menos, se desaprovecha.

Estoy más delgado, lo acabo de ver en el reflejo de la ventana sobre la que se aplasta mi frente; esperando que la tormenta vengativa golpee en los cristales.

No se sorprendió al salir de la estación y observar la Basílica de la Fourvière, blanca, majestuosa e iluminada, presidir la ciudad en lo alto del cerro. No lo hizo porque la basílica, en su posición de gobierno, puede verse desde prácticamente todos los rincones de la ciudad y el viajero no se espera ya pues sorprenderse, ni descubrirla, sino que se apresta simplemente a saludarla y rendirle honores. Bueno, por eso, y porque el funicular va rotulado con el nombre de la basílica y hay varios posters en la estación hablando de ella. Así que tampoco dijo nada entonces, ni lo hice yo. Nos dirigimos primero a uno de los balcones que la escoltan a ambos lados y que ofrecen su vista sobre toda la planicie de la ciudad de Lyon, que se presta allá abajo, sola, murmurante y adornada de luces de colores. Gabriela gusta de cuidar los momentos. Estos deben estar siempre en un equilibrio estético insondable. Los silencios y las palabras tienen su lugar preciso, como los gestos, las curvas y los ángulos, que deben ponderar los volúmenes y los vacíos, los colores y los tonos de negro. Gabriela es el delirio en la armonía de los cuerpos en el espacio. Entonces, ahí nos quedamos por unos minutos, cumpliendo con nuestro papel de figurantes, mientras las luces de la ciudad centelleaban en sus ojos negros y hacíamos bueno nuestro lugar en el escenario. Respiró profundamente un par de veces.

- ¿Entramos? No nos queda mucho tiempo –le dije-.

Se volvió, asintió lánguidamente y deshicimos nuestros pasos en dirección Oeste buscando la puerta de entrada al templo.

La Basílica Notre-Dame de Fourvière tiene elementos de la arquitectura románica y bizantina y se ubica sobre lo que antaño fue el foro romano de Trajano en la ciudad. Tiene cuatro torres y un campanario donde reina una estatua dorada de la Virgen. A pesar de ello, el exterior es sobrio, especialmente si se le compara con el interior del santuario principal, que está profusamente ornamentado, con mosaicos y vidrieras, en una geografía de dorados y relucientes colores que emborrachan al visitante nada más entrar. Su interior es imponente y, si su posición sobre la ciudad está preñada de osadía, su interior casi ofende por sus excesos.

Gabriela entretuvo la vista y recorrió pausadamente el templo que, excepcionalmente ayer, podía visitarse a tan altas horas. Pero no dijo nada. Su rostro parecía agradecido de reencontrarse con un viejo conocido, pero no mostró la actitud del que visita por primera vez la Fourvière y queda abrumado por su obsceno derroche de ornamentos y culto a la ostentación, sino más bien la pausada complacencia del que comprueba que todo continúa en su lugar, que nada ha cambiado. Me dijo en Barcelona que nunca había estado en Lyon, pero en aquel momento, anoche, lo dudé.

- ¿Mística o razón?
- Es una buena pregunta Josué, pues no todos los templos obedecen a razones de fe, del mismo modo que no toda la ciencia está vacía de ella.

Después que se hubiera entretenido observando detenidamente el techo y hubiera zigzagueado entre las columnas que sostienen una auténtica cúpula dorada y celeste, a gran altura, la tomé de la mano y por una escalera circular a medio esconder, la conduje hacia lo que aventuraba ser el sótano del templo para descubrirle allí un segundo santuario, uno por debajo del otro, una suerte de hermano pobre que carga sobre sus hombros anchos y planos la vanidad y la soberbia del elegido, con todos sus abalorios, aquel que olvida quién lo sostiene. Si el templo superior es de techos altos, oro y relieves, el templo inferior es de techo más bien bajo, y de una sobria decoración que en algún momento te sugiere que estás recorriendo un templo masón, cuyos símbolos han sido torpemente ocultados. De hecho, los pocos ornamentos que se observan en el templo subterráneo parecen importados desde el piso superior y que hayan sido injertados por la fuerza y sin consideración en el hermano pobre para disimular así la pureza de su alma y su sobriedad. El resultado, en la mayoría de las veces, es grotesco al agruparse lujosas cruces sobrecargadas de derroche, superpuestas sobre el mármol desnudo y sin pulir que habita en el piso inferior. Gabriela puso aquí sus manos a trabajar. Acarició varias superficies y se entretuvo en leer inscripciones sobre la piedra, recorrer rincones, buscar el reverso de los ángulos e incluso me pareció que mesuraba parte de la estancia contando sus pasos.

Por fin llueve. La mañana ha dejado de ser gris para lucir púrpura. La lluvia ha empezado a caer estrepitosamente y las primeras gotas han sido vapor al golpear sobre el asfalto caliente, y nubes de polvo sobre la arena roja. Como una pisada sobre un hormiguero, la gente ha empezado a acelerar el paso en todas direcciones, y en segundos ya corren a resguardarse bajo los toldos y los salientes de las fachadas, poniendo sus ojos en el cielo como quien espera un espectáculo de fuegos artificiales.

-       ¿Sigues teniendo hambre, Gabriela?
-       Ni te lo imaginas.
-       Vamos entonces, pues te quiero desmayada de pasión, no de inanición –le dije mientras la besé en la comisura de los labios al pie del altar, sujetándola por la cintura-.
-       Veo que el Ladrón de Besos no descansa nunca –respondió, mientras retiró ligeramente su rostro y me miró con sonrisa acusadora y cómplice al mismo tiempo-.
-       Como el viento, Gabriela, como el viento…

Teníamos mesa reservada en el mismo restaurante que linda a la derecha con la Basílica y tiene el mismo nombre. Me aseguré que fuera una mesa apostada sobre la gran vidriera que ofrece unas vistas espectaculares sobre la ciudad. Tienen también terraza, pero ahí en lo alto, empezaba a refrescar para el ligero vestido que ella llevaba, y no quería que nada la incomodara.

No consigo recordar muy bien sus ojos, pero ella volvió a decir que los míos estaban tristes.

- ¿Todo bien, Josué?
- No podía estar mejor, Gabriela. Espero que para ti también esté todo como lo imaginabas.
- ¿Cómo lo imaginaba? Nada es como lo imaginamos, pero puede llegar a ser mejor.
- ¿Sí?
- Los desenlaces, especialmente. Siempre pueden ser mejor de lo esperado.

El local tiene dos docenas de mesas, sobre suelos de madera en dos niveles. Algunas pocas de ellas están arrimadas sobre un gran ventanal que planea la vista hasta el horizonte. Dejé que ella escogiera los platos. Verduras, combinadas con otras verduras y legumbres.

Gabriela se detuvo a observar, iluminada, las cucharas que, junto al resto de cubiertos y un plato vacío, formaban parte del servicio sobre la mesa. Estaban hechas en plata y delicadamente grabadas. Lo más curioso es que teníamos dos cucharas cada uno alineadas horizontalmente frente a nosotros, formando al final una especie de sendero de tablillas horizontales sobre una arena blanca, que nos unía. Tomó una de ellas en la mano y acarició cada uno de los relieves con las yemas de sus dedos. La volvió a colocar sobre la mesa asegurándose que el paralelismo entre ellas fuera perfecto. Corrigió también la posición de las mías para que estuvieran equidistantes. Las miró con satisfacción. Después, perdió su mirada en el horizonte, a través del ventanal.

- Las vistas son realmente lindas, Josué.
- Me alegro de que te gusten. ¿Ves aquel centro urbano de allí? ¿Allí, en el horizonte? ¿Aquel donde se concentran varios rascacielos?
- Sí.
- Es el centro financiero de Lyon. Como te dije, desde la mística, veremos la razón.
- Entiendo.
- ¿Sabes que es lo más curioso del barrio financiero de Lyon?
- Dime
- Su nombre…
- ¿Cuál es?
- *La Part Dieu.* La parte de Dios.

No había mucha gente en el restaurante a esa hora, aunque la atmosfera estaba aún cargada de presencia. Seguramente había sido una noche con muchos clientes, si bien ahora sólo quedábamos los más noctámbulos y rezagados. Al fondo un hombre y una mujer de mediana edad que ya andaban en los cafés. Ella, con una blusa azul de manga corta, se frotaba las manos contantemente, como si la conversación que mantenían la inquietara. De él sólo veía su espalda, ancha, e intuía sus gestos parsimoniosos mientras con voz cansada le decía algo en un francés rudimentario. Hacía pausas y tenía la cabeza gacha, con cierta resignación. No lejos de ellos dos hombres de negocios, vestidos con traje, cenaban en silencio sin mirarse. Dos jóvenes novios podía oírlos risotear a mi espalda. Al llegar hasta nuestra mesa, antes de acomodarnos, pude ver someramente sus miradas de mentira. Se habían prometido un amor que no iban cumplir, pero eso ahora no les importaba cuando el romanticismo de celofán se impone. Al fondo, en la penumbra, un hombre de unos cuarenta años, con abundante barba y en mangas de camisa, escribía notas sobre un puñado de papeles mal apilados y con marcas de dobleces mientras apuraba una jarra de cerveza. Sólo a la pareja de novios y a Gabriela y a mí nos interesaban las vistas. Era tarde, así que los camareros empezaban a poner esa cara hostil con la que te sugieren que abandones el barco si no quieres enfrentar su ira. No nos importaba, y hasta nos resultó cómico en más de una ocasión, especialmente cuando me trajeron la cuenta sin haberla solicitado, y aprovechamos de manera cómplice para pedir otro café. Me acuerdo bien de las graciosas diminutas muecas que a ella se le formaban en la comisura de sus labios al intentar contener la risa, pero no consigo recordar sus ojos.

-       Ha habido también algo de eso dentro de la misma basílica. No había equilibrio, pero era interesante sentir el peso del oro del santuario superior comprimiendo el cielo sobre la iglesia subterránea.

-       Sabía que lo encontrarías interesante. Creo que de día, desde la vidriera del altar inferior, puesto que sobresale sobre la ladera, debería poder verse la *Part Dieu*. No dejaría de ser curioso ¿No te parece? Desde la iglesia más humilde puedes ver a *Dieu* pero desde el lujoso y sobrecargado templo de encima no puedes hacerlo.

Sonrió lacónicamente y sin convencimiento, insertándome entre las costillas cierta amargura.

Debería pensar menos en ella. Sí, debería, pero no voy a hacerlo.

-       ¿Gabriela, crees que puede entenderse a Dios desde la arquitectura? ¿Y desde las matemáticas?

-       Seguro que sí. Las matemáticas son la forma más directa y precisa de llegar a Dios.

- Convénceme –le dije, acercando ligeramente mi rostro al suyo-.

- Cuando era *chica*, mi papá, que era físico, y en general un hombre de postura seria, siempre que le pedía ayuda con las tareas escolares de matemáticas o de física, empezaba contándome la siguiente historia: *He estado conversando con dos números y medio. El número Uno me ha explicado que él era único, el original, que estaba primero que los demás. El número Dos me ha dicho que estaba orgulloso de ser el progreso, la evolución lógica, el par, el equilibrio. Pero con quien más me ha gustado hablar ha sido con Medio número. Con su voz pequeña me ha contado que ser medio número era lo mejor, porque significaba ser parte de algo, formar parte de algo más grande que uno mismo.* Y ahí, el físico severo que era mi padre, esbozaba una sonrisa amable y empezaba preguntándome si yo me había interrogado sobre qué no entendía y por qué.

- Debía ser un hombre muy interesante.

- Era un ser singular. Realmente único. Me encantaba recurrir a él siempre que tenía la oportunidad de hacerlo. Me ayudó muchísimo en mis tiempos de juventud para adentrarme en el mundo científico. Con dieciséis años sabía más sobre las constelaciones y las propiedades de la fusión del núcleo que mis profesores del secundario.

- ¿Definirías las matemáticas como una suerte de religión? ¿Son entonces los números una vía de camino espiritual?

- *Fijáte*, Josué que en realidad, los números no existen como tal, no son más que un alfabeto, así que pueden ser lo que tú quieras leer en ellos.

- ¿Un alfabeto?

- Te lo explicaré descomponiendo primero los números en dos grupos, los pares y los impares ¿Te parece?

- No veo el momento.

- ¿Crees en los números impares?

- ¿Eh? Bueno, sí ¿no?

- En realidad no existen como tal. Sólo hay un número impar. El uno.

- ¿El uno? ¿Y qué pasa con el tres, el cinco…?

- Todo número impar no es más que un número par más un uno ¿Cierto? El tres es el dos más una unidad. El cinco es el cuatro más una unidad… ¿Sí? ¿Me *segúis*, Josué?

- Sí, te entiendo.

- Bien, pues lo mismo ocurre con los números pares.

- ¿Tampoco existen?

- Tampoco como números, sólo como una suerte de alfabeto en la medida que todo par es la suma equilibrada de un conjunto de unidades, de números *uno*, que era el único número impar ¿Recuerdas? y en realidad el único número. Todos los demás son sólo acumulaciones de "uno" o, lo que es lo mismo, descomposiciones de "uno", del Todo, de la gran unidad. La existencia de un solo número, la unidad, puede observarse en los códigos binarios que se utilizan en la programación informática, donde sólo existe el *uno*, o la ausencia de *uno* en sus desarrollos. Un código binario es otra forma de construir un alfabeto sobre la unidad, el único número que existe.

- Gabriela, yo creía que todo tenía su par. Todo el mundo habla del par, de la contraparte, de que todo tiene su equilibrio ¿Cómo encaja esa idea con la idea del *Todo* como única entidad?

- Es una idea muy extendida la del contrario, la de las dos partes de la balanza; el *Yin* y el *Yan*, el cielo y el infierno, el bien y el mal, .... Pero no hay tal contraparte. Lo que se confunde es el equilibrio con el par.

- ¿Y no es lo mismo?

- Tres son los principios que rigen el funcionamiento del Cosmos; Unión, Rotación y Equilibrio. Todas estas leyes son interdependientes entre sí. Su funcionamiento es interdependiente. Esa es la *santísima trinidad* que todo lo gobierna.

- ¿Cómo se manifiesta el equilibrio si no hay par, contraparte?

- Por la propia rotación. Como te decía, cada uno de estos principios dependen del otro. Todo está unido (Unión) en un Todo. Todo gira en torno suyo y, esa *Rotación* es la que garantiza el *Equilibrio* ya que el giro sobre el eje pone al sujeto en todas las posiciones posibles alrededor del vértice, se auto balancea. La contraparte a la que tú te refieres, es el mismo *Todo* que está a la vez ejerciendo su fuerza en varios planos simultáneamente gracias a la rotación, pero *no* es su contrario, *no* es un opuesto, es la misma Unidad siendo presencia universal.

- Con dieciséis años ya eras una *empollona* que sólo pensaba en la fusión del núcleo y sabía más de física que sus profesores ¡Caray! ¿No hubo nunca una Gabriela que quisiera ser Princesa o bailarina? ¿Qué soñara con viajar por los tejados, por los mares o nadar con los delfines?

Sin dejar de mirarme dejó ir unas carcajadas que llenaron todo el local, y que sirvieron para relajar mis músculos por unos momentos. La mujer del fondo, detuvo por unos instantes el nervioso movimiento de sus manos para clavarnos una interrogativa mirada, devolviendo seguidamente su interés al hombre frente a ella que ahora removía un azucarillo entre los dedos. El hombre que escribía en la penumbra se detuvo, sin dejar de mirar las cuartillas frente a él. Tomo aire y continuó escribiendo aún más ensimismado. Ya habían retirado la jarra de cerveza de su mesa y tenía toda la superficie para espaciar sus papeles por todo el mantel.

\- Sí, claro que sí, Josué. Al menos mientras viví en Tucumán, hasta los catorce años, hubo una niña princesa, que caminaba descalza por la selva de las Yungas, que soñaba que hablaba con los animales; los guanacos, el jaguar... Sí, yo también soñé con ser princesa, la Princesa de un reino salvaje imaginario en un tiempo de caballeros y duendes ¿Me ves incapaz de ello? ¿Me ves incapaz de soñar? —dijo haciendo una mueca cómica para invitarme a reír con ella-.

Y así lo hubiera hecho. Si aquel repentino escalofrío no hubiera recorrido mi espalda. Aquellos dos hombres, en silencio, que al entrar había confundido con dos hombres de negocios, eran en realidad los mismos hombres que me habían estado siguiendo en Barcelona. No había duda. El traje, en lugar de la ropa informal a la que me tenían acostumbrado, me había confundido al principio. Pero en aquel momento vi su mirada de soslayo sobre nosotros y los reconocí, al menos a uno de ellos. Sí, seguro. Su mirada gris de cejas pobladas, sus mejillas azules, su cuello sudoroso. Un traje y una corbata no pueden esconder la carne muerta por intoxicación que exhalaban sus poros. Por un momento nuestras miradas se cruzaron y nos reconocimos. Mis músculos se contrajeron, creo que Gabriela lo notó. Encerré la servilleta en mi puño izquierdo mientras los dedos de mi mano derecha intentaban rozar los suyos sobre la mesa. Ella retiró su mano para mesar los cabellos de su nuca mientras inclinaba su grácil cabeza a un lado y me miraba esperando una reacción a sus últimas palabras. Yo, torpemente, tenía mis ojos clavados, por encima de su hombro, sobre los finos y pálidos labios de uno de aquellos perseguidores que tomaba café en pequeños sorbos, con sus ojos perdidos por encima de la cabeza de su compañero, con su mirada vacía.

\- Quiero que me cuentes más de esa *Princesa* de la que me hablas, Gabriela. Quiero conocerla. Pero debo pedirte que me excuses dos minutos, mientras voy al aseo ¿Me disculpas?

Se me apareció dócilmente. Ella ve lo invisible, pero nunca me juzga, tan sólo ejecuta su papel, su plan. Hizo un pequeño gesto de asentimiento con la cabeza, y antes de que me hubiera levantado de la mesa su mirada ya estaba al otro lado del cristal, en el horizonte, y ella también. En el reflejo del cristal sus ojos aparecían con una línea de lágrima bañando de lado a lado su emoción, pero sus ojos borrosos, porque los recuerdo borrosos, no. Estaban brillantes y cristalinos, estaban serenos y su boca tenía esa leve sonrisa con la que se puede sostener un mundo entero. Y aún recordando los detalles la recuerdo difusa, incorpórea, como si no hubiera estado más que cuando escuchaba su voz, y lejana en la memoria cuando guardaba silencio, muy lejos, muy solo, desamparado.

Llueve rabiosamente contra los cristales de mi habitación y el hambre se ha aferrado a mis tripas con saña, como debe hacerlo. El hambre cumple escrupulosamente su papel estimulante y recrearse en ella se me antoja tan angustioso como gratificante. El dolor es una pregunta que precisa una respuesta, me dijeron ¿Se puede elegir la respuesta? ¿Me puedo mentir? ¿A quién le respondes?

Una familia corre a refugiarse de la lluvia en el hall del hotel, mientras un hombre bajo un paraguas blanco sale corriendo y toma un taxi que consigue detener en la esquina de la Place Antonin Poncet. El vidrio se ha enfriado y mi respiración forma un vaho que nubla intermitentemente mi vista mientras mi frente y mi mejilla se aplastan dolorosamente contra la ventana. Una pareja de jóvenes adolescentes, con sus brazos entrelazados por la espalda, caminan sin prisa bajo la cortina de agua. Avanzan a tropiezos. Se detienen. Ahora observan un escaparate mientras la lluvia cae inclemente sobre sus cabezas unidas y sus hombros anudados. Su carne es blanca. Vuelven a avanzar. Se detienen mientras él, con toscos movimientos, rebusca algo en sus bolsillos. Se ponen de nuevo en marcha cuando las gruesas gotas de lluvia forman un baile de tambores alrededor de sus pasos. Sobre el asfalto primero, sobre la tierra roja después.

Me levanté de la mesa y me dirigí a los aseos pasando muy cerca de la mesa de aquellos dos tipos. Los miré a los dos a la cara durante todo el tiempo que me dirigí hacia ellos y mientras pasaba a su lado. No me devolvieron la mirada, pero sentí su olor a exceso de loción y a miseria. Al fondo, cuando abría la puerta que daba entrada al cuarto de baño, sentí a mi espalda el sonido de la silla arrastrándose de uno de ellos y sus pasos iniciando el camino detrás de mí. Una vez dentro y dispuesto a enfrentarme con él, me puse de espaldas a la pared de cara a la puerta, esperando que esta se abriera. Tenía el cuerpo en tensión, no sabía cómo abordar el asunto ¿Qué querían? ¿Por qué me seguían? No había duda de que lo hacían, ahora no ¿Debía habérselo comentado a Gabriela? ¿Y si su intención era violenta? ¿Por qué venía hasta el lavabo? Era la primera ocasión en la que podían tenerme en un sitio cerrado, fuera de la vista de los demás ¿Era buena idea esperarlo así? Busqué nerviosamente a mi alrededor, todo lo rápido que pude, algo que pudiera servirme de arma por si fuera necesario defenderme. No vi nada. Sólo mi cara pálida en el espejo y mi respiración acelerándose. Me giré y entré en uno de los dos cubículos con wáter que había. Los dos estaban vacíos. Volví a mirarme en el espejo antes de cerrar la puerta y asegurar el pestillo. En el mismo instante que lo hice escuché como se abría la puerta del aseo. La misma puerta que unos segundos antes yo había estado desafiando, esperando que se abriera. Escuché sus pasos de suela de goma ir de un lado al otro frente al lavamanos doble. De repente se oyó un golpe brusco del portazo que dio la puerta contigua del wáter que yo ocupaba. Escuché una suerte de gruñido. Por debajo de la puerta sentí sus pasos situarse delante de la puerta donde yo estaba. Vi su sombra ensancharse y comprendí entonces que estaba agachándose para mirar por debajo de la puerta. Escuché el ruido de sus ropas doblarse mientras mis piernas y mi espalda se tensionaban de auténtico pánico. Tuve la tentación de asir el pomo y abrir, pero me contuve, o no me atreví. Pasados unos segundos volví a escuchar sus pasos dirigirse hacia el comedor. Dejé pasar unos minutos. Abrí silenciosamente la puerta del cubículo mal oliente. Me puse frente al espejo, frente al lavamanos. No era yo, aunque lo parecía, ligeramente. Me lavé las manos y me refresqué la cara y el cuello para recuperar el sosiego. Entonces me decidí. Ahí fuera estarían también el hombre que escribía, el extranjero que hablaba con aquella mujer, la pareja joven y, por supuesto, quedaban aún a la vista unos dos o tres camareros. Decidí salir a interrogar a aquellos dos. Siempre era mejor tener testigos. Tomé aire, apreté los puños y salí decidido hacia el comedor. Los dos tipos ya no estaban. Sus sillas estaban vacías, e incluso su mesa ya estaba preparada de nuevo, con nuevo mantel y un nuevo servicio de cubiertos y platos para los siguientes comensales, que ya seguro esperarían para mañana. No estaban y no habían dejado rastro alguno. Inspeccioné en redondo el comedor. La mujer y aquel hombre ya se levantaban para salir. El hombre que escribía seguía allí. Los dos jóvenes recibían la cuenta de uno de los camareros. Miré a través de la puerta por si los atisbaba fuera, en la calle. Nada.

Gabriela jugaba con las cuatro cucharas entre sus dedos. Al verme, las volvió a colocar en su posición inicial. Alineadas, equidistantes. Llegué hasta la mesa y mientras me sentaba tomé las cuatro cucharas, las envolví en la servilleta y, sin pensarlo, las introduje en el bolsillo de mi pantalón. Gabriela sonrió con los ojos abiertos, fascinada. Vi la cuenta sobre la mesa.

- ¿Te apetece un café?
- Mmm…. Sí, claro ¿Por qué no alargar este momento?
- ¡*Garçon,* dos cafés más por favor!

Salimos bastante tarde del restaurante, aunque no fuimos los últimos. Decidimos bajar hasta el Vieux Lyon caminando, serpenteando por las escaleras en zigzag y las callejuelas que descienden la ladera. El funicular seguramente ya no operaba a esa hora, pero ni siquiera nos lo planteamos. Instintivamente echamos a andar.

La temperatura era más cálida que cuando habíamos subido. Sin apenas notarlo ya estábamos frente al monumental Palais de Justice, brillando imponente sobre el Quai Romain Rolland y un par de minutos después sobre la pasarela metálica que cruza de regreso el Saona hasta el Quai dels Celestins. El agua circulaba bajo nuestros pies, impávida, negra, brillante y silenciosa, testimonio mudo y cómplice de la última sentencia de Gabriela, *"No puedo quedarme todo el fin de semana como te había prometido. No te lo dije antes para no estropear nuestra velada. Ha sido maravillosa. Pero debo volver a Barcelona mañana temprano para atender unos asuntos en la universidad que requieren, ineludiblemente, mi atención"*

Sobre la tierra roja. Los dos jóvenes entrelazados se detienen de nuevo. Deben tener no más de diecisiete o dieciocho años. Son gruesos, redondos. Miran hacia arriba dejando que la lluvia descargue lágrimas sobre sus rostros. La luz entre las costuras de las grisáceas nubes ilumina sus caras. Tienen las facciones típicas de las personas con síndrome de Down. Los dos. Las de él son más marcadas y sus ojos se achinan hasta el infinito cuando abre inocentemente su boca. Sonríen, despreocupadamente. Ella echa atrás su cabeza, abre su boca y saca la lengua al cielo. Él la imita. Se miran después. Ríen. Caminan unos pocos pasos. Se mojan. Se empapan. Él la pone frene a sí. Se aprietan el uno contra el otro sobre la tierra roja, sanguinolenta. Se besan apasionadamente, con total entrega, obscenamente sin serlo. Intercalando carcajadas. Todos los transeúntes, reptiles y sombras, resguardados de la lluvia bajos los toldos y las cornisas, los miran en silencio y asombro. Comprensión. Resignación. Envidia. Yo también los observo. Dan unos pasos más, torpemente, asíncronos avanzan con dificultad sin pretenderlo ¿Qué más da? Cada gota es parte de la lluvia.

- ¿Por cierto Josué, has pensado ya cómo revertir tus súper cualidades en beneficio de tu comunidad? —me preguntó después Gabriela-.

- Mi comunidad eres tú, Gabriela —le dije-.

Me miró con aire severo. El hotel ya estaba cerca. Su alma, no.

- Ya sabes a qué me refiero, Josué.

- Tú también.

- *Sabés* que no debe haber intersecciones.

- Sabes que no hay marcha atrás, Gabriela. Ya somos casi una pareja ¿Qué lo impide?

- ¿Casi una pareja?

- Pues sí, casi todo está dispuesto. Sólo faltas tú.

- ¿Casi? ¿Lo has dicho seriamente? De los "*casi*" no se vive; casi comí, casi respiré hoy… No es suficiente. La vida no se puede vivir a medias, ni aunque se pretenda. Incluso el sueño es cien por cien vida.

- ¿Pues?

- No alcanza, Josué, no alcanza con robar besos. Lo *sabés* ¿Verdad? Las expectativas no se sostienen. Las piezas no encajan. El deseo no es suficiente. No deberías insistir.

- No lo haré.

Subiendo en el ascensor hasta nuestra habitación saqué de mi bolsillo el paño que envolvía las cuatro cucharas. Sin mirarlo, y sin mirarla a ella, puse el pequeño obsequio en la palma de su mano. Cuando sus dedos se cerraron para asirlo, rozaron los míos y un escalofrío cálido recorrió desde mi brazo toda mi espalda. En el reflejo del cristal pude ver su mirada, comprensiva y sincera.

- Josué, me encantaría ser *Amiga* tuya, pero no creo que debiéramos avanzar como pareja.
- ¿Por qué no?
- Porque los dos somos capaces de hacernos daño mutuamente y, más tarde o más temprano, todo poder acaba ejerciéndose.

La dejé en la habitación sin nada que decir y bajé de nuevo en el ascensor de camino al bar del hotel. En el bar del hotel Le Royal las paredes son rojas, el suelo es rojo, el techo es rojo, e incluso las mesas y las butacas son de un color rojo intenso. Es como habitar dentro de la sangre. Tomé alguna cosa. No recuerdo qué. El barman iba y venía así que salvo esa intermitente y silenciosa compañía, estaba solo. Bueno, sólo yo y la nausea. Cuando volví a la habitación, Gabriela dormía y ya no estaba.

Quizás, todavía esté en Lyon y en realidad no se ha marchado, sólo se ha alejado de mí. Su maleta no era para una sola noche.

No creo que ella pase por esta plaza, pero por si acaso, yo miro.

## L – Y sin embargo los Libros


- No te preocupes por la hora, Josué ¿Qué ha ocurrido?
- Han ido posponiendo nuestro vuelo desde Praga a Roma durante toda la tarde. Finalmente, pasadas las doce de la noche, nos han comunicado que el vuelo no saldría hasta primera hora de la mañana. Sin más disculpa, sin más explicación. Un simple comunicado y las buenas noches. En realidad ni las buenas noches nos han dado. Tengo cosas que hacer así que no sé si me vale la pena buscar un hotel donde sólo pasaría unas tres o cuatro horas. Creo que localizaré un enchufe donde cargar las baterías del ordenador y el teléfono y enviaré algunos correos que tengo pendientes.
- Si puedo hacer algo por ti, dímelo por favor.
- Gracias, Pedro. Cuéntame, ¿Qué ha pasado con Baumberg?
- Están nerviosos. Dice que esperaban una implantación más rápida del proyecto en las principales ciudades del país. Que han hecho una gran inversión y que esperan un retorno rápido de la misma.
- Ya veo, no te preocupes en exceso. Sólo quiere hacernos pagar la manera en que lo acorralamos al negociar su participación. Hay que ser una oportunidad para los demás, y nosotros lo somos.
- Mercedes me ha dicho que la compañía de mudanzas ya ha trasladado todos tus enseres al piso de Diagonal Mar. Han recolocado todo lo que han podido, pero las cajas llenas de libros, que dice son muchas, las han dejado por desembalar pues no sabían cómo querías ordenarlos.
- De acuerdo, entendido, yo me ocuparé.
- ¿Qué tal fue la reunión de Lyon de ayer lunes?
- Bien, creo que la Sra. Bocuse y su grupo acabarán invirtiendo.
- Estupendo ¿Pudiste descansar durante los días previos, el fin de semana?
- Sí, todo bien. Propuse a Sophie que me acompañara durante el domingo y la devolví al aeropuerto el lunes por la mañana. Eso me hizo demorar la reunión con Bocuse hasta la tarde, pero valió la pena.

- Me alegro ¿Cómo ha ido con los checos, por cierto?
- Con ellos va a ser algo más lento. Pero creo que la semilla ya está germinando.
- Pedro, tú estás casado ¿Verdad? Hace varios años ¿Cierto?
- Veintidós años hizo en marzo.
- Después de vivir con una mujer durante todo ese tiempo…
- Nada Josué, no preguntes, la respuesta es nada. No sé nada.

Cohabitar con Sophie es simple, sólo necesita tiempo. Las cosas hermosas requieren tiempo. Tiempo para observarlas. Tiempo para aprehenderlas. Si quieres poseerla, solo debes acomodarte a unas cuantas reglas y normas. Debes dedicarle tu talento pero puedes reservarte el alma, siempre y cuando, algunas veces, te dediques en espíritu. Puedo ganarla y puedo perderla. Sólo dependo de las reglas. Existir, sin ser ahora es suficiente. Con Sophie puedo estar a solas sin estar con ella mientras estoy a su lado.

Me ahogo en la humedad de la presencia. Lo empapa todo. Es este calor que no cesa. O es el tedio de la existencia. Y sería tan sencillo… Sophie es un privilegio que puedo cobrarme pero no puedo pagar. ¿Es ser a medias? Ser a medias es no ser.

Estoy cambiando, rápidamente, lo sé. He perdido cierta inocencia para ganar una pesada consciencia. Los sarcasmos ya no me divierten. Ya no me resulto simpático y a la vez entrañablemente detestable como antes. Mi pensamiento es más profundo, mi existencia más trascendente, pero soy menos espontaneo, menos vital, poco a poco, inexorablemente.

Al frente, la pista de aterrizaje vacía. Inútil como la palma de una mano vuelta hacia el cielo. Solo quedamos unos cuantos *neo* vagabundos en el aeropuerto de Praga, olvidados. Olvidados por fin. No queda rastro de la enfermedad del movimiento. De nuevo mañana. La mayoría de las luces se han ido. El sonido seco y huidizo de pasos solitarios adentrándose en las sombras quiere ser. Sentado, no quiero moverme, acompaño a la pista que yace frente a mí, más allá de los cristales, tendida, mujer, vencida, domesticada, sometida. Sumisa. Mañana la usaran de nuevo.

Negrura que se extiende dentro del edificio, más lejos cuanto más afuera. Al fondo, siempre al fondo. El gozo de la soledad me reconforta. Ya no se oyen pasos. Ya no se oye nada. Todo sobra. Todo es excedente. Yo mismo no tengo razones para estar ahí. Pero me impongo, fuerzo mi existencia. Soy ahora. Y eso está bien. Presiono con la palma de la mano mi vientre hinchado. Sí, todo está bien, todo sigue su curso.

Los libros me esperan. En una mudanza, lo que no se reubica en tres meses, y permanece oculto, es que no se necesita para vivir. Sin embargo, las cajas con mis libros están aún por desembalar, aguardan en la sombra su momento para asaltar mi conciencia. Sin embargo los libros. Los libros, aun cuando ya los has leído, deben ocupar su lugar, pues aun pareciéndolo, su lugar no es el mismo después de haberlos aprehendido. Es el mismo estante, al lado de los mismos compañeros, pero su lugar no es el mismo. Sin embargo, los libros.

Quiero escribir. Quiero decirte algo que no te dije. Quiero darte algo de mí, algo de lo que yo soy ahora. Es ahora. Los pensamientos no le pertenecen a uno, pero si los escribes, lo que has escrito, sí es tuyo.

# 2ª PARTE

## LI – El Ladrón de Besos

*Resignado, como perro sin su ración, tomé la determinación de seguir el consejo de una Amiga y hacer uso del tiempo regalado en algo que valiera la pena. Tomé la computadora y busqué por todo el Aeropuerto de Praga un enchufe que me garantizara autonomía para llegar hasta el final de mi carta o, al menos, hasta la llamada de embarque. Parecía que no iba a encontrarlo pero al final "Dios me marcó el camino" y lo encontré, efectivamente, en el oratorio del aeropuerto. Así que aquí estoy, a oscuras, frente a un altar con la Virgen y sus dos velas y un Jesucristo en la pared con más cruz que chicha. Justo frente a mi tengo uno de esos artilugios para apoyar las rodillas, con su acolchadito de terciopelo y su reposadero a juego. No quisiera dejar de mencionar que por encima del Cristo y la Virgencita corona la sala una maquina de aire acondicionado último modelo de la marca Carrier, que estimo debe tener la santa misión de aliviar el sofoco de los pecados y facilitar la redención. De vez en cuando alguien, atraído por la curiosidad, estira el cuello dentro de la sala para husmear en su interior y me descubren en una esquina, en la oscuridad, picoteando el teclado. Me pregunto si pensarán que soy el contador de la capilla sacando el haber y el debe de las oraciones y las súplicas.*

*Determinadas las premisas de trabajo, había que enfocar el tema y ubicar el discurso. Podía uno elegir la descargante y legítima opción de arremeter contra la consabida ineptitud, inoperancia y negligencia de los responsables de nuestras queridas y no siempre bien valoradas aerolíneas europeas de* lowcost, *aquel lugar donde la conjunción telúrica de fuerzas y la causalidad cósmica, aglutinan sin remedio una plantilla de hombres y mujeres cuyo denominador común es una manifiesta incapacidad para, entre otras cosas, masticar chicle y caminar al mismo tiempo, aspecto, por cierto, que ya ha sido documentado en numerosos*

277

estudios clínicos y de los cuales la revista *Science* se hizo eco mediante la publicación de un artículo en su sección de "casos paranormales y sujetos anormales" si no recuerdo mal hacia el mes de noviembre del pasado año.

Pero no, como nos recuerda siempre que le pedimos consejo nuestro buen amigo y mentor Dale Carnegie, el reproche y el despecho no producen nada realmente positivo ni beneficio alguno, por lo que decidí no adentrarme en el camino de la crítica fácil y utilizar ese "tiempo regalado" para construir algo que mereciera la pena para alguien que lo mereciera, a fin de cuentas, de por sí, ya le estaba dedicando demasiado tiempo de mi tiempo al mundo de los aeropuertos y los aviones en demora, como para obsequiarles también con "palabras encaminadas" como si enfilar las letras fuera cosa de no ser valorada y dada sin más y puesto que obvio era que nada iba a recibir de quien nada merece, decidí como digo dedicar mis horas a una Princesa que conocí y que en su ternura bien me aconsejó.

¿Cómo podría explicarlo? Sabed que no hablo yo de princesas corrientes, si no de una Princesa singular. De la que yo hablo es Princesa del Tucumán, un paraíso escondido rodeado de una selva densa, donde habitan animales exóticos y donde durante todo el año florecen flores extraordinarias, de colores tan intensos, que dicen según me han dicho, que los príncipes y otros nobles pretendientes que hasta el Tucumán se han dirigido para pedir la mano de la Princesa, han quedado vagando perdidos por la selva de las Yungas, hipnotizados según en sus caras se puede ver, porque el color de las flores se ha quedado para siempre en sus ojos, y andan deambulando de un lado al otro sin orientarse y comiendo raíces y vaya usted a saber qué otros espantos. Tal es la belleza de las Yungas del Tucumán que cuentan que no hay en el mundo nada más bello y que solo en hermosura la supera su Princesa, de cuya piel se comenta que es tan sedosa que hasta el viento la envidia, y que son sus besos tan dulces que hasta los dioses se acercan a ella por las noches para rozar sus labios mientras duerme. Dicen que si te toca con las yemas de sus dedos, quedas de tal suerte prendado que pierdes el juicio y la voluntad. Ésta, de la que yo hablo, es la Princesa del Tucumán.

Ocurrió una vez, una de esas infrecuentes veces, que la Princesa, al dar comienzo los rayos de sol más suaves del otoño, decidió salir de su palacio y recorrer sus senderos preferidos de aquel su jardín, como ella llamaba, a la selva que rodea la ciudad del Tucumán. Como era costumbre, ella y su séquito de fornidos y aguerridos guardaespaldas, dejaron el palacio por los secretos túneles que permiten salir del mismo sin atravesar la ciudad y sus gentes. El capitán de la guarnición, Jeremías Azcote, iba al frente de la comitiva cuando abandonaron los túneles y salieron a la luz del cielo y al abrigo de la exuberante vegetación. Tras él iba la Princesa, caminando como gustaba sobre sus delicados y hermosos pies descalzos, vestida solo con un suave y ligero paño de gasa fina de color blanco que apenas tocaba su piel y que insinuaba la perfección de sus proporciones. Su extraordinario cabello, de un reluciente color negro rizado, denotaba su linaje y su excepcional carácter, y enaltecía más si cabe sus tan preciosas y admiradas facciones. Tras ella, el resto del grupo, cuatro de sus soldados personales la seguían y velaban por ella, bajo las órdenes del Capitán Azcote, en ordenada fila y disciplinado silencio.

Caminaron durante un buen rato bajo la suave luz del sol, alejándose cada vez más de la ciudad y su bullicio. Apenas se divisaban ya a lo lejos los pisos más altos de algunas casas, como una sombra en el centro de la selva. Fue entonces cuando el capitán Azcote tuvo uno de esos instintivos escalofríos que había conseguido interpretar con el paso de los años y que le avisaban de que alguna cosa o alguien los acechaba. Sus sospechas fueron creciendo cuando lo que al principio era una ligera bruma se acabó convirtiendo en una cada vez más densa niebla. En ese momento, el Capitán se volvió con la firme idea de recomendar a la Princesa que regresaran a palacio dadas las circunstancias y al dirigir sus ojos hacia el rostro de la Princesa, por encima de ésta, vio la guarnición de ¡tres soldados!. Sus ojos se clavaron en los ojos de los tres soldados que quedaban, uno tras otro, interrogándolos con la mirada sobre su compañero desaparecido. Al principio los tres se extrañaron de la actitud del Capitán pero cuando volvieron sus miradas y observaron que el cuarto soldado no estaba tras ellos y se había esfumado, ellos también empezaron a mirarse con el mismo asombro. Los soldados de la guarnición real eran leales y bien entrenados, su compromiso estaba fuera de toda duda. Ciertamente algo grave le debía haber ocurrido a aquel que faltaba, pero ¿Cómo era posible que nadie lo hubiera visto u oído? Durante su paseo ninguno de ellos había hablado, tan solo se había escuchado el rumor habitual de la selva. Y así fuera hasta que la niebla hubo hecho acto de presencia. La Princesa miraba al Capitán con la esperanza de que éste ofreciera alguna explicación o diera alguna orden al resto de la guardia que ayudara a aclarar la situación. Esto último era lo que más preocupaba al Capitán; cualquier otro hubiera mandado a algún soldado sobre sus pasos para que encontrara un rastro que explicara lo sucedido; quizás un animal muy sigiloso lo había atacado, quizás un desvanecimiento, aunque ninguna de estas hipótesis convencía al Capitán, o quizás sí, quizás un "animal" muy especial se había fijado en ellos. En cualquier caso, Jeremías Azcote sabía que aquel no era momento de dividir sus fuerzas, así que ordenó que todos volvieran sobre sus pasos, mandando a dos de los soldados que caminaran a diez metros por delante de ellos pero siempre a una distancia tal que siempre estuvieran al alcance de su vista. Tras ellos estaría él, después la Princesa y después Sánchez Herrero, el más fuerte y capaz de los soldados que formaban la reducida comitiva real.

Empezaron a andar y durante algunos metros el Capitán consiguió divisar a los dos hombres que le precedían, pero, al cabo de un instante, la densa niebla se tornó tan espesa que tan solo conseguía ver al segundo. En ese momento, alarmado, llamó al primero para que se detuviera, pero no oyó respuesta por parte de éste. Sin pensárselo, desenvainó la espada y con largas zancadas echó a correr hacia delante convencido de que lo que les acechara estaba ahí, llevándose a otro de sus hombres, pero no había avanzado apenas siete metros que oyó la respuesta del soldado;

- Aquí capitán, estoy aquí, esto está tan espeso que parece que se paran hasta las palabras.

Si no hubiera respondido mientras avanzaba en trompa hacia él poco hubiera faltado para que el capitán no le asestara espada sobre la cabeza mientras aparecía su sombra entre la niebla.

- ¿Estáis los dos bien? -preguntó el Capitán- ¿habéis visto algo o a alguien? ¿Habéis oído algo?

Les preguntó todo seguido sin esperar la respuesta. Mientras los soldados intentaban responder a todo a la vez, Jeremías Azcote volvió a sentir un escalofrío premonitorio en su nuca, se giró tan rápido como pudo y allí vio a la Princesa que los observaba inmóvil, sola, completamente sola; Sánchez Herrero había desaparecido y ella lo adivinó al verlo reflejado en la cara del Capitán, se giró con cautela y comprobó que tras ella solo había niebla, solo la niebla rozando sus labios.

El Capitán corrió tras la Princesa y a diestro y siniestro del camino empezó a dar golpes con su espada a la densa vegetación que los circundaba, confiado de que lo que fuera, ahí estaba, agazapado, protegiéndose entra la maleza. Pero no dio con nada. Sus ojos y sus mejillas estaban encendidos de rabia y frustración. La Princesa y los dos soldados lo miraban atónitos, impávidos. Tomando conciencia del momento y la situación, el Capitán ordenó a los dos soldados que se acercaran a él y a la Princesa, de modo que formaran entre los tres un anillo alrededor de ella que la protegiera de aquello, de lo que fuera aquello. Los cuatro empezaron a caminar al unísono. Por sus respiraciones intensas se adivinaba que todos estaban fuertemente impresionados y temerosos de lo que estaba ocurriendo. El Capitán, por su parte, sabía que en realidad todo estaba sucediendo muy rápido, demasiado rápido y por tanto no tardarían en sucederse nuevos hechos, por lo que ya no volvió a envainar su espada y pidió a los soldados que mantuvieran sus lanzas preparadas para atacar en cualquier instante, ante cualquier situación.

Azcote iba en esta ocasión el primero y apenas a dos pasos le seguía la Princesa flanqueada por los dos soldados. Fue entonces cuando el Capitán adivinó entre las sombras la silueta de un hombre. Se detuvo y apretó con fuerza su empuñadura.

- Sánchez, ¿Eres tú?" -gritó, y después repitió el nombre de los otros dos soldados desaparecidos -¿Ruiz, García? ¿Quién va?" -dijo al fin-.

No hubo respuesta. La silueta se acercó quedándose a unos diez metros frente a ellos y entonces fue cuando pudieron ver su rostro. Ninguno de ellos lo había visto antes, sin embargo, todos supieron al instante quien era; su leyenda le precedía. Al instante aquel hombre volvió a desaparecer, entre la niebla, entre la maleza, quién sabe. Se miraron los unos a los otros buscando respuestas, confirmaciones.

- Sí, era él- dijo al fin el Capitán con el rostro descompuesto, profundamente intrigado -el Ladrón de Besos -añadió-.

*Contaba la gente que el Ladrón de Besos era hijo de la niebla y de la selva de las Yungas y, en consecuencia, hermano de los animales que allí habitaban. Pero su leyenda iba y venía. A veces se contaban sus historias y se le atribuían robos magníficos, y otras, durante años, no se tenía noticias de él, y se tomaban entonces sus fechorías como fábulas y cuentos de viejo. Entonces, en algún tiempo, un robo aquí u otro al otro lado del Océano, desenterraba el mito y los ancianos del lugar recuperaban su leyenda y aseguraban que seguía vivo, que siempre existió, que nunca murió y que el Ladrón de Besos, fiel a sí mismo y a sus orígenes, siempre volvería: a su selva, a gobernar la niebla, a hablar con los animales y a susurrar por un beso que dicen, según me han dicho, que era todo su alimento.*

*Los más antiguos del lugar habían hablado de él tantas veces, lo habían descrito con tanto detalle e interés que cuando la comitiva vio aparecer el rostro entre la niebla, con aquellos ojos, con aquellos labios, no dudaron apenas que se tratara del legendario ladrón. Su manera sigilosa de moverse, la niebla, el silencio ahogado de todos los animales de la selva, acabaron por confirmar al Capitán su intuición: "aquel animal, aquel al que llaman Ladrón de Besos, es quien los acecha y se lleva a sus hombres" pensó. Si lo atrapara podría exhibirlo ante todos, ante todos los políticos, marqueses y duques, reyes y emperatrices que habían sufrido durante décadas sus robos y con ello, su fama se haría mundial, más aún que la de él. Sí, eso haría, atraparía a ese "animal" por siempre.*

*Enardecido de rabia y ambición, el Capitán saltó hacia delante dos pasos gritando al ladrón que diera la cara.*

*-   Los de tu ralea – añadió- sois animales, bestias incivilizadas sin honor, sin nombre, comerciantes de vuestra propia alma; ¡Da la cara miserable! ¡Enfréntate a mí!*

*Entonces todos sintieron tras de sí como se movía la maleza y en apenas un par de movimientos el Capitán Azcote ya se había situado entre aquel rumor y la Princesa, con su espada empuñada, en alto, la cual asía cada vez con más fuerza. De la maleza no apareció ningún hombre, sino un jaguar. El felino surgió de entre las hojas verdes que circundaban el camino, se paró frente a ellos y los miró, los miró sin apenas atención, sereno, compasivo… y acto seguido volvió a adentrarse entre la maleza, por el lado contrario del que había aparecido. Durante unos segundos nadie dijo nada y, de manera instantánea, sin preaviso alguno, comenzó a llover sobre ellos de manera tormentosa. Pareciera que el cielo se derramara sobre ellos, mientras, aún no habían sido capaces de, siquiera, reaccionar a la "visita" del jaguar.*

*Los arroyos y riachuelos rápido se formaron sobre el camino, las veredas y los márgenes, haciendo muy difícil su tránsito. Azcote le propuso a la Princesa que volvieran rápidamente a Palacio. En la carrera todo lo que quedaba de la guarnición la rodearía y, al cesar la lluvia, el mismo Capitán tomaría nuevos hombres y haría una batida como nunca se había hecho sobre aquellos campos hasta dar con el Ladrón. La Princesa, aún desconcertada asintió, y empezaron entonces a caminar ligero hacia Palacio.*

*No habiendo avanzado más que trescientos metros, una gran tromba de agua que segaba el camino, se llevó sin que nadie pudiera evitarlo a los dos hombres que precedían a la Princesa,* haciéndolos caer por la bárdena que acompaña al río, perdiéndose su pista y cualquier rastro entre la vegetación en apenas un par de segundos. La Princesa estiró sus brazos intentado agarrar al menos a uno de ellos, pero fue inútil, apenas consiguió rozar su ropa con la punta de sus dedos. Se detuvo, miró hacia el valle intentando ver entre el verde a los soldados, pero ni vio ni nada escuchó. Silencio, más allá de la lluvia, tanto silencio que presumió lo peor. Se giró y, atónita, comprobó que tras de sí no estaba el Capitán, no había rastro de él, de él nada sabía.

Dejó de llover. Dejó de llover de la misma manera que empezó a hacerlo, casi instantáneamente, y una luz preciosa, que se abría paso entre nubes de color plata, iluminó entonces el cabello de la Princesa, sus pestañas, sus ojos, su silueta. Apoyó entonces su espalda contra un árbol y se detuvo ahí, a pensar, a admirar, a esperar.

El Ladrón de Besos no tardó en aparecer. A pocos metros de ella su silueta se fue perfilando, mientras se acercaba, hasta quedar a poco más de un brazo de distancia de ella.

Se miraron a los ojos, se miraron durante largo tiempo, aunque a ninguno de los dos aquello les pareciera tiempo, pues el tiempo seguro se había parado.

Se miraron, se observaron, y en ese mirar, sus ojos decían cosas, decían palabras, hacían caricias mientras recorrían cuellos, hombros y manos, hablaban de cosas que habían visto, de cosas que querían contarse, se hablaban de ellos, se hablaban de ellos juntos, se besaban en miradas, se acariciaban con suspiros, se entregaban en un mirarse que era físico, material, intenso como su manera de ser, sin ninguno moverse, en esa distancia. Con la fuerza del sentimiento se rodearon sus cinturas, se amaron, se tomaron el uno al otro, si bien, cualquiera que los hubiera observado por horas no hubiera visto más que dos frente a frente, sin siquiera moverse, sin siquiera hablarse, y en verdad todo aquello hicieron, todo aquello sintieron, todo aquello amaron, y en ese devenir se hizo la noche, y en la noche de luces de luciérnaga hablaron. Viajes de encuentro a lomos de ballenas en distintos mares hicieron, con todos los animales del mar suspiraron, y en mil y un tejados de todos los mundos estuvieron, y en todos se amaron y el uno por el otro, en cien lugares estuvo, y también se hizo el día, y con el día en tren viajaron a ver el final del río, y con el alba, a lo alto del altiplano subieron y pueblos visitaron y gentes conocieron, como la niña de ojos inmensos que rió con ellos, y entre la niebla viajaron, y a la elegante araña negra saludaron, con guanacos corrieron la estepa y con los burros salvajes conversaron, todo aquello hicieron y más aún, que en camas distintas, en una docena de noches, juntos durmieron y en ellas se amaron y en ellas sintieron y con tantas ganas y fe se entregaron que nunca dudaron que aquello era cierto y, en verdad pareciera que ni un paso dieran, ni que hubiera un beso, pero en verdad os digo que todo aquello tuvieron, bajo la sombra de un árbol, sin que importara el tiempo.

Entonces él llevó su mano hacia el bolsillo de la bolsa de piel que llevaba cruzada sobre el pecho y de su interior sacó algo envuelto con un paño. Estiró su brazo y se lo ofreció a la Princesa. Ella dudó durante unos segundos y tomó entonces aquel paño con sus dos manos sin dejar de mirar a sus ojos.

*El paño era una suave gasa de color blanco. La Princesa empezó a desplegarla con sumo cuidado, sujetando con una mano su contenido y retirando con la otra poco a poco cada una de las puntas de la tela. Al poco se descubrió su contenido: cuatro pequeñas cucharas talladas a mano. Delicado y singular engarce de plata vieja. Sin lugar a dudas, aquellas eran las cucharas de las cuatro virtudes.*

*Cuentan que los nuevos misioneros que en el principio de aquel tiempo anduvieron las tierras del Tucumán, hallaron en el interior de una cueva aquellas cuatro cucharas, de las que enseguida pudieron comprobar sus divinos poderes. Parecer ser, según dicen las viejas historias que lo cuentan, que tomando en una de ellas una ración de miel, adquieres por largo tiempo la virtud de la belleza. En la otra, tomando de ella un sorbo de caldo de vieja gallina, adquieres salud y alejas enfermedad de quien lo toma. En la tercera, llenándola de vino antiguo, más antiguo sea, más la virtud de la inteligencia se posa en la persona, siendo la cuarta de las cucharas la de la virtud de la paciencia, con la cual sorbo de té tostado a fuego lento has de tomar. Pero la virtud no yace en el beneficiario por siempre sino que el candidato o candidata virtuosa ha de disponer de las cucharas y tomar de ellas con la primera luna llena de la primavera, gozando de toda virtud hasta la siguiente. Pronto los rumores sobre los beneficios de las cucharas llenaron los rincones del mundo y pronto estas cambiaron de manos, sin saberse a ciencia cierta en poder de quién andaba cada una, ya que los nuevos dueños no gustaban de que se supiera. Se rumoreaba que la de la belleza debía estar en manos del poderosísimo Sultán de Vraslavash, pues a sus noventa y dos años conservaba aún un porte y una belleza en el rostro que no tenían explicación. Al Emperador del Japón se le suponía la cuchara de la salud, pues, a sus ciento veinte años no había caído enfermo ni una sola vez en toda su vida. La Emperatriz de Noruega era sin duda la propietaria de la cuchara de la inteligencia, pues su reino, estando como estaba rodeado de grandes y poderosísimos imperios, no había caído nunca en manos de sus vecinos gracias a su buen hacer, su diplomacia y gran habilidad como estratega. De la cuchara de la paciencia nunca se tuvo noticias y dice la leyenda que la misma nunca salió de los alrededores del Tucumán, pues de todas ellas, la de la paciencia fue siempre la menos codiciada pues, según dicen, nadie tuvo nunca la paciencia de esperar la primavera.*

*La Princesa interrogó con la mirada al Ladrón de Besos sobre tan codiciados objetos y por sus ojos supo que él las había robado para ella, pensando en ella.*

- *¿Qué me ofreces Ladrón a partir de hoy? -Dijo por fin la Princesa continuando sin esperar respuesta- amas mis besos como yo amo los tuyos, busco tus ojos como tú buscas los míos, pero Ladrón, yo soy Princesa ¿Qué clase de amor ofrece quien no tiene cuna ni destino? Dime Ladrón, dímelo.*
- *Sabed Princesa que en mi juventud recorrí la ancha tierra africana -dijo el Ladrón- …y en ese tiempo me crié y eduqué con la tribu de los Mussai. Los Mussai Princesa no saben vivir otra cosa que el presente, tan intensa es su existencia que no conciben el mañana y viven cada día como el único día de sus vidas. Sabed Princesa que si los encierran, mueren sin remedio, pues no pueden concebir, siquiera prever, que algún día serán liberados y mueren sin*

*solución de una profunda y solitaria tristeza. Sabed Princesa que yo soy Massai: no me condenéis a la profunda y solitaria tristeza, no me matéis…*

\-     *Yo no puedo amaros si no hay mañana -contesto enseguida la Princesa, y sus palabras cayeron como una sombra oscura sobre el rostro del Ladrón. Fuera como si dagas de hielo se hubieran clavado en su pecho. La tristeza que lo cubrió se hizo rostro en su cara.*

\-     *Puedo ofrecerte la luz del sol en el altiplano, el rumor de los torrentes de agua que atravesamos, viajar por los tejados,…*

\-     *No es suficiente -interrumpió la Princesa-.*

\-     *Os entiendo… -dijo el Ladrón pasados unos segundos de aquel eterno silencio- Tenéis derecho a reprocharme, a reprobarme, mi vida está llena de un pasado calamitoso, mi rutina es un accidente continuo, mi vida es solo digna para el jaguar o para el guanaco, dispuesto a morir por un beso, pero no a morir durmiendo. Os entiendo Princesa, aunque ello no es consuelo.*

\-     *Sí, entiéndelo -añadió ella- El deseo no alcanza, las expectativas no se sostienen, las piezas no encajan o faltan.*

*El Ladrón se dispuso a responder pero decidió contener la voz. Meditó. Pensó, y mientras esto hacía miraba a la Princesa, miraba sus labios y se preguntaba cuánto tardaría esta vez en volver a probarlos ¿Los probaría siquiera otra vez? Y las últimas palabras de ella retumbaban en su cabeza: "El deseo no alcanza, las expectativas no se sostienen, las piezas no encajan o faltan…" La Princesa añadió entonces,*

\-     *Prefiero el vacío -y diciendo esto las lágrimas se posaron en los ojos de él. Lloró-.*

*No volvió a hablar más. Con sus ojos le dijo por última vez que la comprendía. Con su mirada le dijo que guardaría silencio, que no sería un intruso en su vida, que no la seguiría más por los jardines del Tucumán, que no robaría por ella. Que no tomaría su fruto, que no bebería su piel, que no mojaría sus labios, que no rodearía su cuerpo, que nunca lo haría otra vez. Y ella lloró también y al hacerlo le dijo en silencio que extrañaría sus besos, que recordaría su voz y que la niebla en la cumbre sería su recuerdo.*

*Él dio un paso atrás. Ella otro. Él se hizo niebla. Ella un suspiro…*

*Esta como veis es la historia de la Princesa del Tucumán, una Princesa que gobernó toda su vida con gran sabiduría, paciencia y bondad y cuya belleza y salud fue por el mundo entero conocida y admirada. Esta de lo que yo os hablo, es la Princesa del Tucumán.*

Buenos días Princesa.
(sent by email)

## LII – La Culpa


Cuando llorar duele más que el dolor, es melancolía. Así ha sido septiembre. Así es el Mediterráneo cuando se entrega al otoño, melancólico.

Octubre viene despacio. Siempre lo hace despacio, pues nadie pide por él. Confortables entre las lluvias del final del verano, la temperatura cálida y la melancolía, octubre debe abrirse paso con esfuerzo para hacerse sitio. Y con los primeros rayos anaranjados del otoño, como una avalancha de arena, cae sobre uno la Culpa. Sin un peso específico, pero abrumadora.

*Mea culpa, mea culpa, mea máxima culpa...* La culpa es una debilidad de la personalidad. Una variable inducida. No nacemos con ese sentimiento. Nos lo inculcan. Es un comodín del *naipe negro*.

Sentado en el muro de un parterre de la *Scalinata della Nuova Marina*, en Citavecchia, huyendo por unos instantes de las sombras ruidosas de la ciudad de Roma, una gata melosa insiste en enredarse en mis pies. Tomo un sorbo de agua de una botella etiquetada con la palabra "Astucia". Ahora el agua, las etiquetas y todas las técnicas de Meta viajan conmigo. Miro a lo lejos la línea del horizonte, del horizonte que Zacas insistía en recordarme que no existía y, mientras lo hago, mientras tanto, la *culpa* intenta echar raíces en las junturas de los músculos, en las articulaciones. La culpa no es algo que te quites con agua jabonosa, ni siquiera con un raspado. Debes expulsarla desde el interior. Con ácido en las raíces, y hacerla salir poros afuera.

¿Gata, qué sabes tú de la culpa? Nada. Los animales, domesticados, pueden llegar a saber de responsabilidad y del castigo, pero nunca de la *culpa*. Si no hay castigo ni ceños fruncidos, relamen sus bigotes y mueven felices la cola. No hay culpa. Por supuesto. Es un invento humano, tan humano, que no somos capaces ni de exportarlo ¿Qué utilidad tendría?

El pecado no es una cosa buena o mala en sí misma, es un acto que precisa perdón. Yo soy. Yo soy la culpa. Yo pido perdón. Jesús dijo; "Antes de entrar en el templo, perdona". Perdonar es renunciar al dolor. Perdonar a Dios y a uno mismo.

Las olas al fondo rompen con estruendo, pero no reclaman justicia. Tan solo embisten voluptuosamente la roca. El cielo, añil, está limpio.

Hace casi dos meses que no sé nada de Gabriela. Sus últimas noticias fueron una cama vacía. Mi último intento, un cuento escrito para ella enviado por correo electrónico que no respondió. He tenido desde entonces un encuentro con al alemán en el Palau. Los test y el biocampo siguen retorciendo sus gestos. Levanta una ceja y murmura algo que sólo él sabe. Sin embargo, ahí queda todo. No hay sesión con Gabriela. Ella no está. Entré a ver la sala vacía. Ella no estaba ni había recuerdo de ella.

La culpa no nos pertenece. Sólo la arrastramos como una lata a patadas por toda la calle. Ruidosa en el interior. Enganchada a la suela del zapato. Pegajosa. Impertinente. Cautivadora. Es la mejor excusa para renunciar a la libertad ¡La libertad es tan agotadora! Exige tanto.

¿Sophie? ¿De qué soy culpable? ¿Zacas? ¿Por qué? ¿Acaso yo? ¿Las ausencias de Gabriela? No, Gabriela es diferente. Ella es así. Si no, no sería.

La culpa es una debilidad de la personalidad. Una variable inducida...

En un campanario lejano suenan las siete y las siete pasan a ser una hora más en el olvido. El aire se va enfriando y cada vez quedamos menos pululando por la *Scalinata*. La luz quiere hacerse gris. Mi vuelo hacia Barcelona despega en tres horas desde Fiumicino. Roma no siente culpa, sólo una gran responsabilidad. La responsabilidad pesada de la piedra y el tiempo. Pero no hay culpa.

Los pocos que quedan se arremolinan alrededor de un pianista ambulante que toca con auténtica inspiración el *Nocturno Nº2 de Chopin*. Es un hombre joven, de escasa estatura y movimientos precisos y elegantes. Arrastra un piano de pared sobre una suerte de tablero viejo con ruedas, del que tira con una gruesa cuerda. En un lateral ha habilitado unas cintas elásticas, en las que imagino, fija una silla plegable de tela roja cuando se desplaza. Una silla sobre la que ahora se encorva frente al teclado.

El sonido del mar respeta las notas musicales. Entre la gente, por detrás de todos los espectadores accidentales, los dos tipos vulgares que se han convertido en mi sombra, vestidos con americana de pana gris y zapatillas de deporte blancas, intentan escurrir la mirada entre las cabezas atentas a la música. Uno lleva camisa blanca gastada, el otro un polo verde limón. Actúan tan penosamente como visten.

- ¿Fuma usted?
- ¿Eh? No, gracias.

Un anciano de mirada profunda y barba de varios días se sienta a mi lado y me ofrece un cigarrillo. Se expresa en un italiano muy claro que, con mi precario conocimiento del catalán, no me resulta difícil entender. Lleva una gorra campesina de color beige y una chaqueta azul de lana fina.

- Empieza a hacer frio ¿verdad?
- Sí, así es. Vamos a echar de menos el verano.
- No, yo no. He aprendido a no echar nada de menos –me responde sin dudar-.
- Bien por usted.
- Pero usted no pensaba en el frio ¿Me equivoco? ¿De dónde es?
- De Barcelona. Y no, no pensaba en el frio; ni en el verano.

Se enciende un cigarrillo blanco prendido en sus labios incoloros y mira en silencio al horizonte al expirar un cono de humo gris que se eleva sin ganas.

- Pensaba en la culpa.
- ¿De qué podría sentir culpa un hombre como usted? Y créame, no estaba siendo sarcástico.
- No. De nada en particular. Pensaba en el sentimiento de culpa en general. El concepto en sí. Tengo la idea de que es algo ajeno a nosotros. Aunque un producto nuestro, de eso no hay duda.
- Ese pianista no lo hace mal ¿Verdad?
- Sí, parece inspirado. Es un lujo gozar de su talento aquí.  En este entorno.

Hace un asentimiento leve con la cabeza mientras me mira y esboza una ingrávida sonrisa. Sus ojos son negros y achinados. Su piel surcada y grisácea de los ojos hasta  el cuello. Su frente, entre las cejas grises y pobladas y hasta donde deja ver la sombra de la gorra, es amplia y dorada y está iluminada por el poco sol horizontal que aún queda a esa hora en el puerto.

- Italia tiene estas cosas. En cada rincón puede usted ver florecer el arte de los hombres. Y en cada rincón puede encontrarse lo peor de ellos.
- Ya –digo sin mucho entusiasmo, volviendo mi atención al pianista, y afinando mi mirada sobre aquellos dos indeseables tipos-.

Nos quedamos en silencio. Él fuma pausadamente. La brisa disipa el humo cuando la gata sale de mis piernas para enredarse en las suyas. Pasa su mano gruesa por el lomo y ella, tierna, se deja agradecida, ralentizando su movimiento.

- Caín no la sintió. Hubo que marcarlo –dice lacónicamente sin dejar de mirar al vacío-.
- ¿Eso es la culpa? ¿Una marca?
- ¿Qué opina usted?

- Es lo que le decía. Creo que es un invento del hombre. De las religiones particularmente. La Ley entiende la culpa como la vía de adjudicar la responsabilidad sobre los actos, pero yo no me refiero a esa acepción. Yo hablo del sentimiento de culpa, y eso es cosa de la religión, sin duda. Puedes ser culpable sin sentir culpa. Y sentirla sin ser culpable. Si un amigo tuyo muere en un accidente, por ejemplo, y por supuesto uno no tiene nada que ver con su muerte ¿habría de sentir culpa? ¿Sentir remordimientos por el amor de una mujer, por ejemplo, tiene sentido? Son sólo ejemplos. Lo que quiero decir es, si mi obligación es cursar mi vida, darle sentido, experimentar emociones ¿debiera cancelar todo propósito si ello conllevara remordimientos? ¿Abortar todo el plan por cuestiones meramente subjetivas? No todo el mundo siente igual la responsabilidad…

- ¿Experimentar emociones? ¿Darle sentido a la vida? Sí, eso es importante. A mi edad eso es tan importante como conseguir recordarlas. Ya sabe, a veces, la cabeza…

Le sonrío condescendientemente, de lo cual me arrepiento en el acto. La gata, dando unos brincos peldaños abajo, se aleja de nosotros buscando nuevos amigos.

- ¿Y no le parece que la culpa es también una emoción? –me dice, interrogándome con la mirada-.
- Bueno, es más bien un sentimiento…
- ¿No son las emociones resultado de los sentimientos? ¿Se pueden sentir emociones sin sentimientos? Parece difícil ¿No lo cree así? –acaba diciendo poniendo una sonrisa ladeada, como las que dibuja Gabriela, lo cual me hace estremecer-.

Exhala una gran bocanada de humo que acaba flotando entre el pianista y nosotros. Gotean ahora los acordes de _Lent et douloureux, creo que de Éric Satie_, que el menudo pianista, enfundado en el cuello alzado de una camisa a rayas, despliega magistralmente.

- No lo sé, realmente. Debería pensar en ello ¿La culpa como una emoción más? ¿Parte del programa? ¿De la representación? ¿Otro ingrediente?
- Deberíamos pensar tantas cosas… -dice abriendo los ojos- La verdad, no sé si vale la pena. Pensamos mucho ¿No se lo parece? A mi edad ya no quiero pensar. Al menos no pensar que estoy pensando. Es lo natural que las páginas se vayan pasando solas.

Soy consciente entonces de que mis perseguidores consiguen sumirme en la culpa de algo que ni sé ni conozco ¿Por qué me siguen? Ya casi no me lo pregunto, pero me siento culpable cada vez que los descubro entre bastidores poniendo sus ojos acerados sobre mí. Asumo mi culpa sin saber por qué. Es estúpido. Me convierto en una víctima por decisión propia. Es estúpido, realmente estúpido. Yo me juzgo, yo me condeno, y yo me flagelo. No importa. La marca, la marca es suficiente. Ya no hay otro juicio que el de la marca. La marca sobre la piel, grabada, hundida, cicatrizante. Morir de pena por crímenes que nunca existieron más allá de la mente, es posible. Renunciar a la culpa también debería serlo.

-      Y si así fuera, quiero decir, si fuera una emoción ¿Cree que podemos renunciar a ella? ¿Renunciar a sentirla? –le pregunto mientras vuelvo mi rostro hacia sus ojos oscuros para recuperar en mi memoria su última sonrisa ladeada-.

Ya no está ahí.  Bajo la mirada. La gata que había visto alejarse entre la gente, está sentada a mi lado, en su lugar, me observa, interrogándome. La acaricio entre las orejas. Miro alrededor buscando la sombra del anciano. Vuelvo la mirada al pianista, escudriño entre los pocos que aún quedan apreciando su genio. No está, no veo su gorra beige. Pero sí puedo ver  a la pareja de *muertos* que siguen casi todos los días mi sombra. Ahora uno de ellos me mira indisimuladamente. Sus pupilas son extrañamente grandes y oscuras. Las olas golpean con más fuerza, el rumor se acrecienta como lo hace la espuma blanca. Cada vez cuesta más escuchar la voz del piano. Las luces de las farolas ya se han encendido. El fortín de Miguel Angel,  a mi derecha, se transforma en una caja cobriza.  Una abominable estatua recreando la famosa fotografía de Alfred Eisenstadt del marinero besando a la enfermera Edith Shain en Times Square el día de la victoria, deviene ahora aún más inoportuna. El empedrado se vuelve incandescente.

Me armo de valor. No ha sido tan difícil. Me levanto y empiezo a caminar hacia el pianista, hacia los dos tipos feos. En cuanto me ven caminar en su dirección se miran entre ellos. Vuelven a mirarme y enseguida giran sobre sus pies y arrancan a caminar escaleras arriba alejándose del pianista y de mí. Giro hacia ellos, y acelero mi paso. El tipo enjuto mira hacia atrás por encima de su hombro. Me divisa acercándome a ellos y los dos aceleran el paso, ya no caminamos sino que disimulamos lenta la carrera que los tres, imprevisiblemente, hemos empezado a sufrir. Se adentran por una calle estrecha que escapa del puerto. Siento mi respiración acelerada, doy unas zancadas, ellos dan varias seguidas, corro hacia ellos mirando sus nucas agrietadas y sus cuerpos danzando una carrera lenta pero suficiente para que no pueda alcanzarlos. Giran a la derecha y salen a una calle amplia jalonada a ambos lados por unos largos porches de columnas cuadradas. La luz de los comercios en un lateral del porche alumbra intermitentemente sus espaldas mientras corren. Me falta el aire pero insisto. Apresuro mi carrera. Atravesamos el largo porche a gran velocidad, la gente se aparta a mi paso, o me impiden ir más rápido cuando tengo que esquivarlos, su senda, sin embargo, parece que no estorba a nadie, ellos encuentran el paso abierto, siempre, mientras frente a mí cruzan señoras y niños, transeúntes y toda clase de bultos inanimados. Salen al fin de debajo de los porches y se ensancha la calle en una pequeña plaza coronada por una pequeña iglesia. Por el perfil de la mirada consigo leer que es la plaza Vittorio... aunque no consigo ver el resto. Giran los dos hacia la izquierda y se adentran por una calle estrecha y sombría cubierta de adoquines. Doblo más rápido que ellos y cuando no se lo esperaban me tienen casi a su espalda. Al verme sobre ellos aceleran el paso pero yo alargo mi mano derecha y siento que tengo a tocar de la punta de los dedos la americana del tipo enjuto (no entiendo como el orondo puede correr tan rápido pero no tengo ahora tiempo de averiguarlo). Aprieto el paso, corro, me ahogo, ensancho la zancada, fuerzo todos mis músculos, corro sin aliento pero no me detengo, más rápido ahora, corro, estiro el brazo, alargo la mano, extiendo todo lo que puedo mis dedos esforzando al máximo mis piernas que no dan más de sí y consigo al fin rozar con la punta de los dedos la tela de pana de su americana, la toco con el final de mi mano y la tela se deshace instantáneamente en un polvo suave de un color gris intenso y brillante alrededor de la yema de mis dedos. Es un polvo sin tacto que acaba pasando a través de mis ojos sin tocarlos. Desorientado, pierdo la rapidez de mi carrera y doy las últimas zancadas mientras veo como los dos se alejan por el oscuro callejón, mirando hacia atrás con sus extraños ojos negros y su semblante circunspecto, sin sudor, sin esfuerzo en sus rostros, mirándome como quien espera que vaya con ellos, como un amo que espera que lo siga su perro. Me miro las yemas de los dedos. No hay rastro alguno.

Doblado apoyándome sobre las rodillas, me doy un tiempo para recobrar el aliento cuando los pierdo finalmente de vista. Un breve tiempo después, desubicado, deshago mis pasos de nuevo en dirección al puerto. Algunos comerciantes que me han visto antes correr me miran extrañados. Se ha hecho completamente de noche cuando llego a ver de nuevo el mar. Las luces anaranjadas transforman la realidad. El olor del salitre se mezcla ahora con el olor de la noche.

Faltan poco más de dos horas para mi vuelo a Barcelona. No sé si quiero volver. Tampoco sé si quiero volver sobre mis pensamientos.

¿Sentir la "emoción" de la culpa? Vivirla, experimentarla, abocarse a ella como a cualquier otra emoción. Un registro más de nuestra vivencia. Y sin embargo al fin, no puede haber otro destino, para ser libre, que renunciar a la culpa. Definitivamente. De manera irreversible. Renunciar a la soga invisible que nos obliga a la inmovilidad, que prohíbe la felicidad.

Yo me equivoco, con total certeza, al menos una vez al día. No puedo negociar con 365 culpas, ni con una siquiera. Yo, sencillamente, acepto. Acepto mi imperfección. Acepto mi naturaleza confusa y mixta. Yo soy y por tanto ocupo mi espacio. Juego mi papel. Yo soy y por tanto soy imperfecto. Yo soy y sin mí los demás no son. No existen. Yo creo mi realidad. Yo te creo. Yo soy.

Momentos después la gata se ha disipado en burbujas. La *Scalinata* se hunde en el mar bajo la espuma. El pianista flota lejano y su música no se siente ya más que como un eco de la memoria. El rugir de los motores del avión contagia su temblor a toda la cabina. Descanso la palma de la mano derecha sobre mi vientre y presiono el dolor. Vuelvo a mirarme las yemas de los dedos, y no veo rastro de aquel polvo gris, ni lo entiendo. Pienso en aquel anciano, fumando y en su familiar sonrisa ladeada, de la que tampoco me queda apenas más que el recuerdo.

Salimos al fin impulsados hacia adelante y despegamos. Todo ocurre y nada parece pasar realmente. *Ciao* Roma. Yo soy, aquí y ahora.

## LIII – Cuando se mira el Espejo

- Sí, sé que te dije que regresando de Roma pasaría por tu casa. Lamento que estuvieras esperando. Al final se hizo muy tarde. Lo siento Sophie. Sí, nos vemos esta tarde, claro. Ahora debo dejarte, debo también llamar a Pedro. Sí, un beso.

Nuestra boca hace promesas que sabemos que no vamos a cumplir. Tenía ganas de Sophie anoche, pero no ganas de verla. Sé que esta tarde tampoco cumpliré mi cita, y sin embargo, no me importa. Creo que no, y no sé por qué.

- Hola Pedro ¿Qué tal?
- Podría ir mejor Josué. ¿Tienes cinco minutos?
- Sí, tengo una cita ahora pero cinco minutos al teléfono los tengo. Dime.
- El grupo de Baumberg siguen insistiendo en revisar las condiciones de su participación. El crecimiento del negocio no nos está yendo tan bien como pensábamos. Bien, eso ya lo sabes, estamos creciendo en ciudades, pero el negocio en cada una de esas ciudades es lento, no se cubren las inversiones que hacen los inversores al ritmo que ellos quieren, aunque seguimos los planes escrupulosamente.
- Ya. Bueno, ¿Eso es todo? No hay nuevas noticias.
- Sí, ahí van. La gente de Berlín también están disgustados con el ritmo de implantación acordado y dicen que piensan ponerse en contacto con los demás inversores, empezando por Londres, para presionarnos y renegociar la participación.
- Ya veo. Reunión de ovejas… No te preocupes, Pedro, es intrínsecamente más fácil hacer un razonamiento negativo que proponer uno constructivo. Pero puedes estar tranquilo. Sé lo que quieren y sé lo que darles.
- Habría que reaccionar lo antes posible; creo que es algo urgente, si no se nos irá de las manos.

- No hay cosas urgentes, Pedro, sólo gente con prisa. Y ni tú ni yo tenemos prisa.
- ¿Cuál es tu plan?
- La sociedad empresarial solo es perdurable mientras todos los grupos integrantes obtengan el beneficio esperado. Ellos quieren que su inversión crezca. Es lógico, y lo hará. Sacaremos el grupo a Bolsa, pero no lo haremos hasta que hayamos cerrado las inversiones de Estados Unidos y Bombay.
- ¿Salimos a Bolsa?
- Sí, así es. Pero no hables de esto con ellos. Insisto, mantén la calma. Cuando un problema crece, es menos tuyo para empezar a ser de otros.
- ¿Preparamos agenda para Norte América?
- Sí, habla con Mercedes y que cierre ronda con al menos tres posibles inversores de costa a costa. Desde los Ángeles volaré a Bombay.
- ¿Cómo ha ido en Roma y Milán, por cierto?
- Milán está hecho. Rossetti materializará su inversión en las próximas dos semanas. Roma necesita más tiempo, pero creo que finalmente el grupo de Rossetti se acabará quedando también la franquicia de Roma, por lo que Nardone se quedará fuera. Rossetti no va a querer compartir Italia con los Nardone, así que imagino que antes de que venzan esas dos semanas, Rossetti nos pedirá un descuento por quedarse además del Norte, el centro y sur de Italia. Ten preparada una contraoferta para obligarle a cerrar el trato en la misma conversación.
- Josué, si precipitamos una salida a bolsa sólo tendremos buena prensa, una imagen y cierta estructura. No creo que eso les parezca suficiente para salir al mercado. Hacer una oferta pública de venta implica costos y riesgos; no querrán asumirlos.
- Créeme, sí lo harán, Pedro. Verás, últimamente he estado estudiando concienzudamente sobre los procesos de decisión en las grandes empresas y en la política. Se llama empobrecimiento traslativo. Es cuando se toman decisiones en el presente que nos empobrecerán mañana. Son propias de políticos con mirada cortoplacista y de administradores de sociedades focalizados en su éxito personal y no en el de la empresa. La política y los financieros tienden a tomar decisiones que, aunque puedan ser perniciosas a medio y largo plazo, se adoptan si con ellas se consiguen beneficios inmediatos. Con el empobrecimiento traslativo transfieres los efectos negativos de tus decisiones al próximo gobierno, al siguiente inversor, a la próxima generación o incluso a ti mismo. Al salir a bolsa sus acciones se revalorizarán inmediatamente, lo que significa que podrán recuperar sus inversiones y sus beneficios sin demora y, les importará bien poco si con el lanzamiento a bolsa, el que viene por detrás de ellos está

haciendo un mal negocio y si la decisión es negativa para el propio proyecto, pero ¿Sabes que es lo más gracioso de todo, Pedro?

- ¿Qué? Dime.

- Que a pesar de su opinión de hoy, cuando vean la revalorización de las acciones, ya verás que la mayoría de ellos no se decide a venderlas. Creerán que la evolución del precio no habrá llegado a su fin, se engañarán y se mantendrán en sus posiciones esperando una revalorización aún mayor. Sus juicios de hoy, sus informes financieros, sus sesudas deliberaciones no serán nada cuando empiece la orgia del mercado.

- Se estarán trasladando a ellos mismos los efectos negativos de su decisión de hoy ¿Cierto?

- Así es. El caso paradigmático del empobrecimiento traslativo es cuando el agricultor no reserva una parte de la cosecha para resembrar como debería. Aparentemente es más rico, pues hay más grano en el granero, pero la decisión lo va a empobrecer, al no tener con qué sembrar la siguiente campaña y tener por tanto que comprar semilla nueva e incluso endeudarse para conseguirla. Una acción de empobrecimiento traslativo es una decisión que genera riqueza aparente pero que en realidad nos va a empobrecer a corto y medio plazo.

- Entiendo. Entonces ¿No vamos a negociar con ellos? No de momento ¿Verdad?

- La negociación es factible cuando el coste del acuerdo es inferior al coste del desacuerdo, Pedro. No veo ningún beneficio en negociar ahora. Deben esperar a que nosotros tengamos algo que ganar con la negociación. Eso ocurrirá cuando el negocio esté más allá de Europa. En Estados Unidos y en Asia.

- Entiendo. Conozco una gente en Illinois que creo podrá ayudarnos. Nos ponemos ahora mismo con la presentación del proyecto en esos lugares y hablo con Mercedes para configurar la agenda en ambos continentes ¿Sí?

- Sí, adelante. Por cierto ¿Has estado antes allí, Pedro?

- ¿En Illinois?

- Sí.

- Yo no, pero Google sí.

- *The Show must go on.* Crecer el problema para que sea el problema de otro. Puedes estar tranquilo, Pedro, sólo jugamos de acuerdo con sus reglas. No las he inventado yo.

Frente a mí, impertérrito testigo, el Palau de les Heures. Tengo sesión con Gabriela, por fin, y en lo alto adivino las luces de la sala encendidas. Siento un hormigueo en las puntas de los dedos. El dolor perpetuo en el vientre. El frio sudor en la nuca. Pero antes de verla, debo pagar el precio del juicio de la razón.

Debo penitencia al alemán, el guardián de las emociones. Y a pesar de todo, no puedo otra cosa que confiar en mí. La última vez sus ojos estaban encendidos de rabia contenida. Él sabe que yo sé que no puede vencer. Es imperfecto. No está completo. Tiene un *naipe negro* al que derrotar, y nunca lo conseguirá; su incapacidad para entender, desde la razón pura, las razones de Dios.

- Buenos días, ¿Qué tal?
- Buenos días, Sr. Josué. Tome asiento por favor –dice especialmente circunspecto-.

Su cubículo huele hoy a una mezcla rancia entre libro viejo y loción de afeitar. En penumbra, como siempre, sólo el haz de luz de la lámpara sobre la mesa gastada nos aporta algo de claridad. Hoy no lleva una de sus habituales camisas de cuadros grandes, sino un chaleco de lana blanco ajustado sobre una camisa de color azul oscuro con mangas cortas. Su viejo ordenador emite una luz fluorescente sobre su mentón. Sus labios están prietos. Su mandíbula contraída. Su espalda más erguida, si cabe, de lo habitual.

- ¿Cómo le trata el otoño mediterráneo?
- Bien. ¿Empezamos? Ponga su mano sobre el escáner por favor.

Después de "fichar" mi biocampo en la estigia comisaría del Mariscal Schulze, me suelta a desgana, sobre el escaso espacio que tengo reservado en su mesa, unas laminas con nuevos test para completar. Mientras empiezo a leerlos, levanto mis ojos por encima de la hoja y lo observo mordiéndose los labios con saña, cuando sus ojos están clavados como espadas sobre la pantalla, analizando el *maldito* biocampo. Lo que sea que ve, no le gusta. Pero lo que me resulta más inquietante es que parece que ya se esperaba algo así. Frunce el ceño y hace pequeños movimientos asertivos con la cabeza. Me lanza fugazmente una mirada metálica que esquivo ágilmente devolviendo mi atención al test. Hay un telón invisible de acero entre ambos y todo apunta a que un tanque va a atravesarlo en cualquier momento abalanzando sus cadenas sobre mí.

Una de las preguntas del test reza: *Despierta usted en una barcaza de remos en medio del océano. No sabe cómo ha llegado hasta allí. No ve tierra en ningún punto alrededor de usted. El cielo es claro y le permite conocer la posición del sol. ¿En qué dirección empezará a remar? ¿Por qué?*

La siguiente me gusta aún más; *¿Cuál es el primer pensamiento que le viene a la mente cuando se mira al espejo? Responda con una sola palabra.*

Empiezo a divertirme con la última y me olvido por un momento de que él está ahí enfrente, hirviendo; *¿Qué será de la Gacela que amamanta al cachorro del León? Responda con no más de tres palabras.*

Escribo fácilmente todas mis respuestas con la mano izquierda, por pura frivolidad, pienso. Devuelvo el test completado al alemán que lo toma en silencio y empieza a puntearlo frenéticamente con su lápiz de punta recién afilada.

Mientras espero su veredicto cierro mis ojos y miro dentro de mis párpados. En su interior las luces aparecen en la oscuridad. Se mueven. Cambian. Se ocultan. Reaparecen. Me quedo ahí en silencio, cuando ya percibo el aroma de Gabriela al otro lado del pasillo. El único sonido es el grafito del lápiz sobre el papel, furioso. Y mi respiración atenta.

Poco rato después escucho que teclea frenéticamente sobre el teclado. Instante seguido se queda en silencio, durante un par de minutos.

- Definitivamente usted tiene que salir del programa –trona sin ningún preámbulo-.

- ¿Perdón? ¿Otra vez esa cansina idea, Schulze?

Su cara se enciende de ira. Toma aire enérgicamente e infla su pecho.

- Insisto en que debe abandonar el programa por sus desviaciones –hace aquí una rápida mirada a la pantalla del ordenador- por sus desviaciones y su actitud amoral –añade, acentuando claramente estas últimas palabras-.

- Amigo Schulze, no voy a dejar el programa –le digo serenamente, sin dejar de observarlo- No sé a qué desviaciones se refiere esta vez, y menos aún qué quiere decir con "actitud amoral". En cualquier caso estoy seguro de que la moral de mi vida no es asunto suyo.

- No se equivoque, Sr. Josué –responde alzando intencionadamente el tono de voz-. Todo en su vida nos incumbe. Nosotros somos sus creadores. Y sus desviaciones del biocampo, amén de su vida disoluta y otras razones que usted ya conoce relacionadas con otros miembros del equipo, ponen de manifiesto que, desde el principio, usted no debería haber entrado a formar parte del programa ¡Ni siquiera se toma usted en serio revertir sus logros en beneficio de la comunidad!

La sola idea de que Gabriela, al otro lado del pasillo, estará necesariamente escuchándolo todo, dado el elevado tono de voz del discurso de Schulze, consigue desquiciar mis nervios. Siento la familiar punzada del vientre, y la sangre subir hasta mis mejillas. Todo arde.

- ¿Y por qué alargaron entonces el programa de sesiones? Yo no se lo pedí.

- Yo no voté a favor de ello, puede estar seguro.

- ¿Ah, no? ¿Quién lo hizo?

Se queda en silencio, mirándome fijamente, pálido. Sus labios incoloros se esfuerzan por mantenerse unidos.

- ¿Gabriela?
- Sólo el voto de Gabriela no hubiera sido suficiente –confirma con evidente resignación-.

En ese momento se da cuenta de que me ha revelado involuntariamente que otros miembros de Meta, a los cuales ni conozco, están siguiendo mi caso con interés y contradiciendo su criterio. Se inclina hacia delante dispuesto a responder a su error, entornando sus ojos y tensando los músculos de la frente.

- Puede que llegue usted a odiarme, pero no dude de que a partir de hoy voy a hacer todo lo posible por expulsarlo, moveré cielo y tierra y puede estar seguro de que lo conseguiré; sé a quién tengo que dirigirme.

## LIV – La Voluntad no puede querer hacia atrás

Antes de presentarme delante de Gabriela decido pasar antes por el aseo. Refresco mi nuca y busco sosiego. *No te preocupes, Schulze, no te odio, hay un infierno para cada persona y tú encontrarás el tuyo*, murmuro sin darme apenas cuenta del volumen de mi voz. Me miro al espejo. Estoy mucho más delgado. Las facciones de mi cara están ahora perfectamente definidas; las sombras por detrás de los pómulos, la mandíbula, los ojos hundidos en la penumbra, los ojos que brillan. Mis rasgos son ahora atractivos, han dejado de ser vulgares y por debajo de la oscuridad de mis cejas negras se vislumbra un secreto, un trozo de cielo, tentador e irresistible. He conseguido modelarme a mi imagen y semejanza. Y los demás, todos los otros, lo saben.

Miro mi mano. Tiembla aún, pero puedo disimularlo. Tomo aire, profundamente. Atravieso el pasillo poniendo mi atención en cada uno de mis pasos, buscando la reconexión con mi cuerpo, tomando consciencia de él, de mí. Hago recuento de mis músculos, de mis huesos con cada pisada sobre el mármol. Miro al horizonte a través de los ventanales. No se ve el mar.

- Gabriela.
- Hola Josué. Siéntate por favor.
- Creo que deberíamos hablar de lo que ha ocurrido ahí fuera. Entiendo que ha sido muy incómodo para todos. Bochornoso.
- No hay nada de qué hablar, Josué.
- Pero Gabriela…
- Créeme Josué, no hay nada de qué hablar. En este momento *vos* estás dentro del programa Meta y yo tengo anotada una sesión contigo para hoy. No hay más de que hablar. Lo único que debemos hacer es empezar la sesión. Si estás de acuerdo podemos ponernos en marcha ¿Sí?

Toma los vasos de papel y los llena de agua. Me ofrece uno y deja el otro al lado de su silla. Sorbo un poco de agua. La miro. La admiro en su serenidad. Me recreo en el contorno de su silueta recortada sobre la pared del fondo. Sus labios llenos, sus ojos profundos, su piel lechosa y tersa. Su cuello infinito. El cabello sembrado de rizos, negro y brillante. Se ve en mis ojos y esboza entonces una de sus livianas sonrisas ladeadas. Su boca traviesa.

- Como tú quieras Gabriela. ¿Recibiste mi cuento? ¿No te gustó?
- Josué ¿Empezamos? –suelta tras volver a configurarse en la Dra. Zimmermann-.
- Sí, Gabriela, sí ¿De qué vamos a hablar hoy?
- De la superación de las adversidades.
- ¡No tiene sentido! –exclamo impetuosamente-.
- ¿Cómo dices?
- ¡Es un paso atrás, Gabriela!
- ¿Qué quieres decir?
- Entrenarse a superar adversidades no tiene lógica alguna, Gabriela.
- Explícate por favor.
- Es un retroceso. En el punto en el que estamos es mucho más importante vivir fuera del tiempo.
- ¿Vivir fuera del tiempo? Estás desviándote del programa, Josué. Sé por dónde vas y eso es saltarse las reglas.
- Las reglas están para romperlas.
- No estas reglas, Josué.
- Gabriela, tú sabes tan bien como yo que el tiempo es la única prisión verdadera.
- Son las reglas, Josué. Es necesario un marco donde desarrollar la obra. Los actos deben tener una secuencia temporal.
- Gabriela, si podemos vivir fuera del tiempo, podemos sortear las adversidades ¿Qué sentido tiene luchar por vencerlas si, sencillamente, podemos aniquilarlas, dejarlas fuera de escena?
- Si vives fuera del tiempo y las ignoras no puedes entonces experimentarlas.
- ¿Y quién quiere eso?
- *"Si te ha ocurrido alguna desgracia, recréate en ella como en tu felicidad".* Es de tu amigo Nietzsche.
- ¡Es obsoleto! Tienes que saberlo, no lo niegues.
- Lo hago. Lo niego.
- Gabriela…
- Josué, quien conoce a Dios a su súper hombre navega hacia la felicidad. El fin de Meta son las súper cualidades, desarrollarse plenamente dentro de nuestras posibilidades, dentro del papel. Optimizar nuestro rol, ser lo mejor de

nosotros mismos, pero nunca Josué, nunca, rompemos las reglas. Siempre hay que permanecer a este lado del espejo, hasta el final del acto.

- Gabriela, siempre me has dejado claro que para encontrar las respuestas hay que plantear las preguntas. Que las respuestas son el sentido y que el sentido es la vida. ¿De qué me sirve encontrar las respuestas, de qué me sirve encontrar el sentido, si después no me dejas experimentarlo?

- Esa experiencia ya la tienes. Todos vivimos fuera del tiempo antes y después de la vida.

- ¿Puedes asegurarme que nadie en toda la humanidad vive de vez en cuando fuera del tiempo?

- No, no puedo hacerlo.

- ¿Entonces?

- No puedo hacerlo por la misma razón que subyace en la parábola del cisne negro. Es sólo una cuestión probabilística.

- ¿La parábola del Cisne?

- Por muchos cisnes blancos que veamos, miles y miles, no podemos asegurar sin miedo a equivocarnos que todos los cisnes que hay en el mundo son blancos. Pero basta con que veamos uno sólo de ellos que sea de color negro, para que podamos afirmar, sin ningún género de dudas, que no todos los cisnes del mundo son blancos.

- ¿Qué me impide ser el Cisne Negro? Dime, Gabriela.

- ¿Y qué harías? ¿Volver atrás? ¿Hasta cuándo? ¿Con qué fin?

- No lo sé, quizás a aquel lugar donde me sienta libre.

- *La voluntad es libertad y la voluntad no puede querer hacia atrás.* Sigue siendo una cita de tu amigo Nietzsche, ya viste, hoy anda empeñado en acompañarnos. No, no irás atrás Josué, lo sé.

- ¿Por qué?

- Porque hay demasiado dolor en ese lugar.

Nos quedamos los dos en silencio, durante una breve eternidad.

- Vencer las adversidades… ¿De eso quieres hablar hoy?

- Sí. Estamos diseñados para vivir plenamente. Hemos de aprender a hacerlo. Dios sólo nos propone retos a la altura de nuestras capacidades.

- Gabriela, si debemos superar las adversidades, si estamos preparados para ello, si ese es nuestro destino, entonces, si estamos diseñados para no sufrir ¿Por qué sufrimos?

# LV – Vivir fuera del Tiempo

El Doctor Teodoro Vinyals hojea mi expediente con autentica concentración. Su cabeza gacha, hundida en la carpeta, mirando por encima del arco metálico de sus gafas, recorre punto por punto todas sus anotaciones. Las cortinas hoy están retiradas y hay bastante claridad en toda la habitación. El rincón de los juguetes está cubierto de polvo. Los pocos que quedan me parecen muy antiguos. Pareciera que llevan ahí más de veinte años. Petrificados, pero latentes.

Vinyals lleva una americana de lana marrón, camisa y corbata oscura. No hace aún frio, y menos aún en la consulta, pero Vinyals es uno de esos hombres que sólo le dejan ver al mundo su rostro y sus manos, y aun éstas, escasamente, pues cuando está de pie las tiene habitualmente recogidas en los bolsillos de los pantalones. Su cara casi siempre está sobre algún expediente y lo más que ves es su calvicie prominente. Si fuera consciente de ella, seguro que llevaría sombrero.

He venido caminando, como es habitual en mí. Camino por las vetas de la tierra. Sigo su energía. Me dejo guiar por las líneas Hartmann que tejen la tierra, aunque a menudo debo hacer algún rodeo para no oponerme a ellas. Ahora sólo calzo zapatos con suela de esparto o de materiales naturales. De lo contrario, me resulta difícil sentir la fuerza sutil de las vetas en las plantas de los pies. A veces he de detenerme. No es una percepción fácil. Pero si tomo aire y reconecto mi conciencia con mi cuerpo, enseguida noto el flujo de energía subir por mis piernas y ya sé en qué dirección debo encaminar el resto de mí. Llevo una pequeña botella de agua conmigo. La etiqueta reza "compasión".

Desde que he salido del despacho, un perro grande, de color canela y pelo corto, se ha puesto a mi lado. No llevaba collar ni marca alguna. No más que un hocico negro y unos serenos ojos color miel. Por un momento me parecía que me acompañaba. Súbitamente se ha dado media vuelta y se ha ido en dirección contraria. Luego, he vuelto a mirar y estaba ahí, otra vez, siguiendo mis pasos a poco más de un metro. Lo he observado detenidamente. Le he sonreído. Él, de alguna manera, también lo ha hecho. Ha levantado su hocico afilado y negruzco y parecía contento de que le prestara atención. Desde ese momento ya no se ha separado y hemos caminado juntos, durante un par de kilómetros, hasta el portal del edificio donde Vinyals tiene la consulta. Se ha quedado fuera, en la puerta, mirando hacia el interior del inmueble. Mientras esperaba el ascensor me he vuelto a mirarlo. En ese momento el perro tenía su atención puesta en una mujer rechoncha y sudorosa, cargada con grandes bolsas de plástico, que pasaba caminando torpemente detrás de él, resoplando. He dado en llamarle *Pereza*.

-   ¿Cómo se encuentra hoy?
-   Bien, bien ¿Cómo está usted?
-   Bien, gracias. Tome asiento.

Mientras me desparramo en la butaca de eskay negro, Vinyals rodea su mesa mirando el suelo, y corre las cortinas, dejándonos en penumbra.

-   ¿Avanzó en sus propósitos? Con sus cualidades me refiero. Creo recordar que la última vez deseaba aumentar sus capacidades como escritor ¿Consiguió sus objetivos?
-   Conseguí escribir un cuento. Breve. A mí me pareció que era realmente bueno. Pero lo cierto es que no consiguió los objetivos para los que fue concebido. La excelencia de una obra literaria es inversamente proporcional a la cantidad de palabras que el autor tiene que poner para enlazar las frases verdaderamente hermosas. Un escritor no deja de ser un intérprete, y supongo que no hice una buena interpretación.
-   ¿Un intérprete?
-   Sí, interpreta los hechos, ciertos o no, los confunde en un solo cuerpo y después los vomita.
-   ¿De qué trataba?
-   ¿El cuento?
-   Sí.
-   De una Princesa que vivía en las Selvas del Tucumán. Quizás era demasiado naif o el final demasiado triste. No lo sé, pero lo cierto es que no funcionó. Continúo siendo solamente un candidato. Eso pienso. O, como el viento, ella no puede ser atrapada.
-   ¿Tanto le importa?
-   En ocasiones es… Sí, a veces es lo que más me importa. Otras veces, cuando estoy haciendo cosas que me gustan, cosas que me apasionan de verdad, quiero decir, entonces no pienso. Y sin embargo, en esos momentos es cuando me siento, sin sentirlo, más cerca, con más derecho.
-   ¿Piensa en seguir desarrollando sus capacidades? Creo que está siendo un buen ejercicio para usted. Nos focaliza en algo intenso que le permite disfrutar vivamente de su tiempo. De una forma que podríamos definir incluso como íntima.

- Hay que ir más allá de las súper cualidades, Doctor. Son únicamente una herramienta, un acertijo para verdaderamente ir más allá. Precisamente lo que quiero ahora es ser capaz de vivir fuera del tiempo. No para siempre. Sencillamente busco poder estar ahí. Poner un pie. Gabriela no lo ve bien, cree que desbordo los límites ¿Qué opina usted?
- ¿Vivir fuera del tiempo?
- En realidad es más como *ser* fuera del tiempo.
- ¿... fuera del tiempo?
- Sí, el tiempo es la única prisión, el único límite. Si pudiera romper ese límite....
- ¿Cómo ha llegado a esa conclusión?
- Eh... Pues a partir de las sesiones con Gabriela y también discutiendo con Kant y los que le siguieron. Ya sabe lo que quiero decir...
- Mejor si me lo explica usted –murmura mientras vuelve a poner su atención sobre los papeles y empieza a tomar notas-.

Me pregunto si *Pereza* estará ahí, aún. Esperando. No habría razón para que así fuera. Seguramente habrá trotado detrás de la mujer obesa, moviendo su cola canela y poniendo su mejor hocico. Parecía mejor *presa* que yo. Más suculenta y con mejor avituallamiento.

El cuento del padre de Gabriela era mejor. Debo reconocerlo. Decir tanto con tan pocas palabras es la mejor forma de hablar; *he estado hablando con dos números y medio...* Me aburre pensar en una única cosa. Pienso en la última lección de lengua germánica de esta mañana, a través de Youtube: *Ich* glaube an dich. Ich denke an dich... lo que me hace pensar en el epitafio de Kant en su tumba; *"Dos cosas me llenan la mente con un siempre renovado y acrecentado asombro y admiración por mucho que continuamente reflexione sobre ellas: el firmamento estrellado sobre mí y la ley moral dentro de mí".*

- Pues, Doctor... Tiene que ver con algunas de las principales conclusiones que Kant y sus acólitos exprimieron de su Crítica de la Razón Pura.
- Le escucho.
- Veamos... ¿Cómo explicarlo? Para él, el hombre requiere de dos condiciones para que perciba los objetos o fenómenos. Espacio y tiempo. Dado que éstos deben estar situados en el espacio y esta percepción ocurre durante un tiempo determinado. El espacio otorga validez a los objetos en la medida que los sitúa en relación con el sujeto que los observa. Imagine, yo soy aquí, y usted está ahí. Cada uno ocupa un espacio, y cada objeto, fenómeno o lo que sea, en lo que a mí se refiere, lo es en relación conmigo. Si no hubiera un espacio donde

situarnos, no habría manera de percibir, de discernir entre Yo, y los demás objetos. ¿Me explico?

-       Continúe.

-       El tiempo es necesario en la medida que el proceso de percibir tiene un antes y un después. Toda percepción discurre durante una secuencia tiempo determinada ¿Sí?

Asiente sutilmente con la cabeza, y sin mirarme, mientras sigue haciendo anotaciones en su libreta.

-       Bien, ahí es donde se abre la brecha entre espacio y tiempo; en el pensamiento. Podemos pensar objetos, fenómenos, personas que no estén en realidad situadas en el espacio. Metafísicamente. Dentro de nosotros. Podemos concebirlas porque podemos concebir el *no* espacio. Nuestra mente está preparada para ese tipo de abstracción. Sin embargo, no podemos pensar sin tiempo. Todo, incluso el pensamiento, discurre sobre una línea de tiempo. Pensamos un objeto desde *este* momento hasta *ese* momento. El objeto puede no estar en el espacio, realmente, sin embargo, el pensamiento sí ha "consumido" tiempo.  Considerando esto, se ve que es imposible que los fenómenos existan por sí mismos, sin la participación del sujeto que los percibe. Gabriela, para explicarlo, ponía el ejemplo del árbol que cae solitario en el bosque; si no hay nadie que perciba su estruendo al caer, pues sencillamente, eso no ha existido.

-       Ya veo.

-       Podemos pensar lo que no está en el espacio, pero no podemos pensar sin discurrir las cosas en una secuencia temporal, de lo que cabe deducir que estamos atrapados en el tiempo. El tiempo circunscribe la vida, la amuralla. Incluso aún proyectando que la verdadera prisión fuera la mente, incluso así se observa que los límites que siempre a ésta se le imponen son temporales. Sólo podemos ser seres superiores si conseguimos vivir fuera del tiempo. El tiempo es el único y verdadero límite.

-       No tengo al día todo el conocimiento que me haría falta para mantener una adecuada conversación con usted al respecto de este asunto, pero sí recuerdo que, según Einstein, el espacio y el tiempo no están separados. Lo denomina el continuo espacio tiempo ¿Es así, verdad?

-       Efectivamente eso dijo Einstein. Son aparentemente inseparables, la fuerza centrifuga de la rotación crea la ilusión del espacio y su propio movimiento circular es el tiempo. Por eso son inseparables, aparentemente, aunque la teoría del entrelazamiento cuántico nos aporta interesantes pistas sobre dicha geometría y demostraría que ésta es necesaria para que se mantengan unidas. En realidad, este entrelazamiento ya fue predicho por Einstein en 1935, y lo inquietó hasta sus últimos días.

-        ¿Fuerza centrífuga? Explíquese, por favor.

-        Para mí, el universo se fundamenta en tres leyes inseparables e interdependientes, doctor: unión, rotación y equilibrio.

-        ¿Entonces su objetivo es vivir fuera del tiempo?

-        Si consigues eso, tienes todo el poder, pasado, presente y futuro dejan de ser reales. Esto me obsesiona últimamente, vivir fuera del tiempo: las drogas, la locura, sustraerse a la conciencia para poder navegar fuera del tiempo; muchos lo intentan por esas vías. ¿Por cuál vía lo conseguiré? No lo sé. Para salir del tiempo y el espacio hay que ir al eje sobre el que pivota toda la existencia. Al Todo, al Uno. Rotación, unión, equilibrio. El eje nos podría mantener fuera del tiempo al no haber movimiento en él. Piense en la rueda de una bicicleta, por ejemplo. Gira sobre un eje. Los radios son el espacio, las cosas creadas, y su movimiento circular es el tiempo, pero el eje, el Eje de anti energía centrifuga ni es cosa ni es tiempo.

-        ¿Y… cómo espera llegar al eje?

-        Creo que hay dos posibilidades y un único camino. Las posibilidades son dos, o hacerlo materialmente, para lo cual hay que descomponer la ecuación del tiempo y crear el artefacto capaz de hacerlo, lo cual dejo en manos de los científicos pues yo ya no dispondré de la oportunidad de acometer un proyecto así, y la otra opción es hacerlo a través de la conciencia. Puesto que la materia es en realidad una representación consciente, a partir del Yo deberíamos ser capaces de llegar igualmente, a través de la conciencia, sin necesidad de hacerlo a través de la mecánica cuántica. Todos somos resultado de la expansión del Uno, del Todo, del Eje.

-        ¿Y no hay más de un eje en todo el universo?

-        Cada galaxia, cada constelación, tiene su propio centro, pero todas ellas giran a su vez sobre un Eje maestro.

-        ¿Cuál es el *único camino* al que se refiere?

-        El único camino posible es viajando a través de la energía oscura. La nada creada por el vacío de la creación. El tiempo gira en una sola dirección y es centrífugo, pero la energía oscura no gira con él, estoy seguro de ello, por eso no podemos identificarla. No se puede por tanto viajar hacia el eje ni en línea recta, ni en una espiral a favor del tiempo, siguiendo la rotación natural del tiempo, porque, automáticamente, de manera expansiva, éste te sitúa de nuevo en su órbita. Te escupe hacia tu lugar en el cosmos. Si estás en su órbita no puedes tomar conciencia de que te estás moviendo en torno al eje del mismo modo que un barco varado en el océano, desplazado por una corriente marina, no tiene la sensación de estar moviéndose al carecer de referencias. La única manera que veo de conseguirlo es en espiral, en dirección opuesta a la rotación del tiempo, del mismo modo que actúa una vela latina frente al viento. Creo que es la única manera de entrar en el magma de Moloch, y evitar así la persistencia de la corriente de la materia.

- ¿Y cómo se hace eso?

- No lo sé a ciencia cierta, pero pienso que puedo al menos llevar mi conciencia por ese camino. Es a través del sueño que se puede vivir fuera del tiempo. Del sueño sin sueño. Durante el sueño no nos desprendemos de nuestra conciencia trascendente. El cerebro no está preparado pero, podemos manejarnos durante el sueño solo con la conciencia trascendente. Sin la razón. Creo que puedo conseguirlo. No parpadeando ya he conseguido estados trascendentes que me han permitido abrir grietas en mi campo de visión que me permitían ver detrás de esas grietas el verdadero Yo de las cosas. Gobernar la fina línea entre la meditación y el sueño. Esa es la clave. Si durante el sueño ves vidas pasadas y tienes también sueños premonitorios, es porque estás ahí, fuera del tiempo.

- Entiendo que, dadas sus circunstancias, el tiempo, ausentarse de él, sea importante para usted. ¿Cuánto tiempo estima que…? ¿Qué dice su médico?

- Quién lo sabe... Esa fecha ya no me importa. Tampoco me importa ya el dolor. Aunque sigo sin tener respuesta para él.

- Ya veo… Creo recordar que la última vez que nos vimos dijo que *vivir fuera del tiempo* era tener una vida sin contenido, carecer de un papel. ¿Ahora opina distinto?

- No pretendo vivir ahí, Doctor. Sólo quiero, ya me entiende, echar una ojeada. No ambiciono más. No quiero romper las reglas como teme Gabriela, pero sí quiero ver si soy capaz, si estoy en lo cierto. Sería un consuelo, en mi situación, ya sabe. Podría verificar todo lo que he aprendido. Sabría quién soy, quienes somos y lo sabría ahora, no después de viajar con la Muerte. Tendría paz, aquí y ahora.

- Sea honesto conmigo ¿Qué cree que busca realmente?

- ¿Transgrediendo la ecuación temporal?

- Sí.

- La inspiración como estado natural y continuo del Ser. Siempre. Si revelo todas las cartas, incluido mi *naipe negro*, lo habré conseguido. Entiendo que ese fue el estado de gracia que alcanzaron Jesús y Buda. No veo por qué no podamos conseguirlo todos los demás. *Sólo* hay que penetrar en el espejo.

- ¿Quiere decir algo así como "armonía de espíritu"?

- No. Mi espíritu está en paz. Armonía de espíritu es conocer la justa medida de nuestras pasiones y nuestros deberes. Eso ya es en mí.

- ¿Está tomando algún tipo de analgésico para mitigar el dolor?

- No. El dolor es mío. Debo responderle yo.

- ¿Cree que le convendrían más sesiones conmigo? Podemos incrementarlas si piensa que eso va ayudarle...

Saliendo del portal del edificio donde se halla la consulta y una vez mis ojos se han desacostumbrado a la penumbra del interior, miro a izquierda y a derecha buscando infructuosamente a *Pereza*. No está. Dirijo mis pasos hacia la derecha y, dados los primeros, veo a mi cuadrúpedo amigo observándome con atención desde la acera de enfrente, a la sombra de una cornisa. Le sonrío. Se incorpora y extiende su cola sin dejar de mirarme. Mira prudentemente hacia su derecha y cuando comprueba que no se acerca ningún vehículo, cruza alegre al trote para ponerse a mi lado. Acaricio su cabeza mientras cierra sus ojos que me resultan extrañamente familiares. Me doy cuenta entonces de que el perro canela de hocico minero es en realidad una *chica madura*.

- Así que eres un hembra. Usted sabrá disculparme por la confusión, gentil dama. En fin, serás *Pereza* mientras lo sigas pareciendo. ¿Sabías que eres un pecado, mi Lady? ¡Y Capital, de los que a mí me gustan!

Nos ponemos a caminar los dos juntos camino de Diagonal Mar. El día sigue despejado y la temperatura es perfecta. El ruido de la ciudad apenas me afecta ya. Estoy cambiando, lo sé, pero conozco el destino. *Pereza* se acompasa fácilmente a mi ritmo. Trota a mi lado. Avanzamos los dos rodeados de silencio. La miro y ella levanta entonces su mirada hasta mis ojos. Seguimos en silencio. Ninguna palabra puede decir lo que el silencio dice.

## LVI – Entre el Poder y la Fuerza

A oscuras, en la cama de Sophie, oyendo la lluvia y los truenos, no tan lejanos. El tacto de las sábanas blancas sobre la piel desnuda. No tengo prisa por dormirme. Su cuerpo caliente templa mi piel fría moribunda cuando los relámpagos centellean creando sombras en el techo y luces de flash por todo el espacio inerte y blanco que nos rodea.

Sophie duerme como si estuviera muerta. Boca abajo, los brazos rendidos con las palmas de las manos contra la sábana, su rostro hundido entre la almohada y el colchón, apenas respira y no se mueve. Frágil y voluntariamente indefensa, vive para no ser suya. Con miedo a no ser amada. Solícita. Ignora por decisión propia, para no saber, para no tener que saber... Sin resignación, premeditadamente. Calcula el grado suficiente de ingenuidad que la hace grácil, ingrávida y perversamente atractiva en el corazón incandescente del depredador que inhala su rastro. Sophie renuncia a su propio fuego para salvar sus vísceras y se pone a la sombra del calor de su verdugo que ha de indultarla para conservar su poder, una y otra vez.

*Servir al más fuerte persuade la voluntad del más débil* decía Nietzsche ¿Pero quién sirve a quién? No tiene el control el perro que tira de la correa, sino aquel que la sujeta al otro extremo.

Entre el poder y la fuerza.

La observo de nuevo bañada de la blanca oscuridad que reflejan las lechosas paredes y los muebles. Femenina, voluptuosa y la piel de color alba. Me giro hacia ella. Encierro su muñeca dentro de mi puño y muerdo profundamente su hombro mientras me arrastro para ponerme sobre su espalda. Con mi mano derecha inmovilizo su brazo derecho. Mi respiración y mi peso caen sobre ella. Su cadera intenta alzarse y quiere doblar sus piernas. Su carne prisionera se aprieta a mí.

- ¡Aaah! Josué, me haces daño, para por favor —dice con un dolorido sueño en la voz-.

No digo nada. Mi pesada existencia puede su cuerpo.

- Josué, por favor, para, me haces daño –gime aún ciega desde la almohada-.

Los relámpagos siguen haciendo ojeadas dentro de la habitación y con cada trueno que sigue los cristales tintinean. La tormenta está más cerca y mira dentro.

- ¡Josué, de verdad, no!

Mis rodillas se insertan dolorosamente en el interior de las suyas y la obligan a separar los muslos. Se resiste y fuerza una infructuosa defensa.

- ¡Josué, *s'il te plaît*, te he dicho que no! Me haces daño, de verdad…

Guardo silencio mientras mis jadeos se acercan a su nuca. Su carne tiembla. Su respiración se acelera. Solloza. Gimotea.

- Josué…

Consigue girar su cuello y poner el perfil de su mirada sobre mis ojos. Un relámpago ilumina la inclemencia en mi rostro, en mis ojos profundamente oscuros, mientras mi cuerpo se abre camino dentro del suyo.

- ¡Josué, me estás asustando! ¡Para, detente, por favor te lo pido!

Retumba en la oscuridad el trueno seguido que hace temblar la cama y los cristales. Intenta soltar sus muñecas del interior de mis puños. Forcejea y su cuerpo se endurece contra el mío, el cual se tensa como un arco. Apreso su nuca en el interior de mi boca. No aprieto los dientes, pero mantengo firme la presión. Respiro en la raíz de su cabello. Es un aire caliente que se mezcla con el sudor que humedece su cuerpo. Su voz se ahoga en un lamento pueril.

- ¡Josué…, Josué, déjame, por favor, *arrêtes!*
- ¿Mamá?

Súbitamente me giro hacia la puerta de la habitación. Bajo el dintel, Armand, con una mano aún sobre el pomo, mira asustado hacia la cama. Aflojo mis músculos y las manos alrededor de sus muñecas. Sophie se libera parcialmente debajo de mí.

- Oh, mi amor ¿Te ha asustado la tormenta? –balbucea Sophie cuando aún siento temblar sus piernas por debajo de las mías .
- ¿Mamá? – vuelve a decir Armand desde la oscuridad-.
- Ven aquí *chérie* –le dice haciendo un gesto tierno con la mano para que se aproxime a la cama-.

Sophie se gira hacia mí con un artificioso gesto que intenta disimular el miedo que aún se inscribe en sus ojos.

- ¡Vete, por favor!

Me dice casi sin mirarme mientras abre una página de sábana con el fin de acoger a Armand en mi lugar. Mientras recojo sobre el brazo la ropa que tenía depositada sobre una silla, me vuelvo a mirarlos. Sophie abraza la espalda de Armand contra su pecho, mientras los dos miran la ventana surcada de lágrimas de lluvia. Se esfuerzan por ignorarme.

Salgo escurridizo con la ropa en la mano y en la noche.

En el portal del edificio miro al cielo atronador que busca víctimas sobre las que descargar parte del cielo. Miro el reloj luminoso que luce el cartel de una farmacia a pocos metros de mí. Tengo una hora de trayecto caminando hasta Diagonal Mar. No lo pienso y doy un paso decidido hacia adelante. La lluvia cae severamente sobre mí. En no más de dos segundos toda mi ropa está empapada. Sigo caminando en la noche viendo los charcos que mis pisadas hacen en la acera, con el alma mojada.

Sobre mi cabeza los árboles, meciendo sus ramas, agitando sus hojas amarillentas, están llamando a la lluvia.

Entre el poder y la fuerza. ¿Quién es quién? El poder es. Es Ser. La fuerza es un medio. Pero el que precisa de medios no tiene ese poder. El poder y la fuerza. El árbol tiene el poder de ser, de no ser tumbado de su posición. Para obtener ese poder sólo ha tenido que *ser* y desarrollarse, no ha utilizado la fuerza. En cambio, si el árbol quisiera desplazarse, como lo hiciera un animal, debería consumir una fuerza, dotarse de una fuerza brutal, que no tiene, para mover la madera de sus raíces, arrancarlas del suelo, mover sus hebras y avanzar, dar pasos. El árbol no tiene ese poder, carece del poder absoluto pues no lo puede. Si anhela el Todo, requiere de la fuerza, pero si anhela *Ser*, no requiere de ningún *esfuerzo*, le basta el poder universal. La fuerza es universal, pero sólo el poder absoluto se le iguala. La fuerza es un préstamo, el poder es para siempre.

¿Cómo nos alineamos con el poder? Siendo nuestro destino. Alineándonos con lo que somos. Si buscamos otra cosa que nosotros mismos, consumiremos fuerza, una fuerza que deberemos ir a buscar, de la que nos deberemos nutrir, que deberemos "comprar"; pagaremos un precio. En cambio, para ser, para ejercer el poder de lo que somos, no consumimos nada, todo fluye. El poder es gravitatorio. Si no ejerces una fuerza opuesta, te alineas naturalmente con él. La fuerza es centrífuga, radiante, expulsa a los cuerpos de su órbita.

No parpadeo. La luz de las farolas ilumina millones de espigas de agua caer sobre el asfalto, sobre la acera pero, poco a poco, las gotas ya no caen sobre mí.

Puedo controlarlo, y lo hago. Como un paraguas gigante que sobrevolara mi cabeza, paulatinamente la lluvia rebota contra el suelo en rededor mío, pero no ya sobre mí. A dos brazos de distancia, por arriba y a los lados, no llega la lluvia sobre los hombros ni sobre mi cabeza, mientras los coches aparcados derraman agua por sus parabrisas. Mi ropa se va secando. No parpadeo, pero si lo hago, una cortina de agua vuelve a precipitarse sobre mí. Así que no parpadeo, y en ese estado de conciencia, decido que no existe la lluvia sobre mi espacio. Yo decido, yo gobierno. Rozo con la yema de los dedos la dimensión que queda detrás de la pantalla agrietada del tiempo y desde ahí tengo cierto control. El ruido de la lluvia y el agua bajo la suela de los zapatos me impiden sentir fielmente las venas de la tierra. Cuando cruzo una intersección de dos líneas Hartmann pierdo por milésimas de segundo el control y la lluvia vuelve a caer entonces en el espacio de mi biocampo, pero apenas las gotas tocan mis hombros. Se desintegran al llegar a mí. No parpadeo y los semáforos y los pocos vehículos que circulan no estorban mi camino. Avanzo en línea recta, cruzo las calles sin necesidad de mirar pues, cuando yo paso, nadie está ahí, en mi espacio.

Se cuartean mis ojos y un relámpago me hace pestañear instintivamente; cae la lluvia, vuelve el ruido de los coches, el agua golpeando la acera y todo lo que está desnudo. Tan solo un par de segundos de agua sobre los hombros y ya vuelve el poder al centro de mi mano, al centro de mi frente con mis ojos inmóviles en el horizonte. Se seca el espacio de mi biocampo que ahora ya alcanza tres brazos de radio, y como las aguas del Mar Rojo, todo se abre ante mí; el tráfico, la lluvia, el ruido, la gente. Avanzo de frente, en una sola y única línea recta.

Las farolas crean copas de luz que iluminan mi camino. La noche es ciega y oscura, ruidosa ahí fuera, pero no donde yo habito.

Por entre las grietas, en el centro exacto del cruce de la calle Balmes con Diputación, veo en lo alto a los dos hombres sombríos sentados sobre dos sillas de madera y mimbre. Las patas de las sillas miden cerca de veinte metros de alto y las sillas y su silueta, bajo la lluvia y el cielo negro, se ve diminuta ahí arriba. Pero sus ojos profundos y negros puedo verlos escudriñando mi transito, con el rostro pálido y el semblante serio, y sus manos mojadas apoyadas sobre sus rodillas. Yo los ignoro mientras la lluvia resbala generosamente por las finas y endebles patas de madera que los sostienen formando una pequeña laguna en la base, en la que no se reflejan. Avanzo, quedan a mi espalda y yo sigo.

Percibo que una llamada telefónica quiere llegar al móvil que guardo en el bolsillo de mi pantalón. No la dejo llegar. La retengo fuera de mi biocampo. Sencillamente lo decido y la retengo ahí fuera, sin necesidad de tomar el teléfono. Me persigue, pero no entra, no suena, no permito la señal. Sé que es una llamada de Sophie. No sé por qué, pero sé que es de ella; el poder de la *no fuerza* llamando al poder.

En la resistencia, involuntariamente, hago saltar las alarmas de varios vehículos aparcados alrededor mío. Pestañeo, llega el agua, y se desintegra al rozarme. Me recupero y vuelvo a expandir mi biocampo y la atmosfera de los otros queda fuera de mí.

En un tiempo de no más de veinte minutos estoy sentado en la butaca de piel marrón del salón de casa, a oscuras. *Pereza,* que esperaba acurrucada bajo la cornisa del portal, ha subido conmigo y se ha sentado a mis pies. Cómo he recorrido el trayecto de una hora en menos de la mitad de tiempo todavía no lo sé. Ya lo averiguaré. Frente a mí, la única habitación del apartamento iluminada, al fondo, queda la cocina, y contra la pared, a veinte metros de mi, sobre la encimera, quedan un par de tarros de fruta confitada y el exprimidor de tres pies y cabeza ahuevada de Phillippe Starck, que ha viajado con el resto de mis cosas desde el piso del Ensanche hasta Diagonal Mar. Las cajas de libros están apiladas sin criterio y sin abrir frente a la biblioteca. Todo lo demás, distribuido sin gusto por parte de la empresa de mudanzas, está apostado por el resto del apartamento como un campamento a punto de ser levantado.

Sobre mi pie derecho *Pereza* ha puesto al fin a descanso su hocico ennegrecido, y desde ahí, cada cierto tiempo, alza la vista y me observa desde sus ojos color avellana. Mis manos se aferran a los extremos del reposabrazos de la butaca. Apenas se oye ahora la tormenta que camina su propósito hacia el sur. Pongo mi atención sobre el exprimidor. No pestañeo. Busco diferenciar cada una de las moléculas que lo forman. Quiero verlas y reconocerlas. Todas y cada una. Afino mi conciencia sobre su existencia y empiezo a identificar la materia, vacía, que en forma de pequeñas moléculas de energía conforman el exprimidor. Las cuento, las conozco, las recuento. No tienen brillo ni color, son existencia. Se mueven, tintinean, atrapan la luz y la usan para Ser. Veo los espacios enormes entre cada una de ellas. No se tocan aunque están unidas. Su tintineo se revela como un giro sutil sobre sí mismas. Todas acompasadas, en la misma frecuencia, su propia frecuencia, distinta de los tarros de frutas y de todo lo que le rodea. Cada materia tiene su propia frecuencia que hace que sus moléculas se mantengan unidas sin estar juntas, girando armónicamente ¡Qué sencillo es! Ahora me doy cuenta. Cada figura, cada objeto, es igual que una nota musical; una frecuencia propia. Una entre el millón de posibles variaciones. Cada una de las partículas del exprimidor es parte de una memoria colectiva que las hace *danzar* en una frecuencia escogida por ellas. Mientras lo hagan, serán la *forma,* representarán su *papel* aquí, sin dejar de ser parte del Todo, al otro lado del espejo. Del mismo modo que una nota musical es un sonido determinado sin dejar de ser el sonido, la *vibración.*

Fijo mi Ser sobre las moléculas de una de las patas del exprimidor. A través del campo cuántico creado entre mi atención y ellas les hago llegar mi frecuencia. Las moléculas que la reciben empiezan a separarse del resto y se alinean con las mías en el fragmento de vacío que en forma de rayo me conecta con la materia del exprimidor. Se acoplan una a una a mi frecuencia y, al estar alineadas con la misma vibración que gobierna las partículas que forman mi piel, mis órganos, mis brazos y mis manos, puedo igualmente moverlas, desplazarlas y sentirlas. Empiezo a tirar de ellas, conscientemente, con el mismo impulso mental que activaría para mover una mano o los dedos. Observo cómo, sutilmente, y emitiendo un sonido sordo, una de las patas empieza a ensancharse y estirarse hacia mí, como si fuera un pellizco sobre la carne, como si estirara su piel. En apenas un tiempo que desconozco, pero aparentemente breve, observo en la distancia la pata deformada, como si hubiera estado sometida a una fuerte radiación de calor, una energía que hubiera fundido el material.

Expiro. Había olvidado respirar. Disuelvo entonces el fragmento de vacio acuciado por un terrible dolor de cabeza que compite con el dolor de siempre. *Pereza* se ha separado de mi un par de metros y me observa impasible y serena en la oscuridad de un rincón del salón, desde un lugar más allá que ella misma. Quiero levantarme pero no puedo; estoy agotado, profundamente agotado y dolorido. Los parpados me caen como barreras de acero. Sé que voy a quedarme instantáneamente dormido sobre la butaca pero, segundos antes de sucumbir al dolor y al beso del sueño, un último pensamiento me circula por dentro, como un murmuro amargo: *La vida te enseña todo lo que estés dispuesto aprender.*

## LVII – Back to Black


Bajo el plomizo cielo de finales de noviembre en el Estado de Illinois, el anfitrión, Mr. Steinway, dirige sobre su silla de ruedas algunas emocionadas palabras sobre el difunto antes de que el ataúd se entierre en el olvido. Su esposa, a un metro de él, llora sin llorar en una dolorosa lección de educación victoriana. La mañana es gélida y húmeda, demasiado para ser medio otoño. Ayer incluso cayeron algunos copos de una nieve precoz, unos pocos de los cuales aún sobreviven en los rincones umbríos de la arboleda, en la pared norte de la casa, y en el recuerdo de las conversaciones más triviales que desde entonces mantenemos una treintena de desconocidos ahí convocados. La muerte es el acontecimiento más importante de la vida, y la ciudad de Aurora, a poco más de cuarenta millas al Oeste de la urbe de Chicago, sabe rendirle honores.

Mr. Steinway es algo así como un *mago* de las relaciones públicas de las finanzas, casado *amén* con una de las herederas más ricas del Estado de Illinois. Hace un par de años una extraña enfermedad congénita se hizo dueña de sus piernas y lo postró para el resto de su vida en una silla de ruedas motorizada. Su principal ocupación, ahora que ronda unos sesenta años bien llevados y después de retirarse exitosamente de la bolsa de materias primas de Chicago, es auditar proyectos de inversión y proponer aquellos que pasen su filtro a distintos grandes inversores de los Estados Unidos, si bien, por lo que he podido averiguar, varios de ellos tienen residencia oficial en Suiza, un par en Mónaco y otros tantos en Barbados. Así que pienso que los únicos que realmente viven y *tributan* en el país son los Steinway, que amablemente (y también a cuenta de su comisión millonaria —cabe decir-), ofrecen los salones y las habitaciones de su casa para que los representantes de los proyectos seleccionados hagan sus presentaciones a los potenciales inversores y mantengan distendidas entrevistas exploratorias durante el fin de semana, un largo fin de semana en el que todos nos alojamos en la megalómana residencia que los Steinway tienen en un páramo entre la West Forest Preserve y el Aurora Country Club, a pocos minutos del centro de la ciudad.

Su suegro, el Sr. Reed, un hijo de Escocia, republicano de bien como toda su descendencia, ha tenido la *inoportuna* ocurrencia de morirse justo ayer viernes por la mañana, de manera fulminante y sin preaviso, en un hotel a pocas manzanas de su propio domicilio, donde se alojaba *solo* ¿Cómo si no? Le asaltaría un repentino e inaplazable sueño que le impediría llegar hasta su casa a apenas un kilómetro de distancia. Es lo más probable.

Todo ello ocurría mientras los Steinway hacían la debida recepción a los asistentes. El dolor podía apreciarse constreñido en el rostro de la Sra. Steinway durante todo el día, pero ni ella ni su marido han cesado ni un segundo en sus obligaciones con los huéspedes desde que se supo del deceso, y toda la alteración del programa no ha sido más que este improvisado funeral en las postreras de la mansión, en el cementerio familiar que linda con la Reserva Natural, un bosque no muy denso, sembrado de matojos y árboles de media altura, que hace hoy las veces de telón de fondo y decorado del olvido.

Alrededor de la fosa estamos, entre los notables de Aurora y Chicago que han podido cambiar sus agendas y llegar a tiempo, los diez inversores y algunos de sus familiares que les han acompañado, y los cinco representantes de los cinco proyectos preseleccionados, un total de aproximadamente treinta hombres y mujeres acompañando a los Steinway en su duelo, o mejor sería decir a Mr. Reed en su partida, disfrazados de gris, con el frio en el cuerpo y cara de circunstancia.

Lo mejor y más honorable que se puede decir de una persona a su muerte es que el mundo era un poco mejor mientras él estuvo vivo. No he conocido personalmente al padre de la Sra. Steinway, pero por lo que he podido escuchar desde anoche en la cena, parece ser que el mundo podría ser algo mejor a partir de ahora, aunque eso probablemente sea demasiado optimista.

No conocí al Sr. Reed ni tengo especial interés en saber mucho más de él, pero no me importaría ver la cara que pondría si se levantara ahora y viera qué suerte de desconocidos han acudido a su funeral, empezando por mí. Personalmente me gustaría conocer ahora a toda esa gente que se apenará y reunirá en duelo también a mi muerte (si es que así ha de suceder). No quisiera tener que levantarme entonces para saludarlos y conocerlos. Sería más considerado por su parte que se presentaran ahora que aún estoy vivo.

Los funerales son en general grotescos e irracionales, claro que, si todas nuestras decisiones consideraran la racionalidad, no tendríamos las pirámides, así pues sean bienvenidos.

Finalizando la ceremonia de siluetas los hermanos Kossak me han convocado a una partida de pádel. Los hermanos Kossak son dos treintañeros, hijos de un magnate tejano del petróleo que han acudido en calidad de inversores apadrinados por papá Kossak, un tipo que pasa de los setenta y que, según se chismorreaba en la cena, pasea por la *Fifth Avenue* de Nueva York en shorts y sandalias con calcetines, tan desastrado él que dudas de si darle limosna y compadecerte. En contraste con el peculiar estilo de su padre, sus dos retoños se esfuerzan por parecer sofisticados y adoptan siempre unas formas pomposas. Lucen ambos además una generosa mandíbula, poblada de unos enormes y blancos dientes que parece vayan a salir proyectados de sus bocas con el ánimo de independizarse. El mayor de ellos tiene las sienes pobladas de blanco. El más joven tiene la nariz achatada, fruto seguramente de alguna pelea de juventud. Para completar el cuarteto y como par mío no dudé en sugerir a la preciosa joven que se sentaba a mi lado durante la cena, Mary. La encantadora Mary. Ella instantáneamente aceptó cómplice y agradecida el reto de ser mi pareja en el juego, y por lo sabido, ninguno de los dos tiene la más remota idea de cómo se juega a eso del Pádel. Ella tiene poco más de veinte años, un abundante y ondulado cabello negro y silueta deportiva, y acude a la convención en calidad de *hija*, no más, de uno de los potenciales inversores, republicano practicante (creo que oriundo de Minnesota, aunque domiciliado en Singapur, que le venía más a mano para sus negocios de construcción en la Costa Oeste, parece ser) al cual no le recuerdo el apellido.

- ¿Sólo come arroz blanco? –me preguntó anoche uno de los Kossak-
- No, también como manzanas y los Steinway han sido muy amables en atender esta peculiaridad. En mi habitación, a mi llegada, ya había dispuestas dos cestas de sabrosas golden.
- ¿Y no se aburre de comer siempre lo mismo?
- En realidad lo que me aburre es comer en sí mismo. Del mismo modo que he reducido las horas de sueño a lo mínimo necesario, procuro no gastar mi tiempo comiendo. El arroz me proporciona todo lo que necesito y en unos cinco minutos he acabado el plato. Las manzanas las llevo conmigo en el bolsillo y no estorban tiempo.
- Yo no podría renunciar a comerme un buen filete de buey de vez en cuando –dijo su hermano-
- Yo no puedo pensar en el buey en el plato, Sr. Kossak, ya no.

No, ya no puedo desde que Gabriela y yo cenamos con Pitágoras, pero esa era una larga historia que ahorré explicarla.

Llegué aquí ayer al mediodía después de pasar la noche anterior en un hotel de Chicago. La náusea y yo condujimos hasta Aurora en un Buick Skylark prestado del 72, del color del vino y tapicería beige. Un merecido capricho. Fue una ruta corta que yo alargué lo que pude. Desde mi llegada ya he tenido todas las entrevistas que deseaba tener y creo que en breve dos o tres inversores confirmarán su interés en participar en la franquicia de *Express app* en Estados Unidos. O sea, me sobran dos días.

El viaje desde Chicago fue como circular por encima de la mesa de la *Creación*, no tanto por el paisaje como por el viaje interior que se solapaba. Sonaba *All my love* de Led Zeppelin en la radio del coche y nevaba un agua nieve temprana que moteaba de blanco las pocas hojas rojizas y ocres que aún resistían en los árboles de las veredas. El metal del cielo tenía rincones que dejaban pasar de vez en cuando rayos de luz que resplandecían en el asfalto húmedo de la 88. En dirección contraria, a pocos kilómetros de la entrada a Chicago, se embotellaban miles de vehículos en paciente fila de a dos. He tenido la *suerte* de no sufrir en la vida las caravanas, pero me he cruzado con muchas que serpenteaban en sentido opuesto. Supongo que eso significa algo.

Mientras oía el ronroneo del Buick y mi vista se perdía en el horizonte infinito de las autopistas americanas, pensé en el deformado exprimidor que llevaba varios días sobre la encimera de la cocina. Durante las últimas mañanas, cada vez que me acercaba a él mientras preparaba el desayuno, pasaba las yemas de mis dedos por la superficie amorfa de una de sus patas y la acariciaba con el ánimo de percibir cada pliegue. Me he interrogado y he llegado a la conclusión de que el resultado depende de la manera de mirar y de *ser*. El objeto no fue sólo aprehendido sino que fue enteramente mío por algunos minutos, porque fui capaz de ver la verdadera naturaleza del objeto, fuera del espacio. Porque fui capaz de ver la verdadera naturaleza del objeto fuera del espacio tridimensional que conocemos, fuera del tiempo. Cómo se ven las cosas en los sueños, pero estando despierto. Y en ese instante, con mis ojos perdidos en las líneas paralelas al frente, creo que a la altura de Naperville, mientras la nieve se derretía como lágrimas sobre las hojas rojizas del otoño, volví a entrar en un estado más allá de la meditación, en ese estado de *Ser* absoluto, allí y aquí, al mismo tiempo. Al frente circulaba un camión cisterna cromado, y en sentido contrario me cruzaba con una camioneta azul cuando leí en un panel sobre la autopista "South Farnsworth Ave, ¼ mile". Segundos después acababa la balada de Led Zeppelin y apagué la radio. No sé donde estuve entonces, pero poco después volví a leer de nuevo "South Farnsworth Ave, ¼ mile". El cartel me parecía el mismo, el entorno parecía el mismo, al frente seguía el camión, pero también me cruzaba en ese instante con la camioneta azul, la misma camioneta. Sé que no fue un *déjà vu* por dos razones: la primera de ellas tiene que ver con la radio. Estaba apagada la segunda vez que *volví* a pasar debajo del cartel. La segunda razón es que algunos kilómetros después volvió a ocurrir lo mismo con un panel que anunciaba "Orchard Road, 2 miles" mientras me cruzaba entonces (por dos veces) con un Ford Falcon rojo con bandas laterales de color crema. Había estado fuera del tiempo otra vez, de manera involuntaria, sin control alguno, pero ciertamente ahí, enteramente. No sé cuál de las veces que me cruzaba con cada cartel correspondía al futuro y cuál era el pasado, pero las dos al mismo tiempo no podían ser el Presente. Eso no sería posible más que fuera del tiempo, llevando la conciencia hasta el Eje Maestro.

Mientras se me erizaba la piel y disfrutaba de mi respiración profunda, dejé que sonara de nuevo la radio. Amy me acompañó hasta la entrada en Aurora con su _Back to Black_. Estaba profundamente inspirado y supe que mi tiempo allí sería breve.

## LVIII – Gana quien más se divierte

- Hola Mary.
- Hola Josué.
- Estás aún más guapa con ese conjunto –Mary se ha calzado un flamante conjunto de tenis que le ajusta como un guante sin dedos. En mi caso, visto una camiseta vieja y un bañador que compré en el hotel de Chicago para poder utilizar el Spa que habían habilitado en el sótano-.
- Gracias. Tú también estás muy…. "original"
- Sí, ya me imagino –digo con socarrona complicidad a medio reír- ¿Sabes dónde quedan las pistas de pádel? Creo que ya llegamos tarde a nuestra cita con los hermanos sonrisa –digo estirando la última palabra lo que provoca una sorprendida pequeña carcajada de Mary-.
- La verdad es que no. Pero veo a mi hermana Virginia ahí, en aquellos jardines. Preguntémosle a ella. Ayer recorrió toda la propiedad y la conoce bien. Ven. Te la presentaré.

Virginia resulta ser la hermana gemela de Mary. Preciosas ambas. La única diferencia entre ellas es que Virginia luce braquetes mientras Mary va sin armadura.

- Es un placer conocerlo.
- Oh, no, Virginia, el placer es mío. Doblemente mío.
- Virginia, llegamos tarde a una partida de pádel con los hermanos Kossak. Ya sabes quienes son. ¿Puedes indicarnos donde están las pistas? –interroga Mary-.
- Sí, en realidad no hay más que una sola pista, es al lado de los establos. Os acompaño. No está muy lejos.
- Si nos acompañas tú, ojalá estuviera lejísimos –intervengo con la más crápula de mis miradas-.

Se ríen las dos al unísono luciendo unos carnosos labios y la malicia en los ojos.

- ¿Ha jugado usted antes al pádel? Porque mi hermana no lo ha hecho nunca. Tan sólo al tenis, y… tampoco es muy buena en ello –dice mientras mira sonriente a su hermana, la cual le responde con una sonrisa tímida-.
- Me temo que tanto Josué como yo somos unos novatos ¿Verdad?
- Sí, así es, lo que significa que lo tenemos todo a favor nuestro.
- ¿Todo a favor? –responde Virginia-.
- Claro, considerando nuestro nivel cero sólo podemos triunfar. De un modo u otro, pero, la victoria será nuestra.
- Veo que está muy animado y convencido.
- Quédate por aquí y verás nuestra demostración
- Oh, me gustaría, pero me he comprometido a ayudar a la Sra. Steinway con los preparativos de las reuniones de esta tarde.
- ¿Tenéis alguna reunión concertada alguna de las dos?
- No, no. Mi padre y su secretario, sí. Nosotras no participamos. Sólo ayudo a la Sra. Steinway para darle un poco de ánimo. Dadas las circunstancias…
- Lo entiendo. Yo tampoco tengo reunión alguna. Si os parece, podríamos vernos para tomar una copa en el salón-bar que queda en la sala Este. Puesto que todo el mundo estará en la Sala de reuniones, tendremos el bar prácticamente para nosotros solos.

Virginia lanza una mirada a Mary buscando su aprobación. Un ligero y casi imperceptible aleteo en un párpado le sirve a ésta para expresar su consentimiento.

- Sí, estaría bien ¿Por qué no? ¿Te apetece Mary? –pregunta por puro protocolo pues ya conoce la respuesta-.
- Será un placer celebrar "nuestra victoria" con un Martini.
- Que sea champagne. Las grandes victorias no merecen menos –respondo ufano-.
- Josué, le veo muy convencido de su triunfo. Allí tiene a sus contrincantes, por cierto.

Los hermanos Kossak esperan en el interior de la pista. Están calentando algunas pelotas sin mucho esfuerzo. Visten la indumentaria más brillante, oficial y reglamentaria que puede vestirse en el pádel (antes de salir de la casa he investigado en internet todo lo que se podía aprender en dos horas sobre este juego). En cuanto nos ven aproximarnos se giran hacían nosotros y ponen sus ojos babosos sobre Virginia y Mary, mientras se acercan al alambrado de la puerta.

- Señorita Virginia, ¿También viene a jugar? Sería un placer —exclama el hermano más joven con una mal disimulada hambre en los ojos-.
- Oh, me temo que no puedo acompañarlos, Sr. Kossak. Quizás en una próxima ocasión.
- Vaya, no sabe cómo lo lamentamos —afirma el primogénito ignorándome completamente-.
- Bien —intervengo- hemos demorado intencionadamente nuestra llegada para dejarles calentar un poco y organizarse. Hemos preferido darles un poco de ventaja para no abusar de ustedes en la cancha —digo con toda la ironía de la que soy capaz, haciendo que a Mary y a Virginia se les escape una sonrisa por debajo de unos ojos falsamente tímidos-.
- Bueno chicos, os deseo suerte —susurra Virginia- Nos vemos luego. ¿A eso de las cinco?
- ¡Perfecto, para mí! ¿Te parece bien a ti, Mary?
- Sí, claro. Allí estaremos para celebrar…. Bueno, lo que sea que vaya a suceder… —dice Mary mirando a los fornidos Kossak que de nuevo y de forma más enérgica y exhibicionista se lanzan varias bolas entre ellos con gran profesionalidad y entrega-.
- Bueno, vamos allá —dice Virginia-. La Sra. Steinway nos ha prestado este par de raquetas. Veamos qué podemos hacer con ellas.

El partido no podía comenzar de manera más desastrosa. Los Kossak no tienen más que hacer el saque en cada mano y automáticamente, o en no más de dos golpes, perdemos el tanto. Y eso únicamente las veces que conseguimos responder el saque sin acabar rodando por el suelo. Yo me he caído ya un par de veces y ruedo hasta los pies de Mary. Los Kossak tienen en la mirada un no sé qué de vengativo y fanfarrón. A veces, condescendientemente, le tiran alguna bola floja a ella para después de que Mary la devuelva, responder ellos con un golpe mortal que suele ir normalmente dirigido contra mí. Yo, que de momento estoy descoordinado e intento familiarizarme con la manera de jugar, desaprovecho los golpes una y otra vez. Ellos tienen el ánimo de ridiculizarme como dos machos alfa que quieren imponer su simiente sobre la manada. Creo que si ignorara el dolor en el vientre y me esforzara, dada la sorprendente mejora de mis cualidades físicas en los últimos dos meses, podría ganarles o, al menos, ponerles las cosas mucho más difíciles. Para ello precisaría el compromiso de Mary y arrastrar a tan preciosa criatura a un denodado esfuerzo que no se merece. Sí, podríamos ganarles. Observo que el mayor de los Kossak no maneja bien las bolas altas. El más joven es impulsivo con las bolas que arriman a la red, pero ¿Qué merito hay en la victoria del que vence porque es mejor? No creo que la victoria sea importante para ninguno de los dos. Mary y yo estamos aquí por pura diversión mientras que los Kossak sólo han venido a divertirse.

- Dime Mary ¿Quieres ganarles? —le pregunto acercándome a su oído-.

- Uhm… -murmura enseguida mirándome atónita sin creerse lo que acabo de preguntarle- ¿Podemos, Josué? ¿Quieres tú?

- Quiero ganarles, pero no lo conseguiremos jugando, no jugando como hasta ahora, y la verdad, no sé si vale la pena hacerlo de todos modos. Podemos ganarles si nos divertimos más que ellos. El que más se divierte jugando es quien gana. Los puntos son sólo números, sumas de uno me aclararon una vez.

- Te sigo el juego, dime ¿Qué debemos hacer?

- Es fácil. Somos tres hombres y una mujer. Tú eres el premio. No necesitas sudar, sólo pasártelo bien.

- Entendido, creo que ya sé por dónde vas.

- Eh, vosotros dos ¿Sacáis ya? —interpela el más joven de los Kossak con una sonrisa resignada-.

- ¡Sí, allá va! —grita Mary mientras les lanza un bola fácil y se gira automáticamente para mirarme y sonreír-.

- El menor de los Kossak devuelve el golpe con gran potencia haciendo que la bola se agarre a la pista.

- Vaya, esa bola tenía mordida —le susurro a Mary que en seguida se retuerce de la risa al pensar en la prominente dentadura de los dos hermanos Kossak-.

El juego empieza a desarrollarse durante la siguiente media hora de la forma más desordenada e irreverente posible de nuestra parte. Me acerco continuamente a Mary a hacerle confidencias o ella viene a hacérmelas a mí en cada intervalo o incluso cuando la bola está en juego. En cada ocasión estallamos en carcajadas cada vez más sonoras, especialmente con cada punto que perdemos.

- Bueno tortolitos, ¿Estáis ya listos? ¿Podemos sacar? —pregunta condescendiente el benjamín de los Kossak-.

- Espera, espera... Estamos definiendo nuestra estrategia de juego —le respondo entre risas-.

- ¿Estrategia? Mejor que la cambiéis, desde luego. No habéis hecho ni un tanto aún.

- Ya verás —le susurro a Mary- no tardarán en pedirnos cambiar de parejas. Estemos preparados.

En ese mismo instante hago un saque alto en dirección al mayor de los Kossak que éste, desprevenido, pierde.

-      ¡Yujuuu ¡ -Estallamos en alegrías Mary y yo- Nuestro primer tanto, somos invencibles… -gritamos a una-.

A pesar de que nos ganan por una inmensidad de puntos (he perdido la cuenta) el pequeño de los Kossak abronca con la mirada a su hermano por su error. Esto nos hace reír aún más.

-      Viendo el desequilibrio ¿Qué os parece si intercambiamos las parejas? –sugiere el mayor-.

-      Oh, no, no… somos un equipo. Estamos muy compenetrados, no podría acostumbrarme a jugar con otra persona, así, de repente –le respondo con sorna-.

-      Sí, sí, somos un equipo. De siempre, de toda la vida…–suelta Mary sin poder contener la risa- Tenemos nuestras jugadas ensayadas. Entendedlo. Este primer tanto es sólo el principio. Hasta ahora os estábamos poniendo a prueba.

La distancia de seguridad entre Mary y yo se ha quebrado ya varias veces. Nos entrelazamos de los brazos cada vez que nos susurramos ruidosamente alguna broma, y nos reímos a carcajadas uno sobre el hombro del otro. La partida de pádel más absurda y divertida que podría imaginarme sigue su curso. Los Kossak, frustrados, viendo que mientras ellos se esfuerzan por demostrar sus cualidades como deportistas, nosotros, Mary y yo, sencillamente nos estamos divirtiendo más, mucho más, se van desesperando con cada punto que van ganando. Además, como ignoramos sus motivaciones les puede la fe, pues un gallo sin público se siente absurdo.

-      Por cierto, los equipos van juntos a las duchas ¿verdad? –le digo a ella a su espalda. Mary se gira levemente ruborizada; medio del esfuerzo, medio de reír, medio de pensar en nuestros cuerpos desnudos bajo el agua. Sus ojos desprenden un brillo de inteligencia tan cautivador como los de su hermana Virginia-.

Y a pesar de ello, con un estiramiento prodigioso, Mary consigue devolver un saque, acercando la bola a la pared, que ninguno de los dos Kossak sabe responder.

-      ¡Punto, Punto….! –gritamos los dos, levantando los brazos y con total y estudiada indisciplina- ¡…Y ya van dos….! –nos abrazamos, riendo, sudados y danzando a saltos por la pista, gritando "Campeones, Campeones…." Mientras los Kossak, que siguen ganando por docenas de veces sobre nosotros, se abroncan entre ellos decidiendo a quién de los dos le tocaba responder el tanto.

Dejamos a los dos hermanos discutiendo dentro de la cancha mientras nosotros salimos de la jaula a la carrera, con los brazos en cruz y cantando el _"We are the champions"_ de Queen bajo un cielo plomizo pero sobre un césped de un verde intenso perfectamente segado, páramo abajo, hasta llegar a la casa.

Al fondo vemos a Virginia apoyada sobre una de las paredes del lateral de la casa, viéndonos venir. Esboza una sonrisa cándida y comprensiva que nos recuerda que esa misma mañana ha sido sepultado, a escasos doscientos metros de donde estamos, el juguetón Mr. Reed, el padre de la Sra. Steinway. Aflojamos la carrera y musitamos nuestros cánticos entre dientes, pero con una imperturbable y amplia sonrisa en el rostro.

- Hola Virginia.
- Hola, ¿De verdad habéis ganado a los Kossak?
- Ha sido una victoria moral aplastante –le respondo-.
- Estáis bromeando ¿Verdad? –pregunta volviendo su mirada cómplice a su hermana-.
- Virginia, juzga tú misma. Quiero que nos mires a la cara a Josué y a mí –dice acompañando el gesto con la mano que pasa de uno a otro- y después mires a los Kossak. Por cierto, allí los tienes –dice señalando con el dedo a los dos hermanos que vuelven en ese momento por detrás de nuestros pasos, con los ojos acerados y el gesto ofendido-.
- Desde luego no parecen haberlo pasado muy bien –responde Virginia- Entonces, deberemos hacer honor a nuestro compromiso y celebrar con champagne vuestra victoria ¿Sigue en pie la invitación, Josué?
- Aunque el mundo acabara hoy. O mejor dicho, aún con más razón si este fuera mi último acto. ¿Queréis que os mande un whatsapp desde el Bar?
- No tenemos Whataspp.
- ¿No tenéis whastapp? Caray, eso es lo más revolucionario que oído últimamente.
- Jajajaja… no te preocupes, en cuanto nos duchemos y cambiemos, nos vemos ahí.
- Perfecto. Os esperaré con gusto. Bien, ahora tan solo nos queda por resolver el tema de la ducha de equipo…
- ¡Josué! –suelta Mary abriendo los ojos y tapándose la risa con la palma de la mano.

Virginia levanta una ceja y nos mira a ambos mientras esboza una sonrisa de incomprensión.

-	Bueno, veo que la partida de pádel ha dado para mucho. Me muero por conocer los detalles –musita Virginia–.

-	Yo te los cuento querida… –le dice Mary tomando a su hermana de una mano y entrando en la casa dejándome a mí una mirada pícara por encima de su hombro - …mientras me ducho sola.

-	Hasta luego entonces, Josué –interviene sonriente Virginia mientras sigue a su hermana hasta su habitación y yo espero fuera para tomar el último resuello y apoyar la mano sobre la náusea.

El cielo deja caer unas pocas lágrimas sobre mi frente y las mejillas. La gente que aún pasea por el exterior dirigen sosegadamente sus pasos a guarecerse de la lluvia que se avecina. Me miro en el reflejo exterior de una ventana. Sigo adelgazando. Mi cara es huesuda como nunca, pero intensa como mis ojos oscuros. Mis labios se ven ahora más gruesos y carnosos entre unas enjutas facciones. Me saludo en el reflejo levantando una ceja. Me parezco por fin a la persona que quiero ser. Me sonrío y volviendo mi pensamiento a Mary y Virginia pienso sin pensar mucho que la soledad, como todas las cosas buenas de la vida, es mejor compartida.

## LIX – El Alma grande

Mientras espero la llegada de Mary y Virginia al salón habilitado como bar, acomodo el cuerpo sorbiendo una infusión de manzanilla vertida en un vaso con hielo. Me atiende un camarero joven, de no más de veinte años, de piel maní y pelo oscuro, que mientras preparaba la infusión se ha presentado como Jeremy Gutierrez. Es estadounidense, hijo de padre mejicano y madre canadiense y su español es suficiente, aunque se aprecia que su verdadera lengua es el inglés, por lo que la conversación ligera que intercambiamos la hacemos principalmente en esa lengua. Jeremy es evidentemente homosexual, peculiaridad que amanera a conveniencia al menos en este entorno y me pregunto si con su círculo social y familiar de origen mejicano será tan expresivo. No se lo pregunto. Tiene más o menos mi estatura, constitución fuerte pero magra. Los ojos oscuros, con una línea rotulada de negro en la sombra de sus pestañas. Los labios son rojos y carnosos y constantemente está riendo aún cuando no hable con nadie, yendo de un lado a otro de la barra como si esta fuera la barca de la felicidad, lo mejor que le ha pasado en la vida. Tiene unas manos adornadas por unos largos y huesudos dedos que utiliza con destreza. Me sorprende el contraste de Jeremy con los Steinway, unos anglicanos practicantes y de conducta ultra ortodoxa. Jeremy me explica que ha sido sólo contratado para el fin de semana, a través de una empresa de colocación temporal, y a última hora a causa de una baja imprevista, por lo que en realidad está sustituyendo a una chica de Aurora que cayó enferma ayer mismo.

Mientras volcaba la manzanilla en el vaso con hielo, Jeremy hacía todo lo posible porque mis ojos se fijaran en los suyos, haciendo aletear sus pestañas, lo que me ha hecho sentir cierto afecto por él.

- ¿Puedo invitarlo a otro whisky? —me pregunta un joven británico que me aborda por la izquierda-.
- ¿Otro Whisky? Oh, no gracias. Ya estoy servido con *éste*. No quiero abusar de la bebida, ya sabe -Jeremy sonríe jocoso a un lado mientras termina de secar unos vasos-.

-   Ya veo. Disculpe mi osadía, pero es que me gustaría pedirle un favor ¿Habla usted español, verdad? –pregunta con un inglés nasal-.

-   Sí, así es. Dígame, ¿Cómo puedo ayudarle?

-   Pues verá… ¿Ve aquella joven maravillosa que está sentada en el sofá de ese lado?

-   Sí, una joven muy guapa, desde luego –la joven aludida nos mira de soslayo, suspicaz y acto seguido baja la mirada dibujando en su rostro una tímida sonrisa-.

-   Sí, sí que lo es. –responde mientras la mira embobado, devolviéndole la sonrisa- La conocí ayer ¿Sabe? Se llama Paula. A mí me gusta mucho y creo que yo a ella también le gusto. Ella está aquí porque es la asistenta personal de Mr. Vázquez. Mr. Vázquez está mal de salud y según él mismo me explicó precisa una enfermera que le acompañe constantemente para ayudarle con el respirador asistido. Él representa a un grupo inmobiliario de Colombia que están buscando inversores para plantar bambú en una propiedad de veinticinco mil hectáreas que poseen en una zona conocida como el Dorado, en el interior de Colombia, ahora que parece que el asunto de la guerrilla se está resolviendo –aclara sin mucho convencimiento, haciendo una mueca de escepticismo-.

-   Entiendo…

-   Perdóneme, no me he presentado. Mi nombre es James Tracey. Soy el responsable de inversiones de Industrias Goldwind de Los Angeles –dice mientras nos intercambiamos las respectivas tarjetas de visita-. Mi patrón se entrevistó ayer con el Sr. Vázquez para conocer su proyecto y así es como conocí a Mr. Vázquez y después a Paula.

El tal James Tracey es un tipo joven, no más de treinta años, delgado y de tez pálida, con algunas pecas sobre las que luce unas gafas metálicas abrillantadas con minuciosidad. Viste un traje oscuro con una corbata marrón claro, que no acaba de encajar con su cabello rojizo. Mueve las manos nerviosamente y estira el cuello hacia adelante apasionadamente cuando habla.

-   Mi nombre es Josué. Encantado de conocerle. Pero, dígame ¿Cómo puedo ayudarle?

-   Verá, yo no hablo español, y la Srta. Paula no habla apenas inglés, así que nuestra conversación con gestos que empezó anoche está agotando sus posibilidades. Debo viajar mañana temprano a San Francisco, así que estas son las últimas horas que me quedan antes de despedirme de ella y quisiera decirle tantas cosas… ¿Podría usted ayudarme?

-   Tengo una cita que sospecho va a necesitar mucho tiempo de acicalamientos antes de que aparezcan. Mientras espero, será un placer ayudarlos en lo que pueda.

- Oh, muchas gracias. No sabe lo importante que es para mí.
- Bueno, puedo imaginármelo –le respondo con una sonrisa cordial y comprensiva-.

Acabo de un solo trago mi infusión de manzanilla ante los sorprendidos ojos de James que aún cree que es whisky, y me incorporo.

- Bien, vamos allá entonces –le exhorto haciendo un leve ademán con la mano-.
- ¿Seguro que no quiere que le invite a otra copa? –interrumpe dubitativo-.
- Será mejor que conserve mis facultades, amigo James ¿No le parece? –le respondo guiñándole un ojo-.
- Sí, tiene razón. Vamos. Le presentaré – Y antes de avanzar un paso hacia ella Paula ya se ha levantado y viene hacia nosotros agarrando frente a sí con ambas manos un bolso mediano de color azul a modo de parapeto frente a las emociones-.
- *Senioorrita Poola* –masculla James con gran dificultad en algo parecido al español - *deja yo preshenta sennior Josué* –y haciendo un ademán con la palma de la mano hacia arriba y ciertos nervios, añade- .... *Ella Poola.*

Después del protocolo de las presentaciones y de una breve introducción, Paula y James se sitúan el uno frente al otro recostados en la barra, dejándome a mí en el centro formando un triángulo de mediación. El acento de Paula es propio del interior de Colombia, de la zona de Pasto –me explica ella- en contraste con el caribeño y desenfadado acento de los oriundos de la costa con el que todo el mundo está más familiarizado –acaba diciendo-. Jeremy les sirve una copa de vino tinto a cada uno de ellos y, mordiéndose el labio y marcando un hoyuelo en la mejilla izquierda me pregunta balanceando los hombros si quiero otra *copa*. Niego con la cabeza y se me escapa una sonrisa ladeada de las que haría Gabriela, que acaba produciéndome un escalofrío.

- Entonces amigo Josué, si usted es tan amable de ir traduciendo...
- Sí, no se preocupe, adelante.
- Pues quisiera que le dijera que aunque resido en Los Ángeles soy en realidad de Edimburgo. Que mi trabajo consiste en analizar las distintas inversiones que se le presentan a nuestro grupo. No es una tarea sencilla, pero yo he desarrollado un método que ha facilitado mucho el proceso porque....

James empieza a hacer una minuciosa descripción de su puesto de trabajo y sus logros que resulta aburridísima y se lanza adelante en un soliloquio sin darse cuenta de que debo traducir simultáneamente. Lo dejo hablar unos minutos y después, con un gesto de la mano, le pido que se detenga para empezar a traducir sus palabras a Paula.

- *Paula, James es de Edimburgo aunque lleva ya muchos años viviendo en Los Ángeles y...* -me detengo a hacer una breve y cuasi imperceptible reflexión interior mientras observo al fondo de la barra los descarados ojos de Jeremy que se revelan extrañamente familiares. En ese momento me asalta la memoria la imagen de Gabriela, sus ojos ocultos, su boca prohibida, su piel blanca... En milésimas de segundos tomo conciencia de cuánto ella me ha cambiado. Corrijo con una expresiva mueca el lapso de tiempo que he dejado a Paula con el alma en la garganta y entonces continuo- *….y también viajando por el mundo y, en todos esos lugares que ha visitado, por allí por donde ha ido, dice que jamás ha visto nunca una mujer más hermosa que usted. En cuanto la vio, me ha dicho, sintió que nada le haría más feliz que usted le correspondiera con el mismo sentimiento.*

Un rubor azulado inunda las mejillas doradas de Paula que ahora abraza su bolso contra su cuerpo con más fuerza.

- Cuéntele por favor –prosigue James- que el mes que viene voy a mudarme a un apartamento más grande pues voy a ser promocionado a miembro del Consejo del grupo. Es muy probable que mi nombramiento sea anunciado en la próxima reunión que la Junta tiene prevista...

- *Paula, James quiere aclarar que él es tímido y reservado en estas lides y que jamás en otras circunstancias hubiese él sido tan osado, pero considerando las circunstancias; que su corazón va a explotarle en el pecho y que, contra su voluntad, debe partir mañana temprano, no haya otro camino que sincerarse y confesarle a usted cómo sus ojos han prendado su alma...*

- *Debo decir que...* -se detiene Paula sin aliento mientras se enciende aún más su rostro- *...que, ... que yo también me he sentido atraída por él* –acaba diciendo con la voz quieta y mirando la tupida alfombra a nuestros pies-.

- Quisiera también contarle mis gustos –prosigue James ajeno a la emoción que sus palabras *traducidas* a mi manera están provocando en Paula-, dígale por favor, con toda humildad, que soy buen cocinero. No hago grandes cosas, pero me gusta cocinar. Me honraría poder algún día cocinarle algún plato... bueno, no, eso no lo traduzca, o sí. Pregúntele, pregúntele qué tipo de comida le gusta. Quizás coincidamos.

- Lo hago enseguida, pero ¿No cree amigo James que sería más oportuno invitarla a cenar? ¿Hoy mismo y sin demora?

- Sí, por supuesto, tiene usted toda la razón. Adelante, por favor, traduzca...

- *Paula, se pregunta nuestro buen amigo James si sería usted tan amable de aceptar su invitación a cenar con él, esta misma noche. Y, dice que, entonces, si así lo quieren las estrellas, dejen ustedes volar su imaginación y prueben hablarse durante la cena sólo con la mirada, a través del corazón y que, si así ocurriera, si ustedes se correspondieran, entonces...*

- *Dígale que acepto* –responde súbitamente Paula, alzando los ojos iluminados hasta James-.

Jeremy, el camarero, se ha movido intencionadamente de un lado a otro de su territorio con la indiscreta intención de escuchar la bizarra conversación de a tres que mantenemos. Su español es rudimentario pero no tanto como para ignorar que mi *traducción* no está siendo del todo fiel. Me sonríe ufano y cómplice desde un rincón.

- Amigo James, la dama acepta su invitación para cenar esta noche. Tenía usted razón, ella está también prendada de usted. Creo que van a hacer una pareja estupenda.
- Oh, qué buena noticia. Muchas gracias... –dice asintiendo torpemente sin saber a quién de los dos dirigirse, a Paula o a mí-. Dígale por favor que comprendo perfectamente que apenas nos acabamos de conocer, que no espero nada que no deba esperar de una dama y... dígale también que mis intenciones son honestas, que no soy uno de esos tipos, usted ya me entiende.... Lo que quiero decir es que no deseo que piense que soy un aprovechado que... que la respeto y...
- *Paula, espero poder traducirte lo siguiente con el mismo sentimiento que James me ha transmitido: Él quisiera que le prometieras que si algún día llegaras a amarlo nunca le dirá usted que "le quiere". Que nunca pronunciarán ni escribirán esas palabras. Nunca se las dirían. Si algún día llegan a amarse, deben notarlo en sus miradas, en sus gestos, en su deseo. Amar no son sólo unas palabras, ha dicho. Es envejecer juntos haciendo gestos de amor todos los días de su vida. El amor no se consumirá en palabras en el viento. El amor será cada acto, cada mirada, cada roce. El amor será su vida, una declaración eterna, una manera de vivir. Para él, el amor no es decirse "te quiero" es "vivir queriéndose". Yo sabré (ha añadido) que usted no lo habrá oído de sus labios, pero querrá que lo sepa en cada momento y por eso todo él será un decir "te quiero".*
- *Yo....-*balbucea Paula- *yo...*
- *No se preocupe, él no espera una respuesta a sus últimas palabras, sólo quería que usted fuera consciente de su emoción al conocerla.*
- *No sabía que los ingleses fuesen tan apasionados.*
- *No es inglés, es escocés; no olvide eso por favor* –le susurro guiñándole un ojo-
- *Comprendido. Entonces ¿Qué se supone qué debo hacer ahora? ¿Qué me aconseja?*
- *¿Está usted lista para la cena o prefiere tener algún tiempo antes...?*

- *Sí, tiempo, quiero decir, debo.... quiero cambiarme el vestido...* -responde claramente alterada mirándose la blusa y volviendo nerviosamente sus ojos hasta los míos. No se acaba de atrever a mirar a James directamente-.
- *¿En media hora le parece bien?*
- *Sí, perfecto.*

Por encima del hombro de Paula veo aparecer a Virginia y a Mary entrar en el salón, maravillosas y deslumbrantes. Irradiando una juventud obscena y una belleza insultante.

- Amigo James, la Srta. Paula estará lista para la cena en media hora…
- Oh, bien, perfecto. No sé cómo agradecerle…
- No se preocupe, ha sido un placer. Por favor, tenga en cuenta que la dama ha quedado muy impresionada con sus palabras acerca de su posición, su inminente promoción y sus viajes. Le aconsejo que en las próximas horas que les quedan, se dedique usted al romanticismo y deje de lado los hechos. Unas miradas silenciosas pueden ser más eficaces que cien mil palabras. Es sólo un consejo, seguro sabrá comprender lo que quiero decir.
- Oh, sí, sí que le entiendo. Sé que sólo me queda una oportunidad y no quiero estropearlo. Muchas gracias amigo. Le estoy muy agradecido.

En una casi inaudible música ambiental suena en la letanía *I've Got My Eyes On You* de Dianne Reeves. Mientras Paula y el afortunado James se alejan de mí, Jeremy dibuja una amplia sonrisa en su rostro que se tuerce por completo en una mueca de decepción cuando observa a Mary y a Virginia rodearme en ambos flancos. Las mujeres son como el pan; como huelen, saben, y el perfume de ambas hermanas promete un delicado bocado de esencias aromáticas llenándome la boca. Meta me ha cambiado. Jamás hubiera podido soñar hace un año estar en un sitio como este, en estas circunstancias. El cambio es en mí, pero yo no soy en el cambio a pesar de todo.

- Hola Josué —saluda Mary- Espero no hayas esperado mucho tiempo —dice desde unos labios rojos y brillantes-.
- Ha sido un tiempo bien invertido. La felicidad venidera hace feliz la espera.
- Mmm.. ¿Qué quiere eso decir, exactamente? —Pregunta Mary-
- ¿Nos sentamos? —les propongo mientras pongo mis brazos en jarra-.
- Sí, buena idea-dicen a la vez mientras cada una toma uno de mis brazos-.
- ¡Jeremy, una botella de champagne y tres copas, por favor! —ordeno-.

Jeremy, resignado, asiente con una amanerada gesticulación de todo su cuerpo, ofreciéndonos arrogante su espalda, cuando las dos hermanas me acompañan al sofá en el que antes había estado sentada la cándida y pretendida Paula, aferrada a la esperanza.

Justo en ese momento oímos el rumor eléctrico de la silla de ruedas de Mr. Steinway cruzarse en nuestro camino. Mr. Steinway, con su cabeza blanquecina, corbata y traje negro y su espalda recta como si fuera entablillado, se detiene a mi altura y me devuelve una sonrisa de complicidad.

- Mr. Steinway, permítame reiterarle mi más sincero pésame.
- El nuestro también -dice Virginia, al tiempo que las dos hermanas asienten con la cabeza-.
- Gracias. Gracias a todos. Estamos muy afligidos, ciertamente, pero la vida continúa, los negocios también y nuestro país precisa que todos los buenos republicanos estemos alerta. Mi esposa me ha dicho que le ha prestado usted una gran ayuda esta tarde, Srta. Virginia. Muchas gracias.
- Era lo menos que podía hacer —responde ladeando la cabeza-.
- Amigo Josué, no le he visto en el *planning* de reuniones de hoy.
- Así es. Creo que todas las presentaciones quedaron bien ultimadas ayer. Si alguien le hace saber que precisa más información, por favor no duden en decírmelo.
- Sí, por supuesto. Sé que fue muy efectivo ayer. Planteo las cosas de una manera muy clara y concisa. Hacía tiempo que no veía una exposición tan sucinta y a la vez eficiente. Quedamos gratamente sorprendidos. Realmente pienso, como usted dijo, que *Express app* puede llegar a revolucionar el transporte en los EE.UU. Probablemente nosotros mismos, los Steinway, encabecemos un grupo inversor que apostará por su proyecto. Espero poder confirmárselo mañana al mediodía. En realidad la única duda que tengo es si los Kossak finalmente participarán. Ayer parecían muy convencidos pero esta tarde los he visto más reticentes —deja ir mientras las dos hermanas se miran entre ellas mordiéndose los labios, gesto que pasa desapercibido para Mr. Steinway-. En cualquier caso, si ellos no acaban de entrar en el proyecto, el resto de inversores cubriremos su parte.
- Sería una excelente noticia poder contar con la participación de su familia, Mr. Steinway.
- Bien, mañana hablaremos de ello. Ahora debo asistir al salón de reuniones. Le dejo en muy buena compañía amigo Josué —me dice sonriente, poniendo su mano izquierda sobre la mía y guiñándome un ojo-.
- Stendhal escribió que "los hombres que tienen un alma grande buscan en los negocios el entretenimiento y no los resultados". No creo que mi alma

sea más grande que la de los demás, pero créame, me aplico con fruición – respondo haciendo sonreír al unísono a Mary y a Virginia–.

    - Amigo Josué, cada día al despertar, al abrir los ojos por la mañana, me digo; *Señor, haz que este día valga la pena*, y ya van sesenta y dos años –afirma, golpeando amigablemente mi mano que ha quedado entre las suyas y despidiéndose de Virginia y Mary con una ligera inclinación de la cabeza–.

Minutos después, sentado entre ambas hermanas, el champagne empieza a correr por sus copas, que no por la mía puesto que de cuando en cuando apenas mojo mis labios. El alcohol ya no tiene lugar en mi vida pues penaliza los progresos de mi mente y mi conciencia. Entre los tres, hablamos de esto y aquello de una manera cada vez más íntima y me resulta fácil hacerlas reír con algunos tópicos.

    - Pero Josué, ya has rellenado nuestra copa dos veces y tú apenas has tocado la tuya –interviene Mary intentando infructuosamente poner unos ojos de escándalo mientras se le escapa la risa mirando a su hermana–.

    - Oh, sí, tienes razón. Es que el champagne me produce cierta acidez. Espero sepáis disculparme.

    - No, no lo hacemos. La idea del champagne ha sido tuya –replica Virginia con los ojos claramente achispados-. ¿Qué otra bebida podrías tomar para acompañarnos? ¿No querrás emborracharnos, verdad?

    - ¿Yo? Jamás haría algo así –respondo exhibiendo una sonrisa ladeada que vuelve a hacerme pensar en Gabriela–. A ver, creo que Jeremy podrá ayudarnos.

Levanto el brazo para que Jeremy, que queda a nuestra espalda, nos preste atención. En realidad no ha dejado de mirar de soslayo ni un solo momento como he podido comprobar en el reflejo del cristal del cuadro que tenemos en frente.

    - ¿Sí, señor? –pregunta en español en un tono claramente infantil y ofendido–.

    - ¿Serías tan amable de prepararme una copa como la de antes, por favor? –le respondo moviendo teatralmente mis pestañas–.

Se queda mirándome en silencio y desafiante mientras arruga sus labios y aprieta sus mandíbulas. Yo sostengo mi mirada sin pestañear entonces, quizás durante tres o más segundos. Finalmente deja escapar una casi imperceptible sonrisa y responde –Sí, por supuesto-.

    - Aquí tiene, señor –dice al cabo de unos minutos Jeremy depositando mi manzanilla con hielo sobre la mesa-.

- Por favor Jeremy, según se vaya acabando el champagne y mi copa ¿Serás tan amable de ir sustituyéndolas?
- Por supuesto, señor –dice en un tono neutro sin mirarnos a los ojos-.
- Josué, veo que vas en serio –dice Virginia con los ojos entornados mientras se acerca su copa a los labios y la apura de un trago-.

Durante una hora y media más seguimos bromeando y llevando nuestra conversación por el sinuoso sendero rojo de los parpados a medio caer, el hambre en los ojos y el deseo en la comisura de los labios. Ellas hablan por dos bocas pero parecen una sola. No queda ya nadie en el salón salvo nosotros tres y Jeremy, que en sus quehaceres ha ido apagando parte de las luces, y poniendo en marcha una suerte de hilo musical, quedando una atmosfera más íntima.

- Oh, eso que suena es _The way you look tonight,_ de Bryan Ferry. Tenemos este disco en casa desde hace tiempo. Mi madre lo ponía mucho cuando éramos niñas –dice Mary efusivamente, mientras Virginia asiente con una sonrisa que ilumina su cara y las dos se ponen a tararear la canción-.

_Oh, but you're lovely, with your smile so warm_
_And your cheek so soft_
_There is nothing for me but to love you_
_And the way you look tonight..._

Por un instante, el ambiente, la música elegida por Jeremy y el cuadro en general me parecen un tanto irreverentes para una casa que está de recentísimo luto, pero después de pensarlo detenidamente llego a la conclusión de que a Mr. Reed esta es la ceremonia que de verdad le hubiera gustado tener.

- Hay una cosa que quisiera preguntaros desde esta mañana.
- ¡Adelante! –responde efusivamente Mary-.
- Bien, allá voy. Si sois gemelas entiendo que sois iguales en todo…
- En todo, en todo… -interviene Virginia con dificultad para aguantar una continua risa nerviosa-.
- Ya veo, sin embargo aprecio una diferencia importante. Mary no lleva braquetes y tú Virginia, observo que sí ¿Cuál es la explicación? ¿No deberíais tener las dos las mismas necesidades odontológicas?
- ¿Necesidades odont…., qué? No sé cómo has podido pronunciar eso después de dos whiskies y medio… -dice Mary claramente perjudicada por el champagne-.

-        Eso puedo explicarlo –agrega Virginia, sentada a mi izquierda-. Es sencillo, a los once años caí del caballo y me fracturé dos dientes de leche. Esos dos dientes, contrariamente a lo que pensábamos, acabaron cayéndose más tarde que los demás y eso provocó que yo tuviera que esperar un poco más para ponerme la ortodoncia. Mary los llevó hasta el año pasado y yo los llevo desde hace un mes, pero espero que pueda retirármelos a finales del año que viene. Será algo extraño porque aunque me ha costado mucho, al final me he acostumbrado a ellos.

-        ¿Te has acostumbrado? ¿No te molestan?

-        No, hago vida normal, como puedes ver.

-        No puedo creerte. Seguro que al menos te molestan para una cosa.

-        No, para nada. ¿Para qué cosa?

-        Seguro que te incomodan para besar.

-        Vaya, pues lo cierto es que no puedo responderte a eso –dice con una caída de los parpados que hace subir el rubor a sus mejillas-.

-        ¿Por qué?

-        Porque desde que los llevo puestos no he besado a nadie –responde llevando su mirada hasta su hermana, que se muerde el labio inferior-.

-        Bien, eso podemos solucionarlo en este momento. Ahora mismo tienes dos opciones, o besar a tu hermana, o besarme a mí.

Ambas se sonríen maliciosamente y se miran cómplices. Me intriga extraordinariamente su capacidad para comunicarse sin decirse ni una sola palabra. Es como si cada una tuviera una mente, pero compartieran la misma conciencia. Pueden hablar cosas distintas, hacer cosas distintas, pero en el fondo, en algún lugar, son la misma persona, más parte de una de lo que los demás somos parte de los demás. Parecen saber en todo momento donde está cada una de ellas, física y espiritualmente, qué siente cada una, y se alternan en el actuar pero más por repartirse los roles que por ser alguien distinto.

-        O besar a mí hermana o besarte a ti ¿Esas son las opciones? –pregunta Virginia-.

-        Bueno, nos queda Jeremy pero no creo que se avenga.

-        Ya… –dice Mary, sin poder aguantar la risa- quizás si le besaras tú, entonces, Jeremy….

Virginia se incorpora llevando su torso por delante de mí y dirigiendo sus ojos fijamente hacia su hermana, que no se mueve y está expectante, con una sonrisa que le separa ligeramente los labios, unos labios húmedos bajo unos parpados entornados. A medio trayecto gira su cara hacia la derecha y posa sus labios sobre los míos, mientras descansa su mano en mi nuca. Abre su boca y deja avanzar su lengua que se encuentra con la mía. Cuatro o cinco segundos después se retira y se acomoda de nuevo a mi izquierda.

-      ¿Y bien? ¿Qué te ha parecido? ¿Crees que los braquetes incomodan para besar? –me pregunta con unos ojos húmedos y felinos-.
-      Mmmm…. No puedo responderte a eso, Virginia.
-      ¿No? ¿Por qué?
-      ¿Sabes qué ocurre? Pues que yo tampoco he besado a nadie desde hace mucho tiempo, y tendría que besar ahora a alguien sin braquetes para poder comparar y ver si hay alguna diferencia o, como tú dices, que sea cierto que no incomodan.

Ambas rompen en una sonora carcajada mientras yo adopto un gesto cómplice y burlón. Un instante después Mary se acerca a mí y me besa con dulzura apoyando su mano derecha sobre mi pecho.

-      ¿Entonces? –pregunta Virginia- ¡Venga, responde!
-      ¿Habéis oído hablar del *maithuna*?
-      ¿Maithuna? No, ¿qué es? Adelante, dinos… -pronuncian al unísono las dos en un tono cuasi infantil, tirando de mi ropa-.
-      El *maithuna* es…. Podríamos definirlo como una forma de sexo tántrico –respondo, frunciendo el ceño y dejando entrever que la explicación no acaba de ajustar bien al significado-.
-      ¿Sexo tántrico? Siempre he querido saber más. Sin duda me gusta lo poco que he leído al respecto –dice Mary-.
-      Sí bueno, el sexo tántrico es como las cometas, a todo el mundo le gustan pero nadie tiene una. Nadie se molesta en ponerlas a volar. Sólo hablan de cómo le gustan las cometas –le digo desafiante y con una leve sonrisa ladeada que vuelve a erizarme la piel en el recuerdo-.
-      Y tú –interviene Virginia- ¿Sabes hacerlas volar?
-      Tan alto que no querrías que acabara nunca el cielo.

Se quedan de nuevo mirándose entre ellas, sonrientes, con las mejillas ardiendo, y los ojos brillantes achinados por el alcohol y envidio no poder colarme  en el caudal que las une en una sola.

-      Tengo hambre –dice Mary al fin- pero no creo que sea una buena idea que vayamos al salón comedor tan "animados" ¿Es cierto que la Sra. Steinway ha puesto manzanas en tu habitación?
-      Las mejores manzanas del Estado. Te lo puedo asegurar. Os propongo que continuemos nuestra celebración arriba. Ahora terminarán las reuniones y

esta sala se llenará de gente aburrida haciéndose la pelota unos a otros. No vamos a encajar aquí...

- Si, tienes razón –afirma Virginia mirando a Mary- Pero... ¿Nos quedamos sin bebida?

- Creo que eso puedo arreglarlo ¿Jeremy?

- ¿Sí, señor? –responde acercándose hasta nosotros-.

- ¿Crees que podrías subirnos más champagne a mi habitación?

- ¡Y algo de comer! –exclama Virginia-.

- Sí, señor. Pero debo hacerlo enseguida. Mi turno acaba en media hora. A partir de ese momento deberán hablar con Susanne, que me relevará entonces.

- Mejor aún Jeremy. Justo cuando acabe tu turno, nos subes dos botellas de champagne y una heladera junto con algo de comer –le propongo guiñándole un ojo-. De momento nos llevamos esta que está sobre la mesa y las copas.

- Muy bien señor. Así lo haré –responde Jeremy en un suave y sugerente tono de voz-.

- ¿Nos vamos? –les propongo a los dos hermanas poniéndome en pie y ofreciendo de nuevo mis brazos, que ahora van a serles mucho más necesarios que antes-.

Se agarran a mí sonrientes. Jeremy se queda enfrente mirándome con sus ojos negros, profundamente oscuros, mientras nos alejamos.

Quiero entrar y sentir ese canal invisible que une la conciencia de ambas hermanas en una y creo que sé cómo conseguirlo. Meta ha hecho nacer en mi pecho una esfera de cielo que irradia la buena nueva. Hoy he renunciado al dolor rindiéndome mientras me reía, y eso ha estado bien.

## LX – Hasta su Génesis

De madrugada, con la primera insinuación del alba, me escabullo sigiloso de la cama achicada. Me duele dormir. Enredados en las sábanas quedan desnudos y dormidos los cuerpos de Mary, Virginia y Jeremy. Un pensamiento quiere ser mi mente y me expulsa del sueño, Schulze. Y como tantas otras cosas que he vaciado de mi vida, tampoco hallo lugar para que importe en mí.

Me siento sobre la alfombra mullida en la posición del loto. Apoyo mi espalda en un marco sin puerta que divide el dormitorio de una pequeña salita contigua, y cierro mis ojos. Inspiro. Mis manos sobre mis rodillas se abren al cielo. Preciso meditar profundamente, tan profundamente que el dolor no quepa. Se me humedecen los ojos; mi cuerpo quiere llorar pero mi alma no comparte el sufrimiento, ya no.

Debo seguir. Debo seguir dentro del programa el tiempo que queda, formando parte de Meta, siendo Meta, sólo ahí tengo refugio. Schulze es ahora mi opuesto, no se deja gobernar y como todo lo creado, deberá ser destruido. Schulze es tan sensible como una hoguera.

…No pensar, meditar, meditar profundamente. Más. Más adentro, más allá de mí. Empiezo a notar el vacío. Percibo el vacío que soy y me sumerjo. El cuerpo ya no es mío, porque ya no importa. Me libero.

¡Maldito monstruo! ¿No mueres nunca? Conmigo te vendrás. O mejor, vete antes, ya no te quiero aquí, no te necesito. Maldita la razón. La razón es a la ley como la cadena a la esclavitud. Reclamo justicia, no leyes.

No pensar, ahora no, no pensar. Leal mantra escóltame hasta la puerta, quédate ahí, vela mi estancia, y yo te saludaré a la vuelta. Vacío, sólo vacío. Donde el dolor profundo no cabe, donde el alma se fusiona con el Todo, donde puedo volver a observarme, solo, camino del Todo, que también *es* solo, como yo. Y aún así en ti hallo refugio.

Schulze debe apartarse, rendirse… voluntariamente o contra sí mismo…. Schulze no importa, no debe *ser*, no *es*, no en mí.

Respira, respira profundamente, déjate ir, lleva tu ser al otro lado del tiempo, fuera del tiempo ¿Qué importa todo lo que queda aquí? Es sólo un escenario, *atrezzo*, dolor y resistencia, sufrimiento, carne moribunda, agua, tierra y fuego. Respira, medita profundamente. No pensar, no pensar, matar la razón, matar a Schulze... ¡Sí, matarlo! ¿Por qué no? Puede ser, puedo hacerlo. Ahora sí ¿Qué lo impide? ¿Qué razón, acaso ella misma? Si todo lo creado deber ser destruido para mantener el ciclo vivo, matar es entonces una necesidad ¿Qué mal hay en ello? ¿Qué hay de penal en ser el instrumento? Matamos para sobrevivir, para existir, y mi existencia ahora depende de acabar con él. Se resiste, pues, debe ser eliminado.

Puedo entender el privilegio del asesino. El metal desnudo del puñal que se abraza de la carne de la víctima. La sangre caliente sobre mi puño asiendo el puñal hincado en sus carnes. Su boca abierta ahogada pidiendo paso a la muerte mientras sus ojos descubren la respuesta en mi mirada. La tensión de sus músculos que se desvanece, derramándose sobre el esqueleto muerto de sus huesos, al punto del colapso. Al punto del adiós. Y yo soy la mano. La ejecución. Quien empuja el destino. Sus últimos alientos en mi cara. Inspiro para que me recorra todo el cuerpo. Porciones de su alma que me quedan dentro como sal en el agua.

Cada expiración lleva muerte en el aire que exhalamos, intencionadamente, matamos el aire que entra en nosotros para sobrevivir. Exhalaré pues sobre él, una vez más, de manera definitiva pues, tal y como decía Gabriela, *todo poder acaba ejerciéndose* y los días se acaban y mi tiempo se agota, y en mí su razón ya no cabe.

Respira, hondamente, respira. Y que el veneno de tu aire me llegue cuando yo esté espirando.

Respira, más profundamente, ahora.

Aquí y ahora. Sal del tiempo, viaja hasta su génesis y elimínalo.

## LXI – Pradakshina

Un whatsap de Sophie me sitúa de nuevo en la habitación. La claridad se cuela por entre los porticones mal ajustados. Desde la cama Jeremy me observa sentado en mi sombra, sobre la alfombra. Únicamente veo su ojo izquierdo pues está boca abajo. No dice nada. Sólo me observa, impasible y distante por detrás de su hombro desnudo, con cierto respeto, con cierto temor. Me levanto, me visto en silencio y salgo de la habitación justo cuando escucho el sonido de las sábanas contra el cuerpo de Mary que se despereza emitiendo un leve gruñido que, en una sutil sincronía, abre suavemente los labios de Virginia.

- *Josué, debemos hablar.*
- *Hola Sophie.*
- *Hola…*
- *Regresaré en unos días.*
- *Llámame en cuanto lo hagas s'il te plaît*
- *Lo haré.*
- *Bisous*

Tomo el Buick y me dirijo a cualquier sitio. Conduzco sin rumbo, hacia donde el sol no me deslumbre, pues no es necesario ir a ninguna parte, yo ya estoy bien dentro de mí. En la radio suena *Some things last a long time* de Mina Tindle.

*Your picture*
*Is still*
*On my wall*
*On my wall*
*The colors*
*Are bright Bright*
*As ever*
*Things that we did*

Ya no queda rastro de la nieve por las veredas y el cielo se vislumbra despejado. Hace frio y eso me reconforta.

Dejo North Lake y continúo a la izquierda por Sullivan Road. En lo alto de un páramo cubierto de una hierba verde recién segada, a mi derecha, se impone majestuoso un templo hindú, blanco, relucientemente blanco, con sus torres y su arquitectura típica. Doy un frenazo y giro inmediatamente por un sendero que bordea un lago y que sube hacia el aparcamiento que tiene habilitado el templo unos metros antes de la entrada principal. Algunas personas, mayoritariamente de origen indio, entran y salen del edificio por una puerta lateral. En el centro, sin embargo, se imponen unas amplias escaleras de color teja que se elevan hasta la planta superior del templo donde también veo un puñado de personas, algunas de las cuales toman fotografías compulsivamente. Leo el cartel que reza Templo Sri Venkateswara Swami. El templo queda orientado al Este, y al frente tiene una pequeña laguna. Tiene una fachada de cerca de cincuenta metros de ancho y una longitud de aproximadamente setenta y cinco metros. Esta presidido por una torre central que es en realidad una cubierta sobre columnas que conduce a la segunda planta del templo. En esta plataforma es en donde desembocan las grandes escaleras centrales que presiden el conjunto, escoltada por dos torres laterales frontales, con dos torres equivalentes en la parte posterior, todas ellas ornamentadas. Centrando el conjunto tiene una torre piramidal, abigarrada de relieves artesonados, en la que me parece ver una ristra de campanas doradas en lo más alto de la espira. En el cerramiento izquierdo de la escalinata hay un relieve de un elefante de aproximadamente dos metros de altura, en yeso y oro pulido, que tira de un carro también en relieve y que transporta una deidad. Siguiendo el relieve observo una disonante puerta de aluminio pulido que indica *Temple Entrance*. Me dirijo al interior. Antes de entrar, un hombre de mediana edad, con una larga barba negra y ropas blancas cubiertas por una túnica de color ocre, me recibe con el saludo típico y un sonoro *namasté*. Con un gesto cordial, sin mediar palabra, me pide que no pise el umbral de la puerta y que me descalce antes de acceder al interior. Una vez dentro, observo que todo es sorprendentemente colorido y, hasta cierto punto, ruidoso. Hay varias salas y en la mayoría de ellas hay una deidad representada, acordonada y separada de la gente formando un círculo alrededor de la deidad con las mismas cintas extensibles que se utilizan en los aeropuertos para organizar las colas. La gente gira alrededor de cada dios en el sentido de las agujas del reloj. En una sala mayor, observo a docenas de personas sentadas en el suelo, formando filas unas detrás de las otras, comiendo en familia sobre unas bandejas individuales mientras atienden la oratoria de un hombre anciano que se expresa con entusiasmo a pesar de su avanzada edad. Tiene los ojos pequeños, pero sumamente brillantes y me llama especialmente la atención que son de color azul. Tiene una sonrisa blanca y perpetua. Viste túnicas blancas cubriéndole el cuerpo, la cabeza despejada y unas líneas de color pintadas sobre la frente.

Continúo mi periplo y observo que algunas deidades están delicadamente trabajadas mientras que otras son casi amorfas, indescriptibles.

Después de familiarizarme con todas las salas del templo que se me permite visitar, apoyo la espalda en una pared y tomo aire profunda e intensamente. Me palmo el vientre. Sufrir ya no me puede, pero el dolor a veces me paraliza las piernas con un intenso calambre que va desde la cadera hasta mis muslos. Antes ocurría sobre todo cuando me estiraba y después de comer. Ahora es habitual también cuando estoy de pie y en cualquier ocasión. Allí recostado observo a todo el *rebaño* ir de un lado al otro. Las mujeres que veo visten típicamente al estilo hindú. Sin embargo, los hombres llevan todos indumentarias occidental, excepto los monjes y el personal propio del templo.

Cuántas religiones para tan poca conciencia, me digo.

Desde donde estoy puedo ver a través de las numerosas puertas interiores de cristal que dividen casi todas las salas. En la mayoría de ellas hay gente orando y haciendo círculos alrededor de cada altar. A mi derecha queda una sala que alberga a Shiva. Tres o cuatro personas están frente a ella. Concentro mi atención sobre las dos siluetas que quedan más retirados, a poco más de medio metro de la pared grisácea. Un escalofrío me recorre la espalda cuando compruebo que son los dos hombres que siguen mis pasos desde hace meses. Visten ambos pantalones de pinzas de color oscuro y camisa blanca con las mangas remangadas. El más orondo de ellos tiene como siempre las mejillas azuladas y respira con dificultad. Su compañero, de pelo ralo y escaso me mira de soslayo. Cuando sus ojos se encuentran con los míos, sostiene por unos instantes la mirada. Después, se vuelve a su compañero que sigue absorto mirando a Shiva. Le da un ligero codazo y con un leve movimiento de cabeza orienta su atención hacia mí que por un segundo me he olvidado de respirar. Ahora los dos me miran fijamente, con los ojos acerados y el cuello extrañamente torcido. Sin pensarlo doy un decidido paso al frente para dirigirme a ellos y en ese momento la cabeza del tipo de mejillas huecas, que me estaba mirando de soslayo, se gira todo ella, alienando su barbilla con su columna vertebral, de una manera antinatural, perversa y queda su rostro frente al mío, aunque no su cuerpo, pero si sus ojos sin iris, todo pupila negra, o gris oscuro, y me estremezco cuando sus ojos se inyectan y su boca se tuerce y percibo una fuerza como de mil demonios que empujan mi espalda de nuevo contra la pared, y me flaquean las piernas y se me paraliza el cuerpo y se me ahoga la garganta…

- ¿Se encuentra bien, joven? –me pregunta, poniendo su mano sobre mi hombro el anciano que hace unos minutos hablaba en lo que parecía el comedor del templo. Tiene una escasa estatura, apenas llega a mi cuello y la sonrisa amable-.
- ¿Eh? Sí, tan sólo un poco cansado –le respondo con involuntario desconcierto-.
- ¿Seguro que se encuentra bien? Tiene usted mal aspecto –vuelve a insistir con su voz entusiasta y a la vez cansada, y con sus pequeños ojos singularmente azules adentrándose por los míos-.
- Sí, creo que sí. Tan solo necesito un poco de agua.
- Venga por favor, acompáñeme, en eso seguro que puedo ayudarle –y tomándome de un brazo tira de mí para que le siga. Antes de dejarme llevar completamente, giro mi rostro hacia los dos hombres que siguen aún en el interior de la sala. Ahora me dan la espalda y los dos tienen su atención en Shiva, pero puedo reconocerlos-.

Sigo al anciano por un pasillo hasta una salita que se esconde detrás de una puerta prohibida para los visitantes. Camina ligero a pesar de su edad. Al entrar me hace un gesto para que tome asiento sobre unos cojines que hay distribuidos por el suelo. El remueve dentro de un mueble del cual saca un par de vasos de papel que deja en su mano mientras con la otra continua rebuscando en el interior del mueble.

- Vaya, debo dejarle unos segundos a solas. La botella de agua debo haberla olvidado en la gran sala. Aguarde unos instantes, por favor.
- Sí, no se preocupe. En realidad no quisiera molestarlo, ya me encuentro mejor. Además llevo mi propia botella de agua en el coche y…
- No es ninguna molestia, es nuestro destino, así que repose aquí un minuto que en seguida estoy con usted.

Cuando abandona la sala reclino la espalda contra la pared. No puedo apartar de mi mente los ojos vacíos, los finos labios húmedos y las mejillas azuladas y mórbidas de aquel hombre. Pero sobre todo no puedo olvidar a su compañero, con su barba cerrada y abandonada, sus mejillas vacías y sus ojos muertos, retorciendo aún más su cuello, de una manera totalmente antinatural, imposible. Y aquellos ojos, y aquella manera de mirarme y lo que he sentido…

Me siguen porque quieren algo de mí. ¿Qué? ¿Quieren derrotarme? Ya estoy vencido, ¿Por qué no vienen a por mí? De repente, como un fogonazo que me sacude todo el cuerpo, me viene a la memoria la última conversación con el alemán. Schulze dijo "Todo en su vida nos incumbe. Nosotros somos sus creadores" ¿Qué quería decir exactamente? Sí esos dos hombres son de Meta, eso explicaría que Schulze supiera lo de Gabriela ¿Y Gabriela? ¿Está al corriente? Si forman parte de Meta ¿Qué quieren saber que no sepan ya? ¿Quién está detrás de Meta? Eso es lo que yo quiero saber ¿Quién les financia, quién les apoya?

El anciano vuelve a entrar en la sala. En una mano lleva una jarra de agua y en la otra sigue llevando los dos vasos de papel.

- No he encontrado la botella que buscaba, pero esta agua es tan buena como cualquier otra –su comentario me hace pensar con cierta nostalgia en las botellas etiquetadas de Gabriela -.

- Muchas gracias –digo estirando el brazo y tomando el vaso que me ofrece-.

- Mi nombre es Josué.

- El mío es Lochana, que significa "El esclarecedor"

- Encantado de conocerle.

- Usted no es de aquí ¿Verdad?

- No. Efectivamente. Soy de Barcelona.

- Usted tampoco es de aquí ¿Verdad?

- ¿Yo? Sí, nací aquí, en Aurora.

- Oh, disculpe.

- ¿Por qué?

- Eh…

- Tampoco creo que sea seguidor de las creencias hindúes ¿Me equivoco Jos….?

- Josué. No, no lo hace. En realidad no sé gran cosa de su fe. Venía por la carretera y vi el templo a lo lejos. No pude resistir la tentación de venir a comprobar personalmente lo que veían mis ojos; un templo hindú a pocos kilómetros del Lago Michigan. Espero sepa disculparme.

- ¿Disculparle, por qué? –pregunta mientras se sienta frente a mí y sorbe ruidosamente agua del vaso-.

- Pues, por entrar en su templo sin ser miembro de su congregación –responde sin mucho convencimiento-.

- ¿Mi templo? No se equivoque, el templo no es mío –y se ríe a carcajadas- El templo es una ofrenda a Dios y si usted ha llegado aquí es porque así debía ser. No debe disculparse por ser usted. Este es un templo swami. ¿Sabe lo que significa swami? –pregunta mientras llena de nuevo los dos vasos-.

- Lo cierto es que no.

- Swami significa literalmente "amo de sí mismo". Quien sabe gobernarse, no debiera tener que disculparse nunca ¿No le parece a usted?
- Sí, tiene usted razón. Gracias.
- Gracias a usted –responde poniendo las palmas de sus manos unidas frente a su rostro e inclinándose reverencialmente. Yo, instintivamente, le imito-
.
- Me gustaría hacerle un par de preguntas ¿Puedo?
- ¿Qué "si puede"? Amigo, no tengo respuestas para todo, pero no le tengo miedo a las preguntas. Adelante, dispare -afirma entusiasta y jovial-.
- Muchas gracias. Dígame, por favor ¿Por qué hay tantos dioses en el hinduismo?
- Mmm…. –sonríe- Los muchos dioses en la religión hindú representan el simbolismo del panteón hindú. Los hindúes adoramos la suprema realidad sin nombre y sin forma a través de diferentes nombres y formas. Cada dios o deidad es una manifestación particular de la realidad suprema. El Señor vive en todos y cada uno de los seres vivos, y cada uno es una manifestación individualizada de Dios.
- Cada uno es entonces un símbolo, una manifestación de un único Dios ¿Es así?
- Así es, pero cada uno es Dios a su vez. No olvide eso, por favor.
- Entiendo… ¿Por qué los dioses tienen cuatro brazos?
- Los cuatro brazos de los dioses representan las cuatro direcciones y significan la naturaleza omnipresente y omnipotente de los dioses.
- Que son a fin de cuentas, *uno* ¿Sí?
- Que son cada uno Dios. Le dije que no lo olvidara ¿Lo recuerda?
- Sí, discúlpeme.
- ¿Disculparle por ser usted? –pregunta retóricamente dibujando una amplia sonrisa-.
- El punto. ¿Qué significa el punto que llevan sobre la frente?
- El *tilak* o *bottu* es una marca religiosa que representa el asiento de la memoria y el pensamiento. El *bottu* se aplica con una oración para recordar al Señor a través de todas las actividades del día. La marca nos recuerda nuestra determinación de recordar a Dios en todos nuestros actos y nos protege de las tendencias inadecuadas y de los pensamientos negativos –responde finalizando con una amplia sonrisa y ladeando ligeramente la cabeza .
- Y… ¿Por qué giran en círculo alrededor de cada Dios? –pregunto dibujando un círculo en el aire con mi dedo índice- He visto que la gente gira alrededor de cada deidad, formando un círculo mientras practican oraciones.
- ¿Pradakshina?

- Eh…. Sí, supongo que quiero decir Pradakshina.

- No podemos dibujar un círculo sin un centro ¿Verdad? El Señor es el centro, la fuente y la esencia de nuestras vidas. Reconociéndolo como el punto focal de nuestras vidas, así nos conducimos en nuestras tareas diarias.

- No sé si he acabado de entenderle.

- Cada punto en la circunferencia de un círculo es igual de distante al centro de dicho círculo que los demás puntos ¿Sí? Esto significa que donde quiera que estemos, estamos igualmente cerca del Señor. Todos estamos a la misma distancia del Señor, todos, ricos y pobres, hombres y mujeres…, y su gracia fluye hacia nosotros de manera inequívoca.

- Un centro para todos… ¿Quiere decir como una suerte de Eje Maestro alrededor del cual se encuentra el Todo?

- Un Centro Universal.

- ¿Pero…?

- ¿Sí?, adelante —me anima con un gesto de la mano-.

- Quisiera saber… Dijo un lugar equidistante para todos nosotros ¿Eso incluye a los profetas?

- Para todos y para Todo, significa eso exactamente; para todos.

- ¿Admite su fe que se pueda ir hasta ese Centro? ¿Revelarlo?

- El Centro ya es en todos nosotros.

- Sí, Él es, pero… ¿Podemos estar nosotros en él? ¿Sin equidistancias?

- Si el centro ya está en nosotros, ya estamos nosotros en él ¿No le parece? ¿Para qué querríamos fluir hacia el centro? Dígame ¿para qué? —inquiere algo incómodo-.

- Ese centro universal al que usted se refiere ¿Es temporal?

- No, para nada, es intemporal —responde abriendo los ojos y echando su cuerpo hacia atrás con cierta autosuficiencia-.

- Entonces, ahí tiene mi respuesta. Si ahí no hay tiempo, entonces, no hay equidistancia, pues en donde estamos nosotros sí existe el tiempo.

- ¿Dónde quiere ir usted exactamente?

- Me temo que a un lugar donde ninguna religión quiere ni puede llevarme.

Me levanto con dificultad pues aún siento dolor y mareo. Él me mira durante un par de segundos desde su posición en el suelo, en silencio.

- Debo volver. Esta tarde sale mi vuelo de regreso a Barcelona y aún debo resolver algunos asuntos aquí. Permítame expresarle mi más sincero agradecimiento por su hospitalidad y su tiempo.

El anciano se levanta. Adopta la postura del saludo. Yo hago lo propio.

- Namasté.
- Namasté.

Cuando me giro para abandonar la salita siento su serena voz decir a mi espalda;

- Va usted a encontrar la respuesta a todas sus preguntas muy pronto ¿Lo sabe, verdad?
- Sí, lo sé. Lo sé desde el siete de marzo de este año. Amar ha estado bien, pero se acaba mi tiempo.

Cuando abandono el templo miro a ambos lados por si los dos tipos siguen aún por ahí. No los veo. Hago una última e infructuosa mirada al interior del templo. Empiezo andar entonces en dirección al estacionamiento, en busca del vehículo, y poco a poco siento como las fuerzas se desvanecen en mí. Me siento terriblemente agotado.

Una ardilla roja se pone a caminar a mi lado. Cada pocos pasos se detiene y me mira. Después vuelve a caminar a pocos pasos de mí ¿De qué me ha servido la vida? me pregunto en voz alta sin quererlo, mientras el dolor atraviesa desde el vientre hasta mi espalda. La ardilla se para por última vez. Me observa, pasa una de sus diminutas patas por su hocico, se gira y enfila en dirección contraria. Diviso el Buick a apenas diez metros de mí. Avanzo con dificultad hasta que a un metro de distancia de la puerta del vehículo las piernas no me sostienen y caigo desplomado contra el suelo, golpeando contra el hombro derecho y la rodilla en el asfalto. Me quedo un eterno minuto en el suelo, entre dos vehículos. Nadie me ve. Respiro profundamente, una y otra vez. Siento entonces que algo pequeño se aferra a mi pie derecho. Alzo la mirada y veo a la ardilla roja alzarse sobre mi pierna. Me mira directamente a los ojos. Se acaricia el hocico y vuelve a mirarme postrada sobre sus patas traseras, por encima de mi pantalón. Pasados unos segundos da un brinco, dos más, y la veo perderse de nuevo colina arriba, en dirección a unos árboles de la vereda. Al fin me incorporo apoyándome entre las puertas de los dos automóviles. Al hacerlo he sentido el peso de mi mismo sobre las rodillas del mismo modo que cae el peso del cielo sobre el alma. El peso de uno mismo es la más fatigosa de todas las cargas. Al fin consigo abrir la puerta del Buick, entro con cierta dificultad y me siento frente al volante. Me fuerzo a meditar, apenas lo consigo. Pasados unos quince minutos arranco el motor y me dirijo a Sullivan Rd.

Mientras conduzco concentrando mi atención en el tendido eléctrico que avanza paralelo a la carretera pienso en toda la gente que conozco. Manipulo torpemente el dial de la radio evitando a los locutores charlatanes hasta que doy con una emisora en la que una voz femenina anuncia una interpretación de Nina Simone de *For all we know*, que me acomoda al cuerpo.

*For all we know*
*We may never meet again*
*Before we go*
*Make this moment sweet again*
*We won't say goodbye*
*Until the last minute*
*I'll hold out my hand*
*And my heart will be in it...*

Lo dejo ahí. Siento entonces una punzada que me atraviesa como una sierra de doble filo desde el vientre hasta la espalda, desde un costado al otro, cortándome en dos, partiéndome el alma por dentro, rompiéndome las últimas defensas.

Ahora sí, me digo, la melancolía ha llegado a su destino. Llega el tiempo oportuno de despedirse de todos. Es tiempo de decir adiós.

## LXII – Las cosas que nos decimos desde hace tanto tiempo

- Hola Gabriela
- Hola Josué ¿Cómo estás?
- Bien, estoy bien cuando tú estás delante de mí.

De pie, en el hall de entrada al Palau de les Heures, la encuentro enfrente cuando traspaso la puerta desde la escalinata que sube jardines arriba. *Pereza,* que me ha acompañado en mi camino hasta aquí, se queda en la puerta. Gabriela viste un jersey de lana fina con rombos blancos y negros, con un cuello de pico que deja desnuda su garganta, y una falda ajustada, también de rombos blancos y negros, que acaba justo antes de sus rodillas. Calza unos zapatos negros de tacón muy alto que pisan indiscriminadamente las baldosas, sus junturas y el infinito. Mira sus notas sobre una carpeta que lleva sobre el brazo derecho y guarda silencio sobre mi último comentario. Yo insisto.

- Sabes Gabriela, he puesto música a tus besos y suenan como gotas de agua sobre las cuerdas de una guitarra.

Me mira con una de sus traviesas sonrisas ladeadas, desafiante y condescendiente a la vez.

- ¿Subimos? Hoy harás el test y los biocampos conmigo.
- ¿Y eso?
- El Dr. Schulze no está, así que si no te importa que yo le sustituya por hoy… -responde girando sobre sus pies y encaminando las escaleras hacia la planta superior. Yo sigo su perfume apartando el pensamiento de las baldosas de mi mente-.
- ¿Importarme? Nada me haría más feliz –le respondo provocando que ella gire su cabeza hacia mí sin dejar de subir peldaños-
- *Sos* un ladrón… Por cierto ¿y el perro?
- ¿El perro? Es una dama, Gabriela, un poco de respeto -digo en tono burlón mientras nos dirigimos hasta la sala, al fondo del pasillo-. Se llama *Pereza.*

-       Oh, entiendo. El biocampo lo tomaremos después, al finalizar la sesión, pues el escáner está configurado en la computadora del Dr. Schulze. Si te parece empecemos con el test y después haremos la sesión. *Dejame* ir a buscar el documento y enseguida regreso. Ah, y me *contás* de tu nueva y peluda amiga.

Me quedo solo en la sala, vacía como siempre, salvo por las dos sillas que como de costumbre centran el espacio. Los ventanales dejan pasar una luz tenue que se debilita según avanzamos diciembre. No se ve el mar. A los pocos minutos vuelve con una botella de cristal etiquetada llena de agua, y dos vasos de papel, y la carpeta donde el alemán acostumbra a guardar los test.

-       Bueno, *contáme* sobre tu nueva mascota —pregunta mientras toma asiento en la silla que habitualmente ocupo yo, y con un explícito ademán me indica que haga lo propio en la silla de enfrente-.
-       No es mía, tan sólo me acompaña, nos acompañamos diría yo. Cuando estoy en casa, la dejo pasar dentro del apartamento. Cuando me voy, ella sale conmigo, no parece tener ningún interés en quedarse en la casa si yo no estoy allí. De hecho, según he podido comprobar hablando con el portero del edificio, está ocurriendo algo bien curioso. Misterioso incluso.
-       ¿Algo curioso y misterioso? Venga, dime, no te *hagás* el interesante.
-       No es por eso. Únicamente es que estoy ordenando mis ideas a ver cómo te lo cuento.
-       *Contáme* la verdad, eso bastará —dice sonriendo, traviesa y cómplice-.
-       Ocurre lo siguiente; cuando yo he de marcharme de viaje, ella ya está en la puerta esperándome. Empiezo entonces a preparar la maleta y demás preparativos. Cuando salimos a la calle, *Pereza* automáticamente se separa de mí y la pierdo de vista. Ella sabe que no viene conmigo.
-       Interesante…
-       No, espera, hay más. Los días como hoy, cuando he salido de casa, ella no ha salido corriendo en dirección contraria, sino que se ha puesto a caminar a mi lado. Sabía que no me iba de viaje, sabía que iba a venir andando hasta aquí y me ha acompañado. Ya lo ha hecho otras veces.
-       Ajá…
-       Hoy me acompañará hasta que regrese a casa. Lo sé.
-       Bien.
-       Ahora viene lo misterioso, Gabriela. Ocurre que en las ocasiones que me voy de viaje, cuando regreso después de estar varios días fuera, como esta última vez que volvía desde Estados Unidos, *Pereza* estaba abajo en la puerta, en la entrada del edificio, esperándome. Y lo que es verdaderamente asombroso, Gabriela, es que llega a la puerta no más de media hora antes de que yo llegue;

entiéndelo, ella no sabe cuándo voy a volver, cada viaje tiene una duración distinta. Y no, ya sé lo que estás pensando, no es así, ella no va cada día a ver si he regresado. Le he preguntado al portero del edificio y me ha contestado que no la había visto estos días atrás. Sólo ayer, cuando yo llegué. La reconoció como el animal que me acompañaba últimamente y la dejó que se estirara al lado de la puerta de entrada. A la media hora llegué yo y el portero pensó que la perra venía conmigo, que tan sólo se había adelantado en algún paseo que debíamos estar dando juntos, pero no, yo regresaba en ese momento del aeropuerto. ¿Cómo podía saber *Pereza* que yo regresaba ayer, a esa hora y no cualquiera de los días anteriores? ¿Cómo sabe lo que pienso hacer? ¿Es telepatía?

- Ya veo ¿Has oído hablar de Rupert Sheldrake?
- No, ¿Quién es?
- Bueno, para algunos una suerte de hereje. Pero es ciertamente un científico brillante. Él tiene una teoría que puede serte de utilidad.
- Te escucho ¿Qué propone su teoría?
- Que fenómenos como la telepatía pueden explicarse gracias a la transmisión de información que se produce a través de lo que él denomina campos mórficos.
- ¿Sugieres que hay telepatía entre Pereza y yo?
- Yo no, lo has hecho tú. Repasa tus palabras, por favor.
- Uhm… Entiendo. Cuéntame más, Gabriela.
- Es algo complejo que va más allá de la telepatía. La resonancia mórfica explicaría por qué el pasado sigue ocurriendo e introduce la idea de que todo, cualquier cosa que nos rodea, tiene memoria —dice acompañando la frase con un ligero movimiento ondular de su mano-.
- ¿El pasado sigue ocurriendo? ¿Estamos hablando de una suerte de Eco capaz de vivir fuera del tiempo, Gabriela? —le pregunto mientras me remuevo en la silla-.
- No necesariamente fuera del tiempo, tan solo un eco que se repite en la naturaleza por tiempo indefinido. La naturaleza actuaría como un almacén de hechos y, por qué no, de conocimiento. Una memoria inagotable.
- ¿Cómo? ¿Cómo puede ser algo así?
- La resonancia mórfica es el medio por el que hechos ocurridos en el pasado se transmiten de una estructura a la siguiente, desde el pasado hasta el futuro. Por eso la memoria no se agota, sino que como un alma que pasa de una vida a la siguiente, del mismo modo los hechos y el conocimiento registrados en la memoria de un tejido, un material, un organismo, una célula, etc… pasan de una estructura a la siguiente. Según él, las memorias se transmiten a través del

espacio y el tiempo, pero no fuera del tiempo como tú sugerías –aclara poniendo una ligera mueca de consolación en los labios-.

- Estás diciendo que, por ejemplo, lo que definimos como Leyes de la Naturaleza, son en realidad hábitos heredados ¿Es así?

- Sí, así es. ¿Recuerdas cuando hablábamos de la importancia de vigilar nuestros pensamientos por la importancia que estos tenían después en nuestros hábitos?

- Sí, ya entiendo lo que quieres decir. Sugieres que incluso nos trascienden ¿Cierto?

- Sí, de generación en generación, de sociedad en sociedad, de mundo en mundo. Un reducido grupo de personas puede cambiar con su pensamiento el destino de una sociedad completa, a través del eco de su memoria; el pensamiento individual es muy potente, Josué. El pensamiento de un colectivo puede mover montañas enteras.

- Gabriela… ¿Viaja la resonancia de una estructura cualquiera a otra?

- No exactamente, cuanta más similitud hay en las estructuras, mayor potencia tiene la resonancia.

- ¿Cómo? No lo acabo de entender.

- Dentro de cada grupo de plantas, células o estructura en general, la resonancia es más fuerte que la resonancia interespecífica, es decir, de una especie a otra, de una estructura a otra menos similar. En las propias palabras de Sheldrake: *los sistemas que se auto organizan, como las moléculas, las células, los cristales, las plantas y las sociedades animales, tienen una memoria colectiva de la cual los individuos se alimentan y a la cual contribuyen.*

- Y…. ¿Cómo se demuestra algo así, Gabriela?

- Bueno, puede que tu experiencia con *Pereza* sea una evidencia, pero ya sé que lo que me preguntas va más allá. Cómo llega Sheldrake a tales conclusiones ¿Cierto?

- Sí, así es.

- Hay varias evidencias, pero una de las más conocidas tiene que ver con unos experimentos con ratas que empezaron en los años 20 en Harvard y que duró varias décadas después. Las ratas tenían que aprender a escapar de un laberinto de agua. Cada generación de ratas posterior que se sometía al mismo desafío aprendía cada vez más pronto y escapaba progresivamente más rápido del laberinto.

- ¿Pero acaso no es eso conocimiento hereditario, Gabriela?

- Eso se creyó al principio. Lo curioso fue que una vez las ratas últimas aprendieron a escapar 10 veces más rápido que las primeras, probaron el mismo experimento con ratas en Edimburgo y Melbourne que ni eran descendientes ni habían estado en contacto… bueno, no en contacto físico, con las ratas del experimento de Harvard.

- ¿Y? ¿Qué ocurrió? Venga, dime.
- Pues que éstas se desenvolvieron más o menos desde el mismo punto en que lo habían dejado las ratas últimas del experimento de Harvard. Y desde ahí siguieron mejorando.
- Vaya…
- Sí, así es. En algún momento, el conocimiento de estos animales adquirido en Harvard fue transmitido hasta sus congéneres en Europa y Australia. Entre ellos no había un vínculo material ni genético, no habían estado antes en contacto, pero sin embargo se daba entre ellas la existencia de un campo mórfico capaz de transmitir la información, no sólo a través del espacio sino también a través del tiempo.
- ¿Sugieres entonces que hay un campo mórfico entre *Pereza* y yo?
- Yo te doy la información, Josué, cómo la utilices forma parte de tus responsabilidades. Pero lo cierto es que el propio Sheldrake tiene un libro curiosamente titulado "Perros que saben cuando sus dueños están volviendo a casa"
- ¿Viaja esa resonancia a través de la energía oscura? ¿A través de la antimateria?
- Averígualo por ti mismo. Estoy segura de que ya sabes la respuesta –responde guiñándome un ojo-.
- Uhm…, eso explicaría lo de *Pereza*, sí, tal vez …salvo que no acabo de entender cómo se ha creado un campo mórfico entre ella y yo si apenas la conozco de hace algunas semanas, y la mitad de ese tiempo lo he pasado viajando.
- Quizás deberías preguntárselo a ella. Quizás os conozcáis desde hace mucho más tiempo.

Se me escapa una carcajada que no influye en su gesto. Su silueta sigue siendo la frontera de las cosas ciertas e irreales.

- No bromeaba, Josué –asevera desde su rictus científico-.
- ¿A ella? ¿Qué le pregunte a *Pereza*? ¿Cómo?
- Seguro que sabes hacer las preguntas. La cuestión no es cómo hacerlas, sino cuándo.

El pálido rostro de Gabriela se revela siempre como una epifanía. Sus labios como una promesa. Sus ojos como un misterio. Sus rizados cabellos como un delirio. Y cuando no sonríe, cuando quiere que sepa, que no me olvide, que recuerde, que me entregue a su palabra, entonces el cuerpo se me estremece y me quedo anclado a la silla, incapaz de moverme, prisionero y suyo, aunque ella no me acepte.

- ¿Empezamos con el Test? –dice al fin rompiendo el último silencio-.
- Sí, claro, vamos adelante con el test ¿Muchas preguntas hoy?
- No, hoy sólo debes responder una pregunta y media, pero puedes tomarte todo el tiempo que quieras.
- ¿Una única pregunta? Bueno… pregunta y media. No puedo creerlo, acabaremos enseguida entonces –le digo ufano, estirando el brazo para tomar la planilla con la pregunta impresa que ella me ofrece. Gabriela permanece erguida, inmóvil, impasible, de tal modo que me incomoda un poco. Tuerzo la boca buscando una sonrisa que no me sale mientras me dispongo a leer el test. Lo leo. Vuelvo a levantar la mirada hasta Gabriela, que responde a mi mirada como una escultura de mármol. La inquietud se apodera de mí, me reacomodo en la silla. Tomo aire. Expiro y tomo el vaso de agua. Bebo-.
- Tómate tu tiempo –dice lacónicamente-.

Vuelvo a releer la pregunta para estar seguro.

*Una habitación. Sin ventanas. Sin puerta. No se puede entrar. No se puede salir. La habitación está llena de gente, hombres, mujeres y niños. No cabe ni una persona más. Todos están de pie, apretados. Usted está en el centro. Todos los demás están alrededor de usted, pero usted es el único que está despierto. Todos los demás duermen, de pie, con los ojos cerrados duermen profundamente. La habitación empieza a inundarse. Siente como el agua fría empieza a subir por sus tobillos. Sabe lo que va a ocurrir en apenas unos minutos. El agua los cubrirá y llegará hasta el techo. El agua no va a despertarlos, pero usted si puede hacerlo, si grita. Si grita puede despertarlos. Responda ahora ¿Qué va a hacer? ¿Los despertará o los dejará dormidos? Tómese por favor su tiempo para "sumergirse" en la situación y responder.*

*Cuando lo haya hecho, díganos por favor ¿Cómo ha imaginado la habitación en un principio, iluminada o a oscuras?*

## LXIII – Debes Elegir Quién Eres

- Hoy quisiera hablar contigo de cómo tus súper cualidades benefician a la comunidad. Nos gustaría que nos contaras tú mismo cómo desearías hacerlo ¿Has reflexionado sobre ello, Josué? –pregunta Gabriela una vez le entrego mi respuesta al test-.

- Me temo que no, Gabriela. No es por capricho. Primero se debe crecer y luego repartir.

- Ya te dije una vez Josué que no hablamos de dinero. No al menos de dinero como de la única fuente de riqueza. En cualquier caso, crecer no puede ser el fin. Lo sabes mejor que muchos, todo crecimiento desproporcionado acaba siendo cancerígeno; no importa si se trata de células, una especie, la industrialización, el comunismo, el capitalismo... Aquello que no es en su justa medida acaba siendo nocivo para su entorno y para sí mismo.

- Gabriela, no tengo la sensación de "abundancia". No al menos como para ver con claridad cómo actuar justamente ¿Qué es eso de revertir a la comunidad? Bien, hablémoslo. Con mis proyectos creo empleos, riqueza, pago impuestos... Con esos impuestos se pagan escuelas, ayudas sociales, servicios... ¿No es eso lo que socialmente se entiende como la redistribución de la riqueza?

- ¿Crees que es ése un reparto justo? ¿Piensas que lo que has recibido queda compensado con el pago de tus impuestos? –dice mientras cruza las piernas y la tenue luz que se filtra por las ventanas se va apagando, dejando todo en penumbra-.

- Gabriela, esto no es Hollywood, es la vida real, aquí hay leyes pero no justicia. No puedo cargar con el peso del mundo.

- Esto no es Hollywood, Josué. Esto eres tú. No hablamos de cómo funciona tu entorno, hablamos de quién eres tú. Uno debe encontrarse a sí mismo para contribuir a la sociedad. De lo contrario, muere eternamente. Mueren sus cualidades, muere su obra, muere su pensamiento, desaparece su rastro, se consume su vida en un enorme vacío ¿Puedes hacerlo? ¿Puedes encontrarte a ti mismo?

- Sinceramente, los negocios ahora necesitan mi atención máxima. Quiero llevarlos a un punto donde de verdad haya algo que realmente valga la pena. Necesito tiempo y me habéis concedido muy poco. Necesito tiempo, quiero más tiempo.

- Hay un proverbio chino que dice "no puedes empezar el pozo cuando te llega la sed". La abundancia es relativa, Josué. Sintámonos como un desahuciado se sentiría con lo que tienes. Si el objetivo es la felicidad, la felicidad depende de la unidad de medida.

- Si hubiera futuro... Todos quieren salvar el mundo a costa de los intereses de los demás, pero no de los propios...

- ¿Quieres un consejo, Josué? Retírate cuando vas ganando.

- ¿Ganando? Créeme Gabriela, debo aún cruzar el puente del éxito. No lo entiendes, no es justo, debo todavía proteger lo que estoy construyendo, es frágil, yo lo soy, lo sabes, me cuesta continuar.

- No hay que confundir la justicia con la invulnerabilidad. Ninguna ley nos hará invulnerables. Cualquiera está capacitado para herir al prójimo, del mismo modo que todos los seres humanos están capacitados para sanar al prójimo. Tú puedes sanar a tantos...

- Debo crear valor, todavía no hay suficiente valor.

- Josué, las cosas tienen el valor que tú les das, únicamente el valor que tú les das. Sabes bien que hasta lo material es un conjunto de vacíos. Nada es más importante que tu relación con los demás y, por supuesto, contigo mismo.

- Sí, sé lo que quieres decir con eso, no hablaba de un valor de mercado, sé que el valor es subjetivo, pero aún así necesito más tiempo, debo poner mis cualidades al cien por cien al servicio del proyecto, no puedo distraerme ahora, debo hacerlo crecer, al precio que sea; se me acaba el tiempo.

- Sigues pensando en dinero mientras yo no lo hago. Déjame decirte algo "un hombre necesita una cierta cantidad de dinero para vivir, el resto del dinero solo sirve para presumir"

- ¿Me estás llamando presumido? ¿Qué frase es esa?

- La frase no es mía, es de la madre de Forrest Gump –deja ir sin que una sonrisa acompañe su humor-. Dinero, cualidades, poderes... todo sobra, todo puede ser dado, porque lo importante no es lo que das, sino el acto mismo de dar. Recuerdas cuando te dije...

- Tú piensas que soy un pobre que va de nuevo rico. No lo creo, no soy así, pero es peor tu caso, porque un pobre que quiere parecer rico demuestra ambición, mientras que una niña rica que va de progresista y de rebelde es una hipócrita.

- Las etiquetas son gratis, Josué. Si realmente quieres conocer a alguien, dale poder –responde, penetrándome los ojos con los suyos-.
- El poder no te lo dan, te lo tomas tú, lo sabes bien, Gabriela.
- Y todo poder es al fin destruido por otro poder mayor, Josué – responde, quedándose en silencio y mirándome en la letanía desde una decepción profunda-.
- ¡Oh, vamos Gabriela! Eso no es justo, lo sabes. No merezco ese tipo de crítica. No me ha cambiado el dinero o el poder. Si he cambiado, si algo es distinto en mí, lo habéis cambiado vosotros.
- No te crítico, nunca lo he hecho. Eres tú el que te criticas. De hecho, cuando empezaste el programa, la autocrítica ocupaba la mayor parte de tus pensamientos. Sabemos por los test y los biocampos que eso ha ido cambiando, ha cambiado bastante, pero aún debemos mejorar, sigues haciéndolo, sigues criticándote, vas a hacerlo, lo sabes.
- No estoy en contra de la autocrítica –respondo con cierta indolencia-. Es en realidad la mejor de las críticas. Duele menos e impulsa los cambios serenamente. Las decisiones son complejas en este punto, Gabriela. Complejas. Tengo un plan, pero…
- Josué, ante la disyuntiva, hay que tomar siempre la decisión que vaya a provocar más alegría y felicidad a tu alrededor, y dentro de ti. Nada te hará más feliz que seguir ese principio en todo lo que hagas. ¿Recuerdas cuando te decía que la mayor iluminación se obtiene al preguntarle al prójimo "En qué puedo ayudarte"?
- ¿Y cuál es la medida? ¿Cómo medimos las acciones? ¿Qué se entiende por súper cualidades revertidas en beneficio de la comunidad? ¿Qué provoca alegría?
- ¿Qué medida aplicarías a otro que no fueras *vos*?
- ¿Por qué me preguntas eso?
- La vara de medir que utilizamos para medir a los demás nos define a nosotros mismos. Dime qué esperarías de los demás y eso esperaremos de ti.
- Hay mucha gente millonaria, multimillonaria en el mundo que jamás harán nada por nadie que no sea ellos mismos ¿Debería ser esa la medida, el punto de partida?
- *Seguís* hablando de dinero… –dice con cara de resignación, y después prosigue frunciendo el ceño- Josué, "El dinero cae en algunos hombres así como una moneda cae por una cloaca". Es una cita de Séneca. Como puedes comprobar el debate viene de antaño. Estoy segura de que tú no quieres tomar a esa gente a la que te estás refiriendo como una referencia, como tu punto de partida.

- Nada hace pensar que lo que yo haga vaya a tener resultados positivos. Mírame, me vas conociendo, nada de lo que he hecho en la vida ha llegado a ser realmente bueno. He fracasado una y otra vez, cada cosa que he hecho ha sido para huir, huir constantemente, de mí, de mis actos, de mi vida. Me da miedo no ser capaz ni de ser generoso sin fastidiarle la vida a la gente. No me veo capaz de ser útil. Mis súper cualidades, dices ¿Y si cada una de mis acciones hace aún más desgraciada a la gente? ¿Valdría entonces la pena? ¿No sería mejor estarme quieto y dejar en todo caso que la Comunidad pida de mí lo que necesite? No bromeo, Gabriela. Realmente… Sí, te lo confieso, realmente tengo pánico a hacer daño, más daño. No hice nada realmente bueno en mi vida. Todo llegará a su fin, y lo mejor sería irme con poco ruido, sin molestar a nadie. En silencio.

- Eres responsable de cómo tomas las decisiones, no de los resultados de las mismas.

- Es fácil de decir…

- Si vos no revertís tus súper cualidades haces buena la posición de los gobiernos, de aquellos gobiernos que no quieren que los ciudadanos desarrollen sus súper cualidades. Debes elegir quién eres. Una vez me dijiste que te *"gustaría parecerte a la persona que quieres ser"*. Dime ¿Estás siendo fiel a ti mismo?

- ¿Y qué ocurre con toda esa gente que acumula riqueza, poder, cualidades extraordinarias?

- La acumulación de riqueza es una patología. Muestran, como en el caso de los psicópatas, una ausencia total de empatía. Una cosa es vivir holgadamente y con cierto disfrute de bienes, y otra es acumular riquezas que no se van a utilizar nunca. La gente que acumula bienes y derechos que no va a poder utilizar en una vida, tiene el mismo síndrome patológico que los que sufren el síndrome de Diógenes. Son enfermos a los cuales su poder les ha construido un anillo de inmunidad que impide que sean tratados clínicamente, cuando eso es lo que debería suceder. Pero ciertamente están enfermos. Son profundos infelices, viven en la competencia absoluta, cada hora, cada minuto de su vida. No pueden disfrutar de nada pues saben que todo lo han pagado, incluidos los amigos, la pareja, nada, absolutamente nada de las cosas que les podría hacer felices les ha sido dada en su conciencia íntima. El amor, la amistad, los hijos, el hogar… todo se convierte en una mercancía. Hasta las risas son posturas. Los triunfos son sólo metas volantes y siempre, siempre les falta el aire. ¿No crees que es una barbaridad estar sobre explotando los recursos de la Tierra y al mismo tiempo tener millones de recursos inmovilizados en manos de unos pocos que se niegan, de manera enfermiza, a ponerlos al servicio de una sociedad mejor?

- ¿Cuál es la medida de la riqueza, Gabriela?

-       Si me dejas citar de nuevo a Séneca diría "primeramente lo que es necesario. Después lo que es suficiente". Todo lo demás, sobra. Sobra para ti, pero no para los demás y la única manera de salvarte es luchar por salvar a otros. Trabaja por hacer felices a los demás. Eso no puedes comprarlo, pero puede llegar a ti, puede ser tú.

-       Josué...

-       ¿Sí? –respondo levantando mi rostro hacia ella-.

-       Deberías construir cosas hermosas por si un día has de mirar atrás.

Fuera, más allá de los ventanales, apenas queda una pincelada de luz. Frente a mí la silueta de Gabriela es sólo una penumbra. No veo sus ojos, no veo su boca... tan sólo su perfume, que parece lejos, lejano en el fondo de la sala. No se oye nada. Finalmente se levanta, oigo sus pasos, sus tacones marcándome el camino hacia ella. Yo siento la nausea que se apodera de nuevo de mí.

-       Vamos con el biomcampo ¿Te parece? –dice mientras avanza hacia la puerta. Confío en que encienda las luces pues apenas puedo distinguir las formas. No lo hace, continua avanzando por el pasillo a oscuras hasta el despacho del alemán. Y en ese momento percibo que habito una oscuridad más profunda que la que hay en mis ojos-.

-       Sí, vamos... –respondo sin mucho convencimiento mientras la sigo a tientas, temeroso de tropezar con la botella de agua que está en algún lugar a mis pies, y hacerla rodar por el suelo-.

-       Por cierto ¿*Sabés* algo del Dr. Shulze? ¿Se ha puesto en contacto contigo? –me pregunta mientras avanza el picoteo de sus tacones por el pasillo-.

-       ¿El alemán? ¿Por qué iba a contactarme a mí?

-       Bueno, no sé. Llevamos un par de días sin noticias de él. Es extraño porque el Dr. Shculze es y ha sido siempre muy prolijo en todo, nunca llega ni un segundo tarde a sus citas y por más que lo hemos intentado no hemos conseguido contactar con él, ni tener noticias de su paradero.

-       Ya, pero ¿Por qué a mí? ¿Por qué iba a contactarme a mí?

-       ¿No es cierto que una vez salieron juntos a almorzar? Fue aquella vez en la que después el Dr. Schulze se sintió indispuesto por la tarde –pregunta, mirándome a los ojos, mientras toma asiento en la mesa del alemán, con el resplandor de la pantalla del ordenador reflejada en la cara, dejándome petrificado en el umbral de la puerta-.

-       No. No ha contactado conmigo, Gabriela ¿Crees que le ha pasado algo?

-       ¿Algo serio, *querés* decir?

-       Sí, algo grave...

\-      No, no lo creo –dice después de unos segundos, exhibiendo una de sus ladeadas sonrisas y tomando mi mano para ponerla sobre el escáner del biocampo-.

## LXIV – Ahora sé quién soy

Saliendo del Palau de les Heures, descendiendo por la pronta noche de diciembre, por la sinuosa carretera que atraviesa los jardines de Mundet y escoltado por los familiares ojos de *Pereza*, vibra en mi teléfono móvil un whatsap de Sophie.

-   *Josué ¿Has vuelto?*
-   *Sí, ayer.*
-   *Dijiste que me avisarías.*
-   *Sí, disculpa. He estado ocupado.*
-   *¿Hasta para enviar un Whatsap?*
-   *Sí.*
-   *Por qué?*
-   *Te vendré a ver esta noche, Sophie. Iré a tu casa. Ahora no puedo. Te avisaré.*
-   *Sí, por favor, dime algo cuanto antes. Espero tus noticias.*
-   *Lo haré*
-   *Bisous*

El dolor en la parte superior del vientre ya no se aleja de mí. Me pertenece, soy su dueño como él me quiere a mí. Es yo mismo. Tiene la positiva cualidad de mantenerme concentrado siempre y en todo momento en el *aquí y ahora*. El dolor perpetuo no te permite pensar en el ayer ni en el mañana. No haces planes, no te importa de dónde vienes, sólo importan él y tú. *El dolor es una pregunta que reclama una respuesta.* La respuesta, ahora lo sé, es *aquí y ahora*. Ser uno, tomar conciencia de cada parte de ti, de cada célula y poner todo ello, siempre, continuamente, en el instante, el instante presente, el único válido, para que el tiempo irreal no te esclavice. El dolor insondable y perpetuo es a su vez un relato vital, un horror sin miedo, una letanía perdurable. Deseo saber más pero ya no queda mucho tiempo y hay mucho por hacer.

Decido tomar un taxi, me cuesta mucho caminar, me arrastro penosamente. *Pereza* observa y escruta mi pusilánime respuesta, y una vez el coche arranca, la veo trotar segura de sí misma por una calle paralela hasta que, entre las sombras, la pierdo de vista.

Veo las luces de neón pasar ligeras en el reflejo superior de la ventanilla del coche. Todos los números del taxímetro marcan el número uno, todo el rato, no se mueven. No lo entiendo. Me mantengo en silencio. El conductor también, pero en su caso la indiferencia repica a sentencia. Sophie me duele como yo a ella. Respiro profundamente e intento disolverme. Cierro los ojos. Unos minutos después me decido a llamarla.

- Hola.
- Hola Josué. ¿Cómo estás? Armand me preguntó por ti ayer -responde con dulzura-.
- Eh…. Sophie, no iré a verte esta noche.
- ¿No? ¿Por qué?
- Sophie…
- ¿Sí? –inquiere entre sollozos-.
- Me muero. Me muero, Sophie.
- ¿Pero qué dices, Josué? ¿Cómo puedes decirme algo así? —exclama-.
- Debía durar algo más. Entre uno y tres años dijeron. Pero creo que un año es demasiado tiempo para mí. Es el final. Ahora lo sé. Ahora ya lo sabes tú.
- ¿Pero…? Josué, veámonos, ahora. ¿Te mueres? ¿Por qué? ¿Qué ha pasado? Josué…
- Debo irme. Debo colgar. Ya hablaremos. Cuídate.
- No, no cuelgues, no puedes hacerme eso, Josué.
- Estoy entrando en la consulta del doctor. Ahora no puedo hablar.
- ¿Dónde? ¿Dónde estás? Voy a verte ahora, dime ¿Dónde estás?
- Ahora no Sophie. Ya hablaremos.
- Josué, por favor…
- Te llamaré. Aún hay tiempo para eso. Hablaremos. Adiós Sophie.

Instantes después estoy sentado frente a la mesa del Dr. Vinyals. Soy el último paciente al que atenderá hoy y ha sido él quien expresamente ha querido que así sea. Estoy solo esperando que el doctor entre en el despacho una vez acabe de departir sus últimos asuntos con la recepcionista de la consulta. No me balanceo sobre la silla de eskay negro. Estoy inmóvil, sereno, aunque una profunda sombra se inscribe en mi cara desde hace algunos días. Hay una lámpara de pie en el rincón donde antes había el rincón de los juguetes que proyecta una luz amarillenta sobre el suelo. Hay otra lámpara antigua sobre la mesa de Vinyals. El resto está a oscuras, rincones oscuros que se proyectan desde mis pies en todas las direcciones. Las cortinas están descorridas, pero no hay luz, ni luna y el débil destello de las luces en las viviendas que quedan en frente, al otro lado de la calle, es lo único que parece vivo en este momento.

Sobre su mesa hay, además de un bolígrafo metálico sobre un bloc de notas que está en el centro, una agenda y un aparato telefónico a un lado. Concentro mi atención en el bolígrafo. Me propongo no pestañear. Me desafío. Me esfuerzo por diferenciar y *reconocer* todas y cada una de las moléculas que forman el bolígrafo. Si puedo descomponerlo a él, podré hacer lo mismo conmigo y liberar el murmuro. Afino mi conciencia y detecto el vacío que hay entre cada una de ellas. No quiero alterar su forma, quiero mover *todo* el bolígrafo desde donde está, encima del bloc de notas, hasta el rincón derecho, al frente de la mesa. Cuento las moléculas, veo como tintinean. Percibo su frecuencia. En ese momento sé que puedo crear un fragmento de vacio entre ellas y las moléculas que *son* yo. Transmitirles mi propia frecuencia. Lo intento, lo consigo. Todas vibran conmigo. Hago por desplazarlas. No se mueven. Vuelvo a intentarlo. No lo consigo. Me desanimo. Tomo aire. Afino mi conciencia, más, un poco más allá del infinito, aprehendiendo la no materia que queda entre cada una de las partículas que lo componen. La materia oscura que las une separándolas entre sí. Las noto más intensamente, las cuento, las poseo y yo les pertenezco igualmente. Lo intento de nuevo, procuro su desplazamiento. No se mueven, apenas me responden. Son yo en la vibración pero no en la voluntad. Me agoto. Sucumbo. Renuncio. Parpadeo y me estremezco al sentir un aire frio subir por mi espalda. En ese instante se abre la puerta y entra el doctor Vinyals, cabizbajo, como de costumbre, con sus manos en los bolsillos, una gruesa chaqueta de lana beige sobre la camisa blanca y pantalones de vestir oscuros, tal y como es él, incoloro, pero extrañamente sólido. A través de la puerta entreabierta observo a la recepcionista de pie, al lado de su mesa, revisando el interior de su bolso con el abrigo sobre el antebrazo izquierdo. Me mira de soslayo. Intento devolverle una sonrisa. Ella me ignora y continúa su búsqueda en uno de esos insondables agujeros negros que cargan al hombro algunas mujeres.

- Buenas tardes, Josué —musita casi inaudiblemente-.
- Buenas tardes, doctor.

Rodea la mesa, toma asiento en su butaca y sin levantar la cabeza se pone a ordenar la mesa que a mí ya me parecía sumamente ordenada. Observo como su mano derecha toma el bolígrafo que reposaba sobre el bloc de notas y lo sitúa exactamente enfrente, en el rincón derecho de la mesa. Por un momento observo la precisa posición de mi deseo. Vinyals, mientras tanto, pasa enérgicamente páginas del bloc de notas ajeno al último y más revelador de sus gestos. Me pregunto si ha habido una resonancia mórfica entre Vinyals y yo, o sencillamente, una *memoria* fuera de tiempo que ha acabado moviendo el bolígrafo al lugar elegido. En otro tiempo hubiera creído que era no más que una casualidad, pero eso ya no es posible.

-       ¿Cómo se encuentra hoy? —pregunta mirándome con cierta gravedad-.

-       He tenido días mejores.

-       En verdad no tiene usted muy buen aspecto. Ha perdido usted bastante peso ¿Verdad? Tiene las facciones muy marcadas, ahuecadas diría yo. —dice volviendo su mirada sobre las notas apuntadas a mano con una letra pulcra y ordenada-.

-       Es un truco para ligar más —respondo tratando de imitar una de las sonrisas de Gabriela. Vinyals levanta la mirada circunspecto, con los labios apretados, y se queda observándome fijamente por varios segundos, con los codos apoyados sobre la mesa. Tras un largo silencio, se retira las gafas de la cara, descansa su espalda en el respaldo de la silla e inspira por la nariz sin separar sus ojos de los míos-.

-       He estado hablando con su oncólogo —dice finalmente-.

-       Aja… hace tiempo que no le veo ¿Cómo está? Salúdelo de mi parte si vuelve a verlo, por favor —respondo con cierta indolencia-.

-       Su cáncer fue detectado en una etapa temprana. Su caso es de los pocos que tenía posibilidades de conseguir una curación si hubiese usted aceptado seguir el tratamiento con quimioterapia como le recomendaron ¿Por qué no lo hizo? ¿Viene a verme a mí pero no acude al hospital a procurar su sanación? ¿Qué pretende?

-       ¿Pretender? Precisamente lo que he hecho es renunciar a pretender nada. A día de hoy incluso pienso que podría haberme curado yo mismo. Podría haberme sanado sobreponiendo la consciencia transcendente a la mente y reequilibrando las estructuras internas. No lo hice, no quería, no hacía falta, o no supe. Lo único que deseaba era tener bajo control el dolor, y hasta hace bien poco lo he estado consiguiendo. Ahora está aquí para quedarse, es la señal que me avisa de que la función está llegando a su fin.

-       Es usted un hombre vital, con proyectos, joven… ¿Por qué renunciar?

-       Eso es exactamente lo que yo me pregunté. Por qué renunciar a la oportunidad de una vida intensa, finita, emocionante, por qué hipotecar el presente, tan valioso, tan mío, por una salvación futura, incierta y mortecina.

-       ¿Mortecina? ¿No es acaso su existencia mortecina en este momento? Perdone la crudeza de mis palabras —dice seguidamente y ladeando ligeramente la cabeza, sintiéndose evidentemente avergonzado-.

- Nunca he estado más vivo en toda mi vida que en los últimos nueve meses, doctor. Me dijeron que tenía una esperanza de vida de uno a tres años. Fíjese, sólo los últimos nueve meses han dado valor a mis cuarenta años anteriores. Saber que era el final ha sido el mejor de los estímulos, un detonante de vida y energía.

- ¿Y qué va a hacer ahora? ¿Se rinde? Aún tiene la oportunidad, tome esos nueve meses y proyéctelos hacia adelante, haga el tratamiento, dese una oportunidad. El cielo no ayuda a quien no quiere obrar.

- No soy el de ayer. Ahora sé quién soy, quiénes somos, qué somos. Ahora necesito hacer el camino, he de conocer cosas que no consigo averiguar desde aquí, quiero saber. El poder es Ser, sin ambición, sin renuncia, sin discutir el papel asignado. Ahora no puedo más que emprender el camino. Todo lo contrario sería incrementar el dolor, negar la respuesta, mantener la duda.

- ¿Entregarse a una muerte segura sin luchar? Es usted muy joven, entiendo lo que quiere decir, pero esa oportunidad de la que habla, seguirá presente y disponible en el futuro. Cuando llegue su momento. Esta no debería ser su hora, no ha de ser el final. Dese cuenta de cuánto puede conseguir, de cuánto ha conseguido en apenas unos meses, imagínese lo que podría hacer con unos cuantos años más por delante.

- Quiero volver al Todo de una manera consciente. Sé que Soy el Todo como todos nosotros lo somos, pero quiero estar liberado de la obligación de la vida, retornar al origen.

- ¿Y si no hay ese "todo" que usted describe? ¿Y si no hay un retorno consciente a algo? ¿Y si no hay nada? ¿Y si no hay nada más que aquello que podemos ver? Discúlpeme, ya sé que me dirá que es una cuestión de fe, pero desde mi agnosticismo no puedo proponerle otra cosa.

- No, no es una cuestión de fe. Nunca le hablaría de fe, doctor. Es una cuestión de ciencia, del mismo modo que no veo la fuerza de la gravedad, pero creo en ella. Es también una cuestión filosófica. Si no existe el Todo, entonces, qué función tiene ser una especie parasitaria en un planeta finito, en un organismo al borde del colapso debido a nuestra propia codicia, una codicia autodestructiva, estigia y abominable. Ya le dije una vez, doctor, que si la vida no era más que un estado de la mente, la vida era absurda en sí misma.

Vinyals se queda en silencio en la oscuridad del respaldo de su butaca. La luz apenas da para iluminar su mentón y el blanco cuello de su camisa. No puedo verle el rostro, aunque el pequeño fulgor de sus ojos se adivina en la oscuridad como el brillo del azabache.

- Tenía usted un proyecto. No me refiero a la empresa, me refiero a un proyecto mucho más complejo aún, ambicioso. "Vivir fuera del tiempo" dijo usted ¿No es así? ¿Qué ocurre con ese objetivo? ¿Abandona, también? –y diciendo esto se pone las gafas de nuevo, echa su cuerpo hacia adelante apareciendo en el haz de luz, y apoyando solemnemente los codos sobre la mesa. Se queda mirándome fija y penetrantemente a los ojos, esperando mi respuesta-.

- ¿Abandonar? No. No lo he hecho. He estado fuera del tiempo al menos en tres ocasiones. Una lluviosa noche mientras volvía a casa. Y al menos dos más en mi último viaje, en las carreteras de Estados Unidos.

- ¿Y? ¿En qué consistió, cómo lo hizo?

- No lo sé. En todas las veces el espejo se agrietó. Esto me permitió pasar al otro lado y que el otro lado estuviera en mí, pero no lo controlo. No sé hacerlo plenamente ni conservo mi conciencia íntegra cuando estoy al otro lado. O mejor dicho, no conservo la conciencia planamente cuando transito de un lugar a otro, es como si cada vez que traspasara las grietas se produjera un *reset* de mi memoria, como si se agotara el eco de mis recuerdos inmediatos. Yo soy allí y aquí, pero mis recuerdos, no. Quizás la inminencia de la muerte nos facilita esos canales, esas grietas. Si llego a averiguarlo, buscaré la manera de hacérselo saber.

- ¿Pasar al otro lado? –inquiere abriendo los ojos- ¿Cómo? Dígame cómo.

- Cuando entiendes que incluso lo físico es únicamente fragmentos de vacío unidos entre sí, debido al equilibrio que se da entre la energía gravitatoria de las partículas y la energía de la antimateria, unificando su vibración, uno entiende que la conciencia es lo único real, lo único que está allí y aquí, pero, de algún modo que aún no logro comprender, al traspasar la línea de regreso esa suerte de borrado de la memoria actúa, del mismo modo que actuaría al reencarnarnos de una vida a la otra, aunque tuve señales claras y constatables de que estuve ahí, al otro lado, fuera del tiempo. En realidad, el tiempo me fue ajeno durante algunos minutos, no fue en mí.

- ¿Y cómo sabe que sus experiencias son reales? ¿Cómo sabe que no es más que el dolor agudo que siente que nubla su entendimiento? Desde un punto de vista clínico, que comprenderá que es lo que me veo obligado a defender, lo que usted me explica no es más que procesos de inconsciencia debidos a los fuertes dolores que sufre en su vientre, que afectan su entendimiento, su percepción de la realidad. Lo más probable es que no sean más que delirios, sueños…

- Doctor, yo ya no sueño sin saber que estoy soñando.

## LXV – Todo lo demás tiene Solución

-       ¿Te encuentras bien, Josué? –pregunta Pedro escudriñando la piel de mi cara-.

-       Sí, perfectamente. Adelante, por favor, haznos un resumen.

-       Ok. Tal y como nos adelantaste, los Steinway de Chicago, junto con dos familias más, ya han transferidos los fondos para asegurar su participación como los socios estadounidenses de *Express* App.

-       ¿Han enviado los contratos firmados?

-       Sí, así es –responde Pedro- ¿Los tienes tú, Juan?

-       No. Ya no. Los revisé pero el archivo de todas las copias lo lleva directamente Mercedes.

-       Ten. Es el modelo de siempre –dice Mercedes estirando el brazo, mirándome con cierta inquietud-.

-       Sí, lo sé. Únicamente quiero comprobar los apellidos de las otras dos familias ¿Lo han firmado conjuntamente?

-       Sí, hay dos firmas más, efectivamente. Me imagino que tú los conocerás –responde Mercedes-.

Echo una ojeada rápida al documento y con cierto regocijo observo que junto a la firma de Steinway está la firma familiar de los Kossak.

-       ¿Son los que imaginabas?  inquiere Juan, el abogado de la empresa, que está especialmente circunspecto hoy. Juan no suele venir a nuestro despacho, pero esta mañana lo he convocado a primera hora junto con Mercedes y Pedro para exponerles mis planes-.

-       Los Kossak… pensaba que finalmente no participarían, pero compruebo que recapacitaron.

-       ¿Por qué pensabas que no lo harían?

-       Me dieron una sonora paliza jugando a pádel…

-       ¿Y…?

- Es largo de explicar. Otro día Juan —respondo con cierta desgana-. ¿Cómo va el despliegue de la aplicación en Europa, Pedro?

- Pues de eso quería hablarte, yo creo que el ritmo es el adecuado, apenas llevamos unas semanas con la aplicación en algunos mercados, las métricas de respuesta por operaciones son muy buenas, sin embargo, parece como si en Europa tuviéramos un motín, creo que Londres tiene algo que ver en ello, porque el argumentario que utilizan tanto Rosetti en Italia, como el grupo de la Sra. Bocuse, en Lyon, es el mismo que replica una y otra vez Baumberg y, sobretodo el que parece su chico de la ropa sucia, Mr. Aaronovitch, que cada vez que llama se despacha conmigo como si estuviéramos incumpliendo reiteradamente algún contrato. Sinceramente, no vamos mal, no se puede ir más rápido. El ratio de descarga de aplicaciones en los móviles de mensajeros y clientes es realmente bueno, pero nada parece satisfacerles. Te apuesto lo que quieras a que, en menos de dos semanas, Steinway ya está repitiendo las mismas quejas que los demás, ya se ocupará Baumberg de que así sea, dos semanas, no tardarán mucho más.

- Bien, no te alteres, Pedro —le digo intentando calmar sus ánimos- por eso estamos aquí y por eso está Juan. Ya te hablé de ello en su momento, Pedro. Vamos a sacar al grupo a bolsa.

- ¿No es muy pronto, Josué? —pregunta Pedro-.

- En verdad que sí parece un poco prematuro —interviene Juan-. Es más habitual esperar a tener flujos más consolidados de facturación. Que el proyecto esté más maduro.

- Sé lo que queréis decir, pero debéis creerme, si queremos convertir *Express* app en lo que realmente puede llegar a ser, salir al mercado bursátil es el camino. Debemos además conseguirlo en tres meses.

- ¿En tres meses? —exclama Juan, lo que es acompañado por una cara de sorpresa y pánico al mismo tiempo por parte de Mercedes y Pedro-.

- Confiad, incluso tres meses son mucho tiempo… ahora —se me escapa la última palabra de la boca y se hace un enorme silencio en la sala. Pasados unos largos segundos finalmente habla Pedro-.

- ¿Estás bien, Josué? ¿Te encuentras bien?

- Estoy bien, ya te lo he dicho. Hemos de conjurar las amenazas que está urdiendo Baumberg. Hay que actuar ahora, después será tarde. Convoca a todos los socios; a Rosetti, a los Steinway, a la Sra. Bocuse, a Dolek de Turquía y a Baumberg y a Aaronovitch por supuesto, y a todos los demás, para de aquí a dos semanas. En ese tiempo hemos de tener listo el plan de acción junto con la documentación que debe respaldar nuestra estrategia y que les entregaremos en la misma reunión. Funcionará.

- Josué…
- Dime Mercedes.
- En dos semanas es Navidad —responde abriendo exageradamente los ojos y apretando los labios-.
- ¿Navidad? Ah, claro…. Está bien. Convócalos por favor para de aquí a cuatro semanas.
- Sí, cuatro semanas, como tú digas, Josué —responde Mercedes tomando notas sobre una libreta que sostiene sobre sus piernas cruzadas-.
- Pedro, por favor, aprovechemos estas dos semanas al máximo. Empieza a preparar toda la documentación económica y financiera.
- Sí, ahora mismo me pongo —dice asiendo el pomo de la puerta-. No te vayas Juan sin hablar conmigo, por favor —dice mientras abandona mi despacho- he de consultarte varias cosas sobre los aspectos legales de una salida a bolsa. No tengo mucha experiencia al respecto, la verdad.

En el interior se quedan Mercedes y Juan, mirándome interrogativamente y sin decir palabra.

- ¿Qué? —digo yo al fin-.
- Sophie ha estado llamando desde ayer por la noche. Varias veces. Estaba bastante intranquila, muy intranquila diría yo. Preguntaba por ti, si habías llamado al despacho, si tenías otro móvil al que te pudiera llamar…
- Sin darme cuenta he tenido el teléfono en silencio desde ayer. Disculpa las molestias que te haya podido causar. Hablaré después con ella.
- Josué… me preguntó que qué te pasaba. Quién era tu médico, que si yo te había visto, que cómo te había visto… y la verdad ahora que te observo no es que pueda decir que hagas muy buena cara —dice ruborizándose y entornando los párpados- Me asusté yo también. Llamé a Juan para preguntarle si él sabía algo, pero no, tampoco.
- Josué —continua Juan- ya nos ha quedado claro en esta reunión que no te sobra el tiempo Quizás haya algo que deberías contarnos ¿No es así?
- Está todo bien, Juan. Mercedes, puedes estar tranquila. Es la postura de los socios europeos la que me preocupa, como a Pedro.
- Josué, tampoco creo que Pedro le haya pasado por alto tu aspecto —interviene Mercedes en un ahogo de voz-.
- Mercedes… Mercedes, gracias. Pongámonos a trabajar, por favor. Ahora llamaré a Sophie. No te preocupes.
- Sí, Josué… eh… sí —dice levantándose finalmente y saliendo del despacho. Al hacerlo, Juan se dirige hasta la puerta y la cierra detrás de ella. Se acerca hasta mí y pone su mano derecha sobre mi hombro-.

- ¿Josué, hay algo que deba saber? ¿Debo hacerme alguna prueba?

- Juan, no tengo Sida, puedes estar tranquilo, ni nada contagioso –le respondo en un tono afable–.

- Pero es algo grave ¿verdad?

- La vida es algo grave, Juan. Todo lo demás tiene solución.

- ¿Estás seguro, Josué, de que estás viendo las cosas tal y como realmente son?

- ¿Puede eso saberse, Juan? ¿Sabes acaso lo que es real y lo que no?

- Quiero pensar que sí.

- Quieres… la sugestión es muy poderosa, efectivamente. No tiene límites.

- No te dejes entonces llevar por ella.

- La sugestión puede ser colectiva, Juan, estar a la vez en muchas mentes, pero eso no la hace verdadera. Del mismo modo que una cadena es tan fuerte como el más débil de sus eslabones, así somos nosotros, tan sólidos como la más débil de nuestras convicciones.

Después de dar las últimas instrucciones al equipo salgo del despacho. *Pereza* está ahí, sentada, como siempre, esperando sin esperar nada, como todos los animales, intensa en el presente. También lo estaba ayer por la noche, cuando salí de la consulta del Dr. Vinyals. Supongo que recordaba la dirección de la primera vez que nos vimos. *Pereza*, junto a los dos hombres que me siguen y que ya puedo verlos a mi espalda en el reflejo de los cristales de los coches aparcados que voy dejando atrás, se han convertido en una especie de séquito que me sigue allá donde vaya. Por su parte, *Pereza* tiene el buen gusto de vestir siempre su bonito pelaje color canela. Sin embargo, el asmático orondo y el enjuto con sombra de barba permanente, tienen un enconado mal criterio para elegir su indumentaria. El mofletudo de mejillas azuladas lleva hoy una chaqueta de chándal, de estampados y reflectantes tonos, con unos pantalones de pana marrón y mocasines. El otro viste una americana de franela que le viene pequeña y apenas puede ajustarla en la cintura, la cual acompaña con unos desgastados y holgados jeans, y un par de zapatillas deportivas multicolor. En cualquier caso ya sé quiénes son y por qué están aquí. He dado en llamarles *Los tipos feos*.

Miro al cielo, luce un sol cristalino y el aire es frío y saludable, como un narcótico sedante que renueva los tejidos. Paso la mano por la cabeza de *Pereza* y la acaricio. Ella entorna los ojos agradecida y mueve la cola. Me flaquean a ratos las piernas y el dolor quiere ser presencia en mi lugar, pero a pesar de ello decido que voy a seguir caminando. Nada tiene que temer el que todo lo da.

## LXVI – Gracias a ti

He quedado con Sophie para comer en un restaurante del centro. Una vez vi en una película que era una buena idea si lo que pretendías era evitar una escena después de comunicar alguna noticia que no iba a ser bienvenida. Invitar a comer en un lugar público era una forma de asegurarse de que, debido al concurrido entorno, al menos se guardarían las formas. He escogido un restaurante de comida china de la calle Muntaner. Su atmosfera es habitualmente tranquila y siempre acostumbra a tener un buen número de personas ocupando el local.

En la acera de enfrente, Sophie baja del taxi con el semblante serio y movimientos rápidos. Yo la espero en la puerta del restaurante. Enseguida busca interrogativamente mis ojos con los suyos. Tiene el ceño fruncido, el semblante adusto y camina hacia mí enérgicamente sobre unos tacones de aguja que deben dolerle al suelo. Su melena rubia refleja ondulante los rayos del sol. Viste un vestido azul oscuro, y en el brazo sostiene un abrigo negro. Se cuadra delante de mí y escudriña mi cara detenidamente. Sus pestañas tintinean y se humedecen sus ojos. Sus labios pincelados de rojo carmín están fuertemente apretados.

- Hola Sophie.
- Ho…. No tengo ningunas ganas de comer, Josué. No tengo apetito, quiero que hablemos. ¡Ahora! —exclama en un tono solemne-.
- Hola Sophie —vuelvo a decir-.
- Hola… -responde intentando serenarse-.
- ¿Entramos? Tengo mesa reservada. El lugar te gustará – digo mientras abro la puerta del restaurante y le cedo el paso-.
- *Bueno dia* —dice recibiéndonos en la entrada una mujer anciana de origen chino -.
- Buenos días —respondemos Sophie y yo-.
- *Yo gualdo abligo* —dice en un rudimentario español, con un fuerte acento chino y estirando el brazo para tomar el abrigo de Sophie-.
- No, no es necesario. Gracias —responde Sophie-.

- *A ti* –dice la anciana-.
- Tenemos mesa reservada. Para dos.
- *Si, pol aquí, pol favol.*

Nos conduce hasta una pequeña mesa que queda cerca del gran ventanal que da a la calle. En el local hay menos gente de la que yo esperaba. Apenas una pareja de ejecutivos a un par de metros de nuestra mesa, un grupo de tres mujeres charlan animadamente en una mesa redonda cerca de la barra, y una madre con un adolescente, que parece ser su hijo, guardan silencio en una mesa al fondo del local.

- *¿Aquí, gusta?* –pregunta la anciana-.
- Sí, gracias.
- *A ti* –vuelve a responder con su peculiar acento-.

Tomamos asiento. No deja de mirarme con un gran signo de interrogación en el rostro.

- No tienes buen aspecto.
- Tú sin embargo estás maravillosa.
- Bien, ya estamos aquí. ¿Quieres ahora, por favor…?
- *Aquí menú* –interrumpe la anciana entregándonos una carta del restaurante a cada uno-.
- Gracias –responde levantando la vista un tanto desconcertada-.
- *A ti* –responde la anciana asintiendo con la cabeza y apretando los parpados felinamente-.
- Me gustaría Josué…
- *¿Bebida?* –vuelve a preguntar, amablemente-.
- Agua para mí –respondo- ¿Quieres tú tomar un poco de vino, Sophie?
- ¿Eh? No, agua, agua está bien…
- *Calta vino es última página* –dice la anciana mientras empieza a manipular la carta que aún está en manos de Sophie, pasando atropelladamente las páginas..
- Agua, agua para los dos, gracias. No quiero vino, gracias -aclara Sophie, moviendo el dedo negativamente en el aire y esforzándose para ser entendida-.
- *A ti* –vuelve a responder mientras se retira-.
- Tengo cáncer, Sophie. Cáncer de páncreas.

Se queda unos segundos mirándome, inmóvil.

- Entiendo… Cáncer… -balbucea mientas aprieta las palmas de sus manos fuertemente contra el mantel-.

- Sí. Así es. Lo siento. Lo siento por ti.
- No, no… No hay que disculparse ¿Por qué? No es culpa de nadie. Dime… ¿Qué hay que hacer? ¿Cómo se cura ese cáncer?
- No tiene cura, Sophie, no voy a curarme.

Su rostro se torna transparente cuando su espalda se tensa como un arco. Sus labios se aprietan de nuevo y puedo ver la sombra de sus carrillos ahuecarse bajo sus pálidas mejillas.

- *¿Quielen agua flia?*
- No, por favor. Natural estará bien. Gracias –respondo-.
- *A ti.* –vibra la mujer como el repiqueo de una pequeña campana- *¿Ya saben que van a tomal?* –añade-
- Eh…. yo solo tomaré arroz blanco.
- *¿Y señola?* –pregunta a una Sophie que está enmudecida-.
- Pues…. –intervengo- creo que te gustaría el menú número seis ¿Te parece, Sophie?
- Eh… Sí, vale, sí… –acaba respondiendo, pálida y desconcertada, mientras al unísono le entregamos las cartas del menú a la anciana-
- *Glacias*
- Gracias –respondemos Sophie y yo-.
- *A ti.* –responde como un tintineo musical-.
- ¿Por eso has estado en Estados Unidos? ¿Has visitado algún médico allí? ¿Te han hecho pruebas? ¿Qué dicen? –inquiere intentando artificiosamente serenarse-.
- No, no… conozco bien el pronóstico de un cáncer de páncreas. No necesitaba una segunda opinión. No me he hecho más pruebas ¿Para qué? No…
- ¿Y cuando te lo han dicho? ¿A qué médico has ido? ¿Por qué no me avisaste para que te acompañara al hospital? Hay más médicos, necesitamos una segunda opinión, Josué…
- *Alos blanco… usted, y pala usted ensalada y lollito plimavera* –interrumpe la anciana, mientras deja los platos sobre la mesa y se lleva las manos al pecho- *Que disfluten…* -acaba diciendo-.
- Gracias –responde con cierta tensión Sophie-.
- *A ti.* –musita sonriente la anciana
- No podía avisarte, Sophie. Entonces no. Fue hace varios meses, exactamente el siete de marzo cuando me informaron del resultado de las pruebas. No estábamos juntos, entonces ¿Recuerdas? Hay fechas que uno recuerda bien porque…

- ¿El siete de marzo? –interpela tensando la boca y clavándome la mirada- ¿El siete de marzo? Josué…. ¿Cuándo pensabas decírmelo? ¿El siete de marzo? ¡Estamos en diciembre! –insiste arrugando el mantel entre sus puños-.

- *Chop suey … salsa aglidulce pala usted señola* -dice la anciana depositando un nuevo plato alrededor de la mesa-.

- Gracias –le respondo, asintiendo con la cabeza, mientras de soslayo observo a Sophie que aún sigue amenazando mi integridad física con sus ojos -.

- *A ti* –responde mecánicamente la enjuta y sonriente anciana-.

- Josué…

- Sophie, no hubiera querido decírtelo nunca…

- No estamos hablando de eso, Josué, no hablamos de si hubieras querido o no, hablamos de…

- *Telnela con salsa de almendlas pala la señola* –vuelve la anciana, mientras remueve los platos sobre la mesa para hacer sitio al nuevo guiso que trae sosteniendo con la otra mano. Sophie la mira indignada, con los ojos inyectados, se contiene esforzadamente y finalmente suelta un acentuado "Gracias"-.

- *A ti* – murmura cándidamente la anciana-.

- Sophie, ya sé lo que quieres decirme...

- No, Josué, no tienes ni idea, si… -inspira compulsivamente- …creo que no sabes nada de mí, de lo que siento… –responde atropelladamente y a punto de sollozar- Josué, no se puede construir una relación empezando con mentiras…

- Sophie, yo no te he mentido. Además, eso no es cierto, todas las relaciones se construyen sobre mentiras.

- ¿Sobre mentiras? ¿Qué quieres decir?

- Todo el mundo miente, Sophie, todos los días, habitualmente, cotidianamente, son pequeñas mentiras, otras veces son mentiras más grandes, pero todo el mundo miente, es un acto reflejo de la mente. Y puesto que todo el mundo lo hace, inevitablemente todas las relaciones humanas, especialmente las de pareja, cuando empiezan, tienen cierta dosis de falsedades, medias verdades y alguna mentira. Todas se forjan y crecen sobre una lámina de incerteza.

- Josué –interrumpe- llevamos juntos más de medio año y en todo ese tiempo…

- Ahí reside la magia…

- ¿Magia? ¿Qué hay de mágico en un cáncer?

- *¿Quiele pan gambas o pan chino?* –pregunta la anciana, que parece estar al mismo tiempo en todos los rincones del restaurante-.

- Chino, pan chino estará bien, gracias –le respondo rápidamente y con un ademán con el fin de sacárnosla de encima-.

- *A ti.*
- Lo que quería decir es que la magia es ir desvelando las mentiras y aún así seguir junto a esa persona porque descubres que las verdades que has ido descubriendo en ella son más importantes…
- … más de medio año juntos –interrumpe- ¿No se te ha ocurrido pensar…
- *¿Quiele salsa soja?*
- Argssshh…. –estalla Sophie llevándose las manos a los cabellos y apretando fuertemente los parpados. Se levanta repentinamente, agarra enfurecida su abrigo del respaldo de la silla y se queda mirándome totalmente fuera de sí-.
- *¿No gusta salsa soja?* –pregunta inocentemente la anciana -.
- ¡*Va te faire foutre*! –espeta Sophie en la cara de la mujer con gran estruendo y captando todas las miradas alrededor-.
- *A ti* –responde con una cándida sonrisa en los labios la anciana, entrelazando las manos frente al pecho y ladeando ligeramente la cabeza, mientras Sophie la bordea dirigiéndose a grandes pasos hacia la puerta del local -.

Veo salir a Sophie a la calle, gira a la derecha y pasa delante del escaparate justo enfrente de nuestra mesa. Me ve por el perfil de la mirada cuando cruza delante de mi reflejo en el vidrio. Puedo ver el estupor en sus ojos.

Los hombres gustan de las palabras y a las mujeres les gustan los hechos. El problema es que las mujeres no escuchan y los hombres no ven.

Dejo sobre la mesa dinero suficiente para pagar la cuenta y me levanto con cierta dificultad. Al verla pasar a través del cristal no he podido evitar un escalofrío recordando la ocasión en que por vez primera tomamos algo juntos, acompañados por Armand, en el bar de Blasa, y la vi marcharse a través del cristal mientras el sol dibujaba su silueta. Hoy estaba aún más hermosa que aquel día. Entonces la deseaba y anhelaba su atención y me podía la desesperanza de reconocerla inalcanzable. Hoy estoy irremediablemente enamorado de ella, de todo lo que es, de todo lo que toca, de todo lo que dice. La amo de un modo imposible, tan intensamente que se me encoge el alma. De un modo que me aterroriza. Sería más fácil renunciar al corazón que a ella y sin embargo…. Sí, la amo y me gustaría, definitivamente, merecerla, aún cuando sé que eso no es posible.

- Adiós, gracias –musito al salir por la puerta del restaurante-.
- *A ti* –oigo a mi espalda que responde risueña la anciana-.

Me dirijo enfrente, cruzando la calle, y me detengo en la esquina. *Yo no te he mentido Sophie*, murmuro para mis adentros, sencillamente esperaba el momento inminente, siempre inminente, en que te dieras cuenta de que yo no valía la pena y me abandonaras. Jamás pensé que seguirías a mí lado, a pesar de mí. Sólo soy culpable de ser yo.

—Bueno- me digo al fin -las cosas no han salido exactamente como había planeado-.

Pongo mi atención en el cielo. Hoy está extrañamente nítido y azulado. Miro después mis pies y compruebo que a mi derecha ya se encuentra sentada *Pereza* que todo me perdona. Desde el otro lado de la calle observo a varias personas entrar en el restaurante, y a la mujer acompañada del adolescente salir y empezar a caminar calle arriba. Un instante después veo a Sophie volver sobre sus pasos y entrar de nuevo en el local, engullida por la oscuridad. Giro sobre mis pies y empiezo el camino a casa, al mismo tiempo que desconecto mi teléfono móvil.

Debemos estar solos.

## LXVII – El Silencio de los Niños


Ya es navidad, qué gran suplicio. Las navidades son siempre un error recurrente.

El dolor profundo insiste en ser él en mi lugar. Me niego y eso duele más. Sé que debo rendirme, renunciar y abro mis manos para dejar ir, lentamente, todo lo que retengo, todo lo que quiero, inútilmente, conservar.

Mi apartamento sigue en ese adorable desorden que concibieron genialmente los tipos de la mudanza. Estoy en el balcón, inspirando un aire salado que sube de la playa de Icaria, siete pisos por debajo. El día permanece claro y el horizonte se distingue con claridad desde esta altura. Un reflejo en el mar se posa en mis ojos. Súbitamente me viene la idea a la cabeza. Entro y con desesperación empiezo a remover en las cajas de libros y otros trastos. Saco algunos ejemplares; novelas, libros de historia, filosofía y revistas que dejo por el suelo.

Detengo por un momento mi atención sobre algunos de los libros que han quedado desperdigados a mi alrededor, cubiertos de polvo y olvido. Lo malo de leer buenos libros es que se acaban, pienso con cierta nostalgia.

En otra caja descubro unas cazuelas, más allá sábanas arrugadas y probablemente sucias (mejor no averiguarlo ahora)... -Tiene que estar por aquí- me digo una y otra vez, mientras continuo como un poseso abriendo las cajas que aún sin desprecintar se reparten entre mi habitación y el salón como hongos explosivos en estado latente. Meto la mano por los rincones del cartón, frenéticamente, palpando en el fondo, buscando la forma; aquí no, allá tampoco... Nuevos montículos de libros van siendo plantados aquí y allá. - Tiene que estar, tiene que estar...- ¡Por fin! Finalmente encuentro la forma, la extraigo, la elevo sobre mi cabeza, la observo en su negrura reluciente. Es un cartucho negro y redondo, el envase oscuro con tapa gris de un carrete de fotos. Con el pulgar separo la tapa y miro el interior para verificar el contenido ¡Sí! Ahí está, un par de cogollos de marihuana y dos papeles de fumar arrugados. Todo prensado en el interior, seco y sorprendentemente, desprendiendo aún su peculiar aroma. Un aroma que inevitablemente me huele a Zacarías. Así debe ser. Este blíster lo dejó él en mi casa hace ya varios años. "Por si algún día lo necesitaba o cambiaba de opinión" me dijo. Qué oportuno me pareces ahora, Zacas. Qué clarividencia la tuya.

Si mal no recuerdo, la última vez que fumé marihuana hacía el primer curso de la carrera de filología en la universidad. De eso hace ya una veintena de años. Creo que la marihuana influyó más de lo que yo quería admitir en que abandonara mis estudios. La marihuana me permitía ver lo absurdo de mi tiempo allí. Espero que ahora combata conmigo la incesante nausea.

Con más habilidad de la que hubiera imaginado lio un cigarro más que aceptable. La coordinación de mis lados izquierdo y derecho sigue mejorando. Me aplomo en el sofá mirando hacia el cielo protector. Enciendo el cigarro y doy las primeras bocanadas.

El silencio permanece intacto.

Las navidades para mí tienen sobre todo el color de Narbonne. Las Navidades que más recuerdo son las que pasaba allí con mi madre, dos o tres años después de la muerte de mi padre. Mi madre recuperaba la vitalidad durante aquellas semanas. El resto del año se caracterizaba por su pertinaz pereza para hacer cualquier cosa. Todo le parecía un esfuerzo vacuo.

De Narbone recuerdo las luces de colores engalanando los árboles que jalonan el canal, reflejando sus destellos en el agua, las celebraciones en los barcos atracados y la mezcla de olores en las calles del centro. Los puestos del mercado al aire libre, las luces recorriendo todos los perfiles y la gente paseando arriba y abajo, confiados y ajenos al frio… Y ruido, mucho ruido, aunque entonces no me molestaba tanto, como ahora, que ha empezado a vaciarse de mi cabeza.

Años más tarde conocería a Zacas …Zacas en Navidades… Eso me trae a la memoria una historia que me confió un fin de semana de diciembre que pasamos juntos en Céret. Zacarías tuvo que cumplir el servicio militar. En verdad no se me ocurre persona más ajena a todo lo militar que él mismo. En las fotografías que una vez me mostrara se le veía con la vestimenta habitual pero, como de costumbre, varias tallas por encima de la que le convenía. El resultado era que parecía un soldado que hubiera sido medio abducido, o se hubiera deshidratado, reduciendo su tamaño más allá de lo humanamente posible. Lo cierto es que para Zacarías la disciplina no era en sí un problema. Su natural disposición a aceptar todo como parte de su destino y su risueña actitud con todo el mundo, no le impedían ni mucho menos recibir órdenes y, dentro de sus posibilidades y de su singular ritmo para hacer las cosas, obedecerlas cumplidamente. Su verdadera desazón no era otra que la prohibición expresa de consumir y poseer marihuana que regia en los cuarteles, lo cual se significaba para él como el mayor de los castigos y la peor de las injusticias. Para él esto era incomprensible. Desde su punto de vista, él veía que cumplía con todas sus obligaciones, y entonces se preguntaba por qué no podía al final del día fumarse su cigarro habitual. ¿Acaso no acababan todos los mandos a las siete de la tarde en el bar de oficiales y se bebían todos los licores y alguna cosa más? La cuestión es que al final, en un registro rutinario, a finales del mes de noviembre, descubrieron en su taquilla marihuana suficiente como para consumir durante al menos un mes entero todo el pelotón, y en consecuencia, lo  sancionaron prohibiéndole salir del cuartel durante tres meses, lo que incluía, además de las navidades, todas las tardes y los fines de semana hasta final de febrero, amén de la pertinente confiscación del alijo, destino del cual nunca le dieron noticia. Por supuesto, Zacas se las arregló rápidamente para que algunos compañeros fueran trayéndole de fuentes extra muros cuanto necesitaba para ir *tirando*. A partir de ese momento guardó su marihuana debajo de la taquilla del Sargento que dormía en la habitación anexa a su barracón. Durante cierto tiempo le pareció un sitio seguro, hasta que descubrió que los recursos allí escondidos disminuían más rápido de lo que Zacas los consumía. Los enrojecidos ojos del sargento al caer la tarde fueron reveladores desde entonces.

Aquellas fueron las primeras navidades que Zacarías pasara fuera de casa de sus padres, pero lo que de verdad le podía era el enclaustramiento célibe que le torturaba día y noche. Especialmente de noche. Durante aquel periodo tuvo que lidiar con varias guardias nocturnas, haciendo de centinela muchas noches en unas garitas que él describía como zulos malolientes cuya única virtud era que, lindando con las calles adyacentes al cuartel, puesto que las garitas se erigían sobre las esquinas del amurallamiento, sus aberturas, a modo de aspilleras, le permitían ver la calle que hacía de frontera con el cuartel y con ella se abría el mundo exterior, y con el mundo exterior otros seres humanos, seres humanos distintos de los que se podían encontrar en los barracones, seres humanos que olían a perfume de mujer, vestían como mujeres y, aunque la vista no era excepcional y solo se adivinaban sombras, y no se tenía ángulo de visión sobre lo que caminara por debajo de la prominente torreta, todo hacía suponer que eran mujeres. Y aquello era una novedad, aquello era miel, aquello podía ser, dentro de lo sórdido del apestoso y grafiteado cubículo, el paraíso. Sí, por unos instantes cualquier lugar puede serlo si tu consciencia renuncia a los juicios, si te rindes, si aceptas. Si te observas, si observas tu libertad interna, para únicamente *Ser*

Tomo dos nuevas bocanadas profundas y con ellas, a pesar del recuerdo, el recuerdo es ahora, aquí y ahora. La tarde se desvanece ahí fuera. Por el ventanal abierto entra un aire frío, conmovedor, instantáneo…

Zacas…. Nos retorcíamos de la risa cuando me explicaba que, en su desesperación, en las largas noches de guardia solitaria, dejaba el fusil apoyado en la pared, se aflojaba el cinturón y se masturbaba en el puesto de vigilancia afinando el oído, primero para asegurarse que no se acercara el relevo, luego para escuchar tacones de mujer repiqueteando calle abajo, pasos prestos pasando por debajo de la garita donde, con un poco de suerte, se viviría el momento cumbre si por fortuna un embriagador perfume llegaba a ascender hasta sus narices. Entonces él era ese perfume por unos instantes y su imaginación hacía lo propio y su naturaleza el resto. Él necesitaba el olor del perfume femenino para viajar a sus pasiones. A mí el olor de la marihuana me trae su presencia. La música y el sentido del olfato son los dos grandes apóstoles de los recuerdos. Cuando menos te lo esperas, inesperadamente, pueden llevarte a cualquier momento de tu vida.

A menudo aquellos episodios me parecieron intrascendentes, infantiles, pero ahora me hacen pensar en una frase que Zacarías repetía a menudo; él decía que *todos somos niños antiguos*. Seguimos jugando mientras nos reparten cartas, lidiamos con el naipe oscuro, y vamos mano tras mano hasta que nos echan de la partida.

Sigo fumando. Hago acopio de un equilibrio escaso y salgo al balcón. De pie, me apoyo en la barandilla y miro hacia abajo, al hormiguero. La presencia profunda ha emergido a la piel y el aire frio la disuelve.

Con la marihuana me resulta más fácil conectar con el *Ahora*. Probablemente no tengo más conexiones que cuando no estoy bajos sus efectos, pero sí ocurre que soy más consciente de esas conexiones, las vivo mucho más intensamente.

La sedosa textura invisible del humo  me devuelve al presente, me ayuda a estar en el ahora, con lo que yo soy, y lo que no. Percibiéndolo todo con los sentidos interiores. La línea del sueño de la conciencia es el camino para huir del tiempo. No puedes ser libre en el futuro, sólo ahora.

Miro de nuevo el vacío, allá abajo, lejano pero accesible. Calculo la caída de un cuerpo, cayendo a plomo desde el balcón, atraído por la Tierra. La Tierra contra una vida, la fuerza de la gravedad como excusa, el encuentro de dos formas de conciencia que impactan. Me pregunto si la Tierra es una suerte de Dios, el único Dios, el Todo, el Uno, donde todo nace y a donde Todo regresa. Y como viene se va, pues ya ningún pensamiento es importante.

El viento arrecia. Dejo que se cuele por entre mi cabello y atraviese las costillas. Me hace bien. Regreso a mí. Volver es siempre una acertada equivocación.

Entro de nuevo. Veo las sombras de los libros que he vaciado desordenadamente y he desperdigado por el suelo. Escucho. El silencio permanece intacto. El silencio de un niño antiguo. Ahí, donde no existe nada, pero todo es posible.

## LXVIII – La Serpiente y el Águila

Llevo una semana preparando esta reunión. He puesto en marcha instrucciones nocturnas, he gobernado mi mente, he educado mi cuerpo, mis gestos. Las sesiones de meditación profunda me han ocupado gran parte del día. Veinte minutos dos veces al día no me parecía suficiente. He estado meditando durante horas. Días enteros y algunas noches también. He conectado con mi inteligencia profunda, más allá de la mente. He renovado toda el agua de mi cuerpo aportando vibraciones nuevas, frecuencias que voy a necesitar, frecuencias poderosas. Por las encimeras han quedado docenas de botellas de agua vacías etiquetadas. He trabajado mis súper cualidades con el único fin de vencer hoy. Enfrente están algunos de los hombres y mujeres de negocios más hábiles y capaces que existen. Apenas hace un año, en modo alguno, podría haber imaginado verlos reunidos en mi despacho. Probablemente muchos de ellos han desarrollado también, consciente o inconscientemente, súper cualidades, y ellos van a usarlas en su beneficio, sin duda.

Baumberg se ha hecho acompañar de Aaronovitch. A su derecha está sobre su silla eléctrica Mr. Steinway con su cabeza plateada y expresión circunspecta. La Sra. Bocuse, con sus mejores galas, su pelo impecablemente recogido en un moño y su *savoir faire,* se sienta en el extremo de la larga mesa. A sus cerca de cuarenta y largos años es una mujer aún atractiva y ella lo sabe. El joven Rossetti, con su escaso pelo rapado al cero y su ropa de corte italiano y vivos colores, manipula compulsivamente su teléfono mientras se sienta cerca de Bocuse, fingiendo una exagerada sonrisa. El señor Dolek, venido directamente desde Ankara, se ha sentado separado de todos los demás. Viste, como me tiene acostumbrado, bastante informal, con una larga chaqueta de lana tejida y unos pantalones jeans, anchos en exceso e irreverentemente caídos, creando un curioso contraste con el exquisito rigor de Mr. Steinway y el afrancesado *prêt-à-porter* de Mme. Bocuse. Los socios de India, Alemania y Chequia no han podido adaptar sus agendas pero han confiado su voto a Baumberg. A mi derecha está Juan, sereno y risueño como de costumbre. Pedro, sentado a mi izquierda y visiblemente incómodo, remueve papeles intentado memorizar sus notas.

Como es natural, todos parpadean de vez en cuando, excepto Baumberg, y yo. Todos se esfuerzan por adoptar una postura relajada y distendida, salvo Baumberg, que mantiene las manos sobre el reposadero de la butaca, la espalda y el cuello erguidos y su mirada en mi alma. No cruza las piernas, nunca lo hace, y sus pies siempre descansan paralelos y con las rodillas dobladas y equidistantes a noventa grados. Si respira, no es perceptible. Su rostro permanece impasible y ausente, e indudablemente está capturando la voluntad de los demás para hacerla suya y reforzar su posición. Tan solo Dolek y yo parecemos percibir sus intenciones. Los demás, sin notarlo, ya le han cedido el protagonismo y el juicio.

- Gracias a todos por venir. Barcelona, como siempre, se honra de su presencia. Enero no es precisamente nuestro mes más cálido, pero confío en que encuentren ustedes su estancia agradable.
- Gracias Josué —contesta Steinway- Creo que hablo en nombre de todos cuando digo que visitar Barcelona es siempre una excelente excusa para tener una reunión de negocios.

Ríen todos a la vez. En el caso de Baumberg no es más que una extraña mueca en el lado derecho de su boca.

- Pero dinos, Josué —continúa Steinway- ¿Va todo como debería ir? ¿Te encuentras bien, por cierto? Te noto algo cansado, disculpa que te lo diga.
- Estamos trabajando mucho. Es lógico que nos cansemos, pero tenemos mucha ilusión, el proyecto está creciendo a un ritmo…

Aaronovitch levanta la mano frente a mí.

- Nos gustaría hablar precisamente del ritmo de implantación, ya que nos ha convocado tan amablemente. En el caso de Reino Unido…
- Vamos a hablar de ello Mr. Aaronovitch, … –le interrumpo poniendo un tono grave de voz acompañado de una sonrisa- Vamos a hablar de ello y de las enormes oportunidades que se nos presentan.
- ¿Grandes oportunidades? –pregunta Rossetti-
- Sí, así es. Nuestro crecimiento puede recibir un importante impulso…
- ¿Cómo podemos hablar de crecimiento si aún está pendiente la implantación completa de la aplicación en muchos mercados? ¿No deberíamos hablar ahora de dicha implantación? Nos gustaría hablar también de los costes que está teniendo para nosotros que se produzcan retrasos –interrumpe de nuevo Aaronovitch-.
- Coincido con que sería apropiado hablar del ritmo de implantación. Ya que estamos aquí todos, una buena coordinación entre nosotros sería deseable –apunta la Sra. Bocuse-.

- Nuestro mercado, el norteamericano, junto con el Indio –interviene Steinway- es más grande que cualquier otro territorio en los que ya está operando *Express App*. Si hay retrasos en el despliegue en los demás mercados nos gustaría conocer los detalles, así como las medidas que van adoptarse para solucionar dichos inconvenientes.

- No hay tales retrasos –corta Pedro, con cierto nerviosismo en la voz- ocurre únicamente que el mercado británico tiene una estructura de empresas de transporte más heterogénea y dispar que otros mercados, pero en líneas generales…

- En el calendario para Italia también hay retrasos –interrumpe Rossetti en un inglés con un fuerte acento italiano- ¿A qué se deben? Apenas hay presencia en Roma de la aplicación, por ejemplo.

- El calendario que acordamos para Italia –responde Juan- recogía un doble plan. Recuerde que diseñamos un programa para la zona norte, el primero que debía ser implantado…

- Y que está de acuerdo a lo pactado –añade Pedro, con cierto alivio-.

- … y un calendario para el sur del país que no debía empezar hasta este mes de enero, a pesar de que ya hemos hecho avances desde el mes de noviembre. Roma, como usted recordará –le dice a un Rossetti que ya está de nuevo manipulando su teléfono- forma parte de lo que definimos como territorio sur de Italia.

- ¿Está la estructura de la central, aquí en Barcelona, preparada para acometer planes de implantación simultáneamente en tantos territorios a la vez? –pregunta Mme. Bocuse- Tal y como dice Mr. Steinway, ahora debemos sumar nuevos territorios, el norteamericano y el Indio, más grandes que todos los demás juntos.

- El nuestro es un "negocio de internet" no una estructura clásica empresarial. –respondo, llevando mi vista desde Bocuse hasta Baumberg-. Es la aplicación y las plataformas que lo soportan las que deben estar convenientemente dimensionadas. Hemos hecho todas las pruebas de estrés necesarias, y las métricas demuestran que el sistema está preparado para crecer siempre y cuando…

- Háblenos de esas oportunidades a las que se refería al principio – inquiere Dolek-. Imagino que nos ha convocado para eso, y no para contarnos que todo va según lo previsto ¿Me equivoco?

Dolek consigue hacer el silencio en la sala. Baumberg ha dejado de mirarme por unos segundos y ha clavado sus acerados ojos en él. Rossetti ha levantado su atención del teléfono, la ha puesto en Dolek y después se ha quedado expectante esperando mi respuesta. Bocuse, que desde el principio no ha disimulado la incomodidad que le provoca el aire *grunge* de Dolek, ha dejado por un momento su indolencia aparcada para mostrar un sincero interés por sus últimas palabras. Steinway dibuja una de sus cordiales y blanqueadas sonrisas mientras se acaricia la barbilla. Aaronovitch toma notas sobre un bloc que le muestra disimuladamente a Baumberg. Juan y Pedro me miran esperando una respuesta.

- Señores…, madame Bocuse, debemos completar la implantación de la aplicación en todos los mercados y debemos seguir expandiéndola a mercados nuevos, especialmente a los asiáticos. Y todo ello debemos hacerlo a la mayor brevedad para evitar ceder ante la competencia que ya está diseñando plataformas móviles para competir directamente con la nuestra. Los acuerdos con las compañías de transporte están funcionando bien. El número de profesionales independientes que prestan servicios a través de la aplicación no para de crecer. Y el número de usuarios-clientes de la aplicación se dispara cada vez más rápidamente en cada mercado. Pero, sí, tienen razón, el tiempo juega en nuestra contra. Si no reaccionamos con celeridad podemos morir de éxito. Tendremos el mejor negocio, el mejor implantado, pero lento y débil frente a nuestros competidores. Es preciso un golpe de efecto que nos impulse, que potencie las oportunidades.

Dolek ladea su cabeza y cambia su apoyo de un brazo al otro. Mme. Bocuse tiene su atención puesta en mi boca, lo siento así. Rossetti ha guardado su teléfono móvil en la chaqueta, mientras Baumberg y su socio se remueven en la silla.

- Adelante, cuéntenos cuál es su plan. Como usted sabe yo debo informar a mis socios norteamericanos de cualquier novedad que se esté planificando.
- Necesitamos financiación, y necesitamos tamaño.
- ¿Más financiación? ¡Imposible! —exclama Baumberg- Hemos pagado una suma muy elevada por los derechos en Reino Unido. Una suma que se ha embolsado la matriz de Barcelona. Si es necesaria más financiación debe aportarla la matriz, nuestro grupo no lo hará.
- Tampoco nosotros —dice presto Rossetti, mientras Bocuse niega con la cabeza-.

Steinway está expectante y mira de reojo a su par turco que se mira absorto las uñas de la mano izquierda.

- ¿Y qué tenías pensado? —pregunta al fin Dolek, haciendo el silencio de nuevo-
- Vamos a salir a bolsa. Vamos a salir a bolsa en forma de holding.

- ¿Bolsa? –inquiere Steinway con cierta alarma en la cara-
- ¡Eso es absurdo! –continúa Aaronovitch, mientras su socio se muestra sereno y circunspecto, sin dejar de observarme-.
- ¿No le parece un poco precipitado? –sigue Mme. Bocuse-.

Dolek no acaba de decir nada pero se aprecia en su rostro que la propuesta no acaba de convencerle. Lo mismo ocurre con Rossetti, que guarda silencio pero asiente con la cabeza a las objeciones de los demás. Baumberg, sin parpadear, me mira en silencio mientras un ligero tintineo se aprecia en su ojo derecho, lo que me hace pensar que su cabeza está haciendo cábalas a gran velocidad.

- Es una locura –interviene de nuevo Aaronovitch- La situación de la empresa es aún embrionaria. Salir ahora a bolsa sería desperdiciar el recorrido de valor de las acciones en un futuro. Además, no es serio considerando que todavía las estructuras están en fase de pruebas y muchas de ellas aún pendiente de desplegar. En Estados Unidos ni se ha empezado y nosotros en Reino Unido no estamos aún al cien por cien.
- ¿No conviene con nosotros, amigo Josué –continua Steinway- que sería más apropiado esperar al menos hasta los resultados anuales de finales del año que viene? ¿Qué vamos a ofrecerles a los mercados si no?

Sé que me conviene guardar silencio mientras no hayan hablado todos. Dolek y Baumberg siguen esperando su turno. Pedro hace un amago de tomar la palabra para responder algunas de las cuestiones que plantean Aaronovitch y Steinway, y rápidamente pongo una mano sobre su hombro para impedírselo. Baumberg percibe claramente mi gesto. Sabe que estoy esperando todas las réplicas. Mi silencio inquieta a Bocuse, Rossetti y Steinway que empiezan a formular preguntas retóricas.

- ¿Qué sentido tendría? ¿Cuál sería la ventaja? –pregunta Bocuse-
- Sí ¿En qué nos beneficia? –prosigue Rossetti-.
- En Estados Unidos no hemos empezado a operar, no se conoce la marca ¿Quién va a comprar acciones de una empresa desconocida?
- …

Finalmente Dolek se echa hacia adelante y mirando hacia sus pies, pregunta;

- Doy por hecho que la matriz, como en el caso de Turquía, tiene el cincuenta y uno por ciento de todas las demás franquicias nacionales ¿Cierto?
- Sí, así es –responde Juan-. Hemos aplicado siempre el mismo criterio en cada mercado.
- ¿Qué participación sería la que sacaríais al mercado?

-      El cien por cien –responde cortante, a sabiendas del impacto que van a tener sus palabras-

-      ¿El cien por cien de todas las participadas? –pregunta Dolek abriendo teatralmente los ojos mientras los demás contienen la respiración-

Juan me mira antes de responder pidiendo mi aprobación. Asiento con la cabeza.

-      El cien por cien de las participaciones y el cien por cien de la matriz.

Después de un microsegundo donde todos los corazones de la sala han dejado de latir, las reacciones inmediatamente después son de auténtico estupor. Rossetti se levanta de la mesa y yéndose a un rincón se pone a llamar por teléfono (previsiblemente a sus socios para darles la noticia, imagino). Steinway tiene un tono pálido en el rostro y me interroga con la mirada. Bocuse y Aaronovitch se turnan en sus exclamaciones.

-      ¿Qué significa esto? ¿Nos abandona cuando ya hemos hecho las inversiones? –exclama Aaronovitch-

-      Creo que no ha pensado usted seriamente esta propuesta –continua Mme Bocuse- ¿Qué mensaje le estaríamos dando a los mercados? ¿Que el fundador de *Express app* abandona el barco en plena expansión? El precio de la acción de desplomará ¿Es que no lo entiende?

-      ¿Tenía usted esto en mente antes de visitarnos en Estados Unidos? ¿Se da cuenta de que esto cambia las condiciones de partida radicalmente? –inquiere Steinway-.

-      Considerando que usted no quisiera continuar al frente del proyecto o no pudiera hacerlo por cuestiones, no sé… usted ya me entiende –interviene Dolek, dejando entrever que quizás razones personales estén detrás de la propuesta- se me ocurren otras fórmulas de impulsar el proyecto y continuar con nuestros planes sin precipitarnos en una salida a bolsa que probablemente acabará siendo un fracaso ¿No le parece? En cualquier caso, coincidirá conmigo en que es necesario encontrar una solución de consenso.

-      Efectivamente amigo Dolek, no puedo sacar el holding a bolsa si no cuento con el apoyo de todos ustedes, si eso es lo quiere decir. Si la salida a bolsa no está respaldada por todos los inversores ésta no puede llevarse a cabo.

La pregunta de Dolek me obliga a dar un paso al frente. Confío en que ahora que les he otorgado la importancia que necesitaban les sea reconocida, Baumberg por fin, hable. Durante unos segundos nadie dice nada. Juan remueve sus papeles con la intención de intervenir. Le miro y le sugiero con la mirada que se mantenga en silencio. Rossetti acaba su llamada y vuelve a la mesa. El silencio sigue. En ese momento miro directamente a Baumberg. El responde a mi mirada, como si siempre hubiera estado ahí. El silencio inunda toda la sala, nadie se mueve. Las miradas se quedan petrificadas, nadie quiere moverse, nadie quiere decir, nadie quiere hablar. Sigue el silencio. Rossetti carraspea involuntariamente. Vuelve el silencio. Baumberg me mira. Steinway, que también me estaba mirando, vuelve lentamente su mirada hacia Baumberg. Consigo que también lo haga Dolek. Enseguida le sigue Bocuse. Sigue el silencio. He hecho converger todas las miradas sobre Baumberg. El se mantiene impertérrito. El silencio sigue. Se oye el sonido del pulgar de Pedro deslizarse por el extremo de uno de los folios que sostiene en la mano. El silencio sigue. El brillo de los ojos de Baumberg va desapareciendo. Aaronovitch aprieta los labios mientras lentamente vuelve su mirada hacia su socio. El silencio sigue. La atmosfera parece prohibida, letal, nadie se mueve como si tocar el aire fuera nocivo, peligroso. El silencio sigue.

- ¡Y bien! –Exclama al fin Baumberg- ¿Cuál es la propuesta que nos hace?

Miro a Juan y con un ligero movimiento de cabeza lo emplazo a exponer las condiciones.

- El lanzamiento se hará a principios de abril, justo de aquí a tres meses. Se ofrecerá el cien por cien de la matriz pero, con matices. Ustedes tendrán una opción de compra sobre el cincuenta y uno por ciento de la misma, más una opción de compra sobre el dos por ciento de la franquicia de cada país. De este modo, el grupo accionariado que ustedes representan controlará, si así lo desean, el capital del holding y además se asegurarán cada uno tener el cincuenta y uno por ciento de cada uno de los mercados nacionales que controlan. La operación se "venderá" –continua Juan mirando expresamente a Mme. Bocuse- no como el abandono del fundador, sino como la toma de control de los socios capitalistas. Una operación donde importantes familias y firmas de capital de todo el globo toman el control de la primera y más importante aplicación móvil de transporte del mundo. El precio de la opción de compra que ustedes disfrutarán será en todos los casos de un diez por ciento por debajo del precio que alcance la acción el día después de su lanzamiento. Junto al lanzamiento de las acciones de la matriz que ahora controla Josué, se hará una ampliación de capital del quince por ciento de éste para captar la financiación necesaria. De tal suerte, ustedes podrán o acudir a la ampliación a coste cero, o transmitir sus derechos de suscripción y beneficiarse de ello.

- Por supuesto –intervengo relevando a Juan- la operación sólo tiene sentido si ustedes coinciden con nosotros en que el proyecto está maduro para salir al mercado bursátil y así contribuyen a transmitirlo a los medios de información económicos y a las autoridades de supervisión.

Durante cerca de un minuto se hace un aparente silencio en la sala, pero prestando atención puede oírse el sonido de sus cabezas cavilando números y porcentajes.

-       Sí... -balbucea al fin Aaronovitch, mientras una sonrisa maliciosa se dibuja en el rostro de su socio- Si, el proyecto en muchos sentidos puede considerarse maduro. No queda tanto por hacer ¿Tres meses, dice?

-       En Francia es verdad que el despliegue está yendo bien –interviene Bocuse-.

-       ¿Tres meses? –continua Rossetti- sí, supongo que en tres meses podemos hacer una campaña de relaciones públicas más que suficiente para captar la atención del mercado –dice esbozando una sonrisa y hablando en círculo en dirección a todos a su alrededor -.

Steinway observa a sus socios mientras se frota la barbilla. Baumberg no puede disimular una leve sonrisa que se le escapa por la comisura de los labios. Dolek, por su parte, continua escéptico pero al mismo tiempo resignado al ver que los demás inversores empiezan a comulgar con la idea. Juan se mantiene alerta y con sus apuntes listos para responder cualquier duda. Pedro respira aliviado y se permite esbozar una leve sonrisa entre sus acaloradas y sonrojadas mejillas. En ese momento Pedro se gira hacia mí y murmurando dice;

-       ¿Empobrecimiento traslativo? ¿El "proyecto" ya no es la empresa, sino la posibilidad de que se revaloricen las acciones? ¿Cierto?

Asiento levemente y Pedro me responde con una mueca de resignación. El resto de la mañana lo pasamos todos reunidos, judíos, protestantes, católicos y musulmanes, discutiendo los detalles del plan, e inmersos en una atmosfera de camaradería. Parecemos buenos amigos, como la serpiente y el águila.

# LXIX – El Miedo


Ordenando mis ideas en mi diario deambular a pie por las calles que me guía la tierra, he terminado mis pasos en la plaza Sant Jaume. Quería cruzarla sin más, pero la multitud concentrada no me permite llegar hasta la Via Laietana como pretendía. Se congregan allí media docena de collas castelleras, además del público habitual y varias cohortes de turistas que aún no pueden creerse la suerte que han tenido de coincidir con el evento y poderlo presenciar personalmente, desde la base, que es de donde hay que mirarse las cosas de los hombres. Todos los castellers van uniformados con pantalones blancos y agrupados de acuerdo al diferente color de la camisa y el pañuelo que identifica cada una de las collas. La vista se emborracha y es difícil concentrarse en nada en concreto. El receso me conviene. Desde el mediodía el dolor sube desde mi vientre hasta el camino de la yugular y golpea mi mente. Apoyo la espalda sobre la pared que cierra la plaza por el sur, haciendo esquina con la calle Ferrán. El día es frio y gris. A veces el cielo oscurece aún más y caen unas finas gotas heladas. Lleva así todo el día, pero eso no ha desanimado a los castellers ni al público. Lo cierto es que diciembre no es tiempo de castells, pero imagino debe ser hoy algún día señalado y se están haciendo un homenaje.

Observo frente a mí como una de las collas intenta subir un castell en el centro de la plaza. Se oye el sonido estridente de las grallas rebotar entre las paredes del ayuntamiento y el edificio de la Generalitat. Con una organización sorprendentemente eficaz y en un silencio sepulcral, sólo roto por la estridencia de las grallas que consigue erizar la piel y alertar los sentidos, una mole de fornidos hombres empieza a formar una suerte de base compuesta por brazos y hombros que, como si fueran una tela de araña, sirve para que vayan recogiendo sus cabezas e inclinando sus espaldas en círculo, como si de una pirámide humana se tratara. En el centro de esta piña de brazos en forma radial, se sitúan los que me parecen los hombres más robustos, auténticos hombres dobles, chatos, con el cuello hundido entre los hombros y el semblante tenso. Algunos muerden entre las comisuras de sus labios el cuello de la camisa. Anuncian dolor y sufrimiento en su mirada. Éstos empiezan a entrelazar sus brazos y otros hombres más menudos se ponen bajo sus hombros y de algún modo los apuntalan. No soy un experto en castells pero sé que van a soportar un peso enorme. Todo sucede después rápidamente. Sobre éstos se sitúan otros hombres y alrededor de todos ellos empiezan a anudarse brazos extendidos que sujetan sus nalgas y los riñones de todos los que van formando la base del castell. Sobre la piña acaba formándose, como una suerte de lava ardiente que asciende sobre sí misma, el *folre*. No acabo de distinguir con claridad la técnica que utilizan pero todos ellos parecen tener una función asignada, todos saben a quién han de apuntalar, a quien han de sostener, al lado de quien deben estar y cómo hacerlo. La lava sigue creciendo y se forma un tercer piso de castellers. Están haciendo las *manilles* y las grallas elevan el tono de su cántico que ahora está acompañado también por algunos tambores.

Miro a mi izquierda y veo a mis pies una *enxaneta* sentada en cuclillas. Viste camisa de color rojizo con faja negra, el habitual pantalón blanco lo lleva remangado en la rodilla derecha que queda descubierta. Sobre la cabeza lleva encastado un casco negro con la forma de una avellana, tan grande y desproporcionado que no consigo verle la cara aunque intuyo que es una niña por las sandalias que viste sobre los pies desnudos, a pesar del clima gélido de hoy. El dolor sigue su impertinente camino por mi cuerpo, así que decido acuclillarme a su lado y observar el castell en construcción desde su misma altura. Encogiendo el vientre siento cierto alivio.

-      Hola –le digo haciendo una pequeña inclinación de la cabeza y esbozando una amable sonrisa-

-      Hola –responde ella con una sonrisa radiante y enseñando unos preciosos dientes blancos. Tiene la piel oscura, el pelo negro y brillante y los ojos de rasgos árabes. Su acento es, sin embargo, genuinamente catalán.

Las *manilles* ya están formadas y sobre éstas ya se elevan tres jóvenes formando un círculo, entrelazando sus brazos con sus hombros. Los tres muerden el cuello de su camisa y el temblor de sus piernas puede verse con claridad desde donde estamos. Por la espalda de cada uno de ellos suben tres jóvenes más que ocupan su posición formando un piso por encima de éstos. Enseguida, detrás de ellos ya trepan tres mujeres jóvenes y otras tres les van a la zaga, de repente todo parece haberse acelerado y el *castell* sube como el chorro de una fuente, formando una columna de almas unidas entre ellas, trazando una trayectoria vertical hacia el centro de la tierra, a gran altura sobre el suelo.

-      ¿Qué van a hacer? ¿Lo sabes?

-      Un *tres de deu* –me responde la niña sin mirarme, que se muestra muy concentrada estudiando cuidadosamente cada movimiento de la torre. Estimo que debe tener unos siete u ocho años-.

- ¿Qué te ha pasado? –le pregunto señalándole un lunar morado e inflado que luce en la rodilla que lleva al descubierto-.

- ¿Aquí? –me pregunta señalándose con el dedo la rodilla y claramente agradecida de que le permita explicar su historia-.

- Sí, dime ¿Te has caído?

- ¡No! –exclama abriendo los ojos exageradamente y mirándome a la cara- Ha sido el Andreu –acusa sin dudar poniendo un rictus severo-. Cuando estábamos descargando el pilar, él ha doblado las rodillas antes de tiempo y el pilar se ha caído. Yo he golpeado la rodilla con la cabeza de alguien, no sé de quién, pero creo que ha sido la del Joan, que la tiene muy dura –dice riendo, poniendo sus ojos pícaros y encogiendo la cabeza entre los hombros- No puedo andar bien, así que no me dejarán subir hoy.

- ¿Quieres subir? ¿Allá arriba? –pregunto señalando en al aire la altura imaginaria de 8 o 10 metros que alcanzan algunos castells-.

- Claro

- ¿Y no te da miedo?

- ¿Subir? No, lo que da miedo es bajar.

- ¿Bajar? ¿Por qué?

- Porque cuando desciendes el castell es cuando has de mirar abajo. Es cuando ves la distancia que te separa y los rostros hinchados de la gente que está soportando tu peso.

- Y aún así quieres subir, sabiendo que después has de bajar…

- ¿Si no subes, cómo vas a emocionarte, sino? –responde con un interrogante en el rostro, con la aplastante lógica que sólo los niños saben ejercer-.

- Ya veo… ¿Cómo te llamas? Yo me llamo Josué, por cierto.

- Yo me llamo Lisha.

- ¿Lisha? Qué nombre más bonito, no lo había escuchado antes.

- Es un nombre árabe, porque mis papas son de Marruecos –responde satisfecha- Lisha significa *la oscuridad antes de la noche* –y en el momento que lo dice una sombra circula fugazmente por sus enormes ojos de color marrón, de izquierda a derecha, lo que me hace estremecer y recordar que el dolor insiste en hacer su pregunta.

El castell llega hasta su cénit. Un par de niñas de la misma edad que Lisha se acaban sobreponiendo entre ellas, sobre un pilar humano de ocho personas que, formando pisos de tres, tiemblan todos ellos como un flan. Parece que en cualquier momento la estructura humana va a colapsarse y precipitarse al vacío. Las dos menudas no se demoran apenas en la cumbre. Están a más de diez metros de altura y el vértigo se contagia a toda la plaza que contiene la respiración. Una se alza sobre la otra con gran agilidad y ésta estira enérgicamente su brazo hacia el cielo y toda la plaza estalla entonces en vítores y aclamaciones. Las *grallas* explosionan de júbilo, pero la tensión aún ha de aumentar. El gran reto no consiste únicamente en cargar el castell, sino en saber descargarlo sin que se desplome la estructura y sin que nadie salga herido. Los *quintos* tiemblan febrilmente. Todo indica que no podrán conseguirlo. El peso es excesivo y los músculos se están contracturando gravemente. Todos en la cumbre se afanan en deshacer sus posiciones de la manera más rápida y profesional posible. Cualquier fracaso en este punto, una vez se ha conseguido cargar el *tres de deu*, será leído como el acontecimiento de la jornada. Todos lo saben y los nervios pueden ahora observarse en la tensión que acumulan sus rostros y sus cuerpos. Los dientes aprietan con más fuerza aún los cuellos de las camisas mientras el temblor de la torre se incrementa insosteniblemente y la mayoría de los espectadores se llevan las manos a la boca para ahogar el grito inminente. Pero todo sucede rápido, los *quintos* ya están bajando, los más pequeños ya están en sitio seguro, por los laterales de la torre humana se escurren hacia abajo simultáneamente los pisos y el castell prácticamente puede darse por descargado y ya empiezan todos a abrazarse entre ellos, sobre la base y la piña que aún se mantiene unida. Se aprietan con fuerza los brazos. Algunos hombres fornidos lloran en los hombros de sus compañeros en una emoción que no puede contenerse dentro de aquellos rústicos cuerpos. Los jóvenes estiran sus brazos hacia el cielo una y otra vez con el puño cerrado, gritando "lo hemos conseguido, lo hemos conseguido". La plaza Sant Jaume estalla de alegría, cuando algunas gotas frías caen sobre las cabezas y la espalda de todos. La marea de gente, apretados unos contra otros, se mueve como un mar tormentoso. El color de las camisas de las distintas collas ondea, el ruido es ensordecedor. Toda la gente grita y canta cosas que no llego a entender, consignas e himnos que se entremezclan con el ruido ensordecedor de las *grallas* y los tambores. Desde el balcón de la Generalitat las autoridades aplauden efusivamente. Cámaras de televisión intentan captar el momento y los reporteros tratan infructuosamente de entrevistar a algunos de los protagonistas. Lisha tiene una amplia sonrisa sobre una cara iluminada mientras aplaude con todas sus fuerzas. Yo llevo mi mirada a su rodilla hinchada. En ese momento, de un modo incontrolado, puedo ver las partículas alteradas que forman el biocampo que desprende su rodilla. Mis ojos se concentran en ellas. Veo su dolor, veo su pregunta y mi atención queda atrapada en las membranas invisibles que unen sus células, en la tensión de sus tejidos, y puedo ver el golpe, sus partículas me hablan de la caída, me la representan, la veo una y otra vez en mis retinas, como una película que se repitiera continuamente. Identifico cada uno de los tejidos que se han golpeado, me hablan, les hablo, los veo. El ruido de la plaza ya no es en mí. No hay nadie más. El dolor de su rodilla y yo, nadie más. Alargo mi mano y la pongo sobre su rodilla hinchada. Pongo la vibración de mi mano sobre su piel azulada. El tejido dolorido empieza a contagiarse entonces de la vibración del tejido de la cuenca de mi mano. Se alivia su dolor, se desinflama la piel, se relajan sus músculos. La dejo ahí ocho o diez segundos más. Cuando la retiro, la inflamación ha desaparecido y el color azul también. Vuelvo mi rostro hacia Lisha que se ha quedado muda, con una suave sonrisa en la cara, mirándome. En ese momento vuelve a mis oídos el ruido de la plaza. La celebración ha ido apaciguándose pero aún queda un rumor feliz. Miro hacia el centro de un grupo de varios castellers que están a pocos metros delante de nosotros. En el centro de ellos hay uno, con camisa del color del vino, que me mira de frente, directamente a los ojos. Tiene la piel morena y rasgos magrebíes. La espalda ancha y los brazos que asoman sobre una camisa remangada son gruesos y oscuros. Miro a Lisha,

-      Lisha, levántate y anda –le digo con la mirada cansada pero convencido-.

En ese instante Lisha se incorpora, se gira hacia mí, dibuja una sonrisa y susurra,
–Gracias.
Se vuelve y corre sin dolor hacia el hombre que me observa con los ojos llenos de ira. Lisha hunde su barbilla en su vientre y rodea su cintura con los brazos. Comprendo que se trata de su padre. Éste, tomándola suavemente del brazo la aparta de delante de él y empieza a caminar a grandes pasos hacia mí. Me levanto. Ya no veo a la niña, pero sí a cuatro castellers, con las mismas proporciones que el padre de Lisha, que lo escoltan y le siguen hasta donde yo estoy.

-      ¿Por qué tocabas a la niña?
-      Estaba tratando de …

Antes de que pueda acabar la frase observo que el tipo que está a la derecha del padre de Lisha, un tipo de pelo rubio y piel blanca, fornido, de unos cincuenta años, volea su brazo derecho sobre su hombro formando una trayectoria circular que acaba con su puño golpeándome como un martillo sobre la sien. Mientras mi cabeza explota interiormente siento como mi cuerpo se desplaza violentamente contra la pared a mi espalda. En ese momento el tipo que estaba la izquierda del padre de Lisha me hinca fuertemente su rodilla entre las costillas del lado izquierdo. Entre el dolor y el aturdimiento soy consciente de que las palabras no van a serme de ayuda. Hoy no. O empiezo a correr a voy a morir ahí mismo. Tengo esa claridad por unos breves instantes y la aprovecho.

Empiezo a correr con todas mis fuerzas por la calle Ferrán, en dirección a las Ramblas. Oigo las zancadas de al menos dos de ellos que me siguen. Uno grita algo que no entiendo. Me arde la cara. Apenas he conseguido recorrer cien metros cuando noto como me hacen la zancadilla por la espalda, traban mis piernas por detrás y caigo contra el suelo, golpeo con un hombro y con la cabeza contra el asfalto. Ruedo sobre mí mismo pero me incorporo enseguida sabiendo que no tengo tiempo de mirarme las heridas. Mientras lo hago percibo con claridad el corte de aire que produce un puñetazo que pasa cerca de mi nuca pero por suerte no llega a alcanzarme. De haberlo hecho hubiera caído al suelo y ya no hubiera tenido escapatoria. Lo sé, así que corro todo lo que dan mis piernas y un poco más, a pesar de que siento el golpe en las costillas como si aún estuviera ahí hincada la rodilla. Quiebro a la izquierda por la calle Avinyó y enseguida tuerzo de nuevo a la derecha por una calle muy estrecha que me aparece a los pocos metros. Pienso que cuanto más me adentre en lo enrevesado del barrio gótico más posibilidades tendré de despistarlos puesto que la mayoría de las collas son de fuera de Barcelona y estos callejones no deben inspirarles mucha confianza. Giro de nuevo a la izquierda para evitar salir al descubierto de la plaza Real y atravieso una calle paralela que apenas deja que entre la luz del cielo, un cielo que se me revela ahora tan lejos. El suelo es adoquinado y huele a orín y basuras. A mí me parece un lugar seguro ahora mismo, como acogerse a sagrado. Voy mirando hacia mi espalda y compruebo que no me siguen. Al fondo de la calle me parece adivinar la calle Escudellers, con su bullicio habitual. Me paso la mano por la sien que parece que vaya a explotar. No parece abultado aunque se concentra mucho calor ahí. Aprieto el codo izquierdo contra las costillas. Me duelen intensamente y me cuesta respirar.

Tomo la calle Escudellers con la intención de cruzar por algún callejón que me permita salir hasta el paseo Colón, en el litoral, y de ahí caminar hasta casa. Cuando estoy a punto de dejar la calle para entrar en la calle Carabassa observo a un grupo de cuatro castellers, con sus pantalones blancos hasta las espinillas, la faja ceñida y camisa azul, que caminan a grandes pasos hasta mí. Me ahogo. No me quedan fuerzas para correr -me digo- ni alma, ni tiempo… Son tres jóvenes, de poco más de veinte años y una chica más joven, quizás no llegue a los dieciocho. Me doy cuenta entonces de que van riendo y no han reparado en mí, ni les importo. Son de otra colla. Al acercarse donde yo estoy puedo, sin quererlo, ver sus mentes. Cuando pasan justo a mi lado su interior se revela transparente, diáfano, fácil de leer. No parpadeo y consigo así intensificar el canal. Veo detrás de sus ojos, es tan sencillo como atravesar su código, penetrando en su conciencia. La mente de los tres chicos está llena de varios miedos. Uno teme perder la pareja, el otro busca trabajo y sufre por la relación con su padre. El tercero es homosexual y ninguno de los demás lo sabe aún. Él no se atreve a decírselo. Ella no, en ella es todo una sonrisa, no hay ningún temor, ningún pensamiento la aflige. Tiene el cabello pelirrojo, largo, en una generosa melena que cae sobre sus hombros y alrededor del pañuelo que lleva anudado al cuello. La piel de su cara es blanca y algunas pecas salpican sus mejillas ligeramente sonrosadas. Poco a poco sus pasos los alejan de mí en dirección a las Ramblas y en la distancia pierdo el contacto con su interior.

Miro a mi alrededor, al fondo de la calle y veo una plaza triangular hacia el norte con una extraña escultura en el centro formada por un cilindro y una esfera suspendida en lo alto. Hay varias personas cercanas a una zona de juegos infantiles que hay en el interior de la plaza. Me dirijo hacia allí. Es peligroso porque me acerca de nuevo a la plaza Sant Jaume, donde están todos los castellers, pero necesito seguir viendo el interior de la gente, merodear su mente y es un deseo compulsivo que no puedo dominar.

Caen unas finas gotas sobre el pavimento. Algunas personas se arriman a las paredes de los edificios, otras dudan en si abrir o no los paraguas que llevan. Una pareja de turistas asiáticos caminan en la dirección donde yo estoy. Pongo mi atención en ellos. Sin dificultad leo sus mentes, sólo me perturba la nausea, pero aún así leo con claridad. Veo lo que piensan. Hay miedos, de todo tipo: a enfermar, a quedarse sin dinero, a engordar... detrás de los asiáticos vienen otras gentes. Con todos ocurre igual. Los leo, percibo sus binomios, pero todos, sin excepción, están desequilibrados, el miedo les vence, es preponderante. Continúo, no parpadeo. Impulsivamente me giro con una obsesión. La chica del pelo rojo, la del alma en paz. Deshago mis pasos y camino enfebrecido hacia las Ramblas, detrás de ellos. No me conviene, lo sé. Lo más probable es que el padre de Lisha y toda su colla se dirijan allí al finalizar la jornada. La lluvia precipitará el fin del evento, y salir a las Ramblas es el camino natural de todos los foráneos. Pero no puedo resistirlo, ella era la única que no guardaba miedos en su interior. Quiero saber más. Avanzo por Escudellers, la calle se estrecha según me acerco a las Ramblas, los olores se agolpan, los locales a ambos lados penetran los sentidos, pero yo quiero saber, quiero saber porque ella controla sus pensamientos, porque no le atormentan como a los demás. Todos los demás con los que me voy cruzando según avanzo visten en sus cabezas aparatos de tortura. Es estremecedor leerlos, ver que están llenos de miedo: a perderlo todo, a perder nada, a no ser reconocidos, a serlo, a que se descubra su verdadera naturaleza, al fracaso, a ella, a él, a los hijos, a los padres, miedo, miedo, sólo leo miedo, incesantemente... La gente no controla sus pensamientos y éstos los controlan a ellos, con miedo.

Veo el grupo de chicos, con sus cuatro camisas de color azul, salir de un local a la derecha, unos metros antes de desembocar en las Ramblas. Pero no van hacia allí sino que giran de nuevo sus pasos hasta donde yo estoy. Vienen bromeando entre ellos, sonríen, pero la única sonrisa que me interesa es la de ella, la única cierta. Escruto sus rasgos. Me detengo. Ella pasa justo a mi lado, a un palmo de mí. Me mira a los ojos, me sonríe. Yo sólo veo ahora su interior, como un relato tranquilo, sereno, en armonía. Su biocampo invade el mío y es reconfortante. Le dejo hacer, dejo que me inunde, que sea. Cuando se han distanciado diez metros de mí vuelvo a seguirlos como un perro sigue a su olfato. Ya no recuerdo el dolor del vientre ni la nausea, pero el golpe en las costillas, sí, y la respiración se me atraganta constantemente. Observo que giran a la izquierda por una calle oscura y estrecha. Insensatamente me decido a seguir sus pasos a pesar de que sé que me conducen directamente hasta la calle Ferrán y la plaza Sant Jaume, donde seguramente estará el padre de Lisha y sus compañeros aún congregados. Cuando hago el giro a la izquierda para seguir los pasos de los cuatro jóvenes, como un espasmo, repentinamente, aparecen ante mí, impidiéndome el paso, imponiéndose a la vista, los dos *tipos feos*. Uno al lado del otro. Hombro con hombro, quietos, firmes... El orondo con sus finos labios húmedos y las mejillas azuladas. El enjuto con las mejillas huecas y mal afeitadas y el ceño fruncido. No veo por detrás de ellos. Únicamente siento la pestilencia de su aliento como veneno en la cara y su mirada muerta clavada en mis ojos. Intento no respirar su aire mientras sobre nuestras cabezas caen finas gotas de una lluvia helada.

## LXX – En la oscuridad, por encima de los tejados

- Hola
- Hola, Sophie.
- Pensaba que no me cogerías la llamada.
- Siempre quiero hablar contigo, pero a veces no puedo.
- ¿Dónde estás?
- En casa
- Ven por favor, Josué, ven a mi apartamento. Lo he entendido todo, por fin.
- No podemos estar juntos, no debemos.
- Eso no importa ahora. Quiero que estés aquí. Armand ya duerme. Ven *s'il te plaît.*
- Sophie…
- Dime.
- Si no vamos a estar juntos, si no debemos ser más el uno para el otro, no deberíamos encontrarnos. Si voy a verte esta noche, quebranto nuestras propias reglas, daremos un paso muy importante. Ya no habrá vuelta atrás. Significará que empezamos a hacernos daño de manera consciente, a cambio de pasar unos minutos juntos. Pagaremos un precio que nos arrepentiremos de haber cobrado.
- Así son las cosas, Josué.
- Así son las relaciones, Sophie, encontrarse, compartir y, cuando llega el momento, separarse.
- Sin ti, sin mí, sin luz… ya no veremos, será la oscuridad. Tú me haces sonreír. Combatir la pena. No me canso de hablar contigo.
- La oscuridad es la casa común. No le tengas miedo, Sophie.
- No quiero pensar en ello.
- ¿Qué va a ser de ti, Sophie? ¿Qué vas a hacer a partir de ahora?
- Quiero que me hagas daño para no quererte.

- Sophie... No te he sido fiel y lo que es peor, no te he sido leal.
- Nunca te pedí que lo fueras. Sé quién eres.
- Sophie, la dueña de la sabiduría, sabes más de mí que yo mismo y aún así te has arriesgado. En esta suerte de purgatorio en el que me he instalado tú me reconoces. ¿Sophie?
- Dime, Josué.
- En verdad, yo tampoco me canso de hablar contigo.
- Deberíamos hacer las cosas que nos hacen felices, Josué. Ahora más que nunca.
- Me gustaría merecerte. Créeme por favor.
- Ven.
- El perfume que exhala tu piel lo querría sobre la mía, pero...
- Ven, ven ahora, estoy en la cama, ven.
- Sophie, me duelen hasta las caricias.
- No hacen falta caricias, sólo quiero cuidar de ti. Ahora.
- No quiero que me veas así.
- Estoy triste, Josué.
- Estamos tristes porque hemos amado, Sophie, recuérdalo. Recuérdalo siempre, por favor.
- ¿Te duele? ¿Sufres?
- Hay que amar lo que es. El dolor es inevitable, el sufrimiento es opcional. La mente tiende a pensar que todo lo que sucede es equivocado. No hay que creerse los propios pensamientos. La muerte nos hace más atractivos, Sophie. Sin ella, no amaríamos...
- Los besos que me niegas ahora...
- Los besos que te he dado ya nadie me los puede arrebatar, Sophie.
- Sí, son tuyos.
- Son nuestros.
- Quiero sentir tu respiración ahora. Quiero que me abraces, Josué.
- Buscamos emociones...
- La emoción es al amor como el viento es a volar. No pienso renunciar. No me pidas eso.
- No.... No te pido que lo hagas. Perdóname, Sophie.
- No quiero que nos perdonemos. Nada. No quiero oírte nunca más pedirme perdón.
- No lo haré.
- No quiero renunciar tampoco a tu voz. Ni a tus besos. Ni a tus susurros. No quiero.

- Todos mis susurros son tuyos, Sophie.
- Quiero sentirlos ahora en mi cuello, quiero…
- Besaría ahora esas lágrimas en tus mejillas… Te siento tan cerca en este instante.
- Te he sentido muchas noches, Josué, cuando no estabas aquí, estabas viajando, y sin embargo en la noche sentía que estabas aquí, que venías a mi lado, que pasabas unas horas conmigo, que respirabas cerca de mí. Me reconfortaba.
- He estado ahí más veces de las que puedas contar, Sophie. Muchas noches. Viéndote dormir. Abrazándote mientras dormías, cuidando tu sueño.
- Me he sentido amada. Todas esas veces.
- Te amaba.
- Sentía el calor, y escalofríos de placer. Sabía que eras tú.
- Era yo.
- Pero yo estaba dormida y tú lejos ¿Cómo era posible?
- Estabas donde yo estaba. En ese instante. Por encima de los tejados, unidos, por encima de todo.
- Me despertaba a veces sudando. Invadida de pasión. Y sabía que habías sido tú.
- Fui yo. Cada vez, todas las veces.
- ¿Volverás? ¿Volverás a hacerlo?
- Aún no lo sé, Sophie, no sé si podré, pero quiero hacerlo. Quiero volver a tus sueños a dormir contigo.
- Nadie me ha hecho el amor jamás como tú. Nunca he sentido tanto…
- Es tan sencillo entregarse a ti, Sophie…
- Querría ahora tus manos sobre mi piel.
- Yo quisiera mi piel en la tuya.

Silencio. Un largo silencio. Y un sollozo resignado.

- ¿Estás en la cama?
- Sí.
- ¿Estás desnuda?
- Sí
- Cierra los ojos, Sophie.
- Vale.

\-       No los abras. Todo lo que va a suceder, ocurrirá con tus ojos cerrados ¿Sí?

\-       Sí, de acuerdo, lo que tú digas.

\-       Ahora me pondré a tu lado. Escucha mi voz. Siente como me deslizo entre las sábanas. Me encanta tu piel, dormir contigo…

\-       A mí también, Josué…

\-       Imagina mis labios, ligeros como un murmuro, recorrer tu cuerpo.

\-       Oui…

\-       Por los sitios que más te gusta.

\-       Sí, ya sé…

\-       Libera tu mano derecha del teléfono.

\-       Sí, ya…

\-       Ponla entre tus piernas.

\-       …Ajá…

\-       ¿Cómo está? ¿Húmedo?

\-       Un poco.

\-       Separa las piernas.

\-       Sí…

\-       Respira… y desliza tu mano suavemente.

\-       Sí…

\-       Presiona ligeramente. Busca tu hendidura y….

\-       ¿Sí?

\-       Suavemente…. separa la carne… suavemente.

\-       Oh... sí...

\-       Nota el calor...

\-       Sí...

\-       Nota el calor que hay, la humedad...

\-       Sí…

\-       Acarícialo… lentamente.

\-       Oh…

\-       Deja ir tu dedo anular…

\-       Ya…

\-       Arriba y abajo, tiernamente. Delicadamente, como si fuera yo.

\-       Oh… Sí…

\-       Identifica con el tacto de los dedos el origen de tu placer.

\-       Aja… sí.

\-       ¿Lo tienes?

- Sí…
- Acarícialo lentamente. Haz que vibre suavemente entre tus dedos.
- Uhmm…
- En círculo, muévelo en círculo.
- Ahmm…
- Aprieta tu mano entre tus piernas y… vuélvelas a abrir. Sigue acariciando…
- Sí.
- Piensa en mí.
- Ya. Si…
- Piensa en mí, encima de ti. ¿Me sientes?
- Oh, sí….
- Siénteme más cerca. Como respiro en tu cuello.
- Oh… Mmm…
- Como me encajo entre tus muslos. Como hago fuerza por llegar a ti. Nota como te apunto y sigue acariciando, Sophie, sigue acariciando.
- Sí… ya….oh… lo hago…
  ¿Está húmedo?
- Sí, mucho….
- Más intensamente, Sophie...
- Oh…, Sí…
- Voy a entrar dentro de ti, Sophie. Ahora.
- Sí, por favor.
- ¿Me notas? ¿Notas mi piel que se abre camino por tu carne?
- Sí, Josué…. Josué
- Te agarro de la nuca, Sophie, con mis manos. Te aprieto contra mí.
- Oh… Sí, te necesito.
- Entro más… Un poco más.
- Sí…
- ¿Notas como te vas abriendo?
- Sí, sí lo noto…
- Sigue moviendo tus dedos…Voy a entrar la mitad de mí dentro de ti, ahora.
- Por favor….
- Te beso en los labios… y en el cuello. Siente mi boca caer sobre tu cuello. Mis labios rozando tu pecho.
- Josué…
- Mete tus dedos dentro de ti. haz que se muevan ¡Más!

- Sí, ya, sí… Mmmm…
- ¡Sigue! Voy a entrar por completo dentro de ti, ahora. ¿Lo notas? ¿Notas cómo cede para recibirme?
- Sí, Josué, si…. Oh…
- La empujo dentro de ti. Una vez, y otra. Nótalo…
- Sí,
- Acaríciate más, ahora. Intensamente.
- Aaaahhhh
- ¡Entrégamelo!
- Ya…. Mmmm….
- ¡Ahora!
- Ahhhh…
- Siente cómo agarro tus muñecas y no dejo que te muevas. Porque voy a venir dentro de ti… y lo sabes y tu vienes conmigo, ahora….
- Sí….
- Déjate ir Sophie, ven conmigo, donde los dos somos. Ven.
- Sí…
- Ahora, conmigo… dámelo…Pon todo tu amor. Siente todo mi amor sobre ti.
- Síiiiiii………

Escucho el silencio de su respiración entrecortada y un gemido sordo que se alarga en el tiempo. Un ahogo profundo e intenso que libera la pena en diminutas partículas. Y el aire en su boca muda. Y más silencio.

- Josué … –dice al fin con una voz exhausta-
- Dime, Sophie.
- Gracias… De verdad, gracias.
- Ha sido un placer... Ahora descansa –le digo mientras cuelgo el teléfono, cierro mis ojos y observo las luces que tintinean en la oscuridad de la conciencia, las mismas luces que ya estaban ahí cuando era niño-.

## LXXI – Que sea para todos, que sea para bien

Cuando avanzas y cada vez los pies se hunden más profundos en el asfalto, y cada paso que has de dar se convierte en una lucha, así vengo caminando hasta mi despacho y, sin embargo, vengo feliz. Me escoltaba *Pereza*. Me esperaban Mercedes y Pedro. En enero los momentos de sol son breves, el frio inmutable.

El equipo directivo del despacho ya cuenta con doce personas, pero a esta hora no quedamos más que nosotros tres. El resto se han marchado antes de lo habitual para poder asistir a la cena que hemos organizado con motivo de las festividades. Será la primera y la última para mí. Las oficinas están en penumbra, apenas una luz en un rincón y una lámpara sobre la mesa que ocupa Mercedes, a unos metros de mí. Sentado en una larga mesa a mi lado, Pedro, taciturno, ya sospechaba semanas atrás mi destino. Mercedes, que por las conversaciones con Sophie ya estaba informada, aprieta los labios en ese estoico ejercicio de digna resignación que sólo las madres y algunas nobles mujeres como Mercedes son capaces de expresar.

Dejo sobre la mesa una botella de agua, girándola de tal modo que quede mirando hacia mí una etiqueta algo gastada que lleva escrita la palabra "Valentía". A pesar de la nausea mis facultades siguen intactas. Firmo pues algunos documentos pendientes con la mano izquierda mientras con la derecha estoy tomando notas y ordenando mis pensamientos sobre la voluntad que quiero encomendarles. Se oye únicamente el sonido del papel, el rasgado de la pluma y la respiración asmática de Pedro que suena como un mueble viejo arrastrado sobre las baldosas.

-   ¿Entonces no sabes exactamente de cuánto tiempo estamos hablando? ¿No son capaces los médicos de ser un poco más precisos?

-   Una semana, quizás unos meses. Nadie sabe Pedro, y créeme, tampoco importa mucho. En cualquier caso es bastante probable que no vea la salida a bolsa de la empresa. Por eso es apropiado que hoy recojamos aquí lo que me gustaría que hicierais a partir de entonces. Si vosotros estáis de acuerdo.

- Josué, cuando se venda el grupo es muy probable que el futuro equipo gestor prescinda de Mercedes y de mí. No hay ninguna certeza de que alguno de los dos continúe al frente de la empresa.

- Lo que quiero encomendaros no tiene nada que ver con *Express app.* Efectivamente, cómo tú dices Pedro, cuento con que os podáis dedicar en tiempo y alma a la tarea que voy a encomendaros como albaceas del patrimonio que resulte después del ingreso de la venta de las acciones. En realidad, no os recomiendo seguir en *Express app.*

- Según las primeras aproximaciones de valoración que estamos calculando junto con los delegados y las agencias de rating –responde Pedro con su voz asmática mientras consulta una carpeta que tiene enfrente- el valor de mercado que podría alcanzar la empresa en la bolsa es de varios cientos de millones de Euros. Con ese dinero, Josué, con mucho menos de ese dinero… -se interrumpe en un ahogo de voz-

- Sí, Pedro, dime…

- Lo que Pedro quiere decir –interviene Mercedes- es que tienes dinero más que suficiente para ponerte en manos de los mejores oncólogos del mundo. Tiene necesariamente que haber una cura para tu caso, una cura que puede salvarte. No hemos de rendirnos. Fíjate, yo misma he hecho una búsqueda en internet y estos son algunos de los resultados que….

- Mercedes, hay momentos en los que elegir la opción de salvarse no vale la pena. Tenemos mucho más que hacer, algo mucho más importante que salvar una vida. Vamos a revertir a la sociedad, a la comunidad, aquello que nos ha sido dado. Ese es mucho mejor proyecto para nosotros tres y para Juan, pues al final, como iréis viendo, las personas nos convertimos en aquello que compartimos.

- ¿Revertir a la sociedad? –inquiere Pedro- Ya pagas tus impuestos…

- No es suficiente, Pedro. Lo sé, alguien se ocupó de hacérmelo saber e hizo bien. Hay que creer en la gente, en su capacidad… En cualquier caso, me hace muy feliz lo que me decís sobre la valoración de las acciones. Cuantos más recursos dispongamos, más fructífera será nuestra nueva futura *empresa.*

- Era de esperar una valoración así. Desde que Baumberg, Bocuse y los demás han tomado como suyo el proyecto de hacer cotizar a la sociedad, han iniciado una campaña de comunicación feroz. Hasta por un momento me pareció que Aaronovitch iba a disculparse en nuestra última conversación telefónica, pero fue sólo un espejismo, claro.

- Pedro, desconfía de los que no saben pedir perdón y de los que lo piden muy a menudo.

-    Sí, le conozco bien, ya lo sabes. En cualquier caso, en lo que respecta a *Express app,* Mercedes y yo hemos perdido el control sobre lo que se publica sobre la empresa. Ramirez se ha llevado las manos a la cabeza en más de una ocasión. Por un lado sugería hacer desmentidos, por otro veía que hacerlo podía ser aún más contraproducente. Si el abogado de la empresa está inquieto, ya puedes imaginarte cómo estamos Mercedes y yo.

-    Es el juego de la mentira al que ellos están tan acostumbrados a jugar. No es vuestro juego. Es el ciclo de la mentira de las sociedades cotizadas. La cosa funciona así. Si dices la verdad y no anuncias un crecimiento inmediato de las ventas, perjudicas a los accionistas actuales para los que trabajas al cercenar el potencial de crecimiento de valor de la acción. Si exageras el potencial de ingresos en favor de una evolución positiva del valor de la acción, engañas entonces al que será tu próximo accionista ¿Sabes qué ocurre entonces?

-    ¿Te exigen responsabilidades, verdad? Eso sería lo lógico, la información debería ser veraz. Una vez el nuevo accionista descubre el artificio deberán las entidades de supervisión bursátil…

-    No, Pedro. No será así. Ya lo verás. Lo que ocurre en estos casos, lo verdaderamente curioso, es que el nuevo accionista, el que se descubre engañado, quiere entonces que sigas mintiendo para que ahora sea él el que se beneficie del mayor valor de la acción. Quiere trasladar el engaño al siguiente comprador. Nunca se sustituye al mentiroso que tiene éxito en sus mentiras, ni en los negocios, ni en la política. Por eso me alegraré (esté donde esté) de que vosotros ya no estéis involucrados en *Express app* una vez la empresa se haga pública.

-    Ciertamente ya no tendremos nada que ver con el proyecto –responde Pedro-. Ya no será la empresa que hemos ayudado a levantar y expandir, sino únicamente un valor que cotiza, papel de mentira. Como cualquier otro, sólo papel. Nosotros nos dedicábamos al transporte y a la mensajería. A lo que quieren dedicarse los socios de las delegaciones es bien distinto –explica Pedro con una clara decepción en el semblante-.

-    ¿Cuál es la nueva *empresa?* ¿En qué consiste el proyecto? –pregunta Mercedes desde la penumbra de su mesa-

-    Se trata de una fundación. Financiar e impulsar una fundación de ámbito global que ayude a la gente a expresar sus súper cualidades, y a las súper comunidades que vendrán, a ponerlas en práctica. Despejar obstáculos para crear un entorno posible, que permita a las personas desarrollarse, que preserve las cualidades humanas.

-    ¿Por qué te han de importar a ti las demás personas, Josué? Ocúpate de ti, por favor –interrumpe Pedro- Déjanos que te ayudemos a curarte, ayudarte de verdad. Después tú mismo podrás poner en marcha una fundación o lo que quieras.

- Pedro, no hay nada en mí que deba ser salvado. Y es algo más que una fundación, la fundación es sólo la forma, lo que importan son las súper cualidades que todas las personas poseen. Ese debe ser el fin. Ayudarles a que afloren, a que crezcan, a que sean.

- ¿"Súper cualidades" has dicho?

- Sí, Mercedes. De ellas nacerán las súper comunidades que están ya en proceso. Unidas, interdependientes, altamente capaces gracias a las súper cualidades de sus miembros. Internet es nuestro mejor aliado como lo ha sido con *Express app*. En la aplicación móvil lo fue a un nivel ínfimo si lo comparamos con lo que Internet puede hacer por los ciudadanos, por las súper comunidades. Pero si no hacemos nada….

- ¿Si no hacemos nada, qué?

- Si no hacemos nada, Pedro, los avances de la industria farmacéutica pondrán el poder en manos de unos pocos, el poder intelectual en manos de sólo unos cuantos elegidos, de por vida. Ya no habrá marcha atrás, no habrá revoluciones, no habrá capacidad de reacción, al carecer de la iniciativa vital, comunitaria, se perderá la capacidad de las comunidades y con ella toda posibilidad de renacer, de recuperar el control. A la gente sólo le quedará nacer, crecer, producir- consumir y morir.

- ¿Pueden hacernos eso?

- Sólo si nosotros lo permitimos, Pedro.

- Me apunto –interrumpe entusiasta Mercedes- Sí, quiero formar parte. Quiero ayudar, dime qué debemos hacer.

- ¿Una plataforma para el desarrollo humano? –interviene Pedro con dudas en el rostro- ¿Acaso no está eso ya recogido en la Carta de los Derechos del Hombre? ¿No se defiende desde la Unión Europea ese tipo de valores? ¿La ciudadanía europea y todas esas cosas?

- A día de hoy, Pedro, los valores europeos son sólo una serie de promesas incumplidas cotidianamente. De hecho, hoy por hoy no es más que un gran mercado, y precisamente un gran mercado es el caldo de cultivo perfecto para que esas amenazas de las que os hablaba prosperen más fácilmente. Hemos de ayudar a crear las oportunidades para que la gente pueda despertar.

- Entiendo, pero ¿Podemos cambiar eso?

- Podemos y debemos intentarlo.

- Estoy contigo, Josué –insiste Mercedes-.

- Mercedes, debéis tener muy presente que no va a ser un camino fácil. Una vez empecéis, no habrá posibilidad de volver a dónde estabais, no tendréis salida. Cuando empieza una guerra ya no puede pararse hasta que haya un vencedor, porque el ganador espera que el perdedor pague la factura de los costes del conflicto. Es necesario entusiasmo, sí, pero es necesaria también perseverancia, el enemigo es poderoso. Todo el dinero de que dispongamos con la venta de las acciones es apenas una milésima parte de los recursos con los que el *Sistema* va a oponerse.

- ¿Por qué van a oponerse?

- Ni los gobiernos ni los grupos de poder estarán interesados en que los ciudadanos puedan desarrollar súper cualidades sin que la barrera del dinero haga de frontera. Te puedes imaginar sin mucho esfuerzo que a ciertas fuerzas políticas no les va a interesar tener ciudadanos capaces, libres e independientes. Tampoco a ciertos grupos farmacéuticos, grupos energéticos, ni gestores de capital les interesa una sociedad con capacidad de vivir el *Ahora*. La revolución que vamos a proponer, como toda revolución, implicará hacer caer "reyes" y esos *reyes*, van a intentar de impedirlo. Deberemos ser cautos. Deberemos protegernos. Al principio seremos muy pocos. Tenéis que comprenderlo, esta será una revolución sutil, discreta. Si los que gobiernan el actual *status quo* perciben nuestros movimientos antes de que estemos preparados, nos aniquilarán, nos quitarán la esperanza.

- ¿Cómo podemos vencer entonces con tal desequilibrio de fuerzas?

- Porque nosotros contaremos con la gente, Pedro. Aunque…

- ¿Sí?

- Aunque mucha de esa gente también se nos opondrá. No son el *Sistema* pero llevan toda su vida dentro de él y creen que son parte del mismo. La ignorancia será nuestro peor enemigo, la ignorancia de la política, de la televisión, de las religiones. Por eso contribuir a potenciar las súper cualidades de los individuos será la clave para conseguir súper comunidades que luchen en nuestro bando. Vosotros mismos dudaréis, lo vais a hacer ahora, y lo haréis mañana. Se pondrán vuestras creencias a prueba, deberéis cambiar vuestra manera de ver las cosas, cuestionaros sobre lo que creíais verdades inmutables, y lo más cómodo para vosotros, en esas circunstancias, sometidos a toda la presión, será rendirse a la evidencia. Pero lo evidente es sólo parte del escenario, parte de la comedia. Y eso debéis descubrirlo por vosotros mismos.

- Preferiría que estuvieras a nuestro lado en esa lucha, Josué.

- ¿Mercedes, has visto alguna vez esos chinches verdes que andan por el marco de las ventanas?

- ¿Esos que cuando los aplastas hacen tan mala olor?

- Sí, esos. ¿Sabes por qué hacen tan mala olor cuando los aplastas?

- Supongo que es un mecanismo de defensa ¿No? Para protegerse de los depredadores ¿Verdad?

- Así es, pero date cuenta de que, a diferencia de otros mecanismos de defensa de otros insectos y animales, el propósito de la defensa del chinche no es salvarle de la muerte, su sistema no lo salva a él, de hecho actúa cuando ya lo has aplastado. Tú misma has dicho "esos que hacen tan mala olor cuando los aplastas". Su defensa no está por tanto pensada para sí mismo, sino para defender a los de su especie. Con su muerte ponen los medios para que el depredador no vuelva a tener deseos de atacar a los de su grupo, su propósito es proteger a su comunidad. Mueren mandando un imborrable mensaje. Eso es, de algún modo, lo que yo puedo hacer. Poner los medios para que tras mi existencia, haya recursos para evitar que nos encaminemos a un transhumanismo elitista e irrevocable: Poner barreras para que, si aún estamos a tiempo, las súper comunidades humanas puedan florecer y controlar su destino.

- Lo entiendo, pero aún así...

- Mercedes, en la vida uno ha de elegir qué puentes cruzar y cuáles quemar. Yo ya he elegido. Vosotros debéis elegir si aceptáis el encargo. Si lo hacéis, si aceptáis, debéis comprometeros a llegar hasta el final. Al menos hasta allí donde lleguen esos cientos de millones que, parece ser, van a ingresarse con la venta de las acciones. Ya he hablado con Juan, él se encargará de todos los asuntos legales, creará la fundación y junto a vosotros dos será uno de los tres albaceas testamentarios.

- Cuenta conmigo, Josué –responde Mercedes en un tono solemne-.

- Sabes que lo vamos a hacer–interviene Pedro esbozando una tímida sonrisa-. Esto es algo extraño, sí, pero en *Express app* ya hemos hecho cosas más raras aún y hemos acabado teniendo éxito. Iremos hasta el final. Puedes contar con ello. Puedes contar con nosotros.

- Lo sé, pero esta será vuestra prueba más dura. Siempre os he pedido que fuésemos *una oportunidad para los demás*. Esta es la oportunidad más importante que podemos ofrecer a millones de personas en todo el planeta. Europa es sólo el escaparate para que se mire el mundo entero. Si aquí tenemos éxito, entonces todo será posible.

- Bien, estoy lista para tomar notas, adelante –dice Mercedes, enderezando aún más su espalda y poniendo sus manos sobre el teclado-.

- Lo primero que tendréis que conseguir es agrupar las mejores técnicas en grafotransformación, meditación, biología del pensamiento y crecimiento humano. Hay que dotarse de los mejores en el campo de la cuántica, la neurociencia, así como en la programación neurolingüística. Con ellos hay que construir un programa de entrenamiento personal que sirva a las personas para hacer aflorar sus súper cualidades. La Fundación ha de poner ese conocimiento a disposición de las personas, de manera altruista. Hay que evitar que el desarrollo humano sea solamente patrimonio de unos pocos, hay que universalizarlo.

- ¿Cómo se consigue eso? –pregunta Pedro-.

- Dispondremos de fondos, Pedro, efectivamente, pero como ya puedes imaginarte, eso no será suficiente. De hecho, el dinero no servirá de nada si no somos capaces de hacer trabajar el pensamiento crítico, de poner las emociones al servicio del individuo y a la vez, de conseguir que los individuos trasladen después sus súper cualidades a sus respectivas comunidades, para crear comunidades mejores, interconectadas y capaces de vencer los retos que va a tener que afrontar la humanidad, de manera  inminente.

- ¿Cómo?

- Trabajando en red, creando centros de desarrollo personal en varias ciudades, en varios países. Debéis llevar el programa a todos los sitios posibles. Y que éstos se nutran de las aportaciones del panel de expertos. El programa ha de evolucionar y mejorar constantemente y monitorizar los resultados.

- ¿No resultará inviable, no entrañara demasiada complejidad?

- La inviabilidad es siempre un concepto temporal. En todo lo que nos propongamos. Nuevas tecnologías, acontecimientos o enfoques acaban haciendo viable el futuro. Hoy no hay ningún inconveniente para que se pueda poner en práctica lo que os propongo.

- ¿Qué mas? –inquiere Mercedes, que clica el teclado con gran entusiasmo y no separa su atención de la pantalla-.

- Espera, Mercedes –interviene Pedro mirándome a los cansados ojos- ¿Estás bien, Josué? ¿Quieres que hagamos una pausa?

- No, gracias, Pedro, no paremos ahora por favor. Puedo continuar.

- Como tú digas, Josué. Pero si en el algún momento no te encuentras bien, dínoslo por favor.

- Sí, gracias. Sigamos con el verdadero motor del programa. La esencia son las emociones y los pensamientos que éstas desencadenan.

- ¿Cómo se hace eso?

- Nuestro pensamiento influye en lo que cada persona es. Del mismo modo que captamos la información de nuestro entorno a través de los sentidos, también las células captan información a través de receptores propios. Son señales que influyen en el ADN y esas señales se componen de mensajes energéticos que fundamentalmente emanan de nuestros pensamientos, tanto de los positivos, como de los negativos. Esa información hace que las células cambien, Pedro. Las células son lo que pensamos. Lo que pensamos influye en el carácter y también influyen en la salud. Pero lo que pensamos, depende de las emociones

- ¿No va eso en contra de los principios de la genética?
- Los recientes hallazgos científicos avalan lo que os estoy diciendo. Aquello que creemos nos define y realiza. Cada pensamiento es una elección.
- ¿Podemos conseguir un cambio así? ¿Un cambio tan profundo en la mentalidad de las personas?
- Yo soy ejemplo de ese cambio.
- De acuerdo, pero ¿Podemos conseguir ese cambio en los demás?
- Si no lo conseguimos, Pedro, las cosas sólo pueden empeorar y, cuando lo hagan, ya no habrá la opción de volver atrás. Se habrá perdido lo único que aún conservan los ciudadanos, el poder intelectual. Debemos intentarlo, Pedro, debemos intentarlo. El poder del pensamiento es tal que influye en nuestra biología, en nuestro carácter, en la conformación de nuestro cerebro e incluso en la composición del agua y probablemente de las plantas. Así que imagínate por un momento qué enorme poder es el pensamiento colectivo.
- Eso es muy revolucionario, Josué –interviene Mercedes-.
- Espero que algo más que eso, Mercedes. La humanidad necesita algo más que una revolución, necesita una nueva Era.
- Sigue por favor –responde esbozando una sonrisa-.
- Ahora viene lo más importante, Mercedes, por eso lo he dejado para el final. La Fundación ha de trabajar con las personas individualmente para potenciar sus cualidades hasta ahora ocultas, pero también ha de trabajar paralelamente para conseguir revertir la formación de los niños. No se ha de seguir trasladando a los niños datos y conocimientos como se ha hecho hasta ahora, sino procurarles herramientas que potencien sus súper cualidades, cualidades que después ejercerán dentro de sus comunidades. Hay que trabajar el desarrollo personal desde las escuelas. Enseñar a pensar. El Poder es en verdad de los niños. El nuestro es sólo un poder transitorio.
- ¿Qué quieres decir con lo de "proporcionar herramientas"? ¿No se hace ya así?
- Se invierte demasiado de su tiempo en transmitirles conocimientos.
- ¿Y no es eso la formación? ¿El conocimiento?
- Imagínate, Mercedes, que la ciencia descubriera próximamente que, por ejemplo los elefantes, las ballenas o los delfines son extremadamente inteligentes, mucho más de lo que hubiéramos pensado hasta ahora ¿Cómo mediríamos su inteligencia? ¿Crees que lo haríamos en función de la cantidad de datos que manejaran estas especies? En mi opinión, sería estúpido medir sus capacidades en base a si conocen a Beethoven, o a las grandes figuras de la

literatura inglesa. Probablemente coincidirás conmigo en que lo mediremos de acuerdo al conocimiento que tienen del medio en el que se desarrollan, del espacio que les rodea y de su propia existencia. Pero sobre todo consideraríamos las herramientas intelectuales de las que se sirven en su día a día para *ser* plenamente, para ser felices y facilitar la felicidad de sus congéneres. Imaginemos que, esas especies, a pesar de su inteligencia, han renunciado a la tecnología porque han reconocido que ésta es, al fin y al cabo, un medio para someter al planeta a la voluntad de los que la utilizan, lo cual es una estrategia indiscutiblemente autodestructiva.

- Te entiendo, Josué, sé lo que quieres decir.

- Por ello, Mercedes, este es el mayor y más importante objetivo de la fundación; se debe presionar en todos los ámbitos oportunos para conseguir educar a los niños y a los jóvenes en su propia consciencia, y en la consciencia colectiva. Hay que llevar la meditación transcendental a las aulas, la programación neurolingüística a los programas escolares, y el crecimiento personal a los objetivos docentes ¿De qué les sirve el conocimiento si no son felices? ¿Qué padre no quiere la felicidad para sus hijos?

- ¿Cuál debe ser el objetivo de todas esas medidas? –pregunta Pedro-.

- El fin debiera ser siempre la felicidad ¿No crees?

- ¿No es todo ello demasiado idealista? ¿Crees que la sociedad está preparada para ese tipo de pensamiento, para un cambio de Era?

- Pedro, una sociedad sin idealistas es una sociedad muerta, condenada a la infelicidad.

- Reconozco que hasta cierto punto tiene sentido… -murmura Pedro mirando hacia ninguna parte-.

- Pedro, si el pensamiento individual es poderoso, el pensamiento masivo mueve el mar y el viento, abre la tierra de cuajo, y propicia las guerras. El pensamiento colectivo es la revolución, es el principio y el fin, es el movimiento. El pensamiento en grupo conjura las dudas interiores individuales y permite la experiencia del Todo.

- ¿Y qué hay de tu felicidad, Josué? –pregunta Mercedes-.

- Si soy feliz antes de morir, también lo seré después.

- ¿Qué más debo anotar? –pregunta Mercedes bajando la cabeza y el tono de la voz-.

- De hecho, en gran parte, el objetivo de la Fundación debe ser la de hacernos capaces de elegir nuestro destino desarrollando para ello nuestras súper cualidades, de tal modo que podamos elegir qué experiencias vivir, y de qué modo hacerlo. Es entonces necesario que las personas que cursen el programa viertan en sus respectivas comunidades el fruto de las súper cualidades que el programa ha hecho aflorar en ellos. Devolver a la comunidad aquello que la comunidad les ha brindado. Crear comunidades más capaces, más evolucionadas que puedan asegurarse un futuro autónomo y sostenible. Recordad, las súper cualidades que no se ponen al servicio de la comunidad, se desvanecen, se pierden. Debemos tener presente que mientras que el individuo es mortal, la humanidad no lo es, y es por eso que sólo esta última puede proporcionar dimensión y perdurabilidad a aquello que los individuos hagan, a sus acciones

- Me gusta lo que escucho, Josué, y lo defenderé, tal y como me he comprometido, pero has de saber que este *sistema* tiene murallas muy altas. No será fácil vencerlas.

- Pedro, las murallas más altas las construyen a su alrededor aquellos que se sienten más débiles. Como te decía, contamos con la gente, con las súper comunidades que están emergiendo. Internet está siendo el caldo de cultivo que hace emerger muchas de las súper cualidades que precisamos. Ya están ahí, sólo hay que creer, creer antes de que sea demasiado tarde.

- Tienes mucha fe en las personas, Josué, quizás demasiada.

- Creo en las súper cualidades de los individuos, Pedro. Creo en una sociedad de hombres y mujeres sin miedo y con todo el conocimiento a su alcance. Sin dogmas, con absoluta fe en la ciencia y en ellos mismos.

- ¿Puede existir una sociedad así?

- Debería y es exactamente lo que necesitamos. Nos falta el Gobierno de la Conciencia; un gobierno que potencie las cualidades individuales de las personas, y la capacidad colectiva. Que crea en el talento, que lo potencie. Que anime a los niños a pensar. Que tenga como único objetivo la felicidad de los ciudadanos. Que su finalidad no sea el progreso, ni la economía, ni el comercio… Una nueva Era que convierta a los empresarios en líderes, pero no en reyes, a los políticos en referencias morales, pero no en cortesanos, a los ciudadanos en el centro de su obra y a la felicidad como único destino.

- Pero la gente no querrá moverse de su zona de confort, Josué. Son perezosos, mansos…

- No hay que confundir la comodidad con la felicidad. De hecho, generalmente son incompatibles. Las cosas que nos hacen la vida más fácil y que implican rutinas van en perjuicio de una vida activa y emocionante que es ingrediente básico de la felicidad. Superar un examen, limpiar el trastero, cultivar un huerto… no son cosas cómodas, pero pueden hacernos muy felices, en su día, y en su recuerdo. No subestimes a las personas, Pedro. Hay quien confunde a los leones mansos con corderos.

- ¿Debe pues la fundación ser abierta y pública, Josué?

- Así es, Pedro, una fundación para una nueva iglesia. Una iglesia donde la ciencia sea el templo, la verdad el verbo, la emoción el único fin y el pensamiento la palabra que todo lo crea.

- ¿Cómo quieres que registre el proyecto? ¿Qué nombre le ponemos a la Fundación? –pregunta Mercedes-.

- Eh… no había pensado en ello, la verdad. Decididlo vosotros. Por el momento archívalo como Meta, pero habrá que cambiarle el nombre pues ya existe algo similar. Yo he participado en ese programa, de hecho. Pero en cambio quiero que éste proyecto sea abierto, sin secretos, sin procesos de selección, que todo el mundo pueda gozar de sus beneficios, que sea para todos, que sea para bien.

# LXXII – El Mensaje

- ¿Cree en algo? Quiero decir ¿practica algún tipo de fe, de religión? – musita el Dr. Vinyals sin apenas levantar la atención de sus notas-.
- Mmm… no doctor. No al menos como creo entiende usted el concepto de fe.
- Por supuesto me refería a si se siente usted cristiano o…
- No puedo creer en ninguna religión, doctor, en religiones donde me hablan de profetas y elegidos, cuando miro a mi alrededor y veo un mundo multirracial.
- ¿Qué quiere decir exactamente?
- No es que pida una *prueba de vida* de Dios, pero tener una religión en particular es insultar al resto de los seres humanos. A las otras razas, las otras culturas. Es negar la diversidad humana. Es negar el pensamiento humano, cambiarlo por una doctrina.
- Le entiendo. No obstante, y más en su situación, las palabras oportunas, cómo decirlo… el discurso de la fe puede llegar a ser muy reconfortante. Pueden ayudarle a uno….
- Ahora que me amenaza el tiempo, yo creo en los momentos, no en los discursos, doctor. Yo soy mi religión.

Es temprano, no más de las diez de la mañana. Las cortinas están abiertas y en su despacho entra con fuerza la luz nítida del sol de finales de enero. Es una luz rasante que se cuela hasta las paredes del fondo, iluminando todos los rincones. No se aprecia señal alguna del rincón de los juguetes. Todo está impoluto, sin polvo, sin sombras, a imagen y semejanza del Dr. Teodoro Vinyals.

- No puedo creer en las religiones, y menos aún en una sola de ellas; judíos, cristianos, musulmanes… La alquimia nos enseña que la verdadera nobleza no está en la pureza sino en el mestizaje.

- Y sin embargo debe usted creer en algo. En alguna clase de fundamento, de principio. Cree al menos en las súper cualidades, y cree en que se puede vivir fuera del tiempo. Cree también en sus ideas…

- Uhm… No tanto como pueda pensar. He aprendido a dudar de mis ideas, fundamentalmente a dudar de mi mente. Me limito a amar lo que es, pues he comprobado que la mente tiende a pensar que todo lo que le sucede es equivocado. La mente emite muchos juicios, demasiados. Ahora vivo con ella, con la mente, pero no para ella, dejo que otras partes de mi cuerpo también piensen.

- ¿Otras partes de su cuerpo?

- Sí, así es doctor, de acuerdo con las investigaciones más recientes ¿Sabía que el corazón tiene una red neuronal independiente? ¿Y que envía más información al cerebro de la que recibe de éste? El corazón influye en nuestra manera de pensar y yo ahora dejo que el corazón y otras entidades en mí también sean yo. Y el único fin debe ser la felicidad.

- ¿Se siente feliz?

- No es feliz el que no cree que lo es.

- ¿Y no le llevan todas esas reflexiones a algún tipo de creencia, a algún tipo de fe?

- ¿Fe? A veces pienso que llevo toda la vida intentando que Dios me acepte como suyo, mientras escucho mis pasos solitarios y sin rumbo. Yo… yo creo en Meta, doctor.

- Hábleme de Meta, entonces.

- Pensaba que usted ya lo conocía ¿No tiene usted algún tipo de relación con ellos? Como psicólogo quiero decir.

- ¿Con Meta? No, no tengo ninguna relación, no les conozco.

- Pero usted está vinculado a la Universitat de Barcelona ¿Verdad?

- Sí, así es, eso es correcto. Doy clases allí dos veces por semana y colaboro en varios programas que imparte la UB ¿Pero, qué tiene eso que ver?

- Meta está vinculado con la UB, con la facultad de Psicología. La investigación y el programa se desarrollan en el campus de la Universidad. Estaba convencido de que usted los conocía y que, de algún modo, formaba parte del programa.

- No, debo insistir que todo lo que he oído de ellos es a partir de usted, en nuestras charlas, aquí. ¿En qué campus dice que trabajan?

- Están en Hogares Mundet.

- ¿En la facultad de psicología, entonces?

- Sí, pero no en el edificio grande.

- ¿En cuál si no?

- En el Palau de les Heures. Ya sabe, subiendo a mano izquierda
- ¿En el Palau de les Heures? Es extraño, lo conozco bien. Es un edificio de medidas modestas pero conocido por todos los que tenemos vínculos con la facultad, así que me sorprende que se me haya pasado por alto una actividad tan peculiar allí mismo. Uhm… espere un momento por favor, voy a pedirle a mi recepcionista que haga unas cuantas averiguaciones. Será sólo un instante.
- Les gusta trabajar con discreción.
- ¿Cómo dice?
- A la gente de Meta. Eso me dijeron, que prefieren la discreción que les brinda el entorno del Palau, más apartado y menos concurrido Por eso no habrá oído hablar de ellos antes.
- Entiendo… -replica escéptico mientras se levanta y se dirige hacia la puerta que nos separa de la sala de espera que hay en la recepción-.
- ¿Doctor…? -le pregunto antes de que atraviese la puerta-.
- ¿Sí?
- ¿Qué ha sido de aquella zona con juguetes y una alfombra a cuadros con vivos colores que había en aquel rincón?
- ¿Zona con Juguetes? Ah, sí, ya sé a cuál se refiere. Hace mucho tiempo que ya no está ahí.
- ¿Mucho tiempo? No será para tanto.
- Déjeme pensar… Pues si la memoria no me falla, de eso hará más de veinte años. Me sorprende que se acuerde de ella. Esa zona de juegos estaba por aquí justo en los tiempos en los que usted venia de niño, poco después del fallecimiento de su padre. Años más tarde, para cuando su madre nos dejó y usted volvió a la consulta para hacer nuevas sesiones, la zona de juegos ya no existía. Sabe, dejé de ejercer la psicología infantil hace al menos ese tiempo, veinticinco años. Así que me sorprende que se acuerde de aquellos juguetes, de aquel rincón ¿Qué tenía usted entonces, ocho o nueve años?

Me pregunta sin esperar mi respuesta mientras ya ha salido del despacho y se le oye murmurar instrucciones a la recepcionista. Me siento turbado. El sol entra insultante por la vidriera y golpea mis ojos cansados ¿Más de veinticinco años? No puede ser. Acaso he tenido visiones fuera del tiempo ¿Quién era aquel niño, entonces? ¿Qué fue lo que vi hace unas semanas? ¿Qué fue lo que viví? ¿Quién era ese niño, por qué lloraba? ¿Por qué se acercó a mí?

- Ahora, enseguida, confío que aclaremos las dudas que han surgido al respecto de Meta y sus vínculos con la UB –dice Vinyals entrando de nuevo y rodeando la mesa-.
- Ajá.

- ¿Cómo se encuentra, por cierto? Se le nota cansado… ¿Dolorido quizás?

- A ratos, de vez en cuando, aunque últimamente los momentos de dolor son más seguidos, más continuos.

- Sigo pensando que es usted demasiado joven para…

- No hay nada más efímero que alardear de juventud, doctor.

- No me refería a eso…

- Lo sé, lo sé, sólo bromeaba. Pero quiero que sepa que aún hoy estoy más convencido de mi decisión que entonces. Sólo somos verdaderamente nosotros cuando morimos. Cuando transitamos de una vida a otra somos la entidad cierta, aquello que somos. En cambio, cada vida es una representación, un personaje, un protagonista que tiene algo de nosotros pero que no es puramente lo que cada uno es. Lo auténtico es aquello que somos cuando no estamos aquí. He hecho lo que tenía que hacer. Mi tiempo aquí ha estado bien. He cumplido con el plan que se me había encomendado. Desde mi punto de vista, cada uno tiene un plan que debe ejecutar, un propósito. Eso creo aunque a veces, claro, a veces dudo. Es normal hacerlo.

- ¿Qué clase de duda?

- Me pregunto en ocasiones si la única *intención* fue el big bang. Y si el Todo volverá a la *intención* única cuando el cosmos se contraiga de nuevo. Me cuestiono entonces si sólo hay la intención del big bang, el único plan maestro sería pues la armonía. Imagínese que sensación de vacío espiritual y existencial si la única decisión *divina* no fuera más allá de dar lugar al big bang y al espacio tal y como lo conocemos. Entonces, en esas circunstancias, cada cual debe decidir, decidirlo todo y, en un espacio de tiempo, tan diminuto en términos cósmicos, como es una vida humana y… honestamente, a veces la libertad se revela como una pesada carga, una carga milenaria. Son sólo reflexiones en momentos de duda. Son connaturales a nuestra condición humana. Por suerte esos momentos se desvanecen solos, la misma ciencia nos da las pistas para ello. ¿Y usted, doctor? Por su parte, desde su punto de vista ¿Cuál cree qué es el propósito de la vida?

- Me encantaría poder responderle a eso, desde luego. ¿Quién tiene la respuesta? Nadie con una absoluta certeza puede responder esa pregunta a día de hoy. Sin embargo…

- ¿Sí?

- Sin embargo, a menudo pienso en una teoría que solía esgrimir un colega mío que ahora ejerce en Nueva York y …

- ¡Doctor! –interrumpe la recepcionista entrando sin preaviso en el despacho- el Jefe de Estudios dice que no conoce dicho programa y que, por lo que a él le consta, en el Palau de les Heures no se desarrolla ninguna actividad de esas características ¿Quiere que le pregunte alguna otra cuestión? Lo tengo en línea.

- No, no, por favor. Dele encarecidamente las gracias por su tiempo y... sí, dígale que le llamaré yo luego por la tarde, personalmente. Sobretodo agradézcale su amabilidad por atendernos a estas horas. Seguro debía estar andando de una clase a otra.

- Así lo hago, Doctor –responde con su acerada voz la recepcionista, cerrando enérgicamente la puerta tras de sí-.

Vinyals y yo nos quedamos mirando en silencio, mientras el reluciente sol insiste en brillar en todas las superficies y molestar la vista. La nausea sigue su curso dentro de mí.

- Internamente deben funcionar con otro nombre –digo al fin- pero la gente que trabaje allí tiene necesariamente que haberlos visto. Gabriela está casi a todas horas por allí. También va a veces al edificio principal, a la facultad de psicología. Yo mismo la acompañe parte del trayecto en una ocasión.

- ¿Ha coincidido alguna vez con otras personas que sigan el programa como usted? ¿Quiero decir, se ha cruzado con ellos, mientras usted salía o entraba del Palau?

- Déjeme pensar.... Me parece que no, pero debería pensarlo más detenidamente. No estoy seguro.

- ¿A qué horas suele acudir?

- Las horas varían. A veces ha sido muy temprano. En otras ocasiones pasadas las ocho de la tarde...

- En el Palau generalmente se imparte algún máster y estudios complementarios, ya sabe que no son unas instalaciones muy grandes. Siempre hay alumnos de post grado por allí. ¿Se ha relacionado con ellos alguna vez? ¿Ha visto a los miembros del equipo de Meta interactuar con otros docentes o investigadores?

- Lo cierto es que debido a las horas siempre tan dispares, nunca he coincidido con alumnos o profesores que estén por allí al mismo tiempo. De hecho, entiendo que las horas son tan poco ortodoxas precisamente para que el desarrollo del programa Meta no se vea perturbado por el ruido de los alumnos yendo y viniendo por los pasillos.

- Entiendo, sí, podría ser, es poco plausible, pero.... Sin embargo, mi buen amigo, el Jefe de Estudios de la facultad....

- Son discretos, y viajan mucho. Gabriela estuvo por casi dos meses en Boston.

- Sí, pero entenderá que resulta todo un poco extraño.
- Comprendo su desconcierto, doctor, y me gustaría que los conociera personalmente. De hecho creo que usted y Gabriela congeniarían bien.

Se queda callado por unos segundos, con una mano apoyada sobre los labios y la mirada perdida detrás de mí.

- ¿Dispone usted de algo de tiempo esta mañana? Me refiero a si puede permitirse un par de horas –dice al fin-.
- Sí, claro, ¿Puede usted, doctor?
- Creo que puedo arreglarlo. Déjeme hablar con recepción para reajustar la agenda de esta mañana. Si lo consigo, prepárese, nos vamos con mi coche hasta el Palau de les Heures. Quiero aclarar esto cuanto antes –responde con cierta autoridad mientras se levanta poniendo orden en su mesa-.

Unos minutos después estoy en su automóvil, transitando ciudad arriba en busca del Palau de les Heures. El tráfico es denso pero se circula ligero. En poco tiempo estaremos llegando a nuestro destino.

En un semáforo en rojo en el que permanecemos detenidos, veo pasar frente a mí a los dos *tipos feos*. El de las mejillas azuladas se vuelve y me mira mientras cruza el paso de peatones. Su cuello está salpicado de diminutas gotas de sudor. Los veo alejarse y perderse entre la gente que camina, y no me afecta.

- Su amigo doctor, el de Nueva York…
- ¿Mi amigo?
- Sí, antes estaba por contarme la teoría de un colega suyo sobre el propósito de la vida. Justo antes de que entrara la recepcionista ¿Lo recuerda?
- Ah, sí. No es algo científico. Su visión quiero decir, la de mi amigo. No vaya a pensar que por venir de otro psicólogo…
- No importa, doctor, sólo quiero escucharlo, me interesa.
- Él decía que… Él sugería que el propósito de la vida es llevar un mensaje del niño que has sido al anciano que serás, y asegurarte de que en el camino el mensaje no desaparece y que permanece intacto.
- ¿Qué mensaje?
- Bueno, habría que preguntárselo a él, pero yo quiero pensar que lo que él tenía en mente es una suerte de código personal, alguna clase de conocimiento que adquirimos cuando somos niños, desde nuestra experiencia como *no adultos*, un mensaje que nos conecta con lo que somos y con lo que nos rodea, y que el gran reto de la vida pasa por asegurarte de que no traicionarás esa magia, que no la olvidarás por el camino, que vivirás de acuerdo a esa filosofía para que el anciano que seremos… Uhm… no sé, cómo decirle, para

que ese otro *yo* siga siendo feliz. Algo así como que nos vayamos con la misma ilusión con la que vivimos de niños. Discúlpeme, sé que no es algo serio, sólo una hipótesis, apenas una elucubración.

No le contesto. No digo nada. Miro al frente, al tráfico ruidoso que percibo en silencio y me sumerjo en el rostro del niño que no hace mucho tiempo, en su consulta, se presentó ante mí. Recuerdo su mano sobre mi rodilla como si fuera ahora mismo. Recuerdo sus mejillas surcadas de lágrimas. Pero no recuerdo el mensaje.

# LXXIII – Partículas de Luz

Poco después aparece ante nuestros ojos el cíclope deslenguado del campanario de Hogares Mundet. El vehículo sube la sinuosa carretera que yo desconozco puesto que viniendo siempre caminando, tengo por costumbre andar las escaleras y atajos que cruzan los jardines y los edificios primeros. Poco después, Vinyals aparca el vehículo en el estacionamiento que el Palau tiene habilitado en la fachada posterior. Desde ahí caminamos hasta un cubo de vidrio y metal encastado en el apéndice del ala Este del edificio, que me parece hace las veces de entrada en esta parte del Palau. Entramos, y observo el suelo arlequinado, amenazante, como siempre.

- No estoy acostumbrado a entrar por aquí. No conocía esta sección del Palau.
- ¿No entra por aquí? ¿Por dónde si no?
- Yo vengo siempre caminando, a veces en metro, pero siempre subo hasta el Palau atravesando los jardines, así que encuentro el Palau siempre de frente, no como ahora que venimos desde el parking, por la parte posterior.
- No sé si comprendo lo que quiere decir ¿Por dónde dice que entra?
- Por la puerta de la fachada principal, claro.
- ¿Se refiere a los tres portales que hay frente a la escalinata de la fachada sur?
- Sí. Yo entro siempre por la puerta central.
- Creo que no.
- No sé si le entiendo, doctor ¿Cree que no? ¿Qué…?
- Me temo que esas puertas están anuladas desde que se hizo la reforma del Palau, y de eso hace ya muchos años, fue en 1993. El acceso al edificio es siempre por este cubo de vidrio –dice con el ceño fruncido pero sin mirarme a la cara, mientras empieza a andar sobre las baldosas blancas y negras del pasillo que penetra hasta el hall de la nave central-.

Ubicados ambos en lo que debía ser el hall principal, Vinyals me mira interrogativo. Veo que las puertas de la fachada principal, las que yo acostumbro a utilizar, están selladas por dentro y escondidas detrás de unos artificiosos tabiques y no son practicables. Torno mi atención en dirección opuesta.

-   ¡La escalera de mármol! —exclamo señalándola como un perdiguero- .
-   ¿Sí?
-   Esa es la escalera que yo siempre tomo. Arriba está el despacho del Dr. Schulze y al fondo del pasillo que hay, en dirección al ala Oeste, está el aula donde siempre me reúno con Gabriela —afirmo mientras ya estoy subiendo a grandes zancadas los peldaños, seguido de los pasos tranquilos de Vinyals, que me observa circunspecto-.
-   ¿Y bien? —pregunta Vinyals al verme petrificado delante de lo que había sido el cubículo del alemán y que ahora no es más que un cuarto oscuro lleno de cajas apiladas-.
-   Sígame por favor —le respondo sin mucho convencimiento, llevando mis pasos por el ancho pasillo que conduce hasta la sala.

El sol atraviesa insolentemente los grandes ventanales que tiene el corredor a ambos lados. Me detengo frente a la puerta de la sala que está cerrada pero sin ajustar. Puedo recordar con nitidez todas las  veces que Gabriela ha entrado y salido atravesando ese mismo marco. La recuerdo muy bien preguntándome si volvíamos juntos hasta la parada del metro. La recuerdo entrando docenas de veces con su carpeta bajo el brazo. Su pelo negro, sus labios rojos, su rostro del color del nácar. Su nombre, Gabriela, se repite en mi cabeza cien veces. Una línea de luz se filtra entre el marco y la puerta y es todo mi deseo que al abrir la puerta ella esté allí, sentada, con sus piernas cruzadas, la botella de agua a sus pies y que cuando me vea entrar ella se gire, me sonría de esa manera que sólo ella sabe, y me diga *hola Josué, bienvenido.*

Antes de empujar la puerta miro por el ventanal a mi izquierda. Al fondo, en el horizonte, en un destello azulado me parece descubrir una porción del mar. Miro hacia atrás, por encima de mi hombro y veo a Vinyals, a un metro de mí, sereno y expectante, escrutando mi rostro, midiendo mis pasos y mis gestos, analizando mi respiración, que yo mismo había olvidado.

Tímidamente empujo la puerta, y descubro la habitación llena de luz. A través de los grandes ventanales el sol revela toda la amplitud de la estancia. No hay nadie dentro salvo motas de un polvo cristalino que flotan iluminadas sin rumbo en el haz de luz que el sol proyecta en el interior. En el lugar donde Gabriela acostumbra a situar las dos sillas enfrentadas, hay docenas de sillas iguales que miran todas hacia una pizarra blanca y borrosa que hay en la pared de enfrente y que yo jamás había visto antes. Es un aula más.

-    Sospecho que no ha encontrado lo que esperaba ver –musita a mi espalda Vinyals-. Discúlpeme un momento, por favor. Voy a la planta inferior a hablar con la administrativa. Voy a asegurarme de que no nos quede ninguna duda por aclarar. Enseguida vuelvo con usted.

-    Eh… Sí, doctor, le… le espero aquí.

Una vez solo, me siento en una de las muchas sillas que estorban el espacio, penosamente, doliéndome la ausencia. Las motas de luz siguen flotando frente a mí, graciosamente ingrávidas. No se escucha nada, ni el eco de su voz, pero si el murmullo de una luz en la memoria.

Viendo las partículas deambular en el fragmento del rayo de sol, se hiere en el recuerdo una de las últimas sesiones con ella. Era una sesión temprana, y el sol iluminaba como hoy las motas que revelan el espacio. Gabriela me habló aquella vez de Michio Kaku, el famoso físico norteamericano especializado en la revolucionaria teoría de las cuerdas, la cual sostiene que las partículas son en realidad estados vibracionales. Kaku continuó sus investigaciones y afirmó después que había encontrado pruebas de la existencia de una fuerza inteligente y desconocida por el hombre que gobierna la naturaleza, es decir, algo bastante parecido al concepto que muchas personas tienen de Dios como Ente creador y rector del universo.

¿Hablaba Michio Kaku del Eje maestro? Si el Eje gobierna las leyes del universo, ¿Puede también crear todas las demás reglas? ¿Podría ir más allá de la armonía como único fin?

Michio Kaku llegó a este resultado, al concepto de fuerza inteligente, analizando el comportamiento de la materia a escala subatómica, utilizando un "semi-radio primitivo de taquiones". Los taquiones, me contó Gabriela poniendo especial cuidado en que la entendiera, hablando cerca de mí, son todas aquellas partículas capaces de moverse hipotéticamente a velocidades superlumínicas, es decir, son partículas teóricas capaces de "despegar" la materia del universo o el contacto de vacío con ella, dejando así a esta materia en estado puro, totalmente libre de las influencias del universo que las rodea. A partir del resultado de sus experimentos, Michio Kaku llegó a la conclusión de que los humanos vivimos en una suerte de realidad virtual regida por principios y leyes dependientes de una inteligencia superior, algo así como un Gran Arquitecto, donde el azar no tiene sentido, donde la armonía es una más de las leyes cósmicas, pero no la única. Y yo me pregunto ahora, en este instante, qué está haciendo el Gran Arquitecto conmigo. En cierto sentido, a menudo me observo aún esclavo de mi mente y, por otro lado, me siento afortunado de todo lo que ha reservado para mí, para que yo lo experimente. Pero ahora, en este instante, en *este ahora*, me siento tan absurdo y perdido como el niño que ha perdido su mensaje.

Mientras las motas de polvo siguen flotando y la luz ciega mis ojos, inhalo buscando su perfume, pero no aparece.

Me levanto y vuelvo hasta el despacho de Schulze. Me quedo de pie mirando la cavidad oscura. Sigue siendo el cuarto de servicio lleno de trastos y cajas apiladas que observe hace unos minutos. No hay rastro alguno de que haya sido un despacho antes. El Dr. Vinyals me encuentra al subir las escaleras. Me mira con cierta compasión, una compasión que no sabe ejercer.

- Las dos oficinistas de administración me confirma que no se hacen sesiones de ningún programa de crecimiento personal en estas aulas –alcanza a decir finalmente-. No conocen Meta ni saben de nada similar que tenga lugar aquí. Me han pasado el prospecto con todos los postgrados y cursos que se imparten ahora mismo en el Palau. Tome, léalo y mire a ver si algo le resulta familiar. Yo ya lo he hecho pero no puedo ver en ninguna de las actividades listadas nada que se asemeje a lo que usted me ha descrito. Por cierto, tampoco conocen a nadie con el nombre de Gabriela o Dr. Schulze.

- Ya veo…

- ¿Cómo se encuentra?

- Eh… Bien, bien, no se preocupe. Es sólo que no acabo de entender…

- ¿Cómo los conoció? ¿Cómo dio con ellos?

- ¿Perdón?

- Con la gente de Meta, me refiero ¿Cómo supo del programa? ¿Cómo contactaron con usted?

- ¡Claro! Lléveme al Eixample, doctor, por favor. Sé donde vive Gabriela. Vive justo debajo de donde vivía yo. De hecho todavía conservo aquel piso.

- Eh… sí, de acuerdo, vamos, nos viene de camino de regreso a mi consulta ¿Lleva usted la llave del portal, por cierto?

- No, pero si Gabriela no está aquí puede que sea porque está en su casa. Si no está allí, algún vecino nos abrirá, no se preocupe, ahora prácticamente todos me conocen bien. Y en último caso, siempre puedo llamar a Juan, nuestro abogado en la empresa, que es el presidente de la comunidad.

Quince minutos después estamos frente al edificio que fue mi hogar toda mi vida hasta hace apenas algunos meses. La heredé de mi madre junto a su melancolía. Con la venta de la franquicia en el Reino Unido saldé toda la deuda que aún quedaba a raíz de las obras de la comunidad. Juan me propuso que lo alquilara para obtener alguna rentabilidad, pero hasta ahora no he visto el momento oportuno de hacerlo.

Pulsamos el timbre del video portero del piso que ocupa Gabriela. Esperamos unos segundos pero no hay respuesta. Vuelvo a intentarlo.

-   ¿La conoció aquí, entonces? ¿En la escalera?

-   Sí, y aquí sí que estoy seguro de que se ha cruzado, inevitablemente, con otros vecinos. Puede estar seguro. Estoy seguro de ello. Tiene incluso su etiqueta puesta en el buzón. Ahora lo verá.

Tras unos minutos de espera sin obtener respuesta de Gabriela me decido entonces a llamar a doña Esperanza, la vecina del penúltimo piso. Entusiasmada y con su estridente voz me reconoce enseguida y nos abre la puerta.

-   ¿Lo ve? "G. Zimmermann" –le digo al doctor señalando la etiqueta en el buzón de Gabriela-.

-   La "G" de Gabriela, imagino ¿Correcto?

-   Así es. Subamos hasta su piso, a veces pone la música muy alta y es probable que le cueste oír el timbre del video portero.

Por un momento quedo desconcertado. Mi impulso natural era subir las escaleras como había hecho siempre, cuando observo que el doctor Vinyals se sitúa frente a la puerta del flamante ascensor. Con un repentino regocijo me sitúo a su lado y esperamos que la deseada máquina baje a recogernos. Meses de obras después, el ascensor y la reforma de las escaleras de la comunidad son una realidad.

-   Bien por Ramirez –musito-.

-   ¿Cómo dice?

-   Nada, disculpe, cosas de vecinos.

Vinyals y yo subimos en silencio hasta el piso de Gabriela. Me planto frente a la puerta de su apartamento y hago sonar el timbre. No se oye nada en el interior, pero en el rellano superior se oyen unos pasos nerviosos. Vinyals mira hacia arriba y después me dirige una mirada interrogativa. Señala con el dedo hacia la sombra que desciende las escaleras y pregunta -¿Es ella Gabriela?- Sigo el gesto previo de su mirada y veo bajar con pasos nerviosos y gruesas zapatillas a doña Esperanza.

-   Josué, qué sorpresa verte por aquí. Cómo me alegra verte.

-   Hola, buenos días doña Esperanza ¿Cómo está usted?

-   Muy bien. Pensaba que venías a tu apartamento, por eso te esperaba ahí arriba ¿Vas a alquilarlo? ¿Vas a alquilárselo a este señor?

-   Eh… no, no doña Esperanza. En realidad venía a ver a Gabriela. La que vive en este piso ¿La ha visto usted?

-   Uh… En este piso hace ya tiempo que no vive nadie. Yo conozco bien al propietario. Antes vivían aquí toda la familia, ahora vive en…

- Doña Esperanza, me refiero a la chica argentina que lo alquiló. La de la etiqueta del buzón; *G. Zimmermann* ¿Sabe a quién me refiero?
- Ah, sí, aquella chica morena —responde llevándose una mano a la mejilla-. Una chica muy guapa ¿Verdad?
- Sí, esa ¿Sabe dónde está? ¿Dónde puedo encontrarla?
- ¡Uf, vaya a usted a saber! —exclama mirando al techo-. Ahora que lo pienso, la última vez que la vi creo… Sí, creo que la vi contigo, en la cafetería de Blasa ¿Sabes cuál quiero decir? Me refiero al bar que queda justo al otro lado de…
- Sí, sí, lo conozco, pero de eso hace ya casi un año, doña Esperanza. Desde entonces la tiene que haber visto por aquí ¿No?
- Oh, no ¿Cómo iba a verla? Muy poco después el apartamento volvió a quedar vacío. Lleva muchos meses sin inquilino. El propietario, que yo conozco bien, ahora vive con su segunda mujer en Sant Cugat porque…
- Un momento, un momento doña Esperanza, discúlpeme ¿Dice que el apartamento está cerrado desde hace casi un año? No puede ser, yo hablé con ella en esta misma puerta unas semanas después, y más tarde la he visto varias veces en la facultad y en ninguna ocasión me dijo Gabriela que se hubiera mudado. De hecho ella me contó unos meses después que ustedes dos habían estado hablando de mí; que usted le había dicho que yo me cambiaba a Diagonal Mar…
- ¿Conmigo? Mira Josué, yo no soy persona de hablar mucho y menos aún de hablar de los demás. Y te puedo asegurar que con aquella chica apenas nos cruzamos un "hola" y un "adiós" en el poco tiempo que estuvo por aquí. Que no fue mucho. Me parece que no fueron ni dos meses.

La nausea se hace presente y el dolor se inyecta en mis órganos con vehemencia. Siento el desmayo apoderarse de mí. Apoyo una mano en la puerta del apartamento de Gabriela y al ser consciente de ello la retiro súbitamente, como si me quemara las yemas de los dedos; como el ardor de una mentira contagiosa.

- ¿Se encuentra bien? —pregunta Vinyals poniendo una mano sobre mi hombro-.
- Sí, estoy bien doctor —respondo apretando los labios-.
- ¿Es usted un "doctor"? —pregunta doña Esperanza iluminándosele la cara-. Pues ya tenía yo ganas de tener un vecino doctor. ¿Va entonces a alquilar el piso de Josué? Por cierto, usted sabrá decirme, tengo un dolor últimamente aquí en la espalda, mire aquí exactamente…

-        Creo que será mejor que le lleve de nuevo a la consulta -interviene Vinyals, ignorando el soliloquio de doña Esperanza-.

-        No, doctor, gracias. Quiero ir a casa. Tomaré un taxi, no se preocupe. Ya ha hecho usted hoy demasiado.

-        Le llevaré a su casa, entonces. No es ninguna molestia, créame.

Un minuto después salimos los dos del edificio dejando a doña Esperanza muda en el portal, pues ha insistido en bajar con nosotros en el ascensor para, de paso, preguntarle a Vinyals si era normal que sintiera aquellos calores y sofocos que la invadían últimamente. Vinyals, en una faceta que desconocía de él, le ha respondido en la estrechez del ascensor que él era doctor en psicología y que por tanto, en lo único que podía ayudarla era en discernir si estaba loca o no. Le ha dicho esto con total serenidad, mirándola fijamente a los ojos y esperando impasible su reacción. Mi antigua vecina se ha quedado inmóvil, atónita y evidentemente pálida, de tal suerte que parecía que incluso yo tenía mejor color que ella. En la vida conoces muchas personas que quieren ser, unas cuantas que son y unas pocas que saben ser. Vinyals entra dentro de esta última categoría.

Al salir a la calle enseguida he visto a *Pereza* que no ha dudado en arrimarse rápidamente a mis piernas. La he acariciado en la cabeza y le he susurrado al oído que nos veríamos en casa. Cuando me he aproximado al automóvil estacionado de Vinyals he comprobado como *Pereza* echaba un trote en dirección norte. Después se ha parado en la esquina, se ha sentado y se ha quedado esperando mi reacción.

-        ¿Son experiencias *fuera del tiempo*? ¿Estoy teniendo visiones, doctor? ¿Es acaso una broma pesada? ¿Qué está sucediendo? –le pregunto con evidente inquietud mientras Vinyals rebusca torpemente las llaves del automóvil en sus bolsillos para ganar tiempo en su respuesta-.

-        Pueden ser visiones ocasionadas por el dolor. Esto es habitual. Tener delirios y visiones a causa de una desarmonización interna, sin embargo…

-        ¿Sí?

-        Eso puede ocurrir en episodios puntuales, no es normal tener una experiencia como la que usted describe durante casi un año entero y en una secuencia lógica.

-        No, claro, qué sentido tendría. ¿Loco? No, no estoy loco doctor. Imagino que habría quien puede pensarlo pero, no, las cosas son, así han sido. Por otra parte…

-        Sí, adelante.

-        Si fuera una visión ¿Cómo se puede tener una visión con tanto lujo de detalles? Recuerdo sus gestos, todas sus palabras, el perfume… Dese cuenta de que puedo decir incluso los días, las horas, está todo en mi agenda y en mi memoria.

- Los detalles hacen creíble una historia. Usted ha querido creer y por eso ha dotado a su visión de todo lujo de detalles. Creo que realmente necesitaba creer...

- ¿Piensa que no es más que una visión? ¿Lo cree de verdad, doctor? No me cabe esa idea ¿Y si es todo cierto? Hay además otras cuestiones que deben aclararse. Hay enigmas que nunca conseguí aclarar. Quiero decir...

- Le escucho.

- Ella siempre fue muy hermética en relación con el origen de Meta. Nunca quería hablar de cómo se financiaba el programa, por ejemplo. De quiénes estaban detrás. Usted acaba de ver que Gabriela existe, ha existido, alquiló el apartamento. No ha sido eso una visión ¿Verdad? Sí, de acuerdo, no vive ahora aquí como yo pensaba. Es verdad que en el Palau no los conocen según le han dicho a usted, pero... No lo sé doctor, quizás sí, quizás sabían las horas en que no habría nadie allí y por ese motivo me citaban en horas tan poco comunes. Pero claro, cómo explicar la metamorfosis de la sala donde hacíamos las sesiones, el despacho de Schulze, la puerta de entrada...

- ¿Cree que podrían ser alguna clase de estafadores? ¿Algún grupo organizado?

- Pero... ¿Qué lógica tendría algo así? ¿Para qué? ¿Con qué finalidad? No me han pedido nunca dinero. No he pagado nada por el programa, en ningún momento han pedido nada a cambio. Bueno, ciertamente, su único interés era... No, eso no cuenta.

- Sí, diga ¿Cuál era su único interés? Eso puede ayudarnos a aclarar sus motivaciones.

- Lo único que pedían doctor era que... Era que revirtiera en la comunidad los beneficios que yo había obtenido por participar en Meta.

- ¿Cómo *"en la comunidad"*? ¿En la "comunidad Meta", quiere decir?

- No, doctor. En la comunidad en general. Que devolviera a los ciudadanos el fruto de mis súper cualidades, que hiciera lo posible por construir comunidades mejores, más fuertes, más capaces, súper comunidades que pudieran responder a los retos futuros que iba a enfrentar la humanidad ¿Puede haber algo de malo en un acuerdo así?

- Ya veo. Desde luego no parece el típico plan malvado de un grupo criminal.

- ¿Y qué debo hacer ahora, doctor? ¿Qué hago con la experiencia? Tampoco sé si importa ya. Pero mi alma no está en paz. ¿Cómo podría estarlo?

Hoy es el día más extraño de mi vida y... usted sabe que ha habido días extraños.

- Creo que debería olvidarse de todo esto. Debe concentrarse en usted.

- No puedo olvidarlo, doctor. Mientras hablo con usted vislumbro la respuesta a mi propia pregunta.

- ¿Por qué cree que no puede olvidarlo?

- No puedo olvidarlo porque sucedió. Ahora lo sé. Aunque no de la manera convencional en que usted cree que suceden las cosas.

- Debe empezar a aceptar que lo más probable es que sus sesiones en el Palau nunca hayan existido.

- Sí lo han hecho, han existido, doctor. Pero no de la manera que usted cree, no de la manera que usted conoce, ha sido en otra dimensión, en otro tiempo, de otra manera...

- ¿Cómo cree entonces que ha pasado?

- Ocurrió fuera del tiempo, fuera de esta realidad que vivimos, pero no por ello menos real, doctor. No fue aquí, pero fue. No es su realidad, pero sí es la mía.

- ¿No cree que eso es complicar las cosas? Seguro que hay una explicación más sencilla ¿no le parece?

- Esa es una explicación sencilla, doctor. Que algo no esté a la vista, como pasa con el aire, no quiere decir que no exista. Es como el vuelo de un pájaro. Desde un razonamiento convencional el pájaro vuela porque es inmune a la gravedad. Desde mi punto de vista, es la fuerza del aire bajo las alas lo que impulsa al pájaro hacia arriba. El ser racional no puede creer en esa posibilidad hasta que no *ve* el aire. Sólo se deja guiar por lo que ahora puede sentir, que es la fuerza de la gravedad. Yo, en cambio, he sentido el *aire* muchas veces.

Me mira interrogativo, sin saber qué decir. Es la primera vez que percibo dudas detrás de sus gafas metálicas, sus humanas tribulaciones.

- Sí, doctor, probablemente Dios ha muerto, pero un ejército de almas leales cuida de su reino y de su legado. Ahora lo sé, ahora sé cosas.

- Vamos, entre en el coche, por favor, seguiremos hablando de camino a su casa...

- Prefiero ir andando, doctor, discúlpeme. Necesito estar solo. Gracias por su ofrecimiento y su amabilidad. Caminar me hará bien –respondo mientras por el perfil de la mirada veo a *Pereza* que sigue esperándome en la esquina-.

- ¿Está seguro? Se le ve cansado. Deje que le lleve, por favor. Será un momento.

-    No… No, me voy caminando. Quiero este momento para mí. Gracias por todo, doctor, ha sido usted muy amable, gracias… –le digo a mi espalda mientras ya muevo mis pasos para encontrarme con *Pereza*-.

-    Creo que debería volver a mi consulta esta misma semana. Está claro que está atravesando usted un importante shock y hemos de abordarlo cuanto antes para cumplir con el objetivo que le trajo de nuevo a las sesiones de psicoanálisis, prepararle para el *Adiós*.

-    Ya no es tiempo para eso, doctor. Ya no es tiempo. Sólo se puede ser feliz ahora.

El desánimo de Vinyals va haciéndose pequeño a mi espalda. El sol de enero brilla y el aire es gélido; nada te hace sentir más vivo. El dolor se disipa en burbujas de aire con cada nuevo paso que doy. Mi compañera trota silenciosa a mi lado con la mirada en el horizonte. Yo no parpadeo. Mis ojos empiezan a enfrentar el espejo. Poco a poco, paulatinamente, el escenario se va agrietando, lenta pero incesantemente. El tráfico es denso y el ambiente despejado y cristalino invita a muchos a deambular por las aceras. Me cruzo con ellos. Sin mirarlos veo sus ojos, leo su mente. No parpadeo. Progresivamente todos los que se cruzan conmigo someten su atención a mí. Yo los ignoro. Ignoro su atención. Son esclavos de su mente y yo me libero. Apenas respiro.

Mis pasos parecen cada vez más ligeros, siquiera golpean el suelo. Avanzo deprisa, no me detengo en los semáforos, camino en línea recta, en una sola y única línea recta. Cruzo una tras otras todas las intersecciones del Eixample. Cruce tras cruce, sin pausa. Nada me atropella. El tráfico es denso pero en una sincronía perfecta, cuando yo cruzo los cuatro o cinco carriles de cada una de las calles, los coches pasan antes de mí y después de mí, pero nunca cuando yo lo hago, nunca me golpean. No tienen que frenar, todo está sincronizado. No se inmutan los conductores. Yo los miro a los ojos, son momentos fugaces, ellos no me ven pero yo a ellos sí. Veo todos sus órganos desde dentro, sus músculos y sus intenciones y orquesto la danza, paso entre los coches que circulan a gran velocidad. Al cruzar un carril siento el aire que mueve el coche que pasa justo después de que yo lo haya hecho, apenas a unos milímetros de distancia, pero ni siquiera me roza. Mientras cruzo un carril pasan frente a mí coches y motocicletas por el carril que me queda delante. Cuando yo lo atravieso, una brecha *natural* entre ellos me permite cruzar la calle, sin pensar, sin detener un paso, sin acelerar otro, como si estuviera ensayada una coreografía entre la ciudad y yo. Ni un claxon, ni un gesto, nadie me ve pero todos están atentos a mí. Manzana tras manzana, por más de veinte, sucede igual, estoy sincronizado con todo lo que se mueve a mi alrededor, nada me embiste, nada me atropella, nada me golpea, el flujo pasa detrás de mí, delante de mí,  y en apenas unos minutos ya estoy circulando por entre los vehículos de Plaza de les Glories, danzando con ellos, con paso ligero. Ni un solo frenazo, ni un solo paso atrás, ni una sola duda, y *Pereza* junto a mí. Intactos los dos, como el silencio.

El cansancio debería haberme hecho tardar más de media hora en llegar, pero en apenas diez minutos estamos en casa. Caen mis pestañas sobre los ojos para aliviar mi mente que parece una hoguera que se resiste a apagarse. Intento abrir la puerta. Me tiemblan las manos y me cuesta sostener las llaves. El dolor vuelve. Por fin entramos *Pereza* y yo, y puedo escuchar el estruendo de mi cuerpo contra la madera del piso cuando me desplomo sobre el suelo del salón. Como sucedió también cuando me desmayé de dolor al entrar por primera vez en la habitación del hotel de Lyon. Ahora lo recuerdo, caí sobre la alfombra. El médico del hotel me atendió, me dio sedantes y se quedó conmigo hasta poco antes de la hora de cenar. Estábamos él y yo solos. Pero también recuerdo a Gabriela desnuda caer en mis brazos mientras yo habitaba aquel sueño. Recuerdo sus lágrimas de placer. Recuerdo sus palabras, su olor y cómo profanamos los cuerpos y rondamos el alma por el precipicio del deseo. Todo eso fue también.

Me duele la vida. Voy a enloquecer. Aprieto los puños. Siento agarrotarse los músculos de mis brazos. Aprieto con fuerza mis párpados. Las fibras de mi espalda se contraen dolorosamente. Mis labios se endurecen. Quiero estallar y quiero contenerme. Gabriela, te echo de menos. Me hace falta tu voz, ahora. No me abandones aquí, en este momento.

Transcurre el tiempo. Súbitamente, en una impulsiva inspiración, atrapo el aire que había olvidado fuera de mí. Vuelvo a respirar y abro los ojos, con mi cabeza aún sobre el parquet. Enfrente, las cajas desordenadas de libros siguen minando toda la estancia, aquí y allá, cajas y cajas aún por desembalar. Algunas abiertas, con algunos libros sembrados alrededor y la mitad de la caja vacía, la mitad llena. Y sin embargo los libros…

Me incorporo con dificultad y gateando torpemente me aproximo a la caja que me queda más cercana. Tengo un presentimiento como una mano helada sobre el pecho. Empiezo compulsivamente a sacar todos los libros de la caja. Escruto los títulos, los autores… Cada verdad, cada mentira y cada promesa en la memoria, pues eso son los libros, a fin de cuentas, verdades, mentiras y promesas.

En el fondo de la caja aparece la primera sentencia. La saco a la luz. Sostengo entre las manos el "Así habló Zaratustra" de Nietzsche. Después de observarlo por unos segundos, lo dejo con cuidado sobre el suelo. Me acerco a la siguiente caja, y arranco la cinta adhesiva que la cierra. Enseguida aparece el libro de Joaquin Valls sobre *grafotrasnformación* y la sesión con Gabriela sobre las instrucciones nocturnas me asalta la memoria. Debajo del libro de Valls, un viejo manual sobre meditación trascendental. Mi pulso se acelera, siento la sangre fluir rabiosa entre mi mente y mi corazón. Me acerco a la siguiente caja. Está abierta. Aparto unas viejas agendas y debajo de ellas aparece agazapado "Somos Nuestro Cerebro", el libro del catedrático de neurobiología Dick Swaab. Mi respiración se torna compulsiva. Lanzo el libro hacia un rincón. Sigo sacando libros de esa misma caja. Al fondo aparece una carpeta llena de apuntes sobre los trabajos de la matemática e investigadora Annie Marquier. Paso los primeros recortes y aparece su trabajo sobre "El cerebro del corazón y sus implicaciones". Arrojo los apuntes contra la pared y sigo hurgando en las cajas. Enseguida aparecen los trabajos de la doctora en biomedicina Ana María Oliva sobre el biocampo electromagnético. En la portada puedo ver una foto del mismo escáner que Schulze utilizaba conmigo. Paso bruscamente a la siguiente pila. Inmediatamente aparece la "Crítica de la Razón Pura" de Kant, pero por debajo de ésta sólo hay novelas; "La Isla" de Aldous Huxley, "La Náusea" de Sartre y la obra de Rimbaud, y otras encuadernaciones que no me detengo a reconocer. Sé lo que busco.

Me siento, apoyando la espalda contra la pared para reconstruir, aunque sea parcialmente, la intención. Miro las cajas esparcidas por todo el apartamento como bombas de relojería a punto de estallar sobre mí conciencia. Me arrastro hasta la habitación. Allí hay una caja blanca pequeña apoyada contra un mueble. La abro con cuidado. El primer título que aparece es "La biología de la transformación" de Bruce Lipton. Recuerdo perfectamente cuando Gabriela me hablaba de él, del poder de los pensamientos para cambiar nuestra biología, incluso nuestro físico. Cuando Gabriela me hablaba…

Detrás de éste aparecen dos libros: "Parallel Worlds" y "Física de lo Imposible", ambos de Michio Kaku. Los arrojo contra la cocina haciendo caer el exprimidor que hace un gran estruendo metálico al rebotar varias veces contra el suelo. En la siguiente caja aparece "El Poder del Agua" de Masaru Emoto. Lo vuelvo a colocar con cuidado dentro, con los demás que no quiero saber qué son. Veo entonces que, fuera, apostados contra una pared hay dos libros que puedo reconocer en la distancia por el color del lomo: "La presencia del pasado. Resonancia mórfica" y "De perros que sabe que sus amos están camino de casa", los dos escritos por Rupert Sheldrake.

Me siento abatido. Siempre he pensado en las bibliotecas y librerías como en almacenes de palabras, pero ahora no sé si quiero continuar hiriéndome la memoria. Me dejo caer frente al ordenador. Muevo el ratón sin clicar en nada, absorto, concentrado en el ir y venir del cursor en la pantalla, oscilante, errático, como un biorritmo a punto de salir de rango. Finalmente, de forma involuntaria, acabo clicando sobre "mis búsquedas guardadas" en la esquina superior del navegador. En la décima posición aparece un artículo del diario Daily Telegraph, publicado el 28 de enero de 2014, con una noticia relativa a un laboratorio farmacéutico de Bélgica que estaba a la búsqueda de "superhumanos" con el título: *Drug company launches global hunt for 'superhumans'* Inevitablemente un escalofrío me recorre la espalda en el recuerdo de Gabriela hablándome de esta noticia hace ya casi un año atrás. Sigo repasando la lista de búsquedas almacenadas. La piel se eriza cuando llego a la posición veintiuno. Me asalta un súbito mareo. La nausea se reinstala en mí. Vuelvo a leer la pantalla, lo escrito en el título: *Gottlob Ernst Schulze, filósofo alemán, crítico de la filosofía de Immanuel Kant y maestro de Arthur Schopenhauer.* Mientras mis ojos se funden con la pantalla del ordenador, siento la garganta seca y el tono de los músculos desvanecerse en mí. Apenas sin ánimo, vuelvo mi atención a una caja de cartón que permanece sin desprecintar en el salón, detrás del sofá. Me dirijo hasta ella. Con sumo cuidado rompo el precinto. Extraigo el volumen de "Cartas a Lucilio" de Séneca que había en lo alto del lote. Dos libros más por debajo de éste aparece "Enesidemo", la obra más conocida de Gottlob Ernst Schulze. Me quedo inmóvil mirando el nombre *Schulze* grabado en letras doradas sobre la portada, justo cuando se me escurre el libro entre las manos temblorosas y golpea contra el suelo. Ahí se quedará.

Regreso a la pantalla del ordenador. *Ya sólo me quedas tú,* me digo. Abro la búsqueda veintiséis titulada "Gabriela". El navegador se dirige automáticamente al "Google académico" donde enseguida aparecen listados todos los trabajos y contribuciones científicas de la doctora Gabriela Zimmermann. La página se actualiza con las últimas entradas disponibles. Ahora, en el primer lugar de la búsqueda, aparece un link titulado únicamente como "Nota de defunción". Clico sobre el link. Una reseña muy breve reza literalmente *"La doctora G. Zimmermann falleció el pasado mes de marzo en un accidente de tráfico ocurrido en Lisboa".*

Los ojos lloran aunque yo no siento nada, no me atrevo a sentir nada. Dentro de la misma búsqueda abro la pestaña que me devuelve a la página habitual del buscador. Ahí tenía otra reseña guardada. Una que recuerdo bien, que me hablaba sobre el significado de su nombre: *Gabriela, la fuerza de Dios.* No puedo resistirme entonces a buscar el significado de mi propio nombre "Josué". Cuando aparece en pantalla el resultado, instintivamente y como un espasmo, cierro el navegador como quien da un portazo.

Pierdo los ojos por las paredes, me siento mareado. Me paso las palmas de la mano por la cara intentando serenarme. Al retirar las manos de encima de mis ojos cansados observo el rebujo de una servilleta blanca por detrás del pie del monitor. La tomo en mi mano y siento su peso ligero y el tacto de un cuerpo extraño envuelto en su interior. Giro sobre la silla orientándome hacia la ventana. Tomo entre los dedos la punta de la servilleta y tiro de ella hacia arriba dejando que se desenrolle sobre sí misma. Instantáneamente caen rebotando metálicamente contra el suelo cuatro cucharas que se pierden en cuatro direcciones por las sombras del suelo. Se quedan ahí, brillando como una constelación menuda revelada, mientras mi piel se enfría como si la cubriera la escarcha.

Me dejo caer sobre la cama. Desde ahí miro hacia fuera y observo ventanas en el cielo. El *Gran Arquitecto* utiliza los libros para hacerme llegar su mensaje. Si Dios existe, es indudable que nos habla a través de la ciencia. Si Dios es el Todo, y todo está en Él ¿hay acaso algo de Dios en todos los libros?

Me encojo mientras mi mano se posa sobre mi vientre. Me hago pequeño, me quiero hacer pequeño para que el dolor no quepa. El dolor es una pregunta que precisa una respuesta...

En esa posición, espero. Espero que llegue la noche y me pregunto si la respuesta es Meta.

## LXXIV – Siete días

*Siete días:* La cama es mi último refugio. Febrero. Mercedes viene todas las mañanas a verme. Por las tardes, Sophie insiste en quedarse aquí, a mi lado. A veces le acompaña Armand, otras veces viene sola. Se queda a dormir arremolinada junto a mí. En ocasiones lo hace en el sofá del salón. Se marcha temprano a acompañar a Armand a la escuela. Siempre regresa.

*Seis días:* No tengo apetito. Me interesa sólo escuchar música. Ahora suena *Avec le Temps,* cantada por Henri Salvador.

*Avec le temps...*
*Avec le temps, va, tout s'en va*
*L'autre qu'on adorait, qu'on cherchait sous la pluie*
*L'autre qu'on devinait au détour d'un regard*
*Entre les mots, entre les lignes et sous le fard*
*D'un serment maquillé qui s'en va faire sa nuit*
*Avec le temps tout s'évanouit*

Abro los ojos. Veo a Sophie recogiendo los libros que yo había lanzado por todo el apartamento.

- No los recojas por favor, Sophie. Déjalos ahí. No los levantes de donde están. Están en el sitio justo. Déjalos ahí, alrededor mio.
- ¿Por qué quieres este desorden?
- No están desordenados, Sophie. Solamente ocupan su espacio. Cada uno de los libros está a la distancia precisa del otro, de aquel otro pensamiento, y todos ellos forman un cosmos perfecto, así, como están. Tal y como están en mi mente. Sí, déjalos ahí, alrededor mío.

Sin mucho convencimiento accede a mi petición. La veo entrar en la cocina con sus pasos lentos y elegantes, pero tan tristes hoy.

- Pero supongo que ya los has leído todos ¿Son buenos?

435

- Lo malo de leer buenos libros, Sophie, es que se acaban…
- ¿El exprimidor? ¿También lo dejo en el suelo?
- ¿El exprimidor…? Haz lo que quieras con él, pero que no esté a la vista. No quiero verlo.

La oigo remover en los cajones de la cocina, mover objetos, ordenar cacerolas nerviosamente, enjaulada en una pena a la que no se atreve a renunciar.

- ¿Tienes hambre? –pregunta acercándose hasta la cama- ¿Qué te hace falta, Josué? ¿O prefieres un analgésico?
- No, gracias, solo quiero… ¿Puedes poner otra vez esa canción, por favor?
- ¿La de Henry Salvador?
- Sí, quiero estar seguro de que no voy a olvidar tu voz.

*Cinco días*: Como cada mañana, temprano, Mercedes ha venido a ponerme al día, repasar la agenda y traer documentos que deben ser firmados. *Pereza* hace cómicos sonidos mientras sueña estirada debajo de mi cama.

- ¿Cómo va el nuevo proyecto?
- Bien, la fundación ya está constituida. Entre los tres hemos decidido seguir llamándole Meta, como tú propusiste. Si a ti te parece bien, claro. Hemos podido registrarla así. No ha habido oposición, no existía otra fundación con el mismo nombre. Así que…
- Sí, por supuesto, el nombre es cosa vuestra, Mercedes. Me preocupa que tengáis fondos suficientes ¿Cómo van los preparativos de la salida a bolsa?
- Va todo muy bien, Josué. La fecha prevista es el 26 de marzo. No hemos podido adelantarla…
- Está bien a finales de marzo, ya será primavera. Es una buena fecha…
- Sí, pero nos gustaría poder adelantarlo al máximo para… bueno, ya sabes…
- Mercedes, pasarán muchas cosas apasionantes en el futuro, como han ocurrido en el pasado y están ocurriendo ahora mismo. Uno no puede estar en todos los acontecimientos de la vida, sólo ser *presencia* en su propia vida. Hay que dejar ir lo que no es puramente uno mismo. Todas las flores se acaban marchitando, incluso las más hermosas, aún cuando pongas todo tu cuidado. Lo que te quiero decir es que no hay ninguna necesidad de que yo llegue a tiempo al lanzamiento a bolsa, lo importante es que lo hagáis bien, que todo salga perfecto.

-        Lo será. Tanto el equipo como los inversores están dándolo todo. La valoración estimada se sitúa a día de hoy un veinte por ciento de lo que habíamos calculado previamente. Se ha montado un buen circo así que, no debes preocuparte por los fondos para Meta, habrá de sobra. Juan tiene todos los papeles listos.

-        Suena bien. Ya sabes, si hay más dinero del que habíamos calculado, debéis dotar el excedente a la Fundación Bill y Melinda Gates.

-        Sí, está ya previsto en el estatuto fundacional de la fundación. Lo verás entre los documentos que deben firmarse.

-        ¿Te acordaste de…?

-        Sí, mañana vendré acompañada del notario para que firmes también el legado. Este es el texto que incluirá. Como puedes ver queda a favor de Sophie el apartamento del Eixample, tal y como me habías dicho. El nombramiento de Juan, Pedro y yo como albaceas testamentarios viene en esta hoja de aquí.

-        Gracias, Mercedes. ¿Los libros?

-        Sí, la donación a la biblioteca municipal también está incluida en la página siguiente. Aquí lo puedes ver.

-        Gracias por todo, Mercedes ¿Cómo están Pedro y Juan, por cierto?

-        Bueno, puedes imaginarte. Juan trabaja frenéticamente. Lo hace para no pensar, es evidente. Pedro lo lleva peor. No quiere venir, no se atreve. He tratado de convencerle de…

-        No debe venir Mercedes, no debe. Así está bien.

-        Como tú digas, Josué. Debo marcharme ahora. Sophie me ha confirmado que no tardará en llegar. ¿Puedo hacer algo más por ti antes de irme?

-        Cuando te vayas, sube el volumen de la música, por favor. Gracias…

Cuando cultivas la tierra, esta responde en silencio. Siempre en silencio. No hiere. No te juzga. No dice nada pero te lo da todo. El sol brilla al otro lado de los cristales y unas nubes bajas adornan el cielo. Todo resulta patéticamente poético mientras suena la voz de Stacey Kent cantando *Les eaux de Mars*.

*Cuatro días.* Armand tiene su atención en un juego que ha descargado en el teléfono móvil de su madre. Sentado en una butaca del salón, a pocos metros de mí, mueve nerviosa y mecánicamente los pulgares sobre la pantalla. Nos ignora a Sophie y a mí, lo cual está bien. El poder es de los niños. Ella se ha estirado en la cama, a mi lado, encogida, mirando hacia mí. Tiene los ojos enrojecidos y cansados, y la piel…, la piel vista así, tan de cerca, está preciosa, como seda hilada con suspiros templados, como siempre. Sophie quiere dormirse pero no puede y en silencio llora.

Esta mañana se fue de aquí el notario con todos los documentos firmados. Todo está atado y bien atado. Suena el _Misty_ de Ella Fiztgerald. Siento el frio instalado en las piernas y los brazos. Mucho frio. Pero no tengo miedo. Al final todo le queda al cuerpo…

_Tres días:_ Mercedes me ha traído esta mañana una carta que habían mandado al despacho. Está dirigida a mi atención personal, con mi nombre escrito a mano. El remite reza _Paula & James Tracey_, desde Los Ángeles. La abriré después. Ahora Armand está sentado en la cama, a mi lado. Escucha música desde el teléfono móvil de su madre. Le pellizco en el brazo.

-   ¿Qué escuchas, Armand?
-   Una canción.
-   Ya, pero ¿Qué canción?

Se retira el auricular izquierdo y me lo cede mientras él conserva el otro en su oído derecho. Nos quedamos atados por la distancia del cable, los dos, con los rostros muy próximos, uno frente al otro, sintiéndonos la respiración y compartiendo la música. Creo que Armand nunca había estado tan cerca de mí antes. Observo con detenimiento los suaves rasgos de su cara, su piel casi transparente, su pelo sedoso y brillante y sus ojos inocentes. Es hermoso, inteligentemente hermoso y yo me siento enormemente afortunado de sentir su espíritu tan cerca y de haberlo conocido, aunque sea un poco.

_Mieux que tous les palais de marbre_
_L'or des sultans_
_Quelques branchages qui nous gardent_
_Des mauvais vent_
_Je ferai tout ce qu'il te tarde_
_L'homme ou l'enfant…_

-   ¿Qué es? No lo conozco.
-   _Le reste du Temps_. Debo aprenderla de memoria para un trabajo del colegio.
-   ¿Quién la canta?
-   Francis Cabrel –dice leyendo en la pantalla del teléfono-
-   Uhm… no lo conozco.
-   ¿Me ayudas?
-   ¿Cómo puedo ayudarte yo, Armand?
-   Primero debo memorizarla para cantarla en el colegio…

- Ajá.
- Y luego hacer una redacción explicando que quería decir el cantante. Ahí sí puedes ayudarme ¿Tú qué piensas que quería decir?
- Está bien, Armand, vamos a escucharla juntos un par de veces más ¿Te parece?
- Sí

Mientras compartimos los auriculares, observo a Sophie mirándonos desde el sofá del salón, inmóvil y conmovida. El sol de la tarde se desvanece y los últimos rayos son únicamente para iluminar su cabello dorado y la mitad de su gesto.

Escuchamos la canción de F. Cabrel una vez y media más. Armand, inquieto, cree tener la respuesta que buscaba. Se retira hasta la mesa del salón, saca de su mochila una libreta y empieza a escribir con intensidad. Sophie se levanta y se acerca a él, pasa una mano por su cabeza mientras observa su mano escribir con apasionamiento, surcando las hojas de papel con la mina. Lo observa detenidamente, le besa en la cabeza y viene hasta la cama. Se sienta a mi lado. Después se estira apoyando su espalda en mi costado y tira de mi mano para abrazarse con ella, como si mi brazo fuera una bufanda.

- Me gustaría que me hubieran dotado de un *backup* de emociones, Sophie. Poder revivirlas a voluntad cuando esté fuera del tiempo. Recuperar cada segundo que mi piel ha estado junto a la tuya. Revivir cada momento una y otra vez. Como si visionara un video, pero reviviendo internamente cada emoción. Lo que sentí, momento a momento, aquella vez, cada una de las veces. Quisiera cualquier cosa que me impidiera perder la memoria, olvidar las sensaciones, olvidar que he sido feliz, que me has amado. Esa es la maldición de atravesar el espejo; perder el recuerdo de la vida anterior en cada nueva vida.
- ¿Por qué crees que ocurre así, Josué?
- Supongo que si no, si no nos borraran, nos podría el recuerdo, nos ahogaría la melancolía.
- No sé si entiendo lo que quieres decir, Josué.
- Que te quiero, Sophie, profundamente, aunque no te merezca.

*Dos días:*

*Querido amigo Josué, confiamos esta carta le encuentre a usted bien, pues nos hace muy felices poderle anunciarle personalmente las siguientes dos grandes noticias. La primera de ellas es que desde que nos conocimos en Aurora, Paula y yo hemos madurado nuestra relación y con gran felicidad e ilusión podemos anunciarle que hemos decidido formalizar nuestro compromiso y casarnos el próximo 23 de abril del presente en la ciudad de San Francisco. Como usted pronosticó, el nuestro fue un amor a primera vista, el cual, sin duda, tiene contraída una infinita deuda con usted. Desde aquel día, como usted podrá imaginar, Paula ha mejorado notablemente su inglés, bastante más de lo que yo he mejorado mi español, pero suficiente en cualquier caso para que, rememorando nuestro primer encuentro en casa del señor y la señora Steinway, Paula y yo nos hayamos dado cuenta de la trascendental importancia que tuvo su "poética" traducción en el impulso y buen curso de nuestra maravillosa y feliz relación. Por ello y por mucho más, el segundo motivo de esta carta es el de proponerle que tenga a bien ser el padrino de nuestro enlace. Nada nos haría más ilusión, nadie más idóneo y oportuno, pues nunca podremos estarle suficientemente agradecidos por lo que hizo por nosotros. Por favor, presumiendo su aceptación y confiando que compartirá con nosotros el que será sin duda el día más feliz de nuestras vidas, encontrará junto a esta misiva dos billetes de avión para las fechas indicadas. Encontrará también al pie de esta carta nuestros datos de contacto. Por favor, no deje de contactarnos a la brevedad para ultimar todos los preparativos y preparar adecuadamente su estancia en la ciudad.*

*Con una inconmensurable ilusión y felicidad en nuestros corazones, le mandan un afectuoso saludo y quedan a la espera de sus prontas noticias.*

*Paula y James Tracey.*

*Apenas un día:* hoy me encuentro algo mejor, el dolor parece distante, la náusea ausente. El cielo tiene un polvo de nubes que hacen tímida la luz del sol y blanquea el azul haciendo que parezca menos profundo. Pero aún así todo permanece iluminado, suficiente para un 28 de febrero. Mercedes hoy viene acompañada de Juan. Los dos se esfuerzan por sonreír. No saben si mostrarse compasivos o neutrales. Lo entiendo.

- Como puedes ver está todo en marcha, tal y como tú indicaste. Te diré que incluso estamos muy ilusionados con el proyecto. Es algo nuevo para nosotros, es verdad, y seguro cometeremos errores, pero después de hablarlo mucho entre los tres, creemos que podemos hacer un buen trabajo.
- Estoy seguro de ello, Juan. Meta está en las mejores manos, las vuestras. Por cierto ¿Cómo está Pedro?
- Bien, a su manera, ya sabes… -responde Mercedes-.
- Ahora debemos marcharnos –interviene Juan-. Hemos de trabajar aún en el lanzamiento bursátil de *Express app*
- ¿Va todo bien en ese frente?
- Sí, no debes preocuparte, pero ya te puedes imaginar, hasta el mismo día del estreno habrá cosas que hacer. Por más que quieras dejarlo todo resuelto con antelación, siempre hay algún número o algún papel que nos pedirán a última hora.
- Irá todo bien…

- La prensa está completamente focalizada en nosotros. Están sumamente interesados.
- Cuidado Mercedes, cuando te alumbran, te deslumbran. Tenedlo presente, por favor, también en lo que respecta a Meta. Sed prudentes. El enemigo es poderoso.
- Puedes confiar, Josué.
- Sabes que lo hago
- ¿Hay alguna cosa más que podamos hacer por ti antes de irnos, Josué? Mañana estaré aquí temprano, como siempre, pero si hay alguna cosa que precises ahora…
- Oh, sí, ahora que lo comentas, Mercedes ¿Ves esa carta en la mesilla? Respóndeles de mi parte, por favor. Diles amablemente que agradezco su consideración a mi persona pero que…
- ¿Sí?
- Uhm… Diles que me han operado del corazón y que el médico me ha prohibido volar durante al menos un año. Que les deseo toda la felicidad del mundo y esas cosas. Ya sabes. Y… sí, compra algo bonito y mándaselo por favor a la dirección que viene al pie.
- ¿Perdón? No sé si lo tengo claro, Josué.
- Cuando leas la carta de Paula y James lo entenderás, Mercedes. Lo verás claro y sabrás lo que has de hacer.
- Vale, no te preocupes, si tengo alguna duda te preguntaré. Sophie está a punto de llegar, me acaba de enviar un mensaje. De todos modos, ya sabes, cualquier cosa que necesites de nosotros me llamas enseguida o que lo haga ella. No lo dudes, Josué, por favor.
- No lo haré. Marchad tranquilos y pronto, o se me ocurrirá más trabajo que daros –respondo con una media sonrisa como las que hacía Gabriela, que consigue erizar mi piel de nostalgia-. Me queda aún mucha guerra por dar –les advierto, sin poder contener la emoción en la voz-.

Definitivamente hoy me encuentro mejor, mucho mejor. Siento nuevas energías, la sensación de un nuevo principio, fuerzas renovadas y una esperanza reconfortante. Por otro lado me aterroriza la idea de una conciencia que nace y muere con cada uno; una conciencia temporal. Quizás por ello, este binomio de pensamiento sea el que me impulse hoy; no acepto la condición de *Ser Consciente* temporal e intrascendente.

En este momento me viene a la mente aquella joven castellera, de melena pelirroja y el alma serena. Pienso en ella porque yo lo he querido, porque no quiero tener miedo.

*Pereza* ha aullado esta noche mirando al cielo.

*Hoy es hoy:* En este año bisiesto, en el que se me regala un día para morir. Veintinueve de febrero, hoy es hoy. El cielo está cubierto de plomo. La humedad sube del mar y penetra en todos los lugares, en todos los rincones. Y a pesar de todo, hoy era un buen día para morir. Sophie ha puesto su mano en mi mejilla y ha susurrado *"Au revoir mon petit Josué"*. Después, desde el techo de la habitación, la he visto cubrirse el rostro con las manos y llorar. En el reproductor suena melodioso el *"Crazy" de Patsy Cline*, y el dolor ha reventado por fin. Mi páncreas ha dado cuenta de mí, justamente. Ya no siento dolor. Solo mi cuerpo, pesado e inerte, como arena, cayendo al vacío, quedándose vacío como un reloj de arena y la náusea que aún, discretamente, permanece. Estoy en el lugar donde rige la Muerte. Por aquí han pasado antes tantos, ... mis padres, Zacarías... miles de millones de conciencias, miles de millones de voces. Este es el sendero para escapar de la vida. En estos últimos meses he visto cosas del pasado y del futuro, como la antigua zona de juegos en el despacho de Vinyals o los carteles en la autopista, o la entrada frontal del Palau. He estado viviendo fuera del tiempo. Y ahí, los he conocido a ellos. Nuestra alma está preparada para ello pues estar fuera del tiempo es el estado natural del alma, pero el cerebro no sabe estar ahí, necesita el tiempo unidireccional y eso ha resultado confuso, perturbador. Ahora todo es más claro, ahora soy el que soy, quién verdaderamente soy y aún así, la náusea.

# LXXV – Te esperábamos

Mi cuerpo ha sido llevado al Hospital Clínico de inmediato. Soy donante de órganos y supongo que es mejor no demorarse en estas cuestiones. Yo lo observo todo a cierta distancia. Es algo confuso, pero todos parecen saber lo que han de hacer.

Los dos *tipos feos* aguardan en la puerta de entrada. Hoy van elegantemente vestidos, con traje oscuro, corbata negra y camisa blanca los dos. Ellos son mis apóstoles de la muerte. Mi moribunda carne los veía porque ellos se iban acercando a mí según llegaba mi hora, según abandonaba el tiempo, y me escurría por las grietas del espejo. Durante estos últimos meses, mientras moría, ellos se dejaban ver por entre las rendijas de la antesala. Me estaban esperando. Ahora los saludo inclinando la cabeza. Ellos me corresponden de igual modo y empiezan a andar delante de mí, indicándome el camino, hasta un Mercedes-Benz W110 Heckflosse del 66, negro brillante, aparcado en la puerta. No puedo decir por qué sé reconocerlo, pero lo sé, como muchas cosas que antes no sabía y que ahora son claras. El tipo orondo de las mejillas azuladas se dirige a la puerta del conductor. El otro, el de la oscura y cerrada sombra de barba, con sus enjutas facciones, me abre la puerta de atrás antes de acomodarse él mismo en el asiento delantero, a la derecha de su compañero. Le respondo con un sincero "gracias". Él asiente con la cabeza. La conversación no es lo suyo, pero agradezco que estén aquí y que me acompañen ellos.

Enseguida encaminamos la calle Villaroel, para seguidamente tomar la Calle Valencia. El vehículo ronronea algo torpe y la suspensión es dura. La tapicería interior es un eskay de color burdeos sobre el que patinas con facilidad de un lado al otro en cada curva. Fuera del hospital, por las calles, no hay nadie, absolutamente nadie. Ni un coche circula, ni un alma camina, salvo nosotros tres. El cielo sigue plomizo y el aire gélido, y se aprecia escarcha en los postes de los semáforos, a los pies de algunos árboles y en los bordillos de las aceras más sombreadas. Yo no siento nada, salvo la náusea. Poco después pasamos frente al taller mecánico donde intenté arreglar mi vieja motocicleta, tras el accidente. El taller está cerrado. Mi motocicleta, abandonada, está en la puerta, medio desvencijada y *arrodillada* por la horquilla delantera. Le faltan varias piezas que seguro le han robado y, aún así, ha resistido hasta hoy. Darán cuenta de sus restos como en el Hospital lo están haciendo de los míos. Cosas en común. Pienso entonces en las veces que con ella, juntos, hemos surfeado las calles, como desafiábamos el tráfico diario y como siempre, vencíamos. Estuvo bien.

Desde la calle Valencia enlazamos con la Avenida Diagonal en dirección Norte, en la dirección del mar.

-        ¿Podría encender la radio, por favor? –pregunto con la intención de romper el silencio y medir la realidad de todo lo que me sucede-.

Sin decir palabra, el conductor aprieta uno de los botones cromados de la radio que hay situada entre ellos dos. Empieza a sonar *Senza Fine* de Gino Paoli.

*Senza fine,*
*tu trascini la nostra vita,*
*senza un attimo di respiro*
*per sognare,*
*per potere ricordare*
*quel che abbiamo già vissuto...*

Circulamos muy lentamente por el carril central de la Avenida. Las ventanas de los edificios circundantes están oscurecidas. No se ve nada en ellas ni a través de ellas. Un par de copos de nieve caen sobre el parabrisas. Después le siguen unos cuantos copos más que se quedan petrificados durante unos segundos en el cristal. Me hacen pensar por un momento en "El Poder del Agua". El conductor pone entonces en marcha unas ruidosas escobillas, que van despejando la magia delante de nosotros, barriendo los copos de nieve, que cada vez caen más copiosamente, a derecha e izquierda del parabrisas.

*Senza fine,*
*tu sei un attimo senza fine,*
*non hai ieri e non hai domani*
*tutto è ormai*
*nelle tue mani, mani grandi*
*mani senza fine...*

Con el mismo lento deambular y el rumor de fondo tomamos entonces la Rambla del Poble Nou. Las calles siguen desiertas. Una fina capa de nieve puede empezar a vislumbrarse sobre los bancos y sobre la acera. Al frente puedo ver el horizonte del mar, gris, como el cielo, plano, como el silencio. El conductor ralentiza la marcha en las rotondas como si debiera ceder el paso a otros vehículos, pero no hay nadie, absolutamente nada en movimiento, salvo nosotros tres.

Unos metros antes del final de la Rambla, el tipo de la sombra de barba se inclina hacia su compañero y le murmura algo casi inaudible que no llego a entender. El rechoncho conductor asiente con la cabeza. Unos metros después detienen el vehículo en el límite donde empieza la playa. Los dos se bajan del coche. Abren mi puerta y me invitan a salir con un discreto ademán. Los copos de nieve caen sobre nuestros hombros. Su silueta es tan grave como frágil a pesar del contraste entre ellos.

- Gracias –les digo con total sinceridad-.

Asienten los dos con la cabeza. El tipo más redondo hace unas extrañas muecas en su ojo derecho, una especie de tic nervioso que sintoniza con el resto de su personalidad, completamente quieta y pesada. Nos quedamos mirando fijamente durante unos segundos, sin ninguna expectativa, liberados cada uno de nuestra responsabilidad. Después, el de las mejillas azuladas, señala con un gesto pequeño hacia la playa que queda unos metros por debajo de nosotros, descendiendo una larga rampa peatonal, desde el Passeig Maritim del Port Olimpic.

- Sí, lo sé –le respondo confiadamente-.

Encamino mis pasos hacia la arena que está blanqueándose rápidamente, cubierta por una fina capa de nieve. El camino de huellas que voy dejando tras de mí son grandes agujeros negros, llenos de sombra. Avanzo hacia la orilla y me detengo a poco más de un metro de donde rompe la espuma de las olas. Miro sobre mi espalda y veo en lo alto las dos sombras oscuras de los dos *tipos feos* que me observan desde el Paseo. Cuando me giro de nuevo hacia el mar veo a mi derecha la silueta de Schulze, que camina hacia mí, tranquilamente, dando sus habituales grandes zancadas, con los pies descalzos. Lleva una de sus peculiares camisas de cuadros, blancos y rojos, y su imperturbable sonrisa en la cara. Tiene la piel más nítida que nunca y los ojos brillantes y risueños. Ahora sé que él es, en sí mismo, la razón pura.

- Bienvenido, Josué –dice poniéndose frente a mí y estirando la mano-.
- Buenos días doctor Schulze –le respondo estrechándosela-. Me alegro de verle.
- No podíamos dejar de despedirnos ¿No le parece? Después de tanto tiempo…

- Sí, tiene usted razón. Gracias por todo. Me alegro de que estuviera usted ahí.

- Gracias a usted que le dio sentido hasta hoy. Espero que a partir de aquí tenga usted un buen viaje de regreso-.

- ¿No viene usted?

- No, mi lugar es este, a este lado del espejo.

Soy consciente ahora, más que nunca antes, de que el *naipe negro* de Schulze es su incapacidad para entender, desde la razón pura, las razones de Dios. El no tiene lugar al otro lado, él sólo puede ser de las cosas humanas, la *razón* celosa de la *fe*.

- Sí, lo sé —le respondo al fin, entre comprensivo y resignado-.

- Ella sí que le acompañará —dice señalando a *Pereza,* que trae su pelaje canela, al trote, chapoteando por la orilla-. Hace veinte años ella lo abandonó bruscamente y lo dejó a usted solo y huérfano. Ahora vino de esta forma a buscarlo desde el otro lado, para hacerle más fácil el último tiempo, el último camino.

- Vino a buscarme y me encontró.

- *Hay que ser una oportunidad para los demás.* Creo que la frase es suya ¿Verdad?

Schulze está vacío de toda arrogancia. En verdad pareciera que somos viejos amigos, dos colegas que sinceramente se aprecian y, ciertamente, ahora, con la prudencia de la distancia, ahora lo siento así. No hay razón para que la razón no sea.

*Pereza,* con una inusual dulzura, se enreda entre mis piernas y la veo después encaminarse hacia el agua, metiendo sus patas delanteras en la espuma del agua salada. Vuelve su atención hacia nosotros, y nos mira, con sus brillantes ojos color de miel, por detrás de la cortina de copos de nieve que caen abundantemente. Nos observa familiar como nunca, compasiva y extrañamente humana. Retorna después su atención hacia el borroso horizonte y se adentra con una par de saltos en el grisáceo mar. En apenas unos segundos está completamente sumergida, sólo con su cabeza a flote, nadando mar adentro, señalándome el camino a seguir.

- ¿Volveré a verle, doctor Schulze?

- ¿Volverá usted? —me responde con una liviana sonrisa- Donde va no me necesita.

- Adiós, Doctor Schulze. Gracias por haber sido.

- Adiós, amigo Josué. Gracias a usted por haberme dejado ser.

Estrechamos de nuevo nuestras manos mirándonos a los ojos, vacíos de todo juicio. Me alejo de él metiendo mis pies en el agua. Vuelvo la vista atrás y lo veo con los suyos hundidos entre la nieve y la arena. Detrás de él no están las huellas de sus pisadas. Nunca las hubo.

El agua no tiene temperatura, no la siento. Según me sumerjo compruebo que es un agua densa, plateada y absolutamente opaca. Me sumerjo y empiezo a nadar en la dirección que lo ha hecho *Pereza*. La nieve cae sólo sobre la arena. Aquí, en esta suerte de mercurio, hay apenas una niebla que cada vez me dificulta más ver el chapoteo de *Pereza* por delante de mí.

Nado sin esfuerzo pues el esfuerzo no existe. No me falta ni me sobra el aire. Con cada brazada que doy el agua de mercurio alivia toda la angustia y la náusea. Con cada brazada se va liberando el recuerdo de la vida. Según avanzo me libero, la náusea se desprende de mí como el agua deshace el barro seco sobre la piel, pero junto con la náusea se vacía también el recuerdo. Estoy olvidando.

La niebla se hace ciegamente espesa. No veo ya a *Pereza* frente a mí, aunque sé la dirección que debo seguir. Sigo nadando, y con cada brazada soy más feliz.

Después de un tiempo que no recuerdo, la niebla se va disipando. El mar sigue plano frente a mí y no hay rastro de *Pereza*. Según avanzo, el agua se va volviendo azul turquesa cuando el sol se abre camino entre la neblina. Al fondo puedo ver al fin el verde intenso de la vegetación de una selva que se levanta ante mí. Voluptuosa, densa, profunda y salvajemente vital. Miles de aves se desplazan impredeciblemente alrededor de las copas de los árboles, de unos a otros, miles de ruidos, gruñidos y silbidos se percibe entre la maleza, docenas de movimientos se presiente alrededor. Es una selva alta, ceñida e impenetrable a imagen de las Yungas del Tucumán. Lo sé.

Nado sin pausa hasta la arena caliente y cristalina de la playa. Al salir del mar, estoy completamente seco, limpio y vacío. Sólo siento luz dentro de mí, como un mensaje que llevara acompañándome toda la vida, desde la niñez, pero que hubiera dejado oculto debajo de varias capas de mentiras y falsas creencias. Pero sigue brillando, luce como el primer día, como la sonrisa de un bebé, una vez que todo lo oscuro ha quedado detrás de mí, en el agua de mercurio, debajo de la niebla, fuera de mí. Ahora soy yo, de nuevo, únicamente yo.

Atravieso la jungla. Sé donde debo ir. A poco más de quinientos metros la selva se abre y frente a mí, en un amplio y luminoso claro, aparece una gran pista de aterrizaje, algo gastada, rodeada de selva, y sembrada de algunos matojos verdes dispersos, sobre la que cae un sol invisible pero intensamente luminoso. En la cabeza de la pista hay un avión de pasajeros. No lleva distintivo ni pintura alguna que lo identifique. Es un Súper Constellation del año 47, completamente plateado, pensado en su día por el efervescente ingenio de Howard Hughes y producido en la factoría Lockheed. Un cuatrimotor de hélices, con tres enormes estabilizadores verticales en la cola, a modo de santísima trinidad. Su fuselaje, con forma de pez y cabeza de delfín, es tan singular como inconfundible y sin embargo, hasta *hoy,* yo no sabía nada de aviones, ni he sido siquiera un aficionado, pero ahora lo sé, y no sé cómo lo sé, pero sé que lo sé todo. Esas cosas las sé y sin embargo hay cosas que ya no recuerdo. Me estoy olvidando de mí.

Me aproximo hasta el avión caminando por la desierta pista de aterrizaje, observando y sintiendo la frenética actividad de la fauna entre la selva que rodea el envejecido y agrietado asfalto, como si quisiera engullirla. Alrededor de las ruedas del avión veo la sombra de algunos operarios que están preparando el aparato para el despegue. En la puerta trasera del avión hay apostada una escalera rudimentaria, hecha con tubos metálicos y de aspecto frágil, que se sostiene sobre unas gruesas ruedas negras de caucho. Me acerco hasta el pie de la escalera y levanto la vista.

-   Hola, Gabriela.
-   Hola, Josué –responde con voz suave y su media sonrisa-.

Gabriela está en la plataforma superior de la escalera, con una mano apoyada sobre la portezuela que permanece abierta. Subo sin prisa los peldaños metálicos y temblorosos hasta situarme frente a ella. Gabriela se revela como una santa anciana, su cuerpo es ahora una ermita, con sus ojos cuarteados y su mirada tan dulce como cansada. Están sus rizados cabellos vistiendo cintas de plata y sobre sus hombros descansa un vestido negro que cubre todo su cuerpo. El sol ilumina su piel que sigue siendo nácar, aunque el brillo ha dejado paso a una seda satinada suave como el viento. Me mira tiernamente a los ojos, que siguen siendo profundamente negros, con su traviesa media sonrisa que ahora tiene unos labios menos carnosos pero más verdaderos.

-   ¿Es este el viaje del no regreso? –le pregunto por hablar de cualquier cosa que me traiga de nuevo el sonido de su voz-
-   Ya veremos, Josué –responde encogiendo los hombros-.
-   He dejado las cosas lo más arregladas posibles para devolver el fruto de mis súper cualidades a la comunidad, he hecho real Meta y…
-   Lo sé, Josué, lo sabemos… –responde ampliando su sonrisa y achinando sus ojos, llena de ternura-.
-   Te he echado de menos, Gabriela.
-   No había por qué, Josué, siempre he estado ahí…
-   Lo sé, ahora lo sé, pero…

Me interrumpe poniendo su mano sobre mi hombro.

\-        *Entrá*, Josué, por favor. Estamos a punto de despegar. Te esperábamos —susurra cerca de mi mejilla, ladeando graciosamente su cabeza-.

\-        Gabriela… -le pregunto antes de entrar- ¿Por fin me aceptas como tuyo?

Ella asiente con un gesto lánguido lleno de compasión. Entro por la puerta de cola y cuando mis ojos se acostumbran a la penumbra interior de la cabina, compruebo que ésta, a pesar de ser notablemente más pequeña que la de los aviones de pasajeros actuales, tiene una mayor sensación de amplitud al haber muchas menos filas de asientos y tan sólo dos butacas a cada lado de un pasillo mucho más ancho que los de hoy en día. La alfombra es de color azul marino, como la tapicería de gamuza de los asientos. Las paredes interiores son completamente blancas, como la parte posterior de las butacas. Unas filas por delante de donde me encuentro veo asomar una cabeza de mujer. Enseguida reconozco las facciones y los ojos del color de la miel que me han acompañado estas últimas semanas, los ojos de mi madre. Gabriela a mi espalda, sin embargo, me hace un gesto para que ocupe el asiento de pasillo de la fila número siete. Ella se sienta en la misma fila, al otro lado del pasillo, a mi izquierda. Sonrío a mi madre. Ella me devuelve la sonrisa apretando los ojos y los labios, con la emoción desbordada. Después asiente con la cabeza y la veo desaparecer de nuevo detrás del asiento.

\-        ¿Qué sientes? —me pregunta la anciana Gabriela, apoyando sus manos sobre el reposabrazos de la butaca, que ya empiezan a temblar con el avance del avión sobre la pista-.

\-        Una inmensa sensación de amor, Gabriela, y un profundo sentimiento de gratitud. No podría estar más agradecido, no podría ser más feliz.

# Epílogo

El doctor Teodoro Vinyals llegaba temprano, como era su costumbre, a la consulta. La recepcionista ya había apartado las cortinas y le había dejado sobre su mesa una edición del periódico del día. Después de varias semanas de lluvia y niebla sobre la ciudad, el sol entraba radiante aquella mañana del 27 de marzo, del mismo modo que lo hacía la última vez que atendía a Josué en su consulta. La última vez que lo vio, y del que no pudo despedirse. Quizás por eso, por lo parecido de las sensaciones, pensó en que era buen momento para dar por finalizado y cerrar definitivamente su expediente. Tomó entonces la carpeta de Josué de la bandeja y la depositó sobre su mesa. Justo cuando iba a tomar asiento entró como un torbellino la recepcionista en su despacho, como era habitual, sin preaviso alguno.

-       Acaban de traer este paquete a su atención doctor. No tiene remite ¿Lo abro o quiere hacerlo usted?

Después de escrutar el paquete en la distancia, por encima de sus gafas metálicas, aferrado  con recelo entre las manos de aquella mujer, acelerada y enérgica, respondió al fin.

-       Déjelo sobre mi mesa, por favor.

Cuando se quedó de nuevo a solas, con cuidado y meticulosidad, retiró el papel que envolvía una caja de aproximadamente treinta centímetros de alto por unos veinte de lado. Abrió la caja y observó una extraña pieza plateada en el interior. La extrajo con cuidado y la depositó sobre su mesa. Se sentó frente al objeto y observó con toda la atención que le era posible aquella especie de exprimidor sideral de tres patas, una de las cuales tenía una extraña deformación en la base, como si la hubieran sometido a alguna especie de torsión y la hubieran modelado y aplastado con los dedos. Palpó el material para comprobar su textura y después presionó sobre cada una de las patas para comprobar que eran realmente metálicas y que no era por tanto fácil deformar el material. Miró de nuevo en la caja, metió la mano en el interior explorando el fondo y llegó a

450

girar la caja para comprobar que no hubiera ninguna nota en el interior. Recuperó el papel en el que había estado envuelto y lo examinó con la finalidad de comprobar si había algún nombre escrito o cualquier pista que le hiciera saber de dónde venía el paquete, quién se lo enviaba y para qué. No había nada.

Pasados unos minutos, tomó el exprimidor y lo llevó hasta la estantería apostada a la derecha de su mesa, con la intención de dejarlo ahí hasta que consiguiera aclarar el misterio o pudiera darle un uso mejor. Podrían pasar semanas o meses o no aclararse nunca pensó. Se sentó finalmente en su silla. Tomo el diario del día y repasó las primeras noticas. Llegó hasta la sección de economía. El titular principal hablaba de la salida a bolsa de la empresa *Express app*. Leyó el artículo con auténtica curiosidad. El periodista relataba que en el día de ayer, miércoles 26 de marzo, la empresa había sacado a bolsa el cien por cien de su capital, si bien, los socios inversores del proyecto, habían ejercido opciones de compra sobre una buena parte del capital de la matriz por lo que el proyecto seguía controlado por éstos. La valoración de la compañía en su debut había alcanzado una cifra millonaria para una *start up* decía el reportero, pero nada comparado con las cifras estratosféricas que había alcanzado la cotización a las pocas horas de estar en el parquet. Todo ello a pesar de que algunos analistas financieros, una reducida minoría, se habían mostrado escépticos sobre la madurez del proyecto y su insuficiente consolidación para iniciar el camino de la salida libre al mercado. Al final del artículo, un par de líneas recordaban que el fundador de la empresa había fallecido hacía poco menos de un mes, dejando la dirección del grupo en una gestora controlada por los socios inversores. Vinyals tomó su bolígrafo y subrayó en el artículo estas dos últimas frases. Después, dejó el bolígrafo sobre la mesa, y de un cajón extrajo unas tijeras con las que recortó el artículo del periódico. Tomo el recorte y lo introdujo dentro de la carpeta que contenía el expediente de Josué, la cerró, y concentró su mirada en la etiqueta escrita con el nombre del paciente en la tapa de la carpeta. En ese instante el bolígrafo empezó a desplazarse sobre la mesa, sin rodar, como si lo hiciera a un milímetro por encima de la superficie, levitando, desde el centro donde estaba hasta la esquina superior derecha, donde se detuvo. En un primer instante el doctor Vinyals se quedó petrificado e incapaz de responder con ningún gesto a aquel suceso paranormal que acababa de experimentar. Pasados unos segundos, su cara se relajó y sonrió. Volvió a mirar la carpeta con el expediente de Josué, lo sostuvo entre las manos y, observándola, no pudo evitar sentir un gran afecto por él. Se giró entonces hacia el exprimidor, lo observó de nuevo, y comprendió sin necesidad de hacerse más preguntas. Se levantó y llevó la carpeta junto al exprimidor, en la estantería. Volvió a acariciar sus tres patas. Intentó de nuevo doblar el material con sus dedos. Puso después toda su concentración sobre él, intentando conectar con su naturaleza, pensó. Pasados unos segundos sin ningún resultado, vencido pero satisfecho, sonrió. Reubicó el exprimidor en la estantería para que tuviera una mejor iluminación y resaltara más, para que tuviera más presencia. Lo miró a cierta distancia, se convenció de que aquel era el lugar preciso y volvió a su butaca. Se acomodó, recuperó de nuevo el periódico y siguió leyendo risueño gran parte de la mañana, con el sol entrando insolente por la ventana. Pensó entonces en la primavera, preparándose como cada año para la metamorfosis de la vida, mientras recordaba las últimas palabras que le había escuchado a Josué: *sólo se puede ser feliz ahora*. Tomó entonces su bloc de notas, lo dejó sobre la mesa y escribió a mano, con una letra armónica y precisa, algo de lo que no quería olvidarse: *"Cada pensamiento es una elección"*.

## Para saber más acerca de:

- **La publicación en el Daily Telegraph** el 28 de enero de 2014 relativa a un laboratorio farmacéutico de Bélgica que estaba a la búsqueda de "superhumanos" con el título: *Drug company launches global hunt for 'superhumans'* : http://www.telegraph.co.uk/finance/newsbysector/pharmaceuticalsandchemic als/10601974/Drug-company-launches-global-hunt-for-superhumans.html

- **Joaquin Valls, las instrucciones nocturnas y la** *grafotransformación*: https://es.wikipedia.org/wiki/Joaquim_Valls

Algunas publicaciones relacionadas:

  - *Buenas noches y buena suerte* (J. Valls -Ediciones Invisibles -2011)
  - *Buenos días y buena letra* (J. Valls -Ediciones Invisibles -2011)
  - *Maravillosa Mente* (J. Valls -Obelisco-, 2012).
  - *Coaching con PNC: Manual Mente.* (J. Valls –LU- 2015)

- **Los niños que mostraron ser más listos que jóvenes universitarios**: http://news.berkeley.edu/2014/03/06/figuring-out-how-gizmos/

- **Future Trend Forum y los Súper humanos:** https://www.pinterest.com/FundBankinter/future-trends-forum/ http://blog.bankinter.com/blogs/bankinter/archive/2014/08/14/superhum anos-fundacion-innovacion-bankinter.aspx

- **El texto sagrado hinduista Bhagavad Gita:** https://es.wikipedia.org/wiki/Bhagavad-g%C4%ABt%C4%81

- **Masaru Emoto y el poder del Agua:** http://www.masaru-emoto.net/ https://es.wikipedia.org/wiki/Masaru Emoto

Algunas publicaciones relacionadas:

  - *Mensajes del Agua* (Masaru Emoto -La Liebre de Marzo -2003)

- **Pitágoras y el vegetarianismo:**
http://www.ivu.org/spanish/history/greece_rome/pythagoras.html

- **El biocampo electromagnético:**
http://www.korotkov.eu/
http://www.lavanguardia.com/lacontra/20140619/54410091027/cada-pensamiento-cambia-tu-biocampo-electromagnetico.html
http://www.anamariaoliva.es/

Algunas publicaciones relacionadas:
- *Light After Life* (K. Korotkov –Backbone Publishing C. -1998)
- *Lo que tu luz dice* (Ana María Oliva –Sirio- 2014)

- **Las redes neuronales del corazón:**
http://www.idp.qc.ca/html/annie_marquier2.html
http://www.alexrovira.com/soluciones/articulo/annie-marquier

Algunas publicaciones relacionadas:
- *Le Maître dans le Coeur* (A. Marquier –Valinor -2014)

- **Investigaciones relacionadas con Experiencias después de la Muerte:**
https://es.wikipedia.org/wiki/Pim_van_Lommel

Algunas publicaciones relacionadas:
- *Consciencia más allá de la vida* (P. VAm Lommel –Atlanta- 2007)

- **La importancia de nuestros pensamientos sobre nuestra biología:**
https://es.wikipedia.org/wiki/Bruce_Lipton
http://www.wobi.com/es/speakers/estanislao-bachrach

Algunas publicaciones relacionadas:
- *La biología de la transformación* (Bruce Lipton-La Esfera de los Libros-2010)
- *Encambio* (E. Bachrach –Conecta- 2015)

- **La mejora en la salud de las personas que ayudan a otras. Estudio Univ. Michigan:**
http://www.apa.org/news/press/releases/2011/09/volunteering-health.aspx

- **Las líneas Hartmann**
https://es.wikipedia.org/wiki/Cruces_de_Hartmann

- **La filosofía Kantiana:**
https://es.wikipedia.org/wiki/Immanuel_Kant
https://es.wikipedia.org/wiki/Gottlob_Ernst_Schulze

Algunas publicaciones relacionadas:

- *Crítica de la razón pura* (I. Kant –Tecnos -2004)
- *Enesidemo* (publicado como anónimo por G. Ernst Schulze -1792)
- *Reseña de Enesidemo* (Johann Gottlieb Fichte –Hiperion- 1982)

- **El Maithuna o sexo no físico:**
https://es.wikipedia.org/wiki/Maithuna

- **El templo Sri Venkateswara Swami de Aurora, Illinois (EUA)**
http://svsbalaji.force.com/Home

- **Las resonancias mórficas:**
https://es.wikipedia.org/wiki/Campo_m%C3%B3rfico
http://pijamasurf.com/2014/07/el-genio-heretico-de-la-biologia-rupert-sheldrake-sobre-perros-psiquicos-campos-morficos-y-otros-misterios/
http://m.pijamasurf.com/2012/04/ten-cuidado-de-lo-que-piensas-porque-afecta-a-todo-el-mundo-la-resonancia-morfica-de-sheldrake/

Algunas publicaciones relacionadas:

- *La presencia del pasado* (Sheldrake, Rupert –Kairos-1990)
- *Nueva Ciencia de la Vida* (Sheldrake, Rupert –Kairos- 2011)
- *De perros que sabían que sus amos…* (Sheldrake, Rupert –Paidos -2007)

- **La teoría de las cuerdas y las investigaciones de Michio Kaku:**
https://es.wikipedia.org/wiki/Teor%C3%ADa_de_cuerdas
http://mkaku.org/
https://es.wikipedia.org/wiki/Michio_Kaku

Algunas publicaciones relacionadas:

- *Parallel Worlds: The Science of Alternative Universes and Our Future in the Cosmos* (M. Kaku – Doubleday- 2005)
- *Physics of the Impossible* (M. Kaku –Grijalbo- 2010)

- **Entrelazamiento cuántico:**
http://www.nature.com/news/the-quantum-source-of-space-time-1.18797
https://es.wikipedia.org/wiki/Entrelazamiento_cu%C3%A1ntico
http://hipertextual.com/2015/09/entrelazamiento-cuantico
http://www.abc.es/ciencia/20130527/abci-fisicos-logran-entrelazar-particulas-201305270941.html

- **Fundación Bill & Melinda Gates**
http://www.gatesfoundation.org/en

- **Palau de les Heures**
https://es.wikipedia.org/wiki/Palau_de_les_Heures
http://www.barcelona.cat/resources/hu/parcs-i-jardins/ParcsIFRAMEES/w110.bcn.cat/portal/site/MediAmbient/menuitem.0d4d06202ea41e13e9c5e9c5a2ef8a0c/indexe9d0.html

- **Del Autor y la obra.**

Alexander Blond
Meta, la novela.

# Banda Sonora de la Novela

*Creep* de Scala & Kolacny Brothers
*Hallelujah* de Jeff Buckley.
*Easy Living* de Billie Holiday,
*Baby Love* de las Supremes
*Chanson de Satie* de Arthur H.
*Fly me to the Moon* de Frank Sinatra
*Dead of Winter* de Eels
*Don't look back* de Telepopmusik.
*Quand je marche* de Camille.
*Via Con Me* de Paolo Conte
*Sometime later* de Alpha
*Groaning the Blues* de Eric Clapton.
*Miss Perfumado* de Cesaria Evora
*Crying about you* de Busty Brown
*Nocturno Nº2* de Chopin
*Lent et douloureux* de Éric Satie,
*All my love* de Led Zeppelin
*Back to black* de Amy Winehouse
*We are the champions* de Queen
*I've Got My Eyes On You* de Dianne Reeves
*The way you look tonight*, de Bryan Ferry
*Some things last a long time* de Mina Tindle.
*For all we know* de Nina Simone
*Les eaux de Mars* de Stacey Kent
*Misty* de Ella Fiztgerald
*Le reste du temps*, Francis Cabrel (interpretada por Léo Parcoeur)
*Crazy* de Patsy Cline,
*Senza Fine* de Gino Paoli.

## Sobre el Autor

Alexander Blond nació en Barcelona en 1972. Vive actualmente entre Asia y América. Para escribir Meta estuvo más de 20 años recopilando datos, ideas y analizando investigaciones científicas que giraban siempre alrededor de una idea; la posibilidad de alcanzar formas más elevadas de conciencia. Este largo y metódico trabajo empezó a fructificar a principios de 2014, cuando todas sus ideas y apuntes comenzaron a ordenarse en forma de una novela que, con el título de Meta, salió a la luz en febrero de 2016. Alexander Blond es además empresario y abogado.

www.ingramcontent.com/pod-product-compliance
Lightning Source LLC
Chambersburg PA
CBHW071634260626
47170CB00001B/99